rororo

«Wie ernst oder unernst wir auch immer die autobiographischen Bezüge zu nehmen haben – dieser Roman enthält auf konzentrierte Weise den ‹ganzen› Philip Roth: den osteuropäisch geprägten Juden und den modernen, weltläufigen Amerikaner; den pflichteifrigen Akademiker und den eroberungswütigen Frauenkenner; den schuldbedrängten Zweifler und den herzlosen Zyniker; den brillanten Menschenbeobachter und den amüsanten Erzähler.» *(Frankfurter Allgemeine Zeitung)*

Philip Roth wurde 1933 in Newark, New Jersey, geboren. Für sein Werk wurde er mit allen bedeutenden amerikanischen Literaturpreisen ausgezeichnet, darunter dem Pulitzer-Preis für «Amerikanisches Idyll». Für «Der menschliche Makel» erhielt er seinen zweiten PEN/Faulkner Award sowie den britischen W. H. Smith Award als «bestes Buch des Jahres» und den französischen Prix Medici als «bestes ausländisches Buch des Jahres». Im Jahre 2001 wurde er mit der höchsten Auszeichnung der American Academy of Arts and Letters bedacht, der Goldmedaille für Belletristik, die alle sechs Jahre für das Gesamtwerk eines Autors verliehen wird.

Philip Roth

Mein Leben als Mann

Roman

Deutsch von
Günter Panske
e. a.

Rowohlt Taschenbuch Verlag

Die Originalausgabe erschien unter dem Titel «My Life as a Man»
im Verlag Farrar, Straus & Giroux, Inc., New York
Published by arrangement with
Farrar, Straus & Giroux, Inc., New York

7. Auflage August 2004

Veröffentlicht im Rowohlt Taschenbuch Verlag,
Reinbek bei Hamburg, Mai 1993

Lektorat Siv Bublitz
Umschlaggestaltung any.way, Cathrin Günther
(Abbildung: Joan Miró [1893–1983],
«Peinture [Composition]», 1925. akg-images)
Satz Garamond (Linotronic 500)
Gesamtherstellung Clausen & Bosse, Leck
Printed in Germany
ISBN 3 499 13046 7

Für Aaron Asher und Jason Epstein

Vorbemerkung für den Leser

Die beiden Stories im I. Teil, «Nützliche Erfindungen», sowie der II. Teil, die autobiographische Erzählung «Meine wahre Geschichte», sind dem schriftstellerischen Werk Peter Tarnopols entnommen.

Ich könnte seine Muse sein, wenn er mich nur ließe.

Maureen Johnson Tarnopol
in ihrem Tagebuch

I

Nützliche Erfindungen

Grün hinter den Ohren

Zunächst, vor allem, die verhätschelte, behütete Kindheit in der Wohnung über dem Schuhgeschäft seines Vaters in Camden. Siebzehn Jahre lang angebeteter Konkurrent des rackernden, hitzköpfigen Schuhverkäufers (mehr nicht, pflegte er zu sagen, nur ein einfacher Schuhverkäufer, aber wart's ab), eines Mannes, der ihm Dale Carnegie zu lesen gab, um die Arroganz des Jungen zu dämpfen, während er sie zugleich durch sein eigenes Vorbild inspirierte und stärkte. «Dein Hochmut gegenüber den Leuten wird dazu führen, Natie, daß du als Einsiedler endest, als verhaßte Person, voller Feindseligkeit gegen die ganze Welt –» Indessen zeigte Polonius unten in seinem Laden nichts als Verachtung für jeden Angestellten, dessen Ehrgeiz weniger stürmisch war als sein eigener. Mr. Z. – wie er im Geschäft genannt wurde (und auch daheim von seinem Jüngsten, wenn den Knaben der Hafer stach) –, Mr. Z. erwartete, *verlangte* von seinem Verkäufer wie von seinem Lagergehilfen, daß sie nach getaner Arbeit die gleichen unerträglichen Kopfschmerzen quälten wie ihn selbst. Daß ihm die Verkäufer bei ihrer Kündigung ausnahmslos erklärten, sie könnten ihn auf den Tod nicht ausstehen, war für ihn stets aufs neue eine Überraschung: Er erwartete Dankbarkeit von einem jungen Burschen, den sein Boß unerbittlich zur Steigerung seiner Provision anstachelte. Er konnte nicht begreifen, warum jemand sich mit weniger zufriedengab, wenn er doch mehr haben konnte, indem er sich, wie Mr. Z. es ausdrückte, «einfach ein bißchen ins Zeug legt». Und wenn sie sich nicht selbst ins Zeug legten, tat er es für sie: «Keine Sorge», verkündete er voller Stolz, «ich bin nicht stolz», womit er offensichtlich meinte, daß er unmittelbaren Zugriff auf seinen gerechten Zorn hatte, wenn er sich mit den Unvollkommenheiten anderer konfrontiert sah.

Und das galt für sein eigen Fleisch und Blut genauso wie für die Angestellten. Einmal geschah es zum Beispiel (und der Sohn sollte den Vorfall niemals vergessen – vielleicht ist er sogar einer der Gründe dafür, daß es ihn drängte, «Schriftsteller» zu werden), daß der Vater zufällig ein Schulheft zu Gesicht bekam, auf das der kleine Nathan seinen Namen geschrieben hatte, und es flogen die Fetzen. Der Neunjährige hatte sich mächtig was eingebildet, das war dem Namenszug anzusehen. Und der Vater wußte es. «Bringen sie dir in der Schule bei, so deinen Namen zu schreiben, Natie? Soll das eine Unterschrift sein, die ein Mensch entziffern und vor der er Respekt haben kann? Wer, zum Teufel, soll so was lesen, das sieht aus wie ein entgleister Zug! Verdammt noch mal, Junge, *es geht um deinen Namen*. Schreib ihn *ordentlich*!» Das eingebildete Kind des eingebildeten Schuhverkäufers heulte hinterher stundenlang auf seinem Zimmer und würgte mit bloßen Händen sein Kopfkissen, bis es tot war. Doch als der Knabe zur Schlafenszeit im Pyjama bei seinen Eltern erschien, brachte er einen weißen Bogen Papier mit, den er an den oberen Ecken hielt und in dessen Mitte mit schwarzer Tinte in runden und leserlichen Buchstaben sein Name geschrieben stand. Er reichte den Bogen dem Tyrannen: «Ist *das* okay?» und fand sich im nächsten Augenblick emporgehoben in den Himmel des kratzigen, abendlichen Stoppelbarts seines Vaters. «Ah, ja, *das* ist eine Unterschrift! *Das* ist etwas, wofür man sich nicht zu schämen braucht! *Das* werde ich im Geschäft über dem Ladentisch anbringen!» Und genau das tat er, und dann führte er die Kunden (von denen die meisten Neger waren) ganz um die Kasse herum, damit sie die Unterschrift des kleinen Jungen aus der Nähe begutachten konnten. «Na, was sagen Sie *dazu*?» fragte er jeden, als stünde der Name unter Lincolns Proklamation der Sklavenbefreiung.

Und so war das immer mit diesem irremachenden, quirligen Beschützer. Einmal, als sie draußen vor der Küste fischten und Nathans Onkel Philly es für geboten hielt, seinen Neffen kräftig zu schütteln, weil der so leichtsinnig mit seinem Haken hantierte, da drohte der Schuhverkäufer, Philly über Bord und ins Wasser der Bucht zu werfen. «Der einzige, der ihn anrührt, bin ich, Philly!» – «Wenn wir das noch erleben dürfen...» murmelte Philly. «Wenn du ihn noch einmal anrührst, Philly», sagte Nathans Vater wütend, «kannst du dich mit den Blaufischen unterhalten, das verspreche ich dir! Mit den *Aalen* kannst du dich unterhalten!» Aber auf dem Zimmer in der Pension, wo die Zuckermans während ihres zweiwöchigen Urlaubs wohnten, bekam Nathan zum ersten und einzigen Mal in seinem Leben eine Tracht Prügel mit einem Gürtel, weil er seinem Onkel um ein Haar das Auge ausgestochen hatte, als er mit dem verfluchten Haken herumspielte. Zu seiner Überraschung war am Ende der drei Schläge umfassenden Tracht Prügel das Gesicht des Peinigers genauso naß von Tränen wie sein eigenes, und dann wurde er – noch überraschender – fast erdrückt in der Umarmung seines Vaters. «Ein *Auge*, Nathan, ein menschliches *Auge* – weißt du, was es für einen erwachsenen Mann bedeuten würde, ohne *Augen* durchs Leben gehen zu müssen?»

Nein, er wußte es nicht; genausowenig, wie er wußte, was es für einen kleinen Jungen bedeuten würde, ohne Vater zu sein, und er wollte es auch nicht wissen, denn sein Arsch brannte wie Hölle.

In den Jahren zwischen den Kriegen hatte sein Vater zweimal Pleite gemacht: Mr. Z.'s Herrenbekleidung Ende der zwanziger Jahre, Mr. Z.'s Kinderbekleidung Anfang der dreißiger; und dennoch hatte keines von Z.'s Kindern jemals auf eine der drei sättigenden Mahlzeiten pro Tag, auf prompte ärztliche Betreuung, auf anständige Kleidung, auf ein sauberes Bett, auf ein kleines «Taschengeld» verzichten müssen. Die Geschäfte gingen miserabel, doch daheim ging alles seinen gewohnten Gang, weil dem Alten die Familie über alles ging. In den trüben Jahren der Not und des Mangels ahnte der kleine Nathan nicht einmal im Traum, daß seine Familie am Rande des Abgrunds und nicht inmitten einer Idylle der Zufriedenheit lebte, so überzeugend war die Zuversicht des aufbrausenden Vaters.

Und das Vertrauen der Mutter. *Sie* benahm sich wahrlich nicht so, als sei sie mit einem Geschäftsmann verheiratet, der zweimal Pleite gemacht hatte. Tatsächlich brauchte der Gatte beim Rasieren im Badezimmer nur ein paar Takte der «Donkey Serenade» zu singen, und schon verkündete die Frau Gemahlin den Kindern am Frühstückstisch: «Und ich dachte, es sei das Radio. Für einen Augenblick habe ich tatsächlich geglaubt, es sei Allan Jones.» Pfiff er beim Autowaschen, so fand sie ihn besser als sämtliche hochbegabten schlagerpfeifenden Kanarienvögel (Schlager allenfalls in den Ohren anderer Kanarienvögel, meinte Mr. Z.), die sonntags morgens auf WEAF zu hören waren; tanzte er mit ihr über das Linoleum des Küchenfußbodens (nach dem Dinner packte ihn oft das Walzerfieber), so war er «ein neuer Fred Astaire»; machte er zur Freude der Kinder beim Abendessen seine Witze, so fand zumindest sie ihn komischer als sämtliche Teilnehmer der Rundfunksendung «Can You Top This?» – allemal komischer als diesen Senator Ford. Und wenn er – in regelmäßiger Perfektion – den Studebaker einparkte, pflegte sie den Abstand zwischen Rädern und Rinnstein zu betrachten und – in perfekter Regelmäßigkeit – zu verkünden, «Tadellos!», als hätte er ein spotzendes Verkehrsflugzeug in einem Maisfeld notgelandet. Es versteht sich von selbst, daß eines ihrer Prinzipien lautete, niemals zu kritisieren, wo man loben konnte; bei einem Ehemann wie Mr. Z. hätte sie andernfalls kaum eine Chance gehabt.

Dann der gerechte Lohn. Etwa zu der Zeit, als Sherman, der ältere Sohn, aus der Navy entlassen wurde und Nathan auf die High-School kam, fing das Geschäft in Camden plötzlich an zu laufen, und 1949, als Zuckerman aufs College wechselte, wurde draußen in der zwei Millionen Dollar teuren Country Club Hills Shopping Mall ein brandneues «Mr.-Z.»-Schuhgeschäft eröffnet. Und dann endlich das Einfamilienhaus: im Ranch-Stil, mit gemauertem Kamin, auf einem Fünftausend-Quadratmeter-Grundstück – der Familientraum wurde Wirklichkeit, als die Familie auseinanderfiel.

Glücklich wie ein Geburtstagskind, rief Zuckermans Mutter am Tag der Unterzeichnung des Kaufvertrages im College an, um Nathan zu fragen, «in welcher Farbkombination» er sein Zimmer haben wollte.

«Rosa», erwiderte Zuckerman, «und weiß. Und einen Baldachin über dem Bett und eine Zierdecke für meinen Frisiertisch. Mutter, was soll dieser Quatsch von wegen ‹dein Zimmer›?»

«Aber – aber warum hätte Daddy das Haus überhaupt kaufen sollen, wenn nicht für dich, damit du ein richtiges Kinderzimmer hast, dein eigenes Zimmer ganz für dich und all deine Sachen? Das hast du dir doch dein ganzes Leben lang gewünscht.»

«Wahnsinn, Mutter, kann ich vielleicht 'ne Kiefern-Täfelung haben?»

«Liebling, das genau versuche ich dir zu sagen – du kannst *alles* haben.»

«Und einen College-Wimpel überm Bett? Und auf der Kommode ein Bild von meiner Mom und meiner Freundin?»

«Nathan, warum machst du dich über mich lustig? Ich habe mich so auf diesen Tag gefreut, und wenn ich dich anrufe, um dir diese wundervollen Neuigkeiten mitzuteilen, hast du nichts anderes übrig für mich als – Spott. Studenten-Spott!»

«Mutter, ich versuche nur, dir schonend beizubringen, daß – daß du dir nicht einreden sollst, in eurem neuen Haus könnte es so etwas wie ‹Nathans Zimmer› geben. Was ich mit zehn Jahren für ‹all meine Sachen› haben wollte, will ich vielleicht heute nicht mehr unbedingt haben.»

«Dann», sagte sie mit schwacher Stimme, «braucht Daddy vielleicht auch nicht mehr für dein Studium zu bezahlen und dir wöchentlich einen 25-Dollar-Scheck zu schicken, wenn du jetzt so selbständig bist. Wenn wir auf dieser Ebene verkehren wollen, hat das vielleicht für beide Seiten Konsequenzen...»

Weder die Drohung noch der Ton, in dem sie vorgebracht wurde, beeindruckte ihn sonderlich. «Wenn ihr», sagte er mit ernster Spaß-beiseite-Stimme wie zu einem Kind, das sich nicht seinem Alter gemäß verhält, «für meine Ausbildung nicht mehr aufkommen wollt, ist das eure Sache; das müßt du und Dad zwischen euch ausmachen.»

«Oh, Liebling, was hat dich bloß zu einem so grausamen Menschen werden lassen – dich, der du immer so lieb und rücksichtsvoll warst –?»

«Mutter», erwiderte der Neunzehnjährige, der mittlerweile Englische Sprache und Literatur im Hauptfach studierte, «bitte versuche wenigstens, präzise zu sein. Ich bin nicht grausam. Nur direkt.»

Ach, er hatte sich weit von ihr entfernt seit jenem Tag im Jahre 1942, als Nathan Zuckerman sich in Betty Zuckerman verliebt hatte, so wie sich Männer in Frauen auf der Leinwand zu verlieben scheinen – ja, hingerissen von ihr, als sei sie nicht seine Mutter, sondern eine berühmte Schauspielerin, die aus irgendeinem unfaßbaren Grund das Essen für ihn kochte und sein Zimmer aufräumte. In ihrer Eigenschaft als Vorsitzende der Kampagne für Kriegsanleihen an seiner Schule hatte man sie eingeladen, an jenem Morgen in der Aula vor der gesamten Schülerschaft über die Bedeutung der Aktion zu sprechen. Dabei war sie angezogen gewesen wie sonst nur, wenn sie mit ihren «Freundinnen» nach Philadelphia fuhr, um sich eine Theater-Matinee anzusehen: Sie trug ihr maßgeschneidertes graues Kostüm und eine weiße Seidenbluse. Ihre Ansprache hielt sie (frei) von einem Rednerpult aus, das üppig mit rot-weiß-blauem Flaggenstoff geschmückt war. Und weil seine schlanke, respektable und kultivierte Mutter an jenem Tag auf der Bühne so viel Glanz verstrahlt hatte, fühlte sich Nathan für den Rest seines Lebens von Frauen in grauen Kostümen und weißen Blusen über alle Maßen angezogen. Mr. Loomis, der Direktor (vermutlich selbst nicht gänzlich unbeeindruckt), verglich ihr Auftreten als Vorsitzende der Kampagne für Kriegsanleihen und als Präsidentin des Eltern-Lehrer-Verbandes mit dem von Madame Tschiang Kai-schek. Und Mrs. Zuckerman akzeptierte sein Kompliment mit angemessener Scheu, indem sie vom Podium herab erklärte, Madame Tschiang sei in der Tat eines ihrer Idole. Wie im übrigen auch, so verkündete sie der versammelten Schülerschaft, Pearl Buck und Emily Post. Wie wahr. Zuckermans Mutter war erfüllt von einem tiefen Glauben an etwas, das sie «Huld» nannte, und von großer Ehrfurcht – einer Ehrfurcht, wie sie in Indien der Kuh entgegengebracht wird – vor Grußkarten und Danksagungen. Und solange sie ineinander verliebt waren, galt für ihn dasselbe.

Eine der ersten großen Überraschungen in Zuckermans Leben war das Theater, das seine Mutter machte, als sein Bruder Sherman 1945 zur Navy ging, um seine zwei Jahre abzudienen. Man hätte meinen können, sie sei ein junges Mädchen, dessen Verlobter in Richtung Front und in den sicheren Tod marschiert, während in Wirklichkeit Amerika im August den Zweiten Weltkrieg gewonnen hatte und Sherman nur hundert Meilen von zu Hause entfernt in einem Ausbildungslager in Maryland war. Nathan tat alles nur Erdenkliche, um sie aufzumuntern: Er half ihr beim Abwasch, erklärte sich bereit, samstags den Einkauf nach Hause zu tragen, und quasselte ununterbrochen, sogar über ein Thema, das ihn sonst genierte, nämlich seine kleinen Freundinnen. Zur Bestürzung seines Vaters lud er seine Mutter ein, ihm über die Schulter in die Karten zu sehen, wenn «die beiden Männer» sonntags abends am Bridgetisch im Wohnzimmer Rommé spielten. «Bleib mit den Gedanken beim Spiel», pflegte sein Vater ihn zu warnen, «konzentrier dich auf die Karten, die ich ablege, Natie, und nicht auf deine Mutter. Deine Mutter kann für sich selbst sorgen, aber du bist derjenige, der am Ende wieder Schneider ist.» Wie konnte der Mann so *herzlos* sein? Seine Mutter konnte eben *nicht* für sich selbst sorgen – *etwas mußte getan werden*. Aber was?

Besonders beunruhigend war es für Nathan, wenn im Radio

«Mamselle» gespielt wurde, denn von diesem Lied wurde seine Mutter widerstandslos überwältigt. Es war, neben «The Old Lamplighter», ihr Lieblingsstück aus Shermans gesamtem Repertoire von halbklassischen Liedern und populären Schlagern gewesen, und nichts liebte sie mehr, als nach dem Abendessen im Wohnzimmer zu sitzen und zuzuhören, wie er (auf ihre Bitte) seine «Interpretation» spielte und sang. Den «Old Lamplighter», der ihr anscheinend immer genauso zu Herzen gegangen war, konnte sie noch einigermaßen verkraften, aber wenn sie jetzt «Mamselle» im Radio spielten, konnte sie nicht anders und stand auf und verließ das Zimmer. Nathan, den «Mamselle» auch nicht gerade kaltließ, folgte seiner Mutter und lauschte an der Schlafzimmertür ihrem erstickten Weinen. Es brachte ihn fast um.

Er klopfte leise und fragte: «Mom… alles in Ordnung? Möchtest du irgendwas?»

«Nein, Liebling, nein.»

«Soll ich dir aus meinem Aufsatz vorlesen?»

«Nein, Schatz.»

«Soll ich das Radio abstellen? Ich hab eigentlich genug gehört.»

«Laß es ruhig an, Nathan, Engel, in einer Minute ist alles wieder in Ordnung.»

Wie schrecklich ihr Leid war – und wie sonderbar. Daß *ihm* Sherman fehlte, war eine Sache – immerhin war Sherman *sein einziger älterer Bruder*. Als kleiner Junge hatte Nathan so entschieden und offensichtlich an Sherman gehangen, daß die anderen Kinder sich darüber lustig machten – wenn Sherman Zuckerman plötzlich stehenblieb, sagten sie, würde sein kleiner Bruder Sherm die Nase direkt in den Arsch bohren. Tatsächlich konnte man beobachten, wie der kleine Nathan seinem älteren Bruder hinterherlief, morgens zur Schule, nachmittags zum Hebräischunterricht und abends zu seinen Pfadfindertreffen; und wenn Shermans fünf Mann starke High-School-Band loszog, um bei Bar-Mizwas und Hochzeiten zu spielen, fuhr Nathan als «Maskottchen» mit, saß in einer Ecke der Bühne auf einem Stuhl und schlug bei Rumbas zwei Stöckchen gegeneinander. Daß ihm sein Bruder sehr fehlen würde und ihm die Tränen in die Augen stiegen, wenn er abends in ihrem gemeinsamen Zimmer rechts neben sich das leere Bett sah, das war ja wohl zu *erwarten*. Aber warum machte seine Mutter ein solches Theater?

Wie konnte sie Sherman so sehr vermissen, wo *er* doch noch da war – und netter denn je. Nathan war damals dreizehn und hatte sich auf der High-School schon besonders hervorgetan, doch all seiner Intelligenz und Frühreife zum Trotz blieb ihm ihr Verhalten ein Rätsel.

Als Sherman nach Abschluß seiner Grundausbildung zum erstenmal auf Urlaub nach Hause kam, hatte er ein Album mit unanständigen Fotos bei sich, die er Nathan zeigte, als sie zusammen durch das altvertraute Viertel schlenderten; außerdem hatte er eine Bordjacke und eine Matrosenmütze für seinen kleinen Bruder und Geschichten zu erzählen über Huren, die in den Bars von Bainbridge auf seinem Schoß saßen und ihm erlaubten, ihnen unter den Rock zu fassen. *Und zwar umsonst.* Huren, *fünfzig* und *sechzig* Jahre alt. Sherman war damals achtzehn und wollte Jazzmusiker à la Lenny Tristano werden; dank seiner musikalischen Fähigkeiten war er bereits den Special Services zugeteilt worden und würde demnächst bei Veranstaltungen auf der Marinebasis den Conférencier mimen und dem Stabsbootsmann bei der Organisation des Unterhaltungsprogramms helfen. Außerdem besaß er ein im Showbusineß äußerst seltenes Talent – er war ein Meister des *komischen* Steptanzes, und wenn er Bojangles Robinson imitierte, bog sich sein kleiner Bruder vor Lachen. Mit seinen dreizehn Jahren erwartete Zuckerman von einem Bruder, der all dies konnte, große Dinge. Sherman erzählte ihm von Präservativen und Filmen über Geschlechtskrankheiten und ließ ihn die hektographierten Geschichten lesen, die bei Matrosen auf Nachtwache die Runde machten. Unglaublich. Dem dreizehnjährigen Nathan schien es, als hätte sein großer Bruder Zugang zu einem verwegenen und männlichen Leben gefunden.

Und als Sherman nach seiner Entlassung direkt nach New York ging und in einer Bar in Greenwich Village einen Job als Klavierspieler fand, war der junge Zuckerman begeistert; im Gegensatz zum Rest der Familie. Sherman verkündete, daß es sein Ziel sei, irgendwann in der Band von Stan Kenton zu spielen, und wäre sein Vater im Besitz einer Pistole gewesen, hätte er sie wahrscheinlich geholt und ihn erschossen. Nathan erzählte derweil seinen High-School-Freunden Geschichten vom Leben seines Bruders «im Village». Und sie fragten (diese Dorftrottel): «Was für ein Village?» Er erklärte es ihnen voller Verachtung; erzählte ihnen von der San-Remo-Bar in der MacDougal Street, die er zwar nie mit eigenen

Augen gesehen hatte, sich aber vorstellen konnte. Eines Nachts ging Sherman nach der Arbeit *(was um vier Uhr morgens war)* zu einer Party und lernte June Christie kennen, die blonde Solosängerin von Stan Kenton. June Christie. *Das* weckte ein paar Phantasien im Kopf des kleinen Bruders. Ja, allmählich hatte es den Anschein, als wären für respektlose und verwegene Leute wie Sherman Zuckerman (oder Sonny Zachary, wie er sich in der Cocktail Lounge nannte) die Möglichkeiten schier unbegrenzt.

Und dann war Sherman plötzlich an der Temple University und studierte Zahnmedizin. Und dann heiratete er, aber nicht June Christie, sondern *irgendein* Mädchen, ein dürres jüdisches Ding, Bala-Cynwyd-Schülerin, die sich vorzugsweise in Babysprache ausdrückte und irgendwo als Zahntechnikerin arbeitete. Nathan konnte es nicht fassen. Sag, daß es nicht stimmt, Sherm! Er erinnerte sich an die Riesenbrüste der lüsternen Frauen auf den schmutzigen Bildern, die Sherman von der Navy mitgebracht hatte, und dann dachte er an die flachbrüstige Sheila, die Zahntechnikerin, mit der Sherman von nun an für den Rest seines Lebens jeden Abend ins selbe Bett steigen würde, und die Sache blieb ihm ein Rätsel. Was war nur mit seinem Glamour-Bruder geschehen? «Ihm ist ein Licht aufgegangen, das ist es», erklärte Mr. Z. Freunden und Verwandten, *vor allem* aber dem jungen Nathan, «er hat das Menetekel erkannt und ist endlich zur Besinnung gekommen.»

Siebzehn Jahre Familienleben und -liebe also, wie vermutlich jeder sie erlebte, mehr oder weniger – und dann seine vier Jahre auf dem Bass College, einem Lehrinstitut, das sich, laut Zuckerman, hauptsächlich durch seine hinreißend idyllische Lage in einem Tal im Westen Vermonts auszeichnete. Das Überlegenheitsgefühl, das Mr. Z. bei seinem Sohn mit Hilfe von Dale Carnegies Buch zu dem Thema, wie man Freunde gewinnt und Menschen beeinflußt, hatte dämpfen wollen, gedieh im ländlichen Vermont wie ein Dschungelpilz. Die apfelwangigen Studenten in ihren weißen Wildlederschuhen, die *Bastion*, die Woche für Woche in ihrem Leitartikel für mehr «College-Geist» plädierte, jeden Mittwochmorgen die Pflichtandacht unter Beteiligung von Angehörigen des Klerus aus allen Teilen des Staates, die «Männergespräche» am Montagabend im Schlafsaal in Anwesenheit ehrwürdiger Herren wie dem Dekan – der den neuen Studenten erzählte, in manchen Mondnächten könne man hören, wie der Efeu an den Mauern der Bibliothek das Wort «Tradition» wispere –, nein, nichts von alledem vermochte Zuckerman zu überzeugen, seinen Mitmenschen ein besserer Mitmensch zu sein. Andererseits war es der Bass-Prospekt mit Bildern von apfelwangigen Knaben in weißen Wildlederschuhen, die in Gesellschaft apfelwangiger junger Mädchen in weißen Wildlederschuhen durchs sonnenbeschienene Vermont zogen, was Zuckerman zunächst an Bass gereizt hatte. Das schöne Bass erschien ihm und seinen Eltern als Verkörperung all dessen, was das Wort «College» an vollmundiger Resonanz für jene besitzt, die über die zwölfte Klasse nicht hinausgekommen sind. Außerdem fand seine Mutter, als die Familie im Frühjahr nach Bass fuhr, den Dekan – der drei Jahre später zu Zuckerman sagen würde, man sollte ihn mit einer Mistgabel vom Campus jagen wegen der sogenannten Parodie, die er in seinem literarischen Magazin über die Homecoming Queen geschrieben hatte, ein Mädchen aus Rutlandshire, das zufällig eine Waise war –, dieser Dekan mit seiner Bruyèrepfeife und seinen in Tweed gehüllten Footballschultern war Mrs. Zuckerman als ein «ganz und gar huldvoller Mann» erschienen, womit die Sache praktisch entschieden war – hinzu kam, daß der Dekan erklärte, es gebe auf dem Campus «eine erstklassige jüdische Studentenverbindung» sowie eine Vereinigung der dreißig «herausragenden» jüdischen Studentinnen des College, oder «Mädels», wie der Dekan sie nannte.

Wer wußte, wer in der Zuckerman-Familie wußte, daß Nathan im selben Monat, in dem er sein Studium in Bass begann, ein Buch mit dem Titel *Von Zeit und Strom* lesen würde, das nicht nur seine Einstellung zu Bass, sondern zum Leben schlechthin ändern sollte?

Auf Bass folgte der Wehrdienst. Hätte er sich im ROTC, dem Reserve Officers' Training Camp, ausbilden lassen, wäre er bei Antritt seines Dienstes beim Transportation Corps Leutnant gewesen, doch gehörte er zu den wenigen Bass-Studenten, die Theorie und Praxis der vormilitärischen Ausbildung an einem privaten Bildungsinstitut mißbilligten, und nachdem er zwei Jahre lang pflichtgemäß einmal wöchentlich mit einem Gewehr über der Schulter auf dem Campus herummarschiert war, hatte er die Einladung des zuständigen Colonels ausgeschlagen, seine militärische Ausbildung fortzusetzen. Sein Vater war wütend gewesen über seine Entscheidung, zumal ein weiterer Krieg im Gange war. Wieder einmal starben junge amerikanische Männer für die Sache der Demokratie, diesmal alle sechzig Minuten einer, während doppelt so viele pro Stunde in den Schneewehen und Schlammfeldern Koreas irgendwelche Körperteile verloren. «Bist du verrückt, bist du *meschugge*, dir eine solche Gelegenheit im Transportation Corps entgehen zu lassen, die für dich den Unterschied zwischen Leben und Tod bedeuten könnte? Willst du dir lieber bei der Infanterie den Arsch wegschießen lassen? Oh, mein Sohn, du suchst den Schlamassel geradezu, und du wirst ihn auch finden! Die Scheiße wird dir um die Ohren fliegen, Freundchen, und du wirst kein bißchen Spaß daran haben! Schon gar nicht, wenn du tot bist!» Doch nichts, was der alte Zuckerman seinem Sohn an Argumenten entgegenschrie, konnte in dieser Prinzipienfrage dessen Starrsinn brechen. Etwas weniger scharf (doch nicht weniger irritiert) hatte Mr. Zuckerman reagiert, als ihm sein Sohn im ersten College-Jahr erklärte, er werde die jüdische Studentenverbindung verlassen, bei der er sich erst einen Monat zuvor um Aufnahme beworben hatte. «Verrate mir, Nathan, wie du aus etwas austreten kannst, in das du noch nicht einmal richtig eingetreten bist? Wie kannst du dich so gottverdammt überlegen fühlen, wenn du noch nicht einmal weißt, wie es ist, *dazuzugehören*? Ist mein Sohn plötzlich einer von diesen – Drückebergern?»

«In manchem schon», hatte der junge Student in jenem Ton kühler Herablassung erwidert, der sich wie ein eiserner Stachel ins Nervensystem seines Vaters bohrte. Wenn sein Vater anfing zu kochen, hielt Zuckerman den Telefonhörer manchmal auf Armlänge von sich und betrachtete ihn mit einem Pokerface, eine Taktik, die er gelegentlich bei anderen beobachtet hatte, allerdings natürlich nur im Film und der komischen Wirkung halber. Er zählte bis fünfzig und versuchte dann, das Gespräch wiederaufzunehmen: «Ja, es ist unter meiner Würde, ganz recht.» Oder: «Nein, ich bin nicht gegen etwas, um dagegen zu sein, ich bin aus Prinzip dagegen.» – «Mit anderen Worten», sagte – zischte – Mr. Zuckerman, «du hast recht, wenn ich richtig verstehe, und der Rest der Welt hat unrecht. Das heißt doch wohl, Nathan, daß du hier der neue Gott bist und der Rest der Welt getrost zur Hölle gehen kann!» Cool, cool, so cool, daß auch der empfindlichste Seismograph in der Telefonleitung nicht das leiseste Zittern in seiner Stimme hätte registrieren können: «Dad, mit einer solchen Behauptung erweiterst du den Rahmen unserer Diskussion in einem Maße, daß –» und so weiter, gemäßigt, logisch, ungeheuer «vernünftig», genau das richtige, um den Vulkan in New Jersey zum Ausbruch zu bringen.

«Liebling», säuselte die Stimme seiner Mutter leise flehend durchs Telefon, «hast du mit Sherman gesprochen? Hast du wenigstens mal überlegt, ob du das nicht besser zuerst mit ihm besprichst?»

«Warum sollte ich es mit ‹ihm› besprechen wollen?»

«Weil er dein Bruder ist!» rief ihm sein Vater ins Gedächtnis.

«Und er liebt dich», sagte seine Mutter. «Wie ein kostbares Stück Porzellan hat er dich behütet, Liebling, vergiß das nicht – er hat dir die Matrosenjacke mitgebracht, die du getragen hast, bis sie in Fetzen hing, so sehr hast du sie geliebt, oh, Nathan, *bitte*, dein Vater hat recht, wenn du nicht auf uns hören willst, dann hör auf ihn, denn als Sherman von der Navy kam, hat er genauso eine Unabhängigkeitsphase durchgemacht wie du jetzt. Bis aufs i-Tüpfelchen.»

«Na, ist ihm nicht allzu gut bekommen, Mutter, was meinst du?»

«WAS!» Mr. Zuckerman war wieder außer sich. «Was ist das für eine Art, über deinen Bruder zu reden, verdammt? Wen gibt es eigentlich, der dir *nicht* unterlegen ist – bitte, nenn mir nur einen einzigen Namen, für das Buch der Rekorde wenigstens. Mahatma Gandhi vielleicht? Yehudi? Oh, dir muß dringend jemand eine Portion Demut einbleuen! Dir muß dringend jemand einen guten, strammen Kurs in Dale Carnegie verpassen! Dein Bruder ist zufällig ein praktizierender Kieferorthopäde mit einer großartigen Praxis, und außerdem *ist er dein Bruder*.»

«Dad, Brüder können sich mit sehr gemischten Gefühlen gegenüberstehen. Ich glaube, du stehst deinen auch mit gemischten Gefühlen gegenüber.»

«Es geht hier *nicht* um meine Brüder, sondern um *deinen*, bring das nicht durcheinander, denn das Thema ist deine ROTZIGE ARROGANZ GEGENÜBER DEM LEBEN, VON DEM DU KEINEN BLASSEN DUNST HAST!»

Dann Fort Dix: Nachtübungen auf dem Schießstand, Liegestütz im Regen, Berge von Stampfkartoffeln und DelMonte-Fruchtcocktail zum «Dinner» – und das gleiche wieder, mit Eipulver, im Morgengrauen –, und es waren noch keine vier der acht Wochen infanteristischer Grundausbildung vorbei, als in seinem Regiment ein

Absolvent des Seton Hall College an Meningitis starb. Sollte sein Vater womöglich *recht* gehabt haben? War angesichts der Realitäten des Lebens in der Armee und der Tatsache des Koreakrieges seine Haltung zum ROTC schiere Idiotie gewesen? Konnte er, ein Summa-cum-laude-Student, einen derart entsetzlichen und unwiderruflichen Fehler begangen haben? O Gott, wenn er sich nun eine spinale Meningitis holte, weil er jeden Morgen mit einem Haufen von fünfzig Mann denselben Lokus benutzen mußte! Was für ein Preis für irgendwelche Prinzipien gegenüber dem ROTC! Oder er holte sich die Krankheit beim Schrubben der zahllosen stinkenden Abfalltonnen der Kompanie – ein Job, der bei den Marathonschichten des Küchendienstes grundsätzlich ihm zuzufallen schien. ROTC würde (wie sein Vater es prophezeit hatte) sehr gut ohne ihn auskommen, ROTC würde sogar blühen und gedeihen, doch was wurde aus dem Mann mit Prinzipien, würde er über einem Abfallhaufen zusammenbrechen und sein Leben lassen, ohne jemals die Front zu erreichen?

Doch genau wie Dilsey (von dem nur Zuckerman je gehört hatte, denn sein Zug bestand ausschließlich aus Puertoricanern) hielt er durch. Allerdings war die Grundausbildung kein Zuckerschlecken, zumal sie unmittelbar auf sein letztes triumphales Jahr in Bass folgte, wo er nur zwei Kurse belegen mußte, von denen der eine das von Caroline Benson geleitete Englisch-Kolloquium war, das mit neun Stunden angerechnet wurde. Zusammen mit den beiden anderen jüdischen Überfliegern von Bass bildete Zuckerman das intellektuelle Kraftwerk des «Seminars», das mittwochs um drei Uhr begann und bis nach sechs dauerte – Dämmerung in Herbst und Frühjahr, Dunkelheit im Winter; man saß im Wohnzimmer von Miss Bensons gemütlichem Haus voller Bücher und Kamine auf Queen-Anne-Stühlen um einen abgewetzten Orientteppich. Die sieben christlichen Kritiker im «Seminar» wagten kaum, den Mund aufzumachen, wenn die drei dunkelhaarigen Juden (allesamt desertiert von der erstklassigen jüdischen Studentenverbindung und gemeinsam Gründer des ersten literarischen Magazins in Bass seit – ah, wie er es genoß, das zu sagen – Ende des 19. Jahrhunderts), wenn also diese drei Juden anfingen, lauthals und gestikulierend über *Sir Gawain und der Grüne Ritter* zu debattieren. Caroline Benson, eine alte Jungfer (die, anders als seine Mutter, nicht wesentlich jünger aussah, als sie war), hatte wie all ihre amerikanischen Vorfahren drüben in Manchester das Licht der Welt erblickt und war später in Wellesley und «in England» erzogen worden. Im Laufe seiner Studienzeit erfuhr Nathan, daß «Caroline Benson und ihr New Yorker Jude» eine ausgesprochen lokale Tradition waren und genauso untrennbar zu Bass gehörten wie das lässig-lockere «Hallo», das der Dekan so liebte, oder die Football-Rivalität mit der University of Vermont, die alljährlich auf dem ansonsten respektablen Campus in einer religiösen Inbrunst gipfelte, wie sie einem in diesem Jahrhundert außerhalb des australischen Buschs höchst selten begegnete. Die witzigeren Neuengländer unter den Studenten sprachen von «Carolines Déjà-juif-Erlebnis, wobei man immer das Gefühl hat, einen alten Bekannten aus einem früheren Semester vor sich zu haben...» Ja, wie sich zeigte, war er nur einer in einer langen Reihe – und es störte ihn nicht. Wer war schon Nathan Zuckerman aus Camden, New Jersey, daß er es sich hätte leisten können, seinen ungebildeten Kopf abzuwenden von der Weisheit einer Caroline Benson, die in England erzogen worden war? Immerhin hatte sie ihm bereits in der allerersten Stunde ihres Literaturseminars für Studienanfänger beigebracht, wie man das *g* in «lenght» aussprach; bis zu den Weihnachtsferien hatte er gelernt, das *h* in «whale» zu aspirieren; und noch vor Jahresende hatte er das Wort «Typ» für immer aus seinem Wortschatz gestrichen. Besser gesagt, *sie* hatte es getan. Wozu allerdings nicht viel gehörte.

«Mr. Zuckerman, in *Stolz und Vorurteil* gibt es keine ‹Typen›.»

Ja, er war froh, Dinge wie diese zu lernen, hoch erfreut sogar. Zwar konnte sie ihm mit einem solchen Satz, zumal wenn sie ihn in ihrem überpräzisen Neuengland-Akzent dahersagte, die Scharlachröte ins Gesicht treiben, doch bei aller Eitelkeit ließ er derartiges ohne Wimpernzucken über sich ergehen – jedwede Kritik oder Korrektur, und mochte sie noch so penibel sein, nahm er hin mit der Verzückung eines gemarterten Heiligen.

«Ich glaube, ich muß lernen, besser mit Menschen auszukommen», hatte er erwidert, als er eines Tages Miss Benson in der philosophischen Fakultät auf dem Korridor begegnete und sie ihn fragte, warum er ein Abzeichen der Studentenverbindung trage (er hatte es sich an die Brust des neuen V-Pullovers gesteckt, in dem er, wie seine Mutter fand, richtig wie ein College-Student aussah). Die

Reaktion, die Miss Benson auf seine Pläne zur charakterlichen Besserung zeigte, war so profund und zugleich so einfach, daß Zuckerman tagelang herumlief und sich den simplen Fragesatz wieder und wieder vorsagte; genau wie *Von Zeit und Strom* bestätigte ihm ihre Äußerung etwas, das er im Innersten schon immer gewußt hatte, ohne jedoch darauf vertrauen zu können, ehe nicht eine Person von unbestreitbarer moralischer Kompetenz und Reinheit es artikulierte: «Warum», fragte Caroline Benson den Siebzehnjährigen, «sollten Sie so etwas lernen wollen?»

Jener Mainachmittag im letzten Studienjahr, als er eingeladen worden war – nicht Osterwald, nicht Fischbach, sondern Zuckerman, der Erwählte unter den Erwählten –, im «englischen» Garten hinter ihrem Haus mit Caroline Benson «den Tee zu nehmen», hatte ihm zweifellos die kultiviertesten vier Stunden seines jungen Lebens beschert. Miss Benson hatte ihn aufgefordert, seine soeben beendete Abschlußarbeit mitzubringen, und da saß er nun in Jackett und Krawatte inmitten von zahllosen Blumenarten, deren Namen er nicht kannte (ausgenommen nur die Rose), nippte vom Tee gerade so viel, wie es sich höflicherweise bewerkstelligen ließ (heißer Tee mit Zitrone war für ihn noch immer untrennbar mit Kranksein als Kind verbunden), mümmelte Brunnenkresse-Sandwiches (von denen er vor jenem Nachmittag noch nie etwas gehört hatte – und die er nicht missen würde, sollte er nie wieder etwas von ihnen hören) und las Miss Benson seine Arbeit vor, die dreißig Seiten umfaßte und betitelt war: «Unterdrückte Hysterie: Eine Studie der unterschwelligen Seelenangst in einigen Romanen von Virginia Woolf». In der Arbeit wimmelte es von Wörtern, die ihn mittlerweile ungeheuer faszinierten und die er daheim in Camden am Wohnzimmertisch kaum jemals gebraucht hatte: «Ironie» und «Werte» und «Schicksal», «Wille» und «Vision» und «Authentizität», und vor allem natürlich «menschlich», ein Wort, an dem er in besonderem Maße hing. In diversen Randbemerkungen war er wegen seines exzessiven Gebrauches des Wortes ermahnt worden. «Überflüssig», pflegte Miss Benson anzumerken. «Redundant.» «Manieriert.» Nun, ihr mochte es überflüssig erscheinen, nicht aber dem jungen Studenten: menschlicher Charakter, menschliche Möglichkeiten, menschliche Irrtümer, menschliches Leid, menschliche Tragödie. Leiden und Scheitern, das Thema so vieler Romane, die ihn «bewegten», waren «menschliche Bedingtheiten», über die er als Student im fortgeschrittenen Semester mit erstaunlicher Luzidität und Bedeutsamkeit zu sprechen verstand – erstaunlich deshalb, weil sein ärgstes Leid bis dahin im großen und ganzen auf Erlebnisse im Zahnarztstuhl beschränkt gewesen war.

Zuerst sprachen sie über seine Arbeit, dann über die Zukunft. Miss Benson erwartete von ihm, daß er nach der Army seine literarischen Studien in Oxford oder Cambridge fortsetzen werde. Sie fand, es sei eine gute Idee, wenn Nathan einen Sommer lang durch England radeln würde, um die großen Kathedralen zu besichtigen. Die Vorstellung gefiel ihm. Mit Rücksicht auf Miss Bensons Alter, Position und Charakter umarmten sie einander nicht am Ende jenes vollkommenen Nachmittags. Zuckerman war bereit und willig gewesen, verspürte er doch einen geradezu überwältigenden Drang, zu umarmen und umarmt zu werden.

Den acht elenden Wochen infanteristischer Grundausbildung folgten acht nicht minder elende Wochen militärpolizeilicher Ausbildung in einer Horde von Großstadt-Rowdies und Südstaaten-Hillbillies unter der äquatorialen Sonne von Fort Benning, Georgia. In Georgia lernte er, den Verkehr so zu dirigieren, daß er «reibungslos» floß (wie es im Handbuch hieß), und jemandem, wenn es ihm geboten erschien, durch einen Hieb mit dem Schlagstock den Kehlkopf zu zertrümmern. Zuckerman legte an diesen Militärschulen die gleiche konzentrierte Aufmerksamkeit an den Tag, die ihm in Bass das «Summa cum laude» eingetragen hatte. Zwar gefielen ihm seine Kameraden sowenig wie das Umfeld und das ganze «System», aber da er andererseits keine Lust hatte, in Asien zu sterben, widmete er sich jedem Detail seiner Ausbildung, als hinge sein Leben davon ab – was ja auch der Fall sein würde. Im Unterschied zu manchen anderen College-Absolventen in seiner Ausbildungskompanie tat er nicht so, als fände er die Bajonettübungen abstoßend oder amüsant. Sich über soldatische Fähigkeiten abfällig zu äußern, das konnte man sich leisten, solange man Student in Bass war; ganz anders sah die Sache aus, wenn man einer Army angehörte, die im Krieg stand. «TÖTEN!» schrie er, «TÖTEN!» genauso «aggressiv», wie man ihm befohlen hatte, und er stieß das Bajonett tief in die Eingeweide des Sandsacks; er würde die sterbende Attrappe sogar bespuckt haben, hätte man ihm gesagt, das sei die übliche Prozedur. Er wußte, wann er den Überlegenen herauskehren konnte und wann nicht – zumindest fing er an, es zu lernen. «Was seid ihr?» fauchte Sergeant Vinnie Bono von der Ausbilderplattform herab (Sergeant Bono war vor dem Koreakrieg Jockey gewesen und stand in dem Ruf, eine halbe nordkoreanische Kompanie mit dem bloßen Feldspaten erschlagen zu haben) – «Was seid ihr mit euren steifen Stahlpimmeln, Soldaten – Miezekätzchen oder Löwen?» – «LÖWEN!» brüllte Zuckerman, denn er hatte keine Lust, in Asien zu sterben, oder anderswo, niemals.

Aber es würde ihn erwischen, fürchtete er, und zwar eher früher als später. Beim Morgenappell in Georgia wurden die Soldaten zum Auftakt für einen langen Tag von ihrem Hauptmann, dem man es nur schwer recht machen konnte, erst mal gehörig zusammengestaucht – «Ich garanficktiere Ihnen, meine Herren, daß kein Bammelpimmel aus diesen Bumsbaracken rauskommt, um noch einer einzigen Zicke an den Zitzen zu zutzeln –», und Zuckerman, sonst ein fröhlicher, ein dynamischer Frühaufsteher, hatte plötzlich die Vision von einem massigen, besoffenen Soldaten, der in einem Gäßchen hinter einem Puff in Seoul über ihn herfiel. Fachmännisch schlug er dem Angreifer gegen den Kehlkopf, gegen die Kniescheibe, in die Hoden, er bediente sich sämtlicher Schläge, mit deren Hilfe er während der Übungen die Attrappe außer Gefecht gesetzt hatte, doch wer schließlich mit dem Gesicht im Dreck liegen würde, wäre Zuckerman, vom Gewicht und der brutalen Kraft des Besoffenen halb zerquetscht – und wie aus dem Nichts würde dann sein Ende nahen, in Gestalt des Messers, der Rasierklinge. Militärische Ausbildung und Attrappen waren eine Sache – die Welt und das Fleisch eine andere: Woher sollte Zuckerman den Mumm nehmen, seinen Schlagstock gegen eine echte menschliche Kniescheibe krachen zu lassen, wo er früher bei Schulhofprügeleien nicht einmal imstande war, jemandem die Faust ins Gesicht zu schlagen? Dabei hatte er von seinem Vater dessen Jähzorn geerbt, wenn er sich nicht irrte. Und die damit einhergehende schwelende Selbstgerechtigkeit. Auch fehlte es ihm nicht gänzlich an physischem Mut. Obwohl er als Junge unter Schulterpolstern und Helm kaum mehr als Haut und Knochen war, hatte er nie mit der Wimper gezuckt oder laut aufgeschrien, wenn im Herbst beim wöchentlichen Footballspiel auf dem Sandplatz die Horde über ihn herfiel; er war schnell, er war wendig

– «drahtig» war damals sein bevorzugtes Wort zur Beschreibung der eigenen Person, der «drahtige Nate Zuckerman» –, und er war «smart», konnte antäuschen, sich schlängeln und winden durch einen Haufen dreizehnjähriger Jungen, die wie Nilpferde gebaut waren, während er einer Giraffe glich. Tatsächlich hatte er auf dem Footballplatz kaum Angst gehabt, *solange sich jeder an die Regeln hielt und im Geist des Spiels agierte*. Als jedoch (zu seiner Überraschung) jene Phase guter Kameradschaft ein Ende fand, verabschiedete sich der drahtige Nate Zuckerman. Zu Boden gerissen zu werden, wenn er mit dem Ball unterm Arm am linken Flügel in Richtung Grundlinie rannte, hatte ihn nie gestört; er hatte sogar seinen Spaß an dem prekären Drama, eben noch einen wirbelnden Ball aus der Luft zu pflücken und im nächsten Moment schon mit der Schnauze im Dreck zu liegen, während sich schwergewichtige Leiber auf ihm türmten. Aber als sich eines Samstagmorgens im Herbst 1947 eines der irischen Kids von den Mounty Holly Hurricanes oben auf den Berg von Spielern warf (unter dem Zuckerman mit Ball begraben lag) und schrie: «Zeigt's dem Jidden!», da wußte er, daß seine Footballkarriere vorbei war. Denn von nun an war Football nicht mehr ein Spiel, das nach Regeln gespielt wurde, sondern eine Schlacht, bei der jede Kampftruppe versuchte, dem Gegner möglichst großen Schaden zuzufügen, was auch immer die «Gründe» sein mochten. Und Zuckerman war unfähig, Schaden anzurichten – er konnte nicht einmal zurückschlagen, wenn er attakkiert wurde. Er konnte seine ganze Kraft einsetzen, um andere daran zu hindern, auf ihn loszugehen, er konnte kämpfen wie ein Löwe, um sich Schaden und Verletzungen vom Leib zu halten, doch einen anderen brutal mit Knöcheln oder Knien zu bearbeiten, das brachte er einfach nicht über sich. Wer so etwas schon auf heimischen Sportplätzen nicht vermochte, würde auf dem asiatischen Kontinent mit Sicherheit wie gelähmt sein. Zwar war er in der Grundausbildung als eifriger und hochmotivierter Rekrut für seine Art, den Sandsack aufzuschlitzen, von einem trainierten Killer gelobt worden – «So ist richtig, Spargel», pflegte Sergeant Bono seinem liebsten College-Absolventen durchs Megaphon zuzurufen, «so schlitzt du dem Gelben den Wanst auf, so hackst du dem Kommunistenschwein den Schwanz ab!» –, doch bei der Begegnung mit einem wirklichen Feind hätte er genausogut mit Sonnenschirm und

Federwisch bewaffnet sein können, denn für mehr würde seine Ausbildung als Krieger weder zu seinem eigenen noch zum Schutz der freien Welt taugen.

Es sah also ganz danach aus, als würde es nichts werden mit der Pilgerreise zur Canterbury Cathedral, und auch die Poet's Corner in der Westminster Abbey würde er wohl kaum zu Gesicht bekommen, ebensowenig wie die Kirchen, in denen John Donne gepredigt hatte, oder den Lake District oder Bath, wo *Anne Elliot* spielte (Miss Bensons Lieblingsroman), oder das Abbey Theatre oder den Liffey Rifer, auch würde er keine Gelegenheit mehr haben, eines Tages als Professor für Literatur zu wirken, mit einem Dr. phil. aus Oxford oder Cambridge und einem eigenen Haus, gemütlich, viele Kamine, die Wände voller Bücher; niemals würde er Miss Benson wiedersehen, oder ihren Garten, oder die glücklichen Dienstuntauglichen, Fischbach und Osterwald – und, schlimmer noch, niemals würde irgend jemand ihn wiedersehen.

Das genügte, um ihn zum Weinen zu bringen; was er jedesmal tat, nachdem er in heroischer Unbeschwertheit mit seinen Eltern in New Jersey telefoniert hatte. Ja, vor der Telefonzelle, in Hörweite der PX-Jukebox – «Oh, the red we want is the red we got in th' old red, white, and blue» –, war er mit seinen einundzwanzig Jahren den Tränen genauso nahe und von gleicher panischer Angst erfüllt wie im Alter von vier, als er endlich lernen mußte, in seinem Zimmer ohne Licht zu schlafen. Und die verzweifelte Sehnsucht nach Mommys Armen oder dem Gefühl von Daddys unrasierter Wange wollte nicht aufhören. Wenn er mit Sharon telefonierte und ihr gegenüber den Tapferen spielte, überkam ihn hinterher das gleiche heulende Elend. Während des Gesprächs, wenn *sie* weinte, hatte er sich ganz gut unter Kontrolle, aber sobald es an der Zeit war, das Telefon dem nächsten Soldaten in der Schlange zu überlassen, sobald er die Telefonzelle verließ, in der es ihm so gut gelungen war, sie aufzuheitern, und sich im Dunkeln auf den Rückweg über das unfreundliche Kasernengelände machte – «Yes, the red we want is the red wie got in th' old red, white, and blue» –, mußte er sich wahnsinnig zusammenreißen, um nicht lauthals gegen die grauenvolle Ungerechtigkeit seines unabwendbaren Verderbens anzuschreien. Keine Sharon mehr! *Keine Sharon mehr!* KEINE SHARON MEHR! Welch gewaltige Dimensionen der Verlust von Sharon Shatzky in der Vorstellung des jungen Zuckerman annahm. Und wer war sie? Wer war Sharon Shatzky, daß er sich bei dem Gedanken, sie für immer verlassen zu müssen, die Hand auf den Mund preßte, um zu verhindern, daß er den Mond anheulte?

Sharon war die siebzehnjährige Tochter von Al «the Zipper King» Shatzky. Der «Reißverschluß-König» war mit seiner Familie vor kurzem nach Country Club Hills gezogen, wo auch Nathans Eltern inzwischen wohnten – eine Siedlung mit teuren Häusern im Ranch-Stil an der Peripherie von Camden, inmitten einer Landschaft, die so platt und baumlos war wie die Badlands von Dakota. Zuckerman hatte Sharon in der Zeit zwischen seinem Examen und der Einziehung zum Militär im Juli kennengelernt. Vor ihrer ersten Begegnung hatte seine Mutter Sharon als «eine perfekte kleine Lady» geschildert, und sein Vater hatte behauptet, Sharon sei «ein reizendes, reizendes Kind», und die Folge war, daß Zuckerman nicht im Traum mit der gertenschlanken, rothaarigen Amazone mit den grünen Augen gerechnet hatte, die an jenem Abend in sehr kurzen Shorts und mit mürrischem Gesicht im Schlepptau von Al und Minna aufkreuzte. Beide Elternpaare überschlugen sich bei ihren Bemühungen, sie wie ein Baby zu behandeln, als ließe sich auf diesem Wege verhindern, daß der College-Absolvent die verlockenden Kurven ihres Hinterns unter den knappen Shorts registrierte. Mrs. Shatzky war gerade an jenem Tag mit Sharon in Philadelphia gewesen, um für sie «College-Garderobe» einzukaufen. «Mutter, *bitte*», sagte Sharon, als Minna zu schildern begann, wie «anbetungswürdig» Sharon in jedem einzelnen ihrer neuen Kleidungsstücke aussah. Al verkündete (voller Stolz), Sharon Shatzky besitze jetzt mehr Paar Schuhe als er Unterhosen. *«Daddy»*, stöhnte Sharon und schloß verzweifelt ihre Dschungelaugen. Zuckermans Vater meinte, daß sich Sharon mit irgendwelchen Fragen bezüglich des College-Lebens getrost an seinen Sohn wenden könne, der sei in Bass Herausgeber «der Schulzeitung» gewesen. Gemeint war die literarische Zeitschrift, die Zuckerman herausgegeben hatte, aber er war inzwischen an die Ungenauigkeiten gewöhnt, die seinen Eltern unterliefen, wenn sie ihn wegen seiner Leistungen in der Öffentlichkeit zu loben versuchten. Tatsächlich war seine Toleranz hinsichtlich ihrer Unzulänglichkeiten in jüngster Zeit in gewaltigen Schüben gewachsen. Wo er sich noch vor nur einem Jahr aufgeregt hätte über irgendeinen Ausspruch seiner Mutter, den sie offenkundig wortwörtlich aus *McCall's Magazine* übernommen hatte (oder über die Tatsache, daß sie nicht wußte, was ein «objektives Korrelat» war oder in welchem Jahrhundert Dryden gelebt hatte), ließ er sich jetzt kaum noch aus der Ruhe bringen. Er hatte auch den Versuch aufgegeben, seinen Vater über die Feinheiten des Syllogismus zu belehren; offensichtlich war der Mann unfähig zu kapieren, daß die beiden Prämissen mindestens einen Mittelbegriff miteinander gemein haben mußten, da sonst ein Fehlschluß unvermeidlich war – doch warum sollten solche Lappalien Zuckerman jetzt noch kümmern? Er konnte es sich leisten, großzügig zu sein gegenüber Eltern, die ihn auf ihre Art liebten (auch wenn es mit dem logischen Verstand und der Bildung haperte). Außerdem war, um die Wahrheit zu sagen, in den letzten vier Jahren aus dem Sproß der Zuckermans immer mehr der Student der Miss Benson geworden... Und so war er an jenem Abend freundlich und liebenswürdig zu allen, auch wenn er sich über vieles «amüsierte», was er sah und hörte; die Fragen der Shatzkys zum «College-Leben» beantwortete er ohne jede Spur von Spott oder Arroganz (soweit er selbst es beurteilen konnte), und die ganze Zeit versuchte er (erfolglos), seine Blicke von Sharons kecken Brüsten unter dem eingelaufenen Polohemd abzuwenden und von der verführerischen Konstruktion ihres Oberkörpers, der sich über ihrer schlanken, biegsamen Taille erhob, und von den pantherartigen Bewegungen, mit denen sie auf den Ballen ihrer bloßen Füße über den Auslegeteppich glitt... Schließlich: Was konnte ein Student der englischen Literatur, der noch vor wenigen Wochen in Caroline Bensons Garten mit Tee und Brunnenkresse-Sandwiches bewirtet worden war, zu schaffen haben mit der verwöhnten, spießigen Tochter von Al «the Zipper King» Shatzky?

Als Zuckerman seine Abschlußprüfungen an der MP-School machte (als drittbester seines Kurses, genau wie in Bass), hatte Sharon gerade ihr Studium am Juliana Junior College bei Providence begonnen. Und Abend für Abend schrieb sie ihm auf rosa Papier mit Monogramm und gezacktem Rand, das Zuckermans Mutter der perfekten jungen Lady zum Abschied geschenkt hatte, skandalöse Briefe: «liebster, liebster, beim tennis in der sportstunde konnte ich an nichts anderes denken als wie ich auf allen vieren durchs zimmer zu deinem schwanz krieche und mir deinen schwanz ans gesicht drücke ich liebe es deinen schwanz im gesicht deinen schwanz an meiner wange an meinen lippen meiner zunge meiner nase meinen augen meinen ohren deinen herrlichen schwanz in mein haar zu wickeln –» und so weiter. Das Wort, das er ihr (neben anderen) beigebracht hatte und das sie, auf seinen Wunsch hin, beim Geschlechtsverkehr und zum Aufgeilen auch am Telefon und in ihren Briefen benutzte – es besaß eine starke Faszination für das junge Mädchen, eingesperrt in seinem Schlafsaal in Rhode Island: «jedesmal wenn der ball übers netz kam», schrieb Sharon, «sah ich oben drauf deinen wundervollen schwanz.» Natürlich weigerte er sich, diese letzte Behauptung zu glauben. Wenn Sharon als Anbeterin der Fleischeslust einen Fehler hatte, so war es ihr Hang zu einer unangemessen hochtrabenden Ausdrucksweise, mit der Folge, daß ihre Prosa (für die Zuckerman, geschult von Miss Benson in ihrer spezifischen Variante des New Criticism, an sich besonders empfänglich war) oft durch allzu leichtfertige Übertreibungen sein Stilempfinden beleidigte. Er empfand ihre Elaborate nicht als Aphrodisiakum, sondern sie ernüchterten ihn meist durch ihre banale Beharrlichkeit, so daß er sich weniger an D. H. Lawrence erinnert fühlte als vielmehr an jene hektographierten Geschichten, die ihm sein Bruder heimlich von der Navy mitgebracht hatte. Besonders ihre Verwendung der Wörter «Fotze» (modifiziert durch «heiß») und «Schwanz» (modifiziert durch «groß» oder «herrlich» oder beides) konnte so manieriert und aufdringlich, in einem Wort, so sentimental sein wie der Gebrauch respektive Mißbrauch des Adjektivs «menschlich» durch den Collegestudenten Zuckerman. Ebensowenig gefiel ihm ihre konsequente Mißachtung der elementarsten grammatikalischen Regeln: die fehlende Interpunktion und die beharrliche Kleinschreibung in ihren obszönen Briefen waren keine besonders originellen Trotzgesten (und auch keine interessanten, fand Zuckerman, mochte der Bildersturm nun von Shatzkyscher Erziehung oder von strömenden Säften ausgelöst sein), und um als Mittel zur Kommunikation ungezähmter Leidenschaft zu taugen, hätte seiner Meinung nach – und immerhin war er ein glühender Verehrer nicht nur von *Mrs. Dalloway* und *Die Fahrt zum Leuchtturm*, sondern auch von *Madame Bovary* und *Die Gesandten* (über Thomas Wolfe war er inzwischen endgültig hinaus) – das Niveau der Vorstellungskraft weniger primitiv sein müssen.

An der Leidenschaft als solcher hatte er indes nichts auszusetzen.

Annähernd über Nacht (Korrektur: buchstäblich über Nacht) verwandelte sich die Jungfrau, deren Blut ihm die Schenkel befleckt und das Schamhaar verklebt hatte, als er sie auf einer Wolldecke auf der Rückbank im neuen Cadillac seines Vaters nahm, in das wollüstigste Wesen, das ihm je begegnet war. In Bass hatte es solche wie Sharon nicht gegeben, jedenfalls war ihm keine von ihnen untergekommen, und dabei hatte er sich von dem halben Dutzend Gefügigen auf dem College keine entgehen lassen. Aber nicht einmal Barbara Cudney, Starschauspielerin der Bass Drama Society und Freundin Zuckermans während seines von Erfolg und Ruhm gekrönten letzten Collegejahres, ein Mädchen, das sich in *Medea* quer über die ganze Bühne geworfen hatte und jetzt an der Yale Drama School studierte, nicht einmal sie besaß etwas von Sharons sinnlicher Abenteuerlust und Theatralik; auch war es Zuckerman niemals in den Sinn gekommen, Barbara trotz ihres freien und ungehemmten Wesens um Gefälligkeiten zu bitten, die ihm Sharon geradezu aufdrängte. Im Grunde war der Lehrer seiner Schülerin keineswegs so weit voraus, wie er sie glauben machte, auch wenn er seine Verblüffung über ihre Bereitwilligkeit, jede seiner absurden Launen und Lüste zu befriedigen, natürlich für sich behielt. Anfangs überstieg es gänzlich sein Verständnis, dieses Animalische, das er durch den simplen Akt der Penetration in ihr geweckt hatte, und es erinnerte ihn an jene anderen erschreckenden und verblüffenden Metamorphosen, deren Zeuge er gewesen war – die Verwandlung seiner Mutter in ein Klageweib, als Sherman zur Navy ging, und Shermans Niedergang vom Glamour-Boy zum Kieferorthopäden. Bei Sharon brauchte er sexuelle Kapriolen nur leise *anzudeuten*, brauchte seine Wünsche nur vorsichtig *durchblicken* lassen – denn er war keineswegs ohne Hemmungen –, und schon nahm sie die entsprechende Position ein oder schaffte die notwendigen Accessoires herbei. «Sag mir, was ich sagen soll, Nathan, sag mir, was ich tun soll.» Da Zuckerman ein sehr phantasievoller junger Mann war und Sharon so begierig, ihm seine Wünsche zu erfüllen, gab es in jenem Juni in jeder Nacht etwas – fast – völlig Neues und Aufregendes zu tun.

Das Gefühl des Abenteuerlichen bei ihren Liebesspielen (wenn das hier der passende Ausdruck ist) wurde noch verstärkt durch die Tatsache, daß beide Elternpaare derweil oft in einem anderen Teil des Hauses oder draußen auf der Terrasse waren, wo sie Eistee tranken und palaverten. Während er Sharon auf dem Fußboden unter der Tischtennisplatte im Keller ihres Elternhauses pimperte, rief Zuckerman von Zeit zu Zeit laut und vernehmlich: «Toll geschmettert» oder «Toller Return, Sharon» – und derweil hockte das hitzige junge Mädchen wie ein Hund auf allen vieren vor ihm und flüsterte: «Oh, es ist so sonderbar. Es tut weh, aber es tut nicht weh. Oh, Nathan, es ist *so sonderbar.*»

Äußerst pikante Situation; eher verwegen als entspannend (schließlich hatte es Al Shatzky nicht mit Heilsarmee-Methoden zum Reißverschluß-König gebracht), aber unwiderstehlich. Auf Vorschlag der Erwachsenen gingen sie spätabends in die Küche, um wie artige kleine Kinder aus Suppenschüsseln riesige Portionen Eiscreme mit Sirup zu vertilgen. Draußen auf der Terrasse amüsierten sich die Erwachsenen über den Mordsappetit der beiden Kleinen – ja, das waren genau die Worte seines Vaters –, während Zuckerman unter dem Tisch, an dem sie saßen, mit seinem großen Zeh Sharon zum Orgasmus brachte.

Am allerbesten waren die «Shows». Zu Zuckermans Vergnügen und auf sein Betreiben stellte sich Sharon bei geöffneter Tür in das hell erleuchtete Badezimmer und lieferte ihm eine «Show» wie auf der Bühne, während er am anderen Ende des Korridors im dunklen Wohnzimmer saß und so tat, als würde er fernsehen. Eine «Show» bestand darin, daß Sharon sich ihrer Kleider entledigte (sehr langsam und sehr gekonnt, ganz die professionelle Stripperin), um dann, die spärliche Unterwäsche zu ihren Füßen, diverse Objekte einzuführen. Fasziniert (vom Fernsehprogramm, so schien es) starrte Zuckerman durch den Korridor zu dem nackten Mädchen, das sich, wie er es ihr erklärt hatte, auf dem Plastikgriff ihrer Haarbürste oder auf ihrem Scheidenpflegegerät oder, einmal, auf einer Zucchini wand, die zu ebendiesem Zweck am selben Tage gekauft worden war. Der Anblick der langen, grünen Gurke (ungekocht, versteht sich), die in ihren Körper hinein- und wieder herausschlüpfte, der Anblick der Zipper-King-Tochter, die mit gespreizten Schenkeln auf dem Rand der Badewanne saß und die ganze Länge ihres Körpers wollüstig einem Gemüse hingab, war ein derart mysteriöser und fesselnder Anblick, wie ihn Zuckerman in seinem (zugegebenermaßen) säkularen Leben noch nicht genossen hatte. Vergleichbar höchstens jener aufregenden Szene vom selben Abend, als sie auf allen vieren, den Blick auf sein entblößtes Glied gerichtet und mit zuckend vorgestreckter Zunge, durch das Wohnzimmer ihrer Eltern kroch. «Ich will deine Hure sein», raunte sie ihm zu (dies ganz *ohne* seine Anregung), während auf der Terrasse ihre Mutter seiner Mutter erzählte, wie hinreißend Sharon in dem Wintermantel aussehe, den sie am Nachmittag für sie gekauft hatten.

Wie sich zeigte, war es keine eigentlich komplizierte Rebellion, in der Sharon sich übte, aber sie war ja auch kein kompliziertes Mädchen. Was das Verständnis für ihr Verhalten dennoch so erschwerte, war die Tatsache, daß es so erbärmlich *durchschaubar* war. Sharon haßte ihren Vater. Ein Grund für ihren Haß – behauptete sie jedenfalls – war der häßliche Familienname, *den zu ändern er sich strikt weigerte*. Vor vielen, vielen Jahren, als sie noch in der Wiege lag, waren die fünf Shatzky-Brüder zusammengekommen und hatten den Entschluß gefaßt, den Familiennamen zu ändern, «aus geschäftlichen Gründen». Sie hatten sich für Shadley entschieden. Nur einer der fünf, Sharons Vater, hatte sich geweigert mitzumachen. «Ich schäme mich nicht», sagte er zu den anderen vier – und wurde dann, wie er seiner Tochter berichtete, der Erfolgreichste von allen. Als würde das, protestierte Sharon bei Zuckerman, irgend etwas beweisen! Und die schiere *Häßlichkeit* des *Namens*? Wie hörte sich das denn für andere an? Gerade wenn ein Mädchen so hieß! Ihre Cousine Cindy war Cindy Shadley, ihre Cousine Ruthie war Ruthie Shadley – von allen Mädchen in der Familie war nur noch sie eine Shatzky! «Reiß dich zusammen, bitte – ich bin ein Markenname», hatte ihr Vater gesagt. «Ich bin im ganzen Land bekannt. Soll ich mich plötzlich Al ‹the Zipper King› Shadley nennen? Wer soll denn das sein, Honey?» Tatsache war, daß sie es mit fünfzehn im Grunde auch nicht mehr besser ertrug, daß er sich «Reißverschluß-König» nannte. «The Zipper King» war genauso furchtbar wie Shatzky – in gewisser Weise sogar noch schlimmer. Sie wollte einen Vater mit einem Namen, der weder ein Witz noch eine glatte Lüge war; sie wollte *einen richtigen Namen*; und eines Tages drohte sie ihm, wenn sie alt genug war, würde sie einen Rechtsanwalt engagieren und zum Kreisgericht gehen und sich einen verschaffen. «Du wirst schon einen kriegen, keine Angst – und weißt du, wie? So wie alle netten Mädchen. Du wirst heiraten, und wenn ich bei deiner Hochzeit weine, dann vor Glück darüber, daß ich mir dieses Theater wegen des *Namens* nicht mehr anzuhören brauche –» und so weiter, immer die gleiche Arie, für Sharon fünf quälende Jahre der Pubertät. Die noch immer nicht ganz vorbei war. «Was ist denn Shatzky anderes», jammerte sie Zuckerman vor, «als die Vergangenheitsform von Shitzky? Oh, warum will er ihn nicht ändern? Wie *stur* ein Mensch sein kann!»

Bei den zornigen Ergüssen über ihren Familiennamen war Sharon komischer denn je – allerdings unfreiwillig. In Wahrheit fand Zuckerman sie, wenn sie nicht gerade eine heiße Nummer für ihn abzog, ziemlich langweilig. Sie hatte von nichts eine Ahnung. Weder konnte sie das *g* in «length» richtig aussprechen noch das *h* in «when» oder «why» aspirieren, ganz zu schweigen von «whale», sofern das Gespräch zufällig auf Melville kam. Dafür hatte sie ein Cockney-Philadelphia-O drauf, wie er es sonst allenfalls bei Taxifahrern gehört hatte. Kapierte sie ausnahmsweise eine seiner Pointen, dann seufzte sie und rollte die Augen gen Himmel, so als seien seine Feinsinnigkeiten denen ihres Vaters gleichzusetzen – Zuckerman, der H. L. Mencken, *der* Literaturpapst des Bass College!, dessen Leitartikel (über Verfehlungen der Verwaltung und der Studentenschaft) Miss Benson mit dem gnadenlosen Witz eines Jonathan Swift verglichen hatte! Wie sollte er jemals mit Sharon nach Bass fahren, um Miss Benson zu besuchen? Und wenn sie dann anfinge, Miss Benson ihre ebenso sinn- wie endlosen Anekdoten von sich und irgendwelchen High-School-Freundinnen zu erzählen? Oh, wenn sie ins Reden kam, konnte sie einen in Langeweile ertränken! In Gesprächen brachte Sharon selten einen Satz zu Ende, denn meistens pappte sie, in Zuckermans Augen eine abscheuliche Unart, die Wörter mit Hilfe einer klebrigen Mixtur von «weißt dus» und «ich findes» zusammen oder mit begeisterten Ausrufen wie «echt toll», «echt irre» und «echt Klasse»... letzteres gewöhnlich zur Charakterisierung einer Bande von Kids, mit der sie sich als Fünfzehnjährige in Atlantic City rumgetrieben hatte, im vorletzten Sommer also.

Vulgär, kindisch, ungebildet, bar jener Zartheit des Gefühls und Vornehmheit des Geistes, die er maßlos bewunderte in den Romanen – in der Person – von Virginia Woolf, deren Foto während seines letzten Semesters in Bass über seinem Schreibtisch gehangen hatte. Als er nach einem wilden und unbändigen Monat mit Sharon zur Army ging, war er insgeheim erleichtert, Als und Minnas hochaufgeschossenen Sprößling hinter sich gelassen zu haben (scheinbar unverändert, wie er sie vorgefunden hatte); sie war eine schmachtende Sklavin und außergewöhnliche Bettgefährtin, aber kaum die richtige Seelenpartnerin für jemanden, der gegenüber großen Autoren und großen Büchern empfand wie er. So jedenfalls schien es ihm bis zu dem Tag, an dem man ihm sein M1-Gewehr aushändigte und er feststellte, daß er jeden brauchte, den er hatte.

«Ich liebe deinen Schwanz», schluchzte das Mädchen ins Telefon. «Dein Schwanz fehlt mir *so sehr*. Oh, Nathan, ich spiele mit meiner Möse, ich spiele mit meiner Möse und stelle mir vor, daß du es bist. Oh, Nathan, soll ich kommen, jetzt hier am Telefon? Nathan –?»

In Tränen aufgelöst, voller Entsetzen, wankte er aus der Telefonzelle: allein der Gedanke, daß es ihn und seine Genitalien schon bald nicht mehr geben würde! Oh, und wenn nur die Genitalien dran glauben mußten, während *er* weiterlebte – angenommen, unter seinen Stiefeln würde eine Landmine explodieren, und dann würde man ihn zurückschicken zu einem Mädchen wie Sharon Shatzky, mit einer Leerstelle zwischen den Beinen. «Nein!» befahl er sich. «Hör auf, so was zu denken! Schluß damit! Benutz deinen Verstand! Ist doch bloß ein irrationales Schuldgefühl wegen Sharon und der Zucchini – ist doch bloß die Angst vor Strafe, weil du die Tochter vor der Nase des Vaters gebumst hast! Klassischer Fall von Bestrafungsphantasien! *Aber so was kann einfach nicht passieren!*» *Ihm jedenfalls nicht*, das war es, was er meinte, denn in einem Krieg passieren solche Dinge durchaus, und zwar jeden Tag.

Und dann landete er nach acht Wochen Infanterieausbildung und weiteren acht Wochen auf der MP-School in der Schreibstube einer Versorgungseinheit in Fort Campbell, im hintersten Südwesten von Kentucky, sechzig Meilen östlich von Paducah und achttausend Meilen östlich von den Landminen. Glückspilz Zuckerman! Nutznießer eines jener administrativen Irrtümer, durch die aus Verdammten urplötzlich Begnadigte werden und aus Sonntagskindern über Nacht Todeskandidaten. Auch solche Dinge passieren jeden Tag.

Zuckerman konnte nur mit den Zeigefingern tippen und war gänzlich unbedarft, was Ablage und das Ausfüllen von Formularen anging; doch zu seinem Glück war der für den ihm zugeteilten Bereich verantwortliche Hauptmann so froh darüber, einen Juden als Prügelknaben zu haben – auch solche Dinge passieren –, daß er bereit war, sich mit einem unfähigen Gehilfen abzufinden. Er verzichtete darauf, den administrativen Fehler zu korrigieren – was jener unfähige Gehilfe ständig befürchtete –, der Zuckerman nach Fort Campbell statt in sein blutiges Verhängnis befördert hatte, das im Schlamm hinter einem Puff in Seoul auf ihn lauerte, und er forderte auch keinen Ersatz für ihn an. Statt dessen nutzte Captain Clark die Gelegenheit, sich jeden Nachmittag einzuspielen, ehe er zur täglichen Runde über den Golfplatz beim Flughafen aufbrach, indem er Baumwoll-Golfbälle aus seinem Büro hinüber zu der Nische schlug, in der sein inkompetenter Schreiber saß. Zuckerman gab sich alle Mühe, einen gelassenen Eindruck zu machen, wenn die Golfbälle von seinem Hemd abprallten. «Treffer, Sir», sagte er mit einem Lächeln. «Nich ganss», erwiderte sein Vorgesetzter in tiefer Konzentration, «nich ganss...», und er fuhr fort, Golfbälle durch die offene Tür seines Büros zu peitschen, bis er endlich sein Ziel traf. «Ah, das isses, Zuckelman, genau auf den Rüssel.»

Sadistischer Hund! Südstaaten-Schwein! Jeden Tag nach Dienstschluß machte sich Zuckerman auf den Weg zum Büro des Generaladjutanten, um sich offiziell über Captain Clark zu beschweren (der, soweit er wußte, heimlich Mitglied des Ku-Klux-Klan war). Aber da Zuckerman eigentlich in Kentucky gar nicht *sein* durfte, sondern einen Vernichtungskrieg in Korea führen sollte (wo er noch immer landen konnte, wenn er sich mit Clark anlegte), erschien es ihm jedesmal wieder ratsam, seine Empörung zu unterdrücken und zum Abendessen in die Kantine zu gehen und anschließend in die Standortsbibliothek, wo er seine Lektüre von Werken der Bloomsbury-Gruppe fortsetzte, sich dabei allerdings etwa alle Stunde eine Pause gönnte, um einen weiteren Blick auf den jüngsten obszönen Brief der verdorbenen Halbwüchsigen zu werfen, die endgültig aufzugeben er sich immer noch nicht ganz hatte entschließen können. Aber, verdammt, er war sauer! Seine Menschenwürde! Seine Menschenrechte! Seine *Religion*! Oh, wie er jedesmal, wenn so ein Baumwoll-Golfball weich von seinem Fleisch abprallte, vor Empörung kochte... was jedoch (wie der gemeine Soldat Zuckerman sehr genau wußte) etwas ganz anderes ist, als mit Blut überströmt zu sein. Auch ist es etwas ganz anderes als das, was in der Literatur, und auch im Leben, mit Leiden oder Schmerz bezeichnet wird.

Aber Zuckerman würde den Schmerz noch früh genug kennenlernen – als Entfremdung, als Demütigung, als wütende und gnadenlose Feindschaft, in Gestalt von Widersachern, die keine respektablen Dekane oder liebenden Väter oder beschränkten Offiziere im Army Quartermaster Corps waren; o ja, schon bald würde der Schmerz in seinem Leben eine Rolle spielen, und das keineswegs ganz ohne sein Zutun. Sein liebender Vater hatte ihn gewarnt: Wer den Schlamassel sucht, der wird ihn auch finden – und es sollte eine große Überraschung werden. Denn an Schärfe und an Dauer, an reiner *Schmerzhaftigkeit*, sollte es alles übertreffen, was er zu Hause, in der Schule oder bei der Army erlebt hatte, und es sollte alles übertreffen, was er sich ausgemalt hatte, wenn er das tief verletzte, seelenvolle Gesicht von Virginia Woolf betrachtete oder als er seine ausgezeichnete Abschlußarbeit über die unterschwellige Seelenangst in ihren Romanen schrieb. Schon bald nachdem er dank eines schicksalhaften Versehens – seine letzte üppige Portion Anfängerglück, wie sich erweisen sollte – in die ländlichen Gefilde der amerikanischen Südstaaten geraten war statt auf die Schlachtfelder Koreas, sollte den jungen Konquistador das Unglück ereilen. Er würde anfangen zu zahlen... für die Eitelkeit und Ignoranz natürlich, vor allem aber für die Widersprüche: die scharfe Zunge und die dünne Haut, die geistigen Sehnsüchte und die lüsternen Begierden, die einfältigen, jungenhaften Bedürfnisse und die männlichen, die *autoritären* Ambitionen. Ja, im Laufe der nächsten zehn Jahre seines Lebens sollte er über Bescheidenheit all das lernen, was er wohl, nach dem Willen seines Vaters, schon von Dale Carnegie hatte lernen sollen, und noch so manches. Und noch so manches mehr.

Aber das ist eine andere Geschichte, eine Geschichte, die so entsetzlich ist, daß dagegen der kleinkarierte, antisemitische Südstaaten-Offizier, der mit Baumwoll-Golfbällen auf seine Nase zielte, daß selbst die siebzehnjährige Sharon Shatzky, die für ihn auf einem Flaschenkürbis ritt wie eine Pigalle-Hure bei einer Sex-Show, gleichermaßen Teile seiner idyllischen und unschuldigen Jugend zu sein schienen wie jener längst vergangene Nachmittag in Caroline Bensons Garten bei Tee und Brunnenkresse. Die Geschichte von Zuckermans Leiden erfordert eine weit *ernsthaftere* Herangehensweise als die Schilderung jener unbeschwerten Zeit, als er noch grün war hinter den Ohren. Um das Unglück wahrheitsgetreu zu berichten, das Zuckerman jenseits der Zwanzig widerfuhr, bedarf es eines tieferen Durchforschens, einer dunkleren Ironie, einer ernsten und nachdenklichen Stimme anstelle der amüsierten Perspektive herab von der Spitze des Olymps... aber möglicherweise braucht diese Geschichte weder Ernst noch Komplexität, sondern lediglich einen anderen Erzähler, einen, der auch sie als simple, fünftausend Wörter lange Komödie sieht, was sie vielleicht tatsächlich war. Bedauerlicherweise sieht sich der Autor dieser Geschichte, zumal ihm etwa im gleichen Alter ein ähnliches Unglück widerfuhr, nicht in der Lage, auch jetzt mit Mitte Dreißig noch nicht, die Angelegenheit knapp zu berichten oder komisch zu finden. «Bedauerlicherweise» deswegen, weil er sich fragt, ob dies nicht eher etwas über den Menschen aussagt als über das Maß des Unglücks.

Mitleidenschaft

(oder: Der Ernst der Fünfziger)

Nein, ich habe nicht aus konventionellen Gründen geheiratet, das kann mir niemand vorwerfen. Ich suchte mir meine Frau nicht aus Angst vor dem Alleinsein oder weil ich eine «Gefährtin» brauchte oder eine Köchin oder Gesellschaft fürs Alter, und ganz bestimmt nicht aus erotischen Motiven. Gleichgültig, was die Leute jetzt über mich erzählen, sexuelle Begierde hatte absolut nichts damit zu tun. Im Gegenteil: Obwohl sie eine recht hübsche Frau war – energischer, kantiger nordischer Kopf; entschlossene blaue Augen, die ich in Gedanken voller Bewunderung «winterlich» nannte; glattes, weizenblondes Haar, das sie in einer Ponyfrisur trug; ein freundliches Lächeln; ein einnehmendes, offenes Lachen –, erschien mir ihr kleinwüchsiger Körper mit den stämmigen Beinen fast zwergenhaft in seinen Proportionen und von Anfang bis Ende unverändert abstoßend. Besonders ihr Gang war mir zuwider: männlich, linkisch, ging er in eine Art rollende Bewegung über, wenn sie versuchte, schnell voranzukommen; und weckte Erinnerungen an Cowboys und an Matrosen der Handelsmarine. Wenn wir verabredet waren und ich sie in irgendeiner Straße Chicagos auf mich zustürzen sah – nachdem wir ein Liebespaar geworden waren –, schrak ich, selbst von weitem, zurück bei der Vorstellung, diesen Körper in den Armen zu halten, bei dem Gedanken, daß sie *mein* war und daß ich es so gewollt hatte.

Lydia Ketterer war eine geschiedene Frau, fünf Jahre älter als ich und Mutter eines zehnjährigen Mädchens, das bei Lydias früherem Mann und seiner zweiten Gattin in einer Neubausiedlung im Süden Chicagos lebte. Wann immer Lydia während ihrer Ehe die Ansichten ihres Mannes zu kritisieren oder in Zweifel zu ziehen wagte, hob dieser – ein Kerl wie ein Schrank, doppelt so schwer wie sie und um einiges größer – sie vom Fußboden hoch und wuchtete sie gegen die nächste Wand; in den Monaten nach der Scheidung benutzte er, um sie zu quälen, ihr Kind, das damals sechs und Lydia zugesprochen worden war; und als Lydia schließlich zusammenbrach, nahm Ketterer das Kind zu sich und weigerte sich nach Lydias Entlassung aus dem Krankenhaus, ihr die Kleine wieder zu überlassen.

Es war der zweite Mann, der sie beinahe vernichtet hätte; der erste, Lydias Vater, hatte sie verführt, als Zwölfjährige. Die Mutter war seit Lydias Geburt bettlägerig gewesen, Opfer eines einfachen Hexenschusses, wie es schien, doch permanent kränkelnd bis zu ihrem Tod. Nachdem ihr Vater das Weite gesucht hatte, war Lydia von zwei altjüngferlichen Tanten in Skokie aufgezogen worden; bis sie im Alter von achtzehn Jahren mit Ketterer durchbrannte, teilte sie sich mit ihrer Mutter ein Zimmer in diesem Refugium, dessen Helden der Flieger Lindbergh, der Senator Bilbo, der Geistliche Coughlin und der Patriot Gerald L. K. Smith waren. Ein Leben der Bestrafungen, Demütigungen, Treulosigkeiten und Niederlagen; und genau das zog mich zu ihr hin, all meinen Befürchtungen zum Trotz.

Natürlich war der Gegensatz zu meinen eigenen Erfahrungen von Nestwärme und Familienzusammenhalt überwältigend; während sich Lydia an tausendundeine Nacht erinnerte, in der sie ihrer Mutter den Rücken mit Sloans Salbe eingerieben hatte, konnte ich mich nicht an eine einzige Stunde meiner Kindheit erinnern, in der meine Mutter den Anforderungen ihres Amtes nicht gewachsen gewesen wäre. Wenn sie wirklich unpäßlich war, was so gut wie nie vorkam, schien das nicht einmal ihr berühmtes Pfeifen zu beeinträchtigen, jenes unaufhörliche Potpourri aus «Musical-Melodien», die sie während des ganzen Tages bei Hausarbeit und Dienst an der Familie melodisch vor sich hin trillerte. Der Kränkelnde bei uns daheim war ich: atemwürgende Diphtherie, als Folge davon alljährliche Infektion der Atemwege, verheerendes Drüsenfieber, mysteriöse Heimsuchungen von «Allergien». Bis zur Pubertät verbrachte ich ebensoviel Zeit zu Hause im Bett oder unter einer Wolldecke auf dem Wohnzimmersofa wie auf meinem Stuhl im Klassenraum, was die Disposition meiner Mutter, der Pfeiferin – «Mrs. Zuckervogel» nannte der Briefträger sie –, um so eindrucksvoller erscheinen läßt. Mein Vater, obschon bei weitem nicht so heiter in seiner Unzerstörbarkeit und von Natur aus ein sehr viel ernsterer Mensch als meine bäurisch-beschwingte Mutter, zeigte sich dennoch den Prüfungen, die unsere Familie durchmachen mußte, in gleicher Weise gewachsen: Im einzelnen waren das die Wirtschaftskrise, Kränklichkeit sowie die unerklärlichen Ehen meiner älteren Schwester Sonia, die sich *zweimal* mit den Söhnen von Sizilianern einließ: der erste ein Betrüger und schließlich ein Selbstmörder; der zweite zwar ehrlich in seinen Geschäften, im übrigen jedoch «gewöhnlich wie Dreck» – mit dem jiddischen Wort, das als einziges dem Ausmaß unserer Enttäuschung und Verachtung angemessenen Ausdruck bot, *prost*.

Wir selbst waren keineswegs vornehm, aber mit Sicherheit auch nicht primitiv. Würde, brachte man mir bei, hatte nichts zu tun mit gesellschaftlicher Stellung: Charakter, Haltung war alles. Meine Mutter machte sich stets lustig über die Damen aus ihrem Bekanntenkreis, die von Nerzmänteln und einem Urlaub in Miami Beach träumten. «Für die», sagte sie verächtlich über irgendeine alberne Nachbarin, «ist es das Größte im Leben, sich einen Silberfuchs umzulegen und mit der Plebs über die Promenade zu flanieren. Erst als ich aufs College kam und es selbst falsch gebrauchte, ging mir auf, daß dieses Wort, von dem meine Mutter meinte, es beziehe sich auf die Elite – wahrscheinlich weil «plebs» so ähnlich wie «Snobs» klang –, in Wirklichkeit gleichbedeutend mit «Pöbel» ist.

Soviel zum Klassenkampf als brennendem Thema in meinem Elternhaus oder zu Sozialneid und gesellschaftlichem Ehrgeiz als handlungsleitenden Motiven. Ein fester Charakter, nicht ein dickes Bankkonto, galt meinen Eltern als Beweis für den Wert eines Menschen. Anständige, vernünftige Leute. Warum die eigenen Kinder ihr Kapital so verschleuderten, warum beide Sprößlinge mit dem Unglück einen Bund fürs Leben schlossen, ist schwer zu verstehen. Daß der erste Mann meiner Schwester und meine einzige Frau sich beide das Leben nahmen, scheint etwas über unsere gemeinsame Kindheit auszusagen. Aber was? Ich habe da keine Theorie. Wenn es jemals Eltern gab, die für die Torheiten ihrer Kinder nicht verantwortlich waren, dann meine.

Mein Vater war Buchhalter. Wegen seines hervorragenden Gedächtnisses und seines flinken Umgangs mit Zahlen galt er als der Weise unseres Viertels, in dem überwiegend hart arbeitende Juden der ersten Generation wohnten; wer Rat suchte, wandte sich meist an ihn. Ein magerer, gestrenger, humorloser Mensch, stets makellos im weißen Hemd mit Krawatte, bekundete er seine Liebe zu mir auf eine präzise, farblose Weise, die mich mit schmerzhafter Zärtlichkeit für ihn erfüllt, zumal jetzt, da er der Bettlägerige ist und ich im selbstgewählten Exil lebe, Tausende von Meilen entfernt von seinem Bett.

Als *ich* der schwächliche, fiebernde Kranke war, empfand ich so etwas wie Mystifikation und begriff ihn als eine Art sprechendes elektrisches Spielzeug, das jeden Abend pünktlich um sechs erschien, um sich mit mir zu beschäftigen. Seine Vorstellung von Unterhaltung bestand darin, mit mir die arithmetischen Rätsel zu üben, die er selbst so perfekt beherrschte. «Preissenkung», sagte er im Ton eines Rezitationsschülers, der den Titel eines Gedichts verkündet. «Ein Kleiderhändler, der einen Mantel im Schnitt der vergangenen Saison verkaufen wollte, setzte den Preis von ursprünglich dreißig Dollar auf vierundzwanzig herab. Da er trotzdem keinen Käufer fand, ging er auf neunzehn Dollar und zwanzig Cents herunter. Abermals fand er keinen Abnehmer; deshalb versuchte er es mit einem weiteren Preisnachlaß, und diesmal klappte es.» Hier pflegte er innezuhalten; wenn ich wollte, konnte ich ihn bitten, einige oder auch alle Einzelheiten zu wiederholen. Tat ich dies nicht, so fuhr er fort: «Also gut, Nathan, wieviel betrug der Verkaufspreis, wenn der letzte Preisnachlaß den beiden vorherigen entsprach?» Oder: «Eine Kette herstellen. Ein Holzfäller hat sechs Teile einer Kette, deren jeder aus vier Gliedern besteht. Betragen die Kosten zum Aufschneiden eines Gliedes –» und so weiter. Am darauffolgenden Tag, während meine Mutter Gershwin-Melodien pfiff und die Hemden meines Vaters wusch, hing ich in meinem Bett Tagträumen über den Kleiderhändler und den Holzfäller nach. Wem hatte der Händler den Mantel schließlich verkauft? Hatte der Käufer gemerkt, daß der Mantel inzwischen aus der Mode war? Wenn er ihn in einem Restaurant trug – würden die Leute über ihn lachen? Und wie sah das eigentlich aus – «im Schnitt der vergangenen Saison»? «Abermals fand er keinen Abnehmer», sagte ich laut – und fand in dieser Vorstellung allen Anlaß zur Melancholie. Ich erinnere mich noch genau, welche Dimensionen sich mir bei dem «Käufer» eröffneten. Konnte es der Holzfäller mit den sechs Teilen einer Kette gewesen sein, der, in seiner hinterwäldlerischen Unschuld, den Mantel im

Schnitt der vergangenen Saison gekauft hatte? Und wozu brauchte er überhaupt einen Mantel? War er zu einem Ball eingeladen worden? Von wem? Meine Mutter hielt meine Fragen zu diesen Rätseln für «niedlich» und war froh, daß sie mich beschäftigten, während sie mit dem Haushalt zu tun und keine Zeit zum Halma- oder Damespielen hatte; mein Vater dagegen war enttäuscht, als er feststellte, daß mich phantastische und irrelevante Details der Geographie, der Persönlichkeit und der jeweiligen Absichten stärker faszinierten als die schlichte Schönheit der arithmetischen Lösung. Er fand das nicht sehr intelligent von mir; und er hatte recht.

Ich empfinde keinerlei nostalgische Sehnsucht nach jener Kindheit des ewigen Kränkelns, nicht im geringsten. Zu Beginn der Pubertät erlebte ich wegen meiner körperlichen Ängstlichkeit und meinem Versagen bei jeder Art von Sport tägliche Demütigungen auf dem Schulhof (damals konnte ich mir keine schlimmeren vorstellen). Außerdem brachte mich die Beharrlichkeit auf, mit der meine Eltern sich um meine Gesundheit sorgten, auch nachdem aus mir mit sechzehn Jahren ein kräftiger, breitschultriger Kerl geworden war, der, um seine linkischen und lächerlichen Darbietungen als Schlagmann oder im Außenfeld zu kompensieren, im stinkenden Waschraum des Süßigkeitenladens an der Ecke um Geld würfelte und samstagabends in einem Auto voll mit «qualmenden Naseweisen» – wie mein Vater zu sagen pflegte – losfuhr, um vergeblich nach dem Bordell zu suchen, das sich Gerüchten zufolge irgendwo im Staate New Jersey befinden sollte. Natürlich hatte *ich* bei alledem noch mehr Angst als meine Eltern: Zweifellos würde ich am nächsten Morgen mit Herzflattern aufwachen oder nach Luft ringend oder mit einem meiner Vierzig-Grad-Fieberanfälle... Infolge dieser Ängste wurde ich in den Ausfällen gegen meine Eltern ausgesprochen unbarmherzig, selbst für einen Teenager, und sie sollten noch Jahre später eine lähmende Angst vor mir haben. Hätte mein ärgster Feind zu mir gesagt: «Hoffentlich krepierst du, Zuckerman», hätte mich das nicht mehr aufbringen können als die wohlmeinende Frage meines Vaters, ob ich auch meine Vitaminkapseln genommen hatte, oder meine Mutter, wenn sie, um herauszufinden, ob ich Fieber hatte, mir beim Abendessen einen sanften Kuß auf die Stirn gab. Wie ich diese ganze Zärtlichkeit haßte! Ich erinnerte mich noch, wie erleichternd es für mich war, als der erste Mann meiner Schwester dabei erwischt worden war, wie er in die Kasse der Heizölfirma seines Onkels griff, und die Besorgnis meiner Eltern sich fortan auf Sonia konzentrierte. Meine übrigens auch. Manchmal kam sie zu uns und weinte sich an meiner siebzehnjährigen Schulter aus, nachdem sie Billy im Gefängnis besucht hatte, wo er eine Freiheitsstrafe von einem Jahr und einem Tag absitzen mußte; und wie angenehm, ja geradezu erhebend war es doch, einmal nicht das Objekt solcher Besorgnis zu sein, wie damals, als Sonia und ich Kinder waren und sie den kleinen Eingeschlossenen täglich stundenlang und ohne ein Wort der Klage unterhielt.

Als ich einige Jahre später in Rutgers studierte, tat Billy meinen Eltern den Gefallen, sich mit einem Strick an der Gardinenstange ihres Schlafzimmerfensters aufzuhängen. Ich glaube, er hatte nicht gedacht, es könne klappen; so, wie ich Billy kannte, baute er darauf, daß die Gardinenstange unter seinem Gewicht nachgeben würde und meine Eltern ihn bei der Rückkehr von ihren Einkäufen zusammengesunken, aber noch atmend auf dem Fußboden fänden. Der Anblick des Schwiegersohns mit einem verstauchten Fuß und einem Strick um den Hals sollte meinen Vater dazu bewegen, Billys Schulden in Höhe von 5000 Dollar bei seinem Buchmacher zu bezahlen. Doch die Gardinenstange war stärker als angenommen, und Billy wurde erdrosselt. Drei Kreuze, sollte man denken. Aber nein; im Jahr darauf heiratete Sunny «noch so einen» (wie mein Vater sagte). Die gleichen schwarzen Locken, das gleiche «männliche» Grübchen im Kinn, die gleiche zweifelhafte Herkunft. Johnnys Schwäche waren allerdings nicht Wetten, sondern Nutten. Trotzdem blüht und gedeiht die Ehe. Jedesmal wenn mein Schwager erwischt wird, fällt er auf die Knie und bittet Sunny um Vergebung; diese Geste scheint bei meiner Schwester eine Menge zu bewirken – nicht jedoch bei unserem Vater: «Küßt ihr die Schuhe», pflegte er zu sagen und angewidert die Augen zu schließen, «küßt tatsächlich *Schuhe*, als wäre das ein Zeichen von Liebe, von Achtung – von irgendwas!» Sie haben vier hübsche Kinder mit lockigem Haar; jedenfalls hatten sie die, als ich 1962 zum letztenmal bei ihnen war: Donna, Louis, John junior und Maria (sicher der gemeinste Name von allen). John senior baut Swimmingpools und verdient in der Woche genug, um hundert Dollar für ein New Yorker Callgirl auszugeben, ohne mit der Wimper zu zucken – jedenfalls nicht in finanzieller Hinsicht. Als ich sie damals besuchte, gab es in ihrem Sommerhaus in den Italian Catskills noch mehr rosa «Harems»-Kissen im Wohnzimmer als in ihrem Haus in Scotch Plains und eine noch größere Pfeffermühle; in beiden «Heimen» tragen das Silber, die Bettwäsche und die Handtücher das Monogramm SZR, die Initialen meiner Schwester.

Wie konnte es dazu kommen? Diese Frage quälte mich lange Zeit. Wie konnte es angehen, daß meine Schwester, die stundenlang bei uns im Wohnzimmer geübt und mir die Lieder aus *Song of Norway* und *The Student Prince* so lange vorgesungen hatte, bis ich wünschte, Norweger oder adlig zu sein; meine Schwester, die bei Dr. Bresslenstein in North Philadelphia «Stimmschulung» belegt hatte und schon mit fünfzehn Jahren auf Hochzeiten *Because* für Gage sang; meine Schwester, die bereits die üppige, hoheitsvolle Aura einer Primadonna ausstrahlte, als andere kleine Mädchen sich noch über Jungen und Pickel den Kopf zerbrachen – wie konnte ausgerechnet *sie* in einem Haus im «Haremsstil» enden, Kinder bemuttern, die von Nonnen unterrichtet wurden, und sonntags «Jerry Vale singt italienische Hits» auflegen, um unsere schweigsamen Eltern zu unterhalten, wenn sie zu Besuch kamen. *Warum? Wieso?*

Als Sonia zum zweitenmal heiratete, fragte ich mich, ob sie womöglich irgendeinem geheimen religiösen Ritual huldigte: Übte sie vielleicht eine Art Selbstkasteiung, um die Tiefen ihres spirituellen Wesens auszuloten? Ich stellte sie mir nachts im Bett vor (jawohl, im Bett), wie sie neben ihrem schlafenden Schönling von einem Ehemann lag und in der Dunkelheit triumphierte, daß sie, von allen unerkannt – mit «allen» waren die verwirrten Eltern und der fassungslose Primaner-Bruder gemeint –, noch immer genau dieselbe Person war, die uns von der Bühne des CVJM durch etwas bezaubert hatte, das Bresslenstein (ein mittelloser Flüchtling aus Palästina, nach eigenem Bekunden allerdings einst der berühmteste Impresario Münchens) meiner Mutter als «...eine wahrhaft herrliche Koloratur... alle Voraussetzungen für eine neue Lily Pons» beschrieb. Ich stellte mir vor, wie sie eines Abends kurz vor dem Essen an die Hintertür unserer Wohnung klopfen würde, ihr schwarzes Haar wieder schulterlang, in dem gleichen langen, bestickten Kleid, in dem sie *The Student Prince* gesungen hatte – meine anmutige und temperamentvolle Schwester, deren Erscheinen auf der Bühne mir

Tränen des Stolzes in die Augen getrieben hatte, unsere Lily Pons, unsere Galli-Curci, endlich zu uns zurückgekehrt, berückender denn je und *rein*: «Ich mußte es tun», erklärt sie, während wir auf sie zustürzen, um sie zu dritt in die Arme zu schließen, «ansonsten hatte es nichts zu bedeuten.»

Kurz gesagt: Ich konnte mich nicht damit abfinden, daß ich eine Schwester hatte, die in einem Einfamilienhaus am Stadtrand wohnte und deren Geschmack und Lebensstil – vulgär in den Augen eines arroganten jungen Studenten, eines intellektuellen Snobs, der sich Allen Tates Ausführungen über das Erhabene und Dr. Leavis' Gedanken zu Matthew Arnold bereits als Frühstückslektüre zu Gemüte führte – mehr oder weniger dem Geschmack und Lebensstil von Millionen und Abermillionen amerikanischer Familien glich. Statt dessen stellte ich mir Sonia Zuckerman Ruggieri im Fegefeuer vor.

Lydia Jorgenson Ketterer stellte ich mir in der Hölle vor. Aber wer hätte das nicht getan, wenn er die Geschichten aus ihrer tristen Vergangenheit hörte? Im Vergleich dazu wirkte meine eigene Kindheit, samt Krankheit, Fieber und allem, geradezu paradiesisch; denn während ich als Kind unentwegt bedient worden war, hatte sie unentwegt dienen müssen, eine kindliche Sklavin, Rund-um-die-Uhr-Pflegerin für ihre hypochondrische Mutter und leichte Beute für ihren primitiven Vater.

Die Geschichte des Inzests, wie Lydia sie erzählte, war sehr einfach, so einfach, daß es mich erschütterte. Damals erschien mir unvorstellbar, daß eine Handlung, die für mich unauflöslich mit einem großen Werk des klassischen Dramas verbunden war, sich wirklich zugetragen haben konnte, ohne Boten, Chöre und Orakel, sondern zwischen einem Chicagoer Milchmann in seinem Bloomfield-Farms-Overall und seiner verschlafenen, blauäugigen kleinen Tochter, bevor sie sich auf den Weg zur Schule machte. Und doch war es so gewesen. «Es war einmal», wie Lydia ihre Geschichte gern begann, an einem frühen Wintermorgen, als ihr Vater, der um diese Zeit immer aus dem Haus ging, um seinen Lieferwagen zu holen, in ihr Zimmer kam und sich in seiner Arbeitskluft neben sie ins Bett legte. Er zitterte und hatte Tränen in den Augen. «Du bist alles, was ich habe, Lydia, du bist alles, was Daddy hat. Ich bin mit einer Leiche verheiratet.» Und dann zog er sich den Overall herunter, weil er nun mal mit einer Leiche verheiratet war. «So einfach war das», sagte Lydia. Lydia, das Kind, Lydia, die Erwachsene, schrie nicht, und sie biß ihm auch nicht in den Hals, als er schließlich über ihr lag. Zwar kam ihr der Gedanke, ihn in den Adamsapfel zu beißen, doch sie fürchtete, sein Geschrei werde ihre Mutter aufwecken, die ihren Schlaf brauchte. *Sie fürchtete, sein Geschrei werde ihre Mutter aufwecken.* Außerdem wollte sie ihm nicht weh tun: Er war ja ihr Vater. Zwar erschien Mr. Jorgenson an diesem Morgen zur Arbeit, doch fand man später am Tag seinen abgestellten Lieferwagen in einer Tannenschonung. «Und wohin er gegangen war», sagte Lydia in sanftem Märchenbuch-Ton, «wußte niemand»; weder die bettlägerige Frau, die er völlig mittellos zurückließ, noch das entsetzte kleine Mädchen. Anfangs hatte Lydia aus irgendeinem Grund geglaubt, er sei «zum Nordpol» durchgebrannt; gleichzeitig jedoch war sie davon überzeugt, er treibe sich in der Nachbarschaft herum und werde ihr den Schädel mit einem Stein zerschmettern, sollte sie ihren kleinen Freunden verraten, was er vor seinem Verschwinden mit ihr angestellt hatte. Noch viele Jahre später – selbst als sie bereits erwachsen war, selbst nach ihrem Nervenzusammenbruch – fragte sie sich, wenn sie zur Weihnachtszeit in die Stadt ging, ob nicht einer der glöckchenschwingenden Weihnachtsmänner vor den Warenhäusern ihr Vater sei. Und als sie sich im Dezember ihres achtzehnten Lebensjahres entschieden hatte, an Ketterers Seite Skokie den Rücken zu kehren, war sie tatsächlich auf den Weihnachtsmann vor Goldblatt's zugetreten und hatte zu ihm gesagt: «Ich werde heiraten. Ich habe keine Angst mehr vor dir. Ich heirate einen Mann, der eins neunzig groß ist und zweihundertzehn Pfund wiegt. Und wenn du jemals wieder versuchst, dich an mich ranzumachen, wird er dir sämtliche Knochen brechen.»

«Ich weiß immer noch nicht, was verrückter war», sagte Lydia, «daß ich so tat, als sei der arme, verblüffte Weihnachtsmann mein Vater, oder daß ich mir einbildete, der Rohling, den ich heiraten wollte, sei ein Mann.»

Inzest, eine brutale Ehe, dann das, was sie ihren «Flirt» mit dem Wahnsinn nannte. Einen Monat nach Lydias Scheidung von Ketterer wegen körperlicher Grausamkeit gelang es ihrer Mutter endlich, den Schlaganfall zu bekommen, auf den sie sich ihr Leben lang vorbereitet hatte. Während der Woche, in der die Frau im Krankenhaus unter dem Sauerstoffzelt lag, weigerte sich Lydia, sie zu besuchen. «Ich sagte zu meinen Tanten, ich hätte in dieser Angelegenheit meine Schuldigkeit getan. Falls sie im Sterben liege, könne ich das ja doch nicht verhindern. Und wenn es wieder der übliche Schwindel sei, so wolle ich nichts mehr damit zu tun haben.» Als die Mutter schließlich und endlich doch starb, äußerte sich Lydias Gram oder Erleichterung oder Freude oder Schuldgefühl in vollkommener Lethargie. Nichts schien der Mühe wert. Sie versorgte zwar Monica, ihre sechsjährige Tochter, aber das war auch alles. Sie wechselte weder ihre Kleider, noch machte sie die Betten oder spülte das Geschirr; wann immer sie eine Konservendose öffnete, um etwas zu essen, stellte sie nach kurzer Zeit fest, daß sie Katzenfutter löffelte. Dann fing sie an, die Wände mit Lippenstift vollzuschreiben. Als Ketterer am Sonntag nach dem Begräbnis kam, um Monica abzuholen, fand er das Kind angezogen und ausgehbereit auf einem Stuhl – und die Wände des Appartements bedeckt mit Fragen in großen Lippenstift-Blockbuchstaben: WARUM NICHT? DU AUCH? WARUM SOLLTEN SIE? WER SAGT DAS? ACH JA? Lydia war noch beim Frühstück, das an diesem Morgen aus einer Schüssel Katzenstreu bestand, bedeckt mit Urin und einer in Scheiben geschnittenen Kerze.

«Oh, das hat ihm gefallen», erzählte Lydia. «Man konnte direkt sehen, wie es in seinem Geist, oder was immer er da oben hat, drunter und drüber ging. Er konnte es nicht ertragen, weißt du, daß ich mich von ihm hatte scheiden lassen, er konnte es nicht ertragen, daß ein Richter im Gerichtssaal gehört hatte, was für ein Tier er war. Er konnte es nicht ertragen, seinen kleinen Punchingball verloren zu haben. ‹Du hältst dich für so gescheit, du gehst in Kunstmuseen, und du glaubst, das gibt dir ein Recht, deinen Mann herumzukommandieren –› und dann hob er mich hoch und schleuderte mich gegen die Wand. Immer wieder sagte er zu mir, ich müßte ihm eigentlich auf den Knien danken, daß er mich aus diesem Haus voll alter Schachteln gerettet habe, und ich hätte allen Grund, ihn *anzubeten*, weil er mich, praktisch ein Waisenkind, aufgenommen und mit einem schönen Heim, einem Baby und Geld versorgt habe, Geld, das es mir ermögliche, Museen zu besuchen. Ein einziges Mal, verstehst du, in den ganzen sieben Jahren bin ich mit meinem Vetter

Bob, dem unverheirateten High-School-Lehrer, ins Art Institute gegangen. Er zeigte mir das Museum, und als wir allein in einem der leeren Räume waren, entblößte er sich vor mir. Er sagte, er wolle nur, daß ich ihn ansehe, weiter nichts. Berühren solle ich es gar nicht. Also machte ich's auch nicht; ich machte überhaupt nichts. Es war genau wie bei meinem Vater – er tat mir einfach nur *leid*. Da stand ich nun, verheiratet mit einem Gorilla, und hier Vetter Bob, den mein Vater immer ‹den kleinen Streber› genannt hatte. Wirklich was Besonderes, meine Familie. *Jedenfalls:* Ketterer brach die Tür auf, sah, daß die Schmierereien an der Wand von mir stammten, und war außer sich vor Freude. Vor allem, als er das Frühstück sah, das ich zu essen vorgab. Denn ich täuschte das alles nur vor, weißt du. Ich wußte genau, was ich tat. Ich hatte keineswegs die Absicht, meinen eigenen Urin zu trinken oder eine Kerze und Katzenstreu zu essen. Ich wußte, daß Ketterer kommen würde, und nur deshalb tat ich's. Du hättest hören sollen, wie besorgt er sich gab: ‹Du brauchst einen Arzt, Lydia, du brauchst ganz dringend einen Arzt.› Aber dann rief er keinen Arzt, sondern einen Krankenwagen. Ich mußte lächeln, als zwei Männer in meine Wohnung kamen, die tatsächlich weiße Kittel trugen. Das heißt, ich mußte nicht lächeln, aber ich lächelte. Ich sagte: ‹Möchten die Herren vielleicht ein wenig Katzenstreu kosten?› Ich wußte, daß von einer Verrückten so was erwartet wurde. Zumindest ist das die allgemeine Meinung. Was ich wirklich sage, wenn ich wahnsinnig bin, sind Sachen wie: ‹Heute ist Dienstag›, oder: ‹Ich hätte gern ein Pfund Hackfleisch, bitte.› Ach was, ich versuch nur so zu tun, als wüßte ich Bescheid. Vergiß es. Ich weiß nicht, *was* ich sage, wenn ich verrückt bin, oder ob ich jemals verrückt *war*. Ehrlich, es war bloß ein kleiner Flirt.»

Trotzdem war es das Ende ihrer Mutterschaft. Bei ihrer Entlassung aus dem Krankenhaus fünf Wochen später erklärte Ketterer, er werde wieder heiraten. An sich habe er mit seinem Antrag nicht so «ins Haus fallen» wollen, aber da Lydia sich nun öffentlich als die Irre entpuppt habe, die er sieben elende Jahre in seinen vier Wänden habe ertragen müssen, halte er es für seine Pflicht, dem Kind ein anständiges Heim und eine gute Mutter zu bieten. Falls Lydia seine Entscheidung vor Gericht anfechten wolle, so solle sie das getrost versuchen. Offenbar hatte er die beschmierten Wände fotografiert und außerdem einige Nachbarn aufgetrieben, die bereit waren, vor

Gericht auszusagen, wie Lydia ausgesehen und *gerochen* hatte in der Woche, «bevor bei dir die Leitung endgültig durchgeschmort ist», wie Ketterer gern beschrieb, was ihr zugestoßen war. Prozeßkosten schreckten ihn nicht; er werde seinen letzten Cent opfern, um Monica vor einer Verrückten zu retten, die ihre eigenen Exkremente esse. «Und auch», sagte Lydia, «um dann keine Alimente mehr zahlen zu müssen.»

«Verzweifelt rannte ich tagelang in der Nachbarschaft herum und flehte die Leute an, nicht gegen mich auszusagen. Sie wüßten doch, wie sehr Monica mich liebte, sie wüßten doch, daß ich Monica liebte – und sie wüßten, daß es nur der Tod meiner Mutter gewesen sei und meine Erschöpfung und so weiter und so fort. Bestimmt habe ich sie furchtbar erschreckt, als ich ihnen erzählte, sie ‹wüßten› doch genau, daß sie von meinem Leben praktisch gar nichts wüßten. Ich bin sicher, ich *wollte* sie erschrecken. Ich nahm mir sogar einen Anwalt. Ich saß in seinem Büro und weinte, und er versicherte mir, es sei mein volles Recht, das Kind zurückzuverlangen, und für Mr. Ketterer werde alles nicht so einfach sein, wie er es sich einbilde, und so weiter und so fort, sehr ermutigend, sehr mitfühlend, sehr optimistisch. Ich verließ also sein Büro, ging zum Busbahnhof und nahm einen Bus nach Kanada. Ich fuhr nach Winnipeg, um nach einer Arbeitsvermittlung zu suchen – ich wollte Köchin in einem Holzfällerlager werden. Je weiter nördlich, desto besser. Ich wollte Köchin für hundert starke, hungrige Männer sein. Während der ganzen Busfahrt nach Winnipeg sah ich mich in Gedanken in der Küche einer riesigen Kantine oben in der eisigen Wildnis; ich briet Eier mit Speck und Toast, kochte viele, viele Kannen Kaffee für das morgendliche Mahl, deckte den Tisch, während es noch dunkel war – der einzige wache Mensch im ganzen Holzfällerlager, ich. Und dann die langen, sonnigen Vormittage, saubermachen und anfangen mit den Vorbereitungen fürs Abendessen, wenn alle müde von der schweren Waldarbeit nach Hause kommen würden. Es war der einfachste und mädchenhafteste kleine Tagtraum, den du dir vorstellen kannst. Den *ich* mir vorstellen konnte. Ich würde die Dienerin von hundert starken Männern sein, und sie würden mich dafür beschützen. Im ganzen Camp wäre ich die einzige Frau, und weil es nur mich gab, würde es niemand wagen, meine Situation auszunutzen. In Winnipeg verbrachte ich drei Tage. Die meiste Zeit im Kino. Ich hatte

Angst, in ein Holzfällerlager zu gehen und nach Arbeit zu fragen – ich war sicher, sie würden mich für eine Prostituierte halten. Oh, wie banal es ist, verrückt zu sein. Vielleicht ist es auch nur banal, ich zu sein. Was könnte banaler sein, als vom eigenen Vater verführt zu werden und dann für den Rest seines Lebens die ‹Narben› zu tragen? Weißt du, die ganze Zeit über dachte ich: ‹Ich habe überhaupt keinen Grund, mich so zu verhalten. Es gibt keinen Grund, verrückt zu spielen – es gab auch nie einen. Es gibt keinen Grund, zum Nordpol zu flüchten. Ich spiele ja nur. Das einzige, was ich tun muß, um aufzuhören, ist *aufhören*.› Ich erinnerte mich daran, was meine Tanten immer sagten, wenn ich auch nur zum leisesten Protest gegen irgend etwas ansetzte: ‹Nimm dich zusammen, Lydia, der Geist regiert den Körper.› Sollte ich etwa aus Trotz gegen *die* beiden mein Leben vergeuden? Wenn ich mich zu ihrem Opfer machte, wäre das ja noch lächerlicher gewesen, als weiterhin zu dulden, daß ich das Opfer meines Vaters blieb. Da saß ich also in Kanada im Kino, und mir gingen all diese Sprüche durch den Kopf, die ich immer so grauenhaft gefunden hatte, *aber sie klangen absolut vernünftig*. Nimm dich zusammen, Lydia. Der Geist regiert den Körper, Lydia. Es nützt nichts zu weinen, wenn das Kind in den Brunnen gefallen ist, Lydia. Wenn du es nicht schaffst, Lydia – und du wirst es nicht schaffen –, versuch es noch einmal. Mir war klar, daß das Herumhocken in den Kinos von Winnipeg mir nicht helfen konnte, Monica vor ihrem Vater zu retten. So blieb mir nur die Schlußfolgerung, daß ich sie gar nicht vor ihm retten wollte. Dr. Rutherford sagt jetzt, genau das sei der Fall gewesen. Nicht daß man ein ausgebildeter Therapeut sein müßte, um mich zu durchschauen. Wie ich wieder nach Chicago gekommen bin? Dr. Rutherford meint, indem ich den Zweck meiner Reise erfüllt hätte. Ich wohnte, wie sich herausstellte, in einem Hotel für zwei Dollar die Nacht im Rotlichtbezirk von Winnipeg. Als ob Lydia das nicht gewußt hätte, sagt Dr. Rutherford. Als ich am dritten Morgen nach unten ging, um für das Zimmer zu bezahlen, fragte mich der Mann an der Rezeption, ob ich Lust hätte, auf die Schnelle ein paar Dollar zu verdienen. Ich könne einen Haufen Geld machen, indem ich vor der Kamera posierte, zumal wenn ich ‹durchgehend› blond sei. Ich kriegte einen Schreikrampf. Der Mann an der Rezeption rief einen Polizisten, der Polizist rief einen Arzt, und irgendwie schafften sie mich dann nach

Hause. Und auf diese Weise ist es mir gelungen, meine Tochter loszuwerden. Man sollte meinen, es wäre einfacher gewesen, wenn ich sie in der Badewanne ertränkt hätte.»

Zu sagen, ihre Geschichte hätte mich unwiderstehlich angezogen, weil sie so deprimierend war, wäre nur die halbe Wahrheit: Hinzu kam die Art der Erzählung. Lydias lockerer, vertrauter, ja inniger Umgang mit dem Elend, ihre launige Fügung in die eigene Verrücktheit erhöhten den Reiz der Geschichte ungemein – oder, anders ausgedrückt, trugen dazu bei, sämtliche Befürchtungen zu zerstreuen, die man bei einem unerfahrenen jungen Mann konventioneller Herkunft gegenüber einer Frau mit derart verheerender Vergangenheit erwarten würde. Wer hätte eine Frau «verrückt» nennen wollen, die so abgeklärt von ihrer eigenen Verrücktheit sprach? Wer hätte Spuren von Selbstmord- oder Mordgelüsten in einem Erzählton entdecken können, der so ungetrübt war von Zorn und Rachsucht? Nein, nein, dies war ein Mensch, der seine Erlebnisse *erfahren*, der durch all das Elend an *Tiefe* gewonnen hatte. Eine äußerlich mit Sicherheit durchschnittliche Person, eine hübsche, kleine, blonde Amerikanerin mit einem Gesicht wie Millionen andere, hatte sie, ohne die Hilfe von Büchern oder Lehrern, ihre gesamte Intelligenz mobilisiert, um zu einer Art *Weisheit* über sich selbst zu gelangen. Denn zweifellos erforderte es Weisheit, so ruhig und mit einer sanften, sogar verzeihenden Ironie eine so grauenvolle Geschichte von Unglück und Ungerechtigkeit zu erzählen. Man mußte schon, fand ich, auf so grausame Weise primitiv sein wie Ketterer, um diese Leistung nicht als moralischen Triumph anzuerkennen – oder vielleicht hätte man auch nur jemand anderer sein müssen als ich.

Ich traf die Frau, mit der ich mein Leben ruinieren sollte, wenige Monate nachdem ich im Herbst 1956 im Anschluß an meine vorzeitige Entlassung aus der Army nach Chicago zurückgekehrt war. Ich war noch nicht ganz vierundzwanzig und Magister der Literaturwissenschaft, und bevor ich eingezogen worden war, hatte man mir angeboten, nach der Entlassung aus der Army an meinem alten College einen Posten als Dozent für Literatur zu übernehmen. Meine Eltern wären jederzeit von der in ihren Augen eminenten Bedeutung dieser Position beeindruckt gewesen; nun aber betrachteten sie diese «Ehre» als eine Art gottgewollter Entschädigung für das Schicksal ihrer Tochter. Ihre Briefe waren, ohne Ironie, adressiert an: «Professor Nathan Zuckerman»; und einige davon, die kaum mehr als ein oder zwei Zeilen über das Wetter in New Jersey enthielten, waren wahrscheinlich in erster Linie um dieser Adresse willen geschrieben worden. Ich selbst war auch erfreut, aber längst nicht so ehrfürchtig. Tatsächlich hatte ich die Voraussetzungen für den Erfolg durch das Beispiel meiner unermüdlichen und resoluten Eltern derart verinnerlicht, daß ich ein Scheitern in dieser Hinsicht kaum begreifen konnte. *Warum* scheiterten Menschen überhaupt? Im College hatte ich fassungslos jene Studenten beobachtet, die *un*vorbereitet zu Prüfungen erschienen und ihre Arbeiten *nicht* rechtzeitig ablieferten. Aus welchem Grund sollten sie so etwas freiwillig tun? fragte ich mich. Wie konnte irgend jemand die Schmach der Niederlage den wahrhaften Freuden des Erfolges vorziehen? Zumal letzterer sich doch so leicht einstellte: Man brauchte nur aufmerksam zu sein, methodisch, gründlich, pünktlich und ausdauernd; man brauchte nur ordentlich zu sein, geduldig, diszipliniert, unbeirrbar und fleißig – und natürlich intelligent. Das war alles. Was konnte einfacher sein?

Welches Selbstvertrauen ich damals hatte! Welche Willenskraft und Energie! Und wie verschlang ich Pläne und Programme! Wochentags stand ich regelmäßig um Viertel vor sieben auf, zog mir eine alte Strickbadehose an und machte eine halbe Stunde Kniebeugen, Liegestütze, Rumpfbeugen und ein halbes Dutzend anderer gymnastischer Übungen aus einer bebilderten Anleitung zum Fitneß-Training, die ich bereits vor Jahren gekauft hatte und die nach wie vor ihren Zweck erfüllte; ein Relikt aus dem Zweiten Weltkrieg mit dem Titel: *Hart wie ein Ledernacken*. Gegen acht hatte ich per Fahrrad die Meile bis zu meinem Büro mit Blick auf den Midway zurückgelegt. Dort überflog ich rasch noch einmal das Tagespensum im Lehrplan, dessen einzelne Kapitel jeweils eine bestimmte theoretische Technik behandelten; die Textbeispiele waren kurz – um intensive Analysen zu ermöglichen – und entstammten meist den Werken der Olympier: Aristoteles, Hobbes, Mill, Gibbon, Pater, Shaw, Swift, Sir Thomas Browne etc. Meine drei Proseminare kamen an fünf Wochentagen für jeweils eine Stunde zusammen. Ich fing um halb neun an und war um halb zwölf fertig: drei aufeinanderfolgende Stunden, in denen ich dreimal mehr oder weniger die gleiche Diskussion hörte und meinerseits mehr oder weniger die gleichen Bemerkungen machte – wobei mein Enthusiasmus jedoch niemals wirklich nachließ. Zum Teil verdankte ich das Vergnügen an der Sache meinem Vorsatz, jeder Stunde soviel Energie zu widmen, als sei sie die erste des Tages. Außerdem spürte ich die Befriedigung eines jungen Mannes, der Autorität ausübt, zumal diese Autorität keinerlei Insignien erforderte außer meiner Intelligenz, meinem Fleiß, einer Krawatte und einem Jackett. Überdies genoß ich natürlich, genau wie zuvor als Student, die Höflichkeit und den freundschaftlichen Ernst des pädagogischen Wechselspiels fast so sehr wie den Klang des Wortes «pädagogisch». Es war an der Universität nichts Ungewöhnliches, daß Dozenten und Studenten einander schließlich beim Vornamen nannten, zumindest außerhalb der Seminarräume. Für mich selbst kam so etwas allerdings genausowenig in Frage, wie es für meinen Vater jemals vorstellbar gewesen wäre, freundschaftlichen Umgang mit den Geschäftsleuten zu pflegen, für die er als Buchhalter tätig war; genau wie er zog ich es vor, als ein wenig steif zu gelten, statt in meine Arbeit Dinge hineinspielen zu lassen, die einfach nicht dazugehörten und womöglich die eine wie die andere Seite dazu verleiteten, sich weniger verantwortungsvoll zu zeigen, als man «korrekterweise» erwarten konnte. Zumal für jemanden, den von seinen Studenten nur ein geringer Altersunterschied trennte, bestand die Gefahr, sich als «echter Kumpel» oder «schwer in Ordnung» anzubiedern – andererseits bestand natürlich in gleichem Maße die Gefahr, mit einer Überlegenheit aufzutrumpfen, die mir meiner Position nach keineswegs zustand und überdies schlicht geschmacklos gewesen wäre.

Daß ich meinem Verhalten bis in die letzten Feinheiten so viel Aufmerksamkeit widmete, könnte so ausgelegt werden, als sei mir meine Rolle im Grunde fremd gewesen; doch in Wirklichkeit drückte sich hierin nur die Begeisterung aus, mit der ich mich meiner neuen Berufung zuwandte, und meine damalige Leidenschaft, mich in allen Einzelheiten mit den strengsten Maßstäben zu messen.

Um die Mittagszeit kehrte ich regelmäßig in meine kleine ruhige Wohnung zurück, machte mir ein Sandwich und setzte mich an meine eigenen schriftstellerischen Arbeiten. Drei Kurzgeschichten, die ich an meinen freien Abenden bei der Army verfaßt hatte, waren von einem geachteten Literaturmagazin zur Veröffentlichung angenommen worden; es handelte sich allerdings lediglich um geschickte Nachahmungen der Werke, deren uneingeschränkte Bewunderung man mich auf dem College gelehrt hatte – Geschichten in der Art von «Das Gartenfest» –, und ihre Veröffentlichung verblüffte mich eher, als daß sie mich mit Stolz erfüllte. Ich fand, ich sei es mir schuldig, herauszufinden, ob ich eigenes Talent besaß. «Sich selbst etwas schuldig sein» war übrigens ein typischer Gedanke meines Vaters, dessen Einfluß auf mein Denken weit nachhaltiger war, als irgend jemand – ich selbst eingeschlossen – annehmen konnte, der mich im Seminar vor den Studenten über die Entwicklung einer Theorie bei Aristoteles oder eine Metapher bei Sir Thomas Browne sprechen hörte.

Um sechs Uhr abends, nach fünfstündiger Arbeit an meinen Werken sowie einer Stunde Französisch zur Auffrischung – während der Sommerferien wollte ich nach Europa reisen –, radelte ich zur Universität zurück, um im Speisesaal, wo ich früher als fortgeschrittener Student meine Mahlzeiten eingenommen hatte, zu Abend zu essen. Die dunkle Holztönung des getäfelten Saals sowie die Porträts verstorbener Berühmtheiten der Universität an den Wänden über den langen Refektoriumstischen kamen meinem Hang zu institutioneller Würde entgegen. In einer solchen Umgebung war ich es durchaus zufrieden, allein zu speisen; und hätte man mir gesagt, ich müßte bis ans Ende meiner Tage in diesem Saal von einem Tablett immer und immer wieder denselben Eintopf und dieselben Hacksteaks essen, ich hätte es keineswegs als Strafe empfunden. Bevor ich dann in meine Wohnung zurückkehrte, um ein Siebtel des allwöchentlichen Stapels von über sechzig schriftlichen Arbeiten meiner Studenten durchzusehen (soviel konnte ich in einer «Sitzung» schaffen) und den Unterricht des nächsten Tages vorzubereiten, stöberte ich für etwa eine halbe Stunde in den umliegenden Antiquariaten herum. Der Besitz einer eigenen «Bibliothek» war mein einziger materieller Ehrgeiz; und die Entscheidung, welche beiden der vielen tausend Bücher meiner zukünftigen Sammlung ich in der fraglichen Woche erwerben sollte, regte mich nicht selten derartig auf, daß ich genötigt war, nach dem Kauf die Toilette des betreffenden Buchhändlers aufzusuchen. Weder Mikroben noch irgendein Laxativum hatten wohl je eine so durchschlagende Wirkung auf mich wie die Erkenntnis, daß ich unversehens Besitzer eines leicht angeschmuddelten Exemplars von Empsons *Sieben Formen der Mehrdeutigkeit* in der englischen Originalausgabe geworden war.

Um zehn Uhr, wenn ich mit meinen Vorbereitungen fertig war, ging ich um die Ecke in eine Studentenkneipe für ältere Semester, wo ich meist jemanden traf, den ich kannte, und ein Glas Bier trank – ein Bier, eine Runde Tischfußball, und dann zurück nach Hause, denn bevor ich schlafen ging, waren noch fünfzig Seiten irgendeines wichtigen Werkes der europäischen Literatur, das ich noch nicht gelesen oder aber bei der ersten Lektüre mißverstanden hatte, durchzuarbeiten und mit Anmerkungen zu versehen. Ich nannte das «die Lücken füllen». Wenn ich allabendlich fünfzig Seiten las – und bearbeitete –, konnte ich im Monat durchschnittlich drei Bücher schaffen, pro Jahr also sechsunddreißig. Ich wußte auch, wie viele Kurzgeschichten ich pro Jahr etwa fertigstellen konnte, bei durchschnittlich dreißig Stunden Arbeit in der Woche; wie viele Studentenaufsätze ich pro Stunde im Schnitt korrigierte und wie groß meine «Bibliothek» in zehn Jahren sein würde, falls ich fortfuhr, mir im Rahmen meiner jetzigen finanziellen Möglichkeiten Bücher anzuschaffen. Und es gefiel mir, all diese Dinge zu wissen, und bis zum heutigen Tag gefällt mir, daß ich sie gewußt habe.

An geistigen Gütern fühlte ich mich so reich, wie ein junger Mann nur sein kann; und materielle Güter, nun, was hätte ich gebraucht, was ich nicht schon hatte? Ich besaß ein Fahrrad, das als Transportmittel für die nähere Umgebung und gleichzeitig zur körperlichen Ertüchtigung diente; ich besaß eine Remington-Reiseschreibmaschine (das Geschenk meiner Eltern zu meinem High-School-Abschluß), eine Brieftasche (ihr Geschenk zu meinem Grundschul-Abschluß), eine Bulova-Armbanduhr (ihr Geschenk zu meiner Bar-Mizwa); aus meiner Studentenzeit hatte ich noch ein abgewetztes Lieblings-Tweedjackett mit Lederflicken an den Ellbogen, das ich zum Unterricht trug; ich hatte meine Army-Khakihosen, die ich zum Schreiben und Biertrinken anzog, einen neuen braunen Glencheck-Anzug für formelle Anlässe, ein Paar Tennisschuhe, ein Paar Korduanlederschuhe, ein zehn Jahre altes Paar Hausschuhe, einen Pulli mit V-Ausschnitt, ein paar Hemden und Socken, zwei gestreifte Krawatten sowie die Shorts und gerippten Unterhemden, die ich getragen hatte, seit ich den Windeln entwachsen war, Fruit of the Loom. Warum die Marke wechseln? Ich war damit vollauf zufrieden. Das einzige, was mich noch zufriedener gemacht hätte, waren weitere Bücher, in die ich meinen Namen schreiben konnte. Und eine zweimonatige Reise nach Europa, um die berühmten Kulturdenkmäler und literarischen Originalschauplätze zu sehen. Zweimal pro Monat fand ich zu meiner Überraschung im Briefkasten einen Scheck von der Universität über einhundertundfünfundzwanzig Dollar. Warum, um alles in der Welt, schickte man mir Geld? Eigentlich hätte ich wohl eher Geld bezahlen müssen für das Privileg eines so erfüllten, unabhängigen und ehrenwerten Lebens.

Bei all meiner Zufriedenheit gab es doch ein Problem: meine Kopfschmerzen. Als Soldat hatte ich zunehmend unter so starken Migräneanfällen gelitten, daß ich schließlich aus medizinischen Gründen vorzeitig entlassen worden war, nach nur elf Monaten des normalerweise zweijährigen Militärdienstes. Natürlich vermißte ich die Eintönigkeit und Langeweile des Army-Lebens in Friedenszeiten überhaupt nicht; von der Stunde meiner Einberufung an hatte ich die Tage bis zur Rückkehr in ein Leben gezählt, das nicht weniger reglementiert und diszipliniert war als das eines Soldaten, aber unter meiner eigenen Aufsicht und im Dienste ernsthafter literarischer Studien stand. Andererseits war es durchaus beunruhigend, aufgrund körperlicher Insuffizienz wieder in geistige Tätigkeiten entlassen zu werden, insbesondere wenn man nahezu zehn Jahre darauf verwendet hatte, sich durch sportliche Übungen und angemessene Diät zu einem kernigen jungen Mann zu entwickeln, der aussah, als könne er sich draußen in der rauhen Wirklichkeit behaupten. Wie verbissen hatte ich daran gearbeitet, ein für allemal jenes kränkliche Kind zu begraben, das im Bett lag und über den Aufgaben seines Vaters brütete, während die anderen kleinen Kinder draußen auf den Straßen Mut und Geschicklichkeit lernten! In gewisser Weise hatte es mich sogar gefreut, daß ich bei der Army zur Militärpolizei-Schule in Georgia abkommandiert worden war: Schwächliche Invaliden wurden nicht zu Militärpolizisten ausgebildet, das stand fest. Aus mir sollte ein Mann mit einer Pistole am Gürtel und einer rasiermesserscharfen Bügelfalte in den Khakihosen werden: ein Humanist mit Gardeschritt, ein Englischlehrer mit Schlagstock. Damals waren Isaac Babels gesammelte Stories noch nicht in der berühmten Taschenbuchausgabe erschienen, aber als ich sie dann fünf Jahre später las, erkannte ich in Babels Erlebnissen als bebrillter Jude bei der Roten Kavallerie eine etwas drastischere Version dessen, was ich selbst während meiner kurzen Dienstzeit als MP im Staat Georgia erlebt hatte. Ein MP, bis die Kopfschmerzen mich aus meinen spuckepolierten Stiefeln warfen... und ich jedesmal vierundzwanzig Stunden wie eine Mumie auf meinem Bett lag, während mir die gewöhnlichsten Geräusche draußen vor dem Kasernenfenster – ein Soldat scharrte mit einer Harke auf dem Rasen, ein Spaziergänger pfiff ein leises Lied – so unerträglich waren, als treibe mir jemand einen Metallstachel ins Gehirn; selbst ein Sonnenstrahl, der durch die schadhafte Stelle in dem grünen Rollo hinter meinem Bett ins Zimmer drang, ein Sonnenstrahl, fein wie eine Stecknadel, wirkte unter diesen Umständen quälend.

Meine «Kumpels», fast ausnahmslos ohne höhere Schulbildung, hielten mich, College-Genie (und Judenjunge), für einen Simulanten, zumal als ich entdeckte, daß ich das Herannahen einer meiner lähmenden Migränen *schon am Tag vor dem Anfall* bemerkte. Ich erklärte, sofern man mir nur gestatte, mich vor Ausbruch meiner Kopfschmerzen in mein Bett zurückzuziehen und dort etwa fünf Stunden lang in Dunkelheit und Ruhe zu liegen, könnte ich einen ansonsten unausweichlichen Anfall abwehren. «Das glaube ich Ihnen gern», sagte der kluge Sergeant, während er mir die Erlaubnis verweigerte. «Ich selbst habe das auch schon oft gedacht. Es gibt nichts Besseres als einen Tag in der Falle, um sich wieder so richtig wohl zu fühlen.» Auch der Arzt zeigte während der Visite kein sonderliches Mitgefühl; ich überzeugte niemanden, nicht mal mich selbst. Die «schwebende» oder «körperlose» Empfindung, die Aura der Schwäche, die mir als Vorwarnsystem diente, war in der Tat so schwach, so vage, daß ich mich fragte, ob ich sie mir nicht nur einbildete; und mir dann in der Folge die Kopfschmerzen «einbildete», um meine Vorahnung zu rechtfertigen.

Als mich die Kopfschmerzen schließlich regelmäßig alle zehn oder zwölf Tage lahmlegten, wurde ich zur «Beobachtung» ins Militärkrankenhaus eingewiesen, was bedeutete, daß ich, außer im Zustand akuter Agonie, in einem blauen Army-Schlafanzug durch die Räume wandern und einen Mop vor mir herschieben mußte. Zwar konnte ich mich jetzt sofort hinlegen, wenn ich die Aura einer herannahenden Migräne spürte; doch wie sich zeigte, verzögerte das den Ausbruch meiner Kopfschmerzen nur um ungefähr zwölf Stunden; hätte ich dagegen *permanent* im Bett bleiben können ... Aber das konnte ich nicht; in den Worten von Bartleby, dem Schreiber (Worte, die mir im Krankenhaus häufig einfielen, obwohl ich die Geschichte seit mehreren Jahren nicht mehr gelesen hatte), zog ich vor, es nicht zu tun. Statt dessen zog ich vor, meinen Mop von einer Krankenstation zur nächsten zu schieben und zu warten, bis das Schicksal zuschlug.

Schon bald begann ich zu begreifen, daß die Krankenhausleitung mir den täglichen Arbeitsdienst als eine Kombination von Kur und Sühne zugedacht hatte. Ich war zu meinem Mop abkommandiert worden, um in Kontakt zu kommen mit den wirklich Kranken, den grauenvoll und hoffnungslos Kranken. Tag für Tag mußte ich beispielsweise mit meinem Mop zwischen den Betten der «Verbrennungsstation» saubermachen, in denen junge Männer lagen, die durch Verbrennungen so grauenvoll entstellt waren, daß ich mich anfangs entweder abwenden mußte, weil ich ihren Anblick nicht ertrug, oder die Augen überhaupt nicht mehr von ihnen lösen konnte. Dann gab es die Amputierten, die bei Unglücksfällen während der Ausbildung, bei Autounfällen oder bei Operationen bösartiger Tumore Gliedmaßen verloren hatten. Offenbar dachte man, der tägliche Kontakt mit diesen vom Schicksal so schwer gestraften Menschen, die meisten nicht älter als ich, werde mich zutiefst beschämen – und von meiner angeblichen Krankheit kurieren. Erst als ich vor eine Ärztekommission gerufen und meine Entlassung aus der Army verfügt wurde, erfuhr ich, daß in meinem Fall keine subtile oder sadistische Therapie dieser Art angeordnet worden war. Meine Unterbringung im Krankenhaus war die Folge einer bürokratischen Notwendigkeit und nicht etwa irgendeine hinterhältige Form von Krankenhaushaft zur körperlichen Heilung und seelischen Reinigung. Die «Kur» hatte ich ausschließlich mir selbst zuzuschreiben – meine Reinhaltungspflichten waren offensichtlich weit weniger umfassend gewesen, als ich angenommen hatte. Die für meine Abteilung zuständige Schwester, eine umgängliche und freundliche Frau, zeigte sich amüsiert, als ich ihr am Tag meiner Entlassung erzählte, ich sei tagtäglich von früh um neun bis nachmittags um fünf durch das Krankenhaus gewandert und habe in sämtlichen offenen Stationen die Fußböden gesäubert, obwohl sie mir lediglich aufgetragen habe, jeden Morgen um mein eigenes Bett herum sauberzumachen. Danach hätte ich dann tun und lassen können, was mir gefiel, solange ich nicht das Krankenhaus verließ. «Hat Sie denn niemals jemand darauf angesprochen?» fragte sie. «Doch», sagte ich, «anfangs schon. Aber ich sagte dann, man habe es mir befohlen.» Ich gab vor, über das «Mißverständnis» genauso belustigt zu sein wie sie, fragte mich allerdings, ob nicht ihr schlechtes Gewissen sie jetzt dazu trieb, die Unwahrheit über das zu sagen, was sie mir am Tage meiner Einweisung aufgetragen hatte.

In Chicago, nun wieder Zivilist, wurde ich im Billings Hospital von einem Neurologen untersucht, der für meine Kopfschmerzen zwar keine Erklärung wußte, mein Krankheitsbild jedoch für typisch hielt. Er verschrieb die gleichen Medikamente wie die Army, von denen mir keines half, und versicherte mir, Migräneanfälle ließen gewöhnlich mit der Zeit an Intensität und Häufigkeit nach und blieben, etwa ab fünfzig, schließlich ganz aus. Ich hatte irgendwie damit gerechnet, daß meine Migräne verschwinden würde, sobald ich wieder mein eigener Herr sei und an die Universität zurückkehrte; genau wie mein Sergeant und meine neidischen Kameraden glaubte ich immer noch, ich hätte meinen Zustand selbst herbeigeführt, als Vorwand für meine Entlassung aus der Army, in der ich meine kostbare Zeit vergeudete. Daß die Schmerzen mich nicht nur weiterhin peinigten, sondern sich in den Monaten nach meiner Entlassung immer weiter ausbreiteten, bis sie beide Schädelhälften umschlossen, führte bei mir auf paradoxe Weise zu einem Wiedererstarken des Glaubens an meine eigene Aufrichtigkeit.

Aber vielleicht ging es mir im Grunde nur darum, Spuren zu verwischen, indem ich die Schmerzen ohne Rücksicht auf meinen Körper noch eine Weile «duldete», um etwas für mein moralisches Wohlbefinden zu tun. Wer hätte mich bezichtigen können, durch die Erkrankung meine Dienstzeit bei der Army verkürzt zu haben, wenn jedermann sehen konnte, daß die Krankheit das verlockende akademische Leben, nach dem ich mich so sehr zurückgesehnt hatte, ebenso beeinträchtigte wie vorher mein sinnloses Militärdasein? Hatte ich wieder einmal eine vierundzwanzigstündige Folterphase überstanden, fragte ich mich immer: «Wie oft wohl noch, bis ich mein Soll erfüllt habe?» Mir war der Gedanke gekommen, es sei womöglich der «Plan» dieser Kopfschmerzen, mich bis zum Zeitpunkt meiner regulären Entlassung aus dem Militärdienst heimzusuchen. *Schuldete* ich sozusagen der Army eine Migräne für jeden Monat Dienst, der mir erspart geblieben war; oder vielleicht für jede Woche, jeden Tag, jede Stunde? Auch die Vorstellung, daß ich mein Leiden auf jeden Fall mit fünfzig Jahren loswerden würde, war nicht gerade ein Trost für einen ehrgeizigen Vierundzwanzigjährigen, der schon in seiner Kindheit einen so außerordentlichen Widerwillen gegen das Krankenbett entwickelt hatte wie ich; auch war für jemanden, dem die genaue Erfüllung von Plänen und Programmen tiefste Befriedigung verschaffte, die Aussicht, während der nächsten sechsunddreißig Jahre alle zehn Tage vierundzwanzig Stunden für die Welt praktisch *tot* zu sein, der Gedanke an eine solche *Vergeudung* genauso beklemmend wie die Erwartung der Schmerzen selbst. Für Gott weiß wie lange Zeit würde ich dreimal pro Monat in einen Sarg eingeschlossen (so beschrieb ich meine Lage in Gedanken, zugegebenermaßen von Selbstmitleid gebeutelt) und lebendig begraben werden. Warum nur?

Den Gedanken, einen Psychoanalytiker aufzusuchen, hatte ich schon erwogen (und verworfen), bevor der Neurologe im Billings Hospital mir erzählte, man beabsichtige an einer Klinik am nördlichen Seeufer systematische Untersuchungen auf dem Gebiet der psychosomatischen Medizin durchzuführen, und zwar unter der Leitung eines bedeutenden Freudianers. Er meinte, die Klinik werde mich zweifellos gegen ein geringes Entgelt als Patienten akzeptieren, zumal es hieß, man sei dort besonders an psychosomatischen Symptomen bei «Intellektuellen» und «kreativen Typen» interessiert. Der Neurologe behauptete keineswegs, Migränen seien notwendigerweise Symptome neurotischer Störungen; er ziehe nur Schlüsse, sagte er, aus einer in seinen Augen «freudianischen Orientierung» der Fragen, die ich ihm stellte, sowie der Art und Weise, in der ich meine Krankheitsgeschichte dargestellt hätte.

Mir schien, daß es weniger eine «freudianische Orientierung» war als vielmehr eine Gewohnheit des Literaturwissenshaftlers, die dem Neurologen fremd erscheinen mußte; mit anderen Worten, es war mir unmöglich, über meine Migräne nicht auf die gleiche metamedizinische Weise zu reflektieren, in der ich die Krankheiten von Milly Theale, Hans Castorp oder Reverend Arthur Dimmesdale betrachtete, über die Verwandlung Gregor Samsas in ein ungeheures Ungeziefer grübelte oder die «Bedeutung» von Kollegienassessor Kovalevs zeitweiligem Verlust seiner Nase in Gogols Kurzgeschichte zu ergründen suchte. Während ein normaler Mensch wohl klagen würde: «Ich kriege diese verdammten Kopfschmerzen» (und es dabei bewenden ließe), neigte ich dazu, wie ein Literaturstudent oder wie ein Wilder, der seinen Körper blau bemalt, die Migränen als etwas zu sehen, *das für etwas anderes stand*, als eine Enthüllung oder «Epiphanie», zusammenhanglos, zufällig oder unerklärlich nur für jene, die keinen Blick für das Muster eines Lebens oder eines Buches besaßen. Was also *bedeutete* meine Migräne?

Die Möglichkeiten, die mir einfielen, waren für einen Literaturkundigen mit meinen «Ansprüchen» eher unbefriedigend; verglichen mit dem *Zauberberg* oder selbst der *Nase* schien die Struktur meiner eigenen Geschichte so dünn, daß sie schon durchsichtig wirkte. So fand ich es beispielsweise enttäuschend, daß ich die Krankheit, die sich eingestellt hatte, als ich mit einer Pistole am Gürtel herumzulaufen begann, entweder mit meiner pubertären Angst vor der Körperlichkeit oder mit einer traditionell jüdischen Abscheu gegen Gewalt assoziierte – solche Erklärungen erschienen mir zu konventionell und simpel, zu «einfach». Ein attraktiverer, wenn auch letztendlich kaum weniger offensichtlicher Gedanke ging aus von einer Art psychologischem Bürgerkrieg zwischen dem verträumten, bedürftigen, hilflosen Kind, das ich gewesen war, und dem unabhängigen, robusten, männlichen Erwachsenen, der ich sein wollte. Als ich mich an Bartlebys passive und gleichzeitig trotzige Formel: «Ich ziehe vor, es nicht zu tun» erinnert hatte, klang sie für mich wie die Stimme des Mannes in mir, der dem Kind und seiner Neigung zur Hilflosigkeit trotzte; aber konnte es nicht ebensogut die Stimme des schwächlichen und kränklichen kleinen Jungen sein, der sich dem Aufruf widersetzte, den Pflichten eines Mannes nachzukommen? Oder denen eines *Wachmannes*? Nein, nein, viel zu glatt – mein Leben mußte doch mit Sicherheit komplexer und undurchschaubarer sein; *Die Flügel der Taube* war ja komplexer. Nein, ich konnte mir schon nicht vorstellen, eine Geschichte zu *schreiben*, die in ihrer Psychologie so gefällig und bequem war, und erst recht nicht, sie zu leben.

Die Geschichten, die ich wirklich schrieb – die Tatsache, daß ich schrieb –, entgingen meiner Aufmerksamkeit nicht. Um die Verbindungslinien zu meiner Intelligenz und meinem gesunden Menschenverstand zu erhalten, um mich einer ungestörten Tätigkeit des Nachdenkens zu widmen am Ende eines stupiden Tages voller Ausweiskontrollen und Verkehrseinweisungen am Kasernentor, hatte ich begonnen, mich allabendlich an einen Tisch in der Ecke der Kasernenbibliothek zu setzen und drei Stunden zu schreiben. Schon nach wenigen Tagen legte ich jedoch die Notizen für den Artikel beiseite, den ich über einige Romane von Virginia Woolf hatte schreiben wollen (für eine ausschließlich ihrem Werk gewidmete Ausgabe der *Modern Fiction Studies*), und begann, was einmal meine erste veröffentlichte Kurzgeschichte werden sollte. Als bald darauf die Migräne einsetzte und die Suche nach einem Grund, einer Ursache, einer Bedeutung begann, kam es mir vor, als besitze der unerwartete Kurswechsel bei meiner Arbeit eine gewisse Ähnlichkeit mit den Abschweifungen des kleinen Jungen, die meinen Vater stets irritiert hatten, wenn er mir am Krankenbett seine säuberlichen arithmetischen Aufgaben präsentierte – der Wechsel von rationaler oder logischer Analyse zu scheinbar irrelevanten Spekulationen imaginärer Natur. Und im Militärkrankenhaus, wo ich im Laufe von sechs Wochen meine zweite und dritte Story geschrieben hatte, fragte ich mich unwillkürlich, ob Krankheit für mich vielleicht ein unerläßlicher Katalysator zur Aktivierung der Einbildungskraft sei. Ich wußte, daß das keine originelle Hypothese war, doch ob sie dadurch auf meinen Fall mehr oder weniger anwendbar wurde, hätte ich nicht sagen können, noch hatte ich eine Erklärung dafür, daß ich unter derselben Krankheit litt, die auch Virginia Woolf regelmäßig heimgesucht und zu der geistigen Erschöpfung beigetragen hatte, die die Schriftstellerin schließlich in den Selbstmord trieb. Ich wußte von Virginia Woolfs Migränen aus ihrem Buch *A Writer's Diary*, posthum von ihrem Mann herausgegeben und in meinem letzten College-Jahr veröffentlicht. Ich hatte das Buch sogar in meinem Spind, für den Essay, den ich über ihr Werk schreiben wollte. Was also sollte ich denken? War es nichts weiter als ein Zufall? Oder ahmte ich die Leiden dieser bewunderungswürdigen Schriftstellerin nach, wie ich in meinen Geschichten die Techniken anderer von mir verehrter Autoren imitierte und ihre Sensibilitäten simulierte?

Nach einer Untersuchung durch den Neurologen beschloß ich,

mir keine weiteren Sorgen über die «Bedeutung» meines Zustandes zu machen, und versuchte, mich so zu sehen, wie der Neurologe es offensichtlich tat, als hundertsechzig Pfund lebenden Gewebes, für Krankheiten ebenso anfällig wie andere Exemplare meiner Gattung, und nicht als eine Romanfigur, bei der sich der Leser versucht fühlt, Diagnosen im Lichte moralischer, psychologischer oder metaphysischer Hypothesen zu erstellen. Da ich unfähig war, mein Dilemma mit genügend Dichte oder Originalität zu versehen, um meinen eigenen literarischen Geschmack zu befriedigen – unfähig, «für» die Migräne zu tun, was Thomas Mann im *Zauberberg* für Tbc oder in *Tod in Venedig* für die Cholera getan hatte –, hielt ich es für das Vernünftigste, meine jeweilige Migräne hinter mich zu bringen und bis zum nächsten Anfall nicht mehr daran zu denken. Nach einer tieferen Bedeutung zu suchen schien zwecklos und wichtigtuerisch. Was ich mich allerdings fragte: Mußte man nicht die Migräneanfälle selbst letztlich als eine Form der Wichtigtuerei diagnostizieren?

Ich widerstand auch der Versuchung, in der Nordufer-Klinik vorzusprechen, wo die Studie über psychosomatische Krankheiten anlief. Nicht daß mir die Theorien und Techniken der Psychotherapie, die ich aus einschlägigen Büchern kannte, unsympathisch gewesen wären. Der Grund lag eher darin, daß ich mich, von den Migräneanfällen einmal abgesehen, meinen Pflichten mit größter Tatkraft widmete und von meinen Lebensumständen begeisterter war, als ich es mir je hätte träumen lassen. Gewiß war es nicht immer eine erhebende Erfahrung, fünfundsechzig Erstsemestern beizubringen, wie man einen klaren, logischen und präzisen englischen Satz schreibt; doch selbst wenn der Unterricht besonders ermüdend war, bewahrte ich mir meinen missionarischen Eifer und gleichzeitig die Überzeugung, daß ich mit jeder Randbemerkung zu den Essays der Studenten, die einen Gemeinplatz oder ein unfundiertes Argument entlarvte, eine Art Guerillakrieg gegen die Armee von Banausen, Philistern und Barbaren führte, die in meinen Augen das Denken der gesamten Nation kontrollierten, sei es durch die Medien, sei es durch die Regierung. Die Pressekonferenzen des Präsidenten lieferten einen unerschöpflichen Materialfundus; ich vervielfältigte und verteilte Beispiele von Eisenhowers Verbalbrei, die ich dann von den Studenten korrigieren und zensieren ließ. Ich legte ihnen eine Predigt von Norman Vincent Peale, dem religiösen Berater des Präsidenten, zur Analyse vor, eine Anzeige von General Motors oder eine Titelgeschichte aus *Time*. In der Blütezeit der Fernseh-Quizsendungen, der Werbeagenturen und des Kalten Krieges brauchte ein Literaturdozent nicht die Insignien und dogmatischen Grundlagen eines Geistlichen, um sich als aktiver Teilhaber am Geschäft der Seelenrettung zu verstehen.

Kam ich mir im Seminarraum manchmal wie ein Priester vor, so empfand ich die Umgebung der Universität als eine Art Gemeinde – die natürlich ein bißchen an Bloomsbury erinnerte –, eine Gemeinde der Getreuen, die die Sakramente der Bildung der Humanität, des guten Geschmacks und der gesellschaftlichen Verantwortung achteten. Mein eigener Block mit den niedrigen, verrußten Backsteinhäusern wirkte ein wenig düster, und schon die nächste Straße, im Jahr zuvor lediglich einigermaßen verkommen, lag jetzt bereits in Trümmern – als habe eine Bombe sie für ein neues städtisches Bauprojekt freigesprengt; außerdem war während der elf Monate meiner Abwesenheit die Rate nächtlicher Überfälle beträchtlich gestiegen. Trotzdem fühlte ich mich sofort nach meiner Rückkehr so behaglich und heimisch wie jemand, dessen Familie seit Generationen in derselben Kleinstadt lebt. Andererseits konnte ich nie vergessen, daß ich selbst nicht in einem solchen Paradies der Rechtgläubigen geboren und aufgewachsen war; und selbst wenn ich für die nächsten fünfzig Jahre in der Hyde-Park-Gegend wohnen würde – und warum sollte ich jemals woanders wohnen wollen? –, diese Stadt, deren Straßen nach der Prärie und dem Wabash-River benannt waren, deren Bahn die Aufschrift «Illinois Central» und deren See den Namen «Michigan» trug, würde stets den Zauber der weiten Welt besitzen für jemanden, dessen Abenteuerphantasien sich aus zahllosen einsamen Nachmittagen in einem Krankenbett in Camden, New Jersey, speisten. Wie in aller Welt war *ich* nach «Chicago» gekommen? Diese Frage tauchte immer von neuem auf, wenn ich auf dem *Loop* einkaufte, wenn ich mir im Hyde Park Theatre einen Film ansah, ja selbst wenn ich zum Lunch in meiner Wohnung eine Büchse Sardinen öffnete, und es schien mir unmöglich, sie zu beantworten. Meine Freude und mein fassungsloses Staunen ähnelten wahrscheinlich den Empfindungen meiner Eltern, wenn sie ihre Briefe mit meiner Universitätsadresse versahen. Wie ist ausgerechnet er Professor geworden, wo er doch mit seiner Bronchitis kaum richtig atmen konnte?

All dies zur Erklärung, warum ich nicht diese Klinik zur Erforschung psychosomatischer Leiden aufsuchte und meinen Körper samt meinem Unterbewußtsein zur Untersuchung darbot. Ich war zu glücklich. Alles, was zum Älterwerden gehörte, schien mir ein reines Vergnügen zu sein: die Unabhängigkeit und Autorität natürlich, doch ebenso auch die Verfeinerung und Stärkung des Charakters – großmütig zu sein, wo man früher selbstsüchtig und kleinlich gewesen war; zu vergeben, wo man nachtragend gewesen war; Geduld zu zeigen, statt aufzubrausen; zu helfen, statt selbst nur Hilfe zu fordern... Mit meinen vierundzwanzig Jahren erschien es mir genauso selbstverständlich, meinen sechzigjährigen Eltern gegenüber Aufmerksamkeit und Besorgnis an den Tag zu legen wie meinen achtzehn- und neunzehnjährigen Studenten gegenüber Entschiedenheit und Durchsetzungskraft. Den jungen Damen in meinen Seminaren, manche genauso reizvoll und verführerisch wie das Mädchen vom Pembroke College, mit dem ich gerade eine Liebesaffäre beendet hatte, begegnete ich, wie man es von mir erwartete; es verstand sich von selbst, daß ich als ihr Lehrer kein sexuelles Interesse für sie zeigen und meine Autorität nicht zu persönlichen Zwekken ausnutzen durfte. Keine Schwierigkeit, auf die ich stieß, schien mir unüberwindlich, ganz gleich, ob es darum ging, ein Liebesverhältnis zu beenden, selbst den beschränktesten Studenten die Prinzipien der Logik beizubringen, mit trockenem Mund vor dem Fakultätsvorstand eine Ansprache zu halten oder eine Kurzgeschichte viermal umzuschreiben, um sie «richtig» hinzukriegen... Mit welcher Begründung hätte ich mich einem Psychoanalytiker als «Fall» überlassen sollen? Alles in meinem Leben (mit Ausnahme der Migräne) sprach offenkundig dagegen; zumindest für jemanden, der auf keinen Fall in seinem Leben jemals wieder als Patient eingestuft werden wollte. Im übrigen überkam mich unmittelbar nach einer Migräne allein wegen der *Abwesenheit* von Schmerzen stets eine solche Euphorie, daß ich beinahe sicher war, die wie immer geartete Ursache meiner Qualen sei ein für allemal aus meinem Körper verschwunden – der mächtige Feind (gewiß, eine interpretative Abschwächung – oder vielleicht Aberglaube), der seine rohe Gewalt an mir ausgelassen, mich an die äußersten Grenzen meiner Leidensfähigkeit getrieben hatte, könne mich am Ende doch nicht besiegen. Je schlimmer die Migräne, desto überzeugter war ich hinterher, diese Leiden endgültig bezwungen zu haben. *Und damit ein besserer Mensch zu sein.* (Nein, mein Körper war während dieser Zeit nicht blau bemalt, und auch sonst glaube ich nicht an Engel, Dämonen oder Gottheiten.) Oft erbrach ich mich während der Anfälle, und hinterher lag ich bewegungslos (aus Angst, ich könnte zerbrechen) auf dem Badezimmerfußboden, das Kinn auf den Rand der Toilettenschüssel gestützt und einen Handspiegel vor dem Gesicht – vielleicht eine Parodie des Narziß. Ich wollte sehen, wie ich aussah, nachdem ich so gelitten und doch überlebt hatte; in diesem geschwächten und euphorischen Zustand hätte es mich nicht entsetzt – möglicherweise sogar fasziniert –, dunklen Qualm, eine Art Pulverdampf, aus meinen Ohren und Nasenlöchern wallen zu sehen. Ich sprach dann zu meinen Augen, beschwichtigte sie, als seien es die Augen eines anderen: «Es ist gut, es ist vorbei, nie wieder Schmerzen.» Tatsächlich aber folgte noch jede Menge Schmerz; das Experiment, bis heute nicht abgeschlossen, war gerade in den Anfängen.

Im zweiten Semester jenes – kein anderes Wort würde hier genügen, und wenn es nach Seifenoper klingt, dann keineswegs unabsichtlich –, jenes schicksalhaften Jahres bot man mir zusätzlich zu meinem normalen Pensum den Abendkurs in «Kreativem Schreiben» an, der in einer Dependance der Universität im Stadtzentrum abgehalten wurde, jeden Montag eine dreistündige Sitzung gegen ein Entgelt von zweihundertfünfzig Dollar pro Semester. Ich hielt das für einen weiteren Glücksfall – genug Geld für die Hin- und Rückreise auf der *Rotterdam*, Touristenklasse. Was die Teilnehmer des Abendkurses anging, so beherrschten sie kaum die Grundregeln der Grammatik und Rechtschreibung und begriffen, wie ich feststellen mußte, nur wenig von meiner gehaltvollen Einführungsvorlesung, für deren Vorbereitung ich, mit der mir eigenen Gründlichkeit, eine Woche gebraucht hatte. Sie trug den Titel «Die Strategien und Intentionen der Literatur» und war gespickt mit ausführlichen und (wie ich geglaubt hatte) «erhellenden» Zitaten aus Aristoteles' *Poetik*, Flauberts Briefwechsel, Dostojewskis Tagebüchern und James' kritischen Vorworten – ich zitierte ausschließlich Meister, verwies ausschließlich auf Monumente: *Moby Dick, Anna Karenina, Schuld und Sühne, Die Gesandten, Ein Porträt des Künstlers als junger*

Mann, Schall und Wahn. «‹Was mir als das Höchste in der Kunst erscheint (und als das Schwierigste), ist nicht Lachen oder Weinen hervorzurufen, nicht jemand in Brunst oder in Wut zu versetzen, sondern auf dieselbe Weise wie die Natur zu wirken, das heißt, *zum Träumen zu bringen*. Die sehr schönen Werke haben diese Eigenschaft. Sie sind von gelassen heiterem Äußeren und unbegreiflich... *mitleidlos*.›» Flaubert in einem Brief an Louise Colet («1853», informierte ich meine Zuhörer mit dem Pflichtbewußtsein des Wissenschaftlers, «ein Jahr nach dem Beginn der Arbeit an *Madame Bovary*»). «‹Das Haus der Dichtung hat, kurz gesagt, nicht nur ein Fenster, sondern eine Million...; ein jedes ist an der breiten Vorderfront eingelassen oder ist noch einzulassen: durch die Notwendigkeit der individuellen Sicht und den Drang des individuellen Willens...›, Henry James, Vorwort zu *Bildnis einer Dame*.» Ich schloß mit einem längeren Auszug aus Joseph Conrads leidenschaftlicher Einleitung zu *Der Nigger von der Narzissus* (1897): «‹...der Künstler steigt hinab in sein eigenes Inneres, und wenn er der Sache würdig und vom Glück begünstigt ist, findet er in jener einsamen Region der Anspannung und des Strebens den rechten Ausdruck für seinen Appell: Sein Appell richtet sich an die mehr im Verborgenen liegenden Fähigkeiten unseres Wesens, an jenen Teil unserer Natur, der im rauhen Kampf ums Dasein sich notwendigerweise hinter den standfesteren, härteren Eigenschaften versteckt wie der verwundbare Körper hinter einem Stahlpanzer. Sein Appell ist nicht so aufdringlich, weniger ausgeprägt und schwerer verständlich. Er ist nicht so eindeutig, aber um so erregender – und schneller vergessen. Dennoch ist seine Auswirkung von ewiger Dauer. Das in den aufeinanderfolgenden Generationen ständig wechselnde Gelehrtenwissen gibt Ideen preis, stellt Tatsachen in Frage, zerstört die eigenen Theorien. Der Künstler wendet sich hingegen an jenen Teil unseres Wesens, der nicht von Gelehrsamkeit abhängt, an das in uns, was Gabe, nicht Errungenschaft – und daher von weit beständigerer Dauer ist. Er spricht unser Begeisterungsvermögen und unseren Sinn für die Wunder und Geheimnisse an, die unser Leben umgeben; er appelliert an unser Mitgefühl, an unser Verständnis für Schönheit und Leid und weckt das in jedem vorhandene Gefühl für die Zusammengehörigkeit aller Geschöpfe dieser Welt, die zarte, doch unbesiegbare Gewißheit einer Gemeinsamkeit, die zahllose einsame Herzen verbindet – in ihren Träumen, in Freud und Leid, in ihren Sehnsüchten, Hoffnungen und Ängsten, die Mensch mit Mensch, die die ganze Menschheit vereinigt: die Toten mit den Lebenden und die Lebenden mit den noch Ungeborenen ...›»

Als ich meine fünfundzwanzig Seiten vorgetragen hatte und um Fragen bat, kam zu meiner Überraschung und Enttäuschung nur eine; und da die einzige Negerin im Kurs ihre Hand gehoben hatte, fragte ich mich, ob sie mir nach meinem abendfüllenden Vortrag am Ende mitteilen wollte, daß sie sich durch den Titel von Conrads Roman beleidigt fühle. Ich hatte bereits eine Erklärung parat, mit deren Hilfe ihre Empfindlichkeit sich als Anstoß zu einer Diskussion über Offenheit in der Literatur nutzen ließ – Literatur als Enthüllung von Geheimnissen und Tabus –, als sich die Fragerin, eine magere Frau mittleren Alters in einem hübschen, dunklen Kostüm und einem runden Hut, erhob und eine respektvolle Haltung annahm: «Professor, ich weiß, daß man bei einem netten Brief an einen kleinen Jungen ‹Master› auf den Umschlag schreibt. Aber wie ist das, wenn man einem kleinen Mädchen einen netten Brief schreibt? Sagt man da immer noch ‹Miss› – oder was sagt man da?»

Die Kursteilnehmer, die nahezu zwei Stunden mit einer Ansprache traktiert worden waren, wie sie sie bis dahin wohl niemals außerhalb einer Kirche gehört hatten, ergriffen die Gelegenheit dieser anscheinend albernen Frage, um in wildes Gelächter auszubrechen – sie war das Kind, das nach der gesetzten Rede des Rektors über Disziplin und Würde einen Furz fahren ließ. Das Gelächter der Klasse richtete sich *nachdrücklich* gegen die Schülerin, nicht gegen den Lehrer; trotzdem wurde ich schamrot – und blieb es, während Mrs. Corbett, entschlossen und unbeirrt angesichts der allgemeinen Heiterkeit, der Antwort harrte, um derentwillen sie gekommen war.

Lydia Ketterer war, wie sich herausstellte, die mit Abstand talentierteste Kursteilnehmerin und, obwohl älter als ich, die jüngste unter meinen Studenten – wenn auch nicht so jung, wie sie im düsteren Herzen eines Chicagoer Winters aussah, in Überschuhen, Kniestrümpfen, Schottenrock, «Rentier»-Pulli und roter Wollmütze mit Troddeln, von der ein glatter Vorhang weizenblonden Haars zu beiden Seiten ihres Gesichts herunterhing. In ihrer Winterkleidung gegen Eis und Kälte wirkte sie inmitten all der müden Abendschulgesichter wie frisch von der High-School – in Wirklichkeit war sie neunundzwanzig und Mutter einer schlaksigen Zehnjährigen, deren knospende Brüste bereits verführerischer waren als ihre eigenen. Sie wohnte nicht weit von mir in Hyde Park; vier Jahre zuvor war sie ins Universitätsviertel gezogen, nach ihrem Zusammenbruch – und in der Hoffnung auf ein glücklicheres Leben. Die Zeit, in der ich sie kennenlernte, war wohl tatsächlich die glücklichste ihres Lebens. Sie hatte einen Job, der ihr gefiel: Als Interviewerin bei einem soziologischen Forschungsprojekt der Universität bekam sie zwei Dollar pro Stunde, außerdem war sie mit ein paar älteren Studenten und Doktoranden befreundet (die gleichfalls mit dem Projekt beschäftigt waren), und sie besaß ein bescheidenes Bankkonto und eine hübsche kleine Wohnung mit Kamin, aus deren Fenstern sie über den Midway auf die gotischen Fassaden der Universität blicken konnte. Auch war sie zu dieser Zeit die willige und dankbare Patientin einer Laienpsychologin namens Rutherford, für die sie sich eigens in Schale warf (in die mädchenhaftesten Ausgehkleider, die ich seit meiner Grundschulzeit gesehen hatte, mit Puffärmeln, Krinolinen etc.) und die sie jeden Samstagvormittag in ihrer Praxis am Hyde Park Boulevard aufsuchte. Ihre Geschichten waren hauptsächlich durch Kindheitserinnerungen inspiriert, die sie an diesen Samstagen vor Dr. Rutherford ausbreitete, und handelten fast ausschließlich von der Zeit nach der Vergewaltigung durch ihren Vater und dessen Verschwinden, der Zeit, die sie und ihre Mutter als Gäste – ihre Mutter als Gast, Lydia als Aschenputtel – in dem jungfräulichen Gefängnis der beiden Tanten in Skokie verbracht hatten.

Es war Lydias Sinn für Details, der ihren Geschichten eine gewisse Qualität verlieh. Mit penibler Sorgfalt beschrieb sie die Gewohnheiten und Marotten ihrer Tanten, als schleudere sie mit jeder präzisen Einzelheit ein Steinchen durch die Vergangenheit zurück in die verkniffenen Gesichter ihre Plagegeister. Den Geschichten zufolge schien im Haus der Tanten – sonderbarerweise – «der Körper» Lieblingsthema gewesen zu sein. «Der Körper benötigt gewiß nicht soviel Milch auf einen Teller mit Haferflocken, Liebes.» – «Der Körper läßt sich nur bis zu einer gewissen Grenze mißbrauchen, dann wird er *störrisch*.» Und so weiter. Leider interessierten Einzelheiten, präzise beobachtet und nüchtern beschrieben, die anderen Kursteilnehmer kaum, es sei denn, die Einzelheiten waren «symbolisch» oder sensationell. Zu denen, die Lydias Geschichten am wenigsten ausstehen konnten, gehörten Agniashvily, ein älterer russischer Emigrant, der klassische «Schlüssellochstories» schrieb (auf georgisch, für den Kurs ins Englische übersetzt von seinem Stiefsohn, von Beruf Gastwirt), mit denen er auf den *Playboy*-«Markt» zielte; Todd, ein Polizist, der keine fünf Sätze einer Geschichte schreiben konnte, ohne daß irgend etwas in den Rinnstein rann (Blut, Urin, «Sergeant Darlings Abendessen»), und der (im Gegensatz zu mir – wir stritten uns) ein Fan von O.-Henry-Schlüssen war; Mrs. Corbett, die Negerin, die tagsüber bei der *Prudential* als Bürogehilfin arbeitete und abends die durchschaubarsten und albernsten Träumereien über einen Collie schrieb, der im verschneiten Minnesota auf einer Milchfarm herumtollte; Shaw, ein «Ex-Zeitungsmann» mit einer Passion für Adjektive, der dauernd irgendwas zitierte, das «Max» Perkins zu «Tom» Wolfe gesagt hatte, offenbar in Shaws Anwesenheit; und ein mäkeliger Krankenpfleger namens Wertz, der von seinem Ecksitz in der letzten Reihe ein Verhältnis zu seinem Lehrer pflegte, das gemeinhin als «Haßliebe» bezeichnet wird. Lydias glühendste Bewunderer, von mir selbst abgesehen, waren zwei «Damen»; die eine betrieb in Highland Park eine religiöse Buchhandlung und neigte zu einer Überinterpretation der «moralischen Lehren» in Lydias Geschichten, die andere, Mrs. Slater, eine etwas kantige, aparte Hausfrau aus Flossmoor, trug erikafarbene Kostüme und schrieb «bittersüße» Geschichten, die ausnahmslos damit endeten, daß die beiden Protagonisten «einander unabsichtlich berührten». Mrs. Slaters bemerkenswerte Beine befanden sich meist direkt unter meiner Nase, kreuzten sich bald und lösten sich wieder voneinander, wobei Nylon gegen Nylon rieb und ein Geräusch entstand, das ich sogar durch den ernsten Ton meiner eigenen Stimme hindurch hören konnte. Ihre Augen waren grau und beredt: «Ich bin vierzig Jahre alt und habe den ganzen Tag nichts zu tun, als einzukaufen und die Kinder abzuholen. Ich lebe für diesen Kurs. Ich lebe für unsere Zusammenkünfte. Berühren Sie mich, absichtlich oder unabsichtlich. Ich werde nicht nein sagen oder es meinem Mann erzählen.»

Insgesamt waren es achtzehn, und bis auf die religiöse Buchhändlerin schienen alle pro Abend mindestens ein Päckchen Zigaretten zu rauchen. Sie schrieben auf die Rückseiten von Bestellformularen und Bürobriefpapier; sie schrieben mit Bleistift und verschiedenfarbigen Tinten; sie vergaßen, Seiten zu numerieren oder zu ordnen (allerdings seltener, als ich erwartet hatte). Oft wies das erste Blatt einer Geschichte Flecken von Essensresten auf, oder mehrere Blätter waren miteinander verklebt, in Mrs. Slaters Fall durch Klebstoff, den ein Kind vergossen hatte, und im Fall von Mr. Wertz, dem Krankenpfleger, meinen Vermutungen nach durch Sperma, das er selbst ergossen hatte.

Verwickelte sich der Kurs in eine Auseinandersetzung darüber, ob eine Geschichte in ihren Implikationen «allgemeingültig» oder eine Figur ein «Sympathieträger» sei, so hätte man sie erschlagen müssen, um die Diskussion abzubrechen. Sie beurteilten die Menschen in ihren jeweiligen Geschichten nicht wie eine Ansammlung von Attributen (ein Schnurrbart, ein Hinken, ein Südstaatenakzent), die der Autor mit einem beliebigen Namen versehen hatte, sondern betrachteten sie als menschliche Seelen, die es in den Hades zu verbannen oder heiligzusprechen gelte – je nachdem, wie der Kurs entschied. Es waren die lautesten unter ihnen, die am wenigsten Geschmack und Interesse für das Leise oder Alltägliche aufbrachten, und meine Bewunderung für Lydias Geschichten versetzte sie in Rage; unweigerlich ging es mindestens einem von ihnen gegen den Strich, wenn ich als nachahmenswertes Beispiel etwa Lydias einfache Beschreibung der Art vorlas, wie ihre beiden Tanten im Schlafzimmer Haarbürste, Kamm, Haarnadeln, Zahnbürste, eine Packung *Lifebuoy* und eine Dose Zahnputzpulver säuberlich nebeneinander auf einem Deckchen angeordnet hatten. Oder ich las eine Passage wie diese vor: «Während Tante Helda lauschte, wie Pfarrer Coughlin zwanzigtausend Christen im Briggs-Stadion ins Gewissen redete, räusperte sie sich fortwährend, als sei sie es, die als nächste sprechen müsse.» Die ausführliche, lobende Exegese, mit der ich solche Sätze anschließend bedachte, wurde zweifellos nicht durch ihre Formvollendung und Inhaltsschwere gerechtfertigt, doch im Vergleich mit dem größten Teil der Prosa, die ich in jenem Semester las, hätte Mrs. Ketterers Schilderung von Tante Helda in den vierziger Jahren vor dem Radioapparat direkt aus *Mansfield Park* stammen können.

Am liebsten hätte ich über meinem Pult ein Schild aufgehängt, auf dem stand: WER SICH IN DIESEM KURS BEIM GE-

BRAUCH SEINER PHANTASIE ERWISCHEN LÄSST, WIRD ERSCHOSSEN! Meine pädagogischen Ermahnungen faßte ich in freundlichere Worte: «Sie können nicht einfach Phantasien produzieren und das dann ‹Literatur› nennen. Gehen Sie in Ihren Geschichten von dem aus, was Sie kennen. Halten Sie sich daran. Sonst dominieren bei Ihnen – bei manchen von Ihnen – Tagträume und Alpträume, Schwulst und Romantik – und das kann nicht gut werden. Versuchen Sie präzise, genau und maßvoll zu sein...» – «Ach ja? Und was ist mit Tom Wolfe?» fragte der lyrische Ex-Zeitungsmann Shaw. «Würden Sie den maßvoll nennen, Zuckerman?» (Kein Mister oder Professor von ihm für einen Milchbart, halb so alt wie er.) «Was ist mit Prosadichtung, haben Sie *da*gegen auch was einzuwenden?» Oder Agniashvily brachte mich, in seinem russischen Reibeisen-Akzent, mit Mickey Spillane zu Fall. «Und wie kommt, daß er hat zehn Millionen Auflage gedrrruckt, Prrrofessor?» Oder Mrs. Slater fragte mich, fragte mich sozusagen unter vier Augen und unter unabsichtlicher Berührung meines Ärmels: «Aber *Sie* tragen doch ein Tweedjackett, Mr. Zuckerman. Was hat denn das mit ‹Träumerei› zu tun – ich verstehe das nicht –, wenn Craig in meiner *Geschichte*...» Ich konnte nicht länger zuhören. «Und die Pfeife, Mrs. Slater: was glauben Sie wohl, warum Sie ihn dauernd mit dieser Pfeife herumlaufen lassen?» – «Aber Männer *rauchen* doch Pfeife.» – «Träumerei, Mrs. Slater, zuviel Schwulst und Träumerei.» – «Aber –» – «Hören Sie, schreiben Sie doch mal eine Story über das Einkaufen bei Carson's, Mrs. Slater! Schreiben Sie über einen Nachmittag bei Saks!» – «Ja?» – «Ja! Ja! Ja!»

O ja, wenn es um Schwulst und Träumereien ging, um all die Manifestationen aufgeblasener Romantik, scheute ich mich nicht, sie die Zuckerman-Peitsche kosten zu lassen. Nur dann verlor ich manchmal die Beherrschung, doch der Verlust war natürlich stets absichtsvoll und genau kalkuliert: gewissenhaft.

Aufgestaute Wut – das war übrigens die Bedeutung, die der Army-Psychiater meiner Migräne zugeschrieben hatte. Er hatte mich gefragt, ob ich meinen Vater lieber mochte als meine Mutter, wie ich mich in großen Menschenmengen und großen Höhen fühlte und wie meine Pläne für die Rückkehr ins Zivilleben aussähen. Aus meinen Antworten schloß er, ich sei ein Faß voll *aufge-*

stauter Wut. Noch so ein Dichter, diesmal in Uniform und im Rang eines Captain.

Liebe Freunde (mein einziger wirklicher Feind ist mittlerweile tot, Kritiker allerdings habe ich in Mengen) – liebe Freunde, ich habe mir die zweihundertfünfzig Dollar für den Abendkurs über «Kreatives Schreiben» sauer verdient, jeden einzelnen Cent. Denn was immer es «bedeuten» mag, in jenem Semester bekam ich kein einziges Mal an einem Montag eine Migräne, obwohl ich durchaus in Versuchung geriet, wenn für den Abend wieder mal eine blutrünstige Geschichte von Wachtmeister Todd oder ein bittersüßes Dramolett von Mrs. Slater auf dem Programm stand... Nein, offen gestanden empfand ich es als eine Art Segen, wenn mich die Kopfschmerzen an einem Wochenende, an meinen freien Tagen, heimsuchten. Meine Vorgesetzten im College und in der Stadtdependance bekundeten ihre Anteilnahme und versicherten mir, ich werde meinen Job bestimmt nicht verlieren, bloß weil ich «ab und zu mal» krankheitshalber abwesend sei, und bis zu einem gewissen Punkt glaubte ich ihnen; trotzdem empfand ich es als weit weniger bedrückend, am Samstag oder Sonntag darniederzuliegen und weder meine Kollegen noch meine Studenten um Nachsicht bitten zu müssen.

Der erotischen Neugier, die Lydias hübscher, mädchenhafter, skandinavischer Klotz von einem Kopf in mir geweckt haben mochte – und, so sonderbar es auch klingen mag, die Exotik ihrer verkommenen protestantischen mittelwestlichen Vergangenheit, die sie in ihren Geschichten beschrieb und die sie heil überstanden hatte –, stand meine feste Überzeugung entgegen, ich würde Verrat an meinem Beruf üben und meiner Selbstachtung schaden, wenn ich mit einer meiner Studentinnen ins Bett ginge. Wie bereits gesagt, erschien mir die Unterdrückung aller nicht unmittelbar unserem gemeinsamen Zweck dienenden Gefühle und Wünsche entscheidend für den Erfolg der Transaktion – der pädagogischen Transaktion, wie ich es damals bestimmt nannte –, denn so konnte jeder von uns nach besten Kräften Lehrer oder Schüler sein, ohne Zeit und Energie daran zu verschwenden, sich aufreizend, charmant, hinterhältig, empfindlich, eifersüchtig, intrigant etc. zu geben. Für all das war anderswo Platz; nur im Unterrichtsraum konnte man meines Wissens einander mit jener Intensität begegnen, die für gewöhnlich mit

Liebe assoziiert wird, gereinigt von emotionalem Extremismus und frei von niedrigen Motiven wie Profit- und Machtstreben. Gewiß waren meine Abendkurse nicht selten so verwirrend wie eine Kafkasche Gerichtsverhandlung und meine College-Seminare so ermüdend wie Fließband, doch daß unsere gemeinsame Arbeit von Respekt und wechselseitigem Vertrauen geleitet und so aufrichtig durchgeführt wurde, wie es der Anstand erlaubte, stand außer Zweifel. Sei es Mrs. Corbetts naive und dringliche *Frage* nach der korrekten Adresse auf dem netten Brief an ein kleines Mädchen oder meine eigene nicht weniger naive und dringliche Einführungsvorlesung, unseren Beiträgen lagen niemals bösartige oder auch nur banale Motive zugrunde. Dies schien mir, dem Vierundzwanzigjährigen, gekleidet wie ein Erwachsener in sauberem weißem Hemd mit Krawatte, die Schöße meines abgewetzten Tweedjacketts mit Kreidestaub verschmiert, eine selbstverständliche Wahrheit zu sein. Oh, wie sehr wünschte ich mir eine reine und fleckenlose Seele!

Man hätte glauben sollen, daß in Lydias Fall die Wahrung eines reinen Arbeitsverhältnisses durch ihren männlich-wiegenden Gang erleichtert wurde. Als sie die Klasse das erste Mal betrat, fragte ich mich tatsächlich, ob sie vielleicht Turnerin oder Akrobatin sei, oder Mitglied eines Frauen-Leichtathletikverbandes; sie erinnerte mich an Illustriertenfotos von kräftigen, blauäugigen Athletinnen, die bei den Olympischen Spielen Medaillen für die Sowjetunion gewinnen. Lydias Schultern waren allerdings so rührend schmal wie die eines Kindes, und ihre Haut wirkte fast durchsichtig hell und zart. Nur von der Taille abwärts schien sie sich auf einem Körper zu bewegen, der eher meinem Geschlecht entsprach als ihrem.

Noch vor Ende des Monats hatte ich sie verführt, ebenso entgegen ihren Neigungen und Prinzipien wie entgegen meinen eigenen. Der Vorgang selbst entsprach durchaus gängigen Erwartungen und stimmte wohl in etwa mit den Vorstellungen von Mrs. Slater überein. Zuerst ein Gespräch unter vier Augen in meinem Büro, dann eine Bahnfahrt Seite an Seite zurück nach Hyde Park, eine Einladung auf ein Bierchen in meiner Stammkneipe, fortgesetzter Flirt auf dem Weg zu ihrer Wohnung, Bitte meinerseits um eine Tasse Kaffee, falls sie willens sei, welchen für mich zu kochen. Sie bat mich, mir gut zu überlegen, was ich tat, selbst nachdem sie aus dem Badezimmer zurückgekehrt war, wo sie ihr Diaphragma eingesetzt

hatte, und ich ihr zum zweitenmal das Höschen ausz
über ihrem kleinen, unproportionierten Körper kau
einzudringen. Sie war verwirrt, sie war amüsiert, sie war ve
sie war verwundert.

«Es gibt doch überall so viele schöne junge Mädchen, wieso also ich? Wie kommst du auf mich, wenn du jede haben kannst?

Ich antwortete nicht. Ich lächelte sie nur an, als sei sie es, die sich unsinnig oder kokett benehme.

Sie sagte: «Schau mich doch an.»

«Tu ich ja.»

«Wirklich? Ich bin fünf Jahre älter als du. Meine Brüste hängen, und viel war noch nie mit ihnen los. Schau, ich habe Schwangerschaftsstreifen. Mein Hintern ist zu dick, ich habe einen plumpen Gang – ‹Professor›, hör mir zu, ich kriege keinen Orgasmus. Ich will, daß du das vorher weißt. Ich kriege nie einen.»

Als wir später beim Kaffee saßen, sagte Lydia, in einen Morgenmantel gehüllt, dies: «Ich werde niemals begreifen, warum du das wolltest. Warum nicht Mrs. Slater, die doch geradezu darum *bettelt*? Warum sollte jemand wie du mich wollen?»

Natürlich «wollte» ich sie nicht, damals nicht und zu keinem Zeitpunkt. Fast sechs Jahre lang lebten wir zusammen, zunächst für anderthalb Jahre als Liebespaar und in den folgenden vier Jahren, bis zu ihrem Selbstmord, als Mann und Frau, und in der ganzen Zeit war mir ihr Körper niemals weniger widerwärtig, als sie es mir gleich zu Anfang geschildert hatte. Ohne einen Funken von Wollust verführte ich sie an jenem Abend, am nächsten Morgen und Hunderte von Malen danach. Was Mrs. Slater betraf, so verführte ich sie höchstens zehnmal, und das ausschließlich in meiner Phantasie.

Monica, Lydias zehnjährige Tochter, lernte ich erst einen Monat später kennen, so daß niemand behaupten kann, ich hätte, wie Nabokovs intriganter Schurke, eine reizlose Mutter ertragen, um an die verführerische und verführbare Tochter heranzukommen. Das kam erst später. Zu Anfang war Monica für mich ohne jeden Reiz, äußerlich abstoßend genauso wie in ihrem Wesen: schlaksig, mit strähnigem Haar, unterernährt, linkisch, ohne eine Spur von Persönlichkeit oder Charme und so beschränkt, daß sie mit ihren zehn Jahren noch nicht einmal die Uhrzeit feststellen konnte. In ihren groben Baumwollhosen und ausgeblichenen Polohemden sah sie aus wie

Kind aus den Bergen, aufgewachsen in Armut und Entbehrung. Noch schlimmer sah sie allerdings in ihrem Sonntagsstaat aus, weißes Kleid und runder weißer Hut, winzige Schnürstiefelchen, weiße Handtasche und in der Hand eine Bibel (gleichfalls weiß) – sie wirkte auf mich wie eine Kopie jener aufgeputzten Christenkinder, die jeden Sonntag auf dem Weg zur Kirche an unserem Haus vorbeigekommen waren und Aversionen in mir ausgelöst hatten, die an Heftigkeit denen meiner Großeltern gleichkamen. Insgeheim und ohne es zu wollen, empfand ich etwas wie Verachtung für das starrsinnige und stupide Kind, wenn Monica in ihrem weißen Kirchenkostüm erschien – und Lydia ging es nicht anders, denn Monicas Aufzug erinnerte sie an die Kleider, die sie sonntags in Skokie hatte tragen müssen, wenn ihre Tanten Helda und Jessie sie in den evangelischen Gottesdienst mitnahmen. (Wie es in der Überlieferung heißt: «Einem im Wachstum befindlichen Körper tat es gut, einmal in der Woche ein schönes, gestärktes Kleid zu tragen und geradezusitzen.»)

Ich fühlte mich zu Lydia hingezogen, nicht aus Leidenschaft für Monica – noch nicht –, sondern weil sie soviel durchgemacht hatte und weil sie so tapfer war. Nicht nur, daß sie überlebt hatte, sondern *was* sie überlebt hatte, verlieh ihr in meinen Augen enormen moralischen Wert, ja Glanz: auf der einen Seite die puritanische Strenge, die Prüderie, die Sanftheit, die Fremdenfurcht der Frauen ihrer Umgebung, auf der anderen Seite die Kriminalität der Männer. Natürlich war die Vergewaltigung durch ihren Vater nicht vergleichbar mit der Bildung eines jugendlichen Intellektes anhand der *Chicago Tribune*; was sie für mich so wertvoll erscheinen ließ, war die Tatsache, daß sie Opfer aller Spielarten der Barbarei gewesen war, vom Banalen bis zum Bösen, daß sie, verprügelt, betrogen und ausgebeutet von jedem ihrer Hüter, schließlich in den Wahnsinn getrieben worden war – und sich am Ende doch als unzerstörbar erwiesen hatte: Sie wohnte jetzt in einer hübschen kleinen Wohnung in Hörweite der Turmglocke jener Universität, deren Atheisten, Kommunisten und Juden ihre Leute verabscheuten, und am Küchentisch in dieser Wohnung schrieb sie für mich allwöchentlich zehn Seiten, auf denen sie – heldenhaft, wie ich fand – die Einzelheiten jenes brutalen Lebens in einem von Wut und Wahnsinn sehr weit entfernten Stil festhielt. Wenn ich dem Kurs erklärte, ich bewundere an Mrs. Ketterers Art zu schreiben am meisten ihre «Beherrschung», so lag darin mehr, als die anderen ahnen konnten.

Da mich ihr Charakter in vieler Hinsicht berührte, erschien es mir sonderbar, daß ihr Körper mich *so* abstieß, wie es in der ersten Nacht der Fall war. Ich erzielte zwar für mich einen Orgasmus, fühlte mich jedoch hinterher wegen der Leistung, die da hatte «erzielt» werden müssen, um so miserabler. Zuvor, beim Streicheln ihres Körpers, hatte ich beunruhigt festgestellt, daß ihre Genitalien sich merkwürdig anfühlten. Die Hautfalten zwischen ihren Beinen schienen abnorm dick zu sein, und als ich, scheinbar um den Anblick ihrer Nacktheit zu genießen, einen Blick darauf warf, wirkten die Schamlippen auf erschreckende Weise welk und entfärbt. Fast hatte ich das Gefühl, die Geschlechtsteile einer von Lydias altjüngferlichen Tanten zu betrachten, nicht die einer körperlich gesunden jungen Frau Ende Zwanzig. Ich sah mich versucht, einen Zusammenhang zu dem frühen Mißbrauch durch ihren Vater herzustellen, aber das war natürlich eine viel zu literarische, zu poetische Vorstellung, um glaubhaft zu sein – nein, dies war kein Stigma, so sehr es mich auch einschüchtern mochte.

Der Leser wird sich jetzt vermutlich vorstellen können, wie der Vierundzwanzigjährige, der ich damals war, auf sein eigenes Erschrecken reagierte: Am Morgen begann ich ohne große Umstände, an ihr Cunnilingus zu praktizieren.

«Nicht doch», sagte Lydia. «Tu das nicht.»

«Warum denn nicht?» Ich erwartete die Antwort: *Weil ich da so häßlich bin.*

«Ich hab's dir doch gesagt. Ich kriege keinen Orgasmus. Egal, was du machst.»

Wie ein Weiser, dem nichts Menschliches fremd ist, sagte ich: «Du nimmst das viel zu wichtig.»

Ihre Oberschenkel waren kürzer als meine Unterarme (ungefähr so lang, dachte ich, wie bei einem von Mrs. Slaters Papagallos) und ihre Beine nur so weit geöffnet, wie ich sie mit meinen beiden Händen hätte auseinanderspreizen können. Doch ich preßte meinen offenen Mund dorthin, wo sie bräunlich, trocken, verwittert war. Ich empfand dabei keinerlei Vergnügen, und auch ihr war nichts dergleichen anzumerken; aber immerhin hatte ich getan, wovor ich mich gefürchtet hatte: sie mit der Zunge dort zu berühren, wo sie geschändet worden war, als würden wir durch diesen Akt – es so auszudrücken war verlockend – beide erlöst.

Als würden wir dadurch beide erlöst. Eine ebenso aufgeblasene wie seichte Vorstellung, geboren zweifellos aus «ernsthaften literarischen Studien». Hatte Emma Bovary zu viele zeitgenössische Liebesromane gelesen, so waren es in meinem Fall offensichtlich zu viele moderne literaturwissenschaftliche Aufsätze. Daß ich, indem ich sie «aß», eine Art Sakrament empfing, war ein reizvoller Gedanke – den ich allerdings nach einer kurzen Phase der Verblendung wieder verwarf. Ja, ich wehrte mich auch weiterhin nach besten Kräften gegen all diese hochgestochenen, aufgeblasenen Interpretationen, ob nun in bezug auf meine Migränen oder mein sexuelles Verhältnis mit Lydia; andererseits schien mir mein Leben mehr und mehr einem jener Texte zu ähneln, anhand deren damals gewisse Literaturkritiker gern ihren Scharfsinn demonstrierten. Ich hätte in meiner College-Examensarbeit selbst eine gescheite Abhandlung dieser Art verfertigen können: «Christliche Versuchungen in einem jüdischen Leben: Eine Studie zu den Ironien der ‹Mitleidenschaft›».

Also: Ich «empfing das Sakrament» so oft pro Woche, wie ich irgend konnte, ohne jedoch meinen ängstlichen Widerwillen oder die Scham über meinen Ekel zu besiegen und ohne dem düsteren Nachhall zu glauben oder nicht zu glauben.

Während der ersten Monate meiner Liebesaffäre mit Lydia erhielt ich noch immer Briefe und manchmal auch Telefonanrufe von Sharon Shatzky, der jungen Studentin in Pembroke, mit der ich ein leidenschaftliches Verhältnis gehabt und vor meiner Rückkehr nach Chicago beendet hatte. Sharon war ein hochgewachsenes, hübsches Mädchen mit kastanienbraunem Haar, fleißig, lebhaft und voller Enthusiasmus, eine hervorragende Literaturstudentin und die Tochter eines erfolgreichen Reißverschlußfabrikanten mit Country-Club-Beziehungen und einem Hunderttausend-Dollar-Haus in einer spießigen Gegend am Stadtrand, der von meiner akademischen Laufbahn beeindruckt gewesen war und sich sehr gastfreundlich gezeigt hatte, bis ich an Migräne zu leiden begann. Plötzlich bekam Mr. Shatzky offenbar Angst, seine Tochter könne, falls er nicht eingriff, womöglich einen Mann heiraten, den sie dann für den Rest ihres Lebens pflegen und ernähren mußte. Sharon war wütend über den väterlichen «Mangel an Mitgefühl». «Er betrachtet mein Leben», sagte sie aufgebracht, «als geschäftliche Investition.» Sie wurde noch zorniger, als ich für ihren Vater Partei ergriff. Ich sagte, genauso wie es vor Jahren seine väterliche Pflicht gewesen sei, sie gegen Pocken impfen zu lassen, müsse er seine jugendliche Tochter jetzt über die möglichen Langzeitfolgen meines Leidens aufklären; er wolle verhindern, daß sie ohne Grund leiden müsse. «Aber ich liebe dich doch», sagte Sharon, «das ist mein ‹Grund›. Ich will bei dir sein, wenn du krank bist. Ich will dich dann nicht im Stich lassen, ich will für dich sorgen.» – «Aber er meint, du seist dir über die möglichen Konsequenzen dieses ‹Für-mich-Sorgens› nicht im klaren.» – «Aber ich sage dir doch – ich *liebe* dich.»

Wäre ich wirklich so versessen darauf gewesen, Sharon (oder das Geld ihrer Familie) zu heiraten, wie ihr Vater befürchtete, hätte ich seinen Widerstand wohl nicht ohne weiteres hingenommen. Aber da ich damals gerade Anfang Zwanzig war, entsprach eine Ehe, selbst mit einer sehr hübschen jungen Frau, an die mich starke erotische Gefühle banden, nicht dem Horizont meiner Zukunftspläne. Ich sollte wohl sagen, daß ich gerade *wegen* dieser starken erotischen Gefühle an einer dauerhaften Verbindung zweifelte. Denn was, abgesehen von dieser zugegebenermaßen äußerst intensiven Gemeinsamkeit, gab es zwischen Sharon und mir, das beständig und wirklich *wichtig* gewesen wäre? Obwohl sie nur drei Jahre jünger war als ich, erschien mir der Altersunterschied sehr groß; sie stand fast gänzlich in meinem Schatten und hatte kaum eigene Überzeugungen und Interessen; sie las die Bücher, die ich ihr empfahl, verschlang sie in der Zeit nach unserer ersten Begegnung gleich dutzendweise und gab ihren Lehrern und Freunden gegenüber als eigene Urteile aus, was sie von mir übernommen hatte; unter meinem Einfluß wechselte sie sogar ihr Hauptfach von Politologie in Literaturwissenschaft, was ich anfangs, in der väterlichen Phase meiner Verliebtheit, als Befriedigung empfand, später jedoch als eines von vielen Anzeichen übermäßiger Unterwürfigkeit und Anpassungsfähigkeit deutete.

Es fiel mir damals nicht ein, Beweise für Charakterstärke, Intelligenz und Phantasie in der Fülle ihrer Sexualität zu entdecken oder in ihrer Fähigkeit, das Gleichgewicht zwischen kühner, ja animalischer Vitalität und einem zärtlichen, fügsamen Naturell zu wahren.

Auch begriff ich damals nicht, daß ihre Anziehungskraft in dieser Spannung lag und nicht nur in ihrer Sexualität allein. Statt dessen dachte ich oft mit einem Anflug von Verzweiflung: «Das ist in Wahrheit alles, was wir haben», als sei eine unbefangen-leidenschaftliche erotische Beziehung von mehrjähriger Dauer etwas Alltägliches.

Eines Nachts, als Lydia und ich längst schliefen, rief Sharon bei mir an. Sie war in Tränen aufgelöst und versuchte das auch nicht zu verbergen. Sie könne die *Dummheit* meiner Entscheidung nicht länger ertragen. Mit Sicherheit könne ich doch nicht sie für die Kaltblütigkeit ihres Vaters verantwortlich machen – falls das die Erklärung für das sei, was ich tue. *Was* ich denn eigentlich tue? Und wie es mir gehe? Ob ich gesund sei? Ob ich krank sei? Was meine Schriftstellerei, mein Unterricht machten – ich *müsse* ihr erlauben, nach Chicago zu fliegen... Doch ich sagte ihr, sie solle bleiben, wo sie sei. Während des gesamten Gesprächs blieb ich ruhig und fest. Nein, ich mache sie nicht verantwortlich für irgend jemandes Verhalten, und ihr eigenes sei vorbildlich. Ich erinnerte sie daran, daß nicht ich es gewesen sei, der ihren Vater «kaltblütig» genannt habe. Als sie mich immer wieder beschwor, «zur Vernunft» zu kommen, erklärte ich, sie sei diejenige, die den Tatsachen ins Auge blicken solle, zumal diese doch keineswegs so unangenehm seien, wie sie sie darstelle: Sie sei eine schöne, intelligente, leidenschaftliche junge Frau, und wenn sie doch bloß dieses theatralische Gejammer einstellen und sich dem Leben wieder richtig öffnen würde –

«Aber wenn ich all das bin, was du eben gesagt hast, warum willst du dann nichts mehr mit mir zu tun haben? Bitte, ich versteh das nicht – erklär es mir doch! Wenn ich so vorbildlich bin, warum willst *du* mich dann nicht? Oh, Nathan», sagte sie, jetzt wieder unverhohlen schluchzend, «weißt du, was ich glaube? Daß du unter all deiner Gewissenhaftigkeit und Vernunft und Fairneß ein Wahnsinniger bist! Manchmal glaube ich, daß unter all der ‹Reife› nur ein verrückter kleiner Junge steckt!»

Als ich vom Telefon in der Küche ins Wohnzimmer zurückkam, saß Lydia aufrecht auf meiner Schlafcouch. «Das war dieses Mädchen, nicht?» Aber ohne die leiseste Spur von Eifersucht, obwohl ich wußte, daß sie Sharon haßte, wenn auch nur abstrakt. «Du willst wieder zu ihr zurück, stimmt's?»

«Nein.»

«Aber du weißt doch, es tut dir leid, daß du jemals was mit mir angefangen hast. *Ich* weiß es. Nur siehst du jetzt nicht, wie du da wieder rauskommen sollst. Du hast Angst, mich zu enttäuschen oder mir weh zu tun, und so läßt du eine Woche nach der anderen vergehen – und ich kann diese Anspannung nicht ertragen, Nathan, und auch nicht diese Verwirrung. Wenn du mich verlassen willst, dann tu es jetzt, heute nacht, auf der Stelle. Schick mich fort, ich bitte dich – weil ich nicht ertragen werden möchte oder bemitleidet oder gerettet, oder was immer hier läuft! Was *machst* du eigentlich mit mir – was mache *ich* mit jemandem wie *dir*! Dir steht das Wort Erfolg im Gesicht geschrieben – du atmest Erfolg! Was also soll das alles? Du weißt doch, daß du viel lieber mit diesem Mädchen schlafen würdest als mit mir – also hör auf zu heucheln, und geh zu ihr zurück und tu's!»

Jetzt weinte *sie*, genauso hoffnungslos und verwirrt wie Sharon. Ich küßte sie, versuchte sie zu trösten. Ich beteuerte, sie sehe das alles ganz falsch, obwohl sie es natürlich richtig sah, in allen Einzelheiten. Ich haßte es, mit ihr zu schlafen, ich wollte sie nur zu gern los sein, ich konnte es nicht ertragen, ihr weh zu tun, und nach dem Telefonat zog es mich tatsächlich mehr denn je zurück zu der Frau, die Lydia stets als «das Mädchen» bezeichnete. Dennoch weigerte ich mich, solche Gefühle einzugestehen oder ihnen nachzugehen.

«Sie ist sexy, jung, jüdisch, *reich* –»

«Lydia, du quälst dich doch nur selbst –»

«Aber ich bin so *widerwärtig*. Ich habe *nichts*.»

Nein, wenn jemand «widerwärtig» war, dann ich, der ich mich so sehr sehnte nach Sharons süßer Lüsternheit, nach ihrer verspielten und frechen Sinnlichkeit, nach ihrem, wie ich es nannte, *absoluten Gehör*, dieser untrüglich präzisen Reaktion auf jede unserer erotischen Stimmungen – der ich all dies begehrte, erinnerte und heraufbeschwor, sogar während ich mich über Lydias Körper mühte, mit seinen ganz und gar entgegengesetzten Erinnerungen an physisches Elend. Wenn etwas «widerwärtig» war, dann diese Intoleranz und Kleinlichkeit gegenüber den Unvollkommenheiten eines weiblichen Körpers, die Brutalität, nach den *kaltblütigsten* Hollywood-Klischees zu entscheiden, was begehrenswert ist und was nicht; «widerwärtig» – beunruhigend, schändlich, verblüffend – war auch die Bedeutung, die ein junger Mann von meinen intellektuellen Ansprüchen seiner sexuellen Begierde beimaß.

Darüber hinaus gab es für mich weitere Gründe zu Selbstzweifeln, auch wenn sie mich nicht so eigenartig deprimierten wie das, was ich als meine primitiven sexuellen Instinkte ansah. Da waren beispielsweise Monicas Sonntagsbesuche – wie brutal sie waren! Und wie sehr ich zurückschrak vor dem, was ich sah! Zumal wenn ich mich – mit dem erhebenden Gefühl, vom Schicksal begünstigt gewesen zu sein – an die Sonntage meiner eigenen Kindheit erinnerte, an die stundenlangen Besuchsrunden, zunächst bei meinen beiden verwitweten Großmüttern in dem Armenviertel, wo meine Eltern geboren waren, und dann ringsum in Camden in den Häusern von einem halben Dutzend Tanten und Onkel. Während des Krieges, als Benzin rationiert war, mußten wir die Großmütter zu Fuß besuchen und insgesamt fünf Meilen durch die Stadt laufen – ein angemessener Ausdruck unserer Verehrung für diese zwei königlichen und stolzen Arbeitspferde, die beide in ähnlichen, nach frischgebügelter Wäsche und stickigem Kohlengas riechenden kleinen Wohnungen hausten, inmitten einer Ansammlung von Schondecken, Bar-Mizwa-Fotos und Topfpflanzen, von denen die meisten größer und stämmiger waren als ich. Trotz blätternder Tapeten, brüchigen Linoleums und uralter, verblichener Vorhänge war dies mein Arabien und ich der kleine Sultan… überdies ein kränklicher Sultan, der seiner Sonntagssüßigkeiten und -saucen um so dringender bedurfte. Oh, und wie wurde ich gefüttert und verwöhnt, mit Waschfrauenbrüsten als Kopfkissen und tiefen, großmütterlichen Schößen als Thron!

Wenn ich krank oder das Wetter schlecht war, mußte ich natürlich zu Hause bleiben, wo sich meine Schwester um mich kümmerte, während mein Vater und meine Mutter, mit Überschuhen und Schirmen, die Huldigungssafari allein absolvierten. Aber auch das war nicht unangenehm, denn Sonia pflegte mir, mit großer Schauspielkunst, aus einem Buch mit dem Titel *Zweihundert Opernhandlungen* vorzulesen; und zwischendurch sang sie das eine oder andere Lied. «‹Ort der Handlung ist Indien›», las sie etwa, «‹und sie beginnt im heiligen Hain eines Hindoopriesters. Nilakantha, der einen tiefen Haß gegen die Engländer hegt. Während seiner Abwesenheit erscheint indes eine neugierige Gruppe englischer Offiziere mit ihren Damen, die von dem bezaubernden Garten entzückt sind. Alsbald verlassen sie den Hain wieder, mit Ausnahme eines Offiziers, Gerald, der trotz der Warnung seines Freundes Frederick zurückbleibt, um eine Skizze anzufertigen. Bald schon erscheint Lakmé, die liebliche Tochter des Priesters, die sich dem Hain zu Wasser genähert hatte...›» Die Formulierung «zu Wasser genähert» und die Tatsache, daß «Hindu» in Sunnys Buch mit zwei «o» geschrieben wurde (die aussahen wie ein Paar erstaunter Augen; wie die Mittelvokale in «Moos», «Boot» und «Moor»; wie ein Symbol für alles und jedes, was mir merkwürdig erschien), hatten eine starke Wirkung auf mich, das kränkelnde Kind, die noch ergänzt wurde durch Sonias begeisterte Vorstellung für ein Ein-Personen-Publikum... Lakmé wird von ihrem Vater, wie er als Bettler verkleidet, zum Stadtmarkt geführt: «‹Er zwingt Lakmé zu singen, in der Hoffnung, die Aufmerksamkeit ihres Geliebten zu erregen, sofern der sich unter den Engländern befindet, die in den Bazars einkaufen.›» Noch habe ich mich kaum erholt vom Klang dieses Wortes «Bazar» mit seinem langgezogenen a (es klingt wie ein Seufzer oder ein Laut des Staunens), da ist Sunny auch schon bei der «Glöckchenarie», der Arie «*De la fille du paria*», wie meine Schwester in Bresslensteins französischem Akzent sagt: die Ballade der Tochter des Paris, die den Fremdling im Wald durch den wunderbaren Klang ihres Zauberglöckchens vor wilden Bestien rettet. Nach dem Kampf mit der anstrengenden Arie wendet sich meine Schwester, außer Atem und mit krebsrotem Gesicht, wieder dem hochdramatischen Vortrag der Handlung zu: «‹Und dieser listige Plan hat Erfolg, denn Gerald erkennt sofort die schöne Stimme der lieblichen Hindoomaid –›» Und bekommt von Lakmés Vater einen Dolch in den Rücken gerammt; und wird von ihr «‹in einem wunderschönen Dschungel›» wieder gesund gepflegt; nur erinnert sich der junge Mann dort «‹voll Reue der liebreizenden englischen Maid, der er anverlobt ist›»; und entschließt sich daraufhin, meine Schwester zu verlassen, die sich mit Hilfe giftiger Kräuter umbringt, «‹deren tödliche Säfte sie trinkt›». Ich konnte mich nie entscheiden, wen ich mehr haßte: Gerald mit seiner Reue wegen der «liebreizenden englischen Maid» oder Lakmés Vater, der nicht zulassen wollte, daß seine Tochter einen Weißen liebte. Wäre ich «in Indien» gewesen statt daheim an einem regnerischen Sonntag und hätte ich mehr gewogen als knappe sechzig Pfund, so würde ich Lakmé vor beiden gerettet haben, davon war ich überzeugt.

Später schütteln meine Mutter und mein Vater auf dem Treppenabsatz vor der Hintertür wie Hunde das Regenwasser ab – unsere getreuen Dalmatiner, unsere lebensrettenden Bernhardiner. Die aufgespannten Regenschirme stellen sie zum Trocknen in die Badewanne. Sie haben mir – vier Kilometer durch Sturm und Wind und mitten in einem Krieg – einen Topf mit Großmutter Zuckermans Kohlrouladen mitgebracht und einen Schuhkarton mit Großmutter Ackermanns Strudel: Speise für den darbenden Nathan, um sein Blut anzureichern und ihm Gesundheit und Glück zu bringen. Später dann steht meine exhibitionistische Schwester exakt im Zentrum des Wohnzimmerteppichs auf dem «orientalischen» Medaillon und übt Tonleitern, während mein Vater im *Sunday Inquirer* Nachrichten von der Front liest und meine Mutter mit ihren Lippen die Temperatur meiner Stirn mißt, ein stündliches Ritual, das stets mit einem Kuß endete. Und ich liege die ganze Zeit auf dem Sofa, hingegossen wie eine Ingres-Odaliske. Gab es seit Anbeginn aller Sonntage jemals etwas Vergleichbares?

Wie doch die Erinnerung an jene Rituale der Liebe aus meiner Frühzeit (keine Nostalgie für mich!) wiederkehrt in allen typischen nostalgischen Einzelheiten, wenn ich den Ablauf eines neuen grauenvollen Ketterer-Sonntags beobachte. So orthodox wir die Zeremonien liebevollen Familienzusammenhalts befolgt hatten, so beharrlich zeigten sich die Ketterers in ihrer dürren und elenden Lieblosigkeit. Mitanzusehen, wie sich der katastrophale Zyklus wiederholte, war so entsetzlich, wie einer Hinrichtung auf dem elektrischen Stuhl beiwohnen zu müssen – ja, eine langsame Hinrichtung, die Verbrennung von Monica Ketterers Leben, schien vor meinen Augen stattzufinden, Sonntag für Sonntag. Ein beschränktes, gestörtes, ungebildetes Kind, konnte sie ihre rechte Hand nicht von der linken unterscheiden, konnte die Uhr nicht lesen, konnte nicht einmal Werbeslogans auf einer Plakatwand oder die Aufschrift auf einer Schachtel Corn-flakes entziffern, ohne daß ihr jemand über jede Silbe hinweghalf wie über ein Gebirgsmassiv. Monica. Lydia. Ketterer. Ich dachte: «Was habe ich mit diesen Leuten zu schaffen?» Und während ich das dachte, sah ich keine andere Möglichkeit, als zu bleiben.

Sonntags wurde Monica von ihrem Vater bei uns abgeliefert, und Eugene Ketterer war in der Tat genau der äußerst unattraktive Mann, dessen Auftritt der vorausschauende Leser meiner Geschichte an diesem Punkt des Dramas erwarten wird. Ein weiterer Nagel zu Nathans Sarg. Hätte Lydia doch nur übertrieben. Hätte ich doch nur zu ihr sagen können, was man durchaus manchmal zu einer Geschiedenen über ihren Ex-Gatten sagen kann: «Na, nun komm, so schlimm ist er ja auch wieder nicht.» Hätte ich sie doch wenigstens im Scherz ein bißchen ärgern können, indem ich sagte: «Ach, weißt du, ich mag ihn eigentlich ganz gern.» Doch ich haßte ihn.

Die einzige Überraschung bestand darin, daß er äußerlich noch abstoßender war, als Lydia ihn geschildert hatte. Als wäre sein Charakter nicht schon genug gewesen. Schlechte Zähne, eine große, eingedrückte Nase, das Haar zum Kirchgang pomadisiert und zurückgekämmt, angezogen wie der reinste Großstadttrottel... Wie um alles in der Welt konnte ein Mädchen mit einem hübschen Gesicht und soviel natürlicher Intelligenz und Herzensbildung jemals einen solchen Typen geheiratet haben? Ganz einfach: Er war der erste gewesen, der sie gefragt hatte. Hier war der Ritter, der Lydia aus ihrem Gefängnis in Skokie gerettet hatte.

Dem Leser, der nicht nur «vorausschauend» ist, sondern auch verärgert über die einheitlich trostlose Situation, die ich hier schildere, dem Leser also, den ein Protagonist, der freiwillig ein Verhältnis mit einer in seinen Augen reizlosen und von Katastrophen gebeutelten Frau aufrechterhält, unglaubwürdig erscheint, möchte ich sagen, daß es mir im nachhinein selbst kaum möglich ist, an einen solchen Protagonisten zu glauben. Warum sollte ein junger Mann, der ansonsten vernünftig, weitblickend, umsichtig sich selbst gegenüber und verantwortungsvoll handelt, ein Mann von penibler Genauigkeit in materiellen Dingen und ein wahres Musterbild im Haushalten mit den eigenen Mitteln – warum sollte er in dieser offenkundig gewichtigen Angelegenheit einen Kurs verfolgen, der seinen eigenen Interessen so *rebellisch* zuwiderläuft? Eben wegen der Rebellion? Finden *Sie* das überzeugend? Gewiß hätte ihn doch irgendein schützender, lebenserhaltender Instinkt – nennen wir ihn gesunden Menschenverstand, eine Art fundamentalen biologischen Alarmsystems – wachrütteln und ihm die unausweichlichen Konsequenzen klarmachen müssen, wie ein Schwall kaltes Wasser auch den entrücktesten Schlafwandler aus der Welt absturzsicherer Treppen und verkehrsfreier Boulevards zurückholt. Vergebens suche ich nach einer Art echter religiöser Berufung – nach dem, was Missionare aufbrechen läßt, um Wilde zu bekehren oder Aussätzige zu pflegen – oder nach einer psychischen Störung, die stark genug ist, um eine Erklärung für so absurdes Verhalten zu bieten. Um zumindest den *Ansatz* für eine Erklärung zu liefern, stellt der Autor Lydias «moralischen Glanz» in den Vordergrund und entwickelt, vielleicht zu gründlich, um noch fesselnd zu sein, den Gedanken von Zuckermans «Ernsthaftigkeit», wobei er im Untertitel sogar so weit geht, diese Ernsthaftigkeit als eine Art soziales Phänomen zu bezeichnen; offen gestanden hat jedoch der Autor selbst trotz des suggestiven Untertitels genausowenig das Gefühl, den Einwand der Unglaubwürdigkeit entkräftet zu haben, wie der junge Zuckerman die eigenen hochgestochenen Interpretationen seiner Migräne den tatsächlichen Schmerzen angemessen fand. Wörter wie «rätselhaft» oder «geheimnisvoll» in die Debatte einzubringen geht mir jedoch nicht nur gegen den Strich, sondern scheint die Dinge zudem nicht gerade verständlicher zu machen.

Nützlicher wäre es vielleicht, wenn ich zumindest am Rande jene angenehmen Samstagsspaziergänge erwähnen würde, die Lydia und Nathan gemeinsam unten am See unternahmen, ihre Picknicks, ihre Radtouren, ihre Besuche im Zoo, im Aquarium, im Museum, im Theater, wenn das Bristol Old Vic oder Marcel Marceau gastierte; ich könnte über die Freundschaften schreiben, die sie mit anderen Universitäts-Pärchen schlossen; über die Doktoranden-Partys, zu denen sie manchmal am Wochenende gingen; die Vorträge berühmter Dichter und Kritiker, die sie in Mandel Hall hörten; die Abende, die sie gemeinsam lesend am Kamin in Lydias Wohnung verbrachten. Doch solche Erinnerungen heraufzubeschwören, um das Verhältnis plausibler zu machen, hieße den Leser über das Wesen des jungen Nathan Zuckerman in die Irre zu führen; die gewöhnlichen Vergnügungen und Annehmlichkeiten gesellschaftlicher Art erschienen ihm unwichtig, denn sie waren offenkundig *ohne moralischen Gehalt*. Nicht weil sie beide so gern in der Sixty-third Street chinesisch aßen, nicht einmal weil sie beide Tschechows Kurzgeschichten bewunderten, heiratete er Lydia; aus diesen und zahlreichen anderen Gründen hätte er Sharon Shatzky heiraten können. So unglaublich es manchem auch erscheinen mag – und ich bin einer von ihnen –, es war *gerade* die «einheitlich trostlose Situation», die weitaus mehr für Lydias Sache bewirkte als alle geselligen Mahlzeiten, Spaziergänge und Museumsbesuche und die behaglichen Kamingespräche, bei denen er ihren literarischen Geschmack schulte.

Dem Leser, dem Zuckermans Dilemma «glaubhaft» erscheint, der jedoch einen solchen Menschen nicht so ernst nehmen kann, wie ich es tue, möchte ich sagen, daß ich selbst versucht bin, mich über Zuckerman lustig zu machen. Diese Geschichte als Komödie darzustellen würde lediglich eine minimale Änderung in Ton und Haltung erfordern. Auf dem College habe ich einmal in einem Kursus mit dem Titel «Shakespeare für Fortgeschrittene» einen Aufsatz über *Othello* geschrieben, in dem ich eine solche Akzentverschiebung vorschlug. Ich entwarf eine Reihe unwahrscheinlich anmutender Inszenierungen, zum Beispiel einc, in der Othello und Jago sich mit «Mr. Interlocutor und «Mr. Bones» anredeten, oder, etwas extremer, eine Umkehrung der rassischen Konstellation, indem Othello von einem Weißen und alle anderen Mitwirkenden von Schwarzen dargestellt würden, was (so schloß ich) ein neues Licht auf die «motivlose Bösartigkeit» werfen könnte.

Die vorliegende Geschichte enthält, scheint mir, zumal aus der Perspektive dieses Jahrzehnts, vieles, worüber man sich mokieren könnte, insofern es um die Wertschätzung von Prüfung, Enthaltsamkeit und Unterdrückung der sexuellen Natur des Menschen geht. Es würde wenig darstellerisches Geschick meinerseits erfordern, den Protagonisten in einen unerträglichen Tugendbold zu verwandeln, lächerlich wie die Figur aus einer Farce. Und wenn nicht den Protagonisten, dann den Erzähler. Für manche mag das Komischste oder vielleicht Sonderbarste nicht in meinem damaligen Verhalten liegen, sondern in dem Erzählton, den ich für meine Geschichte heute gewählt habe: das Würdevolle, die Ordentlichkeit, die allem zugrundeliegende Nüchternheit, die «verantwortungsbewußte» Attitüde, die ich mir beständig gebe. Denn nicht nur literarische Erzählweisen haben sich drastisch verändert, seit all dies vor zehn Jahren geschah, mitten in den Fünfzigern, auch ich selbst bin kaum mehr der, der ich war oder sein wollte: Ich bin nicht mehr ein angesehenes Mitglied jener so ausnehmend anständigen und humanen Universitätsgemeinschaft, ich bin nicht mehr der Sohn, den seine Eltern auf ihren Briefen voll Stolz mit «Professor» titulierten. Nach meinen eigenen Maßstäben ist mein Privatleben ein einziges schändliches Versagen, weder würdevoll noch nüchtern und ganz gewiß nicht «verantwortungsvoll». So jedenfalls kommt es mir vor: Ich schäme mich und halte mich für eine skandalöse Gestalt. Daß ich jemals den Mut aufbringen könnte, nach Chicago oder überhaupt nach Amerika zurückzukehren, erscheint mir unvorstellbar.

Gegenwärtig leben wir in einer größeren italienischen Stadt; «wir», das sind Monica oder Moonie, wie ich sie schließlich nannte, wenn wir allein waren, und ich. Wir leben allein, seit Lydia sich mit der Metallspitze eines Büchsenöffners die Handgelenke aufgeschnitten hat und in der Badewanne unserer Parterrewohnung in Woodlawn verblutet ist, wo wir zu dritt als Familie lebten. Lydia war bei ihrem Tod fünfunddreißig, ich war gerade dreißig und Moonie sechzehn. Nach Ketterers zweiter Scheidung war ich, in Vertretung für Lydia, vor Gericht gegangen, um das Sorgerecht für ihre Tochter zurückzufordern – und hatte gewonnen. Wie hätte ich auch verlieren können? Ich war ein angesehener Akademiker und vielversprechender Autor, dessen Geschichten in seriösen Literaturmagazinen gedruckt wurden; Ketterer war ein Mann, der seine Ehefrauen geschlagen hatte, alle beide. Und so kam es, daß Moonie zu uns nach Hyde Park zog – und daß Lydia ihre letzte Folter durchlitt. Denn ihre Tanten hätten sie seinerzeit in Skokie nicht nachdrücklicher von ihrem Leben ausschließen oder endgültiger in die Rolle des ungeliebten Aschenputtels verbannen können, als Moonie und ich es jetzt taten durch das, was zwischen uns beiden wuchs und in jenen Jahren das einzige Ziel meines sexuellen Verlangens darstellte. Oft weckte Lydia mich mitten in der Nacht, indem sie mit den Fäusten auf meiner Brust herumtrommelte. Und nichts, was Dr. Rutherford tun oder sagen mochte, konnte sie beruhigen. «Solltest du es jemals wagen, meine Tochter auch nur anzurühren», schrie sie, «werde ich dir ein Messer ins Herz stoßen!» Doch ich schlief kein einziges Mal mit Moonie, nicht solange ihre Mutter lebte. Getarnt als Vater und Tochter, berührten und liebkosten wir einander; und im Laufe der Monate geschah es immer häufiger, daß einer von uns den anderen – unwissend, unabsichtlich – beim Umziehen oder in der Badewanne überraschte; beim Laubharken im Garten oder beim Schwimmen waren wir verspielt und ausgelassen, wie man es von Männern und ihren jungen Geliebten kennt... doch letztlich, als sei sie meine eigene Tochter oder meine Schwester, respektierte ich das Inzest-Tabu. Leicht war das nicht.

Dann fanden wir Lydia in der Badewanne. Wahrscheinlich kam keiner unserer Freunde oder meiner Kollegen auf die Idee, Lydia habe sich umgebracht, weil ich mit ihrer Tochter geschlafen hatte – bis ich dann mit Moonie nach Italien flüchtete. Ich wußte nicht, was ich sonst hätte tun sollen nach jener Nacht, in der wir schließlich doch miteinander schliefen. Sie war sechzehn Jahre alt – ihre Mutter eine Selbstmörderin, ihr Vater ein sadistischer Ignorant und sie selbst, wegen ihrer Leseschwierigkeiten, noch immer in der ersten High-School-Klasse. Wie hätte ich sie mit all dem sitzenlassen können? Aber wie hätten wir jemals in Hyde Park als Liebespaar leben können?

Und so kam ich schließlich doch noch zu meiner Reise nach Europa, die ich schon geplant hatte, als ich Lydia kennenlernte, nur ging es jetzt weniger darum, die Kulturdenkmäler und literarischen Schauplätze zu besichtigen.

Ich glaube nicht, daß Moonie in Italien so unglücklich ist, wie Anna Karenina seinerzeit mit Wronskij, und auch ich bin seit unserem ersten Jahr hier niemals annähernd so verwirrt und benommen gewesen, wie es Aschenbach wegen seiner Leidenschaft für Tadzio war. Ich hatte mehr Leiden erwartet; gemäß meiner literarischen Neigung zum Dramatisieren der eigenen Lebensumstände hatte ich sogar mit der Möglichkeit gerechnet, Moonie könne wahnsinnig werden. Tatsächlich jedoch halten unsere italienischen Freunde uns für ein durchaus normales Paar, ein amerikanischer Schriftsteller und seine hübsche Freundin, ein hochgewachsenes, ruhiges und ernstes Mädchen, an dem, von Äußerlichkeiten einmal abgesehen, einzig ihre vollkommene Ergebenheit mir gegenüber bemerkenswert scheint; solche Hingabe, versichern mir diese Freunde, sei bei blonden, langbeinigen Amerikanerinnen durchaus ungewöhnlich. Das gefällt ihnen an ihr. Mein einziger engerer Freund hat mir erzählt, wenn ich aus dem Zimmer gehe und Moonie zurücklasse, sei es, als höre sie auf zu existieren. Er fragt sich, warum. Es liegt nicht daran, daß sie die Sprache nicht versteht; glücklicherweise hat sie genauso schnell fließend Italienisch gelernt wie ich, und sie leidet bei dieser Sprache auch nicht unter den Leseschwierigkeiten, die uns dreien in Chicago während ihrer abendlichen Schularbeiten das Leben zur Hölle machten. Sie ist nicht mehr dumm oder störrisch, allerdings macht sie allzuoft einen mürrischen Eindruck.

Als sie einundzwanzig wurde und, juristisch gesprochen, nicht länger mein «Mündel» war, beschloß ich, Moonie zu heiraten. Das Allerschlimmste war inzwischen vorbei, und ich meine damit unersättliche, rasende Lust ebenso wie lähmende Angst. Ich dachte, eine Heirat könne uns über diese ermüdende zweite Phase hinweghelfen, in der sie meist schweigsam und schwermütig war und ich in einer Art ständiger stummer Angst lebte, als läge ich in einem Krankenhausbett und wartete darauf, in den Operationssaal gerollt zu werden, ich mußte sie entweder heiraten oder verlassen, sie entweder für immer zu mir nehmen oder die Sache ein für allemal beenden. Nachdem mein Entschluß feststand, machte ich ihr an ihrem einundzwanzigsten Geburtstag einen Heiratsantrag. Doch Moonie sagte nein, sie wolle niemals Ehefrau werden. Ich geriet in Rage, ich begann zornig englisch zu sprechen – die Leute im Restaurant blickten zu uns herüber. «Du meinst, *meine* Ehefrau!» – «E di chi altro potrei essere?» gab sie zurück. *Wessen könnte ich denn sonst jemals sein?*

Das war das, mein letzter Versuch, die Dinge «in Ordnung» zu bringen. Also leben wir weiterhin unverheiratet zusammen, und ich bin immer noch wie betäubt bei dem Gedanken, wer meine getreue Gefährtin ist und war und wie es dazu kam, daß sie bei mir ist. Man sollte meinen, ich sei inzwischen darüber hinweg, doch anscheinend bin ich dazu nicht fähig oder nicht willens. Solange niemand hier unsere Geschichte kennt, gelingt es mir, mit der Reue und der Scham fertig zu werden.

Allerdings kann ich einfach nicht das Gefühl unterdrücken, daß ich *das Leben eines anderen* lebe. Dies ist nicht das Leben, für das ich gearbeitet und Pläne gemacht habe! Für das ich geschaffen wurde! Äußerlich, in Kleidung und Auftreten, wirke ich zweifellos genauso respektabel wie in den fünfziger Jahren in Chicago, als ich als ernsthafter junger Akademiker ins Erwachsenenleben eintrat. Dem *Ansehen* nach habe ich sicherlich nichts gemein mit dem Unwahrscheinlichen oder dem Ungewöhnlichen. Unter einem Pseudonym schreibe und veröffentliche ich Kurzgeschichten, die mittlerweile mehr von mir und weniger von Katherine Mansfield haben, aber noch immer stark durch Ironie und Indirektheit geprägt sind. Zu meiner Überraschung stieß ich vor kurzem in der USIS-Bibliothek in einer amerikanischen Literaturzeitschrift auf einen Artikel, in dem «ich» im selben Atemzug mit einigen ziemlich berühmten Autoren erwähnt werde, deren literarische und soziale Anliegen inzwischen überholt seien. Ich hatte gar nicht gewußt, daß ich mittlerweile bekannt genug geworden war, um jetzt schon wieder uninteressant zu sein. Aber wie soll ich von hier aus irgend etwas einschätzen können, sei es der Ruf meines Pseudonyms oder mein eigener? Ich halte Vorlesungen über englische und amerikanische Literatur an einer Universität in der Stadt vor Studenten, die lernbegieriger und respektvoller sind als alle, mit denen ich sonst je zu tun hatte. Die University of Chicago war da ganz anders. Ich verdiene mir noch ein wenig – sehr wenig – Geld nebenbei, indem ich für einen italienischen Verlag amerikanische Romane lese und sage, was ich davon halte; auf diese Weise bleibe ich über die jüngsten literarischen Entwicklungen auf dem laufenden. Und ich habe keine Migräne mehr. Damit war bei mir rund zwanzig Jahre früher Schluß, als es der Neurologe prophezeit hatte – was auch immer das bedeuten mag... Andererseits brauche ich nur an einen Besuch bei meinem altersschwachen kränkelnden Vater in New Jersey zu denken, brauche nur vorüberzugehen an den Büros der American Airlines in der Via - - - - -, und schon klopft mein Herz wie verrückt, und alle Kraft weicht aus meinen Gliedern. Allein der Gedanke an ein Wiedersehen mit denen, die mich liebten oder ganz einfach kannten, genügt, um mich in Panik zu versetzen... Die Panik des flüchtigen Verbrechers, der glaubt, die Polizei sei ihm auf der Spur – nur bin ich Flüchtling und Polizei in einem. *Denn ich möchte nach Hause.* Hätte ich nur die Möglichkeit, mich auszuliefern! Je länger ich mich hier versteckt halte, desto größer ist die Wahrscheinlichkeit, daß sich die Legende von meiner Schurkerei verfestigt. Doch ich kann von hier aus nicht einmal feststellen, ob eine solche Legende außerhalb meiner Einbildung überhaupt noch existiert. Oder jemals existiert hat. Das Amerika, das ich gelegentlich im Fernsehen sehe und von dem ich einmal pro Monat in den Zeitschriften in der USIS-Bibliothek lese, scheint mir kein Ort zu sein, an dem Menschen sich groß darum kümmern, wer mit wem schläft. Wen interessiert es noch, daß diese vierundzwanzigjährige Frau einmal meine Stieftochter war? Wen kümmert es, daß ich sie mit sechzehn entjungferte und sie «unabsichtlich» berührte, als sie zwölf war? Wer erinnert sich schon noch an die tote Lydia Zuckermann oder an die Umstände ihres Selbstmords und meiner Abreise im Jahre 1962? Nach allem, was ich so lese, hat es den Anschein, als könne im Amerika nach Oswald ein Mann mit meinem Sündenregister ziemlich ungestört seinen Geschäften nachgehen. Nicht einmal Ketterer, glaube ich, könnte uns was anhaben, da seine Tochter nicht mehr minderjährig ist; als wir uns damals davonmachten, hatte er wohl ohnehin nicht viel empfunden, abgesehen vielleicht von einem Gefühl der Erleichterung, weil er nun nicht mehr fünfundzwanzig Dollar pro Woche an Alimenten für Moonie rausrücken mußte.

Ich weiß also, was ich zu tun habe. Ich weiß, was zu tun ist. Ich weiß es! Entweder muß ich mich aufraffen, Moonie zu verlassen (und mich durch diese Tat von der Verwirrung befreien, die ihre Nähe in mir anrichtet); entweder muß ich sie verlassen und ihr zuvor klarmachen, daß es irgendwo auf dieser Welt einen anderen Mann gibt, mit dem sie nicht nur leben, sondern vielleicht glücklicher und unbeschwerter sein könnte – ich muß sie davon überzeugen, daß sie ohne mich nicht in Einsamkeit ihr Dasein fristen, sondern im Handumdrehen Dutzende von Verehrern um sich haben wird (was stimmt), unter ihnen ebenso viele anständige Männer, die einer so netten und gutgebauten jungen Frau den Hof machen werden, wie es hier Draufgänger gibt, die ihr täglich auf der Straße folgen, hinter ihr herpfeifen und ihr Luftküsse zuwerfen, Italiener, die meinen, sie sei Skandinavierin und scharf –, entweder muß ich Moonie verlassen, und zwar *jetzt* (selbst wenn das im Augenblick nur bedeuten würde, daß ich auf die andere Seite des Flusses ziehe und mich von dort aus um sie kümmere wie ein Vater, der in derselben Stadt wohnt, statt als Liebhaber, dessen Körper sie im Schlaf umklammert, weiterhin das Bett mit ihr zu teilen), entweder das, oder ich muß mit ihr nach Amerika zurückkehren, wo wir leben werden, wir beiden Liebenden, wie andere auch – wie *alle* anderen auch, wenn ich glauben soll, was man in den Nachrichtenmagazinen meines Heimatlandes über die «sexuelle Revolution» schreibt.

Doch ich fühle mich so erniedrigt, daß ich weder das eine noch das andere tun werde. Das Land hat sich vielleicht verändert, ich nicht. Ich wußte nicht, daß es solche Abgründe der Erniedrigung gibt, selbst für mich. Zwar hatte ich Conrads *Lord Jim*, Mauriacs *Thérèse* und Kafkas «Brief an den Vater» gelesen, auch Hawthorne, Strindberg und Sophokles – sogar Freud! –, und doch ahnte ich nicht, daß Erniedrigung eine solche Wirkung auf einen Menschen haben kann. Es scheint, daß entweder die Literatur meine Vorstellungen vom Leben zu stark beeinflußt oder es mir überhaupt nicht gelingt, einen Zusammenhang zwischen ihrer Weisheit und meiner Existenz herzustellen. Denn einerseits kann ich noch nicht so ganz an die vollkommene Hoffnungslosigkeit meiner Lage glauben, andererseits ist mir die Schlußzeile von *Der Prozeß* so vertraut wie mein eigenes Gesicht: «Es war, als sollte die Scham ihn überleben!» Nur bin ich keine Figur aus einem Buch, mit Sicherheit nicht aus *jenem* Buch. Ich bin wirklich. Und meine Erniedrigung ist gleichermaßen *wirklich*. Himmel, welche Qualen glaubte ich zu leiden, wenn mir früher auf dem Schulhof ein Schlagball nach dem anderen durch die Finger rutschte und die sportlichen Naturtalente in meiner Mannschaft sich vor Verzweiflung gegen die Stirn schlugen. Was würde ich jetzt darum geben, wieder mit dieser Schande leben zu müssen. Was würde ich darum geben, wieder in Chicago zu sein und den ganzen Vormittag meine lebhaften Erstsemester in Literatur zu unterrichten, abends im Speisesaal direkt vom Tablett ein einfaches Abendessen einzunehmen und mich vor dem Einschlafen in meinem Junggesellenbett durch ein Meisterwerk der europäischen Literatur zu arbeiten, fünfzig monumentale Seiten voller Randbemerkungen und Unterstreichungen, Mann, Tolstoi, Gogol, Proust, das Bett teilen mit all diesem Genie – oh, wieder dieses Gefühl der Würdigkeit spüren und meinetwegen auch die Migränen, wenn's denn sein müßte! Wie sehr ich mich nach einem würdigen Leben sehnte! Und wie zuversichtlich ich war!

So schließe ich denn, in traditioneller Manier, die Geschichte von jenem Zuckerman in jenem Chicago. Ich überlasse es den Autoren, die in der grellbunten Gegenwart leben und über deren extravagante Werke ich mir von fern einen Eindruck verschaffe, das Unwahrscheinliche, das Absurde und das Bizarre anders als in direkter und klar erkennbarer Weise abzuhandeln.

In meiner Gegenwart gab sich Eugene Ketterer größte Mühe, ruhig, freundlich und friedfertig zu erscheinen, ganz der nette Kerl von nebenan. Ich nannte ihn Mr. Ketterer, er nannte mich Nathan, Nate und Natie. Je größer die Verspätung, mit der er Monica bei ihrer Mutter ablieferte, desto lässiger und, für mich, ärgerlicher sein Auftreten; Lydia fand es unterträglich und zeigte in seiner Gegenwart eine Neigung rasender Wut, die ich vorher nie an ihr erlebt hatte, weder zu Haus noch beim Abendkurs, noch in ihren Geschichten. Es half auch nichts, wenn ich ihr riet, sich von ihm nicht provozieren zu lassen; mehrmals warf sie mir sogar vor – und bat mich hinterher tränenreich um Verzeihung –, ich hätte mich auf Ketterers Seite geschlagen, obwohl ich lediglich verhindern wollte, daß sie in Monicas Gegenwart den Kopf verlor. Auf Ketterers Sticheleien reagierte sie wie ein Tier im Käfig, das mit einem Stock malträtiert wird, und als ich seine Grausamkeit und ihre Reaktion darauf an zwei Sonntagen erlebt hatte, wußte ich, ich würde «Gene» schon sehr bald klarmachen müssen, daß ich nicht nur ein unbeteiligter Zuschauer war und von seinem Sadismus genug hatte.

Zu Anfang, bevor Ketterer und ich schließlich die fällige Aussprache hatten, pflegte er auf Lydias Verlangen nach einer Erklärung dafür, warum er erst um zwei Uhr nachmittags kam (obwohl er bereits um halb elf am Vormittag mit Monica erwartet wurde), *mich* anzusehen und augenzwinkernd zu sagen: «Frauen.» Und wenn Lydia dann erwiderte: «Das ist doch idiotisch! Das heißt doch gar nichts! Was weiß ein Kerl wie du schon von ‹Frauen› oder von Männern oder von Kindern! Warum kommst du so spät mit ihr, Eugene!», dann zuckte er nur die Achseln und murmelte: «Bin aufgehalten worden.» – «So laß ich mich nicht abspeisen –!» – «Wirst du wohl müssen, Lyd. So läuft der Hase nun mal.» Oder er gab ihr überhaupt keine Antwort, sondern sagte wiederum zu mir: «Man lernt nie aus, Natie.» Am Abend, wenn er entweder viel zu früh oder zu spät kam, um Monica abzuholen, gab es dann ähnlich unangenehme Szenen. «Hör mal, ich bin schließlich keine wandelnde Uhr. Hab ich auch nie behauptet.» – «Du hast nie behauptet, irgendwas zu sein – weil du *nichts* bist!» – «Jaja, ich weiß, ich bin ein Grobian und ein Gauner und ein ganz mieser Schuft, und du, du bist Lady Godiva. Jaja, weiß ich alles.» – «Du bist ein Sadist, das bist du! Daß du mich quälst, darum geht's gar nicht mehr – aber wie kannst du so grausam und herzlos sein, dein eigenes kleines Kind zu quälen! Wie kannst du so mit uns spielen, Sonntag für Sonntag, Jahr für Jahr – du Neandertaler! Du hohler Ignorant!» – «Laß uns gehen, Harmonica» – *sein* Kosename für das Kind –, «Zeit, nach Hause zu gehen mit dem großen bösen Wolf.»

In der Regel verbrachte Monica den Tag bei Lydia vor dem Fernseher und mit ihrem Hut auf dem Kopf. Jederzeit zum Aufbruch bereit.

«Monica», sagte Lydia dann, «du kannst doch nicht den ganzen Tag vor dem Fernseher hocken.»

Verständnislos: «Mhm.»

«Monica, hast du gehört? Es ist drei Uhr. Das ist doch wohl genug Fernsehen für einen Tag – meinst du nicht? Hast du deine Schulaufgaben mitgebracht?»

Völlig im dunkeln: «Meine *was?*»

«Hast du diese Woche deine Schulaufgaben mitgebracht, damit wir sie durchgehen können?»

Ein Murmeln: «Vergessen.»

«Aber ich habe doch gesagt, ich würde dir helfen. Du *brauchst* Hilfe, das weißt du.»

Zorn: «Heute ist *Sonntag.*»

«Ja, und?»

Naturgesetz: «Sonntags *mach* ich keine Schularbeiten nich.»

«Sprich bitte nicht so. So hast du ja nicht einmal gesprochen, als du sechs Jahre alt warst. Du weißt es doch.»

Mürrisch: «Was?»

«Daß es falsch ist, die doppelte Verneinung zu gebrauchen. Zu sagen, ich mach keine Schularbeiten *nicht* – so wie dein Vater. Und bitte, sitz nicht so da.»

Ungläubig: *«Was?»*

«Du sitzt da wie ein Junge. Zieh dir eine lange Hose an, wenn du so sitzen willst. Wenn nicht, dann setz dich hin wie ein Mädchen deines Alters.»

Trotzig: «Tu ich ja.»

«Monica, hör zu: Ich denke, wir sollten Subtrahieren üben. Da du dein Buch nicht mitgebracht hast, muß es halt so gehen.»

Flehentlich: «Aber es ist doch *Sonntag.*»

«Aber du brauchst Hilfe beim Subtrahieren. Das ist es, was du brauchst, keine Kirche, sondern Nachhilfe in Mathe. Monica, nimm den Hut ab! Nimm auf der Stelle diesen albernen Hut ab! Es ist drei Uhr nachmittags, und du kannst ihn doch nicht den ganzen Tag lang tragen!»

Entschlossen. Zornig: «Es ist mein Hut – kann ich wohl!»

«Aber du bist in meinem Haus! Und ich bin deine Mutter! Und ich sage dir, du sollst ihn abnehmen! Warum mußt du dich die ganze Zeit so albern benehmen! Ich *bin* deine Mutter, das weißt du! Monica, ich hab dich lieb und du mich – erinnerst du dich nicht mehr, als du klein warst, wie wir miteinander gespielt haben? Nimm den Hut ab, *ehe ich ihn dir vom Kopf reiße*!»

Letzte Waffe: «Rühr meinen Kopf nicht an, oder ich sag's Dad!»

«Nenn ihn nicht ‹Dad›! Ich kann es nicht ertragen, wenn du diesen Mann, der uns beide quält, ‹Dad› nennst! Und setz dich hin wie ein Mädchen! Tu, was ich dir sage! Beine zusammen!»

Finster: «Sie sind zusammen.»

«Sie sind *offen*, und man kann deinen Schlüpfer sehen, und hör endlich auf damit! Du bist für so etwas zu groß – du fährst Bus, fährst zur Schule, wenn du ein Kleid trägst, dann benimm dich auch entsprechend! Du kannst nicht so dasitzen und den ganzen Sonntag fernsehen – nicht, solange du nicht mal zwei und zwei zusammenzählen kannst.»

Philosophisch: «Wen interessiert das schon.»

«Mich interessiert das! *Kannst* du zwei und zwei zusammenzählen? Ich will's wissen! Sieh mich an – ich meine das absolut ernst. Ich muß wissen, was du weißt und was du nicht weißt und wo wir anfangen müssen. Wieviel ist zwei und zwei? *Antworte mir.*»

Dümmlich: «Weiß nich.»

Natürlich weißt du's. Und sprich deutlich. Und antworte mir!»

Wütend: «Ich weiß nicht! Laß mich zufrieden, verdammt!»

«Monica, wieviel ist elf minus eins? Von elf eins wegnehmen. Wenn du elf Cents hättest und jemand würde einen davon wegnehmen, wie viele hättest du dann noch? Liebes, bitte, welche Zahl kommt vor elf? *Das* mußt du doch wissen.»

Hysterisch: *«Ich weiß es nicht!»*

«Du weißt es!»

Explodierend: «Zwölf!»

«Wie kann es denn *zwölf* sein? Zwölf ist doch *mehr* als elf. Ich frage dich, was *weniger* ist als elf. Von elf eins wegnehmen – ist wieviel?»

Pause. Nachdenken. Entscheidung: «Eins.»

«Nein! Du *hast* elf, und du nimmst eins *weg.*»

Erleuchtung: «Oh, ich nehm's *weg.*»

«Ja. Ja.»

Mit unbewegter Miene: «Haben wir nie gehabt – wegnehmen.»

«*Natürlich* habt ihr das gehabt. Das müßt ihr gehabt haben.»

Eisern: «Ich sag die Wahrheit. *Wegnehmen haben wir in der James Madison School nicht.*»

«Monica, es handelt sich um *Subtraktion* – das hat man auf allen Schulen, und du mußt es lernen. Ach Liebling, der Hut kümmert mich nicht – und *er* kümmert mich auch nicht, das ist *vorbei.* Aber *du* bist mir wichtig, und was aus *dir* werden wird. Denn es geht nicht, daß du ein kleines Mädchen bleibst, das nichts weiß. Sonst kriegst du nämlich scheußliche Probleme, und dein Leben wird furchtbar. Du bist ein Mädchen, und du wirst größer, und du mußt wissen, wie man einen Dollar wechselt und was vor elf kommt, so alt wirst du *nächstes Jahr* sein, und du mußt wissen, wie man richtig sitzt – bitte, sitz nicht so da, Monica, bitte, steig nie in einen Autobus und setz dich so hin, selbst wenn du's *hier* tust, um mich zu ärgern. Bitte. Versprich mir das.»

Beleidigt, verwirrt: «Ich versteh nicht, was du willst.»

«Monica, du bist ein heranwachsendes Mädchen, auch wenn man dich sonntags herausputzt wie eine Puppe.»

Rechtschaffene Empörung: «Das ist für die *Kirche.*»

«Aber die Kirche ist nicht das Wichtigste. Lesen und Schreiben ist wichtig – oh, ich schwöre dir, Monica, alles, was ich sage, jedes Wort, sage ich nur, weil ich dich liebhabe und weil ich nicht will, daß dir jemals etwas Schreckliches passiert. Ich hab dich wirklich lieb – *das mußt du wissen.* Was sie dir über mich erzählt haben, *stimmt nicht.* Ich bin keine Verrückte, ich bin nicht wahnsinnig. Du darfst vor mir keine Angst haben, du darfst mich nicht hassen – ich war krank, und jetzt bin ich gesund, und ich könnte mich umbringen, wenn ich daran denke, daß ich dich ihm überlassen habe, daß ich glaubte, er könnte dir eine Mutter geben und ein Zuhause und alles, was ich dir so sehr gewünscht habe. Aber jetzt hast du keine Mutter – du hast diese Person, diese Frau, diese Ziege, die dich in ein lächerliches Kostüm steckt und dich mit einer Bibel herumlaufen läßt, die du nicht einmal *lesen* kannst! Und zum Vater hast du diesen Mann. Von allen Vätern auf der Welt ausgerechnet *ihn*!»

An dieser Stelle begann Monica zu schreien: so durchdringend, daß ich aus der Küche, wo ich allein bei einer Tasse kaltem Kaffee gegessen hatte, ins Wohnzimmer rannte, ohne die geringste Vorstellung, was passiert sein konnte.

Lydia hatte nichts weiter getan, als Monicas Hand zu nehmen; doch das Kind schrie, als hätte es Angst, ermordet zu werden.

«Aber», schluchzte Lydia, «ich will dich doch nur in den Arm nehmen.»

Als signalisiere mein Eintreten den Auftakt zu *richtiger* Gewaltanwendung, schrie Monica jetzt, mit Schaum in den Mundwinkeln: *«Tu's nicht! Tu's nicht! Zwei und zwei ist vier! Schlag mich nicht! Es ist vier!»*

Scheußliche Szenen dieser Art gab es mitunter zwei- oder dreimal im Laufe eines einzigen Sonntagnachmittags – Amalgame, wie mir schien, aus Seifenoper (wiederum dieses Genre), Dostojewski und jenen Legenden vom Leben in nichtjüdischen Familien, die ich als Kind gehört hatte, hauptsächlich von meinen eingewanderten Großmüttern, die ihr Leben unter polnischen Bauern niemals vergessen hatten. Wie bei den Streitereien in der Seifenoper überstieg die emotionale Heftigkeit des Gezänks um Lichtjahre den sachlichen Dissens, der in der Regel mit ein bißchen Logik zu lösen gewesen wäre. Doch genau wie in den Familienkriegszenen bei Dostojewski lag an diesen Sonntagen Mord in der Luft, und der ließ sich nicht einfach weglachen oder wegerklären: So tief war die Animosität zwischen Mutter und Tochter, obwohl es sich eigentlich nur um den amerikanischen Standardstreit um die Schularbeiten des Kindes handelte (nicht das Thema von *Die Dämonen* oder *Die Brüder Karamasow*, sondern von Henry Aldrich und Andy Hardy), daß es (sofern man sich in einem anderen Zimmer aufhielt) durchaus naheliegend war, auf den Gedanken zu kommen, sie könnten ihre Auseinandersetzung mit brennenden Holzscheiten, Pistolen, Beilen und Würgelassos fortsetzen. Offen gestanden fand ich Monicas Sturheit und Verschlagenheit weitaus weniger beunruhigend als Lydias Unerbittlichkeit. Mühelos konnte ich mir vorstellen, und verstehen, daß Monica eine Pistole zog – peng, peng, du bist tot, Schluß mit Wegnehmen –, doch mich erschreckte und entsetzte die Vorstellung, daß Lydia das schreiende Kind in ein besseres Leben hineinzu*prügeln* versuchte.

Es war Ketterer, der mir die warnenden Geschichten von gojischer Barbarei wieder ins Gedächtnis rief, die mir als Heranwachsendem belanglos erschienen waren für ein Leben, wie ich es mir vorstellte. Sie mögen spannend und aufwühlend für ein hilfloses Kind gewesen sein – haarsträubende Geschichten von «ihrem» unversöhnlichen Haß gegen uns, Geschichten von verbrecherischen Unterdrückern und unschuldigen Opfern, die eine abstoßende Faszination für jedes jüdische Kind besitzen mußten, zumal für eines, das schon rein körperlich ein Underdog war –, aber als ich älter wurde und mich Stück für Stück aus Physis und Psyche meiner durchkränkelten Kindheit herausarbeitete, reagierte ich auf diese Geschichten mit der ganzen Heftigkeit, die meine Mission verlangte. Ich bezweifelte nicht, daß es sich um wahrheitsgetreue Schilderungen dessen handelte, was Juden erlitten hatten; vor dem Hintergrund der Konzentrationslager wagte ich bei all meiner Teenager-Rechthaberei kaum die Behauptung, diese Geschichten seien übertrieben. Da ich jedoch (so erklärte ich meiner Familie) nun einmal nicht als Jude im Nürnberg des 20. Jahrhunderts, im Lemberg des 19. Jahrhunderts oder im Madrid des 15. Jahrhunderts zur Welt gekommen sei, sondern im Staat New Jersey im Jahr des Amtsantritts von Franklin Roosevelt et cetera, et cetera... Mittlerweile dürfte diese Diatribe amerikanischer Kinder der zweiten Generation jedem vertraut sein. Die Vehemenz, mit der ich meine Stellungen verteidigte, zwang mich mitunter in lächerliche Positionen: Als zum Beispiel meine Schwester ihren ersten Mann heiratete, an dem man selbst bei wohlwollender Betrachtung kein gutes Haar gefunden hätte (und der auf mich als Fünfzehnjährigen besonders abstoßend wirken mußte mit seinen weißen, zweimal umgeschlagenen Manschetten, den weißen Kalbslederschuhen, dem goldenen Ring am kleinen Finger und der Art, wie er mit seinen sonnengebräunten Händen alles berührte, sein Zigarettenetui, sein Haar, die Wange meiner Schwester, als streichelte er Seide – die effeminierte Seite des Rowdytums), kritisierte ich dennoch meine Eltern wegen ihrer Einwände gegen Sunnys Wahl eines Bräutigams mit der Begründung, es sei ihr gutes Recht, einen Katholiken zu heiraten, wenn sie es wolle.

In ihrer Aufregung verstanden sie meine Argumente ebensowenig, wie ich, in meiner hochherzigen Toleranz, ihre verstand; am Ende erwiesen sich natürlich ihre Prophezeiungen als zutreffend, und wie. Erst Jahre später, als ich endlich mein eigener Herr war, gestand ich mir ein, daß das Bedrückende und Lächerliche an den beiden Ehen meiner Schwester nicht ihre Schwäche für junge Italiener aus South Philly war, sondern die Tatsache, daß sie beide Male genau solche auswählte, die in nahezu jeder Einzelheit die Vorurteile meiner Familie gegen sie bestätigten.

So idiotisch es auch im nachhinein erscheinen mag – wie so vieles in meinem Fall –, erst als Ketterer und Monica in mein Leben traten, begann ich mich zu fragen, ob ich nicht genauso pervers sei wie meine Schwester; ja, sogar *noch* perverser, denn im Unterschied zu Sunny war mir zumindest bewußt, was mich erwarten mochte. Mir war immer klar, daß Lydias Vergangenheit in vieler Hinsicht die Bemerkungen meiner Großmütter über gojische Unordnung und Korruption bestätigte. In meiner Kindheit hatte mir natürlich niemand etwas von Inzest erzählt, aber wäre eine jener beiden weltfremden Einwandererfrauen noch am Leben gewesen und hätte Lydias ganze Horrorgeschichte vernommen, sie wäre zweifellos längst nicht so schockiert gewesen von diesem schauderhaftesten aller Details wie ich, ihr College-Professor-Enkel. Aber auch ohne einen Fall von Inzest in der Familie gab es mehr als genug, was einen jungen Juden erschüttern konnte: die unmütterliche Mutter, der unväterliche Vater, die lieblosen, bigotten Tanten – meine Großmütter hätten keine Schickse mit einem ominöseren und, in ihren Augen, typischeren Lebenslauf erfinden können als jene, die ihr schwächlicher Nathan erwählt hatte. Schon möglich, daß Dr. Goebbels oder Feldmarschall Göring eine Tochter hat, die sich irgendwo auf der Welt herumtreibt, doch Lydia genügte als besipielhaftes Exemplar ihrer Gattung den höchsten Ansprüchen. All das wußte ich; doch die Lydia, die ich erwählt hatte, unterschied sich von Sunnys Auserkorenen: *Sie selbst verabscheute dieses Erbe.* Was, unter anderem, so anrührend an ihr wirkte (für mich, für mich), war der Preis, den sie für ihre Befreiung bezahlt hatte – es hatte sie zum Wahnsinn getrieben, dieses Erbe; doch sie hatte überlebt, um die Geschichte zu erzählen, um die Geschichte zu *schreiben*, um sie für *mich* zu schreiben.

Aber Ketterer und seine Tochter Monica, die ich mir sozusagen *mit* Lydia einhandelte, waren beide keine objektiven Chronisten, Interpreten oder Feinde ihrer Welt. Sie waren vielmehr der Inbegriff dessen, was meine Großeltern und Urgroßeltern und Ururgroßeltern verabscheut und gefürchtet hatten: Schejgitz-Lumperei, Schicksen-Gerissenheit. Für mich waren sie wie Gestalten aus der Legende der jüdischen Vergangenheit – nur *existierten* sie wirklich, genau wie die Sizilianer meiner Schwester.

Natürlich konnte ich nicht ewig tatenlos dastehen und mich von diesen Umständen faszinieren lassen. Irgend etwas mußte geschehen. Anfangs bestand meine Aktivität hauptsächlich darin, Lydia nach ihren pädagogischen Mißerfolgen zu trösten; dann versuchte ich sie zu bewegen, Monica in Ruhe zu lassen, die sonntäglichen Rettungsversuche aufzugeben und ihrer Tochter die wenigen Stunden, die sie miteinander hatten, so angenehm wie möglich zu machen. Vernünftige Ratschläge dieser Art bekam Lydia auch von Dr. Rutherford, doch obwohl wir beide einen beträchtlichen Einfluß auf sie hatten, konnten unsere gemeinsamen Anstrengungen nicht verhindern, daß Lydia sich jeden Sonntag in eine besessene Paukerin verwandelte, die das Kind mit Intensivkursen in Mathe, Grammatik und weiblichem Anstand bombardierte, bis Ketterer auftauchte, um Monica wieder in seine Höhle im Chicagoer Vorort Homewood zurückzuholen. Es kam, wie es kommen mußte. Ich wurde, falls ich nicht mit einer Migräne im Bett lag, Monicas Sonntagsschullehrer. Und sie begann zu lernen oder versuchte es jedenfalls. Ich lehrte sie einfaches Subtrahieren, ich lehrte sie einfache Addition, ich brachte ihr die Namen der Staaten bei, die an Illinois grenzen, und den Unterschied zwischen Atlantik und Pazifik, zwischen Washington und Lincoln, zwischen Punkt und Komma, zwischen einem Satz und einem Absatz, zwischen dem großen und dem kleinen Uhrzeiger. Letzteres, indem ich sie überredete, sich hinzustellen und so zu tun, als seien ihre Arme die Zeiger. Ich brachte ihr ein Gedicht bei, das ich verfaßt hatte, als ich fünf Jahre alt war und wieder einmal mit Fieber im Bett lag, mein erstes literarisches Werk, wie meine Familie behauptete: «Tick-tack-tur, Nathan ist 'ne Uhr.» – «Tick-tack-tur», sagte sie, «Monica ist 'ne Uhr», und streckte ihre Arme in die Viertel-nach-neun-Position, so daß ihr weißes Kirchenkleid, von Monat zu Monat enger, über den kleinen Wölbungen ihrer Brust spannte. Ketterer begann mich zu hassen, Monica verliebte sich in mich, und Lydia akzeptierte mich endlich als ihren Rettungsanker. Sie sah einen Ausweg aus ihrem Elend, und ich, der PERVERSITÄT gehorchend oder der RITTERLICHKEIT oder MORAL oder MISOGYNIE oder HEILIGKEIT oder NARRETEI oder AUFGESTAUTEN WUT oder PSYCHISCHEN KRANKHEIT oder UNSCHULD oder IGNORANZ oder ERFAHRUNG oder HELDENHAFTIGKEIT oder dem SCHIEREN WAHNSINN oder JUDAISMUS oder MASOCHISMUS oder SELBSTHASS oder TROTZ oder der SEIFENOPER oder der ROMANTISCHEN OPER oder vielleicht der DICHTKUNST, oder auch nichts von alledem, oder allem und noch mehr – fand den Weg in mein Elend. Damals, als ich nach dem Abendessen im Speisesaal hinausschlenderte und in den Antiquariaten stöberte, wäre es mir nicht in den Sinn gekommen, so leichtherzig hundert Dollar für meinen Traum von einer eigenen «Bibliothek» auszugeben, wie ich später mein Leben als Mann vergeudete.

II

Meine wahre Geschichte

Peter Tarnopol kam vor vierunddreißig Jahren in Yonkers, New York, zur Welt. Er besuchte die dortigen öffentlichen Schulen und schloß 1954 sein Studium an der Brown University summa cum laude *ab. Nach einem kurzen akademischen Zwischenspiel diente er zwei Jahre als Militärpolizist bei der U.S. Army in Frankfurt, Deutschland, dem Schauplatz von* Ein jüdischer Vater, *seinem ersten Roman, für den er 1960 den Prix de Rome der American Academy of Arts and Letters sowie sein Guggenheim-Stipendium erhielt.*

Seither veröffentlichte er nur eine Handvoll Geschichten und widmete sich in den letzten Jahren fast ausschließlich seiner alptraumhaften Ehe mit Maureen Tarnopol, geb. Johnson, aus Elmira, New York. Zu ihren Lebzeiten war Mrs. Tarnopol Bardame, abstrakte Malerin, Bildhauerin, Kellnerin, Schauspielerin (und was für eine Schauspielerin!), Autorin von Kurzgeschichten, Lügnerin und Psychopathin. Nachdem die Tarnopols 1959 geheiratet hatten, erfolgte 1962 die Aufhebung der ehelichen Gemeinschaft, wobei Mrs. Tarnopol den Autor vor dem Richter Milton Rosenzweig vom Obersten Gericht des Distrikts New York als «allseits bekannten Verführer junger College-Studentinnen» bezeichnete. (Mr. Tarnopol war Dozent für Literaturwissenschaft und Kreatives Schreiben an der University of Wisconsin und später am Hofstra College auf Long Island.) Die Ehe fand 1966 durch Mrs. Tarnopols gewaltsamen Tod ein Ende. Zur Zeit ihres Ablebens war sie arbeitslos und Patientin einer Gruppentherapie in Manhattan; sie erhielt Unterhalt in Höhe von einhundert Dollar pro Woche.

Von 1963 bis 1966 unterhielt Mr. Tarnopol ein Liebesverhältnis mit Susan Seabury McCall, gleichfalls verwitwet und mit Wohnsitz in Manhattan; nach Beendigung der Affäre unternahm Mrs. McCall einen erfolglosen Selbstmordversuch, und gegenwärtig lebt sie unglücklich in Princeton, New Jersey, mit ihrer Mutter zusammen, die sie nicht ausstehen kann. Genau wie Mr. Tarnopol hat Mrs. McCall keine Kinder, hätte allerdings sehr gern welche, bevor es dafür zu spät ist, gezeugt vorzugsweise von Mr. Tarnopol. Mr. Tarnopol hat Angst vor einer zweiten Ehe, unter anderem.

Von 1962 bis 1967 war Mr. Tarnopol Patient des Psychoanalytikers Dr. Otto Spielvogel aus New York City, dessen Abhandlungen über Kreativität und Neurose in zahlreichen Zeitschriften erschienen sind, vor allem im American Forum for Psychoanalytic Studies, *für das Dr. Spielvogel als Mitherausgeber tätig ist. Nach seiner Einschätzung gehört Mr. Tarnopol zu den zehn höchstrangigen jungen Narzißten der amerikanischen Kunstszene. Vor einem halben Jahr beendete Mr. Tarnopol seine Analyse bei Dr. Spielvogel und ließ sich von der Universität beurlauben, um sich vorübergehend in der Quahsay Colony niederzulassen, einem stiftungsfinanzierten Refugium für Schriftsteller, Maler, Bildhauer und Komponisten im ländlichen Vermont. Dort bleibt Mr. Tarnopol Einzelgänger und grübelt tage- und nächtelang darüber, welche Wendung sein Leben genommen hat. Die meiste Zeit ist er verwirrt und fassungslos, und wenn das Thema auf die verstorbene Mrs. Tarnopol kommt, benimmt er sich weiterhin wie ein Besessener.*

Zur Zeit plant Mr. Tarnopol, der Belletristik für eine Weile den Rücken zu kehren, um sich einer autobiographischen Erzählung zu widmen, ein Vorhaben, dem er sich nur zögernd nähert, gleichermaßen unschlüssig, ob es ratsam und ob es nützlich sei. Nicht nur würde die Veröffentlichung eines so persönlichen Dokuments ernste juristische wie ethische Probleme aufwerfen, es besteht auch kein Anlaß zu der Annahme, Mr. Tarnopol könne, indem er seine Phantasie im Zaum und sich selbst strikt an die Tatsachen hält, seine Obsession ein für allemal austreiben. Es bleibt abzuwarten, ob seine Offenheit, soweit sie eben geht, von größerem Nutzen sein kann als seine Kunst (oder Dr. Spielvogels therapeutische Mittel), um die Vergangenheit zu entmystifizieren und sein anerkanntermaßen unzuträgliches Gefühl des Versagens zu mildern.

P.T.
Quahsay, Vt.
September 1967

1. Peppy

Hat sich irgend etwas verändert?

Ich stelle diese Frage, obwohl mir bewußt ist, daß an der Oberfläche (die man nicht geringschätzen sollte – auch ich lebe dort) kein Vergleich möglich ist zwischen dem vierunddreißigjährigen Mann, der heute mit seinem Unglück fertig wird, ohne zusammenzubrechen, und dem neunundzwanzigjährigen Jungen, der damals im Sommer 1962 tatsächlich, wenngleich nur flüchtig, an Selbstmord dachte. An jenem Juninachmittag, an dem ich zum erstenmal Dr. Spielvogels Büro betrat, dauerte es kaum eine Minute, bis ich die Maske einer «integrierten» Persönlichkeit fallenließ, die Hände vors Gesicht schlug und zu weinen begann, trauernd um den Verlust meiner Kraft, meiner Zuversicht und meiner Zukunft. Ich war damals (wunderbarerweise bin ich es nicht mehr) verheiratet mit einer Frau, die ich zwar haßte, die zu verlassen ich jedoch unfähig war, unterjocht nicht nur von ihrer ausgesprochen professionellen Art der moralischen Erpressung – mit Hilfe jener Kombination aus Grauen und Kitsch, durch die unser Zusammenleben an eine Fernsehserie oder einen Fortsetzungsroman im *National Enquirer* erinnerte –, sondern auch von meiner eigenen kindischen Anfälligkeit dafür. Erst vor zwei Monaten hatte ich von der raffinierten Strategie erfahren, mit der sie mich drei Jahre zuvor dazu gebracht hatte, sie zu heiraten; statt als Waffe zu dienen, mit der ich mir endlich den Weg aus unserem Irrenhaus freischlagen konnte, schien mich ihr Geständnis (während ihres halbjährlichen Selbstmordversuches) meiner letzten Widerstandskräfte und Illusionen beraubt zu haben. Meine Demütigung war vollkommen. Für mich machte es keinen Unterschied mehr, ob ich ging oder blieb.

Als ich damals im Juni aus Wisconsin an die Ostküste kam, offiziell als Mitglied des Lehrkörpers für einen zweiwöchigen Schriftsteller-Workshop am Brooklyn College, war ich willenlos wie ein Zombie – bis auf den Willen, meinem Leben ein Ende zu setzen, wie sich dann zeigte. Während ich in der U-Bahn-Station auf den einfahrenden Zug wartete, hielt ich es plötzlich für ratsam, mit einer Hand die Kette zu umklammern, die eine verbeulte Münzwaage mit einem Eisenpfeiler neben mir verband. Mit aller Kraft hielt ich die Kette fest, bis der Zug die Station wieder verlassen hatte. «Ich hänge über einer Schlucht», sagte ich zu mir. «Ich werde von einem Hubschrauber aus den Wogen gehievt. *Festhalten!*» Anschließend sah ich auf die Geleise, um sicherzugehen, daß ich dieses ausgesprochen unerwartete Verlangen, Peter Tarnopol in eine zerfetzte Leiche zu verwandeln, erfolgreich unterdrückt hatte; entgeistert, entsetzt, mußte ich außerdem, wie man so sagt, lachen: «Selbstmord begehen? Machst du Witze? Du kannst ja nicht mal zur Tür hinausgehen.» Ich weiß auch jetzt noch nicht, wie nahe ich tatsächlich daran war, an jenem Tag über den Bahnsteig zu hechten und statt meiner Frau der einfahrenden U-Bahn entgegenzutreten. Vielleicht wäre es nicht nötig gewesen, mich an irgend etwas zu *klammern*, das war unter Umständen auch nur eine kindische Pose; andererseits verdanke ich mein Weiterleben möglicherweise dem Umstand, daß meine rechte Hand, als ich das erlösende Vergessen auf mich zurattern hörte, etwas beeindruckend Stabiles zum Festhalten fand.

Zur Eröffnungsveranstaltung des Workshops hatten sich mehr als hundert Studenten im Hörsaal des Brooklyn College versammelt; jeder der vier Dozenten sollte eine Viertelstunde über «die Kunst der Dichtung» sprechen. Schließlich war ich an der Reihe, erhob mich – und brachte kein Wort heraus. Ich stand am Rednerpult, vor mir meine Notizen – vor mir meinen *Zuhörer* –, und hatte weder Luft in der Lunge noch Speichel im Mund. Die Zuhörer, so glaube ich mich zu erinnern, schienen plötzlich zu *summen*. Und alles, was ich wollte, war schlafen. Doch irgendwie schloß ich nicht die Augen, um es zu versuchen. Andererseits war ich auch nicht völlig da. Ich war nichts als ein Herzschlag, nur dieses Hämmern. Schließlich drehte ich mich um und verließ das Podium... und den Job... Einmal, in Wisconsin, nach einem Wochenende voller Streitereien mit meiner Frau (sie behauptete, gegen meinen Widerspruch, ich hätte mich bei einer Party am Freitagabend zu lange mit einer hübschen Doktorandin unterhalten; heftige Diskussionen über die Relativität der Zeit), stand sie plötzlich in der Tür des Raumes, in dem ich montags abends von sieben bis neun Uhr ein Literaturseminar für Erstsemester abhielt. Unsere Auseinandersetzung hatte am Montagmorgen beim Frühstück damit geendet, daß Maureen ihre Fingernägel in meine Hände schlug; ich war seitdem nicht in die Wohnung zurückgekehrt. «Es ist dringend!» informierte Maureen mich – und die Seminarteilnehmer. Die zehn Studenten aus dem Mittelwesten sahen erst zu ihr, die so resolut in der Tür stand, und dann, plötzlich begreifend, auf meine jodverschmierten Hände – «die Katze», hatte ich zu Beginn des Abends erklärt, mit einem verzeihenden Lächeln für das imaginäre Tier. Ich stürzte hinaus auf den Gang, bevor Maureen Gelegenheit hatte, noch mehr zu sagen. Und dort verkündete meine Herrscherin den Tagesbefehl: «Komm heute abend ja nach Hause, Peter! Laß es dir bloß nicht einfallen, dich mit einem dieser Blondchen auf irgendein Zimmer zu verziehen!» (Im darauffolgenden Semester gab ich mir einen Ruck und tat genau das.) «Verschwinde», zischte ich. «Geh jetzt, Maureen, oder ich werfe dich die Scheißtreppe runter! Geh, *bevor ich dich umbringe*!» Mein Ton muß sie beeindruckt haben – sie griff nach dem Geländer und wich einen Schritt zurück. Als ich mich umdrehte, entdeckte ich, daß ich in meinem Eifer, Maureen hinauszuwerfen, die Tür zum Seminarraum offengelassen hatte. Eine große, schüchterne Farmerstochter aus Appleton, die während des gesamten Semesters kaum einen Satz gesprochen hatte, starrte unverwandt die Frau hinter mir im Korridor an; die übrigen Seminarteilnehmer starrten auf die Seiten von *Der Tod in Venedig* – kein Buch war jemals so fesselnd gewesen. «Also», sagte die vibrierende Stimme, die sich jetzt wieder im Seminarraum befand – ein Arm hatte Maureen die Tür vor der Nase zugeknallt, ich bin nicht ganz sicher, ob es meiner war –, «warum läßt Mann Aschenbach nach Venedig reisen, statt nach Paris oder Rom oder Chicago?» An dieser Stelle brach das Mädchen aus Appleton in Tränen aus, und die anderen, sonst nicht übermäßig lebhaft, begannen alle auf einmal, die Frage zu beantworten... Ich rief mir nicht jede Einzelheit dieser Szene ins Gedächtnis, als ich im Brooklyn College vor meiner erwartungsvollen Zuhörerschaft stand und mich nach Schlaf sehnte, doch erklärt sie wohl die Vision, die ich hatte, als ich ans Rednerpult trat, um meinen Kurzvortrag zu halten: Ich sah Maureen, die wie ein Geschoß durch die hintere Tür des Hörsaals endrang und mit schriller Stimme die neuesten Schlagzeilen über mich hinausschrie. O ja, diesem Workshop-Auditorium, das mich für eine bedeutende literarische Persönlichkeit hielt, für einen Erstlingsautor, dessen Gedanken über das Schreiben die Teilnahmegebühr für den Workshop mit Sicherheit wert waren – diesem Auditorium wollte Maureen (kostenlos) kundtun, daß ich ganz und gar nicht so war, wie ich mich darstellen würde. Bei jedem Wort, ob nun banal oder nicht, das ich auf dem

Podium äußerte, würde sie schreien: «Lügen! Schmutzige, egoistische Lügen!» Ich könnte (wie ich es vorhatte) Conrad, Flaubert, Henry James zitieren, sie würde nur um so lauter brüllen: «Schwindel!» Doch ich sagte nicht ein einziges Wort und stand bei meiner Flucht von der Bühne da als das, was ich war – entsetzt, bestehend aus nichts als meinen Ängsten.

Meine Schriftstellerei war zu dieser Zeit vollkommen unserem ehelichen Chaos ausgeliefert. Fünf bis sechs Stunden pro Tag, sieben Tage pro Woche, ging ich in mein Büro in der Universität und ließ Papier durch meine Schreibmaschine laufen; was an Prosa entstand, war entweder von laienhafter Durchsichtigkeit – das Maß an Phantasie hätte gerade genügt, um einen Schuldschein oder die Gebrauchsanweisung auf der Rückseite einer Waschmittelpackung zu formulieren – oder derart zusammenhanglos und verschwommen, daß ich beim Durchlesen selbst im dunkeln tappte, mit dem Manuskript in der Hand durch das kleine Zimmer schlich wie eine der gebeugten Gestalten aus Rodins «Die Bürger von Calais» und laut aufschrie: «Wo war *ich*, als das hier geschrieben wurde?» Und ich fragte, weil ich es nicht wußte.

Diese Tonnen Papier, die ich während meiner Ehe anhäufte, hatten diese Ehe selbst zum Thema und bildeten den Hauptteil meiner täglichen Bemühungen um Aufschluß darüber, wie ich in diese Falle geraten war und warum ich mich nicht aus ihr befreien konnte. Während der drei Jahre hatte ich auf hunderterlei Weise versucht, dieses Geheimnis zu ergründen; alle paar Wochen änderte sich der gesamte Kurs des Romans mitten im Satz, und im Laufe eines Monats verschwand meine Schreibtischplatte jedesmal unter zahllosen gleichermaßen unbefriedigenden Varianten des einen unvollendeten Kapitels, das mich zum Wahnsinn trieb. Ab und zu nahm ich all diese Seiten – wobei «nehmen» eine freundlich Umschreibung ist – und verbannte sie in den mit mißglückten Anfängen bis zum Rand gefüllten Whiskey-Karton unten im Schrank, um dann von neuem anzufangen, nicht selten mit dem allerersten Satz des Buches. Wie ich um eine Beschreibung rang. (Und, ach, noch immer ringe.) Aber die Versionen unterschieden sich nur in Nebensächlichkeiten: Schauplätze wechselten, Randfiguren (Eltern, alte Flammen, Tröster, Feinde und Verbündete) kamen und gingen, und mit der Aussicht auf Erfolg eines Mannes, der das Polareis mit seinem warmen

Atem zu schmelzen versucht, hoffte ich, den Strom meiner Einbildungskraft freizusetzen, indem ich die Farbe ihrer Augen oder meines Haars veränderte. Natürlich wäre es das Vernünftigste gewesen, die Obsession aufzugeben; nur war ich, der Besessene, ebenso außerstande, nicht über das zu schreiben, was mich umbrachte, wie ich außerstande war, es zu ändern oder zu verstehen.

Also: hoffnungslos bei meiner Arbeit und unglücklich in meiner Ehe, nachdem all die fabelhaften Errungenschaften meiner Jugendjahre sich in Rauch aufgelöst hatten, verließ ich das Podium, zu benommen, um beschämt zu sein, und lief wie ein Schlafwandler zur U-Bahn-Station. Zum Glück stand dort bereits ein Zug, um die Fahrgäste aufzunehmen; er nahm auch mich auf – statt über mich hinwegzurattern –, und binnen einer Stunde wurde ich an der Columbia-Campus-Haltestelle abgesetzt, nur wenige Häuserblocks entfernt von der Wohnung meines Bruders Morris.

Mein Neffe Abner, überrascht und erfreut, mich in New York zu sehen, bot mir eine Dose Limonade und die Hälfte seines Salami-Sandwichs an. «Ich bin erkältet», erklärte er, als ich ihn mit brüchiger Stimme fragte, warum er nicht in der Schule sei. Wie sich zeigte, las er beim Mittagessen *Unsichtbar*. «Kennst du Ralph Ellison tatsächlich persönlich, Onkel Peppy?» – «Ich bin ihm einmal begegnet», sagte ich, und dann heulte ich los oder bellte; Tränen strömten mir aus den Augen, doch die Geräusche, die ich von mir gab, waren selbst für mich neu. «He, Onkel Pep, was ist denn?» – «Hol deinen Vater.» – «Der ist in der Vorlesung.» – *«Hol ihn, Abbie.»* – Und so rief der Junge in der Universität an – «Es handelt sich um einen Notfall; sein Bruder ist sehr krank!» –, und es dauerte nur ein paar Minuten, bis Morris nach Hause kam. Ich war inzwischen im Badezimmer; Moe stürmte herein und kniete sich mit seinen zwei Zentnern Lebendgewicht in dem winzigen Bad neben die Toilette, auf der ich saß und wäßrige Fäkalien aus mir herausrinnen fühlte, schwitzte und gleichzeitig zitterte, als sei ich in Eis gepackt; alle paar Minuten rollte mein Kopf zur Seite, und ich würgte in Richtung Waschbekken. Trotz alledem, Morris preßte seinen Körper an meine Beine und hielt mir die schlaffen Hände; mit seiner rauhen, wabbeligen Wange wischte er mir den Schweiß von der Stirn. Er nannte mich bei meinem Kinderkosenamen: «Peppy, ah, Peppy», ächzte er und küßte mein Gesicht. «Halt durch, Pep, jetzt bin ich ja hier.»

Ein Wort über meinen Bruder und meine Schwester, beide grundverschieden von mir.

Ich bin der jüngste von uns dreien, für alle stets «das Baby», bis zum heutigen Tag. Joan, die mittlere, ist fünf Jahre älter als ich und hat praktisch ihr gesamtes Erwachsenenleben in Kalifornien zugebracht, mit ihrem Mann Alvin, einem Immobilienmakler, und ihren vier hübschen Kindern. Morris sagt über unsere Schwester: «Man könnte meinen, sie sei in einer Boeing zur Welt gekommen statt über dem Laden in der Bronx.» Alvin Rosen, mein Schwager, ist eins neunzig groß und sieht beeindruckend gut aus, zumal jetzt, da seine dichten Locken silbrig geworden sind («Mein Vater meint, daß er sich die Haare so *färbt*», hat mir Abner mal angewidert erzählt) und sein Gesicht ein paar Cowboyfalten zeigt; allem Anschein nach ist er zufrieden mit seinem Leben als Kalifornier, Yachtbesitzer, Skifahrer und Immobilientycoon und vollkommen glücklich mit seiner Frau und seinen Kindern. Er und meine schlanke, elegante Schwester reisen alljährlich an Orte, die ein wenig abseits vom Touristenstrom liegen (oder kurz davor sind, «entdeckt» zu werden); erst vor ein paar Wochen erhielten meine Eltern Postkarten von ihrer Enkeltochter, Melissa Rosen, Joannies zehnjährigem Töchterchen, und zwar aus Afrika (eine Fotosafari mit der Familie) und Brasilien (eine einwöchige Bootstour auf dem Amazonas, mit Familie, Freunden und einem berühmten Naturforscher von der Stanford University als Reiseführer). Sie öffnen ihre Pforten alljährlich für eine Benefiz-Kostümparty zugunsten von *Bridges*, dem Westküsten-Literaturmagazin, in dessen Impressum Joan als eine von zwölf beratenden Herausgebern erwähnt wird – häufig müssen sie dem Magazin durch eine stets willkommene Spende der Joan-und-Alvin-Rosen-Stiftung aus finanziellen Schwierigkeiten helfen; darüber hinaus sind sie großzügige Gönner von Krankenhäusern und Leihbüchereien in der Bay Area und gehören zu den eifrigsten Sponsoren einer jährlichen Sammelaktion für Kaliforniens Wanderarbeiter («Kapitalisten», sagt Morris, «auf der Suche nach einem Gewissen. Aristokraten in Overalls. Fragonard sollte die malen»); und sie sind gute Eltern, sofern die Fröhlichkeit und das strahlende Aussehen ihrer Kinder diesen Schluß zulassen. Sie als langweilig und oberflächlich abzutun (wozu Morris neigt) fiele leichter, wenn sie ihr Streben nach Komfort, Luxus, Schönheit und Glamour (zu ihren engen Freunden gehört ein politisch aktiver Filmstar) nicht mit solcher Offenheit und solchem Eifer betrieben, in der Überzeugung, *den* Daseinsgrund an sich entdeckt zu haben. Schließlich war meine Schwester nicht immer so vergnügt und attraktiv oder so lebensfroh. 1945, als Musterschülerin auf der Yonkers High-School, war sie eine behaarte, hakennasige, unterernährt wirkende kleine «Streberin», deren Intelligenz und äußerliche Reizlosigkeit sie zum wohl unbeliebtesten Mädchen ihrer Klasse machten; damals meinten alle, sie werde von Glück sagen können, überhaupt einen Ehemann zu finden, nicht zu denken an einen wie den reichen, hochaufgeschossenen, ein wenig an Lincoln erinnernden Alvin Rosen, Absolvent der Wharton School, den sie zusammen mit ihrem Magister an der University of Pennsylvania ergatterte. Aber sie schaffte es – wenn auch gewiß nicht ohne einige Anstrengung. Elektrolyse auf der Oberlippe und entlang des Kieferknochens, plastische Chirurgie an Nase und Kinn sowie säntliche Puder- und Make-up-Sorten, die es im Drugstore zu kaufen gibt, verwandelten sie in einen gertenschlanken, sinnlichen Typ, zwar noch immer semitisch, doch eher die Tochter eines Schahs als die eines Ladenbesitzers. Sie steuerte ihren Morgan durch San Francisco, an einem Tag gekleidet wie eine Pampasreiterin und am nächsten wie eine bulgarische Bäuerin, was ihr in ihren mittleren Jahren mehr als bloße Popularität einbrachte – die Klatschspalte der Lokalzeitung (von der kleinen Melissa auch an meine Mutter geschickt) beschreibt Joan als «die kühnste und kreativste Trendsetterin» weit und breit. Das Foto zeigt sie, mit Alvin in Samt an einem unverhüllten Arm und dem Dirigenten des San Franciso Symphony am anderen (von Melissa überschrieben mit «Mom bei einer Party»), und ist einfach umwerfend für jemanden, der sich noch an das Zehn-mal-dreizehn-Hochglanzfoto vom Abschlußball 1945 erinnert, aufgenommen in Billy Rose's Diamond Horseshoe in New York – da sitzt Joan, ganz Nase und Schulterblätter, verloren in einem «trägerlosen» Taftkleid, in das sie jeden Augenblick völlig zu versinken droht, mit ihrem krausen, dunklen Haarschopf (inzwischen geglättet und gepflegt, so daß sie wie Black Beauty glänzt), wie zum Hohn umrahmt von den amazonenhaften Reithosen des Revuegirls hinter ihr auf der Bühne; soweit ich mich entsinne, saß neben ihr an dem «guten» Tisch ihr Begleiter, der vierschrötige, schüchterne Metzgersohn, und starrte trübsinnig in seinen Tom

Collins... Und heute ist diese Frau die glamouröseste Person in der glamourösesten Stadt Amerikas. Mir ist das unheimlich: daß sie mit dem Vergnügen auf so gutem Fuß steht, so erfolgreich Zufriedenheit findet, soviel Kraft und Selbstvertrauen daraus schöpft, wie sie aussieht, wohin sie reist, was sie ißt und mit wem... na ja, das ist keine Kleinigkeit, so kommt es ihrem Bruder in der Enge seiner Einsiedlerklause zumindest vor.

Joan hat mir vor kurzem geschrieben und mich eingeladen, von Quahsay nach Kalifornien zu kommen und sie und ihre Familie zu besuchen, solange ich Lust hätte. «Wir werden Dich mit unserem wilden Treiben vollkommen verschonen, wenn Du einfach nur am Swimmingpool hocken und Deinen Heiligenschein polieren möchtest. Wenn Du Wert darauf legst, werden wir alles daransetzen zu verhindern, daß Du Dich auch nur *einigermaßen* amüsierst. Allerdings weiß ich aus zuverlässiger Quelle im Osten, daß Du in dieser Hinsicht selbst nach wie vor bestens für Dich zu sorgen weißt. Mein liebster Aljoscha, zwischen 1939, als ich Dir beibrachte, ‹Antidesestablishmentarismus› zu buchstabieren, und heute hast Du Dich verändert. Oder vielleicht auch nicht – vielleicht war das, was Dich bei diesem Wort so in Ekstase versetzte, einfach seine Schwierigkeit. Ehrlich, Pep, sollte Dein Appetit auf Unangenehmes jemals nachlassen, so sind mein Haus und ich immer für Dich da. Deine gefallene Schwester J.»

Der Vollständigkeit halber hier meine Antwort:

> Liebe Joan: Das Unangenehme liegt nicht darin, wo oder wie ich jetzt lebe. Dies ist der beste Platz für mich, wahrscheinlich noch für einige Zeit. Natürlich kann ich nicht unbegrenzt hierbleiben, doch gibt es für diese Art Leben Annäherungswerte. Als Maureen und ich in New Milford wohnten und ich im Wald hinter dem Haus diese winzige Hütte hatte – mit einem Riegel an der Tür –, war ich dort oft stundenlang vollkommen glücklich. Ich habe mich seit 1939 nicht sehr verändert: Noch immer ist es für mich das Schönste, allein in einem Zimmer zu sitzen und etwas auszudrücken, so gut ich es mit Papier und Bleistift vermag. Als ich 1962 zum erstenmal nach New York kam und mein Privatleben ein Trümmerhaufen war, träumte ich in der Praxis meines Analytikers laut davon, noch einmal das selbstsichere und erfolg-

reiche College-Kid zu sein, das ich mit zwanzig gewesen war; jetzt finde ich den Gedanken, noch weiter zurückzugehen, weitaus verlockender. Hier stelle ich mir manchmal vor, ich sei zehn – und benehme mich entsprechend. Um den Tag anzufangen, löffle ich im Eßzimmer einen Teller warme Haferflocken, wie früher jeden Morgen bei uns in der Küche; um die Uhrzeit, zu der ich früher zur Schule ging, breche ich dann hierher zu meiner Klause auf. Um Viertel vor neun sitze ich am Schreibtisch – das war der Zeitpunkt des «ersten Läutens». Statt mich mit Arithmetik, Sozialkunde etc. zu beschäftigen, tippe ich bis Mittag auf meiner Schreibmaschine. (Genau wie mein Kindheitsidol Ernie Pyle; vielleicht bin ich inzwischen tatsächlich Kriegsberichterstatter, wie ich es mir 1943 erträumte – allerdings sind die Frontkämpfe, über die ich berichte, von anderer Art, als ich es mir damals vorstellte.) Mittagessen besteht aus einem Lunchpaket, das von der Küche geliefert wird: ein Sandwich, ein paar Möhren, ein Vollkornkeks, ein Apfel, eine Thermosflasche mit Milch. Mehr als genug für einen halbwüchsigen Knaben wie mich. Nach dem Mittagessen schreibe ich weiter bis halb vier, wenn in der Schule «das letzte Läuten» ertönte. Ich räume meinen Schreibtisch auf und bringe mein leeres Tablett zurück in den Speisesaal, wo bereits die Abendsuppe kocht. Der Geruch von Dill, Mutters Parfum. Nach Manchester geht man von der Kolonie drei Meilen auf einer Landstraße, die sich durch die Hügel schlängelt. Am Stadtrand befindet sich ein Junior-College für Mädchen, und bis ich Manchester erreiche, sind auch die Mädchen dort. Ich sehe sie im Waschsalon, im Postamt und in der Drogerie, wo sie Shampoo kaufen – was mich an den Spielplatz «nach der Schule» erinnert, wo es wimmelte von langhaarigen kleinen Mädchen, die ein zehnjähriger Junge nur aus der Ferne und voll Staunen bewundern konnte. Ich bewundere sie aus der Ferne und voll Staunen in einer Imbißstube, in der ich gern eine Tasse Kaffee trinke. Einer der Englisch-Dozenten vom College hat mich gebeten, vor seiner Klasse einen Vortrag zu halten. Ich habe abgelehnt. Ich möchte nicht, daß sie für mich erreichbarer sind, als sie es wären, wenn ich mich noch im fünften Schuljahr befände. Nach dem Kaffee gehe ich die Straße hinunter zur Stadtbibliothek. Dort sitze ich eine Zeitlang, blättere in den Zeitschriften und beobachte, wie die

Schulkinder an langen Tischen ihre Inhaltsangaben der Einfachheit halber von den Buchumschlägen abschreiben. Dann breche ich auf und fahre per Anhalter zur Kolonie zurück; und selten bin ich so erfüllt von Vertrauen und Unschuld, als wenn ich aus dem Auto springe und zu dem Fahrer sage: «Danke fürs Mitnehmen – auf Wiedersehen!»

Ich schlafe in einem Zimmer in der ersten Etage des großen, dreistöckigen Farmhauses, in dem die Gäste untergebracht sind; im Erdgeschoß befinden sich Küche, Speisesaal und Aufenthaltsraum (Zeitschriften, Plattenspieler und Klavier); auf der Veranda steht eine Tischtennisplatte, und das ist so ziemlich alles. Oben in meinem Zimmer mache ich am späten Nachmittag immer eine halbe Stunde Gymnastik, in Unterhosen auf dem Fußboden. Im letzten halben Jahr bin ich dank der Übungen und meines geringen Appetits fast wieder so mager geworden wie damals, als Du so tatest, als spieltest Du auf meinen Rippen Xylophon. Nach dem «Sport» dusche ich und rasiere mich. Gegen meine Fenster streichen die Nadeln einer mächtigen Fichte; bis auf den laufenden Wasserhahn das einzige Geräusch, das ich beim Rasieren höre. Kein Laut, den ich nicht einordnen könnte. Jeden Abend versuche ich, mir eine «perfekte» Rasur zu verpassen, ganz wie ein Zehnjähriger. Ich *konzentriere* mich: heißes Wasser, Seife, heißes Wasser, Rasur mit dem Strich, Rasur gegen den Strich, heißes Wasser, kaltes Wasser, gründliche Überprüfung aller rasierten Flächen… perfekt. Den Wodka-Martini, den ich mir um sechs mixe, trinke ich allein, während ich an meinem Transistorradio die Nachrichten höre. (Ich sitze im Bademantel auf meinem Bett: das Gesicht elfenbeinglatt, Achselhöhle deodoriert, Füße gepudert, Haar gekämmt – sauber wie ein Bräutigam aus einem Ehe-Handbuch.) Der Martini gehörte natürlich nicht zu meinen Gewohnheiten, als ich zehn war, eher schon zu Dads, wenn er mit seinem Kopfweh (und den Tageseinnahmen) aus dem Laden nach Hause kam: Mit einer Miene, als trinke er Terpentin, pflegte er sein Glas mit Schenley's zu kippen, ehe er auf «seinem» Stuhl «Lyle Van und die Nachrichten» hörte. Abendessen gibt es hier um halb sieben, in der Gesellschaft von etwa fünfzehn Dauergästen, hauptsächlich Romanciers und Lyriker, ein paar Maler, ein Komponist. Die Konversation ist angenehm oder lästig oder langweilig; alles in allem weder strapaziöser noch weniger strapaziös, als Abend für Abend mit der eigenen Familie zu essen, wobei ich allerdings nicht an unsere, sondern eher an die Familie denke, die Tschechow in *Onkel Wanja* versammelte. Eine vor kurzem hier eingetroffene junge Lyrikerin ist in der Astrologie versumpft; jedesmal, wenn sie mit irgend jemandes Horoskop loslegt, möchte ich am liebsten vom Tisch aufspringen, eine Pistole holen und ihr das Gehirn rauspusten. Aber da keiner von uns mit einem der anderen durch Blutsbande, Gesetz oder (soweit ich sehe) Leidenschaft verbunden ist, herrscht im allgemeinen Toleranz. Nach dem Abendessen gehen wir hinüber in den Aufenthaltsraum, um zu plaudern und den Haushund zu streicheln; der Komponist spielt Nocturnes von Chopin; die *New York Times* wandert von Hand zu Hand... binnen einer Stunde haben wir uns meist wortlos in alle Richtungen verzogen. Nach meiner Beobachtung befinden sich, mit nur fünf Ausnahmen, alle derzeitigen Dauergäste auf der Flucht, im Untergrund oder im Zustand der Rekonvaleszenz – Opfer von schlechten Ehen, Scheidungen und Affären. Gesprächsfetzen, die ich vor der Telefonzelle unten bei der Küche aufgeschnappt habe, stützen diese These. Zwei Lehrer – Dichter Mitte Dreißig, die sich gerade ihrer Frauen, Kinder und weltlichen Güter entledigt haben (im Austausch gegen studentische Verehrerinnen), sind Freunde geworden und lesen sich gegenseitig Gedichte über die Härte des Verzichts auf kleine Söhne und Töchter vor. Wenn am Wochenende ihre bildhübschen jungen Freundinnen zu Besuch kommen, entschwinden sie für achtundvierzig Stunden in die Betten des örtlichen Motels. Vor kurzem habe ich zum erstenmal seit zwanzig Jahren wieder Tischtennis gespielt, zwei oder drei furiose Runden mit einer Frau aus Idaho, einer stämmigen Malerin in den Fünfzigern, die fünfmal verheiratet war; vorige Woche – nur zehn Tage nach ihrer Ankunft – trank sie eines Nachts alles, was sie im Haus auftreiben konnte, sogar den Vanille-Extrakt in der Küche, und mußte am nächsten Morgen in einem Kombi vom Beerdigungsunternehmer fortgeschafft werden, der den hiesigen Anonymen Alkoholikern vorsteht. Wir ließen all unsere Schreibmaschinen im Stich, um ihr von der Treppe einen düsteren Abschied zu winken. «Ach, macht euch keine Sorgen», rief sie uns durch das Autofenster zu, «ohne all den Mist, den ich gebaut habe, säße ich immer noch auf der Veranda daheim in Boise.» Sie war unsere einzige «Persönlichkeit» und bei weitem die robusteste und energischste unter all den Überlebenden hier. Eines Abends fuhren wir zu sechst nach Manchester, um ein Bier zu trinken, und sie erzählte uns von ihren ersten beiden Ehen. Anschließend wollte die Astrologin ihr Sternzeichen wissen; wir anderen versuchten eine Erklärung dafür zu finden, daß sie nicht längst tot war. «Warum, zum Teufel, heiratest du immer wieder, Mary?» fragte ich sie. Sie tätschelte mir das Kinn und sagte: «Weil ich nicht verschrumpelt sterben will.» Aber jetzt ist sie weg (wahrscheinlich wird sie den Beerdigungsunternehmer heiraten), und bis auf die erstickten Schluchzer aus der Telefonzelle ist es hier abends so still wie in einem Krankenhaus. Absolut ideal, um Hausaufgaben zu machen. Nach dem Dinner und der *Times* gehe ich zurück zu meinem Studio, einer von zwanzig Hütten entlang der ungepflasterten Straße, die sich durch zweihundert Morgen freies Feld und Nadelwald windet. In der Hütte befindet sich ein Schreibtisch, eine Liege, ein eiserner Ofen, zwei gelbgestrichene Stühle, ein weißgestrichenes Bücherregal und der wacklige Rattan-Tisch, an dem ich mein Mittagessen einnehme. Ich lese mir durch, was ich am Tag geschrieben habe. Irgend etwas anderes lesen zu wollen ist sinnlos; meine Gedanken kehren zu meinem eigenen Text zurück, ich denke darüber oder über gar nichts nach.

Wenn ich um Mitternacht zum Haupthaus zurückgehe, habe ich nur eine Taschenlampe, um den Weg zwischen den Bäumen zu finden. Allein unter einem schwarzen Himmel, bin ich mit vierunddreißig nicht mutiger als mit zehn: Am liebsten würde ich rennen. Statt dessen knipse ich jedesmal die Taschenlampe aus und bleibe da draußen im mitternächtlichen Wald stehen, bis sich die Angst entweder gelegt hat oder ich zwischen ihr und mir so etwas wie eine Barriere errichtet habe. Wovor habe ich Angst? Als ich zehn war, fürchtete ich eigentlich nur das Vergessen. Auf dem Heimweg von meinen Pfadfindertreffen kam ich immer an den viktorianischen Häusern in der Hawthorne Avenue vorbei, in denen es «spukte», und ich sagte mir unentwegt: *Es gibt keine Geister, die Toten sind tot,* was natürlich der schrecklichste Ge-

danke von allen war. Heute ist es der Gedanke, sie könnten nicht tot sein, der meine Knie zittern läßt. Ich denke: Das Begräbnis war auch nur ein Trick – sie lebt noch! Irgendwie wird sie zurückkommen! An den Spätnachmittagen unten in der Stadt bin ich manchmal halbwegs darauf gefaßt, sie im Waschsalon zu sehen, wie sie einen Haufen Wäsche in eine Waschmaschine stopft. Und in der Imbißstube, wo ich meinen Kaffee trinke, sitze ich manchmal an der Theke und warte darauf, daß Maureen zur Tür hereingestürmt kommt, mit ausgestrecktem Zeigefinger – «Was machst du hier? Du hast doch gesagt, du würdest mich um vier bei der Bank abholen!» – «Bei der Bank? Um vier? Dich?» Und schon sind wir mittendrin. «Du bist doch tot», sage ich, «niemand kann dich bei irgendeiner Bank abholen, wenn du tot bist, und das *bist* du!» Trotzdem wird Dir nicht entgangen sein, daß ich mich von den hübschen jungen Studentinnen fernhalte, die Shampoo kaufen, um sich die langen Haare zu waschen. Wer hätte wohl jemals einen Zehnjährigen beschuldigt, ein «allseits bekannter Verführer junger College-Studentinnen» zu sein? Oder von einer eingeäscherten Anklägerin gehört? «Sie ist tot», erinnere ich mich, «und es ist vorbei.» Aber wie kann das angehen? Es spottet jeder Glaubwürdigkeit. Würde in einem realistischen Roman der Held durch einen derart blinden Zufall wie den plötzlichen Tod seines schlimmsten Feindes gerettet, welcher intelligente Leser würde das für glaubhaft halten? Zu einfach, würde er murren, zuviel Einbildungskraft. Wirklichkeitsferne Wunscherfüllung, Dichtung im Dienst diffuser Träume. Nicht LEBENSNAH! Und ich würde ihm beipflichten. Maureens Tod ist nicht LEBENSNAH. Solche Dinge geschehen nicht, außer sie geschehen. (Und während die Zeit vergeht und ich älter werde, finde ich, daß sie das immer häufiger tun.)

Ich füge Fotokopien der beiden Geschichten bei, die ich hier oben geschrieben habe, beide mehr oder weniger über das besagte Thema. Sie werden Dir vielleicht helfen zu verstehen, warum ich hier bin und was ich tue. Bis jetzt hat, außer meinem Lektor, noch niemand die Geschichten gelesen. Er hat sie mit einer Menge ermutigender Worte bedacht, aber am liebsten sähe er natürlich endlich den Roman, für den mein Verleger mir zwanzigtausend

Dollar Vorschuß gezahlt hat, als ich noch ein Wunderkind war. Wie gern er den Roman sähe, weiß ich, weil er so sorgfältig und freundlich vermeidet, ihn zu erwähnen. Doch er verriet sich durch seine Frage, ob sich «Mitleidenschaft» (eine der beiden beigefügten Geschichten) wohl «zu einem größeren Werk über einen von Schuldgefühlen geplagten Zuckerman und seine schöne Stieftochter in Italien entwickeln könnte – eine Art postfreudanische Meditation über Themen aus *Anna Karenina* und *Tod in Venedig*. Ist es das, was Sie vorhaben, oder wollen Sie weiterhin Zuckerman-Variationen schreiben, bis Sie eine Art vollständiger Prosa-Fuge zusammengestellt haben?» Gute Ideen, zweifellos, doch was ich momentan tue, so mußte ich dem Mann sagen, der mit meinem Schuldschein in der Hand vor mir stand, gleicht eher dem Versuch, mich aus einer Papiertüte herauszuboxen. «Mitleidenschaft» ist eine postkatastrophale Prosa-Meditation über nichts Geringeres als meine Ehe: Was, wenn Maureens persönliche Mythologie biographische Wahrheit gewesen wäre? Das, und noch eine ganze Menge mehr, ergibt zusammengenommen «MLS». Aus der Spielvogel-Perspektive mag es sich sogar ausnehmen wie eine Legende, konstruiert auf Geheiß und zugunsten der Über-Ichs, das meine Abenteuer durch seine Augen sieht – wie «Grün hinter den Ohren», eine Art komische Idylle zu Ehren eines Pan-haften (jedoch noch keineswegs panischen) Es ist. Bleibt noch das Ich, das nun vorzutreten und *seine* Verteidigungsrede zu halten hätte, damit sämtliche Mitglieder der Verschwörung Mein-Leben-zu-beenden vor Gericht ihre Chance bekommen. Während ich dies denke, wird mir bewußt, daß der autobiographische Bericht, an dem ich gegenwärtig arbeite, in ebendiesem Licht gesehen werden könnte: das «Ich», das seine Rolle als Rädelsführer des Komplotts gesteht. Sollte dem so sein, so werden, nach allen Zeugenaussagen und dem rasch gefällten Schuldspruch, die Verschwörer einem angemessenen Strafvollzug überstellt werden. Wärter Spielvogel, mein ehemaliger Analytiker (dessen Job ich im Augenblick mit übernommen habe), würde vorschlagen, die Bande von Desperados wieder ihm zu überantworten, zwecks Behandlung im Gefängnisblock Ecke Eighty-ninth Street und Park Avenue. Dem geschädigten Kläger ist es nicht weiter wichtig, wo oder wie den Verurteilten ihre Lektion erteilt wird, Hauptsache, daß sie sie lernen und ES NIE WIEDER TUN. Was unwahrscheinlich ist: Wir haben es hier mit hinterhältigem Pack zu tun, und daß dieses Trio mit meinem Wohlbefinden betraut worden ist, gibt Anlaß zu ständiger und ernster Sorge. Nachdem ich bereits eine Runde mit ihnen gedreht habe, würde ich mein Schicksal lieber den Marx Brothers oder den Three Stooges anvertrauen; Clowns zwar, doch *mögen* sie einander wenigstens. PS: Nimm den Bruder in «Grün hinter den Ohren» oder die Schwester in «Mitleidenschaft» bitte nicht persönlich. Fiktive Geschwister, die dem Handlungsverlauf dienen. Sollte ich mich Dir und Deinem Lebensstil jemals überlegen gefühlt haben, so ist das jetzt nicht mehr der Fall. Übrigens habe ich womöglich Dir meine literarische Karriere zu verdanken. Als ich kürzlich bei einem Nachmittagsspaziergang darüber nachgrübelte, was mich zu meiner Berufswahl gebracht haben mag, erinnerte ich mich daran, wie wir beide – ich damals sechs und Du elf – hinten im Auto warteten, bis Mutter und Dad von ihrem Samstagseinkauf zurückkämen. Du gebrauchtest ein paarmal ein Wort, das ich unsagbar komisch fand, und als Du sahst, wie sehr es mich zum Lachen reizte, sagtest Du es immer wieder, obwohl ich Dich anflehte, damit aufzuhören, weil ich mich inzwischen vor Lachen hilflos am Boden wälzte. Ich glaube, das Wort war «Nudel», und zwar als Synonym für «Kopf». Du warst gnadenlos; irgendwie brachtest Du es fertig, dieses Wort in jedem Satz unterzubringen, und schließlich machte ich mir die Hosen naß. Als Mutter und Dad zum Auto zurückkamen, war ich wütend auf Dich und heulte. «Es war Joannie», schrie ich, woraufhin Dad mir erklärte, es sei ein Ding der Unmöglichkeit, daß einer dem anderen in die Hose pinkelt. Wenig wußte er von der Macht der Kunst.

Joans prompte Antwort:

Danke für den langen Brief und die beiden neuen Geschichten, drei kunstvolle Dokumente, entsprungen aus demselben Loch in Deinem Kopf. Als sie es bohrte, ist sie wirklich auf eine Goldmine gestoßen. Ist denn Dein Schuldgefühl tatsächlich bodenlos? Gibt es für Deine Kunst keine andere Quelle? Ein paar Bemerkungen über Literatur und Leben – 1. Du hast keinen Grund, Dich im Wald zu verbergen wie ein Verbrecher vor dem Gesetz. 2. Du hast sie nicht umgebracht, auf welche Art und Weise auch immer. Es sei denn, es gibt da etwas, was ich nicht weiß. 3. Daß Du ein hübsches Mädchen aufgefordert hast, es sich in Deiner Gegenwart mit einer Zucchini zu machen, ist moralisch belanglos. Jeder hat seine Marotten. Wahrscheinlich hast Du ihr den schönsten Tag ihres Lebens bereitet (falls Du es überhaupt warst). In Deiner «Grün-hinter-den-Ohren»-Geschichte verkündest Du das Ereignis mit der ganzen Herausforderung eines ungezogenen Jungen, der weiß, daß er unrecht getan hat und jetzt mit angehaltenem Atem seine Strafe erwartet. *Unrecht*, Peppy, wäre ein Eispickel, nicht ein Gartengemüse; *unrecht* ist es mit Gewalt oder mit Kindern. 4. Du mißbilligst meinen Lebensstil sehr wohl, zumindest verglichen mit dem von Morris; aber das ist, wie man so sagt, Dein Problem, Süßer. (Und Bruder Moes. Und wessen auch immer sonst. Illustrative Anekdote: Vor etwa sechs Wochen, nachdem in der Sonntagsbeilage eine Fotoreportage über unser neues Winterdomizil in Squaw Valley erschienen war, erhielt ich um Mitternacht einen Anruf von einer mysteriösen Verehrerin. «Joan Rosen?» – «Ja.» – «Ich werde Sie vor der Welt als das entlarven, was Sie sind.» – «So? Und was ist das?» – «Ein Judenmädel aus der Bronx! Warum versuchst du, das zu verheimlichen, Joan? Man sieht es dir doch von weitem an, du verlogene Schlampe!») Also, ich sehe mich in keinem Deiner beiden fiktiven Geschwister. Ich weiß, daß Du nicht über mich schreiben kannst – Du kannst Lebensfreude nicht glaubwürdig darstellen. Und eine praktische Ehe, die funktioniert, wäre Deinen Talenten und Interessen als Thema etwa so gemäß wie das Weltall. Du weißt, daß ich Deine Arbeit bewundere (und mir gefallen diese beiden Geschichten, solange ich ignoriere, was sie über Deine Gemütsverfassung aussagen), Tatsache ist jedoch, daß Du eine Kitty und einen Ljewin nicht einmal schöpfen könntest, wenn Dein Leben davon abhinge. Deine Phantasie (Hand in Hand mit Deinem Leben) bewegt sich in die andere Richtung. 5. Vorbehalt («Mitleidenschaft»): Ich habe noch nie gehört, daß sich jemand mit einem Büchsenöffner umgebracht hat. Ausgesprochen grausig und sonderbar willkürlich, sofern mir nicht irgend etwas entgangen ist. 6. Reine Neugierde: Wurde *Maureen* von ihrem Vater verführt? Sie machte mir nie den Eindruck, in dieser Weise belastet zu sein. 7. Was soll denn dem «autobiographischen Bericht» über das besagte Thema folgen? Ein Epos in jambischen Pentametern? Vorschlag: Wie wär's, wenn Du das Bohrloch zustopfen und anderswo nach Inspiration graben würdest? Tu Dir selbst einen Gefallen (sofern diese Worte Dir irgend etwas sagen) und VERGISS ES. Vorwärts! Zieh gen Westen, junger Mann! PS: Die beiden Anlagen mögen Dir zur Erbauung dienen (und zusammengenommen passen sie genau zu Deinem Standardthema – wenn Du wahrhaftes Unglück sehen willst, solltest Du Dir diese Ehe live anschauen). Anlage Nr. 1 ist ein an mich gerichteter Brief von Lane Coutell, neuer Mitherausgeber von *Bridges* (vierundzwanzig, gutaussehend, arrogant und in gewisser Weise brillant; derzeit mehr als nötig), der mit seiner Frau zum Abendessen hier war und die Geschichten gelesen hat. Er und das Magazin würden (seinen «Vorbehalten» zum Trotz) alles dafür geben (außer Geld, das nicht vorhanden ist), um sie zu drucken; allerdings habe ich ihm klargemacht, daß er sich in dieser Sache mit Dir in Verbindung setzen muß. Ich wollte nur wissen, wie ein intelligenter Mensch, der Deine wahre Geschichte nicht kennt, das aufnimmt, was Du in Deinen Stories aus ihr gemacht hast. Anlage Nr. 2 stammt von Frances Coutell, seiner Frau, die jetzt das *Bridges*-Büro leitet. Eine zarte, verwaschene Schönheit von vierunddreißig Jahren, die nach Geistigem geradezu dürstet; außerdem eine romantische Masochistin, die, Du wirst es ahnen, eine Schwäche für Dich entwickelt hat, nicht zuletzt deshalb, weil sie Dich eigentlich gar nicht besonders mag. Literatur hat auf unterschiedliche Menschen unterschiedliche Wirkungen, ähnlich wie die Ehe.

1

Liebe Joan: Wie Du weißt, gehörte ich nicht zu denen, die von dem gefeierten Erstling Deines Bruders sonderlich angetan waren. Ich fand das Buch viel zu brav; sittsam und streng in der Form, wie es sich gehört, dazu gewichtig, wie es sich gehört, und überdeutlich in der Darstellung seines ERNSTEN JÜDISCHEN

Moralischen Anliegens. Offensichtlich war es sehr reif für einen Erstlingsroman – allzu offensichtlich: die Arbeit eines begabten Literaturstudenten, vergewaltigt durch die Vorstellung von Literatur als Mittel, seine Rechtschaffenheit und Intelligenz unter Beweis zu stellen; das Buch kommt mir wie ein typisches Relikt aus den fünfziger Jahren vor. Das Abraham-und-Isaak-Motiv, voll Kierkegaardscher Anklänge, riecht (wenn ich das so sagen darf) nach den Anglistik-Fakultäten, die in den oberen Regionen des Himalaja angesiedelt sind. Was mir an den neuen Stories gefällt und weshalb sie in meinen Augen gegenüber dem Roman einen enormen Fortschritt darstellen, ist die Tatsache, daß sie offenbar eine Art gezielter und weitgehend bewußter Doppelangriff gegen den allzu frühreifen und hochgesinnten Autor von *Ein jüdischer Vater* sind. Ich verstehe «Grün hinter den Ohren» als Frontalangriff mit den Mitteln der Gesellschaftssatire sowie, auffälliger noch, den Mitteln dessen, was ich zarte Pornographie nenne, etwas grundlegend anderes als etwa die Pornographie eines de Sade oder eines Terry Southern. Für den Verfasser dieses ernsthaften Erstlings ist eine Story wie «Grün hinter den Ohren» nichts weniger als blasphemisch. Man kann ihm nur von Herzen gratulieren zu seinem Triumph (zumindest in dieser Geschichte) über die ganze repressive Frömmelei und zeitgeistige jüdische Angst. «Mitleidenschaft» ist ein komplizierter Fall (und daher, in rein literarischem Sinn, auch nicht so gelungen). Zu gerne würde ich «Mitleidenschaft» als verkappten kritischen Essay Tarnopols über seinen eigenen überschätzten Erstling verstehen, als Erläuterung und Verurteilung der *Prinzipienhaftigkeit*, die das Thema von *Ein jüdischer Vater* ist und die Klippe, an der das Buch scheitert. Ob das nun Tarnopols Absicht war oder nicht, ich sehe in Zuckermans Hingabe an Lydia (mit all ihrer Freudlosigkeit, Sexlosigkeit, ihren Skrupeln und verbissen ethischen Motiven) eine Art Allegorie für Tarnopol und seine Muse. Soweit dies der Fall ist, soweit Zuckermans Charakter eine Verkörperung der mißbrauchten und morbiden «moralischen» Einbildungskraft ist, die *Ein jüdischer Vater* hervorbrachte, ist die Geschichte faszinierend, doch in dem Maße, in dem Tarnopol wieder auf den Angst-Kitzel zurückgreift mit allem, was das über die Absicht aussagt, den Leser zu «bewegen», halte ich die Story für reaktionär, langweilig und uninteressant und meine, daß die konventionelle (rabbinische) Seite dieses Autors die wagemutigen und faszinierenden Aspekte seines Talents noch immer im Würgegriff hält. Trotz all meiner Vorbehalte scheint mir «Mitleidenschaft» zur Veröffentlichung geeignet, ganz sicher in Verbindung mit «Grün hinter den Ohren», einer Story, die für mich das Werk eines brandneuen Tarnopol ist, der, nachdem er den hochgesinnten Moralisten in sich objektiviert hat (um ihn hoffentlich für immer nach Europa zu verbannen, wo er in edelmütiger Trauer bei all den «Kulturdenkmälern und literarischen Schauplätzen» sein Dasein fristen mag), endlich beginnt, ein Auge auf das Spielerische, das Perverse und das Verruchte in seinem Innern zu werfen. Falls Sharon Shatzky die neue Muse Deines Bruders ist und eine Zucchini ihr Zauberstab, können wir vielleicht auf Wertvolleres hoffen als auf Prosa, die den Leser «bewegt». Lane.

II

Joan: Kurz noch mein Senf, und zwar nur, weil ich die Story, die L. am meisten bewundert, ebenso abgeschmackt wie bösartig und empörend finde, um so mehr, als sie so *clever* und *eingängig* geschrieben ist. Es handelt sich um rein sadistischen Mist, und ich bete (wirklich) darum, das *Bridges* sie nicht bringt. Die Kunst währt lange, doch das Leben eines kleinen Magazins ist kurz, und allemal zu kurz für *so etwas*. Ich finde es furchtbar, was er mit diesem College-Mädel macht – und ich meine nicht einmal das, was Zuckerman (der klischeehafte verlorene Sohn, der Englisch im *Haupt*fach studiert) ihr antut, sondern den Autor, der ihr den Arm umdreht und zu ihr sagt: «Du bist mir nicht ebenbürtig, du kannst mir niemals ebenbürtig sein – *kapiert?*» Für wen hält er sich eigentlich? Und warum sollte er der sein wollen, für den er sich hält? Wie kann der Mann, der «Mitleidenschaft» schrieb, eine so herzlose kleine Geschichte schreiben wollen? Und umgekehrt? Weil die lange Geschichte absolut herz*zerreißend* ist und ich (ganz anders als L. in seiner kaltblütigen Analyse) der Ansicht bin, daß eben dies ihre Wirkung ausmacht. Sie hat mich zu Tränen gerührt (aber ich hatte ja auch nicht vor, sie einer Gehirnoperation zu unterziehen) und erfüllt mich mit schmerzlicher Verehrung für den Mann, der sich eine solche Story überhaupt *ausdenken* konnte. Die Frau, der Mann, die Tochter sind geradezu schrecklich lebenswahr (ich bin davon überzeugt, weil er mich davon überzeugt hat), und ich werde sie niemals vergessen. Und *hier* ist Zuckerman gleichfalls absolut glaubwürdig, sympathisch und interessant, ein zuverlässiger Beobachter und ein Zentrum der Gefühle, also alles, was er sein sollte. Auf sonderbare Weise waren sie mir alle sympathisch, selbst die widerwärtigen Charaktere. Das Leben ist widerwärtig. Gruß, Franny. PS: Ich entschuldige mich für die Bemerkung, daß ich etwas, was Dein Bruder geschrieben hat, furchtbar fand. Ich kenne ihn nicht. Und ich glaube nicht, daß ich ihn kennenlernen möchte. Es gibt hier schon genügend Jekylls und Hydes. Du bist älter als ich, erkläre mir doch bitte eines: Was ist mit den Männern los? Was *wollen* sie?

Mein Bruder Morris, der als Antwort auf einen Brief, in dem er sich nach meinem Wohlergehen erkundigte, gleichfalls mit Kopien meiner jüngsten Geschichten versorgt wurde, gab seinerseits einige bissige Kommentare zu «Mitleidenschaft» ab – denen Joans nicht ganz unähnlich.

Was ist los mit euch jüdischen Schriftstellern? Madeleine Herzog, Deborah Rojack, die niedliche Kastriererin in *Nach dem Sündenfall*, und ist nicht die begehrenswerte *Schickse* in *Ein neues Leben* ein Nudnik und dazu noch tittenlos? Und nun also, zum weiteren Ergötzen der Rabbis und des Lesepublikums, Lydia Zuckerman, diese gojische Tomate. Hühnersuppe in jedem Topf und eine Gruschenka in jeder Garage. Wo's vor Dark Ladies nur so wimmelt, habt ihr Luftmenschen die freie Auswahl. Peppy, warum verschwendest Du noch immer Dein Talent auf dieses hoffnungslose Mädel? Überlaß sie doch dem Himmel, okay? Ende des Monats halte ich Vorlesungen an der Boston University, also gar nicht weit von Dir. Solltest Du noch immer oben auf dem Berg hausen, dann komm runter und zieh zu mir ins Commander. Mein Thema lautet: «Rationalität, Planung und Erfolgsverzögerung». Was *a* und *b* betrifft, so könnten Dir ein paar Belehrungen nicht schaden; was *c* angeht – wärst Du, einer der führenden Anwärter auf den ersten Platz in der sehr umkämpften Abteilung jüdischer Romanciers, bereit, die versammelten Studenten des Sozialverhaltens mit einer Probe Deiner fortgeschrittenen Künste in dieser Disziplin zu beehren? Peppy, *es reicht jetzt mit ihr!*

Im Jahre 1960, nach einer öffentlichen Vorlesung (meiner ersten), die ich in Berkeley gehalten hatte, gaben Joan und Alvin für mich eine Party in ihrem damaligen Haus auf einem Hügel in Palo Alto. Maureen und ich waren nach einem Jahr an der American Academy in Rom gerade in die USA zurückgekehrt, und ich hatte inzwischen einen zweijährigen Posten als «Schriftsteller mit Lehrauftrag» an der University of Wisconsin akzeptiert. Im vergangenen Jahr war ich (laut einem Artikel im *Times*-Feuilleton) zum «Wunderknaben der amerikanischen Literatur» avanciert; für *Ein jüdischer Vater* hatte ich den Prix de Rome der American Academy of Arts and Letters erhalten sowie ein Guggenheim-Stipendium in Höhe von dreitausendachthundert Dollar und anschließend die Einladung an die University of Wisconsin. Ich für meinen Teil hatte damals nicht weniger erwartet; es war keineswegs mein Glück, das mich im Alter von siebenundzwanzig Jahren überraschte.

Joan und Alvin hatten zu meinem Empfang sechzig oder siebzig ihrer Freunde eingeladen; Maureen und ich verloren einander schon wenige Minuten nach der Ankunft aus den Augen, und als sie irgendwann wieder an meiner Seite auftauchte, unterhielt ich mich gerade recht beklommen mit einer ausgesprochen verführerischen jungen Schönheit etwa meines Alters: beklommen aus Angst vor der Eifersuchtsszene, die die Nähe einer solchen Sexbombe unweigerlich auslösen würde.

Zunächst tat Maureen so, als spräche ich mit niemandem; sie wolle, verkündete sie, nach Hause; all diese «verlogenen Typen» seien zuviel für sie. Ich entschloß mich, die Bemerkung zu ignorieren – was hätte ich sonst tun sollen? Ein Schwert ziehen und ihr den Kopf abschlagen? Ein Schwert trug ich damals nicht bei mir. Stattdessen trug ich eine steinerne Miene zur Schau. Das schöne Mädchen – nach ihrem Dekolleté zu urteilen, war sie selbst eine Art kühner Trendsetterin; doch mir war nicht danach, persönliche Fragen zu stellen – das Mädchen wollte von mir wissen, wer mein Lektor sei. Ich nannte ihr seinen Namen; ich sagte, er sei auch ein guter

Lyriker. «Oh, wie kannst du nur!» zischte Maureen, und plötzlich standen ihr Tränen in den Augen; sofort drehte sie sich um und verschwand im Badezimmer. Wenige Minuten später fand ich Joan und erklärte ihr, Maureen und ich müßten gehen – es sei ein langer Tag gewesen, und Maureen fühle sich nicht gut. «Pep», sagte Joan und nahm meine Hand, «warum tust du dir das an?» – «Warum tue ich mir was an?» – «Sie», sagte sie. Ich tat, als verstünde ich nicht, wovon sie sprach. Ich setzte nur meine steinerne Miene auf. Im Taxi zum Hotel weinte Maureen wie ein Kind und hämmerte wiederholt mit ihren kleinen Fäusten auf ihre Knie (und auf meine) ein. «Wie kannst du mich so in Verlegenheit bringen – wie konntest du so etwas sagen, wo ich neben dir stand!» – «*Was* sagen?» – «Das weißt du verdammt genau, Peter! Sagen, *Walter* sei dein Lektor!» – «Aber das *ist* er doch.» – «Und was ist mit *mir*?» schluchzte sie. «Mit dir?» – «Ich bin deine Lektorin – das weißt du ganz genau! Du weigerst dich nur, es zuzugeben! Ich lese jedes Wort, das du schreibst, Peter. Ich mache Vorschläge. Ich korrigiere deine Rechtschreibung.» – «Das sind Tippfehler, Maureen.» – «*Aber ich korrigiere sie!* Und dann kommt so ein reiches Luder, hält dir ihre Titten ins Gesicht und fragt dich, wer dein Lektor ist, und du sagst *Walter*! Warum mußt du mich so erniedrigen – oh, warum hast du das getan vor dieser strohdummen Gans? Bloß weil sie sich mit ihren Titten an dich rangeschmissen hat? Meine sind genauso groß wie ihre – faß sie bei Gelegenheit mal an und überzeug dich!» – «Maureen, nicht das, nicht schon wieder –!» – «Oh, doch, schon wieder! Und wieder und wieder! Weil *du dich nicht ändern wirst*!» – «Aber sie hat doch meinen *Verlags*lektor gemeint!» – «Aber ich bin deine Lektorin!» – «Bist du nicht!» – «Ich bin wohl auch nicht deine Frau, wie! Warum schämst du dich so für mich? Dazu noch vor diesen verlogenen Typen! Leute, die dich nicht zweimal ansehen würden, wenn du nicht auf allen Titelseiten wärst! Oh, du Baby! Du Säugling! Du hoffnungsloser Egomane! Mußt du denn *überall* im Mittelpunkt stehen?» Bevor wir am nächsten Morgen zum Flughafen fuhren, rief Joan im Hotel an, um auf Wiedersehen zu sagen. «Wir sind immer hier», sagte sie. «Ich weiß.» – «Falls du eine Zeitlang herkommen möchtest.» – «Oh, danke sehr», sagte ich so förmlich, als handle es sich um das Angebot einer wildfremden Person, «vielleicht kommen wir irgendwann darauf zurück.» – «Ich meine dich. Nur dich.

Du brauchst nicht so zu leiden, Peppy. Du beweist gar nichts damit, daß du dich elend fühlst, rein gar nichts.» Sobald ich aufgelegt hatte, sagte Maureen: «Oh, du könntest wirklich jedes schöne Mädchen haben, nicht wahr, Peter – mit deiner Schwester als Aufreißerin. Oh, das würde ihr bestimmt viel Spaß machen.» – «Wovon, zum Teufel, redest du denn *jetzt*?» – «Deine vielsagende Trauermiene – ‹Oh, wär ich nicht mit dieser Hexe geschlagen, dann könnte ich voll auf meine Kosten kommen und nach Herzenslust all diese hirnlosen jugendlichen Naiven bumsen!›» – «Schon wieder, Maureen? *Schon wieder?* Kannst du zwischendurch nicht mal vierundzwanzig Stunden vergehen lassen?» – «Na, was war denn mit diesem Mädchen gestern abend, das dich gefragt hat, wer dein *Lektor* ist? Klar, das hat die brennend interessiert, jede Wette. Also, sei ehrlich, Peter, wolltest du sie nicht ficken? Du konntest deine *Augen* ja nicht von ihren Titten losreißen.» – «Na ja, aufgefallen sind sie mir vielleicht.» – «Oh, und ob sie das sind!» – «Aber offensichtlich nicht so sehr wie dir, Maureen.» – «Oh, komm mir nicht mit deinem Sarkasmus! Gib's zu! Du *wolltest* sie ficken. Du warst ganz *verrückt* danach, sie zu ficken.» – «Tatsache ist, daß ich in ihrer Gegenwart beinahe einen Krampf bekommen hätte.» – «Ja, *vor lauter unterdrückter Wollust*! Wie sehr du dich doch anstrengen mußt, sie zu unterdrücken – bei allen außer mir! Oh, gib's doch zu, sag wenigstens *einmal* die Wahrheit – wärst du allein gewesen, du hättest sie verdammt noch mal in dieses Hotel abgeschleppt! Auf dieses Bett hier geworfen! Und wenigstens *sie* wäre letzte Nacht gevögelt worden! Was ich von mir ja nicht behaupten kann! Oh, warum bestrafst du mich so – warum bist du auf jede Frau in dieser ganzen weiten Welt scharf, *nur auf deine eigene nicht*.»

Meine Familie... Das krasse Gegenteil von Joan und Alvin und ihren Kindern Mab, Melissa, Kim und Anthony sind mein älterer Bruder Morris, seine Frau Leonore und die Zwillinge Abner und Davey. Bei ihnen zu Hause gilt als gesellschaftliches Hauptanliegen nicht die Ansammlung von Gütern, sondern ihre gerechte Verteilung. Morris ist ein angesehener Sachverständiger für Entwicklungsländer; *seine* Reisen nach Afrika und in die Karibik macht er im Auftrag der UN-Kommission für wirtschaftliche Rehabilitation, eine von mehreren internationalen Organisationen, für die Moe als Ratgeber tätig ist. Er ist ein Mann, der sich über alles Sorgen macht, jedoch (mit Ausnahme seiner Familie) über nichts so sehr wie über soziale und ökonomische Ungleichheit; was heute als «Kultur der Armut» berühmt ist, war ihm schon ein herzzerreißendes Anliegen, als er vor Frustration fluchend von seinem Job beim Jüdischen Wohlfahrtsausschuß in der Bronx nach Hause kam – Ende der dreißiger Jahre arbeitete er dort tagsüber und studierte abends an der New York University. Nach dem Krieg heiratete er eine Studentin, damals eine Verehrerin von ihm, heute eine freundliche, hingebungsvolle, nervöse, stille Frau, die sich vor ein paar Jahren, als die Zwillinge in den Kindergarten kamen, an der Columbia University für Bibliothekswissenschaften einschrieb. Jetzt ist sie Bibliothekarin der Stadt New York. Die Zwillinge sind mittlerweile fünfzehn; voriges Jahr weigerten sich beide, die öffentliche Schule auf der Upper West Side zu verlassen, um auf die Horace-Mann-Privatschule überzuwechseln. An zwei aufeinanderfolgenden Tagen wurden sie von einer puertoricanischen Bande zusammengeschlagen und ihres Taschengeldes beraubt, die auf Korridoren, Toiletten und den Basketballplätzen hinter dem Schulgebäude ein Terrorregime führten – trotzdem haben sie sich geweigert, «Privatschulheuchler» zu werden, wie sie ihre Freunde aus der Nachbarschaft nennen, die Söhne und Töchter von Dozenten der Columbia University, die von ihren Eltern aus den öffentlichen Schulen genommen wurden. Ihrem Vater, der sich unaufhörlich um ihre Sicherheit sorgt, rufen die Kinder empört zu: «Wie kannst du, ausgerechnet du, die Horace Mann vorschlagen! Wie kannst du deine eigenen Ideale verraten! Du bist genauso schlimm wie Onkel Alvin! Schlimmer!»

Moe hat sich, wie er sagt, ihr moralisches Heldentum selbst zuzuschreiben; seit sie aus den Windeln sind, teilt er mit ihnen seine Enttäuschung darüber, wie dieses reiche Land regiert wird. Die Geschichte der Nachkriegsjahre mit besonderer Betonung der fortdauernden sozialen Ungerechtigkeit und der zunehmenden politischen Repression war der Stoff für ihre Gutenachtgeschichten: statt «Schneewittchen und die sieben Zwerge» die sonderbaren Abenteuer von Martin Dies und dem Parlamentsausschuß für unamerikanische Umtriebe; statt «Pinocchio» Senator Joe McCarthy; statt Onkel Remus Geschichten von Paul Robeson und Martin Luther King. Ich kann mich nicht erinnern, je bei Moe zu Abend gegessen zu haben, ohne daß er ein Seminar über linke Politik für die beiden kleinen Jungen abgehalten hätte, die ihren Braten mit *Kascha* verschlingen – die Rosenbergs, Henry Wallace, Leo Trotzki, Eugene Debs, Norman Thomas, Dwight Macdonald, George Orwell, Harry Bridges, Samuel Gompers, um nur ein paar Namen zu nennen, die zwischen Suppe und Nachtisch fallen –, während er gleichzeitig aufpaßt, daß jeder das ißt, was ihm zuträglich ist, zum Verzehr von grünem Gemüse nötigt, vor allzu hastigem Genuß von Limonade warnt und sich unaufhörlich vergewissert, ob in den Servierschüsseln auch noch *genug* ist. «Bleib sitzen!» ruft er seiner Frau zu, die den ganzen Tag auf den Beinen gewesen ist, und wie ein schwergewichtiger Footballstürmer, der einen unbewachten Ball erjagen will, stürzt er in die Küche, um aus dem Kühlschrank ein weiteres Viertelpfund Butter zu holen. «Ein Glas Eiswasser, Pop!» ruft Abner. «Wer möchte noch Eiswasser? Peppy? Willst du noch ein Bier? Ich werd's für alle Fälle mitbringen.» Mit vollen Riesenpranken kehrt er zum Tisch zurück, verteilt die mitgebrachten Güter und bedeutet den beiden Jungen, fortzufahren mit dem, was sie gerade sagten – aufmerksam hört er beiden zu, während der eine Zwilling behauptet, Alger Hiss müsse ein kommunistischer Spion gewesen sein, und der andere (mit noch lauterer Stimme als sein Bruder) versucht, die Tatsache zu verarbeiten, daß Roy Cohn Jude ist.

Diesen Haushalt suchte ich auf, um dort zusammenzubrechen. Auf meine Bitte rief Moe am ersten Abend nach der Brooklyn-College-Episode Maureen an und sagte ihr, ich sei krank und müsse in seiner Wohnung das Bett hüten. Maureen verlangte mich zu sprechen; auf Moes Antwort: «Dazu ist er jetzt einfach nicht imstande», erwiderte sie, sie werde die nächste Maschine an die Ostküste nehmen. Moe sagte: «Hör doch, Maureen, im Augenblick kann er niemanden sehen, er ist nicht in der Verfassung dazu.» – «Ich bin seine Frau!» erinnerte sie ihn. «Aber er kann *niemandem* sehen.» – «Was geht da vor, Morris, hinter meinem Rücken? Er ist kein Baby, wofür auch immer *ihr* ihn halten mögt. Hörst du mir zu? Ich will meinen Mann sprechen! Ich lasse mich doch nicht von jemandem abwimmeln, der für den Träger des Prix de Rome den großen Bruder spielen will!» Doch er ließ sich nicht einschüchtern, mein großer Bruder, und legte auf.

Nachdem ich mich zwei Tage lang hinter seinen breiten Schultern versteckt hatte, versicherte ich Moe, ich sei wieder «ich selbst»; ich würde jetzt in den Mittleren Westen zurückkehren. Wir hatten uns für den Sommer auf der nördlichen Halbinsel Michigans einen Bungalow gemietet, und ich wollte raus aus der Wohnung in Madison und in die Wälder. Ich müsse, sagte ich, zurück zu meinem Roman. «Und zu deiner Heißgeliebten», sagte Moe.

Er machte keinen Hehl daraus, wie wenig er sie mochte; Maureen behauptete, es liege daran, daß sie im Unterschied zu seiner Frau erstens keine Jüdin sei und zweitens einen eigenen Verstand besitze. Ich versuchte es Moe gegenüber mit derselben steinernen Miene wie bei meiner Schwester, als sie meine Ehe und meine Frau kritisiert hatte. Weder Moe noch irgend jemand anderem hatte ich bisher etwas von dem erzählt, was Maureen mir zwei Monate zuvor über die Umstände unserer Heirat eröffnet hatte – oder von meinem Verhältnis mit einer Studentin, das Maureen aufgedeckt hatte. Ich sagte nur: «Sie ist meine Frau» – «Du hast also heute mit ihr gesprochen.» – «Sie ist meine *Frau*, was erwartest du von mir!» – «Sie hat angerufen, und du hast also abgenommen und mit ihr gesprochen.» – «Wir haben miteinander gesprochen, ja.» – «Ach, du Blödmann! Und tu mir einen Gefallen, Peppy, bitte, ja? Hör auf, mir zu sagen, sie sei deine ‹Frau›. Dieses Wort beeindruckt mich bei weitem nicht so stark wie euch beide. Sie ruiniert dich, Peppy! Du bist ein Wrack! Erst vor *zwei* Tagen hast du hier einen Nervenzusammenbruch gehabt! Ich will nicht, daß mein kleiner Bruder durchdreht – *kapierst du das?*» – «Aber ich bin jetzt wieder in Ordnung.» – «Das hat dir wohl deine ‹Frau› am Telefon gesagt?» – «Moe, hör auf. Ich bin keine Mimose.» – «Und ob du das bist, Kleiner. Wenn ich je eine Mimose gesehen habe, dann bist du es! Schau, Peppy – du warst ein sehr begabter Junge. Das steht wohl außer Zweifel. Du bist in die Welt hinausgetreten wie ein großes, kompliziertes, hochsensitives, sündhaft teures Radarsystem, und dann kam Maureen, ist mit ihrem Modellflugzeug Typ 498 mitten reingesaust, peng, und das ganze Ding war kaputt. Und ist noch immer kaputt, soweit ich sehen kann!» – «Ich bin jetzt neunundzwanzig, Moey.» – «Aber du bist immer noch schlimmer als meine fünfzehnjährigen Jungens! *Die* werden wenigstens für ein edles Ideal sterben! Aber du bist mir unbegreiflich – versuchst, der Held zu sein für dieses Weibsstück, das *nichts* bedeutet. *Warum*, Peppy? Warum zerstörst du dein junges Leben für *sie*? Die Welt ist voll netter, rücksichtsvoller und hübscher junger Mädchen, die glücklich wären, einem jungen Mann von deiner bella figura Gesellschaft zu leisten. Peppy, früher hast du sie doch dutzendweise ausgeführt!»

Ich dachte (nicht zum erstenmal in jener Woche) an das nette, rücksichtsvolle und hübsche junge Mädchen, meine zwanzigjährige Studentin Karen Oakes, deren Fehler darin bestanden hatte, sich mit einem Blaubart wie mir einzulassen. Maureen hatte gerade an jenem Nachmittag – bei unserem *fünften* Telefongespräch innerhalb einer Stunde; legte ich auf, rief sie sofort wieder an, und ich fühlte mich verpflichtet abzunehmen –, Maureen hatte ein weiteres Mal damit gedroht, am College einen Skandal um Karen zu inszenieren – «das süße junge Ding mit ihrem Fahrrad und ihren Zöpfen und ihrem Professor für Kreatives Schreiben, dem sie einen bläst!» –, falls ich mich nicht in ein Flugzeug setzte und «auf der Stelle» nach Hause käme. Doch wenn ich zur Heimkehr bereit war, so gewiß nicht in der Hoffnung, das Schlimmste zu verhüten; selbst wenn ich meinte, durch mein Einlenken zumindest vorerst einen fürchterlichen Racheakt verhindern zu können, hatte ich doch nicht die Illusion, mein Zusammenleben mit Maureen könne sich jemals bessern. Ich kehrte zurück, um zu sehen, wie es war, wenn es noch schlimmer wurde. Wie würde wohl alles enden? Konnte ich mir das große Finale vorstellen? O ja, das konnte ich in der Tat. In den Wäldern von Michigan würde Maureen über Karen geifern, und ich würde ihren wahnsinnigen Kopf mit einer Axt spalten – das heißt, sofern sie mich nicht zuvor im Schlaf erstach oder mein Essen vergiftete. Doch so oder so, *ich wäre gerechtfertigt*. Ja, so stellte ich mir das vor. Inzwischen hatte ich genausowenig Sinn für vernünftige Alternativen wie eine Figur in einem Melodrama oder einem Traum. Soweit es sie betraf, hatte ich diesen Sinn wohl nie besessen.

Ich flog nicht nach Wisconsin. All meinen Protesten zum Trotz fuhr Moe mit mir im Fahrstuhl hinunter, stieg mit mir ins Taxi und begleitete mich den ganzen weiten Weg bis zum La Guardia Airport; er stand unmittelbar hinter mir in der Schlange vor dem Schalter, und als er an der Reihe war, löste er ein Ticket für dasselbe Flugzeug, mit dem ich nach Madison zurückfliegen wollte. «Wirst du auch bei uns im Bett schlafen?» fragte ich wütend. «Ich weiß nicht, ob ich schlafen werde», sagte er, «aber wenn's sein muß, lege ich mich mit rein.»

Woraufhin ich zum zweitenmal zusammenbrach. Im Taxi, auf der Rückfahrt nach Manhattan, erzählte ich ihm tränenüberströmt und unzusammenhängend von dem Täuschungsmanöver, mit dem Maureen mich dazu gebracht hatte, sie zu heiraten. «Gütiger Himmel», seufzte er, «da hattest du es ja echt mit einem Profi zu tun, Kleiner.» – «Meinst du wirklich? Wirklich?» Ich hatte mein Gesicht gegen seine Brust gedrückt, und er hielt mich in den Armen. «Und trotzdem wolltest du zu ihr zurück», knurrte er. «Ich wollte sie umbringen, Moey!» – «Du? *Du* wolltest sie umbringen? » – «Ja! Mit einer Axt! Mit meinen bloßen Händen!» – «Na klar. Ach, du armer, weibergeprügelter Hund, klar hättest du das getan.» – «Doch, hätte ich», krächzte ich unter Tränen. «Sieh mal, du bist noch genauso wie als Kind. Du kannst zwar austeilen, aber nicht einstecken. Bloß daß jetzt dazukommt, daß du nicht einmal mehr austeilen kannst» – «Aber warum? Was ist denn *passiert*?» – «Die Welt ist eben nicht das Klassenzimmer unserer Grundschule, *das* ist passiert. Mit Griebenschmalz auf einer dicken Scheibe Schwarzbrot, die nach einem Schultag voller Erfolge auf dich wartete. Mit Strafen fertig zu werden, hast du eigentlich nie gelernt, Peppy.» Noch immer weinend, doch bitter jetzt, fragte ich ihn: «Hat das denn überhaupt jemand gelernt?» – «Nun, allem Anschein nach hat deine ‹Frau› ganz guten Unterricht erhalten, was das angeht – und ich glaube, sie wollte gern die Fackel an dich weiterreichen. Nach meinen Gesprächen am Telefon mit ihr habe ich den Eindruck, daß sie in diesem Punkt eine ziemliche Kapazität ist.» – «So?» Wissen Sie, während dieser Rückfahrt vom Flugplatz kam ich mir wie jemand vor, der nach einem einjährigen Marsaufenthalt zur Erde zurückkehrt und über die Ereignisse während seiner Abwesenheit informiert wird; ich hatte tatsächlich gerade einem Raumschiff entstiegen sein können – so grün, fremd, verloren und dumm fühlte ich mich.

Am späten Nachmittag war ich in Dr. Spielvogels Praxis; draußen im Wartezimmer saß Moe mit verschränkten Armen, die Füße flach auf den Boden gesetzt, wie ein Gorilla, und hielt Wache, damit ich nicht in Richtung Flughafen abhaute. Am Abend befand sich Maureen auf dem Weg nach Osten. Am nächsten Tag verständigte ich den Direktor meiner Fakultät, daß ich im Herbst meine Arbeit nicht wiederaufnehmen könne. Am Ende der Woche war Maureen – nach mehreren vergeblichen Versuchen, sich Zugang zu Moes Wohnung zu verschaffen – nach Madison zurückgekehrt, hatte unsere Wohnung leergeräumt und war zum zweitenmal nach Osten gekommen; sie zog in ein Hotel am unteren Broadway, wo sie, wie sie sagte, bleiben wollte, bis ich mich vom Schürzenzipfel meines Bruders losreißen und zu ihr zurückkehren würde. Andernfalls müsse sie mit Hilfe der Gerichte die Maßnahmen ergreifen, zu denen ich sie «zwinge». Sie erklärte mir am Telefon (wenn es läutete, nahm ich ab, Moes eindringlichen Warnungen zum Trotz), mein Bruder sei ein «Frauenhasser» und mein neuer Analytiker ein «Schwindler». – «Er ist nicht einmal approbiert, Peter», sagte sie in bezug auf Spielvogel. «Ich habe das nachgeprüft. Er ist ein europäischer Scharlatan – praktiziert hier ohne irgendwelche Diplome. Er gehört keinem einzigen psychoanalytischen Institut an – kein *Wunder*, daß er dir sagt, du sollst deine Frau verlassen!» – «Du lügst schon wieder, Maureen – das hast du dir aus den Fingern gesogen! Du behauptest einfach, was dir in den Kram paßt!» – «Aber *du* bist doch der Lügner! Du bist der Betrüger! Du bist es, der mich mit dieser kleinen Studentin betrogen hat! Monatelang hast du es hinter meinem Rükken mit ihr getrieben! Während ich dir dein Essen gekocht und deine Socken gewaschen habe!» – «Und was hast du getan, um mich dazu zu kriegen, daß ich dich überhaupt heirate! *Was* denn, bitte!» – «Oh, ich *wußte*, daß ich dir das niemals hätte erzählen dürfen – ich wußte, daß du es eines Tages gegen mich verwenden würdest, um dich und deine widerlichen Bettgeschichten zu rechtfertigen! Oh, wie kannst du es zulassen, daß solche Menschen dich gegen deine eigene Frau aufbringen – wo du doch an allem schuld bist, wo du doch all deine Studentinnen gebumst hast!» – «Ich habe *nicht* alle meine Studentinnen gebumst–» – «Peter, ich hab dich doch auf frischer Tat ertappt mit diesem Mädchen mit den Zöpfen!» – «*Das sind nicht alle meinen Studentinnen, Maureen!* Und du selbst bist diejenige, die mich gegen dich aufgebracht hat, mit deiner verdammten Paranoia!» – «Wann? Wann habe ich das getan, das möchte ich wissen?» – «Von *Anfang an*! Schon bevor wir verheiratet waren!» – «Und warum hast du mich dann überhaupt geheiratet, wenn ich dir schon damals so zuwider war?» – «Ich habe dich geheiratet, weil du mich *reingelegt* hast! Weshalb wohl sonst!« – «Aber das bedeutet doch nicht, daß du es tun *mußtest* – du konntest dich doch trotzdem frei entscheiden! Und das hast du auch getan, du Lügner! Erinnerst du dich denn nicht mehr daran, was damals *passiert* ist? Du hast mich *gebeten*, deine Frau zu werden. Du hast mir einen *Antrag* gemacht.» – «Weil du unter anderem damit gedroht hast, *dich umzubringen*!» – «Willst du damit sagen, du hättest mir *geglaubt*?» – «*Was!?*» – «Du hast tatsächlich geglaubt, ich würde mich *deinetwegen* umbringen? Oh, du schrecklicher Narzißt! Du selbstsüchtiger, egomanischer Irrer! Du glaubst wirklich, du seist Ziel und Zweck allen Daseins!» – «Nein, nein, *du* bist es, die mich dafür hält! Warum sonst läßt du mich nicht *zufrieden*!» – «O mein Gott», stöhnte sie, «o mein Gott – hast du noch nie etwas von *Liebe* gehört?»

2. Susan: 1963–1966

Es ist mittlerweile fast ein Jahr vergangen, seit ich den Entschluß faßte, Susan McCall nicht zu heiraten, und unsere lange Liebesaffäre beendete. Bis zum vergangenen Jahr war eine Heirat mit Susan gesetzlich unmöglich gewesen, weil Maureen sich hartnäckig weigerte, in eine Scheidung nach den Gesetzen des Staates New York einzuwilligen oder sich in Mexiko oder irgendeinem anderen Staat scheiden zu lassen. Aber dann, an einem sonnigen Morgen (das Jahr seitdem ist wie im Fluge vergangen), war Maureen tot, und ich war *Witwer*, endlich frei von der Frau, die ich 1959, entgegen meinen Neigungen, jedoch in Übereinstimmung mit meinen Prinzipien, geheiratet hatte. Frei, eine andere zu heiraten, falls ich das wollte.

Susans eigene absurde Ehe mit einem standesgemäßen Princeton-Absolventen hatte auch mit dem Tod ihres Partners geendet. Ihre Ehe war noch kürzer gewesen als meine und ebenfalls kinderlos, und jetzt wollte sie eine Familie haben, bevor es «zu spät» sei. Sie war über dreißig und hatte Angst, ein mongoloides Kind zur Welt zu bringen; wie groß diese Angst war, begriff ich erst, als ich zufällig auf einen versteckten Stapel Biologiebücher stieß, gekauft offenbar in einem Antiquariat in der Fourth Avenue. Sie lagen in einem zerrissenen Karton auf dem Boden der Speisekammer, wo ich eines Morgens, während Susan bei ihrem Analytiker war, nach einer Dose Kaffee suchte. Zunächst nahm ich an, es handle sich um Bücher aus

Susans Schulzeit; aber dann fiel mir auf, daß zwei von ihnen, *Die Grundlagen der Humangenetik* von Amram Scheinfeld und *Humangenetik* von Ashley Montagu, erst erschienen waren, als Susan bereits allein und verwitwet in ihrem New Yorker Appartement wohnte.

Das sechste Kapitel des Montagu-Buches, «Einflüsse des Milieus auf die Entwicklung des werdenden Menschen im Mutterleib», war dick mit Schwarzstift markiert, ob von Susan oder von einem früheren Besitzer des Buches, konnte ich natürlich nicht mit Sicherheit sagen. «Studien bezüglich der Entwicklung der Fortpflanzungsfähigkeit bei der Frau zeigen, daß die in jeglicher Hinsicht günstigste Zeitspanne für den Prozeß der Fortpflanzung zwischen dem 21. und etwa dem 26. Lebensjahr der Frau liegt... Vom 35. Lebensjahr an erhöht sich die Zahl der mit Chromosomenschäden geborenen Kinder sprunghaft, vor allem des Typs, der als *mongoloid* bezeichnet wird... Der Mongolismus ist ein tragisches Beispiel dafür, wie ein an sich möglicherweise adäquates genetisches System einem inadäquaten Milieu ausgesetzt wird, was beim Embryo zu Fehlentwicklungen führen kann.» Wenn auch die Markierungen und Unterstreichungen vielleicht nicht von Susan stammten, so doch mit Sicherheit die Worte, die sie in ihrer runden, säuberlichen Schulmädchenhandschrift noch einmal an den Rand geschrieben hatte: «inadäquates Milieu».

Nur ein einziger Absatz in der Abhandlung über mongoloide Kinder war nicht mit Schwarzstift gekennzeichnet, mußte in seiner schlichten und anrührenden Form jedoch mindestens genauso verzweifelt gelesen worden sein. Die sieben Wörter, die ich hier in Kursivschrift wiedergebe, waren im Buch mit einem gelben Filzstift unterstrichen, den Susan gern verwendete, um bei den Adressaten ihrer Briefe den Eindruck zu erwecken, sie sei in bester Gemütsverfassung. «Mongoloide Kinder haben oft, allerdings nicht notwendigerweise, die charakteristische Falte über dem inneren Augenwinkel (Epikanthus), meist verbunden mit einer flachen Nasenwurzel; sie haben ausnahmslos einen recht kleinen Kopf, eine grobe, gefurchte Zunge sowie die Vierfingerfurche, und sie sind geistig stark retardiert. Ihr IQ, höchstens von 15 bis 29, liegt im Bereich des völligen Schwachsinns. *Mongoloide sind fröhliche und sehr freundliche Persönlichkeiten* mit oft bemerkenswertem Talent zur Imitation und einem Gedächtnis für Musik und komplexe Situationen, das ihre übrigen Fähigkeiten bei weitem übertrifft. Ihre Lebenserwartung beträgt zum Zeitpunkt ihrer Geburt ungefähr neun Jahre.»

Nachdem ich fast eine Stunde lang auf dem Küchenfußboden gesessen und mich mit den Büchern beschäftigt hatte, legte ich sie in den Karton zurück, und als ich Susan später am Abend sah, sprach ich nicht davon. Nein, ich sagte kein Wort zu ihr, doch von da an verfolgte mich die Vorstellung, wie Susan Biologiebücher kaufte und las, genauso wie sie der Gedanke verfolgte, eine Mißgeburt zur Welt zu bringen.

Aber ich heiratete sie nicht. Ich zweifelte nicht daran, daß sie eine liebevolle und aufopfernde Ehefrau und Mutter sein würde, aber da es mir nie gelungen war, mich mit legalen Mitteln aus einer Ehe zu befreien, in die ich hineingezwungen worden war, hegte ich tiefsitzende Ängste vor einer neuerlichen Kerkerhaft. In den vier Jahren nach unserer Trennung hatte Maureens Anwalt mich dreimal gerichtlich vorladen lassen, um einen höheren Unterhalt für sie herauszuschlagen und der Welt meine «heimlichen» Konten mit den heimlichen Millionen zu enthüllen. Bei jeder Vorladung erschien ich, wie verlangt, mit einem Packen Belege, meinen Kontoauszügen sowie meiner Einkommensteuererklärung, um über meine Einkünfte und Ausgaben verhört zu werden, und jedesmal schwor ich mir, nie wieder irgendeinem frömmelnden, schmähsüchtigen Sparkommissar in der Robe eines New Yorker Richters das Recht zur Einmischung in meine persönlichen Angelegenheiten einzuräumen. Nie wieder würde ich so dumm und leichtsinnig sein, mir von einem dieser schwarzgewandeten Spießer sagen zu lassen, ich solle doch auf Drehbücher «umsteigen», um das nötige Geld für den Unterhalt der Frau zu verdienen, die ich «im Stich gelassen» hatte. Von nun an würde *ich* entscheiden, mit wem ich zusammenlebte, wen ich unterstützte und wie lange; und nicht der Staat New York, dessen Ehegesetze nach meiner Erfahrung dazu dienen sollten, den Unterhalt einer kinderlosen Frau zu sichern, die sich weigerte, einen vernünftigen Job anzunehmen, und ihrem Mann (mir!) eine Lektion zu erteilen, weil er seine unschuldige und hilflose Frau offenkundig nur «im Stich gelassen» hatte, um sich in den Fleischtöpfen von Sodom zu suhlen. Ich wollte, es wäre so, bei den Preisen!

Wie unschwer herauszuhören ist, fühlte ich mich durch den erfolglosen Versuch, meine Ehe aufzulösen, genauso erniedrigt und kompromittiert und nahezu so deformiert, wie ich es durch die Ehe selbst gewesen war. In den vier Jahren der Trennung hatten mich Detektive ins Restaurant verfolgt, mir waren im Zahnarztstuhl gerichtliche Vorladungen überreicht worden, man hatte mich in eidesstattlichen Erklärungen verleumdet, die dann in der Presse zitiert wurden, mir war allem Anschein nach für ewig das Etikett «Beklagter» verpaßt worden, und ich mußte mir gefallen lassen, daß ein Mann über mich zu Gericht saß, mit dem ich nicht an einem Tisch essen würde – und ich wußte nicht, ob ich mich diesen Demütigungen und der damit verbundenen ohnmächtigen Wut noch einmal aussetzen konnte, ohne im Zeugenstand Opfer eines Schlaganfalls zu werden. Einmal, auf dem Korridor des Gerichtsgebäudes, versuchte ich sogar, Maureens adrettem (und, zugegeben, nicht mehr ganz jungem) Anwalt einen Kinnhaken zu verpassen, nachdem ich erfahren hatte, daß er es war, der den Reporter von der *Daily News* zu jenem Gerichtstermin eingeladen hattte, bei dem Maureen (aus gegebenem Anlaß in Spitzenkragen und tränenüberströmt) aussagte, ich sei «ein allseits bekannter Verführer junger College-Studentinnen». Doch von der Geschichte meines Säbelrasselns wird später die Rede sein. Was ich sagen will, ist, daß ich die mir von Amts wegen zugewiesene Rolle nicht gerade mit Gleichmut hingenommen hatte und daß mir nicht danach zumute war, mich jemals wieder dem öffentlichen System zur Herstellung von Gerechtigkeit zwischen den Geschlechtern auszusetzen.

Doch neben meinem Scheidungstrauma gab es andere, gewichtigere Gründe, nicht wieder zu heiraten. Obgleich ich die Nervenzusammenbrüche in Susans Vorleben nie auf die leichte Schulter genommen hatte, waren sie für mich als Susans Liebhaber nicht annähernd so bedeutungsvoll, wie sie es zweifellos gewesen wären, wäre ich ihr Mann und der Vater ihrer Kinder geworden. In den Jahren bevor wir uns kennenlernten, war Susan dreimal völlig am Boden zerstört gewesen: das erste Mal in ihrem ersten (und einzigen) Jahr auf dem Wellesley College; dann nach dem Tod ihres Mannes bei einem Flugzeugabsturz im elften Monat ihrer Ehe; und schließlich, als ihr Vater, den sie sehr verehrt hatte, unter großen Qualen an Knochenkrebs gestorben war. Jedesmal fiel sie in eine Art Koma und verzog sich in eine Ecke (oder einen Schrank), wo sie dann stumm mit im Schoß gefalteten Händen hockte, bis irgend jemand es für angebracht hielt, sie auf eine Trage zu legen und hinauszuschaffen. Unter gewöhnlichen Umständen gelang es ihr mit Hilfe von Tabletten, ihren «täglichen Normalhorror», wie sie es nannte, unter Kontrolle zu bringen: Nach und nach hatte sie für ziemlich jede Phobie, die sie im Laufe des Tages befallen konnte, ein spezielles Medikament gefunden und damit gelebt oder nicht gelebt, seit sie ihr Elternhaus verlassen hatte, um aufs College zu gehen. Es gab eine Pille für den Unterrichtsraum, eine Pille für «Verabredungen», eine Pille für den Kleiderkauf, eine Pille für den *Umtausch* von Kleidern und, selbstverständlich, Pillen, um morgens in Gang zu kommen und abends in Bewußtlosigkeit zu versinken. Und einen ganzen Beutel voll gemischter Pillen, die sie wie Bonbons schluckte, wenn sie, und sei es nur am Telefon, mit ihrer gestrengen Mutter sprechen mußte.

Nach dem Tod ihres Vaters hatte sie einen Monat in Payne Whitney zugebracht, wo sie die Patientin eines Dr. Golding geworden war, der als Spezialist für zerbrochenes Porzellan galt. Als ich sie kennenlernte, war er bereits seit zwei Jahren ihr Analytiker und hatte sich von allem losgekriegt außer von Ovomaltine, der Lieblingsdroge ihrer Kinderzeit; ja er ermunterte sie sogar, vor dem Schlafengehen Ovomaltine zu trinken, und auch tagsüber, wenn sie sich gestreßt fühlte. Tatsächlich hat Susan im Laufe unserer gemeinsamen Zeit nicht mal ein Aspirin gegen Kopfweh genommen, eine tadellose Bewährung, die mir als Garantie dafür hätte ausreichen können, daß *jene* Vergangenheit vergangen war. Allerdings war ihre Haltung genauso «tadellos» gewesen, als sie mit achtzehn, als eine der besten Schülerinnen der Miss Fine School for Young Ladies in Princeton, auf das Wellesley College kam und prompt eine derartige Angst vor ihrem Deutsch-Professor entwickelte, einem jungen europäischen Flüchtling mit sarkastischem Humor und einer Vorliebe für langbeinige amerikanische Mädchen, daß sie sich, statt zu seinen Seminaren zu gehen, montags, mittwochs und freitags jeweils um zehn Uhr in den Wandschrank auf ihrem Zimmer hockte und, bis die Stunde vorbei war, auf sanften Wogen aus der Belladonnaflasche dahinglitt, die sie wegen ihrer Menstruationskrämpfe von der Krankenstation bekommen hatte. Eines Tages (und es war ein segensreicher Tag) öffnete eine Putzfrau zufällig während Susans Deutschstunde die Schranktür, und ihre Mutter wurde aus Princeton herbeigeholt, um sie hinter ihren Wintermänteln hervor- und für immer aus Wellesley abzuholen.

Daß solche Episoden für die Zukunft nicht auszuschließen waren, beunruhigte mich. Meine Schwester und mein Bruder würden vermutlich behaupten, es sei gerade Susans Labilität gewesen, die mich fasziniert und zu ihr hingezogen habe, und meine Befürchtungen hinsichtlich ihrer Entwicklung unter den unvermeidlichen Spannungen und Belastungen einer Ehe seien seit meiner Volljährigkeit das erste Anzeichen eines Ansatzes von Vernunft in bezug auf Frauen. Meine eigene Haltung zu dieser Besorgnis ist keineswegs eindeutig positiv; bis heute weiß ich nicht, ob sie eher Anlaß zur Erleichterung oder zur Reue bietet.

Dann ist da noch die qualvolle Angelegenheit des unerreichbaren Orgasmus: So sehr sie sich auch anstrengte, einen Höhepunkt zu erreichen, «es» geschah nie. Und, natürlich, je intensiver sie es versuchte, desto mehr wurde das Liebesleben zur Strapaze statt zum Vergnügen. Auf der anderen Seite war die Intensität ihres Bemühens rührender als alles sonst an ihr – anfangs hatte sie sich vollauf damit zufriedengegeben, ihre Beine ein wenig zu öffnen und einfach dazuliegen, ein Brunnen, aus dem man schöpfen konnte, wenn man wollte, obwohl sie selbst, reizvoll und wohlgeformt, wie sie war, sich nicht vorstellen konnte, warum jemand das wollen sollte. Anfangs bedurfte es nachdrücklicher Ermutigung, auch einiger scharfer Worte, damit mehr aus ihr wurde als ein Stück Fleisch an einem Spieß, das man mal so herum und mal anders herum drehte, bis man fertig war; *sie* war niemals fertig, aber sie hatte ja auch niemals wirklich angefangen.

Es war faszinierend zu beobachten, wie der Appetit in diesem scheuen und schüchternen Wesen erwachte! Und der Wagemut – denn wenn sie es nur wagte, würde sie vielleicht wirklich bekommen können, was sie wollte! Ich sehe sie jetzt noch vor mir, dem Erfolg greifbar nahe. Unregelmäßig schlägt der Puls in ihrem Hals, das Kinn reckt sich höher, die grauen Augen sind voll *Sehnsucht* – nur noch ein winziges Stück, eine Handbreit nur, und das Ziel ist erreicht, der Sieg über eine Vergangenheit voller Selbstverleugnung! O ja, ich erinnere mich noch gut an unsere ehrbare Plackerei – Bekken gegen Becken mahlend, als gelte es, Knochen zu zermalmen, Finger gegenseitig in die Hinterbacken gekrallt, schweißnasse Haut von Kopf bis Fuß, und unsere hochroten Wangen (während wir uns dem völligen Kollaps nähern) mit solcher Kraft gegeneinandergepreßt, daß ihr Gesicht hinterher fleckig und zerschunden ist und mein eigenes heftig schmerzt, wenn ich mich am nächsten Morgen rasiere. Wirklich kam mir manchmal der Gedanke, ich könne an Herzversagen sterben. «Doch es wäre für eine gute Sache», flüstere ich, wenn Susan mir schließlich signalisiert hat, daß sie für diese Nacht das Handtuch werfen will; und ich streiche ihr mit dem Zeigefinger über Wangenknochen und Nasenrücken und suche nach Tränen – oder nach *der* Träne; mehr als eine zu vergießen, gestattet sie sich nur selten, dieses rührende Zwitterwesen aus Mut und Hinfälligkeit. «Oh», flüstert sie, «ich war fast, fast, fast...» – «Ja?» Dann die Träne. «Immer», sagt sie, «fast.» – «Es wird schon noch werden.» – «Wird es nicht. Du weißt, das nichts werden wird. Was mir wie ‹fast› vorkommt, ist für andere wahrscheinlich nur der Anfang.» – «Das glaube ich nicht.» – «Tust du doch... Peter, beim nächsten Mal – was du gemacht hast... mach es – härter.» So machte ich's denn, was immer es war, härter, weicher, schneller, langsamer, tiefer, flacher, höher oder niedriger, weisungsgemäß. Oh, welche Mühe Mrs. Susan Seabury McCall aus Princeton, wohnhaft in der Park Avenue, sich gab, verwegen, wollüstig und *ordinär* zu sein («Steck ihn...» – «Ja, sag's doch, Suzie –» – «Oh, von hinten rein, aber tu mir nicht weh –!») – wobei es natürlich durchaus ein Akt der Verwegenheit gewesen war, sich als großbürgerlich erzogene, Mutter-gedrillte, Vater-verhätschelte junge Erbin aus einer der vornehmen Familien New Jerseys, väterlicherseits mit einem US-Senator und einem Botschafter in England, mütterlicherseits mit Industriebaronen des 19. Jahrhunderts ausgestattet, 1951 auf dem Wellesley College von Aufputschmitteln zu ernähren. Doch damals diente jene Zerstreuung dem Zweck, der Versuchung zu entgehen. Jetzt hingegen *wollte* sie wollen... Was durchaus begeisternd, jedoch über kurz oder lang anstrengend bis zur Erschöpfung war, und im dritten Jahr unseres Verhältnisses waren wir beide so mitgenommen, daß wir ins Bett stiegen wie Arbeiter, die Nacht für Nacht in einer Rüstungsfabrik Überstunden leisten: für eine gute Sache, für guten Lohn; doch Himmel, wie sehr wünschten wir, der Krieg wäre vorbei und gewonnen, und wir könnten uns ausruhen und glücklich sein.

Heute muß ich mich natürlich fragen, ob es für Susan nicht besser gewesen wäre, wenn ich nachgegeben und sie mit dem Orgasmus in Ruhe gelassen hätte. «Ist mir nicht weiter wichtig», hatte sie gesagt, als ich das leidige Thema zum erstenmal zur Sprache brachte. Ich erklärte, daß es ihr vielleicht wichtig sein *sollte*. «Warum kümmerst du dich nicht einfach um deinen eigenen Spaß...» sagte sie. Ich erwiderte, daß es mir nicht um «Spaß» gehe. «Oh, werd nicht pathetisch», wagte sie zu murmeln – dann, *flehend*: «Bitte, welchen Unterschied macht es denn schon für dich?» Für *sie* würde es einen Unterschied machen, erklärte ich. «Oh, hör doch auf, den barmherzigen Sex-Samariter zu spielen, ja? Ich bin einfach keine Nymphomanin und bin's auch nie gewesen. Ich bin, was ich bin, und wenn das für alle anderen gut genug war –» – «War es das?» – «Nein!», und schon rollte die Träne. So verschwand der Widerstand, und der Kampf, den ich begann und bei dem ich Mitverschwörer und Komplize war, nahm seinen Anfang.

Ich muß an dieser Stelle erwähnen, daß dieses unangenehme Thema auch für Maureen und mich ein Problem gewesen war: Auch sie konnte nicht zum Höhepunkt gelangen, behauptete jedoch, es sei meine «Selbstsucht», die sie daran hindere. Bezeichnenderweise hatte sie Verwirrung gestiftet, indem sie lange Zeit so tat, als stände sie mit dem Orgasmus auf bestem Fuße – als könnte ich sie ebensowenig *bremsen* wie ein Lattenzaun eine Lawine. Noch bis weit in unser erstes Ehejahr hinein registrierte ich voller Staunen das Crescendo der Leidenschaft, das in einem anhaltenden ekstatischen Aufschrei kulminierte, wenn *ich* zu ejakulieren begann; man könnte sogar sagen, daß meine Ejakulationen vor dem Hintergrund ihrer lautstarken Zuckungen vollkommen verblaßten. Es war dann durchaus überraschend (um einen für diese Abenteuer passenden Ausdruck zu verwenden) für mich zu erfahren, alles sei nur Täuschung gewesen, sie habe mir, wie sie erklärte, diese opernhaften Orgasmen nur vorgespielt, um mich nicht merken zu lassen, was für ein unzulänglicher Liebhaber ich sei. Doch wie lange solle sie den Schein aufrechterhalten, um mein männliches Selbstbewußtsein zu stärken? Was sei denn mit *ihren* Bedürfnissen? wollte sie wissen. Danach bekam ich wiederholt zu hören, daß selbst Mezik, der Rohling, den sie in erster Ehe geheiratet hatte, und sogar *Walker*, der Homosexuelle, mit dem sie danach verheiratet gewesen war, sehr viel mehr davon wüßten, wie man eine Frau befriedigt als meine egoistische, unfähige und fragwürdige heterosexuelle Wenigkeit.

Oh, du kranke Ratte (es mag dem Witwer gestattet sein, kurz ein paar Worte an den Geist seiner Frau zu richten), wahrlich, der Tod ist zu gut für dich. Warum gibt es keine Hölle, mit Feuer und Schwefel? Warum gibt es keinen Teufel und keine Verdammnis? Warum gibt es keine *Sünde* mehr? Oh, wäre ich Dante, Maureen, ich würde über diese Dinge ganz anders schreiben!

Jedenfalls: Da Maureens Bezichtigungen, mögen sie auch noch so abwegig gewesen sein, an meinem Selbstgefühl genagt hatten, ist es sehr wohl möglich, daß das, was Susan als mein Sex-Samaritertum verspottet hatte, zumindest teilweise dem Versuch zuzuschreiben war, die Beschuldigungen einer kolossal unbefriedigten Ehefrau zu widerlegen. Ich weiß es nicht. Ich meinte es gewiß gut, obwohl sich nicht leugnen läßt, daß ich zum Zeitpunkt meiner ersten Begegnung mit Susan tief enttäuscht war über meine offensichtliche Unfähigkeit, eine Frau zu befriedigen.

Was mich – kaum ein Jahr nach meiner Trennung von Maureen; ich war noch immer wie benommen – von Anfang an zu Susan hinzog, war zweifellos, daß sie sich in Temperament und Umgangsformen so völlig von Maureen unterschied. Es fanden sich keinerlei Parallelen zwischen Maureens Rücksichtslosigkeit, ihrer Lust an Szenen mit wüsten Vorwürfen, ihrem Hang zum moralischen Overkill und Susans gesetztem und gesittetem Masochismus. Laut und ausführlich über Enttäuschung zu sprechen, selbst mit dem eigenen Geliebten, war für Susan McCall das gleiche, wie beim Essen die Ellbogen aufzustützen, so etwas TAT man einfach nicht. Indem sie ihren Kummer für sich behielt und sich niemandem anvertraute, glaubte sie, sich anständig und taktvoll zu verhalten, weil sie andere mit den belanglosen Wehwehchen eines «armen reichen Mädchens» verschonte; aber natürlich war der einzige Mensch, den sie tatsächlich schonte (und täuschte), indem sie sich ihrem eigenen Leben so absurd stumm und stoisch blind verschloß, sie selbst. Sie war es, die nichts davon hören, nicht darüber nachdenken und nichts daran ändern wollte, obwohl sie weiterhin darunter litt, in ihrer resignierten und fassungslosen Art. Die beiden Frauen reagierten auf drohende

Verluste diametral entgegengesetzt, die eine wie ein hilfloses, verängstigtes Kind bei einer Straßenschlägerei, das seine Haut nur dadurch retten zu können meint, daß es sich ins Handgemenge stürzt, Kopf voran und mit wirbelnden, dünnen Armen; die andere gefügig und lammfromm, darauf gefaßt, herumgestoßen und niedergetrampelt zu werden. Selbst als Susan begriff, daß sie sich nicht länger mit Wasser und Brot begnügen mußte, daß es mir (und dem Rest der Menschheit) nicht nur «recht» war, wenn sie einen kräftigeren Appetit bewies, sondern daß es sie entschieden attraktiver und interessanter machte, blieb sie ihrer lebenslangen Gewohnheit des Maßhaltens und der Genügsamkeit in allem außer Medikamenten treu; die ersterbende Stimme, der scheue, abgewandte Blick, das über dem schlanken Hals zum strengen Knoten geschlungene, kastanienbraune Haar, die grenzenlose Geduld, das ätherische Schweigen, die einzelne Träne kennzeichneten sie deutlich als Kind eines anderen Stammes, wenn nicht gar eines anderen Geschlechts als Maureen.

Es versteht sich wohl von selbst, daß ich es weitaus faszinierender fand, bei ihrem Kampf Zeuge (und Genosse) zu sein als bei jenem, den Maureen so verbissen geführt hatte – denn während Maureen zumeist in erster Linie deshalb etwas haben wollte, weil es ein anderer haben konnte (wäre ich impotent gewesen, hätte sie sich zweifellos damit «beschieden», frigide zu sein), wollte Susan jetzt das, was sie wollte, um sich endgültig von der Frau zu befreien, die sie gewesen war. Ihre Rivalin, ihre Feindin, die sie auszustechen und zu verjagen, wenn nicht gar zu vernichten hoffte, war ihr eigenes gehemmtes und verängstigtes Ich.

Beeindruckend, bewegend, bewundernswert, bezaubernd – am Ende zuviel für mich. Ich konnte sie nicht heiraten. Ich konnte es einfach nicht. Falls ich überhaupt jemals wieder heiratete, so nur eine Frau, in deren *Unversehrtheit* ich grenzenloses Vertrauen setzen konnte. Und wenn es niemanden gab, der *völlig* unversehrt war – ich selbst war es zugegebenermaßen nicht, unter anderem war meine Fähigkeit zu vertrauen ernsthaft angegriffen –, würde ich möglicherweise nie wieder heiraten. Es konnte Schlimmeres passieren; und mir, so glaubte ich, war Schlimmeres passiert.

Also: Von Maureen durch ihren Tod befreit, meinte ich mich entweder entschließen zu müssen, Susan mit ihren vierunddreißig Jahren zu meiner Frau und zur Mutter zu machen oder sie zu verlassen, damit sie einen Mann finden konnte, der ebendies tat, bevor sie sich, in Dr. Montagus Worten, in ein vollkommen «inadäquates Milieu» zur Fortpflanzung verwandelte. Nachdem ich fast mein gesamtes Erwachsenendasein im Kampf verbracht hatte, zuerst gegen Maureen und dann gegen die Scheidungsgesetze des Staates New York – Gesetze, so gnadenlos und streng, daß sie mir wie die Kodifizierung von Maureens «Moralität» erschienen, wie das Werk ihrer eigenen Hand –, hatte ich nicht mehr den Mut, das Herz oder das Vertrauen, erneut zu heiraten. Susan würde einen anderen Mann finden müssen, der mutiger, stärker oder klüger war, oder vielleicht einfach dümmer und naiver –

Genug. Ich weiß noch immer nicht, wie ich meinen Entschluß, sie zu verlassen, erklären soll, und noch immer habe ich die Erklärungsversuche nicht aufgegeben. Wie ich eingangs fragte: Hat sich irgend etwas verändert?

Ein halbes Jahr nachdem ich unser Verhältnis für beendet erklärt hatte, versuchte Susan sich umzubringen. Ich war hier in Vermont. Nachdem ich sie verlassen hatte, war mein Leben in New York, bis dahin so eng mit ihrem verbunden, ziellos und leer geworden. Zwar gab es meine Arbeit, es gab Dr. Spielvogel. Doch ich hatte mich an etwas Zusätzliches gewöhnt, an diese Frau. Wie sich dann zeigte, fehlte sie mir hier in meiner Hütte genausosehr wie in New York, doch immerhin konnte ich sicher sein, daß sie wohl kaum um Mitternacht in den Wäldern von Vermont auftauchen würde wie vor meiner Haustür in der West Twelfth Street, wo sie in die Sprechanlage rufen konnte: «Ich bin's, du fehlst mir.» Und was tut man um diese Stunde, sie *nicht* hereinlassen? «Sie könnten sie», riet mir Dr. Spielvogel, «in einem Taxi nach Hause bringen, ja.» – «Hab ich ja – um zwei.» – «Versuchen Sie's um Mitternacht.» Genau das tat ich, ich kam in meinem Mantel die Treppe hinunter und begleitete sie zurück zur Seventy-ninth Street, Ecke Park Avenue. Am Sonntag morgen klingelte es bei mir. «Wer ist da?» – «Ich hab dir die *Times* mitgebracht. Heute ist Sonntag.» – «Ich weiß, daß heute Sonntag ist.» – «Du fehlst mir so wahnsinnig. Wie können wir am Sonntag getrennt sein?» Ich drückte auf den Summer für die Haustür («Bringen Sie sie mit dem Taxi nach Hause; auch am Sonntag gibt es Taxen.» – «Aber sie *fehlt* mir»), sie kam strahlend die Treppe herauf, und unausweichlich, Sonntag für Sonntag, liebten wir uns auf unsere ernste und anstrengende Art. «Siehst du», sagt Susan. «Was denn?» – «Du willst mich doch. Warum tust du so, als ob du nichts von mir wolltest?» – «Du willst geheiratet werden. Du willst Kinder haben. Und wenn es das ist, was du willst, dann solltest du's auch haben. Aber ich will das nicht, kann es nicht und werde es nicht tun!» – «Aber ich bin doch nicht *sie*. Ich bin *ich*. Ich will dich nicht quälen oder zu irgend etwas zwingen. Habe ich das je getan? Wäre ich dazu überhaupt fähig? Ich will dich doch nur glücklich machen.» – «Ich kann's nicht. *Ich will's nicht.*» – «Dann laß es. Du bist derjenige, der von Heirat spricht. Ich habe kein Wort darüber verloren. Du hast einfach gesagt, ich kann nicht und ich muß gehen – und bist gegangen! Aber so wie jetzt ist es unerträglich. Nicht mit dir zusammenzuleben, das macht doch keinen Sinn. Sich nicht einmal zu sehen – das ist doch einfach absurd.» – «Ich will nicht zwischen dir und deiner Familie stehen, Susan.» – «Oh, Peter, du klingst wie so ein Idiot aus einer Seifenoper. Wenn ich zwischen dir und einer Familie wählen muß, dann wähle ich *dich*.» – «Aber du willst doch geheiratet werden, und wenn du geheiratet werden und Kinder haben willst, dann solltest du sie auch haben. *Aber ich will es nicht, kann es nicht und werde es nicht tun*.» – «Es ist, weil ich nicht komme, das ist der Grund, stimmt's? Und ich werde auch niemals kommen. Nicht mal, wenn du ihn mir ins Ohr steckst. Das ist doch der Grund, stimmt's?» – «Nein.» – «Dann ist es, weil ich ein Junkie bin.» – «Einen Junkie kann man dich wohl kaum nennen.» – «Aber das ist es doch – die ganzen Tabletten, die ich schlucke. Du hast Angst, jemanden wie mich dauernd am Hals zu haben – du möchtest eine, die besser ist, eine, die kommt wie der Briefträger, durch Regen, Schnee und Dunkelheit, eine, die sich nicht in Wandschränken versteckt, eine, die mit vierunddreißig Jahren ohne Ovomaltine leben kann – wer könnte dir das verübeln? Mir würde es an deiner Stelle genauso gehen. Ganz ehrlich. Ich verstehe dich vollkommen. Du hast mit deinem Urteil über mich ja so *recht*.» Und es rollte die Träne, und ich hielt Susan in meinen Armen und sagte zu ihr nein-nein-das-stimmt-ja-nicht (was sonst, Dr. Spielvogel, kann man in einem solchen Augenblick sagen – ja, du hast absolut recht?). «Oh, ich nehm's dir wirklich nicht übel», sagt Susan. «Ich bin ja eigentlich gar kein Mensch.» – «Oh, was bist du dann?» – «Ich bin kein

Mensch mehr, seit ich sechzehn war. Ich bin nur Symptome. Eine Ansammlung von Symptomen, kein Mensch.»

Diese Überraschungsbesuche setzten sich sporadisch über einen Zeitraum von vier Monaten fort und würden, dachte ich, nie aufhören, solange ich in New York blieb. Gewiß, ich konnte die Klingel überhören, konnte so tun, als sei ich nicht zu Hause, wenn sie kam, aber, wie ich Dr. Spielvogel erinnerte, als er mehr oder weniger scherzhaft meinte, ich solle meine ganze Kraft «zusammennehmen» und nicht auf das Läuten reagieren – «es wird dann ziemlich schnell aufhören» – es war Susan, mit der ich es zu tun hatte, und nicht Maureen. Schließlich packte ich einen Koffer, nahm meine ganze Kraft zusammen und fuhr hierher.

Bevor ich meine Wohnung verließ, verbrachte ich allerdings mehrere Stunden mit dem Abfassen verschiedener Briefe an Susan, in denen ich ihr mitteilte, wohin ich reisen würde – und dann zerriß ich sie alle. Aber was, wenn Susan mich «brauchte»? Wie konnte ich einfach meine Sachen packen und *verschwinden*? Schließlich teilte ich einem befreundeten Ehepaar meinen Zufluchtsort mit, in der sicheren Annahme, die Frau werde Susan verständigen, bevor mein Bus auch nur die Grenze des Staates New York überquert hatte.

Sechs Wochen lang hörte ich von Susan kein einziges Wort. Weil sie wußte, wo ich steckte, oder weil sie es nicht wußte?

Dann wurde ich eines Morgens hier in der Kolonie während des Frühstücks ans Telefon gerufen – es waren unsere Freunde, die mir mitteilten, daß Susan in ihrer Wohnung bewußtlos aufgefunden und in aller Eile ins Krankenhaus geschafft worden war. Anscheinend hatte sie am Abend zuvor endlich die Einladung eines Mannes zum Abendessen akzeptiert; gegen elf Uhr hatte er sie vor ihrem Haus abgesetzt, und sie war in die Wohnung gegangen und hatte sämtliche Seconal und Tuinal und Placidyl geschluckt, die sie über Jahre hinweg zwischen ihrer Wäsche gehortet hatte. Am Morgen war sie von der Putzfrau im Bad gefunden worden, wo sie, besudelt und inmitten von leeren Röhrchen und Schachteln, auf dem Fußboden lag.

Am Nachmittag nahm ich in Rutland ein Flugzeug und war abends zur Besuchszeit im Krankenhaus. In der psychiatrischen Abteilung erklärte man mir, sie sei gerade verlegt worden, und man schickte mich auf eine normale Privatstation. Die Tür zu ihrem

Zimmer stand einen Spalt offen, und ich spähte hinein – sie saß aufrecht im Bett und wirkte verhärmt, unordentlich und ganz offensichtlich noch immer benommen und verwirrt; wie eine Gefangene, dachte ich, die gerade aus einem stundenlangen nächtlichen Verhör entlassen worden ist. Als sie sah, daß ich es war, der an die Tür klopfte, rollte die Träne, und trotz der Anwesenheit ihrer gestrengen Mutter, die auf der Bettkante saß und mich kühl von Kopf bis Fuß musterte, sagte sie: «Ich liebe dich, darum hab ich's getan.»

Nach zehntägiger Krankenhausruhe – allmorgendlich versicherte sie Dr. Golding bei seiner Visite, sie werde nie wieder heimlich Schlaftabletten horten – wurde sie in die Obhut ihrer Mutter entlassen und kehrte zurück in ihr Elternhaus In New Jersey, wo ihr Vater bis zu seinem Tod Professor für klassische Literatur an der Princeton University gewesen war. In Susans Worten war Mrs. Seabury eine wahrhafte Calpurnia; an Anmut, Schönheit, Haltung, eisiger Grandeur (und, sagte Susan, «in ihrer Selbsteinschätzung») ganz die Cäsarengattin – und zu alldem, fügte Susan resigniert hinzu, sei sie auch noch *klug*. Sie hatte mit hervorragenden Noten eben das College absolviert, an dem Susan schon im ersten Jahr gescheitert war. Ich hatte immer geglaubt, Susan stelle die hoheitsvolle Aura ihrer Mutter übertrieben dar – schließlich war sie ja *ihre* Mutter –, doch wenn ich ihr bei unseren täglichen Besuchen im Krankenhaus zufällig begegnete, war ich immer wieder beeindruckt von dem aristokratischen Selbstbewußtsein, das diese Frau ausstrahlte, von der Susan offenkundig ihr blendendes Aussehen geerbt hatte, wenn auch nicht die calpurnianische Persönlichkeit. Mrs. Seabury und ich hatten einander so gut wie nichts zu sagen. Der Blick, mit dem sie mich musterte (so kam es mir in jener Situation jedenfalls vor), ließ erkennen, daß sie in mir kein ernst zu nehmendes Gegenüber sah. Ein weiterer Beweis für die Selbstvergeudung ihrer Tochter. «Natürlich», schien ihr Schweigen zu sagen, «natürlich mußte es wegen eines hysterischen jüdischen ‹Dichters› sein.» Und in den Korridoren vor dem Krankenzimmer meiner suizidalen Geliebten fiel es mir schwer, mich zur Verteidigung meiner selbst aufzuschwingen.

Als ich nach Princeton kam, um Susan zu besuchen, setzten wir uns in den Garten hinter dem Backsteinhaus in der Mercer Street, in dessen unmittelbarer Nachbarschaft Einstein gewohnt hatte (als Susan noch ein kleiner charmanter Rotschopf gewesen war, in der

Zeit vor ihrer Verwandlung in «lauter Symptome», hatte sie Einstein, so wurde eifrig kolportiert, Bonbons gegeben, damit er ihre Mathematik-Hausaufgaben für sie machte); Madame Seabury, mit Perlenkette, saß drinnen unmittelbar hinter der Terrassentür mit einem Buch in der Hand – und ich war sicher, daß es nicht *Ein jüdischer Vater* war, was sie da las. Ich war mit dem Zug nach Princeton gekommen, um Susan zu sagen, ich werde nun, da ihre Mutter sich um sie kümmerte, nach Vermont zurückkehren. Solange sie im Krankenhaus gelegen hatte, war ich, auf Dr. Goldings Rat, nur vage auf meine Zukunftspläne eingegangen. «Sie brauchen ihr nichts zu sagen, egal, was Sie tun wollen.» – «Und wenn sie fragt?» – «Ich glaube nicht, daß sie das tun wird», sagte Golding; «im Augenblick ist sie zufrieden, daß sie Sie hier hat. Sie wird's nicht drauf ankommen lassen.» – «Noch nicht. Aber was passiert nach ihrer Entlassung? Was, wenn sie's wieder versucht?» – «Darum werde ich mich schon kümmern», sagte Golding mit einem geschäftsmäßigen Lächeln, das unser Gespräch beendete. Ich wollte sagen: «Das letzte Mal haben Sie sich ja nicht gerade erfolgreich ‹darum› gekümmert!» Aber wie konnte ausgerechnet der durchgebrannte Liebhaber den verantwortungsvollen Arzt für den Selbstmordversuch der verlassenen Geliebten verantwortlich machen?

Es war ein recht warmer Märztag, und Susan trug ein hautenges gelbes Jersey-Kleid und sah ziemlich aufreizend aus für eine junge Frau, die ihren verführerischen Körper im allgemeinen lieber verbarg. Ihr Haar, das sie zu diesem Anlaß offen trug, bedeckte als volle Mähne ihren Rücken; über Wangenknochen und Nasenrücken zog sich ein schmales Band mädchenhafter Sommersprossen. Sie hatte sich jeden Nachmittag in die Sonne gelegt – im Bikini, wie sie mich wissen ließ – und sah hinreißend aus. Während wir uns unterhielten, spielte sie unablässig mit den Händen in ihrem Haar, zog es wie ein dickes, kastanienbraunes Tau über beide Schultern; dann, das Kinn ein wenig hebend, schob sie sich das schwere Haar mit den offenen Handflächen wieder in den Nacken. Der breite Mund und die leicht vorstehenden Kieferknochen, die ihrer zarten Schönheit etwas Entschlossenes und Weibliches verliehen, erschienen mir plötzlich *prähistorisch*, ein Zeichen dessen, was noch ursprünglich und kraftvoll war in dieser gezähmten Tochter des Wohlstands und der Wohlanständigkeit. Ihre Schönheit hatte mich schon immer gereizt, doch noch nie hatte ich sie so von Sinnlichkeit beherrscht erlebt. Das war neu. Wo war Susan, die von Verhören zermürbte Gefangene? Susan, die verwitwete graue Maus? Susan, das von der gräßlichen Mutter geknechtete Aschenputtel? Von alldem keine Spur. War es das Bewußtsein, einen Selbstmordversuch riskiert und überlebt zu haben, das ihr den Mut gab, so hemmungslos verführerisch zu sein? War es die Nähe der mißbilligenden Mutter, die sie anstachelte? Oder war es der wohlkalkulierte letzte Versuch, den Heiratsflüchtigen zu erregen und zurückzulocken?

Nun ja, erregt war ich jedenfalls.

Susan hatte ihre Beine über die gußeiserne Lehne der weißen Gartenliege gelegt, so daß ihr gelbes Kleid an ihrem sonnengebräunten Oberschenkel hochgerutscht war – so, dachte ich, mußte sie als Achtjährige bei Einstein gesessen haben, bevor die Ängste ihre Erziehung übernahmen. Wenn sie sich auf der Liege bewegte oder auch nur die Arme hob, um mit ihrem Haar zu spielen, wurde der Rand ihres hellen Höschens sichtbar.

«Du gibst dich ja ausgesprochen schamlos», sagte ich. «Meinetwegen oder wegen deiner Mutter?»

«Sowohl als auch. Weder noch.»

«Ich habe nicht den Eindruck, daß sie sehr viel von mir hält.»

«Von mir auch nicht.»

«Dann wird das ihre Meinung von dir wohl kaum heben, oder?»

«Also wirklich, *du* ‹gibst dich› wie eine Gouvernante.»

Schweigen, während ich beobachte, wie das Haar durch ihre Hände rinnt. Eines ihrer sonnengebräunten Beine schaukelt in betont langsamem Rhythmus über der Lehne der Gartenliege. Dies ist ganz und gar nicht das Szenario, das ich auf der Herfahrt im Zug entworfen hatte. Weder eine Verführerin noch eine Erektion waren eingeplant.

«Sie war sowieso immer der Meinung, ich hätte das Zeug zu einer Hure», sagt Susan mit der gekränkten Miene einer mißhandelten Halbwüchsigen.

«Das bezweifle ich.»

«Oh, schlägst du dich jetzt auf die Seite meiner Mutter? Das ist ja eine regelrechte Phalanx. Nur bist du derjenige, der mich gegen sie eingenommen hat.»

«Die Nummer zieht nicht», sagte ich ruhig.

«Was zieht denn sonst? Daß ich hier in meinem alten Zimmer wohne wie eine wahnsinnige Tochter? Daß College-Jungen mich am Bibliothekskatalog nach einem Date fragen? Daß ich um elf Uhr in Gesellschaft meiner Ovomaltine und meiner Mom die Spätnachrichten sehe? Was *hat* denn jemals gezogen?»

Ich gab keine Antwort.

«Ich ruiniere alles», erklärte sie.

«Du willst mir sagen, daß ich alles ruiniere?»

«Ich will dir sagen, daß Maureen alles ruiniert – immer noch! Wie kommt sie dazu, so einfach zu sterben? Wie kommen all diese Menschen dazu, mir so einfach wegzusterben? Es war ja eigentlich alles in Ordnung, bis *sie* sich aufgemacht hat und aus diesem Leben geschieden ist. Aber jetzt, da sie dich aus den Fängen gelassen hat, Peter, bist du noch durchgedrehter als vorher. Mich einfach so zu verlassen, das war doch *verrückt.*»

«Ich bin nicht durchgedreht, ich bin nicht verrückt, und es war auch nicht ‹alles in Ordnung›. Du hast nur den richtigen Moment abgewartet. Du willst heiraten und Mutter werden. Davon träumst du.»

«Du bist es, der davon träumt. Du bist es, der von dem Gedanken an die Ehe besessen ist. Ich habe dir immer wieder gesagt, alles kann weitergehen wie bisher, ohne –»

«Aber ich will nicht, daß alles weitergeht ‹ohne›! Ich will nicht verantwortlich dafür sein, daß dir vorenthalten bleibt, *was du willst.*»

«Aber das ist mein Problem, nicht deins. Und ich will es auch gar nicht mehr, das hab ich dir doch gesagt. Wenn's nun mal nicht geht, dann will ich's auch nicht.»

«So? – und was ist mit all den Büchern, Susan?»

«Was für *Bücher* denn?»

«Die Bände über Humangenetik.»

Sie zuckte zusammen. «Oh.» Doch der ruhige Tonfall ihrer Antwort, der Anflug von Selbstironie, überraschte mich. Und erleichterte mich auch, denn in meiner Ungeduld angesichts ihrer Beteuerungen über das Weitermachen ‹ohne›, die ich für Selbsttäuschung hielt, war ich weiter gegangen, als ich gewollt hatte. «Liegen *die* denn noch immer da rum?» fragte sie, als hätte ich einen Teddybär in irgendeinem alten Versteck gefunden.

«Na ja, *ich* hab sie nicht weggenommen.»

«Ich hab mal so eine Phase durchgemacht... wie es so schön heißt.»

«Was für eine Phase denn?»

«Idiotisch. Morbide. Deprimiert. So eine Phase... Wann hast du sie gefunden?»

«Eines Morgens. Erst vor einem Jahr ungefähr.»

«Ach so... Und –» Sie schien plötzlich niedergeschlagen wegen meiner Entdeckung; fast fürchtete ich, sie könnte losschreien. «Und», sagte sie wieder und atmete tief durch, «was kommt als nächstes? Was hast du noch rausgefunden über mich?»

Ich schüttelte den Kopf.

«Du solltest wissen –» Sie brach ab.

Ich schwieg. Aber was sollte ich wissen? *Was sollte ich wissen?*

«Ein Princeton-Hippie», sagte Susan mit listigem Lächeln, «hat mich heute abend ins Kino eingeladen. Das solltest du wissen.»

«Sehr nett», sagte ich. «Ein neues Leben.»

«Er hat mich in der Bibliothek angesprochen. Interessiert es dich, was ich im Moment so lese?»

«Sicher. Was denn?»

«Alles über Muttermord, was ich in die Hände kriegen kann», sagte sie mit zusammengebissenen Zähnen.

«Nun, das Studium des Muttermordes in einer College-Bibliothek hat noch niemanden das Leben gekostet.»

«Na ja, ich bin ja auch bloß hingegangen, weil ich mich gelangweilt habe.»

«In diesem Kleid?»

«Ja, in diesem Kleid. Warum denn nicht? Das ist doch bloß ein schlichtes kleines Kleid, gerade richtig für einen Streifzug zwischen den Regalen.»

«Das sehe ich.»

«Übrigens denke ich daran, ihn zu heiraten.»

«Wen?»

«Meinen Hippie. Der würde wahrscheinlich sogar auf ein Baby mit zwei Köpfen ‹abfahren›. Und auf eine gebrechliche ‹Alte›.»

«Dieser Schenkel, der mich und deine Mutter anstarrt, sieht mir nicht allzu gebrechlich aus.»

«Oh», sagte Susan, «sein Anblick wird dich nicht umbringen.»

«Ganz und gar nicht», sagte ich und unterdrückte den Impuls, die Hand auszustrecken und zu streicheln, was ich sah.

«Okay», sagte sie plötzlich, «du kannst mir sagen, weshalb du hergekommen bist, Peter. Ich bin ‹bereit›. Um einen treffenden Ausdruck meiner Mutter zu gebrauchen – ich hab die Realität jetzt im Griff. Schieß los. Du wirst mich nie wiedersehen.»

«Ich verstehe nicht, was sich geändert haben soll», erwiderte ich.

«Das verstehst du nicht – ich weiß. Du hältst mich noch immer für Maureen. Du glaubst noch immer, ich sei diese schreckliche Person.»

«Wohl kaum, Susan.»

«Aber wie kannst du dann durchs Leben gehen, ohne jemals wieder irgend jemandem zu vertrauen, alles nur wegen einer Spinnerin wie ihr! *Ich* lüge nicht, Peter. *Ich* täusche nicht. Ich bin *ich. Und spar dir diesen Blick.*»

«Welchen Blick?»

«Komm, gehen wir rauf in mein Schlafzimmer. Zum Teufel mit Mutter. Ich möchte mit dir schlafen, unbedingt.»

«Welchen Blick?»

Sie schloß die Augen. «Hör auf», flüsterte sie. «Sei nicht sauer auf mich. Ich schwöre dir, so hab ich's nicht gemeint. Es war keine Erpressung, ehrlich. Ich konnte es bloß nicht länger ertragen, TAPFER ZU SEIN.»

«Warum hast du dann nicht deinen Arzt gerufen – statt zu Maureens Lieblingshausmittel zu greifen!»

«Weil ich keinen Arzt brauchte – ich brauchte *dich*. Aber ich hab dich ja nicht verfolgt, oder? Sechs Wochen warst du da oben in Vermont, und ich hab dir nicht geschrieben, dich nicht angerufen und mich nicht ins Flugzeug gesetzt – stimmt's? Statt dessen habe ich Tag für Tag damit verbracht, TAPFER ZU SEIN, und das nicht einmal in Vermont, sondern in der Wohnung, in der ich mit *dir* gegessen und geschlafen hatte. Schließlich kriegte ich sogar die Realität in den Griff und nahm eine Einladung zum Abendessen an – und das war mein allergrößter Fehler. Ich versuchte, MEIN LEBEN VON VORN ANZUFANGEN, genau wie Dr. Golding mir geraten hatte, und dieser überaus anständige Mann, mit dem ich ausging, hielt mir einen Vortrag darüber, daß ich mich nicht auf Leute verlassen dürfe, denen es ‹an Integrität fehle›. Er erklärte mir, er wisse aus zuverlässiger

Quelle in der Verlagsbranche, daß es dir an Integrität fehle. Oh, er machte mich so wütend, Peter, und ich sagte ihm, ich wolle nach Hause, also stand er auf und brachte mich nach Haus, und als ich zu Hause war, da hätte ich dich so gern angerufen, ich sehnte mich so danach, mit dir zu sprechen, und die einzige Möglichkeit, das zu vermeiden, war, die Tabletten zu schlucken. Ich weiß, daß es unvernünftig war, vollkommen idiotisch, und ich würde es nie wieder machen. Du weißt ja gar nicht, wie leid es mir tut. Und du glaubst vielleicht, ich hätte es aus Wut über dich getan, oder um dich zu erpressen oder zu bestrafen, oder weil ich das, was der Mann über dich gesagt hatte, ernst genommen hätte – aber das war alles nicht der Grund. ich war nur so kaputt von sechs Wochen ununterbrochenem TAPFERSEIN! Komm, laß uns irgendwo hingehen, in ein Motel oder *sonstwohin*. Ich will so schrecklich gern gefickt werden. Seit Tagen denke ich hier unten an nichts anderes. Ich komme mir vor wie – eine *Furie*. Oh, bitte, ich kriege Schreikrämpfe von diesem Zusammenleben mit meiner Mutter!»

In diesem Moment stürmte ihre Mutter aus der Terrassentür, durch den Innenhof und in den Garten, bevor Susan auch nur Gelegenheit hatte, die Träne abzuwischen, oder ich auf ihre Bitte reagieren konnte. Und wie hätte ich wohl reagiert? Ihre Erklärung erschien mir in dem Augenblick absolut glaubwürdig und ausreichend. Natürlich war sie keine Lügnerin und Betrügerin, natürlich war sie nicht Maureen. Wenn ich Susan nicht wollte, so wurde mir jetzt klar, dann nicht, weil ich nicht wollte, daß sie ihren Traum von Ehe und Familie für mich opferte; sondern weil ich Susan einfach nicht mehr wollte, unter keinen Umständen. Und ich wollte auch niemand anderen. Alles, was ich wollte, war, unter sexuelle Quarantäne gestellt zu werden, um dem anderen Geschlecht ein für allemal entsagen zu können.

Doch alles, was sie sagte, klang so überzeugend.

Mrs. Seabury bat mich, einen Augenblick mit ihr ins Haus zu kommen.

«Ich gehe davon aus», sagte sie, als wir drinnen hinter der Terrassentür standen, «daß Sie ihr gesagt haben, Sie wollen sie nicht wiedersehen.»

«Ja, das stimmt.»

«Dann wäre es vielleicht das beste, Sie gingen jetzt.»

«Ich glaube, sie erwartet, daß ich sie zum Mittagessen ausführe.»

«Meines Wissens hegt sie keine solche Erwartung. Ich kann mich um ihr Mittagessen kümmern. Und auch um ihr Wohlergehen im allgemeinen.»

Im Garten stand Susan jetzt neben ihrer Liege. Während Mrs. Seabury und ich zu ihr hin sahen, zog sie sich das gelbe Jersey-Kleid über den Kopf und ließ es auf den Rasen fallen. Was ich zuvor unter dem knappen Kleid gesehen hatte, waren keine hellen Höschen gewesen, sondern ein weißer Bikini. Sie klappte die Liege ganz aus und legte sich flach auf den Bauch. Ihre Arme ließ sie zu beiden Seiten der Liege schlaff herabbaumeln.

Mrs. Seabury sagte: «Wenn Sie noch länger bleiben, machen Sie es ihr nur schwerer. Es war sehr freundlich von Ihnen», sagte sie in ihrer kühlen und ungerührten Art, «sie jeden Tag im Krankenhaus zu besuchen. Dr. Golding ist derselben Meinung. Es war das Beste, was Sie in dieser Situation tun konnten, und wir wissen das zu schätzen. Aber jetzt muß sie sich wirklich Mühe geben, die Realität in den Griff zu bekommen. Man darf nicht zulassen, daß sie weiterhin ihren eigenen Interessen zuwiderhandelt. Sie dürfen ihr nicht gestatten, mit ihrer Hilflosigkeit an Ihr Mitgefühl zu appellieren. Ihr Leben lang hat sie Menschen auf diese Weise umgarnt. Ich sage Ihnen das in Ihrem eigenen Interesse – Sie dürfen nicht glauben, daß Sie für Susans Probleme in irgendeiner Weise verantwortlich sind. Sie ist seit jeher mit Vorliebe in den Armen anderer Menschen zusammengebrochen. Wir haben uns immer bemüht, diesem Verhalten mit Verständnis und Vernunft zu begegnen – sie ist, wie sie ist –, aber man muß auch fest bleiben könnne. Und ich meine, es wäre kein Zeichen von Verständnis, Vernunft oder Festigkeit Ihrerseits, das Unausweichliche weiter hinauszuschieben. Sie muß anfangen, Sie zu vergessen, und je eher, desto besser. Ich bitte Sie, jetzt zu gehen, Mr. Tarnopol, bevor meine Tochter wieder etwas tut, das sie später bereuen wird. Viel Reue oder Demütigung kann sie sich nicht mehr leisten. Sie besitzt nicht die Kraft dafür.»

Draußen im Garten lag Susan jetzt auf dem Rücken und ließ ihre Arme und Beine über die Seiten der Liege baumeln – vier anscheinend völlig kraftlose Glieder.

Ich sagte zu Mrs. Seabury: «Ich gehe nach draußen und verabschiede mich von ihr. Ich werde ihr sagen, daß ich gehe.»

«Wissen Sie, ich kann ihr genausogut sagen, daß Sie gegangen sind. Sie versteht es, schwach zu sein, sie kann aber auch sehr stark sein. Man muß ihr immer und immer wieder klarmachen, daß Menschen sich nicht durch die kindischen Tricks einer Vierunddreißigjährigen manipulieren lassen.»

«Ich will nur auf Wiedersehen sagen.»

«Na schön. Auf ein paar Minuten mehr soll es mir nicht ankommen», sagte sie, obwohl offensichtlich war, wie wenig sie solchen Widerstand von einem hysterischen jüdischen Dichter schätzte. «In diesem Badeanzug stellt sie sich nun schon seit einer Woche zur Schau. Jeden Morgen begrüßt sie darin den Briefträger. Jetzt bietet sie sich Ihnen dar. In Anbetracht der Tatsache, daß sie vor weniger als zwei Wochen einen Selbstmordversuch unternommen hat, hoffe ich, Sie bringen genausoviel Selbstbeherrschung auf wie unser Briefträger und ignorieren diese durchschaubare Demonstration pubertärer Verführungskünste.»

«Das ist es nicht, worauf ich reagiere. Ich habe über drei Jahre lang mit Susan zusammengelebt.»

«Davon möchte ich nichts hören. Entzückt war ich über dieses Arrangement nie. Im Gegenteil, ich habe es bedauert.»

«Ich habe nur versucht zu erklären, warum ich nicht gehen will, ohne ihr wenigstens zu sagen, daß ich gehe.»

Mrs. Seabury sagte: «Es ist Ihnen unmöglich, jetzt zu gehen, weil sie mit gespreizten Beinen auf dem Rücken liegt und –»

«Und», erwiderte ich mit hochrotem Kopf, «wenn das wirklich der Grund wäre?»

«Ist das denn das einzige, woran Leute wie ihr denken könnt?»

«Wen meinen Sie mit ‹Leute wie ihr›?»

«Menschen wie Sie und meine Tochter, die gegenseitig mit ihren Genitalien experimentieren, da oben in New York. Wann hört ihr endlich auf mit eurem jugendlichen Leichtsinn und werdet erwachsen? Sie wissen doch selbst, daß Sie nie die leiseste Absicht hatten, Susan zu heiraten. Dafür sind Sie viel zu unstet. Früher nannte man solche Menschen ‹Bohemiens›. Sie halten nichts von der Ehe mit all ihren Risiken, ihren Prüfungen und ihren Schwierigkeiten – nur Sex wollen sie, bis es sie langweilt. Nun, das ist Ihre Sache – und sicher auch Ihr Vorrecht als Künstler. Nur sollten Sie nicht so rücksichtslos sein, Ihre elitären Wertvorstellungen jemandem wie Susan aufzuzwingen, die nun einmal anders aufgewachsen ist und nach traditionelleren Verhaltensregeln erzogen wurde. Sehen Sie sich nur an, wie sie da draußen liegt und alles daransetzt, Ihnen als Sexbombe zu gefallen. Was konnte Ihnen daran liegen, dem Mädchen eine so lächerliche Idee in den Kopf zu setzen? Ausgerechnet so etwas als erstrebenswertes Ziel für eine Frau wie Susan! Warum, um alles in der Welt, konnten Sie diese vollkommen ungeeignete Kandidatin nicht in Ruhe lassen? Muß auch sie vom Sex zum Wahnsinn getrieben werden? Muß jede, aber auch jede Frau auf der Welt von euch modernen Don Juans ‹angemacht› werden? Zu welchem Zweck, Mr. Tarnopol, wenn nicht, um Ihre maßlose sexuelle Eitelkeit zu stillen? War sie nicht schon verwirrt und verstört genug – ohne *dies*?»

«Ich weiß nicht, wo ich anfangen soll, um Ihnen klarzumachen, daß Sie sich irren.»

Ich ging hinus in den Garten und sah auf einen Körper hinab, der mir so vertraut war wie mein eigener.

«Ich gehe jetzt», sagte ich.

Sie öffnete die Augen gegen die Sonne und lachte, ein kleines, überraschend zynisches Lachen; nach kurzer Überlegung hob sie die Hand, die an der mir zugewandten Seite der Liege herabbaumelte, und plazierte sie zwischen meinen Hosenbeinen, direkt auf meinem Penis. So hielt sie mich fest, und ihr Gesicht war in dem grellen Sonnenlicht jetzt stumpf und ausdruckslos. Ich stand einfach nur da, ihre Hand an meinem Glied. Mrs. Seabury war herausgekommen auf den Patio und beobachtete uns.

All dies dauerte höchstens eine Minute.

Susan ließ die Hand auf ihren nackten Bauch sinken. «Geh nur», sagte sie leise. «Geh.» Doch als ich mich umdrehen wollte, richtete sie sich auf und preßte die Wange gegen meine Hose.

«Und ich ‹irre› mich also», sagte Mrs. Seabury mit scharfer Stimme, als ich durch das Wohnzimmer zur Haustür ging.

Als wir uns kennenlernten, war Susan gerade dreißig und lebte seit elf Jahren in einer Eigentumswohnung in der Seventy-ninth Street, Ecke Park Avenue, die in ihren Besitz übergegangen war (zusammen mit den englischen Intarsienmöbeln aus dem 18. Jahrhundert, den schweren Samtvorhängen, den Aubussonteppichen und zwei

Millionen Dollar in Wertpapieren von McCall und McGee Industries), als nach elf Monaten Ehe das Firmenflugzeug, das ihren jungen Gatten zu einer Vorstandssitzung bringen sollte, nördlich von New York gegen einen Berg krachte. Da jedermann – mit Ausnahme von Susans Vater, der sich charakteristischerweise ausschwieg – der Meinung gewesen war, diese Heirat sei für ein Mädchen, das nicht einmal genügend auf dem Kasten hatte, um zwei Semester College zu überstehen, ein geradezu phantastischer Glücksfall, nahm Susan (die mir später gestand, daß sie McCall gar nicht übermäßig gemocht hatte) seinen Tod ziemlich schwer. Sie glaubte, bereits mit zwanzig alle Chancen vertan zu haben, und zog sich in ihr Bett zurück, wo sie während des ganzen Trauermonats stumm und bewegungslos verharrte. Es folgte ein halbes Jahr in der Schreinerwerkstatt einer schicken «Gesundheitsfarm» in Bucks County, bekannt unter dem Namen «Institut für besseres Leben». Ihrem Vater wäre es lieber gewesen, wenn sie nach ihrer Wiederherstellung in die Mercer Street zurückgekehrt wäre, doch Susans «Berater» im Institut führte lange Gespräche mit ihr über innere Reifeprozesse und hatte sie zum Zeitpunkt ihrer Entlassung davon überzeugt, daß sie wieder in ihre Wohnung in der Seventy-ninth Street ziehen und versuchen sollte, «auf eigenen Füßen zu stehen». An sich hätte auch sie es vorgezogen, nach Princeton zu ihrem angebeteten Vater zurückzugehen – für ihn in der Bibliothek zu «recherchieren», mit ihm im Lahiere's Mittag zu essen und an den Wochenenden am Kanal entlangzuwandern –, hätte das Zusammenleben mit ihm nicht den gestrengen Blick ihrer Mutter eingeschlossen, jenen Blick, der sie vor allem deshalb ängstigte, weil er sagte: «Du mußt erwachsen werden, und du mußt aus dem Haus.»

In Manhattan wurde Susan prompt in Beschlag genommen von den reichen und vielbeschäftigten Damen in ihrem Haus, die es sich zur Aufgabe machten, sie ununterbrochen zu beschäftigen – während der Woche mit allen möglichen Erledigungen und samstags, sonntags und in den Ferien mit der Aufgabe, die Kinder durch die Stadt zu begleiten und dafür zu sorgen, daß sie ihre Schals nicht verloren und rechtzeitig zum Abendessen (zu dem mitunter auch Susan eingeladen wurde, wenn sie genügend Diensteifer gezeigt hatte) wieder zu Hause waren. Das tat sie *elf Jahre lang* – und natürlich kümmerte sie sich auch um die «Ausstattung» der Wohnung, die sie und jener Geist namens «Jamey» niemals ganz «fertig eingerichtet» hatten. Alle paar Jahre meldete sie sich an der Columbia University zu einem Abendkurs an. Stets machte sie sich ausführliche Notizen und absolvierte gewissenhaft das gesamte Lektürepensum, bis sie irgendwann zu befürchten begann, der Professor werde sie aufrufen. Dann verschwand sie eine Zeitlang aus dem Kurs, studierte jedoch fleißig zu Hause weiter – unterzog sich sogar selbstentworfenen Tests. Männer machten während dieser elf Jahre hin und wieder von ihr Gebrauch, meist nach Wohltätigkeitsdiners oder -bällen, die sie am Arm eines unverheirateten Neffen oder Cousins der Vorsitzenden, eines aufstrebenden jungen Soundso, besuchte. Das war ziemlich einfach, und nach einer Weile brauchte sie kaum mehr achthundert Milligramm Miltown, um bei solchen Anlässen «klarzukommen»: Sie öffnete nur ein wenig ihre Beine, und der fragliche aufstrebende junge Mann tat das Wenige, was noch zu tun war. Manchmal schickten ihr die Cousins und Neffen (vielleicht war es aber auch nur die jeweilige umsichtige Vorsitzende) am darauffolgenden Tag Blumen. Sie bewahrte die beigefügten Karten in dem Aktenschrank auf, in dem sich auch ihre Abendkurs-Notizen und ihre selbstentworfenen unzensierten Tests befanden. «Werde dich anrufen. Wunderbare Nacht. Alles Liebe, A.» oder B. oder C.

Im Frühsommer klopfte es für gewöhnlich an ihre Wohnungstür: irgendein Mann, der sie fragte, ob sie, da seine Frau auf dem Land sei, mit ihm zu Abend essen würde. Es waren die Ehemänner der Damen im Haus, für die sie den ganzen Tag in der Stadt herumlief und Stoffballen abholte oder fehlerhafte Rechnungen reklamierte. Die Ehefrauen hatten ihren Ehemännern erzählt, was für eine reizende junge Person Susan war, und auch den Herren selbst konnte die schlanke, über eins siebzig große Rothaarige kaum entgangen sein, wenn sie vor dem Haus einem Taxi entstieg, die Arme voller Pakete (mit den Sachen anderer Leute), der Rock an ihren schlanken Beinen hochgerutscht. Einer dieser Herren, ein stattlicher und charmanter Investment-Banker («wie ein Vater für mich», erzählte mir die dreißigjährige Witwe, ohne mit der Wimper zu zucken), hatte ihr einen neuen elektrischen Herd geschenkt, als der Herbst kam und er sichergehen wollte, daß sie den Mund hielt; sie brauchte keinen neuen Herd (nicht einmal, um den Mund zu halten); doch um seine Gefühle nicht zu verletzen, ließ sie den alten, den sie zusammen mit Jamey und dem Innenarchitekten ausgesucht hatte, herausreißen und den neuen installieren. Doch kein einziger dieser Ritter der heißen Tage, so überdrüssig er seiner Gattin nach langen Ehejahren auch sein mochte, wollte je mit der reichen und schönen jungen Frau durchbrennen, um ein neues Leben zu beginnen – und das war für Susan ein weiteres wichtiges Beweismittel der Anklage im Prozeß gegen ihre Selbstachtung.

Auch ich wollte nicht mit ihr durchbrennen. Doch ich kam immer wieder, Abend für Abend, in ihre Wohnung, zum Essen, zum Lesen und zum Schlafen, und das hatte keiner von all den jungen A., B., C., D. oder E. jemals getan. Und aus gutem Grund: Offenbar ließ sich ihr Leben zu vielversprechend an, sie hatten zuviel Selbstvertrauen, Vitalität und Erwartungen an die Zukunft, um sich mit einer Frau wie Susan, der Unterwürfigen, auf mehr als eine Nacht einzulassen. Ich hingegen, mit meinen dreißig Jahren und mit meinen Preisen und Publikationen im Rücken, hatte alles gehabt. Beim Abendessen saß ich in Jameys herrschaftlichem Stuhl, und Susan bediente mich wie eine Geisha. Ich rasierte mich in Jameys lackiertem Bordell von einem Badezimmer; wärmte meine Handtücher auf den beheizbaren Handtuchhaltern, während ich den Komfort seines Rolls-Rasierers genoß. Ich las in seinem gigantischen Klubsessel, die Füße auf der Ottomane mit dem selbstgestickten Überzug, ein Geschenk von Jameys Mutter zu seinem zweiundzwanzigsten (und letzten) Geburtstag. Ich trank die seltenen Jahrgänge von Jameys Wein, den Susan all die Jahre bei angemessener Temperatur in einem klimatisierten Raum aufbewahrt hatte, als erwarte sie, er werde eines Tages wiederauferstehen von den Toten und seinen Richebourg kosten wollen. Wurden meine Schuhe bei einem Regenschauer durchnäßt, so steckte ich seine hölzernen Schuhspanner hinein und schlurfte in seinen Samtpantoffeln von Tripler's durch die Wohnung. Ich lieh mir Kragenstäbchen aus seinen Hemden. Ich wog mich auf seiner Waage. Und ich langweilte mich im allgemeinen mit seiner Frau. *Aber sie stellte keinerlei Ansprüche.*

Susan sagte nur eines zu mir über unser Arrangement, und das, typisch Susan, sagte sie nicht einmal laut: «Ich gehöre dir. Ich bin bereit, alles zu tun. Komm und geh, wie es dir gefällt. Laß mich für dich kochen. Laß mich abends bei dir sitzen und dir zuhören oder auch nur zusehen, wenn du liest. Du kannst mit meinem Körper machen, was du willst. Ich werde alles tun, was du sagst. Du brauchst nur hin und wieder mit mir zu Abend essen und ein paar von diesen Sachen hier zu benutzen. Ich werde nie einen Laut sagen. Ich werde ausnahmslos gut zu dir sein. Ich werde dich nicht fragen, was du tust, wenn du nicht bei mir bist. Du brauchst mich nirgendwohin mitzunehmen. Du brauchst nur manchmal hierzubleiben, und nimm dir, was immer du willst, mich eingeschlossen. Weißt du, ich habe all diese flauschigen Badetücher und Tischdecken mit Brüsseler Spitze, all dieses herrliche Porzellan, drei Badezimmer, zwei Fernseher, zwei Millionen Dollar von Jamey, und ich werde noch einiges Geld dazubekommen, ich habe diese Brüste und diese Vagina, diese Glieder, diese Haut – und kein Leben. Gib mir nur ein klein wenig davon, und als Gegenleistung kannst du hierherkommen, wann immer du willst, um dich von deiner Frau zu erholen. Zu jeder Tages- und Nachtzeit. Du brauchst nicht einmal vorher anzurufen.»

Abgemacht, sagte ich. Die Lahmen werden die Lahmen stützen.

Natürlich war Susan nicht die erste junge Frau, die ich in New York kennengelernt hatte, seit ich, Asyl suchend, im Juni 1962 in den Osten gekommen war. Sie war lediglich die erste, mit der ich mich dauerhaft einließ. Dem damaligen Brauch entsprechend – deprimierend, sich vorzustellen, daß es vielleicht auch jetzt noch der Brauch ist – war ich auf Parties gegangen, hatte mich mit Mädchen angefreundet (was nichts weiter heißt, als daß ich irgendwo in einem Winkel eines West-Side-Appartements ironische Sentenzen mit ihnen austauschte) und war dann mit ihnen ins Bett gegangen, sei es bevor oder nachdem ich sie ein paarmal zum Essen ausgeführt hatte. Einige von ihnen waren gewiß nette Menschen, doch hatte ich weder die Ausdauer noch die Zuversicht, das herauszufinden. Oftmals während meines ersten Jahres in New York stellte ich fest, daß es mich überhaupt nicht danach verlangte, mich oder meine neueste Bekanntschaft auszuziehen, wenn wir uns schließlich in ihrer oder meiner Wohnung befanden; und so verfiel ich häufig in eine schweigsame Melancholie, die zweifellos den Eindruck erweckte, ich sei verrückt – oder zumindest affektiert. Eine junge Schönheit, daran erinnere ich mich noch, nahm die Sache sehr persönlich und zeigte sich überaus verärgert, weil ich plötzlich den Trauerkloß spielte, nachdem ich doch zuvor «so wahnsinng charmant» gewesen sei; sie wollte wissen, ob es stimmte, daß ich mich von meiner schwulen Vergangenheit lösen wolle, und ich – mit einem Höchstmaß an Dummheit – raffte mich auf, ihr die Strumpfhose auszuziehen, durch welchen Akt, wie sich zeigte, der letzte Rest meiner Leidenschaft aufgezehrt wurde. Bald darauf verabschiedete sie sich, und als ich am darauffolgenden Morgen hinunterging, um meine Zeitung zu holen, fand ich im Türrahmen eingeklemmt eine Karte, auf der mit Bleistift fand: «Laßt, die ihr eingeht, alle Hoffnung fahren.» Diese Parties mit ihrem ewigen Selbstbehauptungswettbewerb zwischen den Geschlechtern endeten häufig in solchen Sottisen, oder vielleicht war ich damals auch besonders empfindlich; jedenfalls lehnte ich schließlich Einladungen von Lektoren und Schriftstellern zu Parties, wo es «einen Haufen Mädchen» geben würde, fast immer ab; und wenn ich es nicht tat, bereute ich es hinterher meistens.

Nur wenige Monate nach meiner Ankunft wurde mir – auf deprimierende Weise – klar, daß für einen Mann in meiner Situation New York City der schlechteste Ort (außer dem Vatikan) war, um sein altes Leben zu beenden und ein neues zu beginnen. Wie ich auf den Parties festellte, war ich nicht in der Verfassung, meinem Status als «Single» sonderlich viel Vergnügen abzugewinnen; und wie ich im Büro meines Anwalts festgestellt hatte, schien der Staat New York kaum geneigt, diesen Status *de jure* anzuerkennen. In der Tat sah es nun, da Mr. und Mrs. Peter Tarnopol in New York ansässig waren, ganz so aus, als würden sie für immer Mann und Frau bleiben. Hätten wir uns bereits in Wisconsin getrennt, wäre, wie ich zu spät erfuhr, eine Scheidung gemäß den dortigen Gesetzen nach fünfjähriger freiwilliger Trennung möglich gewesen. (Allerdings: Wäre ich im Juni 1962 nach Wisconsin zurückgekehrt, statt weiter in Morris' Wohnung zu bleiben und von dort aus meine Karriere als Patient von Dr. Spielvogel in die Wege zu leiten, hätte ich es wahrscheinlich kaum geschafft, in Madison tatsächlich getrennt von Maureen zu leben.) Leider stellte sich heraus, daß das Refugium, für das ich New York gehalten hatte, Ehebruch als einzigen Scheidungsgrund akzeptierte, und da Maureen sich auf gar keinen Fall von mir scheiden lassen wollte und ich weder wußte, ob sie eine Ehebrecherin war, noch es gegebenenfalls hätte beweisen können, sah es ganz danach aus, als würde ich meine goldene Hochzeit auf den Stufen des Regierungsgebäudes in Albany feiern müssen. Da es überdies meinem Anwalt nicht gelungen war, Maureen und ihrem Anwalt die Zustimmung zu einer gesetzlichen Trennung oder finanziellen Vereinbarung abzuringen (ganz zu schweigen von einer Scheidung in Mexiko oder in Nevada, zu deren Rechtswirksamkeit ein beiderseitiges Einverständnis Voraussetzung war), war mein offizieller Familienstand in New York schon bald der eines Verurteilten in einem Prozeß der Aufhebung der ehelichen Gemeinschaft, den eine Frau gegen ihren Mann anstrengte, der sie «mutwillig verlassen» hatte. Obwohl wir nur drei Jahre lang als Ehepaar zusammengelebt hatten, verurteilte mich das New Yorker Gericht zu Unterhaltszahlungen in Höhe von einhundert Dollar pro Woche an meine von mir verlassen Frau, bis daß der Tod uns scheide. Und was sonst würde uns im Staat New York schon scheiden?

Natürlich hätte ich umziehen und meinen Wohnsitz in einen anderen Staat mit weniger strengen Scheidungsgesetzen verlegen können, und eine Zeitlang erwog ich unter Hinzuziehung des *Ratgebers für alle Scheidungsfälle* von Samuel G. Kling – des Buches, das während der ersten chaotischen Phase als New Yorker zu meiner Bibel wurde – ernsthaft die entsprechenden Möglichkeiten. Dank der Kling-Lektüre entdeckte ich, daß in elf Staaten «Trennung ohne eheliche Gemeinschaft und ohne begründete Aussicht auf Versöhnung» nach einer Frist von anderthalb bis drei Jahren ein ausreichender Scheidungsgrund war. Einmal stand ich nachts um vier Uhr auf und schrieb an die Universitäten in jedem der elf Staaten, um mich nach freien Jobs an den anglistischen Fakultäten zu erkundigen; binnen eines Monats hatte ich Angebote der Universitäten von Florida, Delaware und Wyoming. Laut Kling stellte in den ersten beiden Staaten die «freiwillige dreijährige Trennung» einen Scheidungsgrund dar; in Wyoming war nur eine zweijährige Trennung erforderlich. Mein Anwalt setzte mich prompt über die zahlreichen Mittel in Kenntnis, mit denen Maureen eine solche Scheidung anfechten konnte; auch ließ er mich wissen, ich würde bei Aussprache der Scheidung in einem der genannten Staaten von dem dortigen Richter höchstwahrscheinlich dazu verurteilt werden, weiterhin die vom New Yorker Gericht festgesetzten Unterhaltszahlungen zu leisten; falls ich jedoch (dies als Antwort auf meine nächste Frage) nach der Scheidung die Unterhaltszahlungen verweigerte, so konnte ich (und mit Maureen als Widersacherin würde ich es zweifellos auch) auf dem Wege grenzübergreifender Rechtshilfe in Florida oder Delaware oder Wyoming vor Gericht geschleift und wegen Mißachtung des New Yorker Urteils zur Verantwortung gezogen werden. Eine Scheidung, sagte mein Anwalt, könne ich vielleicht erreichen – doch den Unterhaltszahlungen entgehen? Niemals. Dennoch ließ ich mich nicht beirren und akzeptierte einen Posten als Dozent für amerikanische Literatur und Kreatives Schreiben für den folgenden September in Laramie, Wyoming. Unverzüglich ging ich in die Bibliothek und lieh mir Bücher über den Westen aus. Ich besuchte das Museum für Naturgeschichte und schlenderte zwischen indianischem Werkzeug und Darstellungen des amerikanischen Bisons umher. Ich beschloß, reiten zu lernen, zumindest ein wenig, bevor ich nach Wyoming aufbrach. Und ich dachte an das Geld, das ich Dr. Spielvogel nicht würde zahlen müssen.

Etwa zehn Wochen später schrieb ich dem Leiter der anglistischen Fakultät in Laramie, wegen unvorhergesehener Umstände sei es mir unmöglich, die Stelle anzutreten. Der unvorhergesehene Umstand war die Hoffnungslosigkeit, die ich inzwischen bei dem Gedanken an ein zweijähriges Exil in Wyoming empfand. Vielleicht würde ich hinterher reiten können, auf jeden Fall würde ich *immer noch* blechen müssen. Falls die Scheidung nicht angefochten wurde! Und war Florida besser? Es lag zwar nicht ganz so weit ab vom Schuß, doch bis zur möglichen Scheidung brauchte man dort ein Jahr mehr, und letztlich war der Ausgang genauso unsicher. Etwa um diese Zeit kam ich zu der Erkenntnis, daß der einzige Ausweg für mich darin bestand, Amerika mit seinen Scheidungsgesetzen und Rechtshilfeabkommen den Rücken zu kehren und mein Leben als Fremder in einem fremden Land von vorn zu beginnen. Da künftige Honorare vor Maureens Zugriff wohl nicht sicher wären, sofern sie von einem New Yorker Verlag kamen, würde ich die Weltrechte an meinem neuen Buch meinem englischen Verleger verkaufen und sämtliche Honorarzahlungen über ihn beziehen müssen. Warum eigentlich nicht ganz von vorn anfangen – mir einen Bart wachsen lassen und meinen Namen ändern... Und wer wußte schon, ob es je wieder ein neues Buch von mir geben würde?

In den folgenden Monaten grübelte ich darüber nach, ob ich nach Italien zurückgehen sollte, wo ich noch ein paar Freunde hatte, oder ob Norwegen vorzuziehen sei, wo man mich wohl kaum finden würde (es sei denn, man fuhr hin und suchte nach mir). Und was war mit Finnland? Anhand der *Encyclopaedia Britannica* hatte ich mich ausgiebig über Finnland informiert. Kaum Analphabetismus, lange Winter und viele Bäume. Im Geiste versetzte ich mich nach Helsinki, und da ich schon mal dabei war, auch nach Istanbul, Marrakesch, Lissabon, Aberdeen und auf die Shetlandinseln. Ausgezeichnete Gegend, um unterzutauchen, die Shetlandinseln. Einwohnerzahl 19343 und gar nicht so weit vom Nordpol entfernt. Haupterwerbsquellen Schafzucht und Fischfang. Außerdem die Aufzucht berühmter Ponys. Keinerlei Hinweis in der *Britannica* auf irgendwelche Rechtshilfeabkommen mit dem Staat New York hinsichtlich der Auslieferung von Eheverbrechern...

Aber ach, wenn ich schon in New York wütend war über all die Verluste, die ich durch diese Ehe erlitten hatte, wie mochte es mir da ergehen, wenn ich mit Vollbart in meiner Hütte in den Mooren von Scalloway aufwachen und entdecken würde, daß ich auch noch meine Heimat verloren hatte. Was wäre das für eine «Freiheit», mit den Ponys amerikanisch zu sprechen? Was wäre das für eine «Gerechtigkeit», ein ironischer jüdischer Schriftsteller mit einer Schafherde und einem Hirtenstab? Und, noch schlimmer: Angenommen, sie käme mir auf die Spur und folgte mir bis zu den Shetlands, und wenn ich mich hundertmal Long Tom Dumphy nannte? Keineswegs unwahrscheinlich, wenn man bedachte, daß es mir schon hier, in einem Land von zweihundert Millionen Einwohnern, nicht gelang, sie abzuschütteln. Oh, stellen Sie sich nur die Situation vor, ich mit meinem Stab und Maureen mit ihrer Wut inmitten der tosenden Nordsee; und nur 19343 andere, um uns voneinander zu trennen.

Und so akzeptierte ich zähneknirschend (und eigentlich überhaupt nicht) mein Schicksal als männlicher Einwohner des Staates New York in der Republik Amerika, der nicht mehr mit einer Frau zusammenleben wollte, die es vorzog, mit ihm (und von ihm) zu leben. Ich versuchte, wie man so sagt, das Beste daraus zu machen. Etwa um die Zeit, als ich Susan kennenlernte, war ich tatsächlich einigermaßen über den ersten Bombenschock (oder waren es Strahlenschäden?) hinweg, und ich war sogar sehr eingenommen (statt «ausgenommen», ein Gegensatz, der mich damals sehr beschäftigte) von einem gescheiten und charmanten Mädchen namens Nancy Miles, das gerade vom College kam und als Schlußredakteurin für den *New Yorker* arbeitete. Nancy Miles ging später nach Paris, heiratete dort einen amerikanischen Journalisten und veröffentlichte irgendwann ein Buch mit autobiographischen Kurzgeschichten, hauptsächlich inspiriert von ihrer Kindheit als Tochter eines US-Marineoffiziers im Nachkriegsjapan. In dem Jahr, in dem ich sie kennenlernte, war sie jedoch frei wie ein Vogel und auf dem Höhenflug. Zu niemandem hatte ich mich mehr so hingezogen gefühlt seit jenem Debakel in Wisconsin, als ich mich meiner neunzehnjährigen Studentin Karen zu Füßen geworfen hatte (nach der ich übrigens zwischendurch immer noch schmachtete; mitunter stellte ich sie mir in meiner Hütte zwischen den Schafen in Scalloway vor), doch nach drei aufeinanderfolgenden Abenden endloser Tischgespräche, von denen der letzte in dem leidenschaftlichsten Liebesakt kulminierte, den ich seit jenen heimlichen Rendezvous zwischen zwei Seminaren in Karens Zimmer erlebt hatte, beschloß ich, mich nicht wieder bei Nancy zu melden. Nach zwei Wochen erhielt ich von ihr diesen Brief:

Mr. Peter Tarnopol
Institut für Unberechenbares Verhalten
62 West 12th Street
New York, N.Y.

Sehr geehrter Mr. Tarnopol:
Unter Bezugnahme auf unser Treffen am 5.6.63:
1. Was ist geschehen?
2. Wo stehen wir?
Obschon mir bewußt ist, daß zahlreiche Anfragen dieser Art Ihre Geduld bis zum äußersten strapazieren müssen, bin ich so frei, Sie zu ersuchen, obigen Fragebogen auszufüllen und diesen baldmöglichst an die unten angegebene Adresse zurückzuschicken.

Ich verbleibe
Ihre
Perplexe

Perplex vielleicht, doch keineswegs gebrochen. Es war das letzte, was ich von Nancy hörte. Ich entschied mich für Susan.

Natürlich müssen Asylsuchende sich in der Regel mit weniger als einer Siebenzimmerwohnung auf der Upper East Side von Manhattan bescheiden, die Zuflucht vor Wölfen, Polizisten und Kälte bietet. Ich hatte jedenfalls noch nie in einem Domizil gehaust, das Susans Appartement an Größe und Grandiosität vergleichbar gewesen wäre. Ich hatte in meinem Leben auch noch nie so gut gegessen. An sich kochte Maureen gar nicht mal schlecht, doch das Abendessen war für sie meist die Gelegenheit, offene Rechnungen mit mir und meinem Geschlecht zu begleichen – Rechnungen, die, wie mir bisweilen schien, angewachsen waren, seit vor etlichen Milliarden Jahren das erste Nukleinsäuremolekül sich selbst reproduziert hatte; deshalb stimmte, selbst wenn das Essen heiß und schmackhaft war, nie das Ambiente. Und in den Jahren bevor ich allabendlich in den Genuß einer Portion von Maureens Galle kam, hatte ich mich mit Army-Fraß oder mit Stew aus einer Universitätscafeteria begnügt. Susan jedoch war eine Könnerin, die das, was ihr Calpurnia nicht auf den Lebensweg mitgegeben hatte, später von Meistern lernte: In jenem Jahr, in dem sie darauf wartete, daß ihr Verlobter mit abgeschlossenem Studium aus Princeton zurückkehrte und für sie beide ein Leben in Schönheit und Überfluß begann, hatte sie Kochkurse in New York besucht und die Zubereitung französischer, italienischer und chinesischer Spezialitäten erlernt. Die Kurse für diese Nationalküchen dauerten jeweils sechs Wochen, und Susan führte (im Gegensatz zu der Vorstellung, die sie einst in Wellesley geboten hatte) alle drei zu einem triumphalen Abschluß. Zu ihrer großen Genugtuung stellte sie fest, daß sie ihre Mutter jetzt zumindest im *Kochen* übertraf. Oh, was für eine wundervolle Frau (hoffte und betete sie) würde sie ihm sein, jenem phantastischen Glücksfall namens James McCall der Dritte!

Während ihrer Witwenschaft hatte Susan nur selten Gelegenheit gehabt, für irgend jemanden außer sich selbst zu kochen, und so kam ich als erster Gast in den Genuß ihrer weltumspannenden kulinarischen Künste. Noch nie hatte ich so köstlich gegessen. Und nicht einmal meine ergebene Mutter hatte mich je so bedient wie diese High-Society-Kellnerin. Ich war strengstens instruiert zu essen, ohne auf sie Rücksicht zu nehmen, damit sie ungehindert zwischen Speisezimmer und Küche hin- und hereilen könne, um in ihrem Wok den nächsten Gang zu bereiten. Nun gut. Abgesehen vom Essen gab es für uns ohnehin nur wenig gemeinsamen Gesprächsstoff. Ich erkundigte mich nach ihrer Familie, ich erkundigte mich nach ihrer Analyse, ich erkundigte mich nach Jamey und den McCalls. Ich fragte sie, warum sie Wellesley im ersten Studienjahr verlassen habe. Sie zuckte mit den Schultern, sie wurde rot, und sie wich meinem Blick aus. Sie erwiderte: Oh, die sind sehr nett, und er ist sehr nett, und sie ist eine so liebe und rücksichtsvolle Person, und: «Warum ich Wellesley verlassen habe? Ach, ich bin eben gegangen.» Wochenlang wollte es mir nicht gelingen, ihr mehr Information oder Animation zu entlocken als an dem Abend, an dem wir uns kennengelernt hatten und ich neben ihr saß bei der Dinner-Party, zu der ich alljährlich in das Stadthaus meines Verlegers eingeladen wurde: unbeirrbare Freundlichkeit, grenzenlose Schüchternheit – eine zerbrechliche und verängstigte Schönheit. Und anfangs war mir das absolut recht. Man serviere die *blanquette de veau*!

Jeden Morgen eilte ich zurück an meinen Schreibtisch in der West Twelfth Street, wo ich zur Untermiete wohnte, und machte mich an die Erledigung meines täglichen Pensums – Lesen, Schreiben und das Zerreißen von Unterhaltsforderungen und Anwaltsrechnungen. Wenn ich mit dem Fahrstuhl von Susans Wohnung im 9. Stock hinunterfuhr, begegnete ich den Schulkindern, die erst ein Drittel meiner Lebensjahre hinter sich hatten und mit denen Susan übers Wochenende das Planetarium und das Marionettentheater besuchte, sowie den erfolgreichen leitenden Angestellten, deren August-Zeitvertreib sie bisweilen gewesen war. Und was suche *ich* hier? fragte ich mich dann. Bei *ihr*? Wie schwachsinnig kann ich eigentlich noch werden? Häufig erinnerte ich mich an die kürzliche Warnung meines Bruders, wenn ich das Haus verließ, vorbei am Pförtner, der vor Mrs. McCalls Herrenbesuch stets höflich die Mütze zog, jedoch infolge sicherer Einschätzung meiner finanziellen Verhältnisse niemals Anstalten machte, ein Taxi herbeizuwinken. Moe rief mich, nachdem ich Susan auf seine und Lenores Einladung zum Essen mitgebracht hatte, am folgenden Abend an, um mit mir über sie zu sprechen. Er redete nicht lange um den heißen Brei.

«Eine neue Maureen, Pep?» – «Eine Maureen ist sie wohl kaum.» – «Die grauen Augen und die ‹feingemeißelten› Knochen führen dich aufs Glatteis, Kleiner. Noch so eine abgewrackte Schickse. Erst das Lumpenproletariat, jetzt die Aristokratie. Was bist du, der Malinowski von Manhattan? Genug erotische Anthropologie. Sieh zu, daß du sie los wirst, Pep. Du bist dabei, deinen Stecker wieder in genau die gleiche Dose zu stecken.» – «Moe, behalt deine guten Ratschläge für dich, okay?» – «Diesmal nicht. Ich habe keine Lust, in einem Jahr nach Hause zu kommen, Peppy, und zu sehen, wie du dir in die Socken scheißt.» – «Aber ich bin okay.» – «O Himmel, es geht wieder los.» – «Moey, ich weiß zufällig genau, was ich tue.» – «Bei einer Frau behauptest du zu wissen, was du tust? Hör zu – was zum Teufel sagt Spielvogel zu dieser sich anbahnenden Katastrophe – tut *er* irgendwas, um sich seine zwanzig Dollar pro Stunde zu verdienen?» – «Moe, sie ist *nicht* Maureen!» – «Du läßt dir von ihren Beinen den Kopf verdrehen, Kleiner, von den Beinen und dem Hintern.» – «Ich sag dir, darum geht es mir nicht.» – «Worum denn sonst? Um ihre Intelligenz? Ihre Schlagfertigkeit? Ich kapiere – abgesehen davon, daß sie leicht unterbelichtet wirkt, kann dieser Eiswürfel nicht mal richtig vögeln? Gütiger Himmel! Ein hübsches Gesicht scheint ja viel bei dir zu bewirken – das, und eine kräftige Dosis Neurosen dazu, und schon ist so ein Mädchen mit meinem kleinen Bruder im Geschäft. Komm heute abend zum Essen, Peppy, komm in Zukunft jeden Abend zu *uns* zum Essen – ich muß dich zur Vernunft bringen.» Aber statt bei Moe stellte ich mich jeden Abend bei Susan ein, in der Hand das Buch, das ich später beim Kamin lesen würde, und im Kopf meine *blanquette*, mein Bad und mein Bett.

So vergingen die ersten Monate. Eines Abends sagte ich dann: «Warum gehst du nicht wieder aufs College?» – «Ach, das könnte ich nicht.» – «Wieso nicht?» – «Ich habe so schon zuviel zu tun.» – «Du hast nichts zu tun.» – «Soll das ein *Witz* sein?» – «Warum gehst du nicht wieder aufs College, Susan?» – «Ich bin zu beschäftigt, wirklich. Hast du gesagt, du willst Kirsch auf deinem Dessert?»

Ein paar Wochen später. «Hör mal, ein Vorschlag.» – «Ja?» – «Warum bewegst du dich nicht im Bett?» – «Hast du nicht genug Platz?» – «Ich meine, bewegen. Unter mir.» – «Ach so. Ich tu's eben nicht, das ist alles.» – «Na, dann versuch's mal. Es könnte ein bißchen Schwung in die Sache bringen.» – «Ich bin ganz zufrieden, danke. Schmeckt dir der Spinat-Salat nicht?» – «Hör mir *zu:* Warum bewegst du deinen Körper nicht, wenn ich dich ficke, Susan?» – «Oh, bitte, laß uns doch zu Ende essen.» – «Ich will, daß du dich bewegst, wenn ich dich ficke.» – «Ich hab dir doch gesagt, ich bin auch so zufrieden.» – «Du bist unglücklich so.» – «Das ist nicht wahr, und es geht dich auch nichts an.» – «Kannst du dich denn überhaupt bewegen?» – «Oh, warum quälst du mich so?» – «Soll ich dir zeigen, was ich mit ‹bewegen› meine?» – «*Hör auf!* Ich will nicht darüber reden. Ich brauche mir nichts zeigen zu lassen, schon gar nicht von dir! Dein Leben ist nicht gerade ein Muster an Vorbildlichkeit, weißt du.» – «Was ist mit dem College? Warum gehst du nicht wieder aufs College?» – «Peter, *hör auf.* Bitte! Warum tust du mir das an?» – «Weil die Art, wie du lebst, schrecklich ist.» – «Ist sie *nicht.*» – «Es ist verrückt, wirklich.» – «Wenn es so verrückt ist, was machst du dann jede Nacht hier? Schließlich zwinge ich dich nicht, die Nacht hier zu verbringen. Ich verlange überhaupt nichts von dir.» – «Du verlangst von niemandem etwas, das sagt also gar nichts.» – «Auch das geht dich nichts an.» – «Es geht mich sehr wohl etwas an.» – «Wieso denn, wieso geht es dich etwas an?» – «Weil ich hier *bin*, weil ich die Nacht hier *verbringe.*» – «Oh, bitte, hör auf. Laß uns nicht streiten, bitte. Ich hasse Auseinandersetzungen, und ich weigere mich, dabei mitzumachen. Wenn du dich mit jemandem streiten willst, dann geh und streite dich mit deiner Frau. Ich dachte, du kommst hierher, um dich *nicht* zu zanken.»

Sie hatte recht, sie hatte sogar den Nagel auf den Kopf getroffen – mit ihr brauchte ich mich über *nichts* auseinanderzusetzen –, doch das bremste mich nur vorübergehend. Zwei Monate später sprang sie eines Abends schließlich vom Tisch auf, ließ ihre einsame Träne rollen und sagte: «Ich kann nicht wieder zur Schule gehen, und laß mich damit endlich zufrieden – ich bin zu alt und zu dumm! Welche Schule würde mich überhaupt nehmen!»

Das New York City College nahm sie. Man rechnete ihr dort ihr erstes Semester in Wellesley an. «Das ist doch einfach zu albern. Ich bin fast einunddreißig. Die Leute werden sich totlachen.» – «Welche Leute?» – «Na, die Leute eben. Ich tu's nicht. Bis zum Examen wäre ich fünfzig.» – «Und was willst du statt dessen tun, bis du fünfzig bist, einkaufen gehen?» – «Ich helfe meinen Freunden.» – «Deine

Freunde können es sich leisten, Rikschakulis zu mieten, die deine Arbeit übernehmen.» – «Du machst bloß zynische Bemerkungen über Leute, die du nicht magst. Im übrigen muß ich mich auch noch um eine riesige Wohnung kümmern.» – «Wovor hast du solche Angst?» – «Darum geht es doch gar nicht.» – «Und worum geht es dann?» – «Daß du mich nichts so machen läßt, wie ich es möchte. Alles, was ich mache, ist in deinen Augen verkehrt. Du bist genau wie meine Mutter. Sie meint auch immer, daß ich nichts richtig machen kann.» – «Ich glaube schon, daß du das kannst.» – «Nur weil dir meine Dummheit peinlich ist. Es schadet deinem ‹Image›, mit einer so blöden Gans gesehen zu werden – und die Konsequenz ist, daß ich aufs College gehen muß, um *dein* Gesicht zu wahren! Und mich im Bett bewegen! Ich weiß nicht mal, wo das New York College *ist* – auf dem Stadtplan! Was ist, wenn ich da die einzige Weiße bin?» – «Schon möglich, daß keiner da ganz so weiß ist wie du –» – «Mach keine Witze – nicht jetzt!» – «Du wirst dich bestimmt wohl fühlen.» – «Ach, Peter», stöhnte sie und kroch mit ihrer zerknüllten Serviette in der Hand auf meinen Schoß, um sich wie ein Kind schaukeln zu lassen – «aber wenn ich nun im Seminar was sagen soll? Wenn ich aufgerufen werde?» Durchs Hemd spürte ich zwei Eisbeutel auf meinem Rücken – ihre Hände. «Was soll ich denn *dann* machen?» fragte sie flehend. «Na, sprechen.» – «Aber wenn ich doch nicht *kann*! Oh, warum zwingst du mich zu so was Schrecklichem?» – «Den Grund hast du doch selbst genannt. Mein Image. Damit ich dich mit reinem Gewissen ficken kann.» – «Ach, du, du könntest nie ein Frau mit reinem Gewissen ficken – ob dumm, gescheit oder irgendwas dazwischen. Und lach nicht. Ich bin so verängstigt, daß mir ganz schwach wird.» Doch nicht zu schwach, um zum erstenmal in ihrem Leben dieses gefährlichste aller amerikanischen Wörter auszusprechen. Am nächsten Tag ließ ich in einem Vergnügungspalast am Times Square eine dieser Jux-Schlagzeilen drucken, die ich Susan dann beim Abendessen überreichte, ein Pseudo-Revolverblatt, auf dem in riesigen schwarzen Lettern stand: SUSAN SAGT ES!

Ein Jahr später saß ich eines Abends in der Küche auf einem Schemel beim Herd und nippte an einem Glas mit dem letzten Rest von Jameys Mouton-Rothschild, während Susan Ratatouille zubereitete und das Kurzreferat übte, das sie am nächsten Morgen in ihrem Philosophieseminar über die Skeptiker halten sollte. «Ich hab vergessen, was als nächstes kommt – *ich kann's einfach nicht*. – «Konzentrier dich.» – «Aber ich *koche* gerade.» – «Es wird sich selbst kochen.» – «Nichts kocht sich selbst, was gut schmecken soll.» – «Dann mach eine kurze Pause und laß hören, was du sagen wirst.» – «Aber die Skeptiker interessieren mich nicht. Und *dich* genausowenig, Peter. Und auch niemanden in meinem Seminar, das kann ich dir versichern. Und was, wenn ich einfach nicht sprechen kann? Wenn ich den Mund aufmache und kein Wort herauskommt? Genau das ist mir in Wellesley passiert.» Und mir im Brooklyn College, aber das erzählte ich ihr nicht, nicht bei dieser Gelegenheit. «Irgend etwas», sagte ich beschwichtigend, «wird schon herauskommen.» – «So? Was denn?» – «Worte. Konzentriere dich auf die Worte, so, wie du dich auf die Aubergine da konzentrierst –» – «Würdest du mitkommen? In der U-Bahn? Nur bis zur Haltestelle?» – «Ich komme sogar mit dir ins Seminar.» – «Nein! Das darfst du nicht! Ich wäre wie gelähmt, wenn du dort wärst.» – «Aber ich bin doch hier.» – «Dies ist eine Küche», sagte sie und lächelte, allerdings nicht sehr glücklich. Aber schließlich, nach einiger weiterer Überredungskunst meinerseits, hielt sie dann doch ihr philosophisches Kurzreferat, allerdings weniger mir als der Ratatouille. «Perfekt.» – «Ja?» – «Ja.» – «Warum», fragte Susan, die sich entgegen allgemeiner Erwartung allmählich zu einer recht gewitzten jungen Witwe entwickelte, «muß ich's dann morgen noch mal halten? Warum genügt das hier nicht?» – «Weil es eine Küche ist.» – «Scheiße», sagte Susan, «das ist nicht fair.»

Schildere ich zwei Menschen, die sich ineinander verlieben? Wenn ja, so war mir das damals nicht bewußt. Auch nach einem Jahr noch erschien mir Susans Wohnung als Versteck, als mein Zufluchtsort vor Maureen, ihrem Anwalt und den Gerichten des Staates New York, die mich allesamt als *Beklagten* gebrandmarkt hatten. Bei Susan brauchte ich ebensowenig einen Verteidiger wie ein König auf seinem Thron. Wo sonst würde mir so viel Verehrung entgegengebracht werden? Die Antwort, Freunde, lautet: nirgends. Es war schon lange her, daß mir jemand zu Füßen gelegen hatte. Und das mindeste, was ich meinerseits für Susan tun konnte, war, ihr zu einem richtigen Leben zu verhelfen. Zugegeben, vielleicht hätte ich erst mal vor meiner eigenen Tür kehren sollen, andererseits gehörte nicht viel dazu, sich klarzumachen, daß es sinnvoller ist, von neun bis siebzehn Uhr eingeschriebene Studentin am City College als eingeschriebene Kundin bei Bergdorf's und Bonwit's zu sein; auch schien es mir sinnvoller, sich beim Geschlechtsverkehr zu bewegen und zu stöhnen, wenn man sich denn schon darauf einläßt, statt im Zustand völliger Erstarrung zu verharren. Und so schulte ich meine Studentin ironischerweise in therapeutischer Kopulation und öffentlichem Reden, während sie mich mit zärtlichster Zärtlichkeit und liebevollstem Respekt umsorgte. Eine neue Erfahrung rundherum. Genau wie die Verliebtheit, wenn es denn Verliebtheit war, wozu unsere wechselseitige Erziehung und Therapie führte. Auf Susans Erfolge war ich stolz wie ein Papa, schenkte ihr ein Armband, führte sie zum Essen aus; und wenn sie im Bett, allen Anstrengungen zum Trotz, nicht kam, war ich fassungslos und deprimiert wie ein High-School-Lehrer, dessen hochintelligente, mittellose Studentin aus unerfindlichen Gründen kein Stipendium für Harvard bekommen hat. Wie konnte das angehen, nach unseren zahllosen gemeinsamen Übungssitzungen? Nach all der Hingabe und harten Arbeit! Was hatten wir falsch gemacht? Ich habe bereits erklärt, wie enttäuschend es für mich war, mit dieser Niederlage zu tun zu haben – Tatsache ist allerdings, daß irgendwann im Laufe der Zeit Susans Bemühen, zum Orgasmus zu gelangen, sich in meiner Vorstellung mit unser beider Heilung verband. Und vielleicht war es gerade dies, was mehr als alles andere den Erfolg unerreichbar machte; die Verantwortung für meine und ihre eigene Erlösung war für sie eine viel zu große Last... Wissen Sie, ich will damit nicht sagen, daß ich diese Affäre mit der Einstellung eines Wiederaufbereitungsfachmanns anging – auch versuchte ich nicht, Dr. Golding Konkurrenz zu machen, der dafür bezahlt wurde, die Kranken zu kurieren und die Verwundeten zu heilen, und dessen Theorie, wie ich sie verstand, besagte, daß die Aussichten auf einen Orgasmus um so geringer wurden, je väterlicher oder patriarchalischer mein Einfluß auf Susan war. Ich fand, daß sich genausogut für wie gegen diese Hypothese argumentieren ließ, doch ich versuchte es gar nicht erst. Ich war weder Theoretiker noch Diagnostiker, noch war ich, nach meiner eigenen Einschätzung, eine typische «Vaterfigur». Man mußte, wie ich fand, nicht sehr tief unter die Oberfläche unserer Affäre dringen, um zu erkennen, daß auch ich nichts weiter als ein Patient auf der Suche nach Heilung war.

Tatsächlich mußte mein Arzt mich dazu bewegen, auch weiterhin meine Medizin namens Susan zu nehmen, nachdem ich wiederholt erklärt hatte, ich wolle die Therapie abbrechen, das Medikament verschlimmere nur das Leiden, das es heilen solle. Dr. Spielvogel sah Susan nicht mit den Augen meines Bruders Moe – nein, Spielvogel gegenüber war *ich* derjenige, der sie so sah. «Sie ist ein hoffnungsloser Fall», sagte ich etwa zu ihm, «ein verängstigter, kleiner Sperling.» – «Ein weiterer Aasgeier wäre Ihnen lieber?» – «Bestimmt gibt's doch irgendwas dazwischen», sagte ich und dachte dabei an Nancy Miles, jenes hochfliegende Geschöpf, und ihren Brief, den ich nie beantwortet hatte. «Aber Sie haben nichts dazwischen. Sie haben dies.» – «Aber diese Schüchternheit, diese Angst... Die Frau ist eine Sklavin, Doktor, und nicht nur meine – sie ist jedermanns Sklavin.» – «Ihnen ist Streitsucht lieber? Ihnen fehlen die hochdramatischen Szenen, wie? Mit Maureen, so haben Sie mir erzählt, war es *Götterdämmerung* beim Frühstück, beim Mittag- und beim Abendessen. Was haben Sie auszusetzen an ein bißchen Ruhe und Frieden bei Ihren Mahlzeiten?» – «Aber manchmal ist sie eine *Maus*.» – «Na, bestens», sagte Spielvogel, «wer hätte je gehört, daß eine kleine Maus einem erwachsenen Mann ernsthaften Schaden zufügen könnte?» – «Aber was ist, wenn die Maus heiraten will – und zwar mich?» – «Wie kann sie Sie heiraten? Sie sind doch bereits verheiratet.» – «Aber wenn ich nicht mehr verheiratet bin.» – «Dann bleibt noch Zeit genug, um sich darüber Gedanken zu machen, meinen Sie nicht?» – «Nein, überhaupt nicht. Wenn ich mich nun von ihr trennen will, und sie versucht, sich das Leben zu nehmen? Sie ist nicht stabil, Doktor, sie ist nicht stark – das müssen Sie begreifen.» – «Von wem sprechen Sie jetzt, von Maureen oder von Susan?» – «Ich kann sie durchaus auseinanderhalten, das versichere ich Ihnen. Aber das heißt nicht, daß Susan *nicht* zu so etwas fähig wäre, nur weil es eine Spezialität von Maureen ist.» – «Hat sie Ihnen mit Selbtmord gedroht, falls Sie sie je verlassen?» – «Sie würde mir niemals drohen, das ist nicht ihre Art.» – «Aber Sie sind davon überzeugt, sie würde es tun, falls Sie, wenn die Frage irgendwann akut werden sollte, sich gegen eine Ehe mit ihr entscheiden. Das ist der Grund, warum Sie sie jetzt aufgeben wollen.» – «Von ‹wollen› kann keine Rede sein. Ich sage Ihnen lediglich, daß ich es wohl sollte.» – «Aber Sie finden es doch auch nicht unangenehm, so, wie es ist, oder?» – «Das ist richtig. Eigentlich finde ich es sogar sehr angenehm. Aber ich möchte ihr keine falschen Hoffnungen machen. Das würde sie nicht verkraften können. Und ich ebensowenig.» – «Aber wenn zwei junge Leute ein Verhältnis miteinander haben, heißt das gleich, jemandem falsche Hoffnungen zu machen?» – «In Ihren Augen vielleicht nicht.» – «In wessen Augen denn? In Ihren?» – «In Susans, Doktor, in Susans! Schauen Sie – was ist, wenn die Affäre vorbei ist, sie sich nicht damit abfinden kann und Selbstmord begeht? Antworten Sie darauf, bitte!» – «Weil sie Sie verliert, begeht sie Selbstmord?» – «Ja!» – «Sie glauben, daß sich jede Frau auf der Welt Ihretwegen umbringen wird?» – «Oh, bitte, verdrehen Sie doch nicht alles, was ich gesagt habe. Nicht ‹jede Frau› – nur die beiden, bei denen ich gelandet bin.» – «Ist das der Grund dafür, daß Sie bei ihnen landen?» – «Ja, ist das der Grund? Ich werde darüber nachdenken. Vielleicht ist es so. Aber das wäre nur ein weiterer Grund, diese Affäre *jetzt sofort* zu beenden. Warum weitermachen, wenn so etwas passieren könnte? Warum würden Sie mich ermutigen wollen, an der Beziehung festzuhalten?» – «Habe ich Sie ‹dazu› ermutigt? Ich dachte, ich hätte Sie lediglich dazu ermutigt, der Anschmiegsamkeit dieser Frau ein wenig Freude und Trost abzugewinnen. Ich sage Ihnen, viele Männer würden Sie beneiden. Nicht jeder wäre so unglücklich wie Sie über eine Geliebte, die schön, fügsam und reich ist und dazu noch eine erstklassige Köchin.» – «Und möglicherweise eine Selbstmörderin.» – «Das bleibt abzuwarten. Möglich erscheint vieles, was durch die Realität nicht bestätigt wird.» – «Ich fürchte, in meiner Situation kann ich es mir nicht leisten, so nonchalant zu sein.» – «Wer spricht von Nonchalance? Sie sollen nur nicht überzeugter sein, als unter den gegebenen Umständen begründet ist. Und auch nicht ängstlicher.» – «Hören Sie, ich bin weiteren Verzweiflungstaten nicht gewachsen. Ich habe ein Recht, panisch zu sein. Ich war mit Maureen verheiratet. Ich bin's noch immer!» – «Nun denn, wenn Ihnen das noch immer so nachhängt; Sie haben sich einmal verbrannt und scheuen das Risiko –» – «Ich möchte betonen, daß ein solches ‹Risiko› vielleicht gar nicht besteht – aber ich habe auch das Gefühl, es auf keinen Fall eingehen zu dürfen. Es ist ihr Leben, das gefährdet ist, nicht meins.» – «‹Gefährdet›? Was für ein narzißtisches Melodram entwerfen Sie hier, Mr. Tarnopol? Wenn ich eine literarische Kritik äußern darf?» –

«Ja? Ist es das, ein narzißtisches Melodram?» – «Ist es das nicht?» – «Ich weiß nicht immer genau, was Sie mit ‹Narzißmus› meinen, Doktor. Wovon ich spreche, glaube ich, ist Verantwortung. Sie sind es, der von Freude und Trost spricht, wenn ich bei ihr bleibe. Sie sind es, der betont, was ich davon habe. Sie sind es, der mir sagt, ich sollte mir wegen Susans Erwartungen oder ihrer Verletzlichkeit keine Sorgen machen. Mir scheint, *Sie* sind es, der *mich* zu einer narzißtischen Haltung animiert.» – «Nun gut, wenn Sie das denken, dann verlassen Sie sie doch, bevor sich die Sache zum Schlimmeren entwickelt. Sie haben dieses Verantwortungsgefühl gegenüber der Frau – also handeln Sie entsprechend.» – «Aber eben hatten Sie mir doch noch zu verstehen gegeben, mein Verantwortungsgefühl sei *unangebracht*. Und meine Ängste seien *eingebildet*. Oder etwa nicht?» – «Ich halte sie für übertrieben, ja.»

Zur Zeit erteilt mir niemand Ratschläge über Susan. Ich bin hier, um sicher zu sein vor Ratgebern – und Versuchungen. Susan eine Versuchung? Susan eine Versucherin? Was für ein Wort, um sie zu beschreiben! Und doch habe ich mich noch nie so sehr nach jemandem gesehnt. Wie man so sagt, wir haben eine Menge miteinander durchgemacht, und nicht in der Weise, wie Maureen und ich alles mögliche «durchgestanden» hatten. Bei Maureen war es die erbarmungslose *Einförmigkeit* des Kampfes, die mich fast bis zum Wahnsinn trieb; mit wieviel Vernunft, Intelligenz oder auch brutaler Gewalt ich Einfluß zu nehmen versuchte auf unsere Situation, ich konnte nicht das geringste ändern – alles, was ich tat, war zwecklos, auch das Nichtstun natürlich. Mit Susan gab es Streitigkeiten, gewiß, aber es gab auch Belohnungen. Die Dinge änderten sich. *Wir* änderten uns. Es gab Fortschritt, Entwicklung, wunderbare und bewegende Veränderungen in jeder Hinsicht. Man konnte mit Sicherheit nicht behaupten, unser Verhältnis sei eine jener bequemen und eingefahrenen Geschichten, die zu Bruch gingen, weil alle Freuden langweilig und fade geworden waren. Nein, der Fortschritt *war* das Vergnügen, die Veränderungen bereiteten mir die größte Freude – das ist es, was ihren Selbstmordversuch so niederschmetternd machte... was meine Sehnsucht nach ihr um so verwirrender erscheinen läßt. Denn jetzt sieht es so aus, als habe sich *nichts* geändert, als seien wir wieder dort, wo wir angefangen haben. Und ich muß mich fragen, wenn ich Briefe an sie beginne, die ich nicht beende, wenn ich ihre Telefonnummer wähle und vor der letzten Zahl auflege, ob ich nicht im Begriff bin, dem Sirenengesang der Frau zu folgen, DIE NICHT OHNE DICH LEBEN KANN, DIE DEN TOD DER EINSAMKEIT VORZIEHT – ob ich wieder drauf und dran bin, MEINEN FEHLER zu begehen, indem ich mit dem Gedanken spiele, nach kurzer Unterbrechung das fortzusetzen, was Dr. Spielvogel mein narzißtisches Melodram nennen würde ... Doch mehr noch beunruhigt mich der Gedanke, daß ich aus Angst vor MEINEM FEHLER einen schlimmeren begehe; ohne vernünftigen Grund auf die großzügige, sanfte, gutherzige, *un*-Maureenige Frau zu verzichten, die ich inzwischen tatsächlich liebe. Ich denke für mich: «Nimm diese Sehnsucht ernst. Du *willst* sie», und ich stürze zum Telefon, um in Princeton anzurufen – aber am Telefon frage ich mich dann, ob das mit «Liebe» viel zu tun hat, ob es nicht ihre Verletzlichkeit, ihre Gebrochenheit, ihre *Bedürftigkeit* ist, die mich anzieht. Angenommen, sie ist tatsächlich nicht mehr als eine hilflose Schönheit im Bikini, die sich an meinem Schwanz festhält wie an einer Rettungsleine; angenommen, das allein ist es, was in mir diese Sehnsucht weckt. So etwas gibt es, wie man weiß. «Sexuelle Eitelkeit», wie Mrs. Seabury sagt. «Rettungsphantasien», sagt Dr. Spielvogel, «knabenhafte Träume von ödipaler Herrlichkeit.» – «Abgewrackte Schicksen», sagt mein Bruder, «denen kannst du nicht widerstehen, Pep.»

Währenddessen bleibt Susan in Princeton unter der Obhut ihrer Mutter, und ich bleibe hier oben, unter meiner eigenen.

3. Heirat à la mode

Rapunzel, Rapunzel,
laß dein Haar herunter
aus Grimms Märchen

Für die jungen Männer, die in den fünfziger Jahren heranwuchsen und die danach strebten, in jenem Jahrzehnt erwachsen zu wirken, in dem, wie ein Zeitgenosse schrieb, jeder dreißig werden *wollte*, bedeutete es ein beträchtliches moralisches Prestige, sich eine Frau zu nehmen, und keineswegs deshalb, weil sie einem als Dienstmädchen oder «Sexualobjekt» dienen sollte. Es ging um einen Ausdruck von Anstand und Reife, um die «Ernsthaftigkeit» eines jungen Mannes, gerade weil man es umgekehrt sah: Die Welt schien so eindeutig den Männern zu gehören, daß eine Frau gemeinhin nur in der Ehe hoffen konnte, Gleichheit und Würde zu erlangen. In der Tat machten uns die Verteidiger des weiblichen Geschlechts damals weis, daß wir die Frauen ausbeuteten und erniedrigten, die wir *nicht* heirateten. Alleinstehend und ohne männliche Begleitung konnte eine Frau angeblich nicht einmal ins Kino oder in ein Restaurant gehen, geschweige denn einen Blinddarm operieren oder einen Lastwagen fahren. Es war an uns, ihrem Leben den Wert und den Sinn zu geben, die die Gesellschaft als ganzes ihnen vorenthielt – indem wir sie heirateten. Wenn wir die Frauen nicht heirateten, wer dann? Unser Geschlecht war nun einmal leider das einzig verfügbare für diese Aufgabe: Wir waren aufgerufen.

Kein Wunder also, daß ein junger studierter Bourgeois meiner Generation, der für sich selbst den Gedanken an eine Ehe verwarf, der es vorzog, sich von Konserven oder Cafeteriaessen zu ernähren, sein Zimmer selbst zu fegen, sein Bett selbst zu machen, ohne gesetzliche Verpflichtungen zu kommen und zu gehen und weibliche Gesellschaft und sexuelle Abenteuer zu suchen, wo und wann er konnte, und nicht für länger, als er wollte, daß ein solcher Mann sich dem Vorwurf der «Unreife», wenn nicht gar «latenter» oder offensichtlicher «Homosexualität» aussetzte. Oder er war einfach «egoistisch». Oder er «scheute die Verantwortung». Oder er war «unfähig, sich auf die Verpflichtungen...» (hübsches institutionelles Schlagwort) «...einer dauerhaften Bindung einzulassen.» Der schlimmste und beschämendste Vorwurf lautete jedoch, daß dieser junge Mensch, der davon überzeugt war, vollauf für sich selbst sorgen zu können, in Wirklichkeit «liebesunfähig» sei.

In den fünfziger Jahren machten sich viele Menschen schreckliche Sorgen darum, ob andere Menschen liebesfähig seien oder nicht – vor allem, wie ich behaupten möchte, junge Frauen im Hinblick auf junge Männer, die nicht besonders *erpicht* darauf waren, sich von ihnen die Socken waschen, die Mahlzeiten kochen und die Kinder gebären zu lassen und selbst von ihnen umsorgt zu werden bis an das Ende ihrer Tage. «Aber bist du denn nicht fähig, irgend jemanden zu lieben? Kannst du denn an niemanden denken, außer an dich selbst?» bedeutete, aus dem verzweifelten Fünfziger-Feminesisch in Klartext übertragen, im allgemeinen: «Ich will heiraten, und ich will dich heiraten.»

Ich bin mir heute sicher, daß viele der jungen Frauen, die sich damals für besonders liebesfähig hielten, kaum ahnten, wie stark ihre Emotionen aus dem Überlebensinstinkt gespeist wurden – oder in welchem Maße solche Gefühle eher dem Verlangen entstammten, zu besitzen und besessen zu werden, als jenem Reservoir reiner und selbstloser Liebe, das sie – und ihr Geschlecht – in besonderem Maße auszeichnete. Schließlich: wie liebenswert *sind* Männer denn schon? Zumal «liebesunfähige» Männer? Nein, es steckte mehr hinter all dem Gerede über «Verpflichtungen» und «dauerhafte Bindung», als viele junge Frauen (und ihre auserwählten Partner) in Worte zu fassen oder damals ganz zu verstehen vermochten: Dieses «Mehr» war die Tatsache weiblicher Abhängigkeit, Schutzlosigkeit und Verletzlichkeit.

Diese harte Tatsache des Lebens wurde natürlich von jeder Frau gemäß ihrer Intelligenz, Vernunft und Persönlichkeit verschieden erfahren und verarbeitet. Man kann sich durchaus vorstellen, daß es Frauen gab, die mutige und wirklich selbstlose Entscheidungen trafen, die sich den nachhaltigsten aller Selbsttäuschungen verweigerten, jenen, die sich unter dem Mantel der Liebe verbergen; doch ebenso gab es viel Leid für solche, die niemals die romantischen Illusionen über das Arrangement aufgaben, das sie aus Hilflosigkeit eingegangen waren – bis sie dann das Büro eines Anwalts betraten und der ihnen eine Rettungsboje mit Namen «Unterhalt» zuwarf. Es ist gesagt worden, jene erbarmungslosen Schlachten um Unterhalt, die während der letzten Jahrzehnte in den Gerichtssälen dieses Landes tobten, wie im 17. Jahrhundert in Europa die Religionskriege, seien eigentlich «symbolischer» Natur. Meiner Meinung nach dienten die Unterhaltsschlachten nicht so sehr als Symbol für allerlei andere Kümmernisse und Mißstände wie als Klärung dessen, was im allgemeinen durch die Metaphern verdunkelt wurde, mit denen die Ehepartner ihre ehelichen Arrangements tarnten. All die Ängste und Wutausbrüche, die sich an der Frage des Unterhalts entzündeten, die Heftigkeit, die normalerweise ruhige und gesetzte Menschen plötzlich an den Tag legen, bezeugen, wie mir scheint, die schockierenden – und erniedrigenden – Erkenntnisse der Ehepaare im Gerichtssaal hinsichtlich der Rolle, die sie in ihrem Leben füreinander spielten. «So weit ist es also gekommen», sagten die erzürnten Parteien vielleicht zueinander und funkelten sich haßerfüllt an – aber selbst dies war nur ein weiterer Versuch, der demütigendsten aller Erkenntnisse zu entgehen: daß es in Wirklichkeit von Anfang an *so* gewesen war und nicht anders.

Nun ist mir durchaus bewußt, daß man diese Verallgemeinerungen als Ausdruck meiner Verbitterung und meines Zynismus abtun kann, als unselige Folge meiner grauenvollen Ehe und der Affäre, die vor kurzem so unglücklich endete. Außerdem könnte man sagen, daß ich, der ich für mich Frauen wie Maureen und Susan wählte (oder sie, wenn man so will, von meiner abartigen oder gar pathologischen Natur für mich wählen ließ), nicht, nicht einmal beiläufig, verallgemeinern sollte, was Männer von Frauen wollen (und bekommen) oder was Frauen von Männern wollen und bekommen. Nun, ich gestehe zu, daß ich mich in diesem Augenblick weder als sehr «typisch» empfinde noch diese Geschichte erzähle, um zu behaupten, mein Leben sei für irgend etwas «repräsentativ»; trotzdem möchte ich mich natürlich umschauen, weil es mich interessiert, wieviel von meiner Erfahrung mit Frauen charakteristisch für mich und – wenn man es unbedingt so nennen will – meine Pathologie, und wieviel symptomatisch für eine weiter verbreitete gesellschaftliche Malaise ist. Und indem ich mich umschaue, ziehe ich folgenden Schluß: Bei Maureen und Susan kam ich in Kontakt mit zwei der virulenteren Erscheinungsformen eines Virus, gegen den nur wenige Frauen in unserer Welt immun sind.

Äußerlich hätten Maureen und Susan nicht verschiedener sein können; auch hätten beide keine stärkere Antipathie empfinden können für den «Typ», den die jeweils andere in ihren Augen verkörperte. Was sie jedoch als Frauen verband – das heißt, was mich an sie band, denn darum geht es hier –, war, daß jedes dieser beiden gegensätzlichen Individuen auf seine eigene extreme und eindringliche Weise jenen Eindruck der Schutzlosigkeit und Verletzlichkeit vermittelte, der zu einem Kennzeichen ihres Geschlechts geworden ist – und oft ihren Verhältnissen mit Männern zugrunde liegt. Die Tatsache, daß ich durch *meine* Hilflosigkeit an Maureen gebunden war, bedeutet nicht, daß wir beide je aufhörten, *sie* als das hilflose

Opfer und mich als den Unterdrücker zu sehen, der seiner Brutalität nur hätte Einhalt gebieten müssen, damit alles in Ordnung gebracht und sexuelle Gerechtigkeit geübt werden konnte. So stark war der Mythos von der männlichen Unverwundbarkeit, von männlicher Herrschaft und Macht, nicht nur in Maureens Vorstellung, sondern auch in meiner, daß ich nicht einmal, als ich so weit ging, mich in Frauenkleider zu hüllen und mithin meine Position als Mann aufzugeben, nicht einmal *dann* den Gedanken akzeptieren konnte, die Situation in unserem Haushalt werde durch die konventionellen Klischees von den Starken und den Schwachen nicht *doch* adäquat beschrieben. Bis zum bitteren Ende sah ich Maureen, wie sie sich selbst, als Jungfer in Nöten; und tatsächlich, unter der rauhen Fassade und trotz aller Behauptungen, «ihre Frau zu stehen» und niemandes Schoßhund zu sein, war Maureen eigentlich mehr eine Susan als Susan selbst, *und dies in ihren Augen nicht weniger als in meinen.*

Immer stärker greift jetzt die Meinung um sich, alles in allem würden Ehen, Affären und sexuelle Arrangements von Herren auf der Suche nach Sklaven angezettelt: Es gibt die Dominierenden und die Unterwürfigen, die Brutalen und die Gefügigen, die Ausbeuter und die Ausgebeuteten. Was diese schlichte Formel, neben tausend anderen Dingen, nicht erklärt, ist die Frage, warum so viele der «Herren» offenbar selbst hörig sind, und zwar nicht selten ihren «Sklaven». Ich behaupte nicht – um es noch einmal zu betonen –, meine Story biete so etwas wie eine Erklärung oder ein Paradigma; es handelt sich lediglich um ein Beispiel, ein nachritterzeitliches Beispiel natürlich, für etwas, das als Märchenprinz-Phänomen beschrieben werden könnte. In dieser Version des Märchens wird die im Turm eingeschlossene Jungfrau abwechselnd von Maureen Johnson Tarnopol und Susan Seabury McCall gespielt. Ich selbst spiele natürlich den Königssohn. Mein Verhalten, wie es hier beschrieben wurde, mag den sarkastischen Kommentar provozieren, ich hätte lieber sein Pferd spielen sollen. Aber, sehen Sie, es war nicht mein Wunsch, als Tierdarsteller zu glänzen – ich strebte nicht danach, eine Ziege, ein Esel, ein Fuchs, ein Löwe oder irgendeine andere Bestie zu sein. Ich wollte menschlich sein: männlich, ein Mann.

Als all dies begann, hätte ich nicht geglaubt, daß man so etwas überhaupt als Ziel bekunden müsse – mit fünfundzwanzig Jahren vertraute ich vollkommen darauf, daß der Erfolg auf mich wartete –, auch sah ich nicht voraus, daß meine Heirat und der Versuch, diese Heirat aufzulösen, in meinem Leben solchen Raum einnehmen und sich zu den beherrschenden Faktoren entwickeln würden. Ich hätte jedem ins Gesicht gelacht, der zu mir gesagt hätte, daß Ehestreitigkeiten mit einer Frau mich derart beanspruchen würden, wie die Erforschung des Südpols Admiral Byrd beansprucht hatte – oder Flaubert die Niederschrift von *Madame Bovary*. Zweifellos hätte ich mir niemals vorstellen können, daß jemand wie ich, ein normverachtender und skeptischer Vertreter meiner Generation, sich dem moralisierenden Gerede von einer «dauerhaften Beziehung» unterwarf. Tatsächlich brauchte es auch etwas mehr als nur Gerede, um mich zur Strecke zu bringen. Es bedurfte einer Maureen, die diese Waffe gegen mich richtete. Nichtsdestoweniger bleibt die demütigende Tatsache bestehen: Der normverachtende und skeptische Vertreter seiner Generation wurde mit genau den gleichen Mitteln zur Strecke gebracht wie alle anderen auch.

Ich ließ mich von Äußerlichkeiten täuschen, in erster Linie von meinen eigenen.

Als junger Schriftsteller, der bereits Stories in Literaturmagazinen veröffentlichte, als jemand, der auf der Lower East Side zwischen der Second Avenue und der Bowery in einer Souterrainwohnung hauste und von Army-Ersparnissen und einem Zwölfhundert-Dollar-Vorschuß seines Verlegers lebte, eingeteilt in wöchentliche Beiträge von je dreißig Dollar, sah ich mich nicht als einen gewöhnlichen oder konventionellen Universitäts-Absolventen jener Tage. Meine Studienkollegen waren sämtlich dabei, sich als Anwälte und Ärzte niederzulassen; einige Freunde aus der Zeit beim Brown-Literaturmagazin strebten höhere Universitätsgrade in Literaturwissenschaft an – ehe ich zur Army eingezogen wurde, hatte ich selbst anderthalb Jahre dem Doktoranden-Programm der Universität von Chicago angehört, bis ich am Wegesrand zurückblieb, als Opfer von «Bibliographie» und «Altenglisch»; die anderen – all die Korpsstudenten, die Sportler und die Betriebswirtschafts-Absolventen; jene, mit denen ich auf der Uni nur wenig Verbindung gehabt hatte – waren inzwischen verheiratet und gingen ihren Bürojobs nach. Natürlich trug ich blaue Oxfordhemden und kurzgeschnittenes Haar, aber was sonst hätte ich auch tragen sollen, einen wallenden Umhang? Lange Locken? Man schrieb das Jahr 1958. Außerdem, so schien mir, gab es anderes, was mich von der Masse meiner Zeitgenossen unterschied: Ich las Bücher, und ich wollte welche schreiben. Mich lockte kein Mammon, mich trieb keine Vergnügungssucht, mich versklavte keine Konvention; meine Herrscherin war die Kunst, und zwar Kunst von der ernsten, moralischen Art. Ich steckte damals bereits mitten in der Arbeit an einem Roman über einen im Ruhestand lebenden jüdischen Kleiderhändler aus der Bronx, der auf einer Europareise mit seiner Frau in seinem Zorn über die «sechs Millionen» beinahe eine rüde deutsche Hausfrau erwürgt. Das Vorbild für den Kleiderhändler war mein eigener freundlicher, fleißiger, leicht erregbarer Vater, den ein ähnlicher Impuls überwältigt hatte, als er und meine Mutter während meiner Army-Zeit zu Besuch gekommen waren; für den Sohn des Kleiderhändlers, einen GI, hatte ich selbst Modell gestanden, und seine Erfahrungen entsprachen weitgehend denen, die ich in vierzehn Monaten als Corporal in Frankfurt am Main gemacht hatte. Ich hatte eine deutsche Freundin gehabt, eine angehende Krankenschwester, groß und blond wie eine Walküre, jedoch von sanftestem Wesen, und die Verwirrung, die sie bei meinen Eltern und auch mir ausgelöst hatte, sollte den Kern des Romans ausmachen, der dann unter dem Titel *Ein jüdischer Vater* erschien.

Über meinem Schreibtisch hingen keine Fotos von einem Segelboot oder einem Traumhaus oder einem Baby in Windeln, auch kein Reiseposter aus einem fernen Land, sondern Worte von Flaubert, ein Rat an einen jungen Schriftsteller, von mir in einem Flaubert-Brief entdeckt: «Sei in deinem Leben pünktlich und ordentlich wie ein Bourgeois, damit du in deiner Arbeit leidenschaftlich und einzigartig sein kannst.» Die Weisheit und, da sie von Flaubert stammten, den Witz dieser Worte schätzte ich zwar sehr, aber mit meinen fünfundzwanzig Jahren wünschte ich mir trotz all meiner Hingabe an die Dichtkunst, trotz aller Disziplin und Ernsthaftigkeit (und *Ehrfurcht*), mit der ich der Flaubertschen Berufung folgte, auch mein Leben *ein wenig* einzigartig und wenn schon nicht leidenschaftlich, so zumindest interessant nach des Tages Mühe und Arbeit. Und war nicht Flaubert selbst, bevor er sich an seinem runden Tisch niedergelassen hatte, um der zerquälte Einsiedler der modernen Literatur zu werden, als Gentleman-Vagabund an den Nil gereist, wo er die Pyramiden erklomm und sich mit dunkelhäutigen Tanzschönheiten die Hörner abstieß?

Nun denn: Mochte Maureen Johnson auch nicht gerade eine Ägypterin sein, so versprach sie für mein isoliertes Schriftstellerdasein immerhin eine interessante Erweiterung. Und sie übertraf alle Erwartungen! Am Ende erwies sie sich als derart interessant, daß sie die Schriftstellerei glatt *verdrängte*. Zunächst einmal war sie damals neunundzwanzig und somit eines jener verlockend unbekannten Wesen aus den eroto-heroischen Phantasien vieler junger Männer, *eine ältere Frau*. Überdies besaß sie die entsprechenden Rangabzeichen. Sie hatte nicht nur eine, sondern bereits zwei Scheidungen hinter sich: von ihrem ersten Mann in Rochester, einem jugoslawischen Saloonwirt namens Mezik, der sie mit sechzehn als Kellnerin beschäftigt hatte; sie behauptete, Mezik, ein starker Trinker mit einem kräftigen rechten Haken, habe sie einmal «gezwungen», einem seiner Freunde, dem Manager einer Polsterfabrik, einen zu blasen – später wandelte sie die Geschichte ein wenig ab und erzählte, sie seien damals alle drei betrunken gewesen und die Männer hätten unter sich ausgelost, mit wem von ihnen die junge Maureen im Schlafzimmer verschwinden sollte; sie habe sich dafür entschieden, Meziks Kumpel einen zu blasen, statt mit ihm zu schlafen, weil ihr das unter den gegebenen Umständen und in ihrer Unschuld weniger erniedrigend erschienen sei. «War's aber nicht», fügte sie hinzu. Dann die Heirat mit und Scheidung von Walker, einem gutaussehenden jungen Schauspieler mit volltönender Stimme und wundervollem Profil, der sich als Homosexueller entpuppte – das heißt, er hatte Maureen versprochen, sich nach der Hochzeit davon zu lösen, aber es wurde nur schlimmer. Sie war also zweimal von Männern «getäuscht» worden – doch als ich sie kennenlernte, hatte sie sich noch ein gutes Stück Kratzbürstigkeit bewahrt. Und ein gutes Stück rauhen Witz. «Noch bin ich Herzogin von Malfi», war ein Spruch, mit dem sie mich in unserer ersten gemeinsamen Nacht im Bett bedachte – nicht übel, dachte ich, nicht übel, auch wenn es sich offenkundig um eine Übernahme aus dem Sprachschatz ihres Schauspieler-Gatten handelte. Sie hatte die kühle Attraktivität, die man meist mit «dunklen Iren» assoziiert – in ihrem Fall etwas beeinträchtigt durch eine gewisse Hohlwangigkeit –, einen kleinen, geschmeidigen, drahtigen Körper (den Körper eines burschikosen Knaben, von ihren stattlichen, konischen Brüsten einmal abgesehen) sowie ein ungeheures Maß an Energie und Schwung. Mit ihren flinken Bewegungen und lebendigen Augen glich sie einem jener unermüdlichen Wesen der Natur, einer Biene etwa oder einer Hummel, die von Sonnenaufgang bis Sonnenuntergang die Blumen bearbeiten, um sich aus zahllosen Blüten ihr Minimum an täglicher Nahrung zusammenzusammeln. Scherzhaft prahlte sie damit, zu ihrer Zeit auf der Grundschule in Elmira, New York, im Sprint sämtliche Mitschüler stehengelassen zu haben, auch die Jungen, und das mochte (anders als das meiste, was sie mir erzählte) sogar der Wahrheit entsprechen. An dem Abend, an dem wir uns kennenlernten – auf der Party eines Dichters in der Nähe vom Central Park –, hatte sie mich zu einem Wettlauf herausgefordert, von der U-Bahn-Station Astor Place bis zu meiner Wohnung zwei Blocks weiter in der East Ninth Street: «Der Sieger bestimmt den Preis!» rief sie, und wir rannten los – ich gewann, allerdings nur um Haaresbreite, und in der Wohnung, noch ganz außer Atem von dem Rennen, das sie mir geliefert hatte, sagte ich: «Okay, der Preis: Zieh dich aus», was sie nur zu gern (und prompt) tat, während wir noch keuchend im Korridor standen. Scharf, dieses Mädchen (dachte ich); sehr *interessant*. O ja, sie war schnell, dieses Mädchen – aber ich war noch schneller, oder?... Außerdem sollte ich hier erwähnen, daß Maureen alle möglichen Rechnungen mit meinem Geschlecht zu begleichen hatte und daß sie sich hinsichtlich ihrer Talente, die sie irgendwo auf dem Gebiet der Künste ansiedelte, beträchtlichen Illusionen hingab.

Mit sechzehn Jahren war sie von zu Hause ausgerissen – eine Ausreißerin, auch das zog mich an. Ich hatte noch nie vorher eine echte Ausreißerin getroffen. Und, was war ihr Vater von Beruf? «Alles. Nichts. Gelegenheitsarbeiter. Nachtwächter. Was weiß ich.» Und ihre Mutter? «Hausfrau. Trank. Lieber Himmel, Peter, ich hab sie längst vergessen. Und sie mich.» Sie war aus dem heimatlichen Elmira getürmt, um – natürlich Schauspielerin zu werden..., aber ausgerechnet nach Rochester. «Ich hatte doch keinen blassen Schimmer», sagte sie mit einer wegwerfenden Handbewegung über soviel Naivität; mit dieser rührenden Unschuld ist es längst vorbei. In Rochester hatte sie Mezik kennengelernt («...hab das Tier geheiratet – und dann seinen Kumpel kennengelernt...»), und nach drei frustrierenden Jahren bei der zweitklassigen Avantgarde-Theatergruppe vor Ort war sie auf die Kunstschule übergewechselt, um – abstrakte Malerin zu werden. Nach ihrer Scheidung gab sie die Malerei auf – und auch den Maler, dessen Geliebte sie nach ihrer Trennung von Mezik geworden war und der sein «Versprechen» gebrochen hatte, sie bei seinem Kunsthändler in Detroit unterzubringen – und nahm Harfenunterricht, während sie als Kellnerin in Cambridge, Massachusetts, arbeitete, wo es, wie sie gehört hatte, weniger Typen wie Mezik geben sollte. Dort heiratete sie mit gerade einundzwanzig Jahren Walker vom Brattle-Theater; es folgten fünf lange Jahre, mit ihm und seinen Harvard-Boys. Als ich sie kennenlernte, hatte sie sich mittlerweile in Greenwich Village an Holzskulpturen versucht (die Frau ihres Lehrers war wahnsinnig eifersüchtig auf sie, deshalb gab sie es wieder auf) und war «ans Theater» zurückgekehrt, wo sie allerdings vorübergehend «eher hinter der Bühne» arbeitete – das heißt als Platzanweiserin in einem Off-Broadway-Theater in der Christopher Street.

Wie ich schon sagte, hielt ich all diese Wendungen und Neuanfänge, all diese *Bewegungen* in ihrem Leben für Zeichen einer tapferen, energischen und entschlossenen kleinen Seele; und so war es auch, so war es. Zugleich zeugte dieses historische Chaos zweifellos von einer gewissen Instabilität und Ziellosigkeit in ihrem Leben. Andererseits gab es in meinem Leben seit jeher soviel Zielstrebigkeit, daß Maureens chaotische, tollkühne Vergangenheit eine überaus exotische und romantische Anziehungskraft besaß. Sie war so viel rumgekommen, daß einem beim Zuhören schwindlig wurde. Mir gefiel die Vorstellung; ich war eigentlich nirgends gewesen, jedenfalls noch nicht so richtig.

Außerdem war sie ein ziemlich herber Typ, und auch das war neu für mich. Als ich Maureen kennenlernte, hatte ich seit fast einem Jahr eine leidenschaftliche Affäre mit Dina Dornbusch, Studentin am Sarah Lawrence College und Tochter einer reichen jüdischen Familie in Long Island. Sie studierte mit wirklichem Ehrgeiz Literatur und Sprachwissenschaft, und wir lernten uns kennen, als sie mit vier Kommilitonen und einer *Mademoiselle*-Redakteurin in meine Souterrainwohnung kam, um mich über meine Arbeit zu interviewen. Ich war gerade aus der Army entlassen worden, und mein «Werk» bestand damals lediglich aus den sechs Kurzgeschichten, die während meiner Stationierung in Frankfurt in Literaturzeitschriften abgedruckt worden waren; daß diese ehrfürchtigen jungen Mädchen sie gelesen hatten, war ein sehr angenehmer Gedanke. Natürlich wußte ich, daß die Geschichten bei New Yorker Literaturagenten und Verlegern auf Interesse gestoßen waren, denn ich hatte bereits in Deutschland zahlreiche entsprechende Anfragen erhalten, mir nach meiner Entlassung und Rückkehr in die Staaten einen Agenten gesucht und mit dem Verleger einen Vertrag geschlossen, der mir einen bescheidenen Vorschuß für den Roman sicherte, an dem ich arbeitete. Aber daß ich während meiner Stationierung in Deutschland genügend «Ruhm» errungen hatte, um von diesen Mädchen als der junge amerikanische Autor ausgewählt zu werden, den sie für einen Magazinbeitrag interviewen wollten, nun, ich muß wohl kaum erklären, daß dieser Umstand in meinem Kopf die eine oder andere Phantasie freisetzte. Natürlich sprach ich bei diesem Anlaß über Flaubert, über Salinger, über Thomas Mann, über meine Erlebnisse in Deutschland und darüber, wie ich sie als Autor vielleicht umsetzen könne, aber derweil überlegte ich die ganze Zeit, wie ich es schaffen würde, das Mädchen mit den phantastischen Beinen und den ernsten Fragen zum Bleiben zu bewegen, wenn die anderen gingen.

Oh, warum gab ich Dina Dornbusch auf – für Maureen! Soll ich's verraten? Weil Dina noch auf dem College war und Referate über «die technische Perfektion» des «Lycidas» schrieb. Weil Dina so sehr an meinen Lippen hing, so ganz und gar meine Studentin war und meine Ansichten unbesehen übernahm. Weil Dinas Vater uns Premierenkarten für Broadway-Musicals schenkte, in die wir gehen mußten, um ihn nicht zu kränken. Weil – ja, auch dies ist wahr, unglaublich, aber wahr –, weil wir, wenn Dina mich besuchte, von dem Moment an, in dem sie bei mir in die Tür trat, nur eines taten: ficken. Kurz gesagt: weil sie reich war, hübsch, behütet, klug, sexy, voller Bewunderung für mich, jung, lebendig, gescheit, selbstbewußt und ehrgeizig – deshalb gab ich sie für Maureen auf! Sie war noch ein Mädchen, das so gut wie alles hatte. Und ich, befand ich mit fünfundzwanzig Jahren, sei «darüber» hinaus. Ich wollte das, was man «eine Frau» nannte.

Mit ihren neunundzwanzig Jahren, zwei unglückliche Ehen hinter sich, ohne einen reichen, in sie vernarrten Vater, ohne elegante

Kleider und ohne Zukunft, schien Maureen mir verdientermaßen zu verkörpern, was diese Bezeichnung impliziert; auf jeden Fall war sie die erste mir nahestehende Vertreterin ihres Geschlechts, die gänzlich hilflos und auf sich gestellt war. «Ich habe mich immer mehr oder weniger als Einzelkämpferin durchgeschlagen», sagte sie mir auf der Party, wo wir uns kennenlernten – geradeheraus, unsentimental, und das gefiel mir. Für Dina schienen immer alle möglichen Leute mitzukämpfen. Für mich auch.

Vor Maureen war ich nur einem Mädchen begegnet, das in seinem Leben einen wirklichen Umbruch erfahren hatte: Grete, die angehende Krankenschwester in Frankfurt, deren Familie von der vorrückenden russischen Armee aus Pommern vertrieben worden war. Ich war fasziniert von allem, was sie mir über ihre Erlebnisse im Krieg erzählen konnte; viel war das allerdings nicht. Bei Kriegsende erst acht, erinnerte sie sich nur noch daran, wie sie mit ihren Geschwistern und ihrer Mutter auf dem Land gelebt hatte, auf einem Bauernhof, wo es Eier zu essen und Tiere zum Spielen gab und eine Dorfschule, an der man schreiben und rechnen lernte. Sie erinnerte sich, wie die Familie auf der Flucht im Frühjahr 1945 endlich auf die amerikanische Army gestoßen war und ein GI ihr eine Orange geschenkt hatte; und wie auf dem Bauernhof, wenn die Kinder besonders laut waren, ihre Mutter sich manchmal die Ohren zugehalten und gesagt hatte: «Ruhe, Kinder, Ruhe, es geht bei euch ja zu wie in der Judenschule.» Aber das schien auch schon alles zu sein, was Grete an Erfahrungen mit der Katastrophe des Jahrhunderts verband. Das machte es für mich keineswegs so leicht, wie man denken könnte, und auch ich machte es Grete nicht gerade leicht. Unser Verhältnis war für sie oft verwirrend wegen meiner Launenhaftigkeit, und wenn sich dann herausstellte, daß sie völlig unschuldig war an dem, was mich mürrisch oder kurz angebunden sein ließ, wurde ich noch unzugänglicher. Gewiß, sie *war* ja erst acht gewesen, als der Krieg in Europa endete – trotzdem mochte ich nie ganz glauben, daß sie schlicht eine liebe, gutmütige und absolut normale Achtzehnjährige sein konnte, die es wirklich nicht weiter kümmerte, daß ich ein dunkelhaariger Jude und sie eine blonde Arierin war. Dieser Argwohn und das schlechte Gewissen, das er mir bereitete, fanden später ihren Niederschlag in der Affäre der beiden jungen Liebenden in *Ein jüdischer Vater*.

Wissen Sie, was mich reizte, war eine Herausforderung in meinen Liebesverhältnissen, etwas Problematisches und Rätselhaftes, was meine Phantasie auch dann beschäftigte, wenn ich mich nicht meinen Büchern widmete; am meisten schätzte ich die Gesellschaft junger Frauen, die mir Stoff zum Nachdenken gaben, und zwar nicht unbedingt, indem wir uns über «Ideen» unterhielten.

Maureen war also ein herber Typ – darüber dachte ich nach. Ich fragte mich, ob ich einer Frau mit ihrer Vergangenheit und ihrer Entschlossenheit «gewachsen» – hübsches Wort – wäre. Nach meiner Beharrlichkeit zu urteilen, muß ich wohl geglaubt haben, ich müßte es zumindest sein. Schließlich war ich ja auch mit Grete und den durch sie verursachten Problemen fertig geworden, nicht wahr? Warum also zurückweichen vor Schwierigkeiten, Unordnung oder gar Turbulenzen – was gab es da zu fürchten? Ich hatte wirklich keine Ahnung.

Hinzu kam, daß die bei weitem größte Problematik – Maureens Hilflosigkeit – für lange Zeit in den Hintergrund gedrängt wurde durch ihre Streitsucht und ihre Neigung, sich selbst als das ewige Opfer von Lüge und Undankbarkeit zu sehen statt als einen Menschen, dem jeder Sinn für das Verhältnis von Anfang, Mitte und Ende fehlte. Wenn es Streit zwischen uns gab, war ich anfangs so sehr damit beschäftigt, mich zur Wehr zu setzen, daß ich keine Zeit fand, in ihrem Trotz das Maß ihrer Unfähigkeit und Verzweiflung zu erkennen. Bis dahin hatte ich in meinem Leben noch nicht einmal mit einem Mann ernsthaft gekämpft – physisch, meine ich; doch hatte ich mit fünfundzwanzig Jahren mehr Kampfgeist als jetzt und lernte rasch, Maureen ihre Lieblingswaffe zu entwinden – den Stahlabsatz eines Stöckelschuhs. Nach und nach begriff ich auch, daß es nicht genügte, sie kräftig zu schütteln wie ein widerborstiges Kind, wenn sie sich auf dem Kriegspfad befand – es bedurfte schon einer Ohrfeige, um sie zu bremsen. «Genau wie Mezik!» kreischte Maureen und ließ sich dramatisch zu Boden fallen, um sich meiner Gewalttätigkeit zu beugen (wobei sie versuchte, ihre Genugtuung darüber zu verbergen, daß sie den Gewalttäter in dem feinsinnigen jungen Künstler geweckt hatte).

Bis es soweit kam, daß ich sie schlug, war ich natürlich schon tief verwickelt und auf der Suche nach einem Ausweg aus dieser Affäre, die praktisch von Stunde zu Stunde beunruhigender, verwirrender –

und beängstigender – wurde. Mich erschütterte nicht nur die abgrundtiefe Verbitterung zwischen uns, sondern vor allem die schokkierende Erkenntnis ihrer Hilflosigkeit, dessen, was sie zu diesen Szenen wilder und rücksichtsloser Wut *trieb*. Im Laufe der Monate hatte ich allmählich begriffen, daß nichts, was sie unternahm, jemals klappte – genauer gesagt, es gelang mir schließlich, die vernebelnde Rhetorik von Betrug und Schikanierung zu durchdringen und es *folgendermaßen* zu sehen: Der Produzent vom Theater in der Christopher Street brach sein «Versprechen», sie von der Kasse auf die Bühne zu befördern; der Schauspiellehrer in den West Forties, der eine Assistentin brauchte, entpuppte sich als «Psychotiker»; bei einem Job war ihr Chef ein «Sklaventreiber», beim nächsten «ein Idiot», beim übernächsten «ein Lüstling»; und wenn sie dann angewidert gekündigt hatte oder rausgeflogen war und heulend vor Wut – weil wieder einmal jemand eines der zahllosen «Versprechen» gebrochen hatte – am hellichten Tage in meine Souterrainwohnung zurückkehrte, dann fand sie mich an der Schreibmaschine, schweißgebadet – wie immer, wenn die Arbeit gut läuft – und in meinem Oxford-Shirt stinkend wie jemand, der den ganzen Tag am Fließband geschuftet hat. Und wenn sie mich so sah, fieberhaft in das vertieft, was ich am liebsten tat, wurde ihr Zorn gegen die Welt der Unterdrücker zusätzlich geschürt durch den Neid auf mich – obgleich sie meine paar veröffentlichten Geschichten außerordentlich bewunderte, sie vehement gegen jegliche Kritik verteidigte und sich mit mir an meiner bescheidenen Reputation freute. Doch geteilte Freude war ihre Nemesis: Alles, was sie hatte, bekam sie durch Männer. Kein Wunder, daß sie dem Mann seine Schuld nicht vergeben konnte, der sie mit sechzehn zusammen mit seinem Kumpel ins Bett «gezwungen» hatte, oder dem, der die Körper junger Harvardstudenten ihrem vorzog; und wenn sie schon den Barkeeper Mezik und den Schmierenkomödianten Walker nicht aufgeben konnte, kann man sich vorstellen, welche Bedeutung sie jemandem beimessen mußte, dessen jugendlicher Ernst und kompromißlose Hingabe an eine hohe künstlerische Berufung sich wie durch Zauberkraft auf sie übertrugen, sofern sie nur für alle Zeit teilhaben konnte an seinem Fleisch und Blut.

Unsere Affäre war zu Ende (allerdings wollte Maureen nicht ausziehen, und ich besaß weder genügend Vernunft noch genügend

Weitblick, ihr meine beiden Zimmer voll alter Möbel zu überlassen und die Flucht zu ergreifen; da ich in meinem Leben in wichtigen Dingen noch nie eine Niederlage erlitten hatte, konnte ich mir dergleichen überhaupt nicht vorstellen, schon gar nicht beigebracht von einer offenkundig so unfähigen Person) – unsere Affäre war zu Ende, bis auf die wilde Brüllerei, als Maureen mir eröffnete... Nun, Sie werden sich denken können, was sie mir eröffnete. Jeder hätte den Braten auf einen Kilometer weit gerochen. Nur ich nicht. Warum sollte eine Frau Peter Tarnopol täuschen wollen? Warum sollte eine Frau mir etwas vorlügen, um mich dazu zu kriegen, sie zu heiraten? Was war denn das für ein Glück, das eine solche Verbindung versprach? Nein, nein, das konnte einfach nicht sein. Niemand würde dumm und töricht genug sein, so etwas zu versuchen, *und schon gar nicht mit mir*. Ich war gerade sechsundzwanzig geworden. Ich schrieb einen wichtigen Roman. Ich hatte mein Leben noch vor mir. Nein – nach *meiner* Vorstellung würde ich zu Maureen sagen, unsere Affäre sei offensichtlich von Anfang an ein Irrtum gewesen und inzwischen für uns beide zum reinen Alptraum geworden. «Mindestens so sehr meine Schuld wie deine, Maureen» – das glaube ich zwar nicht, doch ich würde es sagen, um weiteren Auseinandersetzungen zu entgehen; die einzig vernünftige Lösung für uns sei, würde ich sagen, getrennte Wege zu gehen. Zweifellos wären wir doch beide mit einem Leben ohne diese sinnlosen Streitereien und diese beschämende Brutalität glücklicher. «Uns –», würde ich in der direkten, unsentimentalen Art zu ihr sagen, die sie selbst bevorzugte, «– uns verbindet einfach nichts mehr.» Ja, das würde ich zu ihr sagen, und sie würde zuhören und zustimmend nicken (sie würde gar nicht anders können – ich würde die Sache äußerst vernünftig und mit großem Fingerspitzengefühl angehen), und dann würde sie gehen, und ich würde ihr meine guten Wünsche mit auf den Weg geben.

Aber so lief es nicht. Vielmehr war es während eines der zehn bis fünfzehn Kräche, die wir täglich ausfochten, nachdem sie sich entschlossen hatte, zu Hause zu bleiben, um sich gleichfalls der Schriftstellerei zu widmen, daß ich zu ihr sagte, sie solle gehen. Der Streit, der mit ihrem Vorwurf begonnen hatte, ich wolle sie am Schreiben hindern, weil ich eine Frau als Konkurrentin «fürchtete», endete damit, daß sie ihre Zähne in mein Handgelenk grub – woraufhin ich ihr mit meiner freien Hand die Nase blutig schlug. «Du und Mezik! Nicht der *geringste* Unterschied!» Angeblich hatte der Barkeeper sie im letzten Ehejahr täglich blutig geschlagen – ihre Nase in einen «Wasserhahn» verwandelt. Für mich war es jedoch eine Premiere – und ein Schock. Auch ihre Zähne in meinem Fleisch fanden keinen Vergleich in meiner geordneten und unblutigen Vergangenheit. Ich war dazu erzogen worden, Gewalt als Mittel der Auseinandersetzung und des Ausdrucks von Zorn zu fürchten und zu verachten – meine Vorstellung von Männlichkeit hatte wenig mit der Fähigkeit zu tun, körperliche Verletzungen austeilen oder einstecken zu können. Es beschämte mich auch nicht, daß ich keins von beidem konnte. Der Anblick von Maureens Blut an meiner Hand war für mich vielmehr *ent*mannend, genau wie die Abdrücke ihrer Zähne in meinem Handgelenk. «Geh!» brüllte ich. «Raus mit dir!» Und da sie mich noch nie in einem solchen Zustand erlebt hatte – während sie ihren Koffer packte, stand ich neben ihr und fetzte mir vor Wut das Hemd vom Leib –, ging sie tatsächlich, allerdings nicht, ohne meine Reserveschreibmaschine mitzunehmen, damit sie eine Story schreiben könne über «einen herzlosen, infantilen Schweinehund und sogenannten Künstler wie dich!»

«Laß die Schreibmaschine, wo sie ist!» – «Und worauf soll ich dann schreiben?» – «Machst du Witze? Bist du *verrückt*? Du willst mich ‹entlarven› und erwartest, daß ich dir dafür auch noch die Waffe in die Hand gebe?» – «Aber du hast doch *zwei* von den Dingern! Oh, ich werd's der Welt sagen, Peter, ich werde allen erzählen, was für ein selbstsüchtiges, aufgeblasenes, egomanisches Baby du bist!» – «Geh endlich, Maureen – und *ich* werde auspacken! Aber ich will dieses Scheißgeschrei nicht mehr, dieses Gezeter und *Gebeiße*, wenn ich hier zu arbeiten versuche!» – «Ach, scheiß auf deine ach so tolle Arbeit! Was ist mit *meinem Leben*!» – «Scheiß auf dein Leben, damit will ich nichts mehr zu tun haben! Scher dich endlich raus! Oh, nimm sie schon – nimm sie, aber geh!» Vielleicht fürchtete sie (jetzt, da mir mein Hemd in Fetzen am Körper hing), ich könnte als nächstes *sie* in Fetzen reißen – jedenfalls trat sie auf einmal den Rückzug an und verließ meine Wohnung, natürlich mit der alten, grauen Remington-Royal-Reiseschreibmaschine, dem Bar-Mizwa-Geschenk meiner Eltern für den vielversprechenden Hilfssportredakteur des *Yonkers High Broadcaster*.

Drei Tage später stand sie wieder vor der Tür, in einem blauen Dufflecoat und Kniestrümpfen, blaß und abgerissen wie ein Straßenjunge. Weil sie das Alleinsein in ihrem Dachzimmer in der Carmine Street nicht aushielt, hatte sie die drei Tage bei einem befreundeten Ehepaar im Village zugebracht, Leute Anfang Fünfzig, die ich nicht ausstehen konnte und die ihrerseits mich und meine Erzählungen für «spießig» hielten. Der Mann (von Maureen groß herausgestellt als «ein alter Freund von Kenneth Patchen») war ihr Lehrer gewesen, als sei seinerzeit nach New York gekommen war und angefangen hatte, sich mit Holzskulptur zu beschäftigen. Vor einiger Zeit hatte sie behauptet, von diesen beiden «Schizorenos» kräftig übers Ohr gehauen worden zu sein, ohne allerdings Genaueres preiszugeben.

Es war ihre Art, nach den scheußlichsten Szenen am nächsten Morgen über alles zu lachen, und so lachte sie auch jetzt über unsere heftige Auseinandersetzung von vor drei Tagen und fragte mich (voller Verwunderung über meine Naivität), wie ich denn irgend etwas habe ernst nehmen können, das sie im Zorn gesagt oder getan hatte. Ein Aspekt meiner Spießigkeit (jedenfalls nach Meinung derer, die Holz bearbeiten) bestand darin, daß ich für das Ungewöhnliche oder Exzentrische genausowenig Toleranz aufbrachte wie George F. Babbitt aus Zenith im Mittelwesten. Ich war in meiner Souterrainwohnung in der East Ninth Street nicht so offen für neue Erfahrungen wie diese Beatniks fortgeschrittenen Alters in ihrem Bleecker-Street-Loft. Ich war ein braver Judenjunge aus Westchester, den ausschließlich *Erfolg* interessierte. Ich war ihre Dina Dornbusch.

«Was für ein Glück ich doch habe», sagte ich zu ihr, «sonst lägst du jetzt auf dem Grund des East River.» Sie saß noch immer im Dufflecoat in einem Sessel; ich hatte mit keinem Wort angedeutet, daß sie wieder bei mir einziehen könne. Als sie mich an der Wohnungstür auf die Wange geküßt hatte, war ich ihr – wiederum zu ihrer Belustigung – ausgewichen. «Wo ist die Schreibmaschine?» fragte ich – und gab ihr auf diese Weise zu verstehen, daß in meinen Augen der einzige Anlaß für ihren Besuch die Rückerstattung meines Eigentums sein konnte. «Du spießige Bestie!» schrie sie. «Du jagst mich raus auf die Straße. Ich muß bei irgendwelchen Leuten auf dem Fußboden schlafen, wo mir sechzehn Katzen die ganze

Nacht das Gesicht lecken – und das einzige, was du denken kannst, ist deine Reiseschreibmaschine! Deine *Sachen*. Es ist eine Sache, Peter, *ein Ding* – und ich bin ein Mensch!» – «Du hättest in deiner eigenen Wohnung schlafen können, Maureen!» – «Ich war *einsam*. Das begreifst du nicht, weil du in deinem Herzen keine Gefühle, sondern einen Eisblock hast. Und meine Wohnung ist keine ‹Wohnung›, wie du das so hübsch nennst – es ist ein Scheißloch von einer Dachkammer, und das weißt du! *Du* würdest in dem Ding keine halbe Stunde schlafen.» – «Wo ist die Schreibmaschine?» – «Die Schreibmaschine ist ein *Ding*, verdammt noch mal, ein lebloser Gegenstand! Was ist mit *mir*?» Sie sprang von ihrem Sessel auf, holte zum Angriff aus und schwang ihre Tasche wie einen Knüppel. «WENN DU MICH DAMIT SCHLÄGST, MAUREEN, BRING ICH DICH UM!» – «Tu's doch!» war ihre Antwort! «Bring mich um! Irgendein Mann wird's sowieso tun – warum also nicht ein ‹kultivierter› wie du! Warum nicht ein Flaubert-Jünger!» Dann warf sie sich mir an den Hals und begann zu schluchzen. «Oh, Peter, ich habe nichts! Überhaupt nichts. Ich bin wirklich verloren, Liebling. Ich wollte ja gar nicht zu denen – ich *mußte*. Bitte, schick mich nicht gleich wieder fort. Seit drei Tagen habe ich nicht mal mehr geduscht. Laß mich nur kurz duschen. Laß mich nur ein wenig zur Ruhe kommen – und dann gehe ich für immer, das verspreche ich.» Anschließend erzählte sie mir, in dem Bleecker-Street-Loft sei eines Abends, als alle mit Ausnahme der Katzen in der Fourteenth Street Spaghetti gegessen hätten, eingebrochen worden; meine Schreibmaschine sei gestohlen worden, zusammen mit sämtlichem Holzschnitzgerät ihrer Freunde, ihren Recordern sowie ihrem Blatstein, was sich für mich nach einem automatischen Gewehr anhörte, tatsächlich jedoch ein Gemälde war.

Ich glaubte ihr kein Wort. Sie ging ins Bad, und als ich das Rauschen der Dusche hörte, steckte ich meine Hand in die Tasche ihres Dufflecoats und fand nach kurzem Wühlen zwischen verknäulten Papiertaschentüchern und Kleingeld eine Pfandhausquittung. Hätte ich mehr als einen halben Block von der Bowery entfernt gewohnt, wäre mir wohl kaum der Gedanke gekommen, daß Maureen die Schreibmaschine eine Ecke weiter zu Geld gemacht haben könnte. Aber ich lernte – allerdings noch immer nicht schnell genug.

Jemand, der mit beiden Beinen noch fester im Leben stand als ich

– beispielsweise George F. Babbitt aus Zenith –, hätte sich jetzt an das alte Geschäftsprinzip erinnert, rechtzeitig auszusteigen, um die Verluste so gering wie möglich zu halten, und hätte den Pfandschein in die Tasche zurückgetan und kein Wort darüber verloren. Gönn ihr die Dusche, sag ihr ein paar nette Worte und schmeiß sie raus, hätte George F. Babbitt sich gesagt, und Ruhe und Frieden werden wieder einkehren. Statt dessen stürzte ich – eben kein Babbitt – ins Badezimmer, wo wir einander so hemmungslos anschrien, daß das junge Ehepaar über uns, dem wir in jenen Monaten das Leben zur Hölle machten (der Mann, ein Verlagslektor, schneidet mich bis auf den heutigen Tag), oben mit einem Besenstiel auf den Fußboden zu klopfen begann. «Du elende kleine Diebin! Du *Gaunerin*!» – «Aber ich habe es doch für dich getan!» – «Für mich? Du hast meine Schreibmaschine für *mich* versetzt?» – «Ja!» – «Wovon *redest* du?» Und jetzt, während das Wasser noch auf sie herunterrauschte, sackte sie auf dem Boden der Badewanne zusammen, hockte da und begann lauthals zu jammern. Nackt erinnerte sie mich manchmal an eine streunende Katze – flink, wachsam, zugleich mager und muskulös; als sie sich jetzt, unter dem vollen Strahl der Dusche, stöhnend und klagend vor und zurück wiegte, erweckte etwas an der Schwere ihrer konischen Brüste und ihrem dunklen, naß am Kopf klebenden Haar den Eindruck einer Frau aus dem Busch, einer Primitiven wie auf einem Bild im *National Geographic*, die zum Sonnengott betete, damit er die Fluten wieder eindämme. «Weil –», heulte sie, «weil ich schwanger bin. Weil – weil ich dir das nicht sagen wollte. Weil ich mir irgendwie Geld für eine Abtreibung beschaffen und dich dann nie wieder belästigen wollte. Peter, ich habe auch Ladendiebstähle begangen.» – «Du hast gestohlen? Wo denn?» – «Bei Altman's – auch ein bißchen bei Klein's. Ich *mußte* es tun!» – «Aber du *kannst nicht* schwanger sein, Maureen – *wir haben seit Wochen nicht miteinander geschlafen*!» – «ABER ICH BIN'S! SCHWANGER IM ZWEITEN MONAT!» – «Im zweiten Monat?» – «Ja! Und ich habe nie ein Wort gesagt, weil ich dich nicht stören wollte bei deiner KUNST!» – «Das hättest du aber tun sollen, verdammt noch mal, weil ich dir das Geld für eine Abtreibung gegeben hätte!» – «Oh, wie großzügig von dir –! Aber es ist zu spät – ich habe mir von Männern wie dir in meinem Leben genug gefallen lassen! Entweder du heiratest mich, oder ich bringe mich um! Und ich tu's!» schrie sie und hämmerte mit ihren beiden kleinen Fäusten trotzig auf den Rand der Badewanne. «Das ist keine leere Drohung, Peter – ich habe die Nase voll von Typen wie euch! Ihr egoistischen, verhätschelten, unreifen, verantwortungslosen Bildungselite-schweine mit euren steinreichen Elternhäusern!» Das mit den steinreichen Elternhäusern war ziemlich übertrieben, und das wußte sie auch, doch sie war hysterisch, und in der Hysterie ist, wie sie mir im Laufe der Zeit klarmachte, alles erlaubt. «Du mit deinem dicken, fetten Vorschuß und deiner erhabenen Kunst – ach, es macht mich krank, wie du dich vor dem Leben versteckst hinter deiner *Kunst*! Ich hasse dich, und ich hasse diesen Scheiß-Flaubert, und du wirst mich heiraten, Peter, weil ich es endgültig satt habe! Ich werde nicht noch mal das hilflose Opfer eines Mannes sein! Du wirst mich nicht einfach in die Wüste schicken wie dieses Mädchen!»

Mit «dieses Mädchen» meinte sie Dina, über die sie sich bis dahin nie anders als abfällig geäußert hatte; jetzt jedoch paßte es ihr ins Konzept, nicht nur Dina für ihre Zwecke einzuspannen, sondern auch Grete *und* die junge Pembroke-Studentin, mit der ich im letzten Jahr an der Brown University zusammengewesen war. Sie alle teilten mit Maureen die Erfahrung, «abgelegt» worden zu sein, nachdem sie sie für meine Zwecke «benutzt» hatte. «Aber wir sind keine billigen Restposten, Peter; wir sind kein Abfall oder Auswurf, und wir werden uns auch nicht so behandeln lassen! Wir sind Menschen, und wir werden uns nicht in den Mülleimer werfen lassen von *dir*!» – «Du bist nicht schwanger, Maureen, und das weißt du verdammt genau. Du versuchst doch nur abzulenken mit diesem ganzen ‹Wir›-Gequatsche», sagte ich plötzlich mit fester Überzeugung. Und darauf verlor sie fast völlig die Fassung – «Wir *sprechen* jetzt nicht von mir», sagte sie, «wir sprechen von *dir*. Weißt du denn *immer* noch nicht, warum du mit dieser Pembroke-Person Schluß gemacht hast? Oder mit deiner deutschen Freundin? Oder mit dem Mädchen, das alles hatte? Oder warum du mit mir Schluß machen willst?» Ich sagte: «Du bist nicht schwanger, Maureen. Das ist eine Lüge.» – «Es ist keine Lüge – und hör mir zu! Ist dir tatsächlich nicht klar, warum du solche Angst hast vor Ehe und einer Familie und Kindern und warum du Frauen so behandelst, wie du es tust? Weißt du, was du in Wirklichkeit bist, Peter, außer einem herzlosen, egoistischen Schreibautomaten?» Ich sagte: «Schwul.» – «Genau!

Und wenn du das so leicht hinsagst, wird es dadurch nicht weniger wahr!» – «Vielleicht wird es sogar um so wahrer.» – «Allerdings! Du bist der durchschaubarste latente Homosexuelle, dem ich je im Leben begegnet bin! Genau wie der große, starke Mezik, der mich zwang, seinem Kumpel einen zu blasen – *damit er zusehen konnte.* Weil er es eigentlich selbst gern getan hätte – bloß daß nicht mal dafür sein Mumm reichte!»

«Dich *zwang*?» Hör doch auf, du hast spitze Zähne in deinem Mund – ich hab deine Fänge zu spüren gekriegt. Warum hast du ihn nicht einfach abgebissen, um beiden eine Lektion zu erteilen, wenn du *gezwungen* wurdest?» – «Das hätte ich tun sollen! Glaubst du etwa, ich hätte nicht daran gedacht! Glaubst du etwa, eine Frau denkt nicht jedesmal daran! Und laß dir sagen, mein Lieber, wären die beiden nicht dreißig Zentimeter größer gewesen als ich, dann hätte ich das Ding an der Wurzel abgebissen! Und hätte auf den blutigen Stumpf gespuckt – so wie ich auf dich spucke, oh, du großer Künstler, weil du mich, im zweiten Monat schwanger, auf die Straße wirfst!» Doch sie weinte, so daß der Speichel, der mir zugedacht war, ihr über die Lippen aufs Kinn rann.

In jener Nacht schlief sie im Bett (das erste Bett in drei Tagen, wie ich erinnert wurde), und ich saß an meinem Schreibtisch im Wohnzimmer und spielte mit dem Gedanken davonzulaufen – nicht weil sie behauptete, bei ihr sei zweimal die Periode ausgeblieben, sondern weil sie sich so halsstarrig an etwas klammerte, was nach meiner festen Überzeugung eine Lüge war. Ich hätte sofort aufbrechen können und zwischen mehreren Orten die Auswahl gehabt. Ich hatte Freunde in Providence, ein junges Akademikerpaar, das mich gern eine Zeitlang aufnehmen würde. In Boston gab es einen Army-Kumpel, in Chicago noch immer Freunde von der Graduate-School und in Kalifornien meine Schwester Joan. Und Bruder Morris hier in der Stadt, falls ich Trost oder einen Zufluchtsort in der Nähe brauchte. Er würde mich so lange wie nötig bei sich aufnehmen, ohne Fragen zu stellen. Seit ich in New York ansässig war, hatte Moe mich regelmäßig alle zwei Wochen angerufen, sich erkundigt, ob ich irgend etwas brauchte, und mich daran erinnert, doch zum Essen zu kommen, wann immer ich wollte. Auf meine Einladung hatte ich eines Sonntagmorgens sogar Maureen mitgebracht, und es gab Bagels und Räucherfischpastete. Zu meiner Überraschung wirkte sie ziemlich eingeschüchtert von der bärenhaften Art meines Bruders (Moe nimmt unbekannte Gäste gern ins Kreuzverhör), und die allgemeine Intensität des Familienlebens schien sie mürrisch zu machen; nachdem wir gegangen waren, sagte sie nicht viel mehr, als daß Moe und ich sehr verschiedenartige Menschen seien. Ich stimmte ihr zu; Moe war ein ausgesprochener Mann der Öffentlichkeit (die Universität, die UN-Ausschüsse, die politischen Meetings und Organisationen schon seit seiner High-School-Zeit) und der ausgesprochene Pater familias... Sie sagte: «Ich meine, er ist ein Rohling.» – «Ein was?» «Wie er seine Frau behandelt. Es ist unbeschreiblich.» – «Er betet sie an, Herrgott noch mal.» – «So? Ist das der Grund, warum er sie so niedertrampelt? Was für ein kleiner Spatz *sie* ist! Hat sie je in ihrem Leben einen eigenen Gedanken gehabt? Sie sitzt bloß da und ißt seine Brosamen. Und das ist ihr Leben.» – «Oh, das ist nicht ihr Leben, Maureen.» – «Tut mir leid, ich mag ihn nicht – und sie auch nicht.»

Moe mochte Maureen genausowenig, sagte zunächst jedoch nichts, weil er meinte, es sei meine Sache und nicht seine und das mit Maureen sei nur eine vorübergehende Geschichte. Genau das dachte ich auch. Aber als der Kampf zwischen Maureen und mir dramatisch wurde und ich offensichtlich so verwirrt und mitgenommen wirkte, wie ich mich fühlte, versuchte Moe ab und zu, mir brüderliche Ratschläge zu geben; doch ich wehrte ihn jedesmal ab. Da ich mir noch immer nicht vorstellen konnte, jemals Opfer dauerhafter Kalamitäten zu werden, verwahrte ich mich dagegen, «wie ein Baby» behandelt zu werden – zumal von jemandem, dessen Leben, obwohl bewundernswert, in einer Weise *geregelt* war, für die ich in meinem Alter wenig übrig hatte. Ich fand es damals außerordentlich wichtig, mit meinen selbstverursachten Schwierigkeiten allein fertig zu werden, ohne Hilfe von seiner oder irgendeiner anderen Seite. Kurz, ich war so arrogant (und so blind), wie mich Jugend, Glück und eine edle literarische Neigung nur machen konnten, und als er mich in die Columbia zum Mittagessen einlud, sagte ich zu ihm: «Mach dir keine Sorgen, ich werd schon eine Lösung ausarbeiten.» – «Aus*arbeiten*? Deine Arbeit ist deine Arbeit, nicht diese kleine Indianerin.» – «Das soll wahrscheinlich ein Euphemismus sein. Aber um die Tatsachen klarzustellen – mütterlicherseits ist die Familie irisch, väterlicherseits deutsch.» – «Wirklich? Mit den Augen und dem Haar sieht sie für mich aus wie eine kleine Apachin. Sie hat etwas Wildes, Peppy. Nein? Schon gut, spar dir die Antwort. Spotte jetzt, zahle später. Du bist nicht zur Wildheit erzogen, Kleiner.» – «Ich weiß. Netter Junge. Jüdisch.» – «Was ist daran so schlimm? Du bist ein netter, zivilisierter jüdischer Junge, mit einigem Talent und einigem Verstand. Wieviel, wird sich noch zeigen. Warum konzentrierst du dich nicht auf deine Begabungen und überläßt Hemingway die Löwen?» – «Was meinst du damit, Moey?» – «Dich. Du siehst aus, als hättest du im Dschungel geschlafen.» – «Ach was. Nur unten in der Ninth Street.» – «Ich dachte, Mädchen wären zum Vergnügen da, Pep. Und nicht, um sich vor Angst in die Hosen zu machen.» Ich war gekränkt, sowohl über seine Einmischung als auch über seine niedrige Gesinnung, und weigerte mich, weiter über das Thema zu reden. Später sah ich in den Spiegel und suchte nach Anzeichen von Furcht – oder Verdammnis. Ich konnte nichts entdecken: Ich fand, daß ich noch immer aussah wie Tarnopol, der Triumphator.

Am Morgen, nachdem Maureen mir eröffnet hatte, sie sei schwanger, sagte ich zu ihr, sie solle eine Urinprobe zum Drugstore um die Ecke bringen; auf diese Weise, erklärte ich, ohne meine Zweifel zu verbergen, könnten wir innerhalb kurzer Zeit feststellen, wie schwanger sie wirklich sei. «Mit anderen Worten, du glaubst mir nicht. Du willst den Tatsachen nicht ins Auge sehen!» – «Bring den Urin hin und sei still.» Und sie tat, was ich gesagt hatte: brachte eine Urinprobe für den Schwangerschaftstest zum Drugstore – allerdings nicht von ihrem Urin. Doch das erfuhr ich erst drei Jahre später, als sie mir (mitten in den Wirren eines Selbstmordversuches) gestand, daß sie auf dem Weg zum Drugstore durch den Tompkins Square Park gegangen war, inzwischen der Hippie-Treffpunkt des East Village, damals in den fünfziger Jahren noch ein Ort, wo die Armen des Viertels zusammenkamen und die Sonne genossen. Dort sprach Maureen eine schwangere Negerin an, die einen Kinderwagen schob, und erzählte ihr, sie sei Mitglied einer wissenschaftlichen Organisation und bereit, der Frau für eine Probe ihres Urins Geld zu geben. Es folgten Verhandlungen. Nach entsprechender Einigung begab man sich gemeinsam in den Treppenflur eines Mietshauses in der Avenue B, um die Transaktion zum Abschluß zu bringen. Die Schwangere zog ihren Schlüpfer herunter und kauerte sich in eine Ecke des verwahrlosten Hausflurs – der (genau wie Maureen ihn beschrieben hatte) noch immer mit Abfällen überhäuft war, als ich dem Tatort einige Jahre später, nach meiner Rückkehr nach New York, einen unsentimentalen Besuch abstattete – und ergoß in Maureens Marmeladenglas den Strahl, der mein Schicksal besiegelte. Erst jetzt rückte Maureen zwei Dollar und fünfundzwanzig Cents raus. Ja, sie war ein harter Verhandlungspartner, meine Frau.

In den vier Tagen, die wir – laut Maureen – auf das Ergebnis des Schwangerschaftstests warten mußten, lag sie auf meinem Bett und erinnerte sich an Szenen und Dialoge aus ihrem verpfuschten Leben: Im Delirium (oder im vorgetäuschten Delirium – oder beides) stritt sie sich wieder mit Mezik, schleuderte Meziks Kumpel aus der Polsterfabrik kreischend ihren Haß entgegen und schluchzte vor Verzweiflung bei der Entdeckung Walkers im Badezimmer in Cambridge, angetan mit ihrer Unterwäsche, die Schalen ihres BHs ausgestopft mit seinen weißen Käsesocken. Sie weigerte sich zu essen; sie wollte sich nicht unterhalten; sie wehrte sich dagegen, daß ich den Psychiater anrief, der irgendwann ein paar Monate lang versucht hatte, sie zu behandeln; als ich ihre Freunde in der Bleecker Street anrief, lehnte sie es ab, mit ihnen zu sprechen. Ich legte trotzdem nicht auf, sondern schlug den Leuten vor, doch zu uns zu kommen, um Maureen zu besuchen – vielleicht gelänge es ihnen, sie wenigstens dazu zu bringen, etwas zu essen –, woraufhin die Frau ihrem Mann den Telefonhörer aus der Hand riß und sagte: «Die wollen wir *niemals* wiedersehen», und auflegte. So war also nach Maureens kurzem Besuch auch mit den «Schizorenos» in der Bleecker Street nicht alles in bester Ordnung... Und ich traute mich inzwischen nicht mehr, die Wohnung zu verlassen, aus Angst, sie könnte während meiner Abwesenheit versuchen, sich umzubringen. Noch nie in meinem Leben hatte ich drei derartige Tage durchgemacht, doch sollte ich in den kommenden Jahren noch unzählige erleben, die mindestens so düster und beängstigend waren.

An dem Abend, bevor wir das Testergebnis erfahren sollten, hörte Maureen plötzlich auf zu «halluzinieren» und verließ das Bett, um sich das Gesicht zu waschen und etwas Orangensaft zu trinken. Zunächst wollte sie nicht direkt mit mir reden und saß eine Stunde lang absolut still, ruhig und beherrscht in einem Sessel im Wohnzimmer, eingehüllt in meinen Bademantel. Schließlich sagte ich zu ihr, da sie aufgestanden sei, würde ich jetzt einen Spaziergang um den Block machen. «Mach bitte keine Geschichten», sagte ich, «ich will nur etwas frische Luft schnappen.» Sie antwortete in sanftem und sardonischem Tonfall: «Luft? Oh, wo nur, frage ich mich?» – «Ich mache einen Spaziergang um den Block.» – «Du willst mich verlassen, Peter, das weiß ich. Genau wie du all die anderen Mädchen in deinem Leben verlassen hast. Find-sie-fick-sie-und-vergiß-sie-Flaubert.» – «Ich bin gleich wieder da.» Als ich die Wohnungstür öffnete, sagte sie, als spräche sie aus dem Zeugenstand zu einem Richter – das prophetische Luder! –: «Und ich sah ihn niemals wieder, Euer Ehren.»

Ich ging zu dem Drugstore und fragte den Inhaber, ob das Ergebnis des Schwangerschaftstests von Mrs. Tarnopol – als solche hatte Maureen sich, ein wenig verfrüht, ausgegeben –, eigentlich erst morgen abzuholen, zufällig schon an diesem Abend eingetroffen sei. Er erwiderte, das Ergebnis sei bereits am Morgen gekommen. Maureen habe sich geirrt – wir hätten nicht vier, sondern nur drei Tage warten müssen. War es wirklich ein Irrtum gewesen? Einer ihrer üblichen «Fehler»? («Natürlich mache ich Fehler!» schrie sie dann. «Ich bin doch nicht vollkommen, verdammt noch mal! Warum muß denn jeder auf dieser Welt ein perfekter Roboter sein – eine zwanghafte bürgerliche kleine Erfolgsmaschine wie du! Manche von uns sind *menschlich*.») Aber wenn es kein Fehler war, sondern Absicht, warum? Aus Gewohnheit? Zwanghafter Falschheit? Oder war dies *ihre* Dichtkunst, pervertierte «Kreativität» ...?

Schwieriger noch, das Ergebnis zu begreifen. Wie konnte Maureen zwei volle Monate lang schwanger sein und das vor mir geheimhalten? Das ergab einfach keinen Sinn. Solche Zurückhaltung lag ihr nicht – sie stand für alles, was Maureen *nicht* war. Warum hätte sie sich das erste Mal von mir hinauswerfen lassen, ohne dieses Geheimnis als Waffe gegen mich zu benutzen? Es ergab keinen Sinn. *Es konnte nicht sein.*

Und doch war es so. Seit zwei Monaten schwanger, von mir.

Nur: *wie* denn? Ich konnte mich nicht einmal erinnern, wann wir das letzte Mal Geschlechtsverkehr gehabt hatten. Dennoch war sie schwanger, *irgendwie*, und falls ich sie nicht heiratete, würde sie sich eher das Leben nehmen, als die Erniedrigung einer Abtreibung, einer Adoption oder der brutalen Zurückweisung eines dann vaterlosen Kindes zu ertragen. Denn es verstand sich von selbst, daß sie, die sie unfähig war, länger als ein halbes Jahr in einem Job zu bleiben, unmöglich allein ein Kind großziehen konnte. Auch verstand es sich – für mich, für mich – von selbst, daß der Vater dieses vaterlosen Kindes kein anderer als Peter Tarnopol war. Nie kam es mir in den Sinn, daß, falls sie tatsächlich schwanger war, dies das Werk eines anderen sein könne. Sicher, ich wußte längst, was für eine Lügnerin sie war, aber doch bestimmt nicht durchtrieben genug, um mich bei einer so ernsten Sache wie einer Vaterschaft zu täuschen. *Das* konnte ich nicht glauben. Diese Frau war doch keine Figur aus einem Stück von Strindberg oder einem Roman von Hardy, sondern ein Mensch, mit dem ich auf der Lower East Side von Manhattan zusammengelebt hatte, eine Stunde mit U-Bahn und Bus von Yonkers entfernt, wo ich geboren war.

Nun hätte ich sie, über die Maßen vertrauensselig, wie ich damals wohl war, ja nicht gleich zu heiraten brauchen; wäre ich so unabhängig gewesen, so männlich, so souverän allen Anforderungen gegenüber, wie ich es mit fünfundzwanzig sein wollte, wäre sie niemals meine Frau geworden, selbst wenn ein Labortest «wissenschaftlich» bewiesen hätte, daß sie ein Kind erwartete, und selbst wenn ich bereit gewesen wäre, auf Treu und Glauben zu akzeptieren, daß der dafür verantwortliche Penis mir gehörte. Ich hätte immer noch sagen können: «Du willst dich umbringen, das ist deine Sache. Du willst keine Abtreibung, auch das sei dir überlassen. Aber ich werde dich nicht heiraten, Maureen, unter gar keinen Umständen. Dich zu heiraten wäre Wahnsinn.»

Aber anstatt nach Hause zu gehen und ihr genau dies zu sagen, ging ich von der Ninth Street bis hinauf zur Columbia und wieder zurück, wobei ich auf dem oberen Broadway – nur zwei Blocks von Morris' Haus entfernt – zu dem Schluß kam, daß die wahrhaft männliche Art, mich der Situation zu stellen, darin bestand, in die Wohnung zurückzukehren, vorzugeben, ich wüßte das Ergebnis des Schwangerschaftstests noch nicht, und sodann folgende kleine Rede zu halten: «Maureen, was sich hier drei Tage lang abgespielt hat, ergibt keinen Sinn. Es ist mir egal, ob du schwanger bist oder nicht. Ich möchte dich heiraten, was immer der Test morgen auch ergeben mag. Ich möchte, daß du meine Frau wirst.» Verstehen Sie, nach ihrem Verhalten während der vergangenen drei Tage konnte ich einfach nicht glauben, daß ihre Selbstmorddrohung ein Bluff war, ich war überzeugt, daß sie sich, falls ich sie endgültig verließ, umbringen würde. Und das war eine unerträgliche Vorstellung – ich durfte nicht die Ursache für den Tod eines anderen Menschen sein. Ein solcher Selbstmord wäre Mord gewesen. Also würde ich sie statt dessen heiraten. Außerdem würde ich alles daransetzen, daß es so aussah, als hätte ich nicht aus Notwendigkeit, sondern aus freiem Willen gehandelt, denn wenn unsere Ehe nicht ein einziger Alptraum aus Haß und Verbitterung werden sollte, so mußte es für Maureen – und in gewisser Weise sogar für mich – den Anschein haben, ich hätte sie aus freien Stücken geheiratet, und nicht, weil ich erpreßt, bedroht oder terrorisiert worden sei.

Nur: warum sollte ich das wollen? Das Ganze war geradezu absurd – zumal wir seit einer Ewigkeit keinen Verkehr mehr gehabt hatten! Und ich auch niemals wieder welchen haben wollte! Ich haßte sie.

Ja, es handelte sich in der Tat um ein grausames und erbarmungsloses Dilemma, wie ich es aus der Literatur kannte und wie es Thomas Mann vorgeschwebt haben mochte, als er in einer autobiographischen Skizze jenen Satz schrieb, den ich bereits als eines der beiden ominösen Motti für *Ein jüdischer Vater* gewählt hatte: «Alle Wirklichkeit hat *tod*ernsten Charakter, und es ist das Sittliche selbst, das, eins mit dem Leben, es uns verwehrt, unserer wirklichkeitsreinen Jugend die Treue zu halten.»

Es sah also aus, als träfe ich eine jener moralischen Entscheidungen, über die ich so viel in Literaturseminaren gehört hatte. Doch wie anders war das damals auf dem College gewesen, als derartiges nicht mir widerfuhr, sondern Lord Jim, Kate Croy und Iwan Karamasow. Oh, was war ich in diesen Seminaren für eine Autorität im Hinblick auf Dilemmata gewesen! Und wäre ich nicht so gänzlich der Faszination jener komplizierten Fiktionen moralischer Seelenqual erlegen, vielleicht hätte ich dann nicht diesen langen, qualvollen Spaziergang zur Upper West Side und zurück gemacht und die meiner Ansicht nach einzig «ehrenhafte» Entscheidung für einen jungen Mann von meiner moralischen «Ernsthaftigkeit» getroffen. Doch ist es keineswegs meine Absicht, meine Ignoranz meinen Lehrern oder meine Selbsttäuschungen irgendwelchen Büchern zuzuschreiben. Lehrer und Bücher sind noch immer das Beste, was mir je begegnet ist, und wäre ich hinsichtlich meiner Ehre, meiner Integrität, meiner männlichen Pflicht, hinsichtlich der «Moralität selbst» weniger pompös gewesen, so hätte ich mich wohl von vornherein auch weniger empfänglich für eine literarische Erziehung samt all ihren Freuden erwiesen. Auch hätte ich gewiß nicht die Laufbahn des Schriftstellers eingeschlagen. Jetzt ist es zu spät zu sagen, das hätte ich auch besser gelassen, ich hätte als Schriftsteller meine nervenaufreibende Obsession noch verschlimmert. Die Literatur hat mich in diese Situation hineingebracht, und die Literatur muß mir wieder heraushelfen. Meine Schriftstellerei ist alles, was ich jetzt habe, und wenn sie mir das Leben in den Jahren seit meinem verheißungsvollen Debüt auch nicht gerade leichtgemacht hat, so ist sie doch das einzige, worauf ich vertraue.

Mein Problem mit Mitte Zwanzig bestand darin, daß ich, voller Erfolg und Selbstvertrauen, nicht bereit war, mich mit Komplexität und Tiefe allein in Büchern zu begnügen. Vollgestopft mit großer Literatur – hingerissen nicht nur von billigen Romanzen wie Madame Bovary, sondern von *Madame Bovary* –, erwartete ich, im Alltagsleben die gleiche Atmosphäre von Schwierigkeit und tödlichem Ernst anzutreffen, die sich durch die von mir am meisten bewunderten Romane zog. Im Zentrum meines Bildes der Wirklichkeit, gewonnen aus der Lektüre der Meister, standen *Widrigkeiten*. Und hier war sie nun, eine Wirklichkeit, so störrisch und widerspenstig und (dazu noch) so schrecklich, wie ich sie mir schlimmer in meinen literarischsten Träumen nicht hätte wünschen können. Man könnte sogar sagen, daß die Qual, in die sich mein tägliches Leben schon bald verwandeln sollte, im Grunde nichts anderes war als Fortuna, die herablächelte auf den «Wunderknaben der amerikanischen Literatur» (*New York Times Book Review*, September 1959) und ihrem frühreifen Günstling zukommen ließ, was immer die literarische Sensibilität verlangte. Du willst Komplexität? Schwierigkeit? Widrigkeiten? Du willst den tödlichen Ernst? Sie sind dein!

Natürlich wollte ich andererseits, daß meine Existenz voller Widrigkeiten sich in angemessen erhabenen moralischen Höhen abspiele, sagen wir, auf einem Niveau irgendwo zwischen *Die Brüder Karamasow* und *Die Flügel der Taube*. Aber nicht einmal Wunderknaben können erwarten, alles zu bekommen: Statt mit den Widrigkeiten der ernsten Dichtung bekam ich es mit den Widrigkeiten der Seifenoper zu tun. Widrig genug, doch das falsche Genre. Oder vielleicht auch nicht, berücksichtigt man die Hauptfiguren des Dramas, von denen Maureen, wie ich zugebe, nur eine war.

Kurz nach elf kehrte ich zur Ninth Street zurück; ich war fast drei Stunden unterwegs gewesen. Maureen war zu meiner Überraschung völlig angekleidet und saß in ihrem Dufflecoat an meinem Schreibtisch.

«Du hast es nicht getan», sagte sie, ließ den Kopf auf die Schreibtischplatte sinken und begann zu weinen.

«Wo wolltest du hin, Maureen?» Wahrscheinlich zurück in ihre Wohnung; *ich* nahm an, zum East River, um sich zu ertränken.

«Ich dachte, du säßest in einem Flugzeug nach Frankfurt.»

«Was wolltest du tun, Maureen?»

«Was spielt das schon für eine Rolle...»

«Maureen! Sieh mich an!»

«Ach, was soll das denn noch, Peter. Geh, geh zurück zu dem Mädchen aus Long Island, mit seinen Faltenröcken und seinen Kaschmirpullis.»

«Maureen, hör mir zu: Ich will dich heiraten. Es ist mir egal, ob du schwanger bist oder nicht. Es ist mir egal, was der Test morgen ergibt. Ich will dich heiraten.» In meinen eigenen Ohren war ich ungefähr so überzeugend wie der romantische Held in einem Schülertheater. Möglicherweise geschah es in diesem Augenblick, daß mein Gesicht sich in jenes Gebilde aus Stein verwandelte, das ich von da an jahrelang auf meinem Hals herumtrug. «Laß uns heiraten», sagte ich, als könnte ich, indem ich den Satz in abgewandelter Form wiederholte, irgend jemanden über meine wahren Gefühle täuschen.

Doch Maureen ließ sich täuschen. Ich hätte ihr einen Heiratsantrag auf Suaheli machen können, und der Erfolg wäre der gleiche gewesen. Natürlich war ihr Verhalten oft vollkommen unvorhersehbar und abwegig, doch während all der folgenden Jahre voller Überraschungen war ich selbst über ihre wildesten Wutausbrüche und ihre rücksichtslosesten Rasereien niemals so perplex wie über den Ausruf, mit dem sie diesen offensichtlich ohne jedes Gefühl vorgebrachten Antrag begrüßte.

Es brach aus ihr heraus: «Oh, Liebling, wir werden glücklich sein wie Könige!»

Das war das Wort – «Könige», Plural –, und es klang absolut unbefangen. Ich glaube nicht, daß sie in jenem Augenblick log. Sie war wirklich davon überzeugt. Wir würden glücklich sein wie Könige. Maureen Johnson und Peter Tarnopol.

Sie warf mir die Arme um den Hals, glücklicher, als ich es je gesehen hatte – und zum erstenmal wurde mir bewußt, daß sie wirklich verrückt *war*. Ich hatte gerade einer Verrückten einen Heiratsantrag gemacht. In tödlichem Ernst. «Oh, ich habe es immer gewußt», sagte sie strahlend.

«Was?»

«Daß du mich liebst. Daß du dich nicht ewig gegen meine Liebe wehren könntest. Nicht einmal du.»

Sie war verrückt.

Und wie stand *ich* da? Als «Mann»? *Inwiefern?*

Sie redete und redete. Vom Paradies, das vor uns lag. Wir könnten aufs Land ziehen und Geld sparen, indem wir unser eigenes Gemüse zogen. Oder weiterhin in der Stadt wohnen, wo sie sich als meine Agentin betätigen würde (ich hatte schon einen Agenten, aber das spielte keine Rolle). Oder sie könnte einfach zu Hause bleiben, Brot backen, meine Manuskripte tippen (die tippte ich selbst, aber das spielte keine Rolle) und sich wieder ihren Holzskulpturen widmen.

«Du wirst sowieso zu Hause bleiben müssen», sagte ich. «Das Baby.»

«Oh, Liebster», sagte sie. «Ich werd's tun – für dich. Weil du mich *wirklich* liebst. Siehst du, das war's, was ich unbedingt herausfinden mußte – daß du mich liebst. Daß du nicht Mezik bist, daß du nicht Walker bist. *Daß ich dir vertrauen kann.* Verstehst du das nicht? Jetzt, wo ich's weiß, bin ich bereit, alles zu tun.»

«Und das wäre?»

«Peter, hör auf, mißtrauisch zu sein – du hast jetzt keinen *Grund* mehr. Ich werde es abtreiben lassen. Wenn der Test morgen ergibt, daß ich schwanger bin – und das wird er, noch nie ist meine Periode zweimal nacheinander ausgeblieben, noch niemals –, aber mach dir keine Sorgen, ich laß es abtreiben. Was immer du willst, ich werd's tun. Ich kenne da einen Arzt. In Coney Island. Und zu dem werde ich gehen, wenn du willst.»

Ich wollte schon, o ja. Ich hatte es von Anfang an gewollt, und wäre sie einverstanden gewesen, hätte ich ihr niemals meinen «mannhaften» Heiratsantrag gemacht. Aber besser jetzt als überhaupt nicht. Und nachdem ich am nächsten Tag den Drugstore angerufen und so getan hatte, als hörte ich zum erstenmal das Testergebnis, das Mrs. Tarnopols Schwangerschaft bestätigte, ging ich zur Bank und hob eine Zehn-Wochen-Ration meines Vorschusses ab und außerdem zwanzig Dollar für die Taxifahrt nach Coney Island und zurück. Und Samstag morgen setzte ich Maureen in ein Taxi, und sie fuhr allein nach Coney Island, weil der Abtreibungsarzt seine Patientinnen nur ohne Begleitung empfing. Ich stand draußen auf der Second Avenue und sah dem südwärts fahrenden Wagen nach, und ich dachte: «Jetzt sieh zu, daß du wegkommst. Nimm ein Flugzeug irgendwohin, aber verschwinde, solange du noch die Möglichkeit dazu hast.» Doch ich tat's nicht, weil ein Mann wie ich so etwas nicht tut. Das jedenfalls war meine «vernünftige» Überlegung.

Außerdem hatte Maureen in der Nacht zuvor im Bett geweint, in banger Erwartung des gesetzwidrigen Eingriffs (hätte sie die Abtreibung tatsächlich vornehmen lassen, wäre es bereits ihre dritte gewesen, wie ich später herausfand); sie hatte sich an mich geklammert und mit flehender Stimme gefragt: «Du wirst mich doch nicht verlassen, nicht wahr? Du wirst doch hiersein, wenn ich wieder nach Hause komme – ja? Denn ich könnte es nicht ertragen, wenn du nicht...» – «Ich werde dasein», hatte ich gesagt, mannhaft.

Und ich war da, als sie am Nachmittag um vier Uhr zurückkehrte, meine zärtliche Geliebte, blaß und matt (nach den Strapazen eines sechsstündigen Kinobesuchs), mit einer Vorlage zwischen den Beinen, um das Blut aufzusaugen (sagte sie), und noch immer Schmerzen leidend nach der Abtreibung, der sie sich (sagte sie) ohne Narkose unterzogen hatte. Sie legte sich sofort ins Bett, um dem Blutsturz vorzubeugen, der zu befürchten stand, und dort lag sie mit klappernden Zähnen und schlotternden Gliedern, in einem alten, verwaschenen Sweatshirt von mir und einem meiner Pyjamas, und bibberte der Nacht entgegen. Ich türmte Wolldecken über sie, doch sie hörte nicht auf zu zittern. «Er hat einfach sein Messer da reingesteckt», sagte sie, «und gegen die Schmerzen hat er mir nichts gegeben als einen Tennisball zum Drücken. Er hatte mir eine Narkose versprochen, am Telefon hat er sie mir versprochen, und als ich dann auf dem Tisch lag und fragte: ‹Was ist mit der Narkose?›, da hat er gesagt: ‹Ja, was glaubst du denn, Mädchen, daß ich verrückt bin?› Ich sagte: ‹Aber Sie haben's doch versprochen. Wie soll ich denn sonst die Schmerzen aushalten?› Und weißt du, was er zu mir sagte, dieser übelriechende alte Widerling? ‹Hör zu, wenn's dir nicht paßt und du lieber wieder gehen möchtest – ist mir recht. Aber wenn du willst, daß ich dir das Baby wegmache, dann drück den kleinen Zauberball und sei still. Du hast deinen Spaß gehabt, jetzt mußt du dafür zahlen.› Also bin ich geblieben, ich bin geblieben und habe den Tennisball gedrückt, und ich habe versucht, nur an dich und mich zu denken, aber es hat so weh getan, oh, er hat mir so furchtbar weh getan.»

Eine entsetzliche Geschichte von Leid und Erniedrigung in den Klauen eines weiteren meiner Geschlechtsgenossen, und von A bis Z erlogen. Allerdings brauchte ich eine ganze Weile, um das herauszufinden. In Wahrheit hatte sie die dreihundert Dollar eingesteckt (für den Tag, an dem ich sie ohne einen Penny sitzenlassen würde), und nachdem das Taxi sie bis zur Houston Street gebracht hatte, war sie mit der U-Bahn zurückgefahren bis zum Times Square, um sich Susan Hayward in *Laßt mich leben* anzuschauen, dreimal hintereinander hatte sie es genossen, das morbide Melodram von einer Barkellnerin (wenn ich mich richtig erinnere – ich hatte den Film vorher schon einmal mit Maureen zusammen gesehen), die in Kalifornien für ein Verbrechen zum Tode verurteilt wird, das sie nicht begangen hat: genau das Richtige für Maureen, diese exemplarische kleine Geschichte. Dann hatte sie sich auf der Toilette die Vorlage zwischen die Beine geklemmt und war nach Hause gekommen, mit zitternden Knien und blaß um die Nase. Wer hätte nicht so ausgesehen, nach einem ganzen Tag in einem Kino am Times Square?

All dies gestand sie mir drei Jahre später in Wisconsin.

Am nächsten Tag ging ich allein zu einer Telefonzelle – als ich die Wohnung verließ, warf Maureen mir vor, ich suchte das Weite und ließ sie allein in ihrem Blute liegen, weil ich für immer verschwinden wolle mit «diesem Mädchen» – und rief meine Eltern an, um ihnen mitzuteilen, daß ich heiraten würde.

«Warum?» wollte mein Vater wissen.

«Weil ich's will.» Ich dachte nicht daran, meinem Vater, dem ich mich seit meinem zehnten Lebensjahr nicht mehr anvertraut hatte, zu erzählen, was ich in der letzten Woche durchgemacht hatte. Als Kind hatte ich ihn sehr geliebt, aber er war nur ein kleiner Kleiderhändler, und ich schrieb jetzt Kurzgeschichten, die in angesehenen Zeitschriften gedruckt wurden, und hatte für einen ernsten Roman von tiefer moralischer Doppelbödigkeit von einem Verleger einen Vorschuß erhalten. Wer von uns konnte also das zugrundeliegende Prinzip eher verstehen? Worin bestand es noch gleich? Irgendwie hatte es mit meiner Pflicht zu tun, mit meinem Mut, meinem Wort.

«Peppy», sagte meine Mutter, nachdem sie die Neuigkeit zunächst schweigend aufgenommen hatte, «Peppy, tut mir leid, aber ich muß es sagen – mit der Frau stimmt irgend etwas nicht. Habe ich recht?»

«Sie ist über dreißig», sagte mein Vater.

«Sie ist neunundzwanzig.»

«Und du bist erst sechsundzwanzig, das reinste Unschuldslamm. Junge, die ist für meinen Geschmack schon ein bißchen zu lange im Geschäft. Deine Mutter hat recht – mit der stimmt irgend etwas nicht.»

Meine Eltern hatten meine Zukünftige nur ein einziges Mal gesehen, in meiner Wohnung; auf dem Rückweg von einer Mittwochsmatinee hatten sie vorbeigeschaut, um guten Tag zu sagen, und da saß Maureen, auf meinem Sofa, und las das Drehbuch einer Fernsehserie, in der ihr jemand eine Rolle «versprochen» hatte. Zehn Minuten freundlicher, wenn auch befangener Unterhaltung, dann waren sie mit der Bahn nach Hause gefahren. Was sie über Maureen sagten, war vermutlich das Ergebnis ihrer Gespräche mit Morris und Lenore. Doch ich irrte mich. Morris hatte Maureen ihnen gegenüber nie erwähnt. Sie waren ganz allein darauf gekommen – nach nur zehn Minuten.

Ich versuchte, mich unbekümmert zu geben; mit einem kurzen Lachen sagte sie: «Sie ist nicht das Mädchen von nebenan, falls ihr das meint.»

«Womit verdient sie sich ihren Lebensunterhalt? Tut sie *irgendwas*?»

«Hat sie euch doch erzählt. Sie ist Schauspielerin.»

«Wo?»

«Sie ist auf der Suche nach einem Engagement.»

«Junge, hör mir zu: Du hast ein abgeschlossenes Studium. Und zwar summa cum laude. Du hattest ein Stipendium für vier Jahre. Die Army liegt hinter dir. Du bist durch Europa gereist. Die Welt liegt vor dir, *und sie gehört dir*. Du kannst alles haben, *alles* – warum entscheidest du dich ausgerechnet für so etwas? Peter, hörst du zu?»

«Ich höre zu.»

«Peppy», fragte meine Mutter, «sag mir – liebst du sie?»

«Natürlich liebe ich sie.» Doch was hätte ich in diesem Augenblick am liebsten ins Telefon geschrien? *Ich komme nach Hause. Holt mich nach Hause. Ich will es ja gar nicht. Ihr habt recht, mit ihr stimmt etwas nicht: Die Frau ist verrückt. Nur – ich habe ihr mein Wort gegeben.*

Mein Vater sagte: « Deine Stimme klingt so merkwürdig.»

«Na ja, offen gesagt, hatte ich auf die Mitteilung, daß ich heiraten würde, nicht mit einer solchen Reaktion gerechnet.»

«Wir möchten, daß du glücklich wirst, das ist alles», sagte meine Mutter.

«Und es macht dich glücklich, wenn du sie heiratest?» fragte mein Vater. «Ich meine nicht, daß sie keine Jüdin ist. Ich bin kein engstirniger Dummkopf, bin ich nie gewesen. Ich lebe nicht in einer fremden Welt. Mit dem deutschen Mädchen in Deutschland war das was anderes, und ich hatte nie was gegen sie persönlich, das weißt du. Aber das ist ja nun lange her.»

«Ich weiß. Und ich stimme dir zu.»

«Ich spreche jetzt davon, mit einem anderen Menschen glücklich zu sein.»

«Ja, ich verstehe schon.»

«Du klingst so merkwürdig», sagte er, und seine eigene Stimme klang jetzt ein wenig heiser vor Rührung. «Soll ich zu dir in die Stadt kommen? Ich mache mich sofort auf den Weg –»

«Nein, sei nicht albern. Gütiger Himmel, nein. Ich weiß, was ich tue. Ich tu das, was ich tun will.»

«Aber warum so plötzlich?» fragte mein Vater drängend. «Kannst du mir das sagen? Ich bin fünfundsechzig Jahre alt, Peppy, ich bin ein erwachsener Mann – du kannst mir alles sagen, und die Wahrheit.»

«Was ist denn so ‹plötzlich› daran? Ich kenne sie seit fast einem Jahr. Bitte, laßt uns jetzt nicht streiten.»

«Peter», sagte meine Mutter, jetzt mit tränenerstickter Stimme, «wir wollen doch nicht mit dir streiten.»

«Ich weiß, ich weiß. Ist ja auch gut so. Fangen wir also gar nicht erst damit an. Ich habe nur angerufen, um euch Bescheid zu sagen. Die Trauung ist am Mittwoch im Rathaus.»

Die Stimme meiner Mutter klang leise, fast flüsternd, als sie fragte: «Möchtest du, daß wir kommen?» Es hörte sich nicht so an, als wünschte sie, ich möge ja sagen. Das war ein ziemlicher Schock für mich.

«Nein, ist nicht nötig, daß ihr dabei seid. Ist ja nur eine Formalität. Ich rufe euch hinterher an.»

«Peppy, bist du noch immer mit deinem Bruder zerstritten?»

«Ich bin nicht mit ihm zerstritten. Er lebt sein Leben, und ich lebe meins.»

«Peter, hast du mit ihm darüber gesprochen? Peppy, dein älterer Bruder ist ein Bruder, wie Jungen ihn sich erträumen. Er hält große Stücke auf dich. Ruf ihn doch wenigstens an.»

«Schau, das ist kein Thema, das ich mit Moe diskutieren möchte. Er ist ein großer Debattierer – und ich bin's nicht. Es gibt da überhaupt nichts zu debattieren.»

«Vielleicht will er ja gar nicht debattieren. Vielleicht will er nur Bescheid wissen, um kommen zu können zu – zu der Trauung.»

«Er wird nicht kommen wollen.»

«Und du willst nicht mit ihm sprechen, wenigstens ein paar Minuten? Oder mit Joan?»

«Was weiß denn Joan von meinem Leben? Dad, gib Ruhe und laß mich heiraten, okay?»

«Das hört sich an, als ob es gar nichts wäre, als ob man einfach mal schnell für den Rest seines Lebens eine Ehe einginge. So ist es aber nicht.»

«Ich hab ein Summa cum laude. Ich weiß das.»

«Hör auf, Witze zu machen. Du bist viel zu jung von zu Hause weggegangen, das ist das Problem. Du hast immer deinen Willen gekriegt. Der Liebling deiner Mutter – du konntest alles haben. Das Nesthäkchen...»

«Hör mal, hör –»

«Du hast schon mit fünfzehn geglaubt, du wüßtest alles – erinnerst du dich? Wir hätten nie zulassen dürfen, daß du all die Klassen überspringst und dich selbst überholst – das war unser erster Fehler.»

Plötzlich den Tränen nah, sagte ich: «Mag ja sein. Aber inzwischen hätte ich die Grundschule auch so hinter mir. Also, ich werde heiraten. Es wird schon gutgehen.» Ich hängte ein, bevor ich die Beherrschung verlieren und meinen Vater bitten konnte, in die Stadt zu kommen und seinen sechsundzwanzigjährigen kleinen Jungen nach Hause zu holen.

4. Dr. Spielvogel

Man kann... [den Patienten] etwa eifersüchtig
werden oder Liebesenttäuschungen erleben lassen,
aber dazu braucht es keine technische Absicht.
Dergleichen tritt ohnedies spontan in den meisten
Analysen auf.
Freud, «Die endliche und die unendliche Analyse»

Ich lernte Dr. Spielvogel im gleichen Jahr kennen, in dem Maureen und ich heirateten. Wir waren von meiner Souterrainwohnung auf der Lower East Side umgezogen in ein kleines Haus auf dem Land, in der Nähe von New Milford, Connecticut, nicht weit von dem Ort am Candlewood Lake, wo Spielvogel und seine Familie den Sommer verbrachten. Maureen wollte Gemüse ziehen und ich die letzten Kapitel von *Ein jüdischer Vater* schreiben. Es gelangte nie ein Gemüsesamen in den Boden (und auch kein Brot in den Backofen und kein Eingemachtes in die Gläser), aber weil es hinter dem Haus am Waldrand eine winzige Hütte *mit einer verriegelbaren Tür* gab, wurde das Buch irgendwie fertig. In jenem Sommer traf ich Spielvogel vielleicht dreimal auf den Parties des ganz in der Nähe wohnenden Herausgebers eines New Yorker Magazins. Ich erinnerte mich nicht, daß der Doktor und ich einander viel zu erzählen gehabt hätten. Er trug eine Seglermütze, dieser New Yorker Analytiker, der zur Sommerfrische im ländlichen Connecticut weilte; ansonsten jedoch wirkte er zugleich würdevoll und frei von Arroganz – ein hochgewachsener, ruhiger, anständiger Mann Mitte Vierzig, zur Korpulenz neigend, mit einem leichten deutschen Akzent und dieser grotesken Seglermütze. Welche der anwesenden Damen seine Frau war, bemerkte ich nicht; später erfuhr ich, daß er bemerkt hatte, welche meine war.

Als es im Juni 1962 nach Meinung meines Bruders notwendig wurde, daß ich in New York blieb und mich einem Psychiater anvertraute, nannte ich Spielvogels Namen; Freunde in Connecticut hatten ihn in jenem Sommer lobend erwähnt, und sofern ich mich richtig erinnerte, war er spezialisiert auf «kreative» Leute. Nicht daß das in meinem damaligen Zustand für mich irgendeine Rolle gespielt hätte. Obwohl ich weiterhin Tag für Tag schrieb, hielt ich mich inzwischen nicht mehr für fähig, irgend etwas hervorzubringen, außer meinem eigenen Elend. Ich war kein Schriftsteller mehr, egal, was ich den ganzen Tag machte – ich war Maureens Mann, und ich konnte mir nicht vorstellen, jemals wieder etwas anderes zu sein.

Äußerlich hatte er sich, genau wie ich, in den vergangenen drei Jahren zum Schlechteren verändert. Während ich mich mit Maureen rumgeschlagen hatte, war Spielvogel gegen den Krebs angetreten. Und *er* hatte überlebt, auch wenn er infolge der Krankheit ein wenig geschrumpft zu sein schien. Natürlich erinnerte ich mich an einen sonnengebräunten Mann mit Seglermütze; in seiner Praxis trug er einen unscheinbaren Anzug, der ihm eine Nummer zu groß war, und dazu ein überraschend kühn gestreiftes Hemd, dessen Kragen ihm jetzt lose am Hals schlackerte. Seine Haut wirkte käsig, und sein schweres, schwarzes Brillengestell betonte dramatisch den Schrumpfungsprozeß, den er durchgemacht hatte – unter, hinter der Brille wirkte sein Kopf wie ein Totenschädel. Außerdem hielt er den Körper beim Gehen leicht nach links geneigt; der Krebs hatte offenbar die Hüfte oder das Bein angegriffen. Alles in allem erinnerte mich der Doktor an Dr. Roger Chillingworth aus Hawthornes *Der scharlachrote Buchstabe*. Gar nicht so unpassend, saß ich ihm doch mit genauso vielen schmählichen Geheimnissen gegenüber wie in Hawthornes Roman der Reverend Arthur Dimmesdale.

Maureen und ich hatten ein Jahr im Westen Connecticuts verbracht, ein weiteres Jahr an der American Academy in Rom, und schließlich ein Jahr an der Universität in Madison, und die Folge dieser ganzen Herumzieherei war, daß ich nie jemanden hatte finden können, dem ich mich anvertrauen mochte. Am Ende der drei Jahre hatte ich mir eingeredet, es wäre «unloyal», ja sogar ein «Verrat», selbst den engsten Freunden unserer Wanderjahre zu erzählen, was sich zwischen Maureen und mir abspielte, obwohl sie sich vermutlich ihr eigenes Bild machten aufgrund der Zwischenfälle, die sich oft auch auf der Straße oder bei anderen Leuten ereigneten. In erster Linie hielt ich aber deshalb anderen gegenüber den Mund, weil ich mich schämte, Maureens Wutausbrüchen so hilflos gegenüberzustehen, und weil ich fürchtete, sie könne sich oder mir oder wem immer ich mich anvertraut hatte etwas antun, sollte sie je von meinen Äußerungen erfahren. Und während ich Spielvogel jetzt in einem Sessel unmittelbar gegenübersaß und verlegen den Blick von seinem geschrumpften Schädel zu einem gerahmten Foto der Akropolis wandern ließ, dem einzigen Bild auf seinem unordentlichen Schreibtisch, begriff ich, daß ich's immer noch nicht konnte: *Diesem* Fremden die ganze schmutzige Geschichte meiner Ehe zu erzählen erschien mir so verwerflich wie ein schweres Verbrechen.

«Sie erinnern sich an Maureen?» fragte ich. «Meine Frau?»

«Ja. Sehr gut.» Seine Stimme, im Gegensatz zu seinem Äußeren, war kräftig und energisch, so daß ich mich prompt noch schwächlicher und befangener fühlte... Der kleine Denunziant, bereit zu «singen». Am liebsten wäre ich spontan aufgestanden und gegangen, ohne meine Scham und meine Erniedrigung (und mein Elend) preiszugeben – und gleichzeitig wäre ich ihm am liebsten auf den Schoß gekrochen. «Eine kleine, hübsche, dunkelhaarige junge Frau», sagte er. «Wirkte ausgesprochen willensstark.»

«Ja, sehr.»

«Hat 'ne Menge Mumm, würde ich denken.»

«Sie ist eine Wahnsinnige, Doktor!» Ich fing an zu weinen. Volle fünf Minuten schluchzte ich in meine vorgehaltenen Hände – bis Spielvogel fragte: «Sind Sie fertig?»

Es gibt Sätze aus meinen fünf Jahren Psychoanalyse, die sich mir ins Gedächtnis geprägt haben wie der erste Satz von *Anna Karenina* – «Sind Sie fertig?» ist einer von ihnen. Der perfekte Tonfall, die perfekte Taktik. Und ich lieferte mich Spielvogel aus, auf der Stelle, zum Guten oder zum Bösen.

Ja, ja, ich war fertig. «Ich breche im Moment andauernd in Tränen aus...» Ich trocknete mir das Gesicht mit einem Kleenex aus der Schachtel, die er mir hinhielt, und fing an «auszupacken» – allerdings nicht über Maureen (das konnte ich nicht, nicht gleich zu Anfang), sondern über Karen Oakes, das junge Mädchen aus Wisconsin, in das ich während des ganzen letzten Winters bis zum Frühjahr leidenschaftlich verliebt gewesen war. Monatelang hatte ich sie beobachtet, wenn sie über den Campus radelte, bevor sie während des zweiten Semesters in meinem Literaturseminar auftauchte und sich rasch als die intelligenteste Studentin entpuppte. Karen war freundlich, sanftmütig, eine verführerische Mischung aus selbstbewußter Unschuld und scheuer Abenteuerlust, sie besaß eine gewisse dichterische Begabung und verfaßte gescheite, ein wenig gelehrt wirkende Analysen der Werke, die wir im Seminar behandelten; ihre Offenheit und Klarheit, sagte ich zu Spielvogel, seien ebenso Balsam für mich gewesen wie ihr sanftes Temperament, ihre schlanken Glieder und ihr hübsches und ruhiges amerikanisches Mädchengesicht. Oh, ich redete und redete über Ka-reen (der Kosename fürs Bettgeflüster), zusehends berauscht, während ich erzählte, von den Erinnerungen an unsere glühende «Leidenschaft» und überströmende «Liebe» – ich verschwieg allerdings, daß wir im Laufe der drei Monate insgesamt wohl kaum achtundvierzig Stunden allein miteinander verbracht hatten, und selten mehr als fünfundvierzig Minuten auf einmal; entweder trafen wir uns im Seminar unter der Aufsicht von fünfzehn Studenten oder in ihrem Bett. Dennoch behauptete ich, sie sei «das einzig Gute» gewesen, was mir passiert sei, seit ich aus der Army entlassen worden und nach New York gekommen war, um zu schreiben. Ich erzählte Spielvogel, daß sie sich selbst «Miss Demi-Weiblichkeit von 1962» genannt hatte; er schien von der Bemerkung längst nicht so hingerissen wie ich seinerzeit, allerdings hatte er ja auch nicht kurz zuvor zum erstenmal das Demi-Weib entkleidet, das sie gemacht hatte. Ich berichtete ihm von den Qualen des Zweifels und der Sehnsucht, die ich durchlitten hatte, bevor ich drei Wochen nach Semesteranfang auf eine ihrer ausgezeichneten Seminararbeiten schrieb: «Rücksprache». Tatsächlich kam sie in mein Büro und nahm auf meine höfliche, professorale Aufforderung hin Platz. In diesen ersten Minuten schlug die Liebenswürdigkeit hohe Wellen. «Sie wünschten mich zu sehen?» – «Ja, ganz recht, Miss Oakes.» Ein Schweigen folgte, lang und auf diffuse Weise beredt genug, um einen Anton Tschechow vollauf zufriedenzustellen. «Wo kommen Sie her, Miss Oakes?» – «Racine.» – «Und was ist Ihr Vater von Beruf?» – «Er ist Arzt.» Und dann, als stürzte ich mich von einer Brücke, tat ich es: beugte mich vor und legte eine Hand auf ihr strohblondes Haar. Miss Oakes schluckte und schwieg. «Tut mir leid», sagte ich zu ihr, «ich konnte einfach nicht anders.» Sie sagte: «Professor Tarnopol, ich bin nicht das, was man eine welterfahrene Person nennt!» Woraufhin ich mich überschwenglich zu entschuldigen begann. «Oh, bitte, machen Sie sich deswegen keine Gedanken», sagte sie, als ich überhaupt nicht mehr aufhören wollte, «viele Dozenten tun das.» – «Oh, tatsächlich?» fragte der Literaturpreisträger. «Bisher in jedem Semester», erwiderte sie und nickte ein wenig müde, «und für gewöhnlich die Anglisten.» – «Und was geschieht dann für gewöhnlich?» – «Ich sage ihnen, ich sei nicht das, was man eine welterfahrene Person nennt. Denn das bin ich nicht.» – «Und dann?» – «Das war's dann, im allgemeinen.» – «Sie bekommen ein schlechtes Gewissen und entschuldigen sich überschwenglich.» – «Sie haben plötzlich Bedenken.» – «Genau wie ich.» – «Und wie ich», sagte sie und sah mir direkt in die Augen; «der Grundsatz *in loco parentis* wirkt in beiden Richtungen.» – «Hören Sie, hören Sie –» – «Ja?» – «Hören Sie, ich bin *fasziniert* von Ihnen. Irrsinnig.» – «Sie kennen mich doch gar nicht, Professor Tarnopol.» – «Ein wenig schon. Ich habe Ihre Arbeiten gelesen. Ich habe Ihre Geschichten und Gedichte gelesen.» – «Ich habe Ihre gelesen.» O mein Gott, Dr. Spielvogel, wie können sie dasitzen wie ein Indianer? Haben Sie denn gar keinen Sinn für den *Charme* dieser Geschichte? Können Sie nicht begreifen, was ein solches Gespräch in meiner Verzweiflung für mich bedeutete? «Hören Sie, Miss Oakes, ich möchte Sie sehen – ich *muß* Sie sehen!» – «Okay.» – «*Wo?*» – «Ich habe ein Zimmer –» – «Ich kann nicht in ein Studentenwohnheim gehen, das wissen Sie doch.» – «Ich bin bald fertig mit meinem Studium. Ich wohne nicht mehr im Studentenheim. Ich bin ausgezogen.» – «Oh, wirklich?» – «Ich habe in der Stadt mein eigenes Zimmer.» – «Kann ich Sie dort besuchen?» – «Klar.»

Klar! Oh, was für ein wunderbares, entzückends, entwaffnendes, bezauberndes Wort war das doch! Den ganzen restlichen Tag lief ich herum und murmelte es vor mich hin. «Worüber bist du denn so vergnügt?» fragte Maureen. *Klar. Klaar. Klahar.* Wie sprach dieses schöne, kluge, bereitwillige und gesunde junge Mädchen das Wort eigentlich aus? *Klar!* Ja, genauso – knapp und präzise. *Klar!* O ja, es war so klar, wie es nur klar sein konnte, Miss Oakes würde ein Abenteuer erleben und Professor Tarnopol einen Nervenzusammenbruch... Wie viele Stunden vergingen bis zu meinem Entschluß, nach Semesterende mit ihr durchzubrennen? Oh, nicht sehr viele. Beim zweiten Mal im Bett weihte ich Ka-reen in meinen Plan ein. Wir würden im Juli nach Italien fliegen, und zwar mit der Pan-Am-Maschine von Chicago (ich hatte mich bereits telefonisch informiert) am Abend ihres letzten Prüfungstages; ich konnte meine Examensnoten ja aus Rom per Post schicken. Wäre das nicht phantastisch? Oh, sagte ich und vergrub mein Gesicht in ihrem Haar, ich möchte mit dir durchbrennen, Ka-reen! Und sie murmelte leise: «Mmmmmm, mmmmmm», was ich als zärtliches Einverständnis interpretierte. Ich erzählte ihr von den wunderschönen italienischen Piazzen, wo Maureen und ich uns angebrüllt hatten: die Piazza San Marco in Venedig, die Piazza della Signoria in Florenz, die Piazza del Campo in Siena... Karen fuhr in den Frühjahrsferien nach Hause und kehrte nicht wieder zurück. So tyrannisch und furchteinflößend wirkte ich inzwischen. Ihr Gemurmel war nichts weiter gewesen als die Reaktion ihres gesunden Menschenverstandes, dem die grauenvollen Konsequenzen ihrer Entscheidung dämmerten, ausgerechnet dieses Mitglied des von Gewissensqualen geplagten Anglistik-Lehrkörpers zu wählen, um außerhalb des Studentenwohnheims ein wenig Welterfahrung zu sammeln. Tolstoi im Seminar zu behandeln war eine Sache, mit dem Professor Anna und Wronskij zu spielen eine ganz andere.

Als sie nach den Frühjahrsferien nicht wieder zurückkehrte, rief ich fast täglich voller Verzweiflung in Racine an. Ich versuche es um die Mittagszeit und erhalte zur Antwort, sie sei «nicht zu Haus». Ich kann das nicht glauben – wo ißt sie denn dann? «Wer ist da, bitte?» werde ich gefragt. Ich murmele: «Ein Studienfreund... sind Sie auch *sicher*, daß sie nicht...?» – «Möchten Sie Ihren Namen hinterlassen?» – «Nein.» Allabendlich nach dem Essen halte ich es etwa zehn Minuten lang mit Maureen im Wohnzimmer aus, bevor mich das Gefühl beschleicht, ich müsse wahnsinnig werden; ich erhebe mich aus meinem Ledersessel, lasse Bleistift und Buch fallen – als wäre ich Rudolf Heß nach zwanzig Jahren Haft in Spandau, rufe ich: «Ich muß einen Spaziergang machen! Ich muß ein paar andere Gesichter sehen! Hier drin ersticke ich!» Kaum bin ich draußen, sprinte ich los, quer über Rasenflächen und hinweg über niedrige Gartenzäune hin zum nächstgelegenen Studentenwohnheim, wo es im ersten Stock eine Telefonzelle gibt. Ich werde Karen beim

Abendessen erwischen und sie bitten, wenigstens bis zum Ende des Semesters zurückzukommen, auch wenn sie nicht bereit ist, im Juni mit mir durchzubrennen und eine Wohnung in Trastevere zu nehmen. Sie sagt: «Warte einen Augenblick – laß mich an einen anderen Apparat gehen.» Sekunden später höre ich, wie sie ruft: «Würdest du unten bitte auflegen, Mom?» – «Karen! Karen!» – «Ja, hier bin ich wieder.» – «Karen, ich kann's nicht ertragen – ich werde mich mit dir irgendwo in Racine treffen! Ich komme per Anhalter! Um halb zehn kann ich dort sein!» Aber sie *war* nun mal die intelligenteste von all meinen Studenten und hatte nicht die leiseste Absicht, sich von einem überdrehten Literaturprofessor mit einer kaputten Ehe und einer vorzeitig beendeten Schriftstellerkarriere das Leben ruinieren zu lassen. Vor meiner Frau könne sie mich nicht retten, sagte sie, das müsse ich schon selber tun. Sie hatte ihrer Familie erzählt, daß sie eine unglückliche Liebesaffäre hinter sich habe, jedoch versicherte sie mir, niemandem verraten zu haben, mit wem... «Und was ist mit deinem Examen?» fragte ich, als sei ich der Dekan der Universität. «Das ist im Augenblick nicht so wichtig», erwiderte Karen, und ihre Stimme hörte sich aus dem Schlafzimmer in Racine genauso ruhig an wie im Seminarraum. «Aber ich liebe dich! Ich will dich!» schrie ich das schlanke Mädchen an, das vor nur einer Woche in Turnschuhen und Baumwollrock zur Vorlesung geradelt war, das strohblonde Haar zu Zöpfen geflochten, den Schoß noch voll von meinem Samen nach unserem Mittagsrendezvous in ihrem Zimmer. «Du kannst doch nicht einfach so gehen, Karen! Nicht jetzt! Nicht, nachdem alles so wunderbar gewesen ist!» – «Aber ich kann dich doch nicht retten, Peter. Ich bin erst zwanzig.» In Tränen aufgelöst, rief ich: «Ich bin erst neunundzwanzig!» – «Peter, ich hätte niemals damit anfangen dürfen. Ich hatte ja keine Ahnung, was auf dem Spiel stand. Das ist meine Schuld. Verzeih mir. Es tut mir ja so leid.» – «Herrgott, es soll dir nicht ‹leid› tun – *komm doch bloß zurück!*» Eines Abends folgte mir Maureen heimlich aus dem Haus durch die Grünanlagen zum Wohnheim, und nachdem sie ein oder zwei Minuten, für mich unsichtbar, draußen an der Telefonzelle gelauscht hatte, riß sie die Tür auf, während ich gerade wieder einmal Karen anflehte, ihren Entschluß rückgängig zu machen und mit mir den Pan-Am-Nachtflug vom O'Hare-Flughafen nach Europa zu nehmen. «Lügner!» kreischte Maureen. «Lügner und Hurenbock!»

Und sie lief in die Wohnung zurück und schluckte eine kleine Handvoll Schlaftabletten. Dann kroch sie auf allen vieren in Unterwäsche ins Wohnzimmer, kniete sich dort auf den Fußboden und wartete mit meinem Gillette-Rasierer in der Hand geduldig darauf, daß ich das Gespräch mit meinem Studentenflittchen beendete und nach Hause kam, damit sie endlich anfangen konnte, sich beinahe umzubringen.

Ich erzählte Spielvogel, was Maureen mir auf dem Fußboden im Wohnzimmer gestanden hatte. Aber da das alles erst zwei Monate her war, machte ich nun mit Spielvogel die gleiche Erfahrung wie an jenem Morgen mit Moe auf der Taxifahrt zurück vom Flughafen; ich konnte die Geschichte von der falschen Urinprobe nicht erzählen, ohne daß mir schwindlig und schwach wurde, als ob, sobald ich mir die Sache vergegenwärtigte, flammender Zorn sekundenschnell durch mich hindurchjagte und alle Vitalität und Kraft aufzehrte. Noch heute kann ich die Geschichte nicht erzählen, ohne zumindest ein leichtes Schwindelgefühl zu verspüren. Und es ist mir niemals gelungen, sie als literarisches Material zu verwenden, was ich in den fünf Jahren seit Maureens Beichte wiederholt vergeblich versucht habe. Ich schaffe es einfach nicht, diese Geschichte glaubwürdig darzustellen – wahrscheinlich, weil ich sie selbst noch immer nicht ganz glauben kann. Wie konnte sie? Mir! Wie sehr ich mich auch anstrenge, niedrige Realität in hohe Kunst zu verwandeln, es ist immer wieder dasselbe, was in blutigen Lettern über der Erzählung steht: WIE KONNTE SIE? MIR!

«Und dann», berichtete ich Spielvogel, «wissen Sie, was sie dann gesagt hat? Sie hockte auf dem Fußboden, die Rasierklinge direkt am Handgelenk. In Höschen und BH. Und ich stand vor ihr. Sprachlos. *Sprachlos*. Ich hätte ihr den Schädel einschlagen können. Und ich hätte es tun sollen!»

«Und was hat sie gesagt?»

«Was sie gesagt hat? Sie sagte: «Wenn du mir das mit dem Urin verzeihst, verzeih ich dir deine Geliebte. Dann verzeih ich dir, daß du mich mit diesem Fahrrad-Mädchen betrogen hast und daß du mit ihr nach Rom durchbrennen wolltest.»

«Und was haben Sie getan?» fragte Spielvogel.

«Sie meinen, ob ich ihr den Schädel eingeschlagen habe? Nein. Nein, nein, nein, nein, nein. Ich tat nichts – nicht ihr. Ich stand eine

Zeitlang einfach da. Ich mußte das erst mal verdauen, diesen *Einfallsreichtum*. Diese *Erbarmungslosigkeit*. Die Tatsache, daß sie sich so etwas ausgedacht und es dann auch *unbeirrt durchgeführt* hatte. Ich empfand in der Tat *Bewunderung*. Und Mitleid, *Mitleid!* Ich dachte: ‹Mein Gott, was *bist* du nur für ein Mensch! Daß du so etwas tust *und es drei Jahre lang für dich behältst*!› Und dann erkannte ich meine Chance, aus allem rauszukommen. Als ob erst so etwas passieren mußte, verstehen Sie, als ob nichts Geringeres genügt hätte, damit ich mich frei fühlte zu gehen. Nicht daß ich tatsächlich gegangen wäre. Oh, ich *sagte* ihr, ich würde gehen, gewiß. Ich sagte, ich verlasse dich, Maureen, ich kann nicht länger mit jemandem leben, der zu so etwas fähig ist, und so weiter. Aber inzwischen war sie in Tränen ausgebrochen und sagte: ‹Wenn du mich verläßt, schneide ich mir die Pulsadern auf. Ich habe mich schon mit Schlaftabletten vollgepumpt.› Und ich sagte, es ist wirklich wahr, ich sagte: ‹Tu's doch, was kümmert mich das?› Und so drückte sie die Klinge in ihre Haut – und Blut quoll hervor. Wie sich dann zeigte, hatte sie sich nur geritzt, aber ich hatte ja keine Ahnung von diesen Dingen. Sie hätte doch glatt bis auf den Knochen schneiden können. Ich rief: ‹Nicht doch – tu das nicht!› und versuchte, ihr den Rasierer zu entwinden. Bei dem anschließenden Ringkampf hatte ich furchtbare Angst, mir selbst die Adern aufzuschlitzen, aber ich versuchte, ihr das verdammte Ding abzunehmen, ich griff immer wieder danach – und heulte dabei. Aber das brauche ich wohl nicht zu erwähnen. Ich heule im Augenblick ja praktisch nur noch, wissen Sie – und sie heulte auch, natürlich, und schließlich riß ich ihr das Ding aus der Hand, und sie sagte: ‹Wenn du mich verläßt, mache ich dieses Mädchen fertig! Ich werde dafür sorgen, daß dieses kleine Unschuldsgesicht in jeder Zeitung in Wisconsin zu sehen ist!› Und dann fing sie an zu kreischen, ich hätte sie auf die übelste Weise ‹betrogen›, man könne mir nicht trauen, das habe sie schon immer gewußt – und das ungefähr drei Minuten nach ihren detaillierten Ausführungen darüber, wie sie dieser Negerin auf der Avenue B die Urinprobe abgekauft hatte!»

«Und was haben Sie dann getan?»

«Ihr den Hals von einem Ohr zum anderen aufgeschnitten? Nein. Nein! Ich bin ausgerastet. Vollkommen. Ich kriegte einen Tobsuchtsanfall. Wir waren beide blutverschmiert – ich hatte mir in den linken Daumen geschnitten, von ihrem Handgelenk troff das Blut, wir müssen furchtbar ausgesehen haben – wie eine Horde Azteken, denen ein Opferritual danebengeht. Ich meine, es ist schon komisch, wenn man sich das so vorstellt. Ich bin der Donald Duck des Heulens und Zähneklapperns!»

«Sie hatten einen Tobsuchtsanfall.»

«Das trifft es nicht mal *annähernd*. Ich warf mich auf die Knie – ich *flehte* sie an, mich freizugeben. Ich schlug mit dem Kopf auf den Fußboden, Doktor. Ich rannte von einem Zimmer ins andere. Dann – dann tat ich etwas, was, wie sie mir erzählt hatte, Walker zu tun pflegte. Vielleicht hatte Walker es überhaupt nicht getan; vermutlich war auch das eine Lüge. Jedenfalls, *ich* tat es. Zuerst lief ich einfach durch die Gegend und suchte nach einem Versteck für den Rasierer. Ich erinnere mich, daß ich den Scherkopf abschraubte, die Klinge in die Toilette warf, spülte und spülte und das verdammte Ding einfach da liegenblieb, auf dem Grund der Kloschüssel. Dann rannte ich ins Schlafzimmer – die ganze Zeit, verstehen Sie, brüllte ich: ‹Laß mich gehen! Laß mich gehen!› und schluchzte und so weiter. Gleichzeitig riß ich mir die Kleider vom Leib. So was Ähnliches hatte ich in einem Wutanfall schon mal gemacht, aber diesmal riß ich mir buchstäblich jeden Fetzen vom Leib. Und dann zog ich Maureens Unterwäsche an. Ich riß die Kommodenschublade auf und schlüfte in eins ihrer Höschen – ich kriegte das Ding gerade eben über meinen Schwanz. Dann versuchte ich, mich in einen ihrer BHs zu zwängen. Das heißt, ich steckte meine Arme durch die Träger. Und dann stand ich einfach da, heulend – und blutend. Schließlich kam sie ins Zimmer – nein, sie kam nur bis zur Tür, da blieb sie stehen und sah mich an. Und, verstehen Sie, sie hatte ja auch weiter nichts an, nur ihre Unterwäsche. Sie sah mich, fing wieder an zu schluchzen und rief: ‹Oh, Liebling, nein, nein …›»

«Ist das alles, was sie sagte?» fragte Spielvogel. «Sie nannte Sie nur ‹Liebling›?»

«Nein. Sie sagte: ‹Zieh das aus. Ich werde niemandem was davon erzählen. Aber zieh das sofort wieder aus.›»

«Das war vor zwei Monaten», sagte Dr. Spielvogel, als er merkte, daß ich nichts mehr zu sagen hatte.

«Ja.»

«Und?»

«Es lief nicht gut, Doktor.»

«Was meinen Sie damit?»

«Ich habe noch ein paar merkwürdige Sachen gemacht.»

«Zum Beispiel?»

«Zum Beispiel bin ich mit Maureen zusammengeblieben – das ist das Merkwürdigste von allem! Drei Jahre hatte ich sie ertragen, und nun, da ich weiß, was ich weiß, lebe ich noch immer mit ihr zusammen! Und falls ich morgen nicht zurückfliege, hat sie angekündigt, der Welt ‹alles› zu erzählen. Sie hat meinem Bruder am Telefon gesagt, er solle mir das ausrichten. Und sie wird's tun. *Sie wird es tun.*»

«Irgendwelche anderen ‹merkwürdigen Sachen›?»

«...mit meinem Sperma.»

«Ich habe Sie nicht richtig verstanden. Ihr Sperma? Was ist mit Ihrem Sperma?»

«Mein Samen – Ich verteile ihn überall.»

«Ja?»

«Ich verschmiere ihn an allen möglichen Stellen. Ich gehe in fremde Häuser und hinterlasse ihn – an allen möglichen Stellen.»

«Sie brechen in die Häuser anderer Leute ein?»

«Nein, nein», sagte ich scharf – wofür halten Sie mich denn, für einen Verrückten? «Ich bin eingeladen. Ich gehe ins Badezimmer. Ich hinterlasse Sperma... auf dem Wasserhahn. Im Seifennapf. Nur ein paar Tropfen...»

«Sie masturbieren in den fremden Badezimmern?»

«Manchmal, ja. Und hinterlasse...»

«Ihre Signatur.»

«Tarnopols Silberkugel.»

Er lächelte über meinen Scherz; ich nicht. Ich hatte noch mehr zu erzählen. «Ich habe es auch in der Universitätsbibliothek gemacht. Es auf Bucheinbände geschmiert.»

«Bucheinbände? Von was für Büchern?»

«Büchern! Irgendwelchen Büchern! Was mir gerade in die Hände fällt.»

«Sonst noch irgendwo?»

Ich seufzte.

«Nur raus damit, bitte», sagte der Doktor.

«Ich hab damit einen Briefumschlag zugeklebt», sagte ich mit lauter Stimme. «Meinen Scheck an die Telefongesellschaft.»

Wieder lächelte Spielvogel. «Nun, das ist immerhin ganz originell, Mr. Tarnopol.»

Und wieder brach ich in Tränen aus. «Aber was hat es zu bedeuten?»

«Kommen Sie», sagte Dr. Spielvogel, «was meinen Sie denn, was es ‹zu bedeuten› hat? Sie brauchen doch keinen Wahrsager, soweit ich sehe.»

«Daß ich völlig die Kontrolle über mich verloren habe!» sagte ich schluchzend. «Daß ich nicht mehr weiß, was ich tue!»

«Daß Sie wütend sind», sagte er und schlug mit der flachen Hand auf die Armlehne seines Sessels. «Daß Sie außer sich sind vor Zorn. Sie haben *nicht* die Kontrolle über sich verloren – Sie sind *unter* Kontrolle. Unter Maureens Kontrolle. Sie ergießen Ihren Zorn überall. Nur nicht dort, wo er hingehört. Dort vergießen Sie Tränen.»

«Aber sie wird Karen fertigmachen! Sie wird's tun! Sie weiß, wer Karen ist – sie hat meine Studentinnen mit Argusaugen bespitzelt! Sie wird dieses liebe, unschuldige Mädchen vernichten!»

«Nach meinem Eindruck kommt Karen ganz gut allein zurecht.»

«Aber Sie kennen Maureen nicht, wenn sie erst mal richtig loslegt. Sie ist fähig, jemanden zu *ermorden*. In Italien hat sie ins Lenkrad unseres VW gegriffen und versucht, uns einen Steilhang hinabzustürzen – weil ich ihr nicht die Tür aufgehalten habe, als wir in Sorrent das Hotel verließen! Sie konnte ihre Wut tagelang mit sich rumschleppen – bis es dann aus ihr herausbrach, im Auto, Wochen später! Sie können sich einfach nicht vorstellen, wie das ist, wenn sie richtig außer sich gerät!»

«Nun, wenn das so ist, sollte Karen rechtzeitig gewarnt werden.»

«Es *ist* so! Es ist haarsträubend! Greift mir einfach ins Lenkrad und dreht es zur anderen Seite, während wir eine Bergstraße runterkurven! Sie müssen mir glauben, was ich durchgemacht habe – ich übertreibe nicht! Im Gegenteil – ich lasse einiges *weg*!»

Jetzt, da meine Nemesis tot ist und ihre Asche von einem Flugzeug in den Atlantischen Ozean gestreut wurde; jetzt, da diese ganze Wut *verstummt* ist, scheint es mir undenkbar, so nachhaltig von Maureen Johnson Mezik Walker Tarnopol, der Elmira-School-Niete, entmannt worden zu sein, wie ich es Spielvogel gleich in unserer ersten Sitzung schilderte (und demonstrierte). Schließlich war ich größer, intelligenter, gebildeter und sehr viel kompetenter als sie. Was also (fragte ich den Doktor) hatte mich zu einem so willigen – oder willenlosen – Opfer gemacht? Warum besaß ich nicht die Kraft oder zumindest den einfachen Überlebensinstinkt, sie zu verlassen, sobald offenbar wurde, daß es nicht mehr darum ging, sie vor ihren Katastrophen zu bewahren, sondern mich vor meinen? Selbst nachdem sie mir den Urin-Schwindel gestanden hatte, selbst *da* konnte ich mich nicht aufraffen und verschwinden! Warum nur? Wie konnte jemand, der sein Leben lang um Unabhängigkeit gekämpft hatte – der als Kind, als Halbwüchsiger, als erwachsener Mann stets sein eigener Herr sein wollte –, wie konnte jemand, der «Ernsthaftigkeit» und «Reife» über alles schätzte, sich wie ein wehrloser kleiner Junge dieser Kitschroman-Klytämnestra unterwerfen?

Dr. Spielvogel legte mir nahe, die Antwort in meinem Kinderzimmer zu suchen. Unsere zweite Sitzung eröffnete er mit der Frage: «Erinnert Ihre Frau Sie an Ihre Mutter?»

Mir schwand der Mut. Psychoanalytischer Reduktionismus würde mich weder vor den Bahngleisen bewahren noch – was viel schlimmer war – vor der Rückkehr nach Wisconsin und weiteren Auseinandersetzungen mit Maureen. Ich verneinte. Meine Frau erinnerte mich an niemanden, den ich jemals gekannt hatte, wo auch immer. In meinem ganzen Leben hatte es niemand gewagt, mich derart zu täuschen, zu beleidigen, zu bedrohen oder zu erpressen wie sie – ganz gewiß keine Frau. Und niemals hatte mich jemand so angeschrien, ausgenommen vielleicht der Ausbilder in Fort Dix. Ich sagte zu Spielvogel, es liegt wohl kaum an ihrer Ähnlichkeit mit meiner Mutter, daß ich mit Maureen nicht fertig geworden sei, sondern vielmehr daran, daß sie ihr so *ganz und gar nicht* glich. Meine Mutter sei nicht übellaunig, zänkisch, nachtragend, gewalttätig, hilflos oder selbstmordgefährdet gewesen, und sie habe mich auch niemals demütigen wollen – unter keinen Umständen. Zweifellos unterscheide sie sich schon dadurch von Maureen, daß sie mich *anbetete*, mich über alle Maßen bewunderte; und ich hatte mich in ihrer Anbetung stets gesonnt. In der Tat habe ihr unerschütterlicher Glaube an meine Vollkommenheit sehr wahrscheinlich dazu beigetragen, zu fördern und zu hegen, was immer ich an Talenten besessen hatte. Vermutlich könne man sagen, ich hätte mich als kleiner

Junge meiner Mutter unterworfen – aber bei einem kleinen Jungen kann man doch nicht von Unterwerfung reden, oder? Da ist es doch nur gesunder Menschenverstand und Familiensinn: kindliche Realpolitik. Mit fünf Jahren erwartet man nicht, behandelt zu werden wie ein Dreißigjähriger. Mit fünfzehn erwartete ich allerdings eine respektvolle Behandlung, und meine Mutter trug dem Rechnung. Soweit ich mich erinnere, konnte ich diese Frau während meiner High-School-Zeit praktisch zu allem überreden, ich brachte sie mühelos dazu, die grundsätzliche Stichhaltigkeit meiner Argumente in fast allen Fragen anzuerkennen, die meinen aufkeimenden Sinn für persönliche Vorrechte betrafen; in der Tat fügte sie sich (soweit ich mich erinnerte) mit offenkundigem Vergnügen dem jungen Prinzen, den sie in all diesen Jahren auf den Thron vorbereitet hatte.

Es war der überflüssige Vater gewesen, mit dem ich mich damals hatte auseinandersetzen müssen. Er sorgte sich wegen meines Ehrgeizes und meiner Aufmüpfigkeit. Als ich noch jünger war, hatte er nicht viel von mir gesehen – den ganzen Tag arbeitete er im Geschäft, in schlechten Zeiten ging er abends für seinen Schwager mit Baumaterial hausieren –, und es fiel ihm begreiflicherweise nicht leicht, zu akzeptieren, daß das Schnäbelchen, das er in all den Jahren gefüttert hatte, sich über Nacht zu einem rebellischen Grünschnabel ausgewachsen hatte, der ihn mit Hilfe von «Logik», «Analogie» und vielseitiger Demonstration seiner Herablassung in Grund und Boden reden, argumentieren und meistens schachmatt setzen konnte. Aber dann kam mein Vierjahresstipendium für die Brown University und der Triumph der Triumphe, lauter glatte A-Noten im College, und allmählich wurde er weich und versuchte auch nicht mehr, mir vorzuschreiben, was ich zu denken und zu tun hätte. Mit siebzehn merkte man mir bereits an, daß auch ohne elterliche Bevormundung und Aufsicht kaum die Gefahr bestand, daß ich in der Gosse landen würde, und so tat er – was ihm zur Ehre gereicht – das Beste, was ein aggressiver Geschäftsmann, nimmermüder Ernährer und liebender Vater tun kann, er ließ mich gewähren.

Spielvogel sah das nicht so. Er stellte meine «ziemlich glückliche Kindheit» in Frage und meinte, Menschen könnten sich eine Menge vorgaukeln über die gute alte Zeit, die es niemals gegeben habe. All das habe vielleicht doch eine dunklere Seite, die ich der Bequemlichkeit halber außer acht ließe – das bedrohliche Moment der Energie,

Tüchtigkeit und Fürsorglichkeit meiner Mutter und die «Kastrationsangst», wie er es ausdrückte, die sie in ihrem kleinen Sohn, dem jüngsten und emotional labilsten ihrer Kinder, geschürt habe. Aus meinen Schilderungen von Morris' Leben und meinen wenigen bildhaften Kindheitserinnerungen an ihn schloß Dr. Spielvogel, daß mein Bruder schon «konstitutionell» ein wesentlich widerstandsfähigerer Typ gewesen sei als ich und sich diese Veranlagung bei ihm noch stärker ausgeprägt habe, als er in seinen Entwicklungsjahren praktisch selbst für sich sorgen mußte, während meine Mutter den größten Teil des Tages mit meinem Vater im Geschäft verbrachte. Was Joan betraf, so äußerte Spielvogel die Vermutung, sie sei, als einziges Mädchen und häßliches Entlein der Familie, wohl kaum Gefahr gelaufen, von meiner Mutter mit Fürsorglichkeit überschüttet zu werden; vielmehr habe sie sich wahrscheinlich an der Peripherie des Familienkreises gesehen, vernachlässigt und überflüssig im Vergleich zu dem robusten älteren Bruder und dem klugen jüngeren. Wenn das zutreffe (setzte er seine Version der Tarnopol-Familiengeschichte fort), so könne es kaum überraschen, daß sie auch mit über vierzig Jahren noch immer so versessen darauf sei, alles mögliche zu *haben* – berühmte Freunde, auffallende Schönheit, exotische Reiseerlebnisse, extravagante und teure Kleider –, mit einem Wort, die Bewunderung und den Neid der Öffentlichkeit für sich zu reklamieren. Spielvogel schockierte mich mit der Frage, ob meine Schwester gleichermaßen versessen auf Liebhaber sei. «Joannie? Das habe ich mir noch nie überlegt.» – «Wie so vieles», versicherte der Doktor dem Patienten.

Nun hatte ich bestimmt nie behauptet, meine Mutter sei vollkommen gewesen; natürlich erinnerte ich mich daran, daß sie mich mitunter allzu streng angefahren und meinen Stolz oder meine Gefühle unnötig verletzt hatte; natürlich war sie bei meiner Erziehung ab und zu gedankenlos gewesen und hatte sich, wie alle Eltern, aus Zorn oder Unsicherheit manchmal in Tyrannei geflüchtet. Doch bevor ich unter Dr. Spielvogels Einfluß geriet, hätte ich mir kein Kind vorstellen können, das mehr geliebt und geachtet worden wäre als Mrs. Tarnopols kleiner Junge. Noch mehr Zuwendung, und es hätten sich tatsächlich Probleme für mich ergeben. Gegen Spielvogels Sichtweise meiner Vergangenheit wandte ich ein, wenn die Erziehung meiner Mutter mir tatsächlich ernsthaft geschadet habe, dann höchstens deshalb, weil sie in mir den unbegrenzten Glauben an meine Fähigkeit nährte, zu *gewinnen*, was immer ich wollte, und so viel Optimismus und Naivität in bezug auf mein vom Schicksal begünstigtes Dasein war (wie mir jetzt bewußt wurde) nicht gerade dazu angetan, mich für eine Wirklichkeit voller Rückschläge und Frustrationen abzuhärten. Daß ich Maureens wildesten Szenen so erbärmlich wenig entgegenzusetzen hatte, lag vielleicht daran, daß ich ganz einfach nicht glauben mochte, es könne jemanden wie sie geben in einer Welt, die mir als eine Art Riesenspielzeug angepriesen worden war. Es war nicht die Wiederholung eines alten «Traumas», die mich angesichts der Herausforderungen meiner Frau so hilflos machte – es war seine Einzigartigkeit. Ich hätte ebensogut einem Marsmenschen gegenüberstehen können, so fremd und unvertraut waren mir weiblicher Zorn und Haß.

Bereitwillig räumte ich Dr. Spielvogel gegenüber ein, daß meine Ehe mich in der Tat in einen verstörten und wehrlosen kleinen Jungen verwandelt habe, doch das sei nur möglich gewesen, weil ich niemals zuvor ein *verstörter* kleiner Junge war. Ich konnte mir nicht vorstellen, wie man meinen «Sturz» mit Ende Zwanzig erklären sollte, ohne die vorausgegangenen glücklichen und erfolgreichen Jahre in Betracht zu ziehen. War es nicht denkbar, daß in meinem «Fall», wie ich es bereitwillig nannte, Triumph *und* Versagen, Sieg *und* Niederlage sich herleiteten aus unverbrüchlicher knabenhafter Ergebenheit gegenüber einer Frau als Wohltäterin und Hohepriesterin, als Hüterin und Führerin? Lag nicht der Schluß nahe, daß meine Fügsamkeit gegenüber der BÖSEN ÄLTEREN FRAU nichts anderes war als der wiederentdeckte gewohnheitsmäßige Gehorsam, der mir im Umgang mit der GUTEN ÄLTEREN FRAU meiner Kindheit durchaus zum Vorteil gereicht hatte? Ein kleiner Junge, ja, ganz gewiß, ohne jeden Zweifel – doch keinesfalls, beharrte ich, weil die schützende, fürsorgliche und ausgleichende Mutter meiner einigermaßen glücklichen Erinnerungen Spielvogels «phallisch-bedrohliche Mutterfigur» gewesen sei, der ich mich aus Angst unterworfen und die ein Teil von mir insgeheim gehaßt hatte. Zweifellos erzeuge, wer über ein Kind absolute Macht ausübe, in diesem bisweilen unweigerlich auch Haß; aber stellten wir nicht das tatsächliche Verhältnis auf den Kopf, indem wir dem furchterregenden Aspekt, sei er auch tatsächlich vorhanden gewesen, Vorrang gegenüber der mütterlichen Liebe und Zärtlichkeit einräumten, die die Erinnerungen an die ersten zehn Jahre meines Lebens prägten? Und maßen wir nicht meiner Unterwürfigkeit ein allzu großes Gewicht bei, wenn doch alle verfügbaren Anhaltspunkte darauf hindeuteten, daß ich in Wirklichkeit ein munterer, lebendiger kleiner Junge mit dem Spitznamen Peppy war, der keineswegs wie ein geprügelter Hund durch die Welt schlich. Es gab Kinder, sagte ich zu Spielvogel (der dies vermutlich wußte), die weitaus Schlimmeres durchgemacht hätten als ich, wenn sie den Zorn der Erwachsenen auf sich zogen.

Doch davon wollte Spielvogel nichts wissen. Es sei keineswegs ungewöhnlich, sagte er, sich von der «bedrohlichen Mutter» geliebt zu fühlen; beunruhigend sei indes, daß ich nach all den Jahren noch immer ein derart «idealisiertes» Bild von ihr zeichne. Das sei nach wie vor ein Symptom dafür, daß ich in seinen Augen stark «in ihrem Bann» stehe, nicht gewillt, auch nur einen Laut des Protests zu äußern, aus Furcht – noch *immer* – vor Bestrafung. Nach seinem Dafürhalten war es meine Schutzlosigkeit als empfindsames kleines Kind gegen den Schmerz, den eine solche Mutter sehr leicht zufügen konnte, aus der sich «die Dominanz des Narzißmus» als «primärem Abwehrmechanismus» erklärte. Um mich vor der «tiefsitzenden Angst» zu schützen, die meine Mutter in mir auslöste – durch die Möglichkeiten der Zurückweisung und Trennung wie auch durch die Hilflosigkeit, die ich in ihrer Gegenwart empfand –, hatte ich ein starkes Überlegenheitsgefühl kultiviert, samt allen Implikationen von «Schuld» und «Ambivalenz» wegen meiner «Besonderheit».

Ich widersprach Dr. Spielvogel; es verhielte sich genau umgekehrt. Mein Überlegenheitsgefühl – wenn er es denn so nennen wolle – sei keine «Abwehr» gegen die Bedrohung durch meine Mutter gewesen, sondern vielmehr bereitwillige Akzeptanz ihrer Ansichten über mich. Ich teilte ganz einfach ihre Meinung, weiter nichts. Welcher kleine Junge hätte das nicht getan? Ich wollte Spielvogel keineswegs glauben machen, daß ich mich je im Leben als Durchschnittsmensch empfunden oder mir irgendwann gewünscht hätte, einer zu sein; ich versuchte lediglich ihm zu erklären, daß es keiner «tiefen Angst» bedurft hatte, um im Letztgeborenen meiner Mutter die Vorstellung zu wecken, er sei etwas Besonderes.

Aber wenn ich sage, «ich räumte ein», «ich widersprach», und Spielvogel «stellte in Frage» etc., so ist das die sehr pointierte Darstellung eines dialektischen Prozesses, der keineswegs akkurat und geordnet oder zielstrebig verlief, während er sich von Sitzung zu Sitzung weiterentwickelte. Eine Zusammenfassung dieser Art vermittelt möglicherweise einen übertriebenen Eindruck meines Widerstands gegen die archäologische Rekonstruktion meiner Kindheit, die im Laufe des ersten Therapiejahres allmählich Gestalt annahm; andererseits vergröbert eine solche Zusammenfassung die äußerst subtilen Mittel, mit deren Hilfe mir der Doktor seine Hypothesen über den Ursprung meiner Probleme nahebrachte. Wäre ich in meinem «Widerstand» weniger raffiniert gewesen – und er weniger erfahren –, so hätte ich ihm vielleicht erfolgreicher widerstehen können. (Nach der Lektüre dieser Sätze würde Dr. Spielvogel zweifellos sagen, mein Widerstand sei durch meine «Raffinesse» in keiner Weise beeinträchtigt worden, sondern habe im Gegenteil am Ende den Sieg davongetragen. So schriebe ich etwa ihm statt mir die Bezeichnung «phallisch-bedrohliche Figur» für meine Mutter zu, weil ich offenbar *noch immer* nicht die Verantwortung dafür übernehmen wolle, einen dermaßen undenkbaren Gedanken zu denken.) Und wäre ich nicht so verzweifelt auf Heilung von den wie immer gearteten Ursachen meiner Krankheit und meines Verfalls bedacht gewesen, hätte ich wahrscheinlich ein wenig länger widerstanden – wobei ich allerdings einräumen muß, daß ich, stets der beflissene Schüler, schon aus alter Gewohnheit seine Gedanken zumindest ernsthaft erwogen hätte. Aber da ich unbedingt die Kontrolle über mich wiedererlangen und gleichzeitig meine Empfindlichkeit Maureen gegenüber loswerden wollte, stellte ich fest, daß ich, sobald mir klar wurde, worauf Dr. Spielvogel hinaus wollte, die ursprüngliche Version der Geschichte von meiner einigermaßen glücklichen Kindheit mit Hilfe von Erinnerungen, die meine Mutter herrisch und furchteinflößend wie eine Figur von Dickens erscheinen ließen, zusehends in Frage zu stellen bereit war. O ja, da stellten sich plötzlich Erinnerungen ein an Grausamkeit, Ungerechtigkeit, an Kränkungen meiner Unschuld und Aufrichtigkeit, und nach einiger Zeit schien es, als träte der Zorn, den ich Maureen gegenüber empfunden hatte, gleichsam über die Ufer und überschwemmte die Gebiete meiner Kindheit. Obgleich ich meine wohlwollende Version der Vergangenheit nie ganz aufgab, folgte ich dennoch in großen Teilen der Spielvogelschen Interpretation, und als ich (etwa im zehnten Monat meiner Analyse) nach Yonkers fuhr, um mit meinen Eltern und Morris' Familie das Passah-Fest zu feiern, ertappte ich mich dabei, wie ich meiner Mutter ausgesprochen grob und kalt begegnete, was mich selbst anschließend fast genauso verblüffte wie die Frau, die sich so sehr auf jeden meiner seltenen Besuche an ihrer Tafel freute. Mit unverhohlener Verärgerung nahm mein Bruder mich zwischendurch beiseite und fragte: «Sag mal, was ist heute abend eigentlich mit dir los?» Ich zuckte nur die Achseln. Und als ich meiner Mutter später einen Abschiedskuß gab, war es mir beim besten Willen unmöglich, auch nur einen Anflug von Sohnesliebe zu heucheln – als sei meine Mutter, die vom ersten Moment an bestürzt gewesen war von Maureen und sich danach nur mir zuliebe mit ihr abgefunden hatte, eine Komplizin meiner Frau und ihrer Rachsucht.

Irgendwann im zweiten Jahr meiner Therapie, als die Beziehungen zu meiner Mutter völlig abgekühlt waren, kam mir der Gedanke, ich sollte, statt Spielvogel anzukreiden, daß er mich zu dieser verblüffenden Änderung in Verhalten und Einstellung gegenüber meiner Mutter provoziert hatte, das Ganze eher als Strategie sehen, die vielleicht rabiat, aber notwendig war und dazu diente, das Fundament kindlicher Verehrung abzutragen, auf das Maureen mit so phänomenalen Ergebnissen hatte bauen können. Natürlich war es nicht die Schuld meiner Mutter, daß ich die Loyalität, die sie durch die Überfülle ihrer Liebe inspiriert hatte, blind auf jemanden übertrug, der in Wirklichkeit mein Feind war; man konnte es sogar als Maßstab dafür betrachten, was für eine wundervolle Mutter sie gewesen sein mußte, was für eine *geniale* Mutter sie gewesen sein mußte, daß ihr Sohn noch Jahrzehnte später außerstande war, einer Frau «unrecht» zu tun, mit der seine Mutter nichts weiter gemein hatte als das Geschlecht, einer Frau, die er mittlerweile zu *verachten* begonnen hatte. Und doch, wenn meine Zukunft als Mann davon abhing, endlich die Bande kindlicher Verehrung zu durchschneiden, würde die brutale und blutige Operation der Gefühle stattfinden müssen, und zwar ohne dem verantwortlichen Chirurgen die Schmerzen vorzuwerfen, welche der Eingriff bei der unschuldigen Mutter verursachte, oder die Verwirrung, die sie bei dem ketzerischen Muttersöhnchen auslöste... Auf diese Weise versuchte ich, die Strenge, mit der ich meine Mutter beurteilte, zu rationalisieren und gleichzeitig den ziemlich patriarchalischen deutsch-jüdischen Arzt zu verstehen und zu rechtfertigen, dessen Beharren auf der «phallisch-bedrohlichen Mutter» mir manchmal eher ein Skelett in seinem als in meinem Schrank zu entlarven schien.

Doch diesen Verdacht wollte ich nicht weiterverfolgen, wagte es auch nicht. Ich war viel zu sehr der bedürftige Patient, um mich als Arzt meines Arztes aufzuspielen. Ich mußte jemandem vertrauen, wenn ich mich jemals von meiner Niederlage erholen wollte, und ich entschied mich für ihn.

Natürlich hatte ich keine Ahnung, was für ein Mensch Dr. Spielvogel außerhalb seiner Praxis war oder in seiner Praxis mit anderen Patienten. Wo genau er geboren und aufgewachsen war, was für eine Erziehung er genossen hatte, wann und unter welchen Umständen er nach Amerika emigriert war, was für eine Ehe er führte, ob er Kinder hatte – über all diese einfachen Tatsachen seines Lebens wußte ich ebensowenig wie über den Mann, bei dem ich meine Morgenzeitung kaufte; und ich fügte mich dem, was ich für die Spielregeln hielt, viel zu sehr, als daß ich zu fragen wagte, und ich war viel zu sehr mit meinen Problemen beschäftigt, um mehr als flüchtige Neugier für diesen Fremden zu empfinden, bei dem ich mich an drei Nachmittagen in der Woche für jeweils fünfzig Minuten in einem abgedunkelten Zimmer auf die Couch legte und zu dem ich sprach, wie ich noch nie zu jemandem gesprochen hatte, auch nicht zu den Menschen, die sich meines Vertrauens würdig erwiesen hatten. Meine Haltung gegenüber dem Doktor glich in vieler Hinsicht der eines Erstkläßlers, der die Klugheit, Autorität und Rechtschaffenheit seines Lehrers unbesehen akzeptiert und außerstande ist, sich vorzustellen, daß auch sein Lehrer in jener schwierigen und unsicheren Welt jenseits der Wandtafel lebt.

Ich war genau so ein Schuljunge gewesen, und als ich den Doktor zufällig in einem Bus auf der Fifth Avenue sah, reagierte ich mit der gleichen ungläubigen Betroffenheit und Verlegenheit wie mit acht Jahren, als ich eines Tages mit meiner Schwester an einem benachbarten Friseurladen vorbeigegangen war und durch die Scheibe gesehen hatte, wie der Mann, der in meiner Schule Werkunterricht gab, sich rasieren und die Schuhe putzen ließ. Ich hatte rund vier Monate Analyse hinter mir, als ich an einem regnerischen Morgen auf der Fifth Avenue an der Bushaltestelle vor Doubleday's stand, den Kopf hob und Spielvogel erblickte, der in Regenmantel und Regenhut ziemlich weit vorn im Bus Linie 5 saß und mit ausgesprochen düsterer Miene aus dem Fenster sah. Gewiß, ich hatte ihn vor Jahren auf einer Sommerparty getroffen, mit Seglermütze und einem Drink in der Hand, und wußte deshalb sehr wohl, daß er nicht zu existieren aufhörte, wenn er sich nicht mit meiner Psychoanalyse beschäftigte; auch waren seinerzeit in Chicago unter meinen Bekannten mehrere angehende Psychotherapeuten gewesen, mit denen ich mich abends in der Studentenkneipe bestens amüsiert hatte. Aber Spielvogel war nun mal keine beiläufige Kneipenbekanntschaft: Er war der Eingeweihte meiner ganz persönlichen Geschichte, er sollte als Instrument meiner psychischen – meiner *seelisch-geistigen* – Genesung fungieren, und daß ein Mensch, dem eine solche Verantwortung anvertraut worden war, so einfach auf die Straße hinausgehen und eines jener öffentlichen Verkehrsmittel besteigen konnte, die die Masse gewöhnlicher Menschen von Punkt A nach Punkt B beförderte – nun, das ging über meinen Verstand. Wie hatte ich nur so dumm sein können, meine dunkelsten Geheimnisse einem Menschen anzuvertrauen, der auf die Straße ging und einen öffentlichen Bus nahm? Wie hatte ich jemals glauben können, daß dieser hagere Mann mittleren Alters, der unter seinem olivgrünen Regenhut so müde und schutzlos aussah, daß dieser unscheinbare Fremde dort im *Bus* mich von meinen Plagen befreien könne? Und was, in Gottes Namen, sollte ich jetzt tun – in den Bus einsteigen, eine Fahrkarte lösen, mich durch den Gang drängen, ihm auf die Schulter tippen und sagen – was sagen? «Guten Tag, Dr. Spielvogel, ich bin's – Sie erinnern sich, der Mann in der Unterwäsche seiner Frau.»

Ich drehte mich um und suchte mit raschen Schritten das Weite. Als der Busfahrer, der geduldig darauf gewartet hatte, daß ich aus meinem Tagtraum erwachte und endlich durch die immer noch offene Tür einstieg, mich davonlaufen sah, rief er mit dem Überdruß jahrelanger Dienste an der Einwohnerschaft von Manhattan: «*Schon wieder* so ein Spinner», und fuhr über eine gelbe Ampel mit meinem Schamanen und Erlöser davon, der sich (wie ich später mit ungläubigem Staunen erfuhr) auf dem Weg zum Zahnarzt befand.

Im September 1964, zu Beginn des dritten Jahres meiner Analyse, hatte ich mit Dr. Spielvogel eine ernste Auseinandersetzung. Ich spielte mit dem Gedanken, die Therapie abzubrechen, und auch als ich mich dann zum Weitermachen entschlossen hatte, konnte ich ihm und der Behandlung nicht annähernd soviel Glauben und Hoffnung entgegenbringen wie zu Anfang. Ich konnte mich auch nicht von der Vorstellung lösen, von ihm irgendwie mißbraucht worden zu sein, obwohl mir durchaus klar war, daß ich in meinem «Zustand» nichts Schlimmeres tun konnte, als mich in die Rolle des Betrogenen und des Opfers hineinzusteigern. Als ich New York vor sechs Monaten verließ, lag der Hauptgrund in meiner Bedrückung und Verstörtheit über das, was Susan getan hatte; doch hinzu kam die Auseinandersetzung mit Dr. Spielvogel, die nie wirklich zu meiner Zufriedenheit beigelegt worden war und nun erneut aufflammte – ausgelöst natürlich durch Susans Selbstmordversuch, den ich seit Jahren befürchtet hatte, wohingegen Spielvogel meine Sorgen stets mit der Behauptung abgetan hatte, sie seien eher durch meine neurotische Persönlichkeit als durch die «Realität» begründet. Die Angst, Susan werde sich vielleicht umzubringen versuchen, falls ich sie verließ, hatte Spielvogel narzißtischer Selbstdramatisierung zugeschrieben. Auf die gleiche Weise erklärte er meine Niedergeschlagenheit, nachdem sich die Befürchtung bestätigt hatte.

«Ich bin kein Wahrsager», sagte er, «genausowenig wie Sie. Es gab mindestens so viele Gründe, wenn nicht mehr, für die Annahme, daß sie es nicht tun würde, wie dafür, daß sie es tun würde. Sie wußten – genau wie *sie* es wußte –, daß Ihre Beziehung das Befriedigendste war, was sie seit Jahren erlebt hatte. Es war, buchstäblich, die schönste Zeit ihres Lebens. Sie wurde endlich zu einer erwachsenen Frau. Sie *blühte auf*, nach allem, was man hört – richtig? Wenn sie danach, als Sie sie verlassen hatten, nicht genügend Beistand durch ihren Arzt, ihre Familie oder wen auch immer bekommen hat, nun, so ist das bedauerlich. Aber was können *Sie* tun? Susan hat immerhin gehabt, was sie mit Ihnen hatte. Und sie hätte es nicht *ohne* Sie haben können. Deshalb zu bedauern, daß Sie all die Jahre mit ihr zusammengewesen sind – also, das zeugt nicht von einem sehr aufmerksamen Blick auf die Haben-Seite der Bilanz. Zumal, Mr. Tarnopol, sie ja nicht Selbstmord verübt hat. Wissen Sie, Sie tun hier so, als sei genau das geschehen, als hätte es eine Beerdigung gegeben und was dazugehört. Aber sie hat ja schließlich nur einen Selbstmord*versuch* unternommen. Und zwar, wie mir scheinen will, mit recht geringer Erfolgsabsicht. Tatsache ist doch, daß am nächsten Morgen in aller Frühe ihre Putzfrau kommen sollte und daß diese Frau einen Schlüssel zu Susans Wohnung hatte. Sie wußte also, daß man sie binnen weniger Stunden finden würde. Richtig? Zweifellos ging Susan ein gewisses Risiko ein, um ihr Ziel zu erreichen, doch wie wir sehen, hat sie's gut über die Bühne gebracht. Sie ist nicht gestorben. Aber Sie kamen angerannt. Und Sie rennen noch immer. Vielleicht rennen Sie ja nur im Kreis herum, doch das ist für Susan immer noch besser, als wenn Sie völlig aus ihrem Leben verschwinden. Sie selbst sind es, der diese Geschichte übertrieben aufbläst, verstehen Sie. Wieder einmal Ihr Narzißmus, wenn ich das sagen darf. Eine phänomenale Überschätzung von – nun, praktisch von allem. Und diesen Vorfall, der ja nicht sonderlich tragisch ausgegangen ist, wie Sie wissen – diesen Vorfall als Vorwand zu benutzen, um die Therapie abzubrechen und sich wieder in die Isolation zu begeben, ein weiteres Mal als geschlagener Mann, also, ich glaube, Sie machen da einen ernsten Fehler.»

Wenn es denn ein Fehler war, so wollte ich ihn machen. Ich konnte mich Spielvogel nicht länger anvertrauen oder mich selbst als seinen Patienten ernst nehmen, also ging ich. Meine allerletzte Bindung war gekappt: keine Susan mehr, kein Spielvogel mehr, keine Maureen mehr. Nicht mehr auf dem Pfad der Liebe, des Hasses oder der wohlkalkulierten Fürsorge des Fachmanns – durch Zufall oder Absicht, zum Guten oder zum Schlechten: Ich bin nicht mehr dort.

Anmerkung: Gerade in dieser Woche traf hier in der Kolonie ein Brief von Spielvogel ein, in dem er sich für die Kopien von «Grün hinter den Ohren» und «Mitleidenschaft» bedankt, die ich ihm Anfang des Monats geschickt hatte. Ich hatte geschrieben:

> Seit einiger Zeit schon habe ich überlegt, ob ich Ihnen diese beiden (post-analytischen) Geschichten schicken soll, die ich in den ersten Monaten hier in Vermont geschrieben habe. Ich tue es jetzt; allerdings nicht, weil ich meinen Fall in Ihrer Praxis zu einer

erneuten Untersuchung aufgerollt sehen möchte (obgleich mir durchaus bewußt ist, daß Sie die beiliegenden Manuskripte so interpretieren könnten), sondern wegen Ihres Interesses an künstlerischen Arbeitsprozessen (und weil ich in letzter Zeit oft an Sie denken mußte). Ich weiß, daß Ihnen die Vertrautheit mit den biographischen und psychologischen Daten, die das Rohmaterial für solche Phantasieflüge bildeten, Anlaß zu theoretischer Spekulation geben könnte und daß aus der theoretischen Spekulation die Versuchung erwachsen könnte, sich mit Ihren Kollegen über Ihre Erkenntnisse auszutauschen. Einer Ihrer bedeutenden Kollegen, Ernst Kris, hat angemerkt, daß «die Psychologie des künstlerischen Stils noch nicht geschrieben ist», und ich habe den Verdacht (genährt durch frühere Erfahrungen), Sie könnten sich daran versuchen wollen. Spekulieren Sie gern nach Herzenslust, doch bitte, kein gedrucktes Wort ohne meine Einwilligung. Ja, das ist noch immer ein heikles Thema, doch nicht so heikel (zu diesem Schluß bin ich gekommen), daß ich deshalb den wohlerwogenen Impuls unterdrücke, Ihnen diese Wachträume zur wissenschaftlichen Analyse vorzulegen, deren «unbewußte» Ursprünge (ich muß Sie warnen) durchaus nicht so unbewußt sein mögen, wie ein Fachmann auf den ersten Blick annehmen könnte. Ihr Peter Tarnopol.

Spielvogels Antwort:

Es war sehr aufmerksam von Ihnen, mir Ihre beiden neuen Geschichten zu schicken. Ich habe sie mit großem Interesse und Vergnügen gelesen und auch, wie stets, voller Bewunderung für Ihr Können und Einfühlungsvermögen. Die beiden Stories sind so grundverschieden und doch so geschickt gestaltet – in meinen Augen ergänzen sie sich geradezu perfekt. Die Szenen mit Sharon in der ersten Geschichte fand ich besonders komisch, und in der zweiten erschien mir die pedantische Aufmerksamkeit, die der Erzähler sich selbst widmet, überaus plausibel in Anbetracht seiner Besorgnis (seiner «menschlichen Besorgnis», wie es der Zuckerman aus «Grün hinter den Ohren» in seinem Proseminar ausgedrückt hätte). Was für eine traurige und schmerzliche Geschichte. Auch moralistisch, im besten, ernsthaftesten Sinn. Es scheint Ihnen sehr gut zu gehen. Ich wünsche Ihnen weiterhin Erfolg bei Ihrer Arbeit. Mit freundlichen Grüßen, Otto Spielvogel.

Dies ist der Arzt, auf dessen Dienste ich verzichtet habe? Selbst wenn dieser Brief nur Mittel zum Zweck sein sollte, um mich auf seine Couch zurückzulocken, was für ein charmantes und intelligentes Mittel! Ich frage mich, wer ihm Nachhilfe für seinen Prosastil gegeben hat. Warum nur konnte er über *mich* nicht so schreiben? (Oder war das, was er über mich geschrieben hatte, in Wirklichkeit gar nicht so schlimm, wie ich dachte? Oder war es noch schlimmer? Und kam es darauf überhaupt an? Ich weiß ja am besten, wie schwer es ist, meinen Fall in Worte zu fassen. Schließlich versuche *ich* es schon seit Jahren. Und war es etwa auch ein Fehler, mich von ihm zu trennen? Oder unterwerfe ich mich einfach – wie ein Narzißt! Oh, er kennt seinen Patienten, dieser Zauberer... oder *bin* ich zu mißtrauisch?)

Also: Soll ich jetzt den nächsten Schritt tun und mich noch mehr verwirren, indem ich weitere Kopien der Geschichten an Susan schicke? An meine Mutter und meinen Vater? An Dina Dornbusch? An Maureens Gruppe? Vielleicht an Maureen selbst?

Liebe Verschiedene: Vielleicht muntert es Dich ein wenig auf, das Beigefügte zu lesen. Du wußtest ja gar nicht, wie überzeugend Du gewirkt hast. Hättest Du Deine Trümpfe etwas besser ausgespielt und wärst Du nur ein kleines bißchen weniger verrückt gewesen, so wären wir vielleicht noch immer elendiglich verheiratet. Schon unter den gegebenen Umständen denkt Dein Witwer praktisch an nichts anderes als an Dich. Denkst Du an ihn im Himmel, oder hast Du (wie ich fürchte) Dein Auge auf irgendeinen großen, strammen neurotischen Engel geworfen, der sich hinsichtlich seiner sexuellen Rolle nicht ganz schlüssig ist? Diese beiden Geschichten haben Deiner Sicht der Dinge viel zu verdanken – wahrscheinlich hättest Du Dir das von sich berauschte Prinzchen aus «Grün hinter den Ohren» auch selbst ausdenken und nach mir benennen können; und Lydia ist, im Rahmen künstlerischer Gestaltungsfreiheit natürlich, doch ziemlich genau so, wie Du Dich selbst gesehen hast, oder (das heißt, wenn

Du Dich selbst so hättest sehen können, wie Du wolltest, daß andere Dich sehen)? Wie ist übrigens die Ewigkeit? In der Hoffnung, daß diese beiden Geschichten dazu beitragen mögen, Dir die Zeit zu vertreiben, verbleibe ich Dein Dich betrauernder Peter.

Aus dem Nichts eine Antwort:

Lieber Peter: Ich habe Deine Stories gelesen und fand sie sehr amüsant, besonders jene, die gar nicht amüsant sein soll. Deine geistigen Anstrengungen (in eigener Sache) sind ausgesprochen rührend. Ich nahm mir die Freiheit (Du hättest doch bestimmt nichts dagegen gehabt), sie dem HErrn vorzulegen. Es wird Dich freuen, zu hören, daß «Mitleidenschaft» auch Ihm ein Lächeln entlockte. Von Zorn keine Spur, wie ich glücklicherweise hinzufügen kann, obgleich Er (nicht ohne eine gewisse Verwunderung) bemerkte: «Es *ist* alles Eitelkeit, nicht wahr?» Die Stories machen gegenwärtig die Runde bei den Heiligen, die Dein Streben nach ihrem Stand gewiß schmeichelhaft finden werden. Unter den heiligen Märtyrern hier kursiert das Gerücht, Du arbeitetest an einem neuen Werk, in dem Du angeblich sagst, «wie es wirklich ist». Wenn das stimmt, wird es ja wohl wieder mal um Maureen gehen. Wie gedenkst Du denn, mich diesmal zu porträtieren? Ein Silbertablett mit Deinem Haupt in den Händen? Ich glaube, ein Phallus würde die Auflage steigern. Aber natürlich weißt Du am besten, wie mein Andenken für hehre künstlerische Zwecke auszubeuten ist. Viel Glück bei *Mein Martyrium als Mann*. Das *wird* doch der Titel, nicht wahr? Wir alle hier im Himmel freuen uns auf das Vergnügen, das die Lektüre mit Sicherheit allen bereiten wird, die Dich von oben herab kennen. Deine geliebte Gattin, Maureen. PS: Die Ewigkeit ist fabelhaft. Gerade lang genug, um einem Schweinehund wie Dir zu vergeben.

Und jetzt, liebe Seminarteilnehmer, geben Sie doch bitte Ihre schriftlichen Arbeiten ab; und lassen Sie uns, bevor wir uns Dr. Spielvogels nützlichen Erfahrungen zuwenden, erst einmal sehen, wie *Sie* die hier vorgelegten Lebensbeschreibungen interpretieren:

Englisch 312
M & F 13.00–14.30
(Sprechstunden nach Vereinbarung)
Professor Tarnopol

DER NUTZEN DER NÜTZLICHEN ERFINDUNGEN
Oder: Professor Tarnopol hält mit seinen Regungen zurück

von Karen Oakes

Gewiß: wenn ich lese, leugne ich nicht, daß der Autor
leidenschaftlich erregt gewesen sein könne, noch,
daß er unter der Gewalt der Leidenschaft den ersten Umriß
seines Werkes empfangen habe. Sein Entschluß zu schreiben
setzt aber voraus, daß er mit seinen Regungen zurückhält…
Sartre, *Was ist Literatur?*

On ne peut jamais se connaître,
mais seulement se raconter.
Simone de Beauvoir

«Grün hinter den Ohren», die kürzere der beiden für heute aufgegebenen Zuckerman-Geschichten, versucht mit den Mitteln komischer Ironie Triumph und Glanz der goldenen Jugend des Nathan Zuckerman mit dem «Unglück» seiner späteren Jahre zu kontrastieren, auf das der Autor in den Schlußzeilen unvermittelt anspielt. Der Autor (Professor Tarnopol) erläutert dieses Unglück nicht näher; er betont sogar, dies sei, zumindest für ihn, unmöglich. «Bedauerlicherweise sieht sich der Autor dieser Geschichte, zumal ihm etwa im gleichen Alter ein ähnliches Unglück widerfuhr, nicht in der Lage, auch jetzt mit Mitte Dreißig noch nicht, die Angelegenheit knapp zu berichten oder komisch zu finden. ‹Bedauerlicherweise› deswegen», schließt der fiktive Zuckerman stellvertretend für den getarnten Tarnopol, «weil er sich fragt, ob dies nicht eher etwas über den Menschen aussagt als über das Maß des Unglücks.»

Zur Kaschierung des Selbstmitleids, das (soweit ich verstanden habe) Professor Tarnopols Einbildungskraft bei zahlreichen früheren Versuchen der literarischen Umsetzung seiner unglücklichen Ehe stets vergiftet hatte, schlägt der Autor hier von Anfang an einen Ton unterschwelliger (und ein wenig selbstzufriedener) Selbstironie an; diese wohlkalkulierte Haltung des heiteren Darüberstehens behält er bei bis zum letzten Absatz, wo der Schutzschild der Sorglosigkeit plötzlich durchdrungen wird durch die Feststellung des Autors, die wahre Geschichte sei nach seinem Dafürhalten ganz und gar nicht komisch. All dies läßt eigentlich nur den Schluß zu, daß Professor Tarnopol, sofern er in «Grün hinter den Ohren» sein Elend in eine kunstvolle Erzählung umsetzte, dies nur tun konnte, indem er eine direkte Konfrontation damit weitgehend vermied.

Im Gegensatz zu «Grün hinter den Ohren» ist «Mitleidenschaft» durchgehend geprägt von einem nüchternen Erzählton und dem Ausdruck echter Anteilnahme; hier finden sich all die tiefen Empfindungen, die in «Grün hinter den Ohren» unterdrückt wurden. Eine gewisse heroische Qualität kennzeichnet die Leiden der Hauptfiguren, und ihr Leben stellt sich als viel zu ernsthaft vor, um Stoff für eine Komödie oder Satire abzugeben. Der Autor erklärt, er habe ursprünglich schildern wollen, wie sein Held durch Täuschung in eine Ehe hineinmanövriert wird, genau wie er selbst einmal. Es ist leicht nachvollziehbar, warum dieses bedrückende Ereignis aus Professor Tarnopols privater Biographie nicht in das erzählerische Kunstgebilde integriert werden konnte: Dem Nathan Zuckerman in «Mitleidenschaft» muß nicht die Pistole auf die Brust gesetzt werden, damit er in Lydia Ketterers Sorgen und Nöten den Altar für das Opfer seiner Mannheit findet. Es sind nicht kompromittierende Umstände, es ist (im doppelten Sinn) die *Gravität* seines Charakters, die seine moralische Entwicklung bestimmt; alle Schuldhaftigkeit liegt bei ihm.

In «Mitleidenschaft» begreift also Professor Tarnopol sich selbst und Mrs. Tarnopol als Figuren in einem Kampf, der in seinem moralischen Pathos zur Tragödie tendiert statt etwa zum Schauerdrama, zur Seifenoper oder zur Farce – jene Gattungen, die in der Regel formbestimmend sind, wenn Professor Tarnopol mir die Geschichte seiner Ehe im Bett erzählt. In gleicher Weise erfindet Professor Tarnopol grausame Schicksalsschläge (z. B.

Lydias blutschänderischen Vater, ihren sadistischen Ehemann, ihre bösartigen Tanten, die analphabetische Moonie), um Lydias Verzweiflung echter und wahrer zu gestalten und Nathans morbides Verantwortungsgefühl stärker zu betonen – diese Überfülle von Herzeleid bildet gleichsam das «objektive Korrelat» für die Gefühle von Scham, Schuld und Trauer, die der Erzählung zugrunde lagen.

Und die Professor Tarnopols Ehe zugrunde lagen.

Um es klar auszudrücken: Wäre Mrs. Tarnopol wirklich eine Lydia gewesen, Professor Tarnopol ein Nathan und ich, Karen Oakes, eine Moonie von Stieftochter und nicht nur die Starstudentin von Englisch 312 in jenem Semester, dann, ja *dann* hätte sein späterer Zusammenbruch eine gewisse poetische Plausibilität gehabt.

Aber so, wie es ist, ist er, wer er ist, ist sie, wer sie ist, und ich bin einfach ich, das Mädchen, das nicht mit ihm nach Italien gehen wollte. Und das ist alles, was an der Geschichte poetisch, tragisch oder meinetwegen auch komisch ist.

Miss Oakes: wie gewöhnlich Note A +. Stil zwar mitunter allzu belehrend, doch verstehen Sie die Geschichten (und den Autor) für Ihr Alter und Ihre Herkunft bemerkenswert gut. Es ist stets etwas Besonderes, einem schönen jungen Mädchen aus guter Familie zu begegnen, das einen Sinn für Theorie und eine Schwäche für grandiosen Stil und inhaltsschwere Sentenzen mitbringt. Ich erinnere mich an Sie als eine bezaubernde Person. Auf meinem Sterbebett werde ich Ihre Stimme rufen hören: «Legst du unten bitte auf, Mom?» Dieser schlichte Satz sagte mir mehr als tausend Worte. Ka-reen. Du tatest recht daran, nicht mit mir nach Italien durchzubrennen. Zwar wären es nicht Moonie und Zuckerman gewesen, trotzdem wäre es wohl kaum gutgegangen. Aber Du solltest wissen, daß ich, aus welchem «neurotischen» Grund auch immer, verrückt nach Dir war – laß Dir von niemandem, Laie oder Fachmann, weismachen, das sei nicht so gewesen oder meine «Besessenheit» von Dir habe ihren Grund ganz einfach in der Verletzung jenes ungeschriebenen Gesetzes, das die Kopulation mit den Quasi-Töchtern verbietet, die einem in den eigenen Studentinnen begegnen (wenn ich auch zugeben muß: Es *war* mir ein köstliches Vergnügen, Miss Oakes im Seminar darum zu bitten, für die anderen Studenten eine ihrer klugen Antworten genauer zu erläutern, nur zwanzig Minuten nachdem ich in Deinem Zimmer auf die Knie gefallen war, um unter Deinem Bauch den Demütigen zu spielen; aber Cunnilingus beiseite, *Unterricht* schien mir nie zuvor und nie seither so aufregend, auch habe ich niemals sonst so viel Zärtlichkeit oder Ergebenheit für irgendein Seminar empfunden wie für unser Englisch 312. Vielleicht sollte man behördlicherseits, vom rein pädagogischen Standpunkt, das herrschende Tabu überprüfen und dabei berücksichtigen, welche Vorteile für ein Seminar daraus erwachsen können, daß der Dozent eine Studentin zu seiner heimlichen Geliebten gemacht hat; ich werde dem Hochschulverband einen entsprechenden Brief schreiben, in bester Gelehrtenmanier, versteht sich, mit einer Darstellung der einschlägigen Tradition von Sokrates über Abelard bis zu mir – auch werde ich nicht vergessen, den Dank zu erwähnen, der uns dreien von offizieller Stelle zuteil wurde, weil wir uns so gewissenhaft auf unsere Arbeit gestürzt haben. Es ist schwer zu glauben, daß ich Dir bei unserer ersten «Verabredung» erzählte, was man seinerzeit Abelard angetan hat – und nun sitze ich hier, noch immer fassungslos über meine gnadenlose Behandlung durch den Staat New York). Ach, Miss Oakes, wäre ich doch nur nicht so anmaßend gewesen! Die Erinnerung an mein Verhalten läßt mich vor Scham in den Boden versinken. Ich habe Dir gleichermaßen zornbebend von Isaac Babel und von meiner Frau erzählt. Meine Beharrlichkeit, meine Verbissenheit und meine Tränen. Wie muß es Dich beunruhigt haben, mich am Telefon schluchzen zu hören – Deinen geachteten Professor! Hätte ich's doch nur ein wenig leichter genommen und ein, zwei gemeinsame Wochen in Wisconsin vorgeschlagen, an irgendeinem See, statt den Rest unseres Lebens im tragischen Europa – wer weiß, vielleicht wärst Du ja zu einem solchen Anfang bereit gewesen. Tapfer genug warst Du allemal – ich war damals nur nicht in der Lage, mich darauf zu beschränken, einen Schritt nach dem anderen zu tun. Auf jeden Fall hatte ich genug INTENSIVE ERFAHRUNGEN gesammelt, daß es für eine Weile reichte, und jetzt habe ich mich in die bukolischen Wälder begeben, um meine Erinnerungen aufzuzeichnen. Ob diese Betätigung die INTENSI-

VEN ERFAHRUNGEN zur Ruhe bringen wird, weiß ich nicht. Vielleicht werde ich am Ende zu der Erkenntnis gelangen, daß sich all diese Seiten zu Maureens endgültigem Sieg über Tarnopol, den Romancier, addieren – zur Kulmination meines Lebens als ihr Ehemann und nichts weiter. Wenn ich in «aller Offenheit» schreibe, läßt das kaum den Schluß zu, daß ich große Distanz zu meinen Gefühlen gewonnen hätte. Aber warum, zum Teufel, sollte ich auch? Gut, vielleicht hat sich mein Animus nicht gänzlich verändert – vielleicht benutze ich die Kunst als einen Nachttopf für meinen Haß, was man, Flaubert zufolge, niemals tun sollte, als Tarnkappe für meine Selbstrechtfertigung – gut, wenn das andere das ist, was Literatur ist, dann ist dies keine. Ka-reen, ich weiß, daß ich dem Seminar etwas anderes beigebracht habe, aber was soll's? Ich werde eben einen Typen wie Henry Miller oder den durch und durch galligen Céline anstelle von Gustave Flaubert zu meinem Helden machen – und als Schriftsteller nicht die olympischen Sphären erreichen, nach denen ich damals so ehrgeizig strebte, als zwischen mir und der ästhetischen Distanz noch nicht das stand, was man persönliche Erfahrung nennt. Vielleicht ist es an der Zeit für eine Revision meiner Vorstellungen vom Dasein eines «Künstlers» oder «Künstelers», wie der Anwalt meiner Gegnerin es auszusprechen beliebte. Vielleicht war es schon immer an der Zeit. Es gibt allerdings ein Problem: Da ich kein abtrünniger Bohemien oder sonst irgendeine Art von «Großmaul» bin (nur ein Bezirksrichter konnte auf diese Idee kommen), eigne ich mich kaum für die Sorte Berühmtheit, die sich aus einer unzensierten schonungslosen Veröffentlichung der eigenen Liebesabenteuer zu ergeben pflegt. Wie die Veröffentlichung selbst beweisen wird, bin ich genausowenig immun gegen Schamgefühle und genausowenig einer öffentlichen Bloßstellung gewachsen wie der Normalbürger von nebenan, der Jalousien an den Schlafzimmerfenstern und einen Riegel an der Badezimmertür hat – vielleicht ist sogar das Fazit aus meiner Geschichte, daß mir nichts auf der Welt wichtiger ist als mein moralischer Ruf. Allerdings schätze ich es auch nicht besonders, wenn man mir mein sauer verdientes Geld aus der Tasche zieht. Vielleicht sollte ich diese Bekenntnisse einfach betiteln: «Anklage gegen Blutsauger, von einem, der ausgeblutet wurde» und sie als politisches

Traktat veröffentlichen – um dann in Johnny Carsons Talk-Show aufzutreten und Amerika wutschnaubend mein leeres Portemonnaie unter die Nase zu halten, das mindeste, was ich tun könnte für all die Ehemänner, die in amerikanischen Gerichtssälen von den Maureens dieser Welt ausgenommen wurden wie Weihnachtsgänse. Mit geballter Faust gegen «das System» wettern statt über meine eigene Dummheit, weil ich in die erste (die erste!) Falle getappt bin, die das Leben für mich aufgestellt hatte. Oder sollte ich diese Blätter in meinen überquellenden Whiskey-Karton legen und, wenn ich mich dann erneut in die Schlacht stürzen muß, es tun wie ein Künstler, der diesen Namen verdient, ohne mich selbst als «Ich», ohne das Gejammere, die Wehleidigkeit und alles, was sonst noch abstoßend erscheint? Was meinst Du, soll ich dies hier seinlassen und mich wieder zuckermanisieren, Maureen lydiafizieren und Deine Jugend moonieren? Gesetzt den Fall, ich wähle den dornigen Weg der Offenheit (und des Zorns und so weiter) und veröffentliche, was ich an «Material» habe, würdest Du (oder würde Deine Familie) mich wegen Verletzung der Privatsphäre und übler Nachrede verklagen? Und wenn nicht Du, dann vielleicht Susan und ihre Familie? Oder würde sie, zutiefst gedemütigt, noch weiter gehen und sich umbringen? Und wie werde *ich* damit fertig werden, wenn auf der Literaturseite im *Time Magazine* mein Foto erscheint mit der Zeile «Tarnopol in Slip und BH»? Schon jetzt kann ich mich *schreien* hören. Und dann der Brief im Feuilleton der Sonntagsausgabe der *Times*, unterschrieben von den Mitgliedern aus Maureens Gruppe, die meine bösartige Charakterisierung Maureens als pathologische Lügnerin in Frage stellen, *mich* als Lügner bezeichnen und mein *Buch* als Schwindel. Wie werde ich es aufnehmen, wenn die Opposition zum Gegenangriff übergeht – werde ich das Gefühl haben, ich hätte die Vergangenheit *exorziert*, oder feststellen, daß ich mit ihr ebenso unwiderruflich vermählt bin wie einst mit Maureen? Wie wird es mir gefallen, Berichte über mein Privatleben im Toledo *Blade* oder in der Sacramento *Bee* zu lesen? Und wie wird *Commentary* diese Bekenntnisse aufnehmen? Ich kann mir nicht vorstellen, daß es den Juden nützt. Und was wäre, wenn die professionellen Eheberater und Fachleute für Liebe sich zu einer Marathon-Diskussion über meine privaten Probleme in der «David Susskind Show» versammeln? Oder ist es genau das, was ich brauche, um mich wieder zu Verstand zu bringen? Für meine übertriebene Empfindlichkeit und ständige Sorge um MEINEN GUTEN NAMEN (eigentlich die Ursache für diesen ganzen Schlamassel) wäre es vielleicht die beste Therapie, dreist vorzutreten und zu rufen: «Tugend! Abgeschmackt! – In uns selber liegt's, ob wir so sind oder anders.» Klar, ihnen Jago zitieren – einfach sagen: «Oh, findet mich doch selbstsüchtig und selbstgerecht, findet mich SELBST und nichts weiter! Nennt mich eine Heulsuse, nennt mich einen Weiberfeind, nennt mich einen *Mörder* – was schert mich das? In uns selber liegt's, ob wir so sind oder anders – BH und Höschen unbenommen. Eure Worte können mich nicht treffen!» Aber das stimmt nicht, Ka-reen, die Worte treffen mich bis ins Mark, seit jeher. Wo stehe ich also (um zur Literatur zurückzukommen): noch immer zu sehr «unter dem Bann der Leidenschaft» für Flaubertsche Transzendenz, jedoch bei weitem zu verwundbar und empfindlich (oder ganz einfach zu normal, ein Bürger wie jeder andere), um mich dem gewachsen zu fühlen, was auf lange Sicht für mein Schamgefühl das beste wäre: eine vollkommene Entblößung à la Henry Miller oder Jean Genet... Obwohl, offen gestanden (um eine charakteristische Wendung der Entblößten zu gebrauchen), dieser Mann namens Tarnopol sich als ähnlich imaginär zu erweisen scheint wie mein Zuckerman, oder doch zumindest ebensoweit entfernt von dem Autobiographen, dessen Enthüllungen sich allmählich als weitere «nützliche Erfindungen» entpuppen, und dies nicht, weil ich Lügen erzähle. Ich versuche mich an die Tatsachen zu halten. Vielleicht sage ich im Grunde nichts weiter, als daß Worte, da sie eben Worte sind, sich der Wirklichkeit lediglich annähern können; mag ich ihr also noch so nah kommen, bleibt es dennoch immer nur bei einer *Annäherung*. Vielleicht will ich auch nur sagen, daß, soweit ich sehe, die Vergangenheit mit Worten weder besiegt noch ausgetrieben werden kann – mit Worten, die entweder der Phantasie oder der Aufrichtigkeit entspringen –, genauso wie es unmöglich ist (zumindest für mich), die Vergangenheit zu vergessen. Vielleicht lerne ich ja gerade erst, was eine Vergangenheit ist. Jedenfalls ist das einzige, was ich mit meiner Geschichte machen kann, sie zu erzählen. Und zu erzählen. Und zu erzählen. Und *das* ist die Wahrheit. Und Du, womit vertreibst Du Dir die Zeit? Und weshalb interessiert mich das auf einmal wieder? Vielleicht deshalb, weil mir einfällt, daß Du jetzt fünfundzwanzig bist, ein Alter, in dem ich aus dem Garten Eden in die wirkliche unwirkliche Welt hinaustrat – vielleicht auch nur, weil ich mich daran erinnere, wie unverrückt Du gewesen bist und wie sehr Du selbst. Noch jung, natürlich, aber das machte es in meinen Augen um so außergewöhnlicher. Genau wie Dein Gesicht. Nun, diese sexuelle Quarantäne wird nicht ewig andauern, daß weiß sogar ich. Solltest Du also jemals durch Vermont kommen, dann ruf mich an. Maureen ist tot (was Dir vielleicht aus diesem Sermon nicht unbedingt klargeworden ist), und ein weiteres Liebesverhältnis endete vor kurzem damit, daß meine Freundin (die oben erwähnte Susan) sich umzubringen versuchte. Komm also gen Osten und versuche Dein Glück. Besuche mich. Einem kleinen Abenteuer warst Du ja nie abgeneigt. Genausowenig wie Dein geschätzter Professor für Sublimes und hohe Kunst, Peter T.

Meine Auseinandersetzung mit Spielvogel entzündete sich an einem Aufsatz, den er für das *American Forum for Psychoanalytic Studies* geschrieben hatte und der in einer Sonderausgabe mit dem Schwerpunktthema «Das Rätsel der Kreativität» erschienen war. Ich bemerkte die Zeitschrift zufälligerweise auf seinem Schreibtisch, als ich eines Abends, im dritten Jahr meiner Analyse, gerade die Praxis verlassen wollte – mir fiel das Thema des Symposions auf dem Titelblatt ins Auge, und unter den genannten Autoren entdeckte ich auch seinen Namen. Ich fragte ihn, ob ich mir das Exemplar ausleihen könne, um seinen Beitrag zu lesen. Er erwiderte: «Natürlich», doch schien er kurz zu zögern, bevor er zustimmte, und ein Ausdruck von Beunruhigung glitt über sein Gesicht – als habe er bereits in jenem Moment (korrekt) antizipiert, wie ich auf den Aufsatz reagieren würde... Doch wenn dieser Eindruck richtig war, weshalb lag die Zeitschrift dann so auffällig auf dem Schreibtisch, an dem ich beim Verlassen der Praxis unweigerlich vorbeikam? Da Spielvogel genau wußte, daß ich, wie alle Literaten, ganz automatisch die Titel sämtlicher herumliegender Druckerzeugnisse überflog – inzwischen mußte ihm dieser Literaturtick Hunderte von Malen an mir aufgefallen sein –, war es ihm entweder egal, ob ich das Exemplar des *Forum* bemerkte, oder aber er *wußte*, daß ich seinen Namen auf dem Titelblatt sah und den Beitrag las. Warum dann aber der flüchtige Ausdruck von Beunruhigung? Oder hatte ich wirklich nur, wie er es später unvermeidlich interpretierte, meine «antizipatorische Angst» auf ihn «projiziert»?

«Werde ich als Beispiel angeführt?» erkundigte ich mich in leicht scherzhaftem Tonfall, als sei dies ebenso unwahrscheinlich wie wahrscheinlich und mir völlig gleichgültig. «Ja», erwiderte Spielvogel. «Na denn», sagte ich und tat ein wenig verdutzt, um nicht zu zeigen, wie verblüfft ich tatsächlich war. «Ich werd's heute abend lesen.» Spielvogels höfliches Lächeln verbarg nunmehr vollkommen, welche Bedeutung er dem beimessen mochte.

Wie ich es mir inzwischen zur Gewohnheit gemacht hatte, ging ich nach der abendlichen Sitzung von Spielvogels Praxis Ecke West Eigthy-ninth Street und Park Avenue zu Fuß zu Susans Wohnung, zehn Blocks in südlicher Richtung. Inzwischen studierte Susan seit etwas über einem Jahr am City College, und unser gemeinsames Leben hatte eine berechenbare und angenehme Ordnung gewonnen – angenehm für mich, weil sie so berechenbar war. Ich wünschte mir nichts weiter als einen Tag nach dem anderen ohne irgendwelche Überraschungen; genau das ewige Einerlei, das andere vor Langeweile zum Wahnsinn trieb, war für mich das Angenehmste, was ich mir vorstellen konnte. Ich liebte Routine und Gewohnheit.

Tagsüber, wenn Susan im College war, fuhr ich zu meiner Wohnung in der West Twelfth Street und schrieb dort, so gut es ging. Jeden Mittwochmorgen fuhr ich (mit dem Auto meines Bruders) nach Long Island und verbrachte den Tag im Hofstra College, wo ich meine beiden Seminare abhhielt und zwischendurch mit Studenten an ihren eigenen schriftstellerischen Versuchen arbeitete. Es war die Phase, als diese Produkte gerade zunehmend «psychedelisch» wurden – zu meiner Zeit hatten romantische Studentengemüter ihre interpunktionslosen Blätter voller freier Assoziationen «Bewußtseinsstrom-Prosa» genannt – und fast ausschließlich um den Konsum von «Gras» kreisten. Da mich drogeninspirierte Visionen und die damit verknüpften Diskussionen nur wenig interessierten und ich nicht viel für Texte übrig hatte, deren Wirkung vor allem auf typographischen Verfremdungen und Randdekorationen mit lila

Filzstift beruhte, fand ich den Unterricht in Kreativem Schreiben noch weniger lohnend als seinerzeit in Wisconsin, wo es zumindest eine Karen Oakes gegeben hatte. Meine zweite Veranstaltung, ein Oberseminar, in dem ein Dutzend von mir ausgewählte Meisterwerke behandelt wurden, führte ich hingegen mit außerordentlicher Begeisterung durch und verausgabte mich bei jeder Sitzung so leidenschaftlich, daß ich am Ende der beiden Stunden richtiggehend erschöpft war. Was diesen Zustand manischer Erregtheit und meinen ununterbrochenen Redefluß bewirkte, wurde mir erst nach einigen Semestern bewußt, als ich das Prinzip erkannte, das meiner Auswahl literarischer Meisterwerke zugrunde lag. Anfangs war ich der Meinung, ich hätte einfach einige große Werke der Dichtung zusammengestellt, die ich bewunderte und von denen ich mir wünschte, daß auch meine fünfzehn Studenten sie lasen und bewunderten – erst mit der Zeit begriff ich, daß eine Literaturliste, deren Kern *Die Brüder Karamasow*, *Der scharlachrote Buchstabe*, *Der Prozeß*, *Tod in Venedig*, *Anna Karenina* und Kleists *Michael Kohlhaas* bildeten, natürlich durch das ständig wachsende private Interesse des Dozenten an dem Thema von Schuld und Sühne geprägt war.

Am Ende meines Arbeitstages genoß ich es, zu Fuß durch die Stadt zu Spielvogels Praxis zu gehen – um etwas Bewegung zu bekommen und mich zu entspannen nach den Stunden am Schreibtisch, wo ich wieder einmal, mit geringem Erfolg, versucht hatte, meine Misere in Kunst umzusetzen und mich außerdem nicht mehr wie ein Fremdling zu fühlen, der gegen seinen Willen im Feindesland festgehalten wird.

Als Kleinstadtjunge (aufgewachsen in den dreißiger und vierziger Jahren in Yonkers, verband mich mit Gleichaltrigen in Terre Haute oder Altoona wahrscheinlich weit mehr als mit Kindern aus den großen Stadtbezirken New Yorks) konnte ich keinen notwendigen oder hinreichenden Grund für meinen Aufenthalt am hektischsten und dichtestbesiedelten Ort der Welt erkennen, zumal ich für meine Arbeit vor allem anderen Einsamkeit und Ruhe benötigte. Meine kurze Residenz auf der Lower East Side, nach meiner Entlassung aus der Army, erweckte bei mir mit Sicherheit keine nostalgische Sehnsucht; als ich, bald nach der Gerichtsverhandlung mit Maureen, eines Morgens von der West Twelfth Street zum Tompkins

Park wanderte, ging es mir keineswegs darum, angenehme Erinnerungen an die alte Nachbarschaft wiederzubeleben, sondern in dem heruntergekommenen kleinen Park und in den verfallenen Straßen darumherum nach jener Frau zu suchen, der Maureen dreieinhalb Jahre zuvor eine Urinprobe abgekauft hatte. Ich sah an jenem Morgen natürlich zahlreiche Negerinnen in gebärfähigem Alter draußen im Park, zwischen den Regalen des Supermarkts und an den Bushaltestellen der Avenues A und B, doch näherte ich mich keiner einzigen, um sie zu fragen, ob sie wohl zufälligerweise im März 1959 mit einer kleinen, dunkelhaarigen jungen Frau von einer «wissenschaftlichen Organisation» in Verhandlung getreten sei, und, falls ja, ob sie bereit sei, mit mir (gegen eine kleine Anerkennung) zum Büro meines Anwalts zu gehen, um dort eine Erklärung zu unterzeichnen, aus der hervorging, daß die Urinprobe, die dem Inhaber des Drugstores als Mrs. Tarnopols übergeben worden war, in Wirklichkeit ihre eigene gewesen sei. So wütend und frustriert ich auch über das Ergebnis der Gerichtsverhandlung gewesen sein mag, verstört genug, einen ganzen Morgen an dieses zweck- und hoffnungslose Detektivspiel zu verschwenden, ich war doch niemals *völlig* besessen.

Oder bin ich es jetzt, da ich hier lebe und dies schreibe?

Was ich sagen will, ist, daß Manhattan für mich *alles in allem* folgendes war: erstens, der Ort, an den ich 1958 als zuversichtlicher junger Mann am Beginn einer verheißungsvollen literarischen Karriere gekommen war, um schließlich gezwungenermaßen und unter falschen Voraussetzungen die Ehe mit einer Frau einzugehen, für die ich keinerlei Zuneigung und Achtung mehr empfand; und zweitens, der Ort, an den ich 1962 zurückgekehrt war, auf der Flucht und der Suche nach Asyl, um dann von der örtlichen Gerichtsbarkeit an der Trennung der ehelichen Bande gehindert zu werden, die mein Selbstvertrauen und meine Karriere so gut wie zerstört hatten. Für andere mag es die glitzerndste aller Metropolen sein, Gotham, The Big Apple, die Hauptstadt des Handels, des Geldes und der Kunst – für mich ist es der Ort, wo ich blechen mußte. Die Leute, mit denen ich in dieser bevölkerungsreichsten aller Städte mein Leben teilte, könnte man bequem an einem Küchentisch unterbringen, und die Quadratmeter von Manhatten, denen ich mich innerlich verbunden fühlte und die mir für mein Wohlbefinden und Überleben unentbehrlich schienen, hätten zusammen nicht die Wohnung in Yonkers ausgefüllt, in der ich aufgewachsen bin. Da war meine eigene kleine Wohnung in der West Twelfth Street – genauer gesagt: das Zimmer, in das gerade ein Schreibtisch samt Papierkorb hineinpaßte; da waren in Susans Wohnung Ecke Seventy-ninth Street und Park Avenue der große Tisch, an dem wir zusammen aßen, die beiden einander gegenüberstehenden Sessel in ihrem Wohnzimmer, wo wir abends gemeinsam lasen, und das Doppelbett, das wir miteinander teilten; zehn Blocks nördlich von Susans Wohnung gab es eine Psychoanalytiker-Couch, mit der sich zahlreiche persönliche Assoziationen verbanden; und oben in der West 107th Street befand sich Morris' kleines, vollgestopftes Arbeitszimmer, wo ich ihn etwa einmal im Monat besuchte, mehr oder weniger freiwillig, damit er den großen Bruder spielen konnte – dies war der nördlichste Punkt auf dem New Yorker U-Bahn-Plan des flüchtigen Ehemannes. Die übrige Fläche dieser Stadt der Städte war einfach *da* – genau wie jene Massen von Arbeitern und Händlern, Managern und Angestellten, mit denen ich keinerlei Verbindung hatte –, und mochte die Route, die ich jeweils abends zu Spielvogels Praxis wählte, auch noch so «interessant» und voller Leben sein, ganz gleich, ob ich den Weg über den Garment District, den Times Square, das Diamantenzentrum, die alten Buchläden in der Fourth Avenue oder den Zoo im Central Park nahm, nie verlor ich das Gefühl der Fremdheit oder die Empfindung, hier von den Behörden *festgehalten* zu werden, auf der Durchreise verhaftet wie jener große Paranoiker und Kämpfer gegen die Ungerechtigkeit in der Kleist-Erzählung, die ich in meinem Hofstra-Seminar mit soviel Leidenschaft behandelte.

Eine Anekdote, um die Ausmaße meiner Zelle und die Dicke der Gefängnismauern zu illustrieren. An einem Spätnachmittag im Herbst 1964 betrat ich, auf dem Weg zu Spielvogels Praxis, Schultes Antiquariat in der Fourth Avenue und stieg hinunter in den riesigen Keller, wo Tausende «gebrauchter» Romane in alphabetischer Ordnung auf vier Meter hohen Regalen zum Verkauf stehen. Nachdem ich langsam die Gänge dieses literarischen Lagerhauses abgeschritten hatte, gelangte ich schließlich zum Buchstaben T. Und dort stand es: mein Buch. Auf der einen Seite befanden sich Sterne, Styron und Swift, auf der anderen Thackerey, Thurber und Trollope. In ihrer Mitte (so sah ich es) ein antiquarisches Exemplar von *Ein jüdischer Vater* im blauweißen Originalumschlag. Ich nahm es heraus, schlug es auf und fand auf dem Deckblatt eine Widmung. Im April 1960 hatte «Jay» es «Paula» geschenkt. War das nicht der Monat gewesen, in dem Maureen und ich uns auf der Spanischen Treppe inmitten blühender Azaleen angebrüllt hatten? Ich blätterte das Buch durch, um zu sehen, ob irgendwo etwas angestrichen war, und stellte es dann zurück an seinen Platz zwischen *Ein Märchen von einer Tonne* und *Henry Esmond*. Es draußen in der Welt zu sehen, und dazu in solcher Gesellschaft, dieses Memento meiner triumphalen Lehrjahre, versetzte meine Gefühle in Aufruhr – Stolz und Hoffnungslosigkeit brachen gleichzeitig über mich herein. «Diese Ratte!» sagte ich, gerade als sich ein junger Bursche in einer verwaschenen grauen Baumwolljacke auf seinen Turnschuhen geräuschlos näherte, ein halbes Dutzend Bücher im Arm. Ich nahm an, er gehöre zu Schultes Kellergewölbe-Personal. «Ja?» – «Verzeihen Sie, Sir», fragte er, «ist Ihr Name zufälligerweise Peter Tarnopol?» Ich errötete ein wenig. «Ja.» – «Der Schriftsteller?» Ich nickte, und dann lief *er* plötzlich rot an. Sichtlich unschlüssig, was er sagen sollte, platzte er heraus: «Ich meine – was ist eigentlich mit Ihnen passiert?» Ich zuckte die Achseln. «Ich weiß es nicht», erwiderte ich. «Ich bin selbst noch dabei, das herauszufinden.» Augenblicke später war ich draußen im Gewirr der Straße und drängte in Richtung Norden: An den Büroangestellten vorbei, die, von den Drehtüren ausgespuckt, in die U-Bahn-Stationen abtauchten, kämpfte ich mich an jeder Kreuzung durch die von der Verkehrsampel freigesetzten Menschenfluten – stürmte über das Feld und im Zickzack durch die gesichtslosen Reihen der gegnerischen Verteidigung, bis ich endlich die Eighty-ninth Street erreicht hatte, wo ich mich auf die Couch fallen ließ, um meinem Vertrauten und Trainer zu berichten, was ich unversehrt aus Schultes Krypta bis zu ihm getragen hatte – die aufrichtige Frage, die der junge Buchverkäufer mir so teilnahmsvoll gestellt hatte, und meine verwirrte Antwort. Es war das einzige, was während meines ganzen Weges durch das New Yorker Großstadtgetümmel, für das Touristen um die halbe Welt reisen, in meinen Ohren geklungen hatte.

Also: Nach meinem Besuch beim Doktor pflegte ich mich zum Essen bei Susan einzufinden, wo ich dann auch den Rest des Abends verbrachte; wir saßen in den Sesseln zu beiden Seiten des Kamins und lasen, bis wir wegen Mitternacht zu Bett gingen, um uns vor dem Einschlafen regelmäßig fünfzehn bis zwanzig Minuten unseren wechselseitigen Bemühungen um erotische Rehabilitierung zu widmen. Morgens ging Susan gegen halb acht aus dem Haus – Dr. Goldings erste Patientin des Tages –, und etwa eine Stunde später brach auch ich auf, mit einem Buch in der Hand, und inzwischen nur noch selten den strafenden Blicken des einen oder anderen Mieters ausgesetzt, der meinte, wenn die junge Witwe McCall denn schon Herrenbesuch von einem Vertreter des mosaischen Glaubens in ausgebeulten Kordhosen und abgelatschten Wildlederschuhen empfing, möge sie ihm doch zumindest nahelegen, den Dienstbotenaufzug zu benutzen. Nun, mochte ich auch nicht großbürgerlich genug für Susans statusbewußte Hausgemeinschaft wirken, so führte ich doch weitgehend jenes «regelmäßige und geordnete» Leben, das Flaubert dem empfohlen hatte, der in seinen Werken «leidenschaftlich und originell» sein wollte.

Und die Werke, so schien mir, begannen sich entsprechend zu entwickeln. Zumindest *gab* es jetzt Werke, die ich nicht wegen ihrer miserablen Qualität in den Whiskey-Karton unten in meinem Schrank stopfen mußte. Im vergangenen Jahr hatte ich drei Kurzgeschichten abgeschlossen: Eine davon war im *New Yorker* abgedruckt worden, eine im *Kenyon Review*, und die dritte sollte in *Harper's* erscheinen. Seit der Veröffentlichung von *Ein jüdischer Vater* 1959 waren dies meine ersten gedruckten Zeilen. Die drei Stories zeigten bei aller Einfachheit eine gewisse Klarheit und Ruhe, die während der letzten Jahre keineswegs typisch für meine Prosa gewesen war; weitgehend inspiriert von Ereignissen aus meiner Kindheit und Jugend, an die ich mich während der Analyse erinnert hatte, standen sie in keinerlei Verbindung zu Maureen, der Urinprobe und der Ehe. Auf *das* Buch, dem das Unglück meines Mannesalters zugrunde lag, verwendete ich natürlich noch immer täglich quälende Stunden, von denen über zweitausend Manuskriptseiten in meinem Whiskey-Karton Zeugnis ablegten. Inzwischen hatten sich die diversen verworfenen Versionen so ineinander verschoben und miteinander vermengt, waren die Seiten so entstellt durch Sterne und Pfeile in hundert Schattierungen von Kugelschreiber und Bleistift, die Ränder derart tätowiert mit Anmerkungen, Stichworten, mit Schemata für die Paginierung (römische Zahlen, arabische Zahlen,

Buchstaben des Alphabets in komplizierten Kombinationen, die nicht einmal ich, der Kodierer, jetzt noch entschlüsseln konnte), daß man bei dem Versuch, diese Prosa zu durchdringen, weniger von ihrem Entwurf einer imaginären Welt beeindruckt war als vom Zustand dessen, der hier entworfen hatte: Das Manuskript war die Botschaft, und die Botschaft war CHAOS. Ich hatte ein Zitat von Flaubert gefunden, das mein Versagen illustrierte, und es aus einem total zerfledderten Exemplar seines Briefwechsels abgeschrieben (ein Buch, das ich während meiner Army-Zeit gekauft hatte, zur Vorbereitung der Rückkehr ins Zivilleben); ich hatte das Zitat auf den Karton geklebt, der inzwischen fünfhunderttausend Wörter enthielt, nicht ein einziges davon *juste*. Es schien mir ein passendes Epitaph für meine Anstrengungen zu sein, wenn ich sie denn irgendwann würde aufgeben müssen. Flaubert an seine Geliebte Louise Colet, die in einem Gedicht den Zeitgenossen Alfred de Musset verunglimpft hatte: «Du hast all das mit einer persönlichen Leidenschaft geschrieben, die Dir den Blick für die grundlegenden Bedingungen jedes erdachten Werkes getrübt hat. Es fehlt an der Ästhetik! Du hast aus der Kunst einen Ausguß für leidenschaftliche Gefühle gemacht, eine Art Nachttopf, in den etwas, ich weiß nicht was, überläuft. Das riecht nicht gut! Das riecht nach Haß!»

Aber wenn ich es nicht lassen konnte, den Leichnam zu fleddern, und es nicht über mich brachte, ihn vom Leichenschauhaus endgültig zu Grabe zu tragen, dann deshalb, weil dieser Genius, dem ich die Grundlage meines literarischen Bewußtseins als Student und später als aufstrebender Schriftsteller verdankte, auch folgendes geschrieben hatte:

> Die Kunst, genau wie der jüdische Gott, weidet sich an Opfern.

Und:

> In der Kunst... ist der schöpferische Impuls wesentlich fanatisch.

Und:

> ...die Exzesse der großen Meister! Sie verfolgen die Idee bis an die alleräußersten Grenzen.

Diese Verweise auf die Kreativität als Rechtfertigung für das, was Dr. Spielvogel wahrscheinlich schlicht als «Fixierung infolge einer schweren traumatischen Erfahrung» bezeichnet hätte, schrieb ich auf Papierstreifen und klebte sie (mit einiger Selbstironie, muß ich sagen) wie *fortune-cookie*-Zettel auf den Deckel des Kartons, der mein Romanchaosskript enthielt.

An dem Abend, an dem ich mit Spielvogels Exemplar des *American Forum for Psychoanalytic Studies* bei Susan eintraf, rief ich ihr von der Tür her ein «Hallo» zu, doch statt in die Küche zu gehen, wie es meine Gewohnheit war – wie viele Gewohnheiten hatte ich in jenen Jahren angenommen! Wie sehr hütete ich das Maß an Ordnung, das ich wieder in mein Leben hatte bringen können! –, um mich dort auf einen Hocker zu setzen und mich mit ihr zu unterhalten, während sie das erlesene Abendessen zubereitete, ging ich ins Wohnzimmer, wo ich mich auf der Kante von Jameys Kreuzstichottomane niederließ und hastig Spielvogels Aufsatz mit dem Titel «Kreativität: Der Narzißmus des Künstlers» überflog. Irgendwo in der Mitte des Beitrags stieß ich auf das, was ich suchte – zumindest *vermutete* ich, daß es dies war: «Ein erfolgreicher italo-amerikanischer Lyriker, Mitte Vierzig, entschloß sich zur Therapie wegen seiner Angstzustände aufgrund einer starken Ambivalenz bezüglich der Abkehr von seiner Frau...» Die von Spielvogel im ersten Teil seines Aufsatzes beschriebenen Patienten waren «ein Schauspieler», «ein Maler» und «ein Komponist» – also *mußte* er mit dem Lyriker mich meinen. Allerdings war ich keineswegs Mitte Vierzig gewesen, als ich Spielvogels Patient geworden war; ich kam mit neunundzwanzig zu ihm, ruiniert durch einen Fehler, den ich mit sechsundzwanzig gemacht hatte. Zweifellos bestehen zwischen einem Mann in den Vierzigern und einem Mann in den Zwanzigern Unterschiede hinsichtlich ihrer Erfahrungen, Erwartungen und ihres Charakters, die man nicht so einfach beiseite schieben kann... Und «erfolgreich»? Kennzeichnet dieses Wort nach Ihrem Dafürhalten (in Gedanken begann ich prompt, Spielvogel direkt anzusprechen) meine damalige Lebenssituation? Eine «erfolgreiche» Lehrzeit, sicherlich, doch als ich 1962 mit neunundzwanzig Jahren zu Ihnen kam, hatte ich bereits drei Jahre lang Texte verfaßt, die ich grauenvoll fand, und konnte nicht einmal mehr ein Seminar abhalten, ohne befürchten zu müssen, daß Maureen hereingestürzt kommen würde, um mich vor meinen Studenten «bloßzustellen». Erfolgreich? Mitte Vierzig? Und es gehört schon einiges dazu, aus (in den Worten meines Bruders) «einem netten zivilisierten jüdischen Jungen» einen sogenannten «Italo-Amerikaner» zu machen – nämlich eine beträchtliche Ignoranz gegenüber dem sozialen und kulturellen Hintergrund, der die Psyche und das Wertsystem eines Menschen sehr wohl zu prägen vermag. Und wenn wir schon dabei sind, Dr. Spielvogel, ein Lyriker und ein Romancier haben ungefähr so viel miteinander gemein wie ein Jockey und ein Lastwagenfahrer. Das muß Ihnen mal jemand sagen, zumal Ihr Thema hier ja «Kreativität» ist. Gedichte und Romane haben ihren Ursprung in grundverschiedenen Empfindungsweisen und miteinander keinerlei Ähnlichkeit, und Sie können nicht einmal ansatzweise «Kreativität» oder «den Künstler» oder selbst «Narzißmus» verstehen, wenn Sie so blind für die fundamentalen Unterschiede sind, die sich aus Alter, Herkunft, Können und Berufung ergeben. Und wenn Sie gestatten, Herr Doktor – sein *Ich* ist für manchen Schriftsteller das, was für einen Porträtmaler seine eigene Physiognomie ist: der nächstliegende Gegenstand zur Erforschung, ein Problem, das es mit den Mitteln seiner Kunst zu lösen gilt – angesichts der enormen Hindernisse auf dem Weg zur Wahrhaftigkeit *das* künstlerische Problem schlechthin. Er schaut nicht einfach in den Spiegel, weil er fasziniert ist von dem, was er sieht. Vielmehr hängt das Gelingen seiner Arbeit für den Künstler vor allem von seiner Fähigkeit ab, Distanz zu sich selbst zu gewinnen, sich zu *ent*narzissisieren. Das ist das eigentlich Spannende. Die harte *bewußte* Arbeit ist es, die etwas zu *Kunst* macht! Freud, Dr. Spielvogel, untersuchte seine eigenen Träume nicht deshalb, weil er ein «Narzißt» war, sondern ein Erforscher von Träumen. Und wessen Träume waren für ihn gleichzeitig am schwierigsten und am leichtesten zugänglich, wenn nicht seine eigenen?

...Und so ging es weiter, während sich mein Verdruß praktisch mit jedem Wort steigerte. Ich konnte keinen Satz finden, der in meinen Augen nicht von schlechter Beobachtung, verfehlter Aussage und verschwommener Nuancierung zeugte – kurz: Alle Fakten wurden willkürlich verzerrt, um auf Kosten der vieldeutigen und verwirrenden Wirklichkeit eine beschränkte und nichtssagende Hypothese zu stützen. Insgesamt gab es nur zwei Seiten Text über den «italo-amerikanischen Lyriker», doch ich war so enttäuscht und wütend über das, was meines Erachtens eine starrsinnige Fehlinterpretation meines Falles war, daß ich zehn Minuten brauchte, um von der ersten Zeile auf Seite 85 bis zur letzten auf Seite 86 zu gelangen. «... starke Ambivalenz bezüglich der Abkehr von seiner Frau... Wie sich rasch herausstellte, lag das zentrale Problem des Lyrikers, hier wie überhaupt, in seiner Kastrationsangst gegenüber einer phallischen Mutterfigur...» Falsch! Das war garantiert nicht der Ursprung seines zentralen Problems, hier wie überhaupt. Es erklärt die «starke Ambivalenz» bezüglich der Abkehr von seiner Frau ebensowenig wie die emotionale Grundstimmung seiner Jugendzeit, ein starkes Gefühl der *Geborgenheit*. «Sein Vater war ein geplagter Mann, unfähig und unterwürfig gegenüber der Mutter...» Was? Wie kommen Sie denn darauf? Mein Vater war ein geplagter Mann, ganz recht, doch war es nicht seine Frau, die ihn plagte – jedem Kind in dieser Familie war das klar. Was ihn plagte, war sein eigener unverbrüchlicher Wille, seinen drei Kindern und seiner Frau alles zu bieten: Er wurde geplagt von seinem eigenen Ehrgeiz, seiner Rastlosigkeit, von seinem Geschäft und den harten Zeiten – von seiner Hingabe an die Idee der FAMILIE und dem religiösen Bekenntnis zu seinen PFLICHTEN ALS MANN! Mein unfähiger Vater arbeitete sechs oder sieben Tage pro Woche täglich zwölf Stunden, oft in zwei anstrengenden Jobs gleichzeitig, so daß, selbst wenn die Kunden ausblieben und der Laden so verödet wirkte wie die arktische Tundra, es seinen Lieben dennoch an nichts fehlte. Pleite und überarbeitet, im Amerika der dreißiger Jahre um nichts besser gestellt als ein Leibeigener oder ein rechtloser Bediensteter, verfiel er trotzdem weder dem Suff, noch sprang er aus dem Fenster oder schlug Frau und Kinder – und als er vor zwei Jahren Tarnopols Herrenbekleidungsgeschäft verkaufte und sich ins Privatleben zurückzog, brachte der Laden zwanzigtausend Dollar pro Jahr ein. Mein Gott, Spielvogel, wessen Beispiel hätte mich denn dazu gebracht, Männlichkeit mit harter Arbeit und Selbstdisziplin zu assoziieren, wenn nicht das meines Vaters? Warum ging ich samstags so gern nach unten in den Laden und verbrachte den ganzen Tag damit, im Lager Kisten und Kartons mit Waren zu ordnen? Um in der Nähe eines «unfähigen» Vaters zu sein? Warum hörte ich ihm zu wie Desdemona Othello, wenn er den Kunden etwas über Interwoven-Socken und McGregor-Hemden erzählte – weil er sich darauf so *schlecht* verstand? Machen Sie sich – und den anderen Psychiatern – nichts vor. Ich tat es, weil ich *stolz* war, daß er etwas mit diesen berühmten Markennamen zu tun hatte – weil sein Ton so *überzeugend* wirkte. Nicht gegen die Feindseligkeit seiner Frau mußte er kämpfen, sondern gegen die der Welt! Und das tat er, mit rasenden Kopfschmerzen zwar, *doch ohne sich unterkriegen zu lassen.* Das habe ich Ihnen doch schon hundertmal erzählt. Warum glauben Sie mir nicht? Warum wollen Sie, zur Rechtfertigung Ihrer «Ideen», diese erfundene Geschichte über mich und meine Familie in die Welt setzen, obwohl Ihre Begabung doch offensichtlich auf einem anderen Gebiet liegt. Überlassen Sie *es mir*, Geschichten zu erfinden – finden Sie die Wahrheit! «...um das Abhängigkeitsbedürfnis gegenüber seiner Frau zu verbergen, lebte der Lyriker sich, fast seit Beginn seiner Ehe, in sexuellen Verhältnissen mit anderen Frauen aus.» Aber das stimmt doch einfach nicht! Sie scheinen da an irgendeinen anderen Dichter zu denken. Hören Sie, was soll das sein – eine Art Amalgam von Symptomen oder ganz speziell ich? Mit wem außer Karen hätte ich mich denn «ausleben» können? Doktor, ich hatte eine verzweifelte *Affäre* mit diesem Mädchen – hoffnungslos, wirrköpfig und pubertär, mag ja alles sein, aber zugleich auch voller Leidenschaft, voller Schmerz, voller *Herzenswärme*, was bei der ganzen Sache von Anfang an das wichtigste war: Ich sehnte mich nach etwas *Menschlichkeit* in meinem Leben, *deshalb* streckte ich die Hand aus und berührte ihr Haar! Und, o ja, in Neapel habe ich eine Prostituierte gefickt, nach einem achtundvierzigstündigen Streit mit Maureen in unserem Hotel. Und eine weitere in Venedig, richtig – insgesamt also zwei. Ist es das, was Sie «ausleben in Verhältnissen mit anderen Frauen» nennen, «fast seit Beginn seiner Ehe»? Die Ehe dauerte ja nur drei Jahre! Die *ganze* Zeit war «fast» der Beginn. Und warum erwähnen Sie nicht, wie es anfing? «...einmal lernte er auf einer Party ein Mädchen kennen...» Aber das war hier in New York, mehrere Monate *nachdem* ich Maureen in Wisconsin verlassen hatte. Die Ehe war *vorbei*, auch wenn der Staat New York sich weigerte, diese Tatsache anzuerkennen! «...der Lyriker lebte seine Wut in seinen Beziehungen zu Frauen aus, die er sämtlich auf masturbatorische Sexualobjekte reduzierte...» Meinen Sie das wirklich so? *Alle* Frauen? Ist es das, was Karen Oakes für mich war, «ein masturbatorisches Sexualobjekt»? Ist es das, was

Susan McCall jetzt für mich ist? Ist das der Grund dafür, daß ich Nacht für Nacht einen Schlaganfall riskiere, um ihr dabei zu helfen, daß sie kommt? Na gut, reden wir doch mal über den Fall der Fälle: Maureen. Glauben Sie, daß sie das und nichts weiter für mich war, «ein masturbatorisches Sexualobjekt»? Himmel, was ist *das* für eine Lesart meiner Geschichte! Statt dieses verlogene, hysterische Luder auf irgendeine Art von Objekt zu reduzieren, beging ich den grotesken Fehler, sie in den Rang eines Menschen zu *erheben*, für den ich eine *moralische Verantwortung* hatte. Nagelte mich mit meiner romantischen Moralität an das Kreuz ihrer Verzweiflung! Oder – falls Ihnen das lieber ist – sperrte mich in den Käfig meiner eigenen Feigheit! Und erzählen Sie mir nicht, das sei aus «Schuldgefühl» geschehen, weil ich sie ja bereits zu einem «masturbatorischen Sexualobjekt» *gemacht* hätte, denn beides können Sie nun mal nicht haben! Wäre ich tatsächlich fähig gewesen, sie wie irgendein verdammtes «Objekt» zu behandeln oder sie einfach so zu sehen, wie sie war, dann hätte ich niemals meiner Mannespflicht genügt und sie geheiratet! Sind Sie, Herr Doktor, bei Ihren Überlegungen schon mal auf den Gedanken gekommen, daß vielleicht *ich* es war, der zu einem sexuellen Objekt gemacht wurde? Sie sehen alles falsch herum, Spielvogel – Sie verkehren die Tatsachen ins Gegenteil! Wie kann das angehen? Wie können Sie, der mir so viel Gutes getan hat, alles so falsch verstanden haben? Nun, *das* wäre einen wissenschaftlichen Aufsatz wert! *Das* ist ein Thema für ein Symposion! Begreifen Sie denn nicht – es ist ein Irrtum, daß Frauen mir zu wenig bedeuten –, meine Probleme werden dadurch verursacht, daß sie mir so viel bedeuten. Das Versuchsgelände nicht für Potenz, sondern für *Tugend*! Glauben Sie mir, hätte ich auf meinen Schwanz gehört statt auf meine oberen Organe, ich wäre niemals in diesen Schlamassel geraten! Ich würde noch immer Dina Dornbusch ficken! Und sie wäre meine Frau geworden!

Was ich als nächstes las, ließ mich von der Ottomane aufspringen, als wäre in einem Alptraum mein Name gerufen worden – doch dann fiel mir wieder ein, daß Spielvogel ja Gott sei Dank nicht einen jüdischen Romancier um die Dreißig, sondern einen namenlosen italo-amerikanischen Lyriker Mitte Vierzig für seine Kollegen zu beschreiben (und zu diagnostizieren) vorgab. «...hinterließ seinen Samen auf Wasserhähnen, Handtüchern etc., dermaßen libidinisiert war seine Wut; bei einer anderen Gelegenheit bekleidete er sich mit nichts weiter als dem Schlüpfer, dem Büstenhalter und den Strümpfen seiner Frau...» Strümpfen? Ja, verdammt noch mal, ich habe mir doch nicht ihre Strümpfe angezogen! Können Sie sich denn nirgends an die Tatsachen halten? Und es war ganz und gar keine «andere Gelegenheit»! Erstens hatte sie sich gerade mit meiner Rasierklinge eine blutende Schnittwunde am Handgelenk beigebracht; zweitens hatte sie gerade gestanden, sie habe (a) mich durch einen Schwindel dazu gebracht, sie zu heiraten, und (b) dies drei elende Ehejahre lang vor mir geheimgehalten; drittens hatte sie gerade damit gedroht, dafür zu sorgen, daß Karens «kleines Unschuldsgesicht» in jeder Zeitung in Wisconsin erscheinen würde –

Dann kam das Schlimmste von allem; es machte die schützende Tarnung als «italo-amerikanischer Lyriker» zur Farce... Im folgenden Absatz berichtete Spielvogel über ein Ereignis aus meiner Jugend, das ich selbst etwas ausführlicher in der autobiographischen Story für den *New Yorker* geschildert hatte, die vor einem Monat unter meinem Namen veröffentlicht worden war.

Es ging darum, daß wir während des Krieges, als Moe bei der Handelsmarine war, hatten umziehen müssen. Um Platz zu schaffen für die jungverheiratete Tochter des Hauswirts und deren Mann, war uns die obere Wohnung des Zweifamilienhauses gekündigt worden, in der wir, seit unserem Umzug von der Bronx nach Yonkers bei meiner Geburt neun Jahre zuvor, gewohnt hatten. Meine Eltern hatten im selben Viertel, sechs Häuserblocks von der alten Wohnung entfernt, eine neue finden können, die unserer alten sehr ähnlich und nur wenig teurer war; trotzdem waren sie aufgebracht über die anmaßende Behandlung von seiten des Hauswirts, zumal meine Mutter sich jahrelang mit liebevoller Sorgfalt um das Haus gekümmert und mein Vater den kleinen Garten in Ordnung gehalten hatte. Für mich war diese Entwurzelung einigermaßen erschütternd, nachdem ich praktisch mein ganzes Leben im selben Haus verbracht hatte; noch dazu herrschte in meinem Zimmer, als ich am ersten Abend in der neuen Wohnung zu Bett ging, ein Durcheinander, das unserer bisherigen Lebensweise ganz und gar nicht entsprach. Würde es von nun an immer so sein wie jetzt? Hinauswurf? Verwirrung? Unordnung? Ging es mit uns abwärts? Würde dies alles damit enden, daß das Schiff meines Bruders, irgendwo draußen auf dem gefährlichen Nordatlantik, von einem deutschen Torpedo versenkt wurde? Als ich am Tag nach dem Umzug zum Mittagessen von der Schule nach Hause gehen wollte, schlug ich nicht den Weg zur neuen Wohnung ein, sondern kehrte «geistesabwesend» zu dem Haus zurück, wo ich mein ganzes Leben in vollkommener Geborgenheit mit Bruder, Schwester, Mutter und Vater gelebt hatte. Auf dem Treppenabsatz des oberen Stockwerks stellte ich zu meiner Überraschung fest, daß die Tür zu unserer Wohnung weit offenstand, und ich hörte, wie sich drinnen ein paar Männer laut unterhielten. Dennoch konnte ich mich, während ich dort im Flur auf dem von Mutters Schrubber über die Jahre abgewetzten Linoleum stand, partout nicht daran erinnern, daß wir am Tag zuvor umgezogen waren und jetzt woanders wohnten. «Es sind Nazis!» dachte ich. Die Nazis waren mit Fallschirmen über Yonkers abgesprungen, hatten unser Haus gefunden und alles mitgenommen. *Meine Mutter mitgenommen.* Davon war ich plötzlich felsenfest überzeugt. Ich besaß nicht mehr Mut als jeder normale Neunjährige und war auch nicht größer, deshalb wundert es mich heute noch, daß ich tatsächlich einen Blick in unser ehemaliges Wohnzimmer riskierte. Ich sah, daß es sich bei den «Nazis» nur um Anstreicher handelte, die auf einer Plane auf dem Fußboden saßen und Butterbrote aus dem Papier aßen. Ich lief weg – die alte Treppe hinunter, deren Gummibelag auf jeder Stufe mir so vertraut war wie ein Teil meines Körpers, und weiter durch das Viertel zu unserem neuen Familien-Refugium, und beim Anblick meiner Mutter in ihrer Schürze (nicht mißhandelt, nicht blutverschmiert, nicht vergewaltigt, wenn auch sichtlich beunruhigt durch die Vorstellung möglicher Ursachen für die Verspätung ihres sonst so pünktlichen Kindes) fiel ich ihr wild schluchzend in die Arme.

Spielvogel interpretierte diesen Vorfall dahingehend, daß ich hauptsächlich «aus Schuldbewußtsein wegen der aggressiven, gegen die Mutter gerichteten Phantasien» geweint hätte. Nach meiner Darstellung – in der Kurzgeschichte in Tagebuchform mit dem Titel «Tagebuch eines Altersgenossen von Anne Frank» – weine ich, weil ich erleichtert bin, meine Mutter lebend und heil wiederzusehen, weil die Wohnung, während ich den Vormittag in der Schule verbrachte, in eine getreue Nachbildung unserer alten verwandelt worden ist – und weil wir Juden sind, die in der Geborgenheit von Westchester County leben und nicht im verwüsteten, von Judenhaß erfüllten Europa unserer Vorfahren.

Schließlich kam Susan aus der Küche, um zu sehen, was ich so allein im Wohnzimmer trieb.

«Warum stehst du so da? Peter, was ist los?»

Ich hielt die Zeitschrift hoch. «Spielvogel hat einen Aufsatz geschrieben über etwas, das er ‹Kreativität› nennt. Und ich werde erwähnt.»

«Namentlich?»

«Nein, aber doch identifizierbar. *Ich* mit neun Jahren, wie ich nach der Schule zum falschen Haus gehe. Er wußte, daß ich das verwendet habe. Ich habe ihm von der Geschichte erzählt, und trotzdem hat er die Stirn, einen fiktiven italo-amerikanischen Lyriker –!»

«Wen? Ich kann dir nicht folgen.»

«Hier!» Ich reichte ihr die Zeitschrift. «Hier! Dieser bescheuerte Patient soll ich sein! Lies es! Lies dir das durch!»

Sie setzte sich auf die Ottomane und begann zu lesen. «Oh, Peter.»

«Lies weiter.»

«Hier steht...»

«Was?»

«Hier steht, du hättest Maureens Unterwäsche und Strümpfe angezogen. Oh, der ist ja übergeschnappt.»

«Ist er nicht – es stimmt. Lies weiter.»

Ihre Träne erschien. *«Ist das wahr?»*

«Nicht die Strümpfe, *nein* – das ist typisch für seine beschissenen banalen Geschichten! *Er* stellt das so hin, als hätte ich mich für den Tuntenball kostümieren wollen! Dabei habe ich damit nur gesagt: ‹Schau her, ich bin's, der in dieser Familie die Höschen anhat, daß du das ja nicht vergißt!› Das ist alles, Susan! Lies weiter! *Nichts* stellt er richtig dar. Mit allem liegt er total *schief*!»

Sie las ein Stück weiter und ließ dann die Zeitschrift in den Schoß sinken. «Oh, Liebling.»

«Was? *Was?*»

«Da steht...»

«Das mit meinem Sperma?»

«Ja.»

«*Auch das habe ich getan.* Aber ich tu's nicht mehr! Lies weiter!»

«Also», sagte Susan und wischte ihre Träne mit der Fingerspitze ab, «schrei nicht *mich* an. Ich finde es furchtbar, daß er so etwas geschrieben und veröffentlicht hat. Es verstößt gegen alle moralischen Grundsätze, es ist rücksichtslos – und ich kann eigentlich gar nicht glauben, daß er zu so was fähig ist. Du erzählst mir immer, er sei so klug. Ich hatte den Eindruck, er sei geradezu *weise*. Aber wie kann jemand, der weise ist, *so etwas* Gefühlloses und Grausames tun?»

«Lies nur weiter. Lies das ganze hohle, wichtigtuerische, bedeutungslose Gewäsch samt den Fußnoten über Goethe und Baudelaire, die den Zusammenhang zwischen ‹Narzißmus› und ‹Kunst› beweisen sollen! Bahnbrechende Erkenntnis! O mein Gott, was dieser Mann nicht alles als *Beweis* ansieht! ‹Wie Sophokles schrieb› – und das ist dann ein *Beweis*! Oh, du solltest dieses Ding Zeile für Zeile durchgehen und dabei darauf achten, wie der Boden unter deinen Füßen ins Wanken gerät! Zwischen den Absätzen tun sich klaftertiefe Abgründe auf!»

«Was gedenkst du zu tun?»

«Was *kann* ich denn tun? Es ist gedruckt, es ist raus.»

«Du kannst doch nicht dasitzen und das so einfach hinnehmen. Er hat dein Vertrauen mißbraucht.»

«Das weiß ich.»

«Aber es ist doch furchtbar.»

«Auch das weiß ich!»

«Dann *tu* etwas!» flehte sie.

Am Telefon sagte Spielvogel, falls ich so «beunruhigt» sei, wie ich klinge – «Ja, das bin ich!» versicherte ich ihm –, werde er nach seinem letzten Patienten in der Praxis bleiben, um mich zum zweitenmal an diesem Tag zu empfangen. Ich ließ also Susan (die ihrerseits genügend Grund zur Beunruhigung hatte) allein und fuhr mit dem Bus die Madison Avenue hinauf zu Spielvogels Praxis, wo ich bis halb acht im Wartezimmer saß und mir in meiner Phantasie alle möglichen heftigen Szenen ausmalte, die sämtlich nur damit enden konnten, daß ich Spielvogel für immer den Rücken kehrte.

Der Streit zwischen uns war dann auch heftig und setzte sich während der Sitzungen in der darauffolgenden Woche ungemildert fort, doch am Ende war es Spielvogel, nicht ich, der erklärte, es sei das beste, wenn ich ihn verließe. Nicht einmal beim Lesen seines Artikels war ich so schockiert gewesen – so unwillig, zu glauben, was er tat –

wie jetzt, als er sich plötzlich von seinem Sessel erhob (während ich noch von der Couch aus meine Angriffe gegen ihn fortsetzte) und mit leicht schleppenden Schritten näher kam, bis er in meinem Blickfeld auftauchte. Normalerweise sprach ich zu dem Bücherregal vor der Couch, zur Zimmerdecke oder zu der Fotografie der Akropolis auf dem Schreibtisch in der gegenüberliegenden Ecke des Zimmers. Als ich Spielvogel plötzlich an meiner Seite bemerkte, richtete ich mich abrupt auf. «Hören Sie», sagte er, «das reicht jetzt. Ich denke, Sie werden entweder diesen Aufsatz von mir vergessen oder mich verlassen müssen. Auf keinen Fall können wir unter diesen Umständen mit der Behandlung fortfahren.»

«Was ist denn das für eine Alternative?» fragte ich, während mein Herz wild zu klopfen begann. Er blieb mitten im Zimmer stehen und stützte sich mit der Hand auf eine Stuhllehne. «Ich bin seit über zwei Jahren Ihr Patient. Ich habe hier eine Menge investiert – an Mühe, an Zeit, an Hoffnung, an Geld. Ich halte mich nicht für geheilt. Ich glaube nicht, daß ich jetzt schon fähig wäre, mit meinem Leben allein fertig zu werden. Und Sie glauben es auch nicht.»

«Aber wenn Sie mich aufgrund dessen, was ich über Sie geschrieben habe, für ‹nicht vertrauenswürdig› und ‹bar aller moralischen Grundsätze› halten, wenn Sie meinen, ich befände mich hinsichtlich der Beziehungen zwischen Ihnen und Ihrer Familie absolut im ‹Irrtum› oder läge, wie Sie es ausgedrückt haben, ‹schief›, warum wollen Sie dann noch mein Patient bleiben? Offensichtlich verfüge ich doch nicht über die nötigen Qualitäten, um Ihr Arzt zu sein.»

«Hören Sie auf, bitte. Ziehen Sie mir nicht wieder Ihre ‹Narzißmus›-Keule über den Schädel. Sie wissen genau, warum ich weiter in Behandlung bleiben möchte.»

«Nämlich?»

«Weil ich Angst habe, da draußen auf mich allein gestellt zu sein. Aber auch, weil ich inzwischen stärker *bin* – und vieles in meinem Leben sich gebessert *hat*. Weil ich als Ihr Patient endlich fähig war, Maureen zu verlassen. Das war für mich alles andere als nebensächlich, wissen Sie. Hätte ich sie nicht verlassen, wäre ich jetzt tot – tot oder im Gefängnis. Sie halten das vielleicht für eine Übertreibung, aber ich weiß, daß es wahr ist. Ich will damit sagen, daß Sie mir für das tägliche Leben eine beträchtliche Hilfe gewesen sind. Sie haben mit mir ziemlich schlimme Zeiten durchgestanden. Sie haben mich davor bewahrt, ein paar wüste und verrückte Sachen zu machen. Bestimmt bin ich nicht ohne Grund zwei Jahre lang dreimal wöchentlich hierhergekommen. Aber das alles bedeutet nicht, daß ich diesen Aufsatz einfach so vergessen kann.»

«Aber es gibt darüber wirklich nichts weiter zu sagen. Wir diskutieren dieses Thema jetzt seit einer Woche. Wir sind alles gründlich durchgegangen. Es gibt nichts Neues hinzuzufügen.»

«Sie könnten hinzufügen, daß Sie im Unrecht waren.»

«Auf diesen Vorwurf habe ich bereits mehr als einmal geantwortet. Ich kann nichts ‹Unrechtes› an meinem Tun erkennen.»

«Es war unrecht, es war zumindest unüberlegt, daß Sie diesen Vorfall in Ihrem Aufsatz erwähnt haben, obwohl Sie wußten, daß ich ihn für eine Geschichte verwendet hatte.»

«Ich schrieb den Aufsatz zur gleichen Zeit wie Sie die Geschichte, das habe ich Ihnen doch schon erklärt.»

«Aber ich hatte Ihnen gesagt, daß ich ihn in der Anne-Frank-Story verwenden würde.»

«Ihre Erinnerung trügt Sie. Davon wußte ich nichts, bevor ich im vergangenen Monat die Story im *New Yorker* las. Zu diesem Zeitpunkt befand sich mein Aufsatz bereits in der Druckerei.»

«Sie hätten noch immer Gelegenheit gehabt, etwas zu ändern – den Vorfall wegzulassen. Im übrigen trügt mich meine Erinnerung keineswegs.»

«Erst beklagen Sie sich, ich hätte Sie, indem ich Ihre Identität tarnte, falsch dargestellt und die Wirklichkeit grob verzerrt. Sie seien Jude, nicht Italo-Amerikaner. Sie seien Romancier und kein Lyriker. Sie seien mit neunundzwanzig Jahren zu mir gekommen, nicht mit vierzig. Und im nächsten Atemzug beklagen Sie sich, daß ich nicht genug getan hätte, um Ihre Identität zu verschleiern – vielmehr hätte ich Ihre Identität durch die Erwähnung dieses speziellen Ereignisses *enthüllt*. Das ergibt sich natürlich wieder einmal aus Ihrer Ambivalenz hinsichtlich Ihrer ‹Besonderheit›.»

«Es handelt sich keineswegs natürlich wieder einmal um meine Ambivalenz! Sie lenken von der eigentlichen Frage ab. Sie verwischen wichtige Unterschiede – genau wie in Ihrem Artikel! Lassen Sie uns doch zumindest alles Punkt für Punkt besprechen.»

«Wir haben doch längst alles Punkt für Punkt besprochen, und zwar jeweils drei- bis viermal.»

«Aber Sie weigern sich noch immer, die Tatsachen anzuerkennen. Selbst wenn sich Ihr Aufsatz bereits in der Druckerei befand – sobald Sie die Anne-Frank-Story gelesen hatten, wäre es an Ihnen gewesen, alles zu tun, um meine Privatsphäre zu schützen – und mein Vertrauen zu Ihnen zu erhalten!»

«Das war unmöglich.»

«Sie hätten den Aufsatz zurückziehen können.»

«Sie verlangen Unmögliches.»

«Was ist wichtiger, die Veröffentlichung Ihres Aufsatzes oder die Erhaltung meines Vertrauens?»

«Das war nicht die Alternative.»

«Genau das *war* die Alternative.»

«Aus Ihrer Sicht. Schauen Sie, wir befinden uns eindeutig in einer Sackgasse, und unter diesen Umständen kann die Behandlung nicht weitergeführt werden. Wir können keine Fortschritte machen.»

«Aber ich habe mich doch nicht erst letzte Woche zufällig in Ihre Praxis verirrt. *Ich bin Ihr Patient.*»

«Richtig. Und ich kann mich nicht länger den Angriffen meines Patienten aussetzen.»

«Tragen Sie es mit Fassung», sagte ich bitter – eine Redewendung von ihm, die mir über manche schwierigen Tage hinweggeholfen hatte. «Hören Sie, Sie müssen doch zumindest eine *Ahnung* gehabt haben, daß ich dieses Erlebnis literarisch umsetzen würde, denn Sie *wußten* schließlich von meiner Arbeit an einer Story, deren Abschluß eben dieses Erlebnis bilden sollte – wäre es da nicht das *mindeste* gewesen, mich um Erlaubnis zu fragen, mich zu fragen, ob ich einverstanden sei...»

«Fragen Sie denn die Leute um Erlaubnis, über die Sie schreiben?»

«Aber ich bin kein Psychoanalytiker! Das kann man doch nicht vergleichen. Ich schreibe Literatur – jedenfalls habe ich das getan. In *Ein jüdischer Vater* habe ich nicht ‹über› meine Familie oder über Grete und mich geschrieben, wie Ihnen zweifellos klar sein dürfte. Das Buch mag zwar seinen Ursprung in meinen Erfahrungen gehabt haben, doch im Grunde war es eine Erfindung, ein Kunstgebilde, ein *Wiederkäuen* der Wirklichkeit. Ein Werk der Einbildungskraft und als solches gekennzeichnet, Doktor! Ich schreibe nicht ‹über› Menschen in einem streng faktischen oder historischen Sinn.»

«Aber Sie glauben doch», sagte er und sah mich scharf an, «daß ich das ebensowenig tue.»

«Dr. Spielvogel, bitte, das ist einfach keine ausreichende Antwort. Und das wissen Sie garantiert auch. Zunächst einmal sind Sie an moralische Erwägungen gebunden, die sich zufälligerweise von denen meines Berufes unterscheiden. Zu mir kommt niemand, um sich mir anzuvertrauen, und wenn Leute mir Geschichten erzählen, tun sie das nicht, damit ich sie heile. Das ist ja wohl offensichtlich. Es liegt einfach in der Natur eines Romanschriftstellers, Privatleben öffentlich zu machen – es ist ein Teil seines Anliegens. Aber ich habe mit Sicherheit, als ich seinerzeit zu Ihnen kam, nicht erwartet, daß das auch *Ihr* Anliegen sei. Ich glaubte, Ihr Job sei es, mich zu behandeln! Und zweitens, was den präzisen Umgang mit Tatsachen angeht – Sie sind zu einer solchen Präzision *verpflichtet*, auch wenn Sie in diesem Ding hier durchaus nicht so präzise waren, wie ich mir das gewünscht hätte.»

«Mr. Tarnopol, ‹dieses Ding hier› ist ein wissenschaftlicher Beitrag. Wir könnten solche Abhandlungen nicht schreiben und hätten keine Möglichkeit, unsere Erkenntnisse miteinander zu teilen, wenn wir für die Veröffentlichung auf die Erlaubnis oder Zustimmung unserer Patienten angewiesen wären. Sie sind nicht der einzige Patient, der unangenehme Tatsachen nur zu gern ausgeklammert sähe oder der für ‹unpräzise› hält, was er über sich selbst nicht hören möchte.»

«Das ist doch Quatsch, das wissen Sie genau! Ich bin bereit, alles über mich zu hören – und bin es immer gewesen. Mein Problem liegt meiner Ansicht nach nicht in meiner Unzugänglichkeit. Im Gegenteil, ich lasse mich auf jede Auseinandersetzung ein, wie zumindest Maureen bezeugen kann.»

«Oh, tun Sie das? Ironischerweise ist es gerade der hier besprochene narzißtische Abwehrmechanismus, der Sie daran hindert, in dem Aufsatz etwas anderes zu sehen als einen Angriff auf Ihre Würde oder einen Versuch, Sie bloßzustellen oder herabzusetzen. Es ist gerade der Schlag gegen Ihren Narzißmus, der Sie veranlaßt, der Sache ein unverhältnismäßig großes Gewicht beizumessen. Gleichzeitig tun Sie, als ginge es in dem Artikel *ausschließlich* um Sie, obwohl von den fünfzehn Seiten Text kaum zwei sich mit Ihrem Fall befassen. Aber Ihnen gefällt der Gedanke nicht, daß Sie an

‹Kastrationsangst› leiden. Ihnen gefällt auch die Vorstellung nicht, Sie hegten gegenüber Ihrer Mutter aggressive Phantasien. Das hat Ihnen von Anfang an nicht gefallen. Ihnen mißfällt auch, wenn ich Ihren Vater – und in diesem Zusammenhang auch Sie als seinen Sohn und Erben – als ‹unfähig› und ‹unterwürfig› beschreibe, obgleich es Ihnen genausowenig gefiel, als ich Sie ‹erfolgreich› nannte. Anscheinend wird damit Ihre bequeme Selbsteinschätzung als verfolgte Unschuld ein wenig zu sehr in Frage gestellt.»

«Hören Sie, bestimmt gibt es hier in New York City Menschen, auf die Ihre Beschreibung zutrifft. Nur bin ich keiner von ihnen! Entweder haben Sie irgendein Modell im Kopf, eine Art Allzweck-Patienten, oder Sie denken an einen anderen Fall; ehrlich gesagt, ich weiß auch nicht, wie ich mir das, verdammt noch mal, erklären soll. Vielleicht liegt es auch nur an Ihrer Art, sich auszudrücken, vielleicht ist Ihr Stil einfach nicht präzise genug.»

«Oh, der Stil ist auch ein Problem?»

«Ich sage es nicht gern, aber vielleicht ist Schreiben nicht gerade Ihre Stärke.»

Er lächelte. «Könnte es das denn in Ihren Augen jemals sein? Könnte ich überhaupt präzise genug schreiben, um Sie zufriedenzustellen? Ich glaube, im Zusammenhang mit der Anne-Frank-Story stört Sie weniger, daß ich durch die Erwähnung desselben Ereignisses in meinem Aufsatz Ihre Identität preisgegeben haben könnte, als vielmehr, daß ich Ihrer Meinung nach Ihr Material plagiiert und mißbraucht habe. Sie schäumen vor Wut, weil ich es gewagt habe, diesen Artikel zu veröffentlichen. Aber wenn ich so schlecht und unpräzise schreibe, wie Sie mir zu verstehen geben, sollten Sie sich durch meinen kleinen Prosa-Streifzug doch nicht dermaßen bedroht fühlen.»

«Ich fühle mich nicht ‹bedroht›. Oh, tun Sie mir einen Gefallen und argumentieren Sie nicht wie Maureen, ja? Nicht noch mehr von diesem Stil, der überhaupt nicht das ausdrückt, was Sie meinen, und der keinem weiterhilft.»

«Ich versichere Ihnen, ich habe, anders als Maureen, ‹bedroht› gesagt, weil ich ‹bedroht› meinte.»

«Aber vielleicht ist Schreiben *wirklich* nicht Ihre Stärke. Vielleicht handelt es sich dabei um eine objektive Feststellung, die nichts damit zu tun hat, ob ich Schriftsteller oder Seiltänzer bin.»

«Aber warum sollte das für Sie eine solche Rolle spielen?»

«Warum? Warum?» Daß er mir im Ernst diese Frage stellen konnte, traf mich ins Mark; ich spürte, wie mir die Tränen kamen. «Unter anderem, weil ich der Gegenstand dieser Zeilen bin! Ich bin es, der in Ihrer unpräzisen Sprache falsch dargestellt ist! Weil ich Tag für Tag hierherkomme und meine Bilanz offenlege, Ihnen jede kleinste Einzelheit aus meinem Privatleben mitteile und im Gegenzug zumindest eine korrekte Darstellung erwarte!» Ich hatte angefangen zu weinen. «Sie waren mein Freund, und ich habe Ihnen die Wahrheit gesagt. Ich habe Ihnen alles gesagt.»

«Hören Sie, wenn Sie meinen, die Welt warte mit angehaltenem Atem auf die nächste Ausgabe unserer kleinen Fachzeitschrift, in der Sie nach Ihrer Meinung falsch dargestellt worden sind, kann ich Sie beruhigen. Ich versichere Ihnen, daß es sich nicht um ein weitverbreitetes Magazin wie den *New Yorker* oder selbst den *Kenyon Review* handelt. Falls das ein Trost für Sie ist – die meisten meiner Kollegen machen sich nicht einmal die Mühe, die Zeitschrift zu lesen. Aber das ist wieder typisch für Ihren Narzißmus. Ihre Vorstellung, die ganze Welt hätte nichts Besseres zu tun, als voller Spannung auf die jüngsten Informationen über das geheime Leben des Peter Tarnopol zu warten.»

Die Tränen waren versiegt. «Und das ist wieder typisch für Ihren Reduktionismus, wenn ich das sagen darf, und Ihre Begriffsverwischung. Verschonen Sie mich bitte mit diesem Wort ‹Narzißmus›, ja? Sie setzen es gegen mich ein wie eine Keule.»

«Das Wort ist rein deskriptiv und vollkommen wertfrei», sagte der Doktor.

«Ach ja? Nun, vielleicht müßten Sie dieses Wort mal als der Gemeinte zu hören bekommen, um festzustellen, wie ‹wertfrei› es ist! Hören Sie, können wir uns nicht darauf einigen, daß es einen Unterschied gibt zwischen Selbstachtung und Eitelkeit, zwischen Stolz und Größenwahn? Können wir uns nicht darauf einigen, daß es sich hier in Wahrheit um eine moralische Frage handelt und daß meine Sensibilität und Ihre offenkundige Indifferenz in dieser Frage nicht einfach als psychologische Abnormität *meinerseits* abgetan werden können? Auch Sie haben ja schließlich eine Psyche, oder? Sie folgen immer derselben Taktik, Dr. Spielvogel. Zuerst schränken Sie den Bereich moralischer Verantwortung ein; Sie erklären beispielsweise, was ich als meine Verantwortung gegenüber Susan bezeichne, sei in Wirklichkeit nur getarnter Narzißmus – und wenn ich Ihre Ansicht akzeptiere und die moralischen Implikationen meines Verhaltens zurückstelle, sagen Sie, ich sei ein Narzißt, der nur an sein eigenes Wohlergehen denke. Maureen machte das ganz ähnlich, wissen Sie – nur daß sie dieses Knebelspiel von der anderen Seite her aufzog. Sie machte das *Abwaschbecken* zu einer moralischen Angelegenheit! Alles auf der ganzen weiten Welt war ein Test für meinen Anstand und meine Ehrenhaftigkeit – und der moralische Ignorant, den Sie hier vor sich sehen, glaubte ihr! Wenn ich bei der Autofahrt von Rom nach Frascati eine falsche Abzweigung nahm, hatte sie mich auf den nächsten paar hundert Metern zu einem gewissenlosen Schurken abgestempelt, der über Westchester und die Brown University direkt aus der Hölle kam. Und ich kaufte ihr das ab!... Hören Sie – lassen Sie uns kurz über Maureen *sprechen*, lassen Sie uns über die Folgen reden, die diese Geschichte für mich haben kann, so ‹narzißtisch› Ihnen das auch vorkommen muß. Angenommen, Maureen würde ein Exemplar dieser Ausgabe in die Hand bekommen und lesen, was Sie geschrieben haben. Schließlich hat sie einen sechsten Sinn für alles, was mich betrifft – was *Unterhalt* betrifft. Ich meine, es genügt nicht – um auf Ihre Bemerkung von vorhin zurückzukommen –, es genügt einfach nicht zu sagen, diese Zeitschrift lese ja doch niemand. Wären Sie tatsächlich davon überzeugt, würden Sie Ihre Abhandlung garantiert nicht dort veröffentlichen. Was für einen Sinn hätte es, Ihre Erkenntnisse in einer Zeitschrift zu veröffentlichen, die keine Leser hat? Die Ausgabe ist erschienen, und natürlich wird sie jemand lesen, zumal hier in New York – und sollte Maureen davon irgendwie Wind bekommen... nun, stellen Sie sich vor, mit welcher Wonne sie vor Gericht die Passagen über mich verlesen würde. Stellen Sie sich vor, wie ein New Yorker Bezirksrichter das aufnehmen würde. Verstehen Sie, was ich meine?»

«Oh, ich verstehe sehr gut, was Sie meinen.»

«Beispielsweise schreiben Sie, ich hätte mich ‹fast seit Beginn meiner Ehe› sexuell mit anderen Frauen ‹ausgelebt›. Zunächst einmal stimmt das überhaupt nicht. So, wie Sie das sagen, klingt es, als wäre ich einer von diesen Italo-Amerikanern, der abends auf dem Heimweg von seinem Dichterbüro rasch mal einen Abstecher für eine schnelle Nummer macht. Verstehen Sie, was ich meine? In Ihrer

Darstellung sehe ich aus wie jemand, der wahllos mit irgendwelchen Frauen rumbumst. Und das stimmt einfach nicht. Weiß Gott, was Sie hier verzapft haben, ist keine angemessene Beschreibung meiner Affäre mit Karen. Die Sache war wirklich ernst – unter anderem deshalb, weil sie für mich *neu* war!»

«Und die Prostituierten?»

«Zwei Prostituierte – in drei Jahren. Ergibt ein statistisches Mittel von gut einer halben Prostituierten pro Jahr, was für unglücklich verheiratete Männer ein nationaler Rekord im *Nicht*-Ausleben sein dürfte. Haben Sie es vergessen? *Ich war unglücklich!* Reißen Sie die Sache doch nicht aus dem Zusammenhang. Sie scheinen zu vergessen, daß es sich bei meiner Ehefrau um Maureen handelte. Sie scheinen zu vergessen, unter welchen Umständen wir geheiratet hatten. Sie scheinen zu vergessen, daß wir uns auf jeder Piazza stritten, in jeder Kathedrale, Trattoria oder Pension, in jedem Museum und jedem Hotel auf der italienischen Halbinsel. Ein anderer Mann hätte ihr den Schädel eingeschlagen! Mein Vorgänger Mezik, der jugoslawische Kneipenwirt, hätte sich mit einem knallharten Kinnhaken ‹ausgelebt›. Aber ich bin nun mal ein Literat. Ich wählte die zivilisierte Lösung – ich schlief mit einer Hure und zahlte dreitausend Lire! Ah, und das dürfte Sie ja wohl zu dem ‹Italo-Amerikaner› inspiriert haben, oder?»

Er machte eine wegwerfende Handbewegung, um mir zu bedeuten, was er von meinem *aperçu* hielt – und sagte dann: «Sie haben recht, ein anderer Mann hätte sich mit seiner Frau wohl direkt auseinandergesetzt, statt seine Wut libidinös zu sublimieren.»

«Aber die einzige Möglichkeit, sich mit dieser Frau direkt auseinanderzusetzen, bestand darin, *sie zu töten*! Und Sie selbst haben mir doch erklärt, es verstoße gegen das Gesetz, Menschen umzubringen, verrückte Ehefrauen eingeschlossen. Ich habe mich nicht ‹sexuell ausgelebt›, was immer das bedeuten mag – ich habe versucht, in diesem ganzen Wahnsinn am Leben zu bleiben. *Ich selbst* zu bleiben! ‹Nein, dahin darf ich nicht –› und so weiter!»

«Und», sagte er, «bequemerweise vergessen Sie wieder einmal die Frau Ihres jungen Kollegen am Anglistik-Seminar in Wisconsin.»

«Guter Gott, wer sind Sie denn, der Papst? Hören Sie, mag ja sein, daß ich kindisch bin und ein Schwächling, mag sogar sein, daß ich der Narzißt Ihrer schönsten Psychiaterträume bin – *aber ich bin kein Schwein!* Ich bin kein verkommener Typ, kein Lüstling, kein Gigolo und auch kein Penis auf zwei Beinen. Warum also versuchen Sie, mich in Ihrem Artikel als eine Art rücksichtslosen Quasi-Vergewaltiger darzustellen? Sicherlich läßt sich meine Affäre mit Karen auch anders beschreiben –»

«Aber ich habe doch gar nichts über Karen gesagt. Ich habe Sie nur an die Frau Ihres Kollegen erinnert, der Sie eines Nachmittags im Einkaufszentrum in Madison begegnet sind.»

«Wenn Sie ein so gutes Gedächtnis haben, warum erinnern Sie sich dann nicht daran, daß ich sie nicht einmal gefickt habe! Sie hat mir einen geblasen, im Auto. Na und? Na *und*? Ich sage Ihnen, es kam für uns beide überraschend. Und wieso interessiert Sie das überhaupt? Das möchte ich allen Ernstes wissen! Wir waren Freunde. Auch sie war nicht besonders glücklich verheiratet. Das war doch, Herrgott noch mal, kein ‹sexuelles Ausleben›. Es war Freundschaft! Es war tiefes Leid! Es war Großzügigkeit! Es war Zärtlichkeit! Es war Verzweiflung! Wir waren zehn heimliche Minuten lang zwei Teenager auf dem Rücksitz eines Autos, bevor wir edelmütig wieder ins ERWACHSENENLEBEN zurückkehrten! Es war ein süßes und harmloses SO-TUN-ALS-OB-Spiel! Lächeln Sie ruhig, wenn Sie wollen, lächeln Sie von Ihrer Kanzel herab, doch das kommt einer angemessenen Beschreibung der Sache immer noch näher als *Ihre* Worte. Und wir haben es auch nicht fortgesetzt, was durchaus möglich gewesen wäre, wissen Sie; wir ließen es bei diesem schönen, folgenlosen, zufälligen Ereignis bewenden und kehrten als gute Soldaten an die verdammte Front zurück. Also wirklich, Eure Heiligkeit, wirklich, Eure Exzellenz, ist es das, was Sie unter ‹sich seit Beginn der Ehe in sexuellen Verhältnissen mit anderen Frauen ausleben› verstehen?»

«Ist es das nicht?»

«Zwei Straßennutten in Italien, eine Freundin in einem Auto in Madison... und Karen? Nein! Ich würde das geradezu *asketisch* nennen, in Anbetracht meiner Ehe. Idiotisch würde ich es nennen, jawohl! Seit Beginn seiner Ehe hatte der italo-amerikanische Lyriker die absurde Idee, daß es jetzt, als Ehemann, seine Mission sei, *treu* zu sein – wem gegenüber, hat er sich anscheinend nie gefragt. Es war wie *Wort halten* und *seine Pflicht tun*, die Grundsätze, denen er seine Heirat mit jener Xanthippe überhaupt zu verdanken hatte! Wieder einmal tat der italo-amerikanische Lyriker das, was er für ‹männlich›, ‹aufrecht› und ‹prinzipientreu› hielt – was jedoch, versteht sich, in Wahrheit nur feige und unterwürfig war. ‹Mösengeprügelt›, wie mein Bruder es so treffend nennt! In der Tat, Dr. Spielvogel, die beiden italienischen Nutten, die Frau meines Kollgen, damals im Einkaufszentrum, und Karen, sie bildeten die einzige lobenswerte, die einzige männliche, die einzige *moralische*... ach, zum Teufel damit.»

«Ich glaube, daß wir an diesem Punkt dasselbe sagen, nur in unseren verschiedenen Sprachen. Haben Sie das nicht gerade eben selbst erkannt?»

«Nein, nein, nein, nein, nein. Was ich gerade erkannt habe, ist, daß Sie mir gegenüber niemals auch nur den geringsten Irrtum in Wortwahl oder Satzbau Ihres Aufsatzes zugeben würden, ganz zu schweigen von dem generellen Grundgedanken. Und Sie sprechen von narzißtischen Abwehrstrategien!»

Er zeigte keinerlei Empörung über meinen verächtlichen Tonfall. Sein Ton war während des gesamten Gespräches fest und ruhig geblieben – ein Hauch von Sarkasmus, auch Ironie, doch keine Spur von Zorn und erst recht keine Tränen. Das hatte ja auch seine Richtigkeit! Was verlor er denn schon, wenn ich ging?

«Ich bin kein Student mehr, Mr. Tarnopol. Ich erwarte von meinen Patienten keine literarische Kritik. Ihnen wäre es offenbar lieber, ich überließe das Verfassen meiner wissenschaftlichen Aufsätze Ihnen und beschränkte meine Aktivitäten auf diese vier Wände. Sie erinnern sich, wie verstört Sie vor einigen Jahren waren, als Sie entdeckten, daß ich gelegentlich hinaus auf die Straße ging und mit dem Bus fuhr.»

«Das war reine Ehrfurcht. Keine Sorge, darüber bin ich hinweg.»

«Gut. Es gibt keinen Grund, warum Sie mich für vollkommen halten sollten.»

«Das tue ich auch nicht.»

«Andererseits besteht die Alternative nicht unbedingt darin, mich für eine zweite Maureen zu halten, nur darauf aus, Sie aus Sadismus und Rachsucht zu täuschen und zu betrügen.»

«Das habe ich auch nie behauptet.»

«Trotzdem könnte es ja sein, daß Sie so was denken.»

«Wenn Sie wissen wollen, ob ich glaube, Sie hätten mich mißbraucht, so lautet die Antwort: ja. Hier steht nicht Maureen zur Debatte, sondern Ihr Aufsatz.»

«In Ordnung, so sehen Sie das nun mal. Jetzt müssen Sie entscheiden, wie es mit Ihrer Behandlung weitergehen soll. Falls Sie Ihre Angriffe gegen mich fortsetzen wollen, ist eine Weiterbehandlung unmöglich – der bloße Versuch wäre unsinnig. Falls Sie sich jedoch wieder den eigentlichen Problemen zuwenden wollen, bin ich natürlich bereit weiterzumachen. Vielleicht möchten Sie auch noch eine dritte Möglichkeit in Betracht ziehen – Sie könnten sich entschließen, die Behandlung bei einem anderen Therapeuten fortzusetzen. Diese Entscheidung müßten Sie vor unserem nächsten Termin treffen.»

Susan war erbost über die Entscheidung, die ich dann traf. Nie zuvor hatte sie sich über irgend etwas so energisch geäußert wie über die «brutale» Weise, in der Spielvogel mich behandelt hatte; auch mich hatte sie noch nie so direkt zu kritisieren gewagt. Natürlich stammten ihre Gegenargumente zum großen Teil von Dr. Golding, der, wie sie mir erzählte, «entsetzt» gewesen sei über die Art und Weise, in der Spielvogel in dem Aufsatz im *Forum* mit mir verfahren war; dennoch hätte sie mir Goldings Ansichten niemals mitgeteilt, wenn sich nicht ihre Einstellung zu sich selbt in erstaunlichem Maße verändert hätte. Nun ja – vielleicht hatte es ihr Selbstbewußtsein gestärkt, zu lesen, wie ich in Maureens Unterwäsche herumgelaufen war; doch was immer die Ursache sein mochte, ich war begeistert über das Hervorbrechen dieser temperamentvollen und *eindringlichen* Seite ihres Wesens, die sie so lange verborgen gehalten hatte – gleichzeitig beunruhigte mich allerdings der Gedanke, daß das, was sie und ihr Arzt über meinen Entschluß sagten, bei Spielvogel zu bleiben, der Wahrheit ziemlich nahekam. Was ich Susan gegenüber zu meiner Verteidigung vorbrachte, klang selbst in meinen Ohren einigermaßen schwach.

«Du solltest dich von ihm trennen», sagte sie.

«Das kann ich nicht. Nicht nach so langer Zeit. Er hat mir mehr genützt als geschadet.»

«Aber er sieht dich völlig falsch. Wie kann das irgend jemandem nützen?»

«Weiß ich nicht – trotzdem, mir hat es genützt. Möglich, daß er ein lausiger Analytiker, aber ein ausgezeichneter Therapeut ist.»

«Das ist doch Unsinn, Peter.»

«Also, ich gehe immerhin nicht mehr mit meiner schlimmsten Feindin ins Bett. Das habe ich hinter mir, stimmt's?»

«Aber jeder Arzt hätte dir dabei geholfen, sie zu verlassen. Jeder einigermaßen fähige Arzt hätte dich da durchgebracht.»

«Aber zufälligerweise war es nun mal Spielvogel.»

«Bedeutet das, daß er sich jetzt alles erlauben kann? Er sieht dich doch in einem völlig verkehrten Licht. Den Aufsatz zu veröffentlichen, ohne dich vorher zu fragen, war absolut falsch. Seine Haltung, als du ihn deshalb zur Rede gestellt hast und er sagte: ‹Entweder halten Sie den Mund, oder Sie gehen› – das war so falsch, wie es nur falsch sein kann. Und das weißt du auch! Dr. Golding hat gesagt, es sei der unmöglichste Vorfall zwischen einem Arzt und seinem Patienten, von dem er je gehört habe. Und auch sein Geschreibsel ist das Allerletzte – du hast selbst gesagt, es handle sich bloß um blödsinniges Wortgeklingel.»

«Hör zu, ich bleibe bei ihm. Ich will nicht mehr darüber reden.»

«Wenn ich *dir* so antworten würde, würdest du an die Decke gehen. Du würdest sagen: ‹Hör auf zu kneifen! Wehr dich doch, du dumme Gans!› Oh, ich begreife einfach nicht, warum du dich so verhältst, nachdem dieser Mann dich so offenkundig für seine Zwecke mißbraucht hat. Warum läßt du Leuten so etwas durchgehen?»

«Welchen Leuten denn?»

«Welchen Leuten? Leuten wie Maureen. Leuten wie Spielvogel. Leuten, die...»

«Die was?»

«Na, die auf dir herumtrampeln.»

«Susan, ich kann mich nicht ewig als jemanden sehen, auf dem man herumtrampelt. Das bringt mich nicht weiter.»

«Dann laß auch nicht ewig auf dir rumtrampeln! Laß dir das nicht gefallen!»

«Ich habe nicht das Gefühl, daß ich mir in diesem Fall von irgend jemandem was gefallen lasse.»

«Oh, mein Lammkeulchen, Dr. Golding sieht das ganz anders.»

Spielvogel tat, was Dr. Golding gesagt hatte, mit einem Schulterzucken ab, als ich es ihm berichtete. «Ich kenne den Mann nicht», raunzte er, und damit hatte es sich. Erledigt. Als hätte er, wäre ihm

Dr. Golding bekannt gewesen, mir dessen Motive für seine Einstellung nennen können – aber so war es kaum eine Antwort wert. Was Susans Zorn betraf und die für sie so uncharakteristische Vehemenz, mit der sie sich für eine Trennung von ihm aussprach, nun, das verstünde ich doch wohl, oder? Sie haßte Spielvogel für das, was Spielvogel geschrieben hatte über den Peter, der *sie* anspornte und *ihr* die Welt erklärte, den Mann, den sie anbetete wegen der Veränderungen, die er in ihrem Leben bewirkt hatte. Spielvogel seinerseits hatte ihren Pygmalion entmythologisiert – und natürlich war Galatea außer sich vor Zorn. Wer hätte etwas anderes erwartet?

Irgendwie, ich muß es gestehen, hatte seine Immunität gegen Kritik etwas Imponierendes. Tatsächlich schien mir, in dieser Zeit der Unsicherheit und des Selbstzweifels, die Unzugänglichkeit dieses blassen, leicht hinkenden Arztes überaus erstrebenswert: *Ich habe recht und du hast unrecht, und selbst wenn das nicht stimmen sollte, beharre ich einfach darauf und gebe keinen Millimeter nach, und schließlich werde ich recht behalten.* Vielleicht war das der Grund, warum ich bei ihm blieb – aus Bewunderung für seinen Panzer, in der Hoffnung, daß etwas von dieser Undurchdringlichkeit auch auf mich abfärben würde. Ja, dachte ich, er belehrt mich durch sein Vorbild, dieser arrogante deutsche Schweinehund. Aber ich werde ihm nicht die Genugtuung bereiten, ihm das zu sagen. Doch wer weiß, ob es ihm nicht ohnehin klar ist? Andererseits – wer außer mir könnte wissen, daß es ihm klar ist?

Im Laufe der nächsten Wochen, in denen Susan bei der bloßen Erwähnung von Spielvogels Namen noch immer das Gesicht verzog, war ich mitunter drauf und dran, die bestmögliche Verteidigungsstrategie für ihn zu entwickeln – und gleichzeitig auch für mich; denn falls sich herausstellen sollte, daß ich mich in Spielvogel genauso getäuscht hatte wie in Maureen, so würde es sehr schwer für mich werden, jemals wieder meinem eigenen Urteil zu vertrauen. Um meinen Anspruch auf geistige Gesundheit und Intelligenz vor mir selbst zu begründen und mein Vertrauen in andere Menschen vor dem völligen Zusammenbruch zu bewahren (oder ging es mir nur um den Fortbestand meiner kindlichen Illusion? Um Erhalt und das Auskosten meiner Naivität bis zum allerletzten vorzüglichen Tropfen?), mußte ich möglichst wirkungsvolle Argumente für ihn ins Feld führen. Selbst wenn das bedeutete, daß ich seine fadenscheinige Verteidigung akzeptieren mußte – selbst wenn ich dafür mit psychoanalytischer Skepsis meine eigenen stichhaltigen Einwände revidieren mußte! «Hör zu», wollte ich zu Susan sagen, «es ist Spielvogels Verdienst, daß ich überhaupt noch hier bin. Hätte Spielvogel nicht immer, wenn ich sagte: ‹Warum nicht einfach gehen?›, die Gegenfrage gestellt: ‹Warum nicht lieber bleiben?›, hätte ich unser Verhältnis schon längst beendet. Was auch immer zwischen uns besteht, wir haben es ihm zu verdanken – er war dein Anwalt, nicht ich.» Aber daß in jenem ersten Jahr, in dem mir ihre Art zu leben überhaupt nicht gefallen hatte, hauptsächlich Spielvogels Ermutigung der Grund für meine fast allnächtlichen Besuche bei ihr gewesen war, ging sie wahrlich nichts an, obwohl sie fortfuhr, sein «abstoßendes» Verhalten zu kritisieren; auch würde es ihrem labilen Selbstwertgefühl nicht gerade guttun, wenn sie erfuhr, daß es selbst jetzt noch, nach unserem jahrelangen Verhältnis mit all seiner zärtlichen Verspieltheit – ich als ihr Lammkeulchen und sie als meine Suzie Q. –, daß es immer noch Spielvogel war, der mich davon abhielt, sie zu verlassen, wenn mich ihre aufkeimenden Träume von Ehe und Familie erschreckten, die ich nicht teilte. «Aber sie will Kinder haben – und zwar jetzt, bevor sie zu alt ist.» – «Aber Sie wollen nicht.» – «Richtig. Und ich kann nicht zulassen, daß sie sich solche Hoffnungen macht. Das geht einfach nicht.» – «Dann sagen Sie ihr das doch.» – «Das *tue* ich. Ich *habe* es ihr gesagt. Sie will nichts mehr davon hören. Sie sagt: ‹Ich weiß, ich weiß, daß du mich nicht heiraten wirst – mußt du mir das *zwanzigmal am Tag* sagen?» – «Nun, zwanzigmal am Tag ist vielleicht ein bißchen mehr als nötig.» – «Ach, ich sage es ja auch nicht zwanzigmal – das kommt ihr nur so vor. Sehen Sie, wenn ich ihr erkläre, wie die Dinge liegen, heißt das noch lange nicht, daß sie das innerlich akzeptiert.» – «Ja, aber was können Sie denn sonst noch tun?» – «Ich könnte gehen. Das sollte ich auch tun.» – «Ich glaube kaum, daß sie diese Meinung teilt.» – «Aber wenn ich bleibe...» – «Sie könnten sich vielleicht *richtig* in sie verlieben. Haben Sie schon mal daran gedacht, daß es womöglich das ist, wovor Sie davonlaufen? Nicht die Kinder, nicht die Ehe ... sondern die Liebe?» – «Oh, Doktor, kommen Sie mir doch nicht schon wieder so psychoanalytisch. Nein, daran habe ich noch nie gedacht. Und das finde ich auch gut so, weil ich nicht glaube, daß es wahr ist.» – «Nein? Aber manchmal sind Sie doch schon ein wenig verliebt – oder etwa nicht? Sie erzählen mir, wie süß sie ist, wie lieb. Wie zartfühlend. Sie erzählen mir, wie schön sie ist, wenn sie so dasitzt und liest. Sie erzählen mir, wie rührend sie wirkt. Manchmal hört es sich richtig poetisch an, wenn Sie von ihr sprechen.» – «So, tut es das?» – «Ja, ja, und das wissen Sie auch.» – «Aber es gibt noch immer eine Menge, was an diesem Verhältnis nicht stimmt, und *das* wissen *Sie*.» – «Ja, nun, das hätte ich Ihnen gleich zu Anfang sagen können.» – «Bitte, der Ehemann von Maureen Tarnopol weiß nur zu gut, daß auch das andere Geschlecht nicht vollkommen ist.» – «Wenn der Mann von Maureen Tarnopol das weiß, dann sollte er vielleicht dankbar sein für eine Frau, die bei aller Unvollkommenheit doch immerhin zärtlich und verständnisvoll ist – und ihm absolut ergeben. All das trifft doch auf sie zu, habe ich recht?» – «Ja, sie ist alles das. Und es zeigt sich auch immer mehr, daß sie außerdem noch klug, charmant und lustig ist.» – «Und in Sie verliebt.» – «Und in mich verliebt.» – «Und eine Köchin – eine großartige Köchin. Wenn Sie mir von ihren Gerichten erzählen, läuft mir das Wasser im Mund zusammen.» – «Sie sind sehr dem Lustprinzip verhaftet, Dr. Spielvogel.» – «Und Sie? Sagen Sie mal, wohin fliehen Sie schon wieder? Zu was? Zu wem? Warum?» – «Zu niemandem, zu nichts – aber ‹*warum?*› Ich hab's Ihnen doch gesagt: Angenommen, sie unternimmt einen Selbstmordversuch!» – «Immer noch diese Selbstmordidee?» – «Aber was, wenn sie's nun täte!» – «Wäre das nicht ihre Verantwortung? Und die von Dr. Golding? Schließlich befindet sie sich in Therapie. Wollen Sie aus Angst vor dieser vagen Möglichkeit die Flucht ergreifen?» – «Ich kann nicht ertragen, daß diese Möglichkeit ständig wie ein Damoklesschwert über mir schwebt. Nicht nach allem, was geschehen ist. Nicht nach Maureen.» – «Vielleicht sind Sie zu dünnhäutig. Vielleicht sollte man sich mit dreißig langsam ein dickeres Fell zulegen.» – «Zweifellos. Ich bin sicher, daß Nilpferde es leichter haben. Aber meine Haut ist nun mal meine Haut. Ich fürchte, da können Sie mit einer Taschenlampe hindurchleuchten. Geben Sie mir also einen anderen Rat.» – «Was für einen Rat gibt es da noch? Sie haben die Wahl. Bleiben oder weglaufen.» – «Sie formulieren diese meine Wahl ziemlich eigenartig.» – «Schön, dann formulieren *Sie* sie.» – «Die Sache ist doch die: Wenn ich bleibe, muß ihr klar sein, daß ich niemanden heiraten werde, sofern und solange *ich es nicht will*. Und alle Anzeichen sprechen dafür, daß *ich es niemals wollen werde*» – «Mr. Tarnopol, ich denke, ich kann mich darauf verlassen, daß Sie ihr diesen Vorbehalt von Zeit zu Zeit in Erinnerung rufen.»

Warum blieb ich bei Spielvogel? Vergessen wir nicht seine mosaischen Gebote und was sie für einen dünnhäutigen Mann bedeuteten, der im Begriff war, Gott weiß was für eine Ausschweifung zu begehen.

Du sollst nicht begehren deines Weibes Unterwäsche.

Du sollst nicht fallen lassen deinen Samen auf deines Nächsten Badezimmerfußboden, noch sollst du ihn schmieren auf die Einbände von Bibliotheksbüchern.

Du sollst nicht so töricht sein, zu kaufen ein Hoffritz-Jagdmesser, um damit dein Weib und ihren Scheidungsanwalt zu massakrieren.

«Aber warum denn nicht? Was für einen Unterschied macht das jetzt noch? Sie treiben mich zum Wahnsinn! Sie ruinieren mein Leben! Zuerst hat sie mich mit dieser falschen Urinprobe vor den Traualtar geschleift, und jetzt erzählt sie dem Richter, ich könnte doch Drehbücher schreiben und damit ein Vermögen verdienen! Sie erzählt dem Gericht, daß ich mich ‹starrsinnig› weigere, nach Hollywood zu gehen und dort ehrliche Arbeit zu leisten! Was stimmt! Ich weigere mich starrsinnig! *Weil das nicht meine Arbeit ist!* Meine Arbeit besteht darin, Romane und Kurzgeschichten zu schreiben. Und nicht einmal *das* kann ich noch! Aber wenn ich sage, daß ich's nicht kann, dann sagen die, okay, dann beweg deinen Arsch nach Hollywood, wo du tausend Dollar pro Tag verdienen kannst! Da, sehen Sie! Sehen Sie sich diese eidesstattliche Erklärung von ihr an! Lesen Sie, wie sie mich hier nennt, Doktor – ‹einen allseits bekannten Verführer junger College-Studentinnen›! Das ist ihr Etikett für die Sache mit Karen! Lesen Sie bitte dieses Dokument! Ich habe es mitgebracht, damit Sie sich mit eigenen Augen davon überzeugen können, daß ich nicht übertreibe! Sehen Sie sich *diese* Darstellung meiner Person an! ‹Ein Verführer junger College-Studentinnen›! Die versuchen, mich auszuplündern, Doktor Spielvogel – das ist legalisierte Erpressung!» – «Natürlich», sagte mein Moses sanft, «aber trotzdem können Sie nicht ein Messer kaufen und es ihr ins Herz rammen, Mr. Tarnopol.» – «WARUM NICHT? NENNEN SIE MIR EINEN EINZIGEN GUTEN GRUND DAGEGEN!» – «Weil Töten gegen das Gesetz ist.» – «SCHEISS AUFS

GESETZ! DAS GESETZ IST ES, DAS MICH UMBRINGT!» – «Wie auch immer – Wenn Sie sie töten, wird man Sie ins Gefängnis werfen.» – «Na und?» – «Es würde Ihnen dort nicht gefallen.» – «Ganz egal – sie wäre jedenfalls tot. *Gerechtigkeit* würde in dieser Welt Einzug halten!» – «Gleichgültig, wie GERECHT die Welt wäre, für Sie wären die Zustände immer noch nicht paradiesisch. Ihnen hat's ja schon bei der Army nicht besonders gefallen, erinnern Sie sich? Nun, Gefängnis ist schlimmer. Ich glaube nicht, daß Sie dort glücklich wären.» – «Ich bin auch *hier* nicht gerade glücklich.» – «Das verstehe ich. Aber dort wären Sie garantiert noch weniger glücklich.»

Da er mich in dieser Weise bremste (oder doch so tat, als bremste er mich, während ich tat, als ließe ich mich nicht bremsen), verzichtete ich jedenfalls darauf, das Messer aus Hoffritz' Schaufenster in der Grand Central Station zu erstehen (das Büro von Maureens Scheidungsanwalt befand sich direkt gegenüber, im zwanzigsten Stock). Und das war auch gut so, denn als ich entdeckte, daß der Reporter von der *Daily News*, der während des gesamten Prozesses in einem schwarzen Regenmantel hinten im Gerichtssaal saß, von Maureens Anwälten verständigt worden war, verlor ich vollkommen die Beherrschung (diesmal tat ich nicht nur so), und in der Mittagspause verpaßte ich auf dem Korridor ihrem weißhaarigen Anwalt in seinem eleganten dunklen Anzug mit Weste und dem an einer Kette baumelnden Phi-Beta-Kappa-Schlüssel einen rechten Haken. Er war offensichtlich schon ein älterer Herr (obwohl ich in meinem Zustand selbst einen jüngeren Mann angegriffen hätte), doch beweglich genug, um meinen Faustschlag mit seiner Aktentasche abzublocken. «Nehmen Sie sich in acht, Egan, nehmen Sie sich vor mir in acht!» rief ich. Es waren reine Spielplatzphrasen, das Vokabular der verbalen Ersatzprügeleien meiner Grundschulzeit; wie damals kamen mir vor Wut die Tränen, doch bevor ich zu einem zweiten Schlag gegen seine Aktentasche ausholen konnte, hatte mich mein Anwalt von hinten gepackt und zerrte mich rückwärts durch den Korridor. «Sie Vollidiot», sagte Egan kalt, «Ihnen werden wir's zeigen.» – «Sie gottverdammter Dieb! Sie Publicity-Geier! Was können Sie denn noch tun, Sie Schwein!» – «Warten Sie's ab», sagte Egan ungerührt und lächelte mir jetzt sogar zu, als sich im Korridor eine kleine Menschenmenge um uns versammelte.

«Sie hat mich reingelegt», sagte ich zu ihm, «das wissen Sie genau! Mit der Urinprobe!» – «Sie haben eine erstaunliche Phantasie, mein Sohn. Warum verwenden Sie sie nicht auf Ihre Arbeit?» Inzwischen war es meinem Anwalt gelungen, mich um hundertachtzig Grad herumzudrehen, und nun schob und stieß er mich den Korridor hinunter in die Herrentoilette.

Dort gesellte sich prompt der stämmige, schwarzbemantelte Dr. Valducci von der *Daily News* zu uns. «Scheren Sie sich hier raus», sagte ich, «lassen Sie mich ja zufrieden.» – «Ich möchte Ihnen bloß ein paar Fragen stellen. Über Ihre Frau, das ist alles. Ich habe Ihre Bücher gelesen, ich bin ein echter Fan von Ihnen.» – «Darauf möchte ich wetten.» – «Wirklich. *Der jüdische Händler.* Meine Frau hat's auch gelesen. Toller Schluß. Sollte verfilmt werden.» – «Danke, von Filmen habe ich heute schon genug gehört!» – «Immer mit der Ruhe, Peter – ich wollte doch bloß fragen, zum Beispiel, was Ihre bessere Hälfte gemacht hat, bevor Sie heirateten?» – «Meine bessere Hälfte war ein Show-Girl! Sie war dritte von rechts im Latin Quarter! Und jetzt hauen Sie endlich ab!» – «Ganz wie Sie meinen, ganz wie Sie meinen»; und mit einer Verbeugung zu meinem Anwalt, der sich jetzt zwischen uns geschoben hatte, trat Valducci ein Stück zurück und fragte fast unterwürfig: «Sie haben doch nichts dagegen, wenn ich jetzt pinkle? Da ich schon mal hier bin.» Während Valducci sein Wasser abschlug, standen wir schweigend daneben. «Nicht reden», flüsterte mir mein Anwalt zu. «Bis dann, Peter», sagte Valducci, nachdem er sich sorgfältig die Hände gewaschen und getrocknet hatte, «Wiedersehen, Herr Rechtsanwalt.»

Am folgenden Morgen prangte auf der unteren Hälfte von Seite fünf über einem dreispaltigen Artikel aus Valduccis Feder die Überschrift –

LITERATURPREISTRÄGER VERSUCHT SICH
BEI GERICHT ALS PREISBOXER

Die Story war illustriert mit einem Foto von mir, das vom Schutzumschlag meines Romans stammte – dunkeläugige, schmalgesichtige Unschuld, etwa 1959 –, und einem zweiten, aufgenommen am Tag zuvor, auf dem Maureens kantiges Kinn die beleidigende

Atmosphäre durchschneidet wie ein Schiffsbug, während sie das Gerichtsgebäude am Arm von Rechtsanwalt Dan P. Egan verläßt, der, wie in der Reportage (mit Genugtuung) vermerkt wurde, siebzig Jahre alt und ehemaliger Mittelgewichtschampion der Fordham-Uni sei; zu seiner besten Zeit, so erfuhr ich, hatte man ihn «Red» genannt, und bei den Zusammenkünften ehemaliger Fordham-Studenten war er noch immer ein beliebter Festredner. Die Tränen, die ich während meiner Konfrontation mit «Red» vergossen hatte, blieben nicht unerwähnt. «Oh, ich hätte nicht auf Sie hören sollen, was das Messer betrifft. Valducci hätte ich auch gleich umbringen können.» – «Gefällt Ihnen die Seite fünf nicht?» – «Ich hätt's tun sollen. Und den Richter gleich mit. Hätte diesem selbstgerechten Aas die Gedärme aufschlitzen sollen, wie er da saß und die arme Maureen bemitleidete!» – «Bitte», sagte Spielvogel mit leisem Lachen, «das wäre doch ein sehr kurzes Vergnügen gewesen.» – «O nein, durchaus nicht.» – «O doch, glauben Sie mir. Die Ermordung von vier Menschen in einem Gerichtssaal, und ehe Sie sich's versehen, ist es vorbei, und Sie sitzen hinter Gittern. Während Ihnen jetzt, verstehen Sie, doch immer die Möglichkeit bleibt, sich diese Tat in Ihrer Phantasie auszumalen, wenn Sie Aufmunterung brauchen.»

Und so blieb ich weiterhin Spielvogels Patient, zumindest so lange, wie Maureen atmete (und Feuer spie) und Susan McCall meine zärtliche, verständnisvolle und ergebene Geliebte war.

5. Frei

Hier ruht mein Weib: hier laßt sie ruhn!
Sie hat ihren Frieden, auch ich hab ihn nun.
John Dryden, *«Epitaph, gedacht für seine Frau»*

Drei Jahre später, im Frühjahr 1966, rief mich Maureen an und sagte, sie müsse mich sobald wie möglich «persönlich» sprechen, und zwar «allein», ohne die Anwesenheit von Anwälten. Seit jener in der *Daily News* erwähnten Auseinandersetzung hatten wir uns nur zweimal gesehen, aus Anlaß zweier von Maureen beantragter Gerichtstermine, bei denen sie versuchte, mehr herauszuholen als die hundert Dollar pro Woche, zu deren Zahlung an die sitzengelassene Ehefrau Richter Rosenzweig den allseits bekannten Verführer junger College-Studentinnen ursprünglich verdonnert hatte. Beide Male hatte ein vom Gericht bestimmter Schlichter meinen letzten Einkommensteuerbescheid, meine Honorarabrechnungen und meine Kontoauszüge geprüft und war zu dem Schluß gelangt, daß eine Erhöhung der Unterhaltszahlung nicht gerechtfertigt sei. Ich hatte meinerseits argumentiert, daß eine Herabsetzung der Zahlungen gerechtfertigt sei, da mein Einkommen nicht nur nicht gestiegen sei, sondern sich im Gegenteil um etwa dreißig Prozent vermindert habe, seit Richter Rosenzweig verfügt hatte, daß ich von meinen damals zehntausend Dollar im Jahr fünftausend an Maureen zu zahlen hätte. Rosenzweigs Entscheidung gründete sich seinerzeit auf einen Steuerbescheid, demzufolge ich von der University of Wisconsin pro Jahr ein Gehalt von fünftausendzweihundert Dollar erhielt und weitere fünftausend von meinem Verleger (ein Viertel des beträchtlichen Vorschusses für mein zweites Buch). Etwa 1964 jedoch hatte ich vom Verlag die letzte der vier Jahresabschläge erhalten, das Buch, das Gegenstand des Vertrages war, erinnerte einstweilen in nichts an einen abgeschlossenen Roman, und ich war pleite. Von den zehntausend Dollar im Jahr, die ich früher einmal verdient hatte, waren fünftausend als Unterhalt an Maureen gegangen, dreitausend an Spielvogel für geleistete Dienste, womit zweitausend übrigblieben für Lebensmittel, Miete usw. Zur Zeit der Trennung hatten sich weitere sechstausendachthundert Dollar auf einem Sparkonto befunden – meine Tantiemen aus der Taschenbuchausgabe von *Ein jüdischer Vater*; aber auch diese Summe hatte der Richter zu gleichen Teilen zwischen dem entfremdeten Ehepaar aufgeteilt und abschließend dem Beklagten die Antwaltskosten der Klägerin auferlegt; als wir das dritte Mal vor Gericht erschienen, war der Rest jener Ersparnisse für die Bezahlung meines eigenen Anwalts draufgegangen. 1965 erhöhte Hofstra das Entgelt für die beiden von mir geleiteten Seminare auf sechstausendfünfhundert Dollar pro Jahr, doch von meiner schriftstellerischen Arbeit brachten mir einzig die Kurzgeschichten etwas ein, die ich zu veröffentlichen begann. Um Kosten zu sparen, ging ich wöchentlich nur noch zwei- statt dreimal zu Spielvogel und fing an, mir für meinen Lebensunterhalt von meinem Bruder Geld zu pumpen. Jedesmal wenn ich vor dem Schlichter erschien, erklärte ich ihm, daß ich meiner Frau jetzt fünfundsechzig bis siebzig Prozent meiner Einkünfte zahlte, was ich nicht fair fände. Daraufhin pflegte Mr. Egan zu behaupten, daß Mr. Tarnopol, sofern er sein Einkommen zu «normalisieren» wünsche oder wenigstens danach strebe, «seine Lebensumstände zu verbessern, wie das doch die meisten jungen Männer tun», er lediglich für *Esquire*, den *New Yorker, Harper's, Atlantic Monthly* oder für den *Playboy* zu schreiben brauche, deren Herausgeber ihm – an dieser Stelle setzte er zur Verlesung der phänomenalen Summe seine Schildpattbrille auf – «für eine einzige Kurzgeschichte dreitausend Dollar» zahlen würden. Als Beweis für seine Behauptung zückte er stets per gerichtlicher Verfügung aus meinen Unterlagen kopierte Briefe, in denen die Feuilletonchefs dieser Magazine mich aufforderten, ihnen fertige oder zukünftige Arbeiten von mir zu schicken. Ich erklärte dem Schlichter (ein aufmerksamer, höflicher Neger mittleren Alters, der mir bei unserer ersten Begegnung versichert hatte, er fühle sich geehrt, den Autor von *Ein jüdischer Vater* kennenzulernen; ein weiterer Bewunderer – was immer das bedeuten mochte), daß jeder auch nur einigermaßen namhafte Autor solche Briefe routinemäßig erhalte; sie hätten keineswegs den Charakter von Bitten, Bestechungsversuchen oder gar Abnahmegarantien. Wenn ich eine Geschichte fertiggestellt hatte, gab ich sie meinem Agenten, der sie auf meinen Vorschlag der einen oder anderen der von Mr. Egan genannten Publikumszeitschriften zusandte. Es gab nichts, was ich tun konnte, um ein Magazin dazu zu bewegen, die Story zur Veröffentlichung anzunehmen; in der Tat hatten während der letzten Jahre drei dieser Magazine, die meine Geschichten am ehesten brachten, wiederholt Arbeiten von mir *abgelehnt* (die entsprechenden Begleitschreiben legte nunmehr mein Anwalt vor, als Beweis für meine sinkende literarische Reputation), trotz jener liebenswürdigen Aufforderungen zur Einsendung weiterer Werke, die zu verschicken natürlich nichts kostete. Im übrigen, sagte ich, könne ich keine Geschichten einsenden, die ich noch gar nicht geschrieben hätte, und ich könnte keine Geschichten – etwa an dieser Stelle pflegte ich meine Selbstbeherrschung zu verlieren, während der ernste Gleichmut des Schlichters unerschütterlich blieb – *auf Bestellung* schreiben! «Oh, gütiger Gott», seufzte Egan, zu Maureen gewandt, «wieder die Künsteler-Tour.» – «Was? Was haben Sie gesagt?» fragte ich drohend, obwohl wir in einem kleinen Zimmer im Gerichtsgebäude um einen Konferenztisch saßen und ich, genau wie der Schlichter, jedes von Egan geflüsterte Wort gehört hatte. «Ich habe gesagt, Sir», erwiderte Egan, «daß ich wünschte, ich wäre ein Künsteler und brauchte gleichfalls nicht ‹auf Bestellung› zu arbeiten.» Hier wurden wir von dem Schlichter höflich zur Ordnung gerufen, der mir zwar keinen Nachlaß, aber Maureen auch keine Erhöhung der Zahlungen genehmigte.

Trotzdem war seine «Fairneß» für mich kein Trost. Ich konnte nur noch an Geld denken: das, was mir von Maureen in Komplizenschaft mit dem Staat New York (so jedenfalls sah ich es) abgepreßt wurde; das, was ich mir jetzt von Moe lieh, der sich weigerte, dafür Zinsen zu berechnen oder einen Termin für die Rückzahlung festzusetzen. «Erwartest du von mir, daß ich bei meinem eigen Fleisch und Blut den Shylock spiele?» sagte er lachend. «Es ist mir unangenehm, Moey.» – «Dann ist es dir eben unangenehm», lautete seine Antwort.

Mein Anwalt war der Meinung, ich könne eigentlich zufrieden sein, daß die Unterhaltszahlung jetzt, unabhängig von der Fluktuation meiner Einkünfte, «stabil» bei einhundert pro Woche bleibe. Ich sagte: «Unabhängig von der Fluktuation nach unten, meinen Sie. Und bei Fluktuation nach oben – was ist da?» – «Nun, dann würden Sie doch auch selbst mehr haben, Peter», erklärte er. «Aber dann bedeutet ‹stabil› ja keineswegs stabil, falls ich jemals zu etwas Geld kommen sollte?» – «Darüber können wir uns ja *dann* unterhalten, nicht wahr? Im Augenblick ist die Lage in meinen Augen so gut, wie sie eben sein kann.»

Aber nur wenige Tage nach unserem letzten Gerichtstermin traf ein Brief von Maureen ein; zugegeben – ich hätte ihn ungelesen zerreißen sollen. Statt dessen fetzte ich den Umschlag auf, als enthielte er ein unbekanntes Manuskript von Dostojewski. Sie wünschte mich davon in Kenntnis zu setzen, daß, falls ich sie zu «einem Zusammenbruch trieb», ich derjenige wäre, der für die Kosten ihres Aufenthalts in einer psychiatrischen Klinik aufkommen müßte. Und das würde mich ein wenig teurer zu stehen kommen als die «lumpigen» hundert Dollar pro Woche – mindestens *drei*mal so teuer. Keinesfalls würde sie mir den Gefallen tun, sich nach Bellevue verfrachten zu lassen. Offensichtlich kam für sie nur Payne Whitney in Frage. Und das, versicherte sie mir, sei keine leere Drohung – ihr Psychiater habe sie «gewarnt» (weshalb sie nunmehr mich warne), sie müsse eines Tages vielleicht, wenn nicht gar wahrscheinlich, in einer entsprechenden «Institution» untergebracht werden, falls ich mich weiterhin weigere, «ein Mann zu sein». Und «ein Mann sein», das bedeutete nach ihrer ergänzenden Definition, daß ich entweder zu ihr zurückkehrte, um unser Eheleben, und damit «eine zivilisierte Rolle in der Gesellschaft», wiederaufzunehmen, oder andernfalls nach Hollywood ginge, wo man, wie sie erklärte, mit dem Prix de Rome in der Tasche ein Vermögen machen könne. Statt dessen hätte ich es vorgezogen, den «völlig unrealistischen» Job am Hofstra-College anzunehmen, wo ich *nur einen Tag pro Woche arbeitete*, um meine übrige Zeit damit verbringen zu können, einen rachsüchtigen Roman über *sie* zu verfassen. «Ich bin nicht aus Stahl», informierte sie mich, «ganz egal, was Du den Leuten über mich erzählen willst. Wenn Du ein solches Buch veröffentlichst, wirst Du an den Folgen bis zum letzten Tag Deines Lebens zu tragen haben.»

Indem ich mich dem Ende meiner Geschichte nähere, sollte ich darauf hinweisen, daß während der gesamten Zeit dieses erschöpfenden, vernichtenden Kampfes zwischen Maureen und mir – tatsächlich fast seit unserem ersten Gerichtstermin im Januar 1963, rund ein halbes Jahr nach meiner Ankunft in New York – die Zeitungen und die abendlichen Fernsehnachrichten ein zunehmend chaotisches Amerika präsentierten und immer neue Meldungen von erbitterten Kämpfen um Freiheit und Macht brachten, die meine privaten Schwierigkeiten mit Unterhaltszahlungen und unflexiblen Scheidungsgesetzen vergleichsweise belanglos erscheinen ließen. Leider trugen diese allgegenwärtigen Dramen gesellschaftlicher Unordnung und menschlichen Elends keineswegs dazu bei, meine Obsession zu mildern; im Gegenteil – die Tatsache, daß sich auf den Straßen um mich herum die lebhaftesten und bedeutsamsten historischen Ereignisse seit dem Zweiten Weltkrieg zutrugen, und zwar Tag für Tag, *Stunde für Stunde*, war mir Anlaß genug, mich durch meine Probleme noch stärker von der Außenwelt abgeschnitten zu fühlen, noch mehr Verbitterung über das beengte, abgeschirmte Leben zu empfinden, das ich wegen meines kurzen, fehlgeleiteten Streifzuges in den Ehestand glaubte führen zu müssen – oder zu können. Obwohl mich die Konsequenzen dieser neuen sozialen und politischen Bewegung durchaus interessierten und ich, wie so viele Amerikaner, angesichts der Gewalttaten, die abends über den Fernsehschirm flimmerten, und der Berichte über Brutalität und Gesetzlosigkeit, die sich an jedem Morgen auf der ersten Seite der *New York Times* fanden, von Furcht und Mitleid ergriffen war, konnte ich einfach nicht aufhören, an Maureen zu denken und an die Gewalt, die sie über mich hatte, obwohl ich genau wußte, daß diese Gewalt einzig auf den Grübeleien basierte, die ich über sie anstellte. Trotzdem konnte ich nicht aufhören damit – kein Aufruhr, kein noch so brutaler Terrorakt, von dem ich in den Zeitungen las, konnte mir das Gefühl nehmen, in einen tückischen Kampf verwikkelt oder in einer tödlichen Falle gefangen zu sein.

Im Frühjahr 1963 zum Beispiel, als ich wegen meiner Wut über Richter Rosenzweigs Entscheidung in der Unterhaltsfrage mehrere Nächte nicht schlafen konnte, wurden auf die Demonstranten in Birmingham Polizeihunde gehetzt; und etwa um die Zeit, als ich mir ausmalte, wie ich Maureen ein Hoffritz-Jagdmesser in ihr böses Herz stieß, wurde Medgar Evers in Mississippi in der Einfahrt seines Hauses erschossen. Im August 1963 rief mein Neffe Abner an und bat mich, ihn und seine Familie zur Bürgerrechtsdemonstration in Washington zu begleiten; der Junge, damals elf, hatte vor kurzem *Ein jüdischer Vater* gelesen und in der Schule darüber berichtet, wobei er mich, seinen Onkel (in einem zwar überzogenen, aber rührenden Fazit), «mit Männern wie John Steinbeck und Albert Camus» verglich. Ich fuhr also mit Morris, Lenore und den beiden Jungen im Auto nach Washington und hörte mit Abner an der Hand zu, wie Martin Luther King seinen «Traum» verkündete – auf der Rückfahrt sagte ich: «Ob wir ihn wohl dazu kriegen könnten, für mich eine Rede zu halten, wenn ich wegen nicht geleisteter Unterhaltszahlung ins Gefängnis muß?» – «Klar doch», sage Moe, «ihn und Sartre und Simone de Beauvoir. Die versammeln sich im Rathaus und singen dem Bürgermeister vor: ‹Tarnopol Shall Overcome.›» Ich lachte mit den Jungen, fragte mich aber zugleich, wer wohl protestieren *würde*, falls ich mich weigerte, Maureen bis an ihr Lebensende Unterhalt zu zahlen, und meine Bereitschaft erklärte, statt dessen ins Gefängnis zu gehen, wenn nötig lebenslänglich. Mir wurde klar, daß niemand protestieren würde: Die aufgeklärten Leute im ganzen Land würden über dieses zerstrittene Ehepaar *lachen* wie über Popeye und Olivia oder Blondie und Dankwart. Im September war Abner dann Vorsitzender des Schülerkomitees, das an seiner Schule eine Gedenkstunde für die Kinder abhielt, die beim Bombenanschlag auf die Kirche in Birmingham ums Leben gekommen waren – ich ging hin, wiederum auf seinen Wunsch, doch während ein dralles schwarzes Mädchen ein Gedicht von Langston Hughes las, stahl ich mich aus dem Sitz neben meiner Schwägerin, um zum Büro meines Anwalts hinüberzuhasten und ihm die gerichtliche Vorladung zu zeigen, die mir an jenem Morgen überbracht worden war, als ich mir beim Zahnarzt den Zahnstein entfernen ließ – man forderte mich auf, vor Gericht darzulegen, weshalb die Unterhaltszahlungen *nicht* erhöht werden sollten, obgleich ich nunmehr «ordentlich bestelltes Fakultätsmitglied» am Hofstra-College sei... Im November wurde Präsident Kennedy in Dallas erschossen. Ich wählte, um zu Spielvogels Praxis zu gelangen, eine Route, die insgesamt wahrscheinlich gut fünfzehn Kilometer lang war. Ich wanderte auf komplizierten Umwegen durch die Stadt und blieb jedesmal stehen, wenn ich irgendwo an einer Straßenecke auf eine Gruppe von Leuten traf; ich gesellte mich zu ihnen, nickte oder zuckte die Achseln, je nachdem, was gesagt wurde, und ging dann weiter. Natürlich war ich nicht die einzige einsame Seele, die an diesem Tag ziellos umherwanderte. Als ich schließlich Spielvogels Praxis erreichte, war sie bereits geschlossen und er nach Hause gefahren. Aber das war mir nur recht: Ich hatte keine Lust, meinen Schock und meine Fassungslosigkeit «analysieren» zu lassen. Ich ging zu Susan, wo mich wenig später mein Vater anrief. «Tut mir leid, dich bei deiner Freundin zu stören», sagte er, und es klang beinahe schüchtern. «Den Namen und die Nummer hat mir Morris gegeben.» – «Ist okay», sagte ich, «ich wollte dich sowieso anrufen.» – «Erinnerst du dich noch an damals, als Roosevelt starb?» O ja, ich erinnerte mich sehr gut daran – genau wie der junge Protagonist in *Ein jüdischer Vater*. Hatte denn mein Vater die Szene aus meinem Roman vergessen, in der sich der Held die Trauer seines Vaters um Franklin D. Roosevelt ins Gedächtnis ruft? Das war buchstäblich aus dem Leben gegriffen: Joannie und ich waren mit meinem Vater zum Bahnhof in Yonkers gegangen, um als Familie dem toten Präsidenten die letzte Ehre zu erweisen, und hatten tief beeindruckt (und auch ein wenig beklommen) das erstickte, heisere Schluchzen unseres Vaters mit angehört, als die schwarzdrapierte Lokomotive, die Roosevelts Leichnam zog, auf dem Weg flußaufwärts nach Hyde Park langsam durch den Bahnhof dampfte; und als wir im Sommer für eine Woche nach South Fallsburg fuhren, hielten wir auf der Fahrt in Hyde Park, um das Grab des verstorbenen Präsidenten zu besuchen. «Es wäre schön, wenn auch Truman den Juden solch ein Freund wäre», hatte meine Mutter am Grab gesagt, und die Gefühle, die bei diesen Worten in mir aufstiegen, verwandelten sich in eine Flut von Tränen, als mein Vater hinzufügte: «Möge er in Frieden ruhen, er liebte die einfachen Menschen.» Auch an diese Szene hatte sich der junge Held von *Ein jüdischer Vater* erinnert, als er mit seiner deutschen Freundin in Frankfurt im Bett lag und ihr mit Hilfe seines Vokabulars von rund fünfhundert deutschen Wörtern zu erklären versuchte, wer er war und woher er kam und warum sein Vater, ein guter und freundlicher Mann, sie und ihresgleichen auf den Tod nicht ausstehen konnte... Dennoch fragte mich mein Vater an diesem Abend am Telefon: «Erinnerst du dich, wie es war, als Roosevelt starb?» – denn was auch immer er von mir gelesen haben mochte, es besaß für ihn keinen wirklichen Bezug zu unserem realen Leben; so wie ich selbst das Gefühl hatte, kein reales Gespräch mehr mit ihm führen zu können, das nicht wie ein Zitat aus meinen Werken klang. Tatsächlich kam es mir so vor, als stamme alles, was er an diesem Abend noch sagte, aus einem Buch, das ich bereits geschrieben hatte. Und nicht anders verhielt es sich mit dem wenigen, was ich zu ihm sagte – es war ein jahrzehntealtes Vater-Sohn-Ritual, dessen Ton und Inhalt mir so vertraut waren wie ein Dialog zwischen Abbott und Costello... was nicht heißen soll, daß mich als Partner in dieser Nummer unser Gespräch kaltließ. «Geht's dir gut?» fragte er. «Es ist wirklich nicht meine Absicht, dich bei deiner Freundin zu stören. Das mußt du mir bitte glauben.» – «Ist ja in Ordnung.» – «Aber ich wollte mich vergewissern, daß es dir gutgeht.» – «Es geht mir gut.» – «Das ist eine schreckliche Geschichte. Der alte Mann tut mir so leid – muß unglaublich schwer für ihn sein. Noch einen Sohn zu verlieren – und dann auf diese Weise. Gott sei Dank, daß ihm noch Bobby und Teddy bleiben.» – «Das dürfte ein kleiner Trost sein.» – «Ach, was kann einen schon trösten», seufzte mein Vater, «aber bei dir ist alles in Ordnung?» – «Ja, alles klar.» –

«Gut, das ist das wichtigste. Wann hast du deinen nächsten Gerichtstermin?» fragte er. «Irgendwann nächsten Monat.» – «Was sagt denn dein Anwalt? Wie sind die Aussichten? Die können dir doch nicht wieder eins verpassen, oder?» – «Das wird sich zeigen.» – «Hast du genügend Geld?» fragte er. «Ich komm zurecht.» – «Hör zu, falls du was brauchst –» – «Ich komm schon klar. Ich brauche nichts.» – «Gut. Laß von dir hören, ja? Wir kommen uns hier allmählich wie Aussätzige vor, was dich betrifft.» – «Okay, ich werd mich melden.» – «Und laß mich sofort wissen, wie die Sache vor Gericht gelaufen ist. Und ob du vielleicht Geld brauchst.» – «Okay.» – «Und mach dir keine Sorgen. Ich weiß, er ist ein Südstaatler, aber ich setze großes Vertrauen in Lyndon Johnson. Mit Humphrey würde ich, was Israel angeht, ein bißchen ruhiger schlafen – aber was sollen wir machen? Er stand ja Roosevelt die ganzen Jahre sehr nahe, und da hat er garantiert was gelernt. Es wird schon gutgehen mit ihm. Ich glaube nicht, daß wir uns wegen irgendwas Sorgen machen müssen. Oder was meinst du?» – «Nein.» – «Hoffentlich hast du recht. Schreckliche Geschichte. Und paß gut auf dich auf. Ich will nicht, daß du ohne Geld dasitzt, verstanden?» – «Alles klar, alles in Ordnung.»

Susan und ich blieben auf, bis im Fernsehen gezeigt wurde, wie Mrs. Kennedy in der Air Force One wieder in Washington landete. Als die Witwe aus dem Flugzeug auf die Hebebühne trat, streiften ihre Finger den Sarg, und ich sagte: «Ach, all die männlichen Heldenphantasien, die sich jetzt im ganzen Lande regen.» – «Auch bei dir?» fragte Susan. «Ich bin auch nur ein Mensch», erwiderte ich. Als wir dann im Dunkeln aneinandergeklammert im Bett lagen, fingen wir beide an zu weinen. «Ich habe ihn nicht mal gewählt», sagte Susan. «Nein?» – «Ich konnt's bisher nicht über mich bringen, es dir zu sagen. Ich hab für Nixon gestimmt.» – «Mein Gott, du mußt geistesgestört gewesen sein.» – «Oh, Lammkeulchen, nicht mal Jackie Kennedy hätte für ihn gestimmt, wäre sie nicht seine Frau gewesen. So sind wir nun mal erzogen.»

Im September 1964, in der Woche, nachdem Spielvogel seinen Befund über meinen Fall im *American Forum for Psychoanalytic Studies* veröffentlicht hatte, veröffentlichte die Warren Commission den ihren über das Attentat. Lee Harvey Oswald, allein und ohne Hintermänner, sei Präsident Kennedys Mörder gewesen, befand die

Kommission; während Spielvogel zu dem Schluß gekommen war, ich litte aufgrund meiner Erziehung an «Kastrationsangst» und bediente mich meines «Narzißmus» als «primärem Abwehrmechanismus». Nicht alle waren einverstanden mit den Befunden des bedeutenden Juristen einerseits oder des New Yorker Analytikers andererseits: Und so kam es, in der großen Welt wie in der kleinen, zu wilden Debatten über das Beweismaterial, über die Schlußfolgerungen, über die Motive und die Methoden der unabhängigen Sachverständigen... Und so vergingen diese ereignisreichen Jahre mit einer Flut von Berichten über Katastrophen und Kataklysmen, die drahtlos frei Haus geliefert wurden und mir nachdrücklich ins Bewußtsein riefen, daß ich wohl kaum der am grausamsten gebeutelte Bewohner dieser Erde war. Ich hatte es ja nur mit Maureen zu tun – wie, wenn ich im wehrpflichtigen Alter gewesen wäre oder ein Indochinese und mich mit LBJ hätte anlegen müssen? Was war meine Johnson im Vergleich zu ihrem? Ich verfolgte die Berichte aus Selma, Saigon und Santo Domingo und sagte mir, *das* sei grauenvoll, unerträgliches Leid... wodurch sich allerdings zwischen mir und meiner Frau absolut nichts veränderte. Im Oktober 1965, als Susan und ich auf der Sheep Meadow im Central Park standen und mitzubekommen versuchten, was Reverend Coffin zu den Tausenden sagte, die sich dort zu einer Anti-Kriegs-Demonstration versammelt hatten – wen sah ich dort, keine fünf Meter von mir entfernt? Natürlich Maureen. An ihrem Mantel prangte ein Button mit der Aufschrift: «Holen Sie uns raus, Dr. Spock.» Da stand sie, in ihren hohen Stiefeln auf den Zehenspitzen und versuchte, über die Köpfe der Menge hinweg zur Rednerplattform zu spähen. Die letzte Nachricht von ihr war der Brief gewesen, in dem sie mich vor ihrem Luxus-Nervenzusammenbruch warnte, für den ich bald zur Kasse gebeten werden sollte, wegen meiner Weigerung, «ein Mann zu sein». Wie schön, zu sehen, daß sie noch auf den Beinen war – ein Beweis für meine Virilität, wie ich fand. Oh, ich war wütend, sie ausgerechnet hier zu sehen! Ich tippte Susan auf die Schulter. «Schau mal, wer da gegen den Krieg protestiert.» – «Wer denn?» – «Na, die Tokio-Rose da drüben. Das ist meine Frau. Suzie Q.» – «Die da?» fragte sie leise. «Ja, genau, die mit dem Riesenbutton gegen den Krieg an der Brust.» – «Sie sieht doch sehr gut aus.» – «Auf ihre irre, satanische Weise vielleicht schon. Komm, man kann sowieso nichts verstehen. Gehen wir.» – «Sie ist kleiner, als ich gedacht hatte – nach deinen Geschichten.» – «Sie wirkt ein ganzes Ende größer, wenn sie dir auf den Zehen steht. Die Ratte. Daheim ewige Ehe und im Ausland nationale Befreiung. Sieh mal», sagte ich und wies mit der Hand auf den Polizeihubschrauber, der über der Menge kreiste, «die haben jetzt für die Zeitungen die Köpfe gezählt – machen wir, daß wir hier wegkommen.» – «Oh, Peter, sei doch kein Baby –» – «Weißt du, wenn mich irgendwas dazu bringen könnte, für die Bombardierung von Hanoi zu stimmen, dann wäre sie das. Allemal, wenn sie diesen Button trägt. Holen Sie *mich* raus, Dr. Spock – befreien Sie mich von ihr!»

Die Anti-Kriegs-Demonstration war mein letzter Kontakt mit Maureen, bis zum Frühjahr 1966, als sie mich in meiner Wohnung anrief und mit ruhiger und sachlicher Stimme sagte: «Peter, ich möchte mit dir über eine Scheidung reden. Ich bin bereit, vernünftig über alle notwendigen Vereinbarungen zu sprechen, aber ich schaff das nicht über deinen Anwalt. Der Mann ist ein Idiot, und Dan kommt einfach nicht mit ihm klar.»

War es möglich? Würde sich alles ändern? War ein *Ende* abzusehen?

«Er ist kein Idiot, sondern ein sehr fähiger Scheidungsanwalt.»

«Er ist ein Idiot *und* ein Lügner, aber das ist nicht der Punkt, und ich werde meine Zeit nicht mit einer Diskussion darüber verschwenden. Willst du eine Scheidung oder nicht?»

«Was für eine Frage! Natürlich will ich die Scheidung.»

«Warum setzen wir uns dann nicht zusammen und besprechen die Einzelheiten?»

«Ich weiß nicht, ob wir das könnten, ‹zusammen›.»

«Ich wiederhole: Willst du eine Scheidung oder nicht?»

«Hör mal, Maureen –»

«Wenn du sie willst, dann komme ich heute abend nach meiner Gruppe zu dir in die Wohnung, und wir können die Sache regeln wie erwachsene Menschen. Es geht ja nun schon ewig so, und offen gestanden hab ich's satt. Ich habe in meinem Leben auch noch was anderes vor.»

«Na, das höre ich gern, Maureen. Aber es kommt nicht in Frage, daß wir uns, um das zu regeln, in meiner Wohnung treffen.»

«Wo sonst? Auf der Straße?»

«Wir können uns auf neutralem Boden sehen. Das Algonquin wäre eine Möglichkeit.»

«Also wirklich, was für ein Baby du bist. Der kleine Lord aus Westchester – bist zum heutigen Tag.»

«Ein Wort wie ‹Westchester› wurmt dich noch heute, was? Genau wie ‹Elite-Uni›. Nach so vielen Jahren in der großen Stadt immer noch die Nachtwächtertochter aus Elmira.»

«Sehr witzig. Willst du mich weiter beleidigen, oder möchtest du, daß wir unsere Probleme besprechen? Glaub mir, du und deine Meinung über mich interessieren mich inzwischen nicht mehr. Darüber bin ich weg. Ich habe jetzt ein eigenes Leben. Ich habe meine Flöte.»

«Jetzt also die Flöte?»

«Ich habe meine Flöte», fuhr sie fort. «Ich habe die Gruppe. Ich gehe zur New School.»

«Alles, bloß kein Job», sagte ich.

«Mein Arzt meint, daß ich zur Zeit nicht arbeitsfähig bin. Ich brauche Zeit zum Nachdenken.»

«Was gibt's denn da noch ‹nachzudenken›?»

«Hör mal, willst du dich mit deinen Spitzfindigkeiten aufspielen, oder willst du die Scheidung?»

«Du kannst nicht in meine Wohnung kommen.»

«Ist das dein letztes Wort? Ich denke nicht daran, über eine so ernste Angelegenheit auf der Straße oder in irgendeiner Hotelbar zu sprechen. Wenn du bei deiner Entscheidung bleibst, dann lege ich jetzt auf. Guter Gott, Peter, ich werde dich *nicht* fressen.»

«Also gut, okay», sagte ich, «komm von mir aus her, wenn das alles ist, worüber wir reden werden.»

«Ich versichere dir, daß es zwischen uns beiden gar kein anderes Thema geben kann. Ich werde direkt nach der Gruppe kommen.»

Dieses Wort! «Wann ist die ‹Gruppe› denn zu Ende?» fragte ich.

«Ich bin um zehn Uhr bei dir», sagte sie.

«Gefällt mir nicht», erklärte Spielvogel, als ich ihn anrief, um ihm von der Verabredung zu berichten.

«Mir auch nicht», erwiderte ich. «Wenn sie sich nicht ans Thema hält, werfe ich sie raus. Dann muß sie sofort gehen. Aber was hätte ich sonst sagen sollen? Vielleicht meint sie es ja endlich mal ernst. Ich kann es mir nicht leisten, nein zu sagen.»

«Na ja, wenn Sie ja gesagt haben, dann bleibt's auch dabei.»

«Ich *könnte* sie natürlich immer noch anrufen und absagen.»

«Wollen Sie das denn?»

«Ich will *geschieden* werden, das will ich. Und deswegen, dachte ich, es sei besser, die Gelegenheit beim Schopf zu packen. Und wenn das bedeutet, daß ich eine Szene mit ihr riskieren muß – nun, dann muß ich das Risiko eben eingehen.»

«Ja? Sie sind dem gewachsen? Sie werden nicht in Tränen ausbrechen? Sie werden sich nicht die Kleider vom Leibe reißen?»

«Nein, nein. Das ist vorbei.»

«Na dann», sagte Spielvogel, «viel Glück.»

«Danke.»

Maureen erschien Punkt zehn Uhr. Sie trug ein hübsches rotes Wollkostüm – eine schlichte Jacke über einer Seidenbluse und ein weitgeschnittener Rock –, eleganter als alles, worin ich sie je zuvor gesehen hatte. Und ihr Gesicht war zwar um Augen und Mundwinkel ein wenig verkniffen und faltig, aber dafür tief gebräunt – nein, diese meine Frau erinnerte in nichts mehr an einen Gassenjungen und wirkte auch nicht mehr «erschöpft». Wie sich herausstellte, war sie gerade aus Puerto Rico zurückgekehrt, von einem fünftägigen Urlaub, zu dem die Gruppe sie gedrängt hatte. *Mit meinem Geld, du Blutsaugerin. Und dann das Kostüm. Wer hat das wohl bezahlt?*

Maureen studierte ausgiebig das Wohnzimmer, das ich mit Susans Hilfe für ein paar hundert Dollar eingerichtet hatte. Es war alles sehr einfach, wirkte jedoch, dank Susans Bemühungen, bequem und gemütlich: ein Sisalteppich auf dem Fußboden, ein runder, bäuerlicher Eichentisch, ein paar Holzstühle, ein Schreibtisch und eine Lampe, Bücherregale, ein Sofa mit einer indischen Decke darauf, ein uralter Sessel mit einem dunkelblauen Bezug, den Susan selbst gemacht hatte, und dunkelblaue Vorhänge, von Susan auf der Nähmaschine gesäumt. «Sehr bäuerlich», sagte Maureen hochnäsig und beäugte den Korb mit Holzscheiten beim Kamin, «und eure Farbkombinationen könnten aus *House and Garden* stammen.»

«Meinen Ansprüchen genügt's.»

Von hochnäsig zu neidvoll in einer halben Sekunde – «O ja, ich bin sicher, daß es deinen Ansprüchen genügt. Du solltest mal meine Bude sehen. Höchstens halb so groß.»

«Jaja, der sprichwörtliche Schuhkarton. Hätte ich mir ja denken können.»

«Peter», sagte sie und holte tief Atem, der ihr aber gleichzeitig ein wenig zu stocken schien. «Ich bin hergekommen, um dir etwas zu sagen.» Sie ließ sich im Sessel nieder und machte es sich bequem.

«Zu sagen? Was denn –?»

«Ich werde mich nicht von dir scheiden lassen. Ich werde mich niemals von dir scheiden lassen.»

Sie hielt inne und wartete auf meine Antwort; genau wie ich.

«Raus», sagte ich.

Da gibt's noch ein paar Sachen, die ich dir sagen will.»

«Raus, hab ich gesagt.»

«Ich bin ja gerade erst gekommen. Ich habe nicht die geringste Absicht zu–»

«Du hast gelogen. Du hast *wieder* gelogen. Vor noch nicht einmal drei Stunden hast du mir am Telefon gesagt, du wolltest über –»

«Ich habe eine Geschichte über dich geschrieben. Die möchte ich dir vorlesen. Sie ist hier in meiner Handtasche. Ich habe sie meinem Kurs in der New School vorgelesen. Der Dozent findet sie so gut, daß er versuchen will, sie irgendwo abdrucken zu lassen. Du wirst da sicher anderer Ansicht sein – bei deinen Flaubertschen Maßstäben –, aber ich möchte doch, daß du sie hörst. Ich finde, du hast ein Recht darauf, bevor ich sie veröffentliche.»

«Maureen, entweder stehst du jetzt auf und verschwindest von selbst, oder ich schmeiß dich raus.»

«Wenn du es wagst, mich anzufassen, werde ich dafür sorgen, daß du ins Gefängnis kommst. Dan Egan weiß, daß ich hier bin. Er weiß, daß du mich zu dir eingeladen hast. Er war dagegen, daß ich komme. Er hat dich ja in Aktion erlebt, Peter: Falls du mich auch nur mit einem Finger anrühren solltest, hat er zu mir gesagt, soll ich ihn sofort anrufen. Und wenn du glaubst, daß ich mit deinem lumpigen hundert Dollar nach Puerto Rico gereist bin, bist du im Irrtum. Es war Dan, der mir das Geld gegeben hat, als die Gruppe meinte, ich müsse mal weg von hier.»

«Was ist das eigentlich, eine Gruppe oder ein Reisebüro?»

«Haha.»

«Und dieses elegante Kostüm. Hat dir das der Therapeut gekauft, oder haben deine Mitpatienten den Hut rumgehen lassen?»

«Niemand hat es mir ‹gekauft›. Mary Egan hat's mir geschenkt – es stammt aus ihrem Kleiderschrank. Sie hat es sich mal in Irland gekauft. Keine Sorge, ich führe nicht gerade ein Luxusleben mit dem Geld, das du im Schweiße deines Angesichts mit deinen vier Wochenstunden in Hofstra verdienst. Die Egans sind meine Freunde, die besten Freunde, die ich jemals hatte.»

«Prima. Du kannst sie brauchen. Und jetzt verschwinde. *Raus!*»

«Ich möchte, daß du dir diese Geschichte anhörst», sagte sie und nahm das Manuskript aus der Handtasche. «Du sollst wissen, daß du nicht der einzige bist, der der Welt Geschichten über unsere Ehe zu erzählen hat. Die Story –», sagte sie und zog die gefalteten Seiten aus einem braunen Umschlag, «– die Story hat den Titel: ‹Großer Auftritt in Mommys Kleidern›.»

«Hör zu, ich werde die Polizei rufen, damit *die* dich hier rausschmeißen. Was würde Mr. Egan dazu sagen?»

«Wenn du die Polizei holst, hole ich Sal Valducci her.»

«Du wirst niemanden herholen»

«Wie wär's denn, wenn du deine Park-Avenue-Millionärin anrufen würdest, Peppy. Vielleicht schickt sie ja ihren Chauffeur, damit er dich aus den Klauen deines furchterregenden Weibes errettet. Oh, keine Sorge, ich weiß alles über die wuunder-schööne Mrs. McCall. Eine wuunder-schööne Null – eine hilflose, hoffnungslose reiche kleine Society-Null! Oh, keine Sorge, du Schweinehund, ich habe dich beschatten lassen – ich kenne deine Weibergeschichten!»

«Du hast mich – *was*?»

«Beschatten lassen! Jemanden auf deine Spur gesetzt! Jawohl, das habe ich! Und es hat mich ein Vermögen gekostet! Aber du kommst mir nicht ungeschoren davon!»

«Aber, du gerissenes Aas, ich bin doch bereit, mich von dir scheiden zu lassen, lieber heute als morgen! Wir *brauchen* doch keine Detektive, wir *brauchen* doch keine –»

«Oh, sag du mir nicht, was ich brauche, wenn ich's mit jemandem wie dir zu tun habe! Ich habe keine Millionärin, die mir bei Cartier

Manschettenknöpfe kauft! Ich gehe auf eigenen Füßen durch diese Welt!»

«Scheiße, das tun wir doch alle! Und was für Manschettenknöpfe? Wovon redest du eigentlich?»

Aber sie war inzwischen mal wieder voll auf Touren, und die Geschichte von den «Cartier-Manschettenknöpfen» sollte sie mit ins Grab nehmen. «Oh, sie ist genau deine Kragenweite, nicht? Arme reiche Mädchen oder kleine Studentinnen, die verrückt sind nach ihrem Literaturprofessor, so wie unsere Freundin mit den Zöpfen in Wisconsin. Oder die jüdische Prinzessin aus Long Island. Und was ist mit dieser großen blonden deutschen Krankenschwester, die du gefickt hast, als du in der Army warst? Eine Krankenschwester – perfekt für dich! Einfach perfekt für unser großes Muttersöhnchen mit den tränenverhangenen braunen Augen! Eine *wirkliche* Frau, Peter, und du brichst in Tränen aus. Eine wirkliche Frau, und –»

«Seit wann, zum Teufel, bist du eine *wirkliche* Frau? Wer hat dich zur Sprecherin der Weiblichkeit ernannt? Versuch nicht länger, mir mit deiner blutigen Vorlage den Mund zu stopfen, Maureen – du bist ein wirkliches *Garnichts*, und genau *das* ist dein gottverdammtes Problem! Und jetzt scher dich raus. Wie konntest du es wagen, mich *beschatten* zu lassen!»

Sie rührte sich nicht.

«Ich hab gesagt, du sollst *gehen.*»

«Wenn ich gesagt habe, was ich dir sagen wollte, werde ich gehen, und zwar ohne deine freundliche Hilfe. Jetzt werde ich dir erst mal diese Story vorlesen, denn du sollst endlich kapieren, daß nicht nur du dieses Schreibspielchen beherrscht, daß du nicht der einzige bist, der sich Verleumdungen ausdenken kann – wenn du es denn darauf abgesehen hast, Verleumdungen in deinem rachsüchtigen Hirn gegen mich auszubrüten. Quid pro quo, Freundchen.»

«Scher dich – raus!»

«Es ist eine Kurzgeschichte über einen Schriftsteller namens Paul Natapov, der vor seinen Lesern, die ihn *ernst* nehmen, und den Jurys, die ihm *Preise* verleihen, die Tatsache geheimhält, daß er daheim gern in der Unterwäsche seiner Frau herumläuft.»

«Du verdammte Irre!» brüllte ich und zog sie am Arm aus dem Sessel hoch. «Jetzt raus mit dir, raus, raus, du Psychopathin! Das, ja, *das* ist das einzige, was an dir *wirklich* ist, Maureen, *deine Psycho-*

pathie! Es ist nicht die Frau, o nein, es ist die *Verrückte*, die mich in Tränen ausbrechen läßt! Und jetzt *raus*!»

«Nein! Nein! Du willst mir ja nur meine Story wegnehmen», kreischte sie – «aber reiß sie ruhig in Fetzen – im Safe bei Dan Egan liegt eine Kopie!»

An dieser Stelle warf sie sich auf den Fußboden, packte ein Bein des Sessels und begann wild strampelnd mit ihren hochhackigen Schuhen nach mir zu treten.

«Hör auf damit! Steh auf und geh! Geh, Maureen – oder ich schlag dir deinen verrückten Schädel ein!»

«Das kannst du ja mal versuchen!»

Mein erster Hieb brachte ihre zierliche Nase zum Bluten.

«O mein Gott...», stöhnte sie, als ihr das Blut aus den Nasenlöchern auf die Jacke ihres hübschen Kostüms spritzte, Blut von einem tieferen Rot als der grobgewebte Wollstoff.

«Und das ist erst der Anfang! Das ist erst der Auftakt. Ich werde dich zu *Brei* schlagen!»

«Tu's doch! Ist mir egal. Die Story ist ja in Dans Safe! Tu's doch, schlag mich tot, nur zu!»

«Okay, das *werde* ich», und ich ohrfeigte sie rechts und links. «Wenn es das ist, was du willst, das kannst du haben!»

«Tu's doch!»

«Jetzt –», sagte ich und drosch ihr mit der flachen Hand auf den Hinterkopf, «jetzt –», wieder schlug ich zu, auf die gleiche Stelle, «*jetzt* brauchst du dir vor Gericht nicht mehr alles aus den Fingern zu saugen: Jetzt hast du *wirklich* was, worüber du dich vor dem lieben Richter Rosenzweig ausheulen kannst! Wirkliche Prügel, Maureen! Endlich ganz wirklich!» Ich kniete über ihr auf dem Boden und schlug mit der flachen Hand auf ihren Kopf ein. Überall war ihr Blut verschmiert: auf ihrem Gesicht, meinen Händen, dem Sisalteppich, auf ihrem Kostüm, auf der Seidenbluse, auf ihrem nackten Hals. Und um uns herum lagen die Seiten der Story auf dem Boden verstreut, zum größten Teil auch blutverschmiert. Ja, das war wirklich – und es war phantastisch. Ich genoß es.

Natürlich hatte ich nicht die Absicht, sie dort auf der Stelle umzubringen, nicht, solange es noch die Gefängnisse gab, vor denen Spielvogel mich gewarnt hatte. Ich war nicht einmal mehr richtig in Rage. Ich genoß es einfach. Das einzige, was mich bremste, war –

merkwürdigerweise –, daß ich das Kostüm ruinierte, in dem sie so attraktiv ausgesehen hatte. Vergiß das Kostüm! redete ich mir ein. «Ich werde dich umbringen, mein geliebtes Weib, ich werde hier und heute deinem Leben im Alter von sechsunddreißig Jahren ein Ende setzen, aber ich werde mir dabei Zeit lassen. Oh, Maureen, es wäre besser gewesen, du hättest dich mit dem Algonquin als Treffpunkt einverstanden erklärt.»

«Nur zu –», Speichel rann ihr übers Kinn, «mein Leben, mein Leben ist eine solche Scheiße, laß mich jetzt sterben ...»

«Bald, bald schon, sehr bald wirst du mausetot sein.» Ich brauchte nicht lange zu überlegen, welches Angriffsziel ich als nächstes wählen sollte. Ich drehte sie auf den Bauch und begann mit harter, flacher Hand ihren Hintern zu bearbeiten. Ihr Kostümrock und der Unterrock waren hochgerutscht, und da lag ihr kleiner Straßenkatzenhintern vor mir, verhüllt von knappen weißen Höschen, vielleicht genau das Exemplar, von dem ihre New-School-Gruppe in letzter Zeit soviel zu hören bekommen hatte. Ich versohlte ihr den Arsch. Zehn, fünfzehn, zwanzig Schläge – ich zählte sie ihr laut vor –, und als sie dann schluchzend dalag, stand ich auf und holte vom Kamin den schwarzen, schmiedeeisernen Schürhaken, den Susan für mich im Village gekauft hatte. «Und jetzt», erklärte ich, «werde ich dich töten, wie versprochen.»

Kein Wort von ihr, nur ein Wimmern.

«Ich fürchte, man wird deine Story posthum veröffentlichen müssen, weil ich dir jetzt mit diesem Schürhaken deinen verrückten, verlogenen Kopf einschlagen werde. Ich möchte dein Gehirn sehen, Maureen. Ich möchte dein Gehirn mit eigenen Augen sehen. Ich möchte mit meinen Schuhen darin herumtreten – und das Zeug dann der Wissenschaft überlassen. Gott allein weiß, was die herausfinden wird. Mach dich bereit, Maureen, du wirst eines schrecklichen Todes sterben.»

Nur mit Mühe verstand ich, was sie fast unhörbar vor sich hin wimmerte: «Töte mich», sagte sie, «töte mich, töte mich –», und erst jetzt wurde mir bewußt, daß sie angefangen hatte, sich in die Wäsche zu scheißen. Der Geruch verbreitete sich ringsum, bevor ich sah, wie der Kot unter ihrem Höschen hervorquoll. «Stirb mich», brabbelte sie wie im Delirium – «stirb mich gut, stirb mich lange –»

«O Allmächtiger.»

Plötzlich kreischte sie: *«Mach mich tot!»*

«Maureen. Steh auf, Maureen. Maureen, los steh auf!»

Sie öffnete die Augen. Ich frage mich, ob sie jetzt wohl endgültig wahnsinnig geworden war. Und für immer in eine Anstalt eingewiesen werden mußte – auf meine Kosten. Weitere zehntausend Dollar pro Jahr! Ich war erledigt!

«Maureen! *Maureen!*»

Sie brachte ein irres Lächeln zustande.

«Schau doch.» Ich deutete zwischen ihre Beine. «Siehst du denn nicht? Begreifst du denn nicht? Schau bitte hin. Du hast dich total vollgeschissen. Hörst du mich, verstehst du, was ich sage? *Antworte mir!*»

Sie antwortete. «Du hast es nicht fertiggebracht.»

«Was?»

«Du hast es nicht fertiggebracht. Du Feigling.»

«O du lieber Gott.»

«Starker, mutiger Mann.»

«Na, du bist ja offensichtlich wieder bei dir, Maureen. Steh jetzt auf. Geh ins Badezimmer!»

«Feigling.»

«Wasch dich!»

Sie stützte sich auf die Ellbogen und versuchte, auf die Beine zu kommen, sackte aber mit einem qualvollen Stöhnen zusammen. «Ich – ich muß telefonieren.»

«Später», sagte ich und streckte meine Hand aus, um ihr hochzuhelfen.

«Ich muß *jetzt* telefonieren.»

Mir wurde übel, ich wandte den Kopf ab. «Nachher! –»

«Du hast mich geschlagen» – als werde ihr das erst jetzt bewußt. «Sieh dir das Blut an! Mein Blut! Du hast mich geschlagen wie eine Harlem-Nutte!»

Ich wich einen Schritt zurück vor dem unerträglichen Gestank, den sie verbreitete. Es war einfach zuviel von diesem Wahnsinn, zuviel von allem. Mir kamen die Tränen.

«Wo ist dein Telefon?»

«Wen willst du denn anrufen?»

«Das ist meine Sache! Du hast mich *geschlagen*! Du dreckiges

Schwein, *du hast mich geschlagen*!» Sie hockte jetzt auf den Knien. Ein Schlag mit dem Schürhaken – den ich übrigens noch immer in der rechten Hand hielt –, und sie würde nie wieder jemanden anrufen.

Ich stand da und sah zu, wie sie sich taumelnd aufrichtete und zum Schlafzimmer stolperte, mit nur einem Schuh an den Füßen. «Nein, ins *Bade*zimmer!»

«Ich muß telefonieren...»

«Du beschmierst alles mit deiner Scheiße!»

«Du hast mich geschlagen, du Monster! Ist das das einzige, woran du denken kannst? An die Scheiße auf deinem *House-and-Garden*-Teppich? Oh, du Spießerschwein, ich kann's nicht glauben!»

«WASCH DICH!»

«NEIN!»

«Im Schlafzimmer krachten die Rollen, auf denen das Bett stand, in die Mulden des abgenutzten Holzfußbodens. Sie hatte sich auf die Matratze geworfen, als wäre sie von der George-Washington-Brücke gesprungen.

Sie wählte eine Telefonnummer – und schluchzte dabei.

«Hallo? Mary? Ich bin's, Maureen. Er hat mich zusammengeschlagen, Mary – er – hallo? Nein? *Hallo?*» Mit einem animalischen Geheul der Enttäuschung legte sie auf. Und dann wählte sie wieder, so langsam und ruckartig, daß man meinen konnte, sie sei zwischen den Ziffern eingeschlafen. «Hallo? Hallo, ist dort Egan? Ist das 201-236-2890? Spreche ich nicht mit Egan? Hallo?» Wieder heulte sie auf und knallte den Hörer hin. «Ich will mit den Egans sprechen! Ich will die Egans!» kreischte sie und knallte den Hörer wieder und wieder auf die Gabel.

Ich stand in der Schlafzimmertür, den Schürhaken in der Hand.

«Was, verdammt noch mal, gibt's denn für *dich* zu heulen?» fragte sie, den Blick jetzt auf mich gerichtet. «Du wolltest mich schlagen, und du hast mich geschlagen, *also hör auf zu heulen*. Warum kannst du nicht endlich mal ein Mann sein und etwas *tun*, statt wieder die Heulsuse zu spielen?»

«Was soll ich tun? *Was* denn?»

«Du kannst die Nummer der Egans wählen! Du hast mir die Finger gebrochen! *Ich habe kein Gefühl mehr in den Fingern!*»

«Ich habe deine Finger überhaupt nicht berührt!»

«Und warum kann ich dann keine Nummer wählen! WÄHL

ENDLICH FÜR MICH! HÖR FÜR FÜNF SEKUNDEN AUF ZU HEULEN, UND WÄHL DIE RICHTIGE NUMMER!»

«Und ich tat es. Sie hatte gesagt, ich solle es tun, und so tat ich es. 201-236-2890. Klingeling. Klingeling.

«Hallo?» sagte eine Frau.

«Hallo», sagte ich, «ist dort Mary Egan?»

«Ja. Wer ist da, bitte?»

«Einen Augenblick, Maureen Tarnopol möchte mit Ihnen sprechen.» Ich reichte Maureen den Hörer, und wieder wurde mir von ihrem Geruch übel.

«Mary?» sagte Maureen. «Oh, Mary», und wieder schluchzte sie los. «Ist, ist Dan zu Hause? Ich muß mit Dan sprechen, oh, Mary, er, er hat mich geschlagen, Peter, er war's, er hat auf mich eingeschlagen, fürchterlich –»

Und ich, mit der Waffe in der Hand, stand einfach da und hörte zu. Wen würde ich als nächstes für sie anrufen, die Polizei, damit sie kamen und mich verhafteten, oder Valducci, damit er in der *Daily News* darüber berichten konnte? Ich überließ sie im Schlafzimmer sich selbst und begann, mit einem Schwamm und einem Eimer Wasser aus der Küche den Sisalteppich im Wohnzimmer von Blut und Fäkalien zu reinigen. Den Schürhaken hielt ich griffbereit – jetzt, lächerlicherweise, zu meinem Schutz.

Ich lag auf den Knien und rieb mit dem fünfzehnten oder zwanzigsten Knäuel Papiertücher den Boden, als Maureen aus dem Schlafzimmer kam.

«Oh, was für ein braver kleiner Junge», sagte sie.

«Irgendwer muß ja deine Scheiße aufwischen.»

«Na, du sitzt jetzt ganz schön in der Klemme, Peter.»

Vermutlich hatte sie recht – plötzlich überkam mich ein Gefühl im Magen, als hätte *ich* gerade in die Hosen gemacht –, doch ich versuchte, mir nichts anmerken zu lassen. «Oh, tatsächlich?»

«Wenn Dan Egan nach Hause kommt, möchte ich nicht in deiner Haut stecken.»

«Das bleibt abzuwarten.»

«Nimm lieber die Beine in die Hand, Peter, und verschwinde. So schnell und so weit wie möglich.»

«Und *du* wasch dich lieber – und dann geh!»

«Ich will einen Drink.»

«Oh, Maureen, bitte. Du stinkst!»

«ICH BRAUCHE EINEN DRINK! DU HAST VERSUCHT, MICH ZU ERMORDEN!»

«DU SCHLEPPST ÜBERALL DEINE SCHEISSE HIN!»

«Oh, das ist *typisch* für dich!»

«TU, WAS ICH DIR SAGE! WASCH DICH!»

«NEIN!»

Ich holte eine Flasche Bourbon und schenkte uns beiden einen kräftigen Drink ein. Sie nahm das Glas, und bevor ich «Nein!» sagen konnte, setzte sie sich direkt auf Susans Schonbezug.

«Oh, du gemeines Stück.»

«Scheiß drauf», sagte sie verzweifelt und kippte den Drink dramatisch in einem Zug hinunter.

«Du nennst mich ein Baby, Maureen, und da sitzt du in deinen vollgeschissenen Windeln und spielst die Trotzige. Warum forderst du mich so heraus? *Warum?*»

«Warum nicht», sagte sie schulterzuckend. «Was sollte ich sonst tun?» Sie hielt mir ihr Glas zum Nachschenken hin.

Ich schloß die Augen, ich wollte sie nicht ansehen. «Maureen», bat ich, «verschwinde aus meinem Leben, bitte. Geh doch, *bitte*. Ich flehe dich an. Wieviel Zeit wollen wir denn noch mit diesem Wahnsinn vergeuden? Nicht nur meine Zeit, sondern auch *deine*.»

«Du hast deine Chance gehabt. Du hast gekniffen.»

«Warum muß es denn mit *Mord* enden?»

Kalt: «Ich versuche nur, einen Mann aus dir zu machen, Peppy, das ist alles.»

«Oh, dann gib's doch auf, ja? Es ist ohnehin hoffnungslos. Du hast gewonnen, Maureen, okay? *Du bist die Siegerin.*»

«Ein Scheiß bin ich! Und versuch ja nicht, mich zu verarschen.»

«Aber was willst du denn noch?»

«Was ich nicht habe. Ist das nicht immer das, was Menschen wollen? *Was mir zusteht!*»

«Aber dir steht *nichts* zu. *Niemandem* steht irgend etwas zu.»

«Dich eingeschlossen, du Wunderknabe!» Und endlich, eine Viertelstunde nachdem ich sie dazu aufgefordert hatte, marschierte sie mit triefender Unterhose ins Badezimmer – wo sie die Tür hinter sich zuknallte und abschloß.

Ich stürzte zur Tür und hämmerte mit den Fäusten dagegen –

«Und daß du ja nicht versuchst, dich da drin umzubringen! *Hörst du?*»

«Oh, keine Sorge, mein Lieber – so leicht kommst du diesmal nicht davon!»

Es war fast Mitternacht, als sie endlich freiwillig ging: Ich hatte zusehen müssen, wie sie die Manuskriptseiten von «Großer Auftritt in Mommys Kleidern» (von Maureen J. Tarnopol) mit einem feuchten Schwamm bearbeitete, um die Blutflecken zu entfernen; ich hatte für das Manuskript eine große Büroklammer und einen sauberen braunen Umschlag suchen müssen; außerdem mußte ich ihr noch zwei Drinks einschenken – und mir anhören, wie ich, nicht unbedingt zu meinem Vorteil, mit den Herren Mezik und Walker verglichen wurde. Während ich damit beschäftigt war, die anrüchigen Schonbezüge und Bettdecken sowie die Handtücher zu wechseln, wurde ich zum Gegenstand ausgiebiger Schmähungen, unter besonderer Berücksichtigung meiner sozialen Herkunft und der Verpflichtungen, die Maureen daraus ableitete; während ich den Sisalteppich mit Fleckenwasser behandelte, analysierte sie meine Männlichkeit. Erst als ich alle Fenster aufriß und mich in den Luftzug stellte, weil ich die Abgase dem Gestank im Zimmer vorzog, bequemte Maureen sich endlich aufzustehen. «Erwartest du, daß ich dir jetzt den Gefallen tue und springe?» – «Ich will nur ein bißchen durchlüften – aber welchen Ausgang du nimmst, steht dir völlig frei.» – «Ich bin durch die Tür hereingekommen und werde jetzt durch die Tür auch wieder hinausgehen.» – «Ganz Dame, wie immer.» – «Oh, so einfach kommst du mir nicht davon!» sagte sie und brach in Tränen aus, als sie ging.

Ich verschloß und verriegelte hinter ihr die Tür und rief sofort Spielvogel unter seiner Privatnummer an.

«Ja, Mr. Tarnopol, was kann ich für Sie tun?»

«Tut mir leid, daß ich Sie wecke, Dr. Spielvogel. Aber ich dachte es ist besser, wenn ich mit Ihnen spreche. Ihnen erzähle, was passiert ist. Sie ist gekommen.»

«Ja?»

«Und ich habe sie verprügelt.»

«Schlimm?»

«Sie kann noch laufen.»

«Nun, gut das zu hören.»

Ich mußte lachen. «Ich habe buchstäblich die Scheiße aus ihr rausgeprügelt. Ich habe ihr die Nase blutig geschlagen, ich habe ihr den Arsch versohlt, und dann hab ich zu ihr gesagt, daß ich sie mit dem Schürhaken erschlagen würde, und die Vorstellung hat sie anscheinend so erregt, daß sie praktisch meine ganze Wohnung vollgeschissen hat.»

«Verstehe.»

Ich konnte nicht aufhören zu lachen. «Es ist eine längere Geschichte, aber darauf lief es hinaus. Sie fing einfach an zu scheißen.»

Spielvogel sagte, nach ein paar Sekunden: «Nun, das klingt, als hätten Sie sich gut amüsiert.»

«Habe ich auch. Die Wohnung stinkt noch immer, aber ganz ehrlich, es war wirklich toll. Einer der Höhepunkte meines Lebens, wenn ich's mir überlege! Ich dachte: ‹Das ist die Gelegenheit, und ich werd's tun: Sie will verprügelt werden, das kann sie haben!› Von dem Moment an, als sie reinkam, schon als sie sich hinsetzte, hatte sie's drauf angelegt. Wissen Sie, was sie zu mir gesagt hat: ‹Ich werde mich nicht von dir scheiden lassen, niemals.›»

«Das hatte ich nicht anders erwartet.»

«Ja? Warum haben Sie dann nichts gesagt?»

«Sie haben mir erklärt, es sei das Risiko wert. Sie haben versichert, Sie würden nicht zusammenbrechen – ganz egal, wie die Sache verlaufen würde.»

«Aber ich bin doch nicht zusammengebrochen – oder doch?»

«Nun?»

«Ich weiß nicht. Bevor sie ging – nachdem ich sie zusammengeschlagen hatte –, rief sie ihren Anwalt an. Ich hab die Nummer für sie gewählt.»

«Das haben Sie getan?»

«Und ich habe geweint, fürchte ich. Nicht gerade hemmungslos, aber doch ein bißchen. Aber ich sage Ihnen, Doktor, nicht meinetwegen – ob Sie's mir glauben oder nicht –, sondern ihretwegen. Sie hätten die Vorstellung erleben müssen.»

«Und jetzt?»

«Jetzt?»

«Jetzt sollten Sie doch wohl mit Ihrem Anwalt Verbindung aufnehmen, oder?»

«Natürlich!»

«Sie klingen mir ein bißchen durcheinander», sagte Spielvogel.

«Ich bin soweit ganz in Ordnung. Ich fühle mich bestens, überraschenderweise.»

«Dann telefonieren Sie mit Ihrem Anwalt. Wenn Sie wollen, rufen Sie mich an und sagen Sie mir, was er gesagt hat. Ich werde solange aufbleiben.»

Mein Anwalt riet mir, die Stadt umgehend zu verlassen und nicht zurückzukommen, bevor er mir grünes Licht gab. Für das, was ich getan hätte, erklärte er, könne ich in Haft genommen werden. In meiner Euphorie hatte ich die Sache von dieser Seite noch gar nicht betrachtet.

Ich rief wieder Spielvogel an, um ihn ins Bild zu setzen und meine Termine für die kommende Woche bei ihm abzusagen; ich sagte, ich ginge davon aus (bitte, bitte keine Feilscherei, betete ich), daß ich für die versäumten Termine nicht würde bezahlen müssen – «auch dann nicht, wenn ich für diese Geschichte neunzig Tage aufgebrummt kriegen sollte». «Falls Sie ins Gefängnis müssen», versicherte er, «werde ich mir alle Mühe geben, jemanden zu finden, der Ihre Stunden übernimmt.» Dann rief ich Susan an, die schon den ganzen Abend am Telefon wartete, um zu erfahren, wie meine Zusammenkunft mit Maureen ausgegangen war – kam ich endlich raus aus dieser Ehe? Nein, wir mußten raus aus der Stadt. Pack deinen Koffer. «Um diese Zeit? Wie? Wohin?» Ich holte sie in einem Taxi ab, und für sechzig Dollar (soviel wäre normalerweise für drei Stunden bei Spielvogel auch draufgegangen, versuchte ich mich zu trösten) erklärte sich der Taxifahrer bereit, uns über den Garden State Parkway nach Atlantic City zu bringen, wo ich als Zwölfjähriger in einem Cottage am Meer zwei idyllische Wochen verbracht hatte, zusammen mit meinen Cousins aus Camden, Neffen meines Vaters. Damals hatte ich mich binnen zwölf Stunden in Sugar Wasserstrom verliebt, ein lebhaftes, kraushaariges Mädchen aus New Jersey, eine Schulkameradin meines Cousins, der just in jenem Frühjahr vorzeitig eine beträchtliche Oberweite angewachsen war (was mir mein Cousin April in der zweiten Nacht von Bett zu Bett anvertraute). Daß ich aus New York kam, hob mich in Sugars Augen fast in den Stand eines Franzosen; als ich das merkte, begann ich ausführliche Geschichten von meinen täglichen U-Bahn-Fahrten zu erzählen, und bald war sie auch in mich verliebt. Dann brachte ich meine

Gene-Kelly-Version von «Long Ago and Far Away» zum Einsatz; ich summte sie ihr sanft ins Ohr, während wir Arm in Arm über die Strandpromenade schlenderten, und das gab ihr, glaube ich, den Rest. Sie war hin und weg. Während der nächsten zwei Wochen küßte ich sie mindestens tausendmal. Atlantic City, August 1945: mein Königreich am Meer. Der Zweite Weltkrieg endete mit Sugar in meinen Armen – ich hatte eine Erektion, die sie taktvoll ignorierte und die ich, so gut ich konnte, zu verbergen suchte. Gepeinigt von den Schmerzen meines nicht leergefeuerten Rohres, küßte ich trotz allem weiter. Selbst die heftigsten Qualen bedeuten nichts in einem solchen Augenblick. So zog die Nachkriegszeit herauf, und mit zwölf Jahren hatten meine Abenteuer mit Mädchen begonnen.

Ich sollte wegbleiben, solange Dan Egan in Chicago geschäftlich zu tun hatte. Mein Anwalt wollte Egans Rückkehr abwarten, um absolut sicherzugehen, daß Egan keine Anklage wegen Körperverletzung mit Tötungsabsicht erheben würde – zumindest wollte er alles daransetzen, Egan davon abzubringen. Inzwischen versuchte ich, Susan diese Zeit so angenehm wie möglich zu machen. Wir frühstückten in unserem Strandhotel im Bett. Für zehn Dollar ließ ich ihr Profil in Pastell zeichnen. Wir aßen große, geröstete Jakobsmuscheln und besuchten den Steel Pier. Ich erzählte ihr vom Tag des Sieges über Japan, als Sugar und ich und meine Cousins und deren Freunde auf der Strandpromenade Conga getanzt hatten (mit der Erlaubnis meiner Tante), um die japanische Niederlage zu feiern. Wie euphorisch ich war! Und großzügig mit dem Geld! Aber es ist doch mein Geld, nicht war? Nicht ihres – meins. Noch immer machte ich mir nicht mit angemessenem Ernst die schwerwiegenden rechtlichen Konsequenzen meiner Brutalität klar oder bereute, daß ich so kaltlächelnd das getan hatte, was man mich als kleinen jüdischen Jungen zu verachten gelehrt hatte. Ein Mann schlägt eine Frau? Was war verabscheuenswürdiger, außer einem Mann, der ein Kind schlug?

Am ersten Abend meldete ich mich telefonisch bei Dr. Spielvogel, und zwar etwa um die Zeit, zu der ich normalerweise in seine Praxis gekommen wäre. «Ich komme mir vor wie der Gangster, der mit seiner Braut untergetaucht ist», erklärte ich. «Hört sich an, als gefiele es Ihnen ganz gut», sagte er. «Alles in allem war es die Erfahrung wert. Sie hätten mir ruhig schon früher was über die Barbarei erzählen können.»

«Sie sind ja offensichtlich schnell genug drauf gekommen.»

Am späten Nachmittag des zweiten Tages rief mein Anwalt an – nein, Egan sei noch nicht zurück aus Chicago, doch habe seine Frau angerufen, um mitzuteilen, Maureen sei bewußtlos in ihrer Wohnung aufgefunden und mit einem Krankenwagen ins Roosevelt Hospital gebracht worden. Sie sei seit zwei Tagen ohne Bewußtsein, und es sei durchaus möglich, daß sie sterben werde.

Voll blauer Flecken und Blutergüsse, dachte ich. *Von meinen Händen.*

«Nachdem sie meine Wohnung verlassen hatte, ist sie nach Hause gegangen und hat versucht, sich umzubringen.»

«So sieht es aus.»

«Dann sollte ich jetzt wohl besser hinfahren.»

«Warum?» fragte der Anwalt.

«Immer noch besser, wenn ich da bin, als wenn ich nicht da bin», sagte ich, obwohl ich selbst nicht recht wußte, wie ich das meinte.

«Die Polizei könnte dort auftauchen», erklärte er.

Valducci könnte dort auftauchen, dachte ich.

«Sind Sie sicher, daß Sie hin wollen?» fragte er.

«Ist wohl das beste.»

«Okay. Aber falls die Polizei da ist, rufen Sie mich an. Ich werde den ganzen Abend zu Hause sein. Sagen Sie zu keinem Menschen ein Wort. Sie brauchen mich bloß anzurufen, und ich komme hin.»

Ich erzählte Susan, was passiert war, und sagte ihr, daß wir nach New York zurückkehren würden. Auch sie wollte wissen, warum. «Sie geht dich doch nichts mehr an, Peter. Du brauchst dich um sie nicht zu kümmern. Sie versucht, dich zum Wahnsinn zu treiben, und *du läßt das zu*.»

«Aber falls sie stirbt, ist es doch besser, wenn ich bei ihr bin.»

«Wieso?»

«Ich sollte dasein, das ist alles.»

«Aber warum denn? Weil du ihr ‹Mann› bist? Peter, was, wenn die Polizei wirklich dort ist? Und wenn sie dich verhaften – und ins Gefängnis stecken! Weißt du eigentlich, was du getan hast – sie könnten dich dafür ins Gefängnis stecken. Oh, Lammkeulchen, du würdest im Gefängnis nicht *eine Stunde* überleben.»

«Sie werden mich nicht ins Gefängnis stecken», sagte ich, aber mein Herz bebte.

«Du hast sie geschlagen, und das war schon dumm genug – aber was du jetzt tun willst, ist noch dümmer. Du versuchst immer, zu ‹handeln wie ein Mann›, doch in Wirklichkeit benimmst du dich wie ein Kind.»

«Oh, tatsächlich?»

«Du *kannst* an ihr nicht ‹handeln wie ein Mann›. Begreifst du das denn noch immer nicht? Egal was du tust, du kannst an ihr nur handeln wie ein Vollidiot, und es wird immer schlimmer. Du bist wie ein kleiner Junge in einem Superman-Kostüm, mit kindischen Phantasien von deiner Größe und Stärke. Jedesmal wenn sie den Handschuh hinwirft, hebst *du* ihn auf! Ruft sie dich an, nimmst du ab! Schreibt sie Briefe, drehst du fast durch. Und tut sie *nichts*, setzt du dich an deinen Schreibtisch und arbeitest an deinem Roman über sie! Du bist wie – wie ihre Marionette! Sie zieht – du springst! Es ist – idiotisch.»

«Ach, wirklich?»

«Oh», sagte Susan niedergeschlagen, «warum mußtest du sie schlagen? Warum hast du das getan?»

«Eigentlich dachte ich, es würde dir gefallen.»

«Hast du das wirklich gedacht? Daß es mir *gefallen* würde? Ich fand es widerlich. Ich hab's dir nur deshalb nicht gesagt, weil du *selbst* so zufrieden mit dir warst. Aber warum, um alles in der Welt, hast du es eigentlich getan? Die Frau ist eine Psychopathin, das sagst du doch selbst. Was erreichst du damit, daß du jemanden zusammenschlägst, der nicht einmal verantwortlich ist für das, was er sagt? Was für einen Sinn hat das?»

«Ich konnte es nicht mehr aushalten, das war der Grund! Sie mag ja eine Psychopathin sein, aber ich bin der Mann dieser Psychopathin, und *ich kann's nicht mehr aushalten*!»

«Aber was ist mit deiner Willenskraft? Du erzählst mir doch dauernd, ich soll meine Willenskraft einsetzen. Du bist es, der mich dazu gebracht hat, wieder aufs College zu gehen, der mir meine *Willenskraft* um die Ohren geschlagen hat – und dann gehst du, ausgerechnet du, der Gewaltätigkeit haßt und so lieb und kultiviert ist, hin und tust etwas derartig Unkontrolliertes. Warum hast du sie überhaupt zu dir in die Wohnung kommen lassen?»

«Um die Scheidung zu besprechen.»

«Aber dafür ist doch dein *Anwalt* da!»

«Aber mit meinem Anwalt ist sie nicht bereit zu kooperieren.»

«Mit wem denn sonst? Mit dir?»

«Sieh mal, ich versuche aus einer *Falle* herauszukommen. Mit fünfundzwanzig Jahren bin ich da reingestolpert, und jetzt, mit dreiunddreißig, stecke ich *noch immer* drin –»

«Aber die Falle bist *du*. Du selbst bist die Falle. Als sie dich anrief, warum hast du nicht einfach aufgelegt? Als sie sich weigerte, das Algonquin als Treffpunkt zu akzeptieren, warum hast du dir da nicht klargemacht –»

«Weil ich glaubte, einen Ausweg zu sehen! Weil die Unterhaltszahlungen mich ausbluten! Weil diese ständigen Gerichtstermine, bei denen meine Einkünfte überprüft und meine Kontoauszüge kontrolliert werden, mich zum Wahnsinn treiben! Weil ich meinem Bruder viertausend Dollar schulde. Weil nichts mehr übrig ist von den zwanzigtausend Dollar Vorschuß für ein Buch, das ich nicht schreiben kann! Weil der kleine Richter Rosenzweig mich am liebsten nach Sing-Sing schicken würde, wenn er hört, daß ich in der Woche nur zwei Seminare abhalte! Weil er den ganzen Tag auf dem Arsch sitzen muß, um sein Geld zu verdienen, während berüchtigte College-Verführer wie ich die ganze Woche nichts zu tun haben, als ihre Ehefrauen sitzenzulassen und gerade mal zwei Seminare abzuhalten! Wenn es nach denen ging, würde ich Zeitungen austragen, Susan! Und wenn es die letzten Witzblätter wären! Sitzenlassen, daß ich nicht lache! Tag und Nacht verfolgt sie mich! Diese Frau kann man nicht sitzenlassen!»

«*Du* kannst es nicht.»

«Das liegt nicht an mir – das liegt an *denen*!»

«Peter, du wirst ja tobsüchtig.»

«Ich *bin* tobsüchtig! Ich bin *am Ende*!»

«Aber, Lammkeulchen», flehte sie, «*ich* habe doch Geld. Du könntest *mein* Geld nehmen.»

«Könnte ich *nicht*.»

«Aber es ist ja nicht mal meins. Im Grunde gehört es niemandem. Es ist von Jamey. Es ist von meinem Großvater. Und die sind alle tot, und es sind Unmengen davon da, *und warum nicht*? Du kannst die Schulden bei deinem Bruder begleichen, du kannst auch deinem Verleger das Geld zurückzahlen, diesen Roman vergessen und was ganz Neues anfangen. Und du kannst ihr zahlen, was immer das

Gericht festsetzt, und sie dann *einfach vergessen* – oh, bitte vergiß sie, ein für allemal, bevor du alles ruinierst. Wenn es nicht schon zu spät ist!»

Oh, dachte ich, das wäre was! Alle auszahlen und einen sauberen Schnitt machen. *Sauber!* Nach Rom zurückkehren und noch einmal von vorn anfangen... mit Susan leben, mit unseren Geranientöpfen, unseren Frascati-Flaschen und unseren Wänden voller Bücher in einer weißgetünchten Wohnung auf dem Gianicolo... einen neuen VW kaufen und wieder Ausflüge in die Berge machen, ohne daß einem jemand ins Lenkrad griff... in Frieden *gelati* auf der Piazza Navona... in Frieden einkaufen auf dem Campo dei Fiori... Dinner mit Freunden in Trastevere, *in Frieden*: kein Gezänk, kein Streit, keine Tränen... und über etwas anderes schreiben als über Maureen... oh, über wie vieles könnte man in dieser Welt schreiben, das *nichts* mit Maureen zu tun hat... Oh, welch ein Luxus!

«Wir könnten mit der Bank vereinbaren», sagte Susan, «daß ihr jeden Monat ein Scheck geschickt wird. Du bräuchtest überhaupt keinen Gedanken daran zu verschwenden. Und, Lammkeulchen, damit hätte es sich. Du könntest die ganze Sache aus deinem Gedächtnis streichen, einfach so.»

«Damit hat es sich nicht. Ich könnte so etwas nicht einfach ausstreichen, *und damit* hat es sich. Außerdem wird sie sowieso sterben.»

«Die nicht», sagte Susan in bitterem Ton.

«Pack deine Sachen. Laß uns abreisen.»

«Aber warum bestehst du darauf, dich von ihr mit Geld *kreuzigen* zu lassen, wenn es überhaupt keinen Grund dafür gibt!»

«Susan, es fällt mir schon schwer genug, mir von meinem großen Bruder Geld zu leihen.»

«Aber ich bin nicht dein Bruder. Ich bin deine – *ich*.»

«Gehen wir.»

«Nein!» Und mit einer Wut, die ich ihr niemals zugetraut hätte, marschierte sie ins Badezimmer.

Ich setzte mich auf die Bettkante, schloß die Augen und versuchte *klar* zu denken. Als ich das tat, wurden mir die Knie weich. *Sie ist am ganzen Körper grün und blau. Könnten sie behaupten, ich hätte sie getötet? Könnten sie womöglich auf die Idee kommen, ich hätte sie gezwungen, die Tabletten zu schlucken, und sie dann da liegen-*

lassen, damit sie abkratzt? Kann man Fingerabdrücke auf der Haut feststellen? Wenn ja, werden sie meine finden!

Plötzlich spürte ich einen Kälteschock auf dem Kopf.

Susan stand vor mir; sie hatte mir ein Glas Wasser über den Kopf geschüttet. Gewalt erzeugt Gewalt, heißt es – für Susan war dies der brutalste Gewaltakt, den sie je in ihrem Leben begangen hatte.

«Ich hasse dich», sagte sie und stampfte mit dem Fuß auf.

In dieser Stimmung packten wir unsere Sachen (darunter auch die Schachtel Karamelbonbons, die ich für Dr. Spielvogel gekauft hatte) und verließen in einem Mietwagen jenen Badeort, wo ich vor so vielen Jahren meine erste Romanze erlebt hatte. TARNOPOL KEHRT NACH NEW YORK ZURÜCK, UM DIE SUPPE AUSZULÖFFELN.

Im Krankenhaus, Gott sei Dank, kein Valducci und keine Polizei – keine Handschellen, kein Streifenwagen, keine Blitzlichter, keine TV-Kameras, um die Fratze des Literaturpreisträgers und Mörders einzufangen... Paranoide Phantasien, samt und sonders – größenwahnsinnige Hirngespinste auf der Fahrt über die Allee – *narcissismo* in Leuchtschrift! Schuldgefühle und Ambivalenz, weil er etwas Besonders ist? Oh, Spielvogel, vielleicht bist du näher an der Wahrheit, als du selbst ahnst – womöglich ist ja meine Maureen nur die Miss Amerika der Träume eines Narzißten. Ich frage mich: Habe ich diese WÖLFIN von einer Frau gewählt, weil ich, wie du sagst, ein GARGANTUA DER EIGENLIEBE bin? Weil ich insgeheim die Not des armen Mädchens nachfühlen kann; weil ich weiß, daß es nur *recht und billig* ist, wenn sie lügt, stiehlt, betrügt, sogar ihr Leben riskiert, um jemanden wie mich zu bekommen? Weil sie mit jedem wilden Aufschrei und jeder verzweifelten Intrige sagt: «Peter Tarnopol, du bist das Größte auf Erden»? Ist das der Grund dafür, daß ich nicht mit ihr Schluß machen kann – weil ich mich so geschmeichelt fühle?

Nein, nein, nein, nein, keine selbstquälerischen Scheinrechtfertigungen mehr für meinen Ruin. Ich kann gehen – wenn ihr mich laßt!

Ich fuhr mit dem Fahrstuhl hinauf zur Intensivstation und nannte der jungen Schwester hinter dem Schreibtisch meinen Namen. «Wie», fragte ich leise, «geht es meiner Frau?» Sie bat mich, Platz zu nehmen und zu warten, während sie mit dem Arzt sprach, der gerade bei Mrs. Tarnopol im Zimmer war. «Sie lebt», sagte ich. «O ja», erwiderte die Schwester und streckte die Hand aus, um wie tröstend meinen Ellbogen zu berühren. «Gut. Wunderbar», antwortete ich; «und es besteht keine Gefahr, daß sie –» Die Schwester sagte: «Da müssen Sie den Arzt fragen, Mr. Tarnopol.»

Gut. Wunderbar. Vielleicht stirbt sie ja doch. Und dann werde ich endlich frei sein!

Und im Gefängnis!

Aber ich hab's doch nicht getan!

Irgend jemand tippte mir auf die Schulter.

«Sind Sie nicht Peter?»

Eine kleine, rundliche Frau, grauhaarig, das Gesicht lebhaft und voller Falten, adrett in einem schlichten, dunkelblauen Kleid und «praktischen» Schuhen, musterte mich ein wenig schüchtern; wie ich später erfahren sollte, war sie nur wenige Jahre älter als ich, Lehrerin an einer Konfessionsschule in Manhattan (und erstaunlicherweise in Behandlung wegen Alkoholabhängigkeit); sie wirkte genausowenig bedrohlich wie die hilfsbereite Bibliothekarin aus meinen Kindertagen, aber dort im Wartezimmer des Krankenhauses sah ich in ihr nichts anderes als eine Feindin, Maureens Rächerin. Ich wich einen Schritt zurück.

«Sind Sie nicht Peter Tarnopol, der Schriftsteller?»

Die freundliche Schwester hatte gelogen. Maureen war tot. Ich wurde unter Mordverdacht festgenommen. Von dieser Polizistin. «Ja», sagte ich, «ja, ich schreibe.»

«Ich bin Flossie.»

«Wer?»

«Flossie Koerner. Aus Maureens Gruppe. Ich habe so viel von Ihnen gehört.»

Mit einem schwachen Lächeln bekundete ich, daß das wohl sein könne.

«Ich bin ja so froh, daß Sie hergekommen sind», sagte Flossie. «Sie wird Sie sehen wollen, sobald sie wieder zu sich gekommen ist... Sie muß wieder zu sich kommen, Peter – sie muß!»

«Ja, ja, machen Sie sich doch bitte keine Sorgen...»

«Sie liebt das Leben so sehr», sagte Flossie Koerner und packte meine Hand. Jetzt sah ich, daß die Augen hinter der Brille rotgeweint waren. Mit einem Seufzen und einem lieben, wirklich rührenden Lächeln sagte sie: «Sie liebt Sie so sehr.»

«Ja, gut... wir werden jetzt erst mal sehen müssen...»

Wir nahmen nebeneinander Platz, um auf den Arzt zu warten.

«Ich habe das Gefühl, Sie praktisch zu kennen», sagte Flossie Koerner.

«Ach ja?»

«Wenn Maureen von all den Orten erzählte, die Sie in Italien besucht haben, schilderte sie das so lebendig, daß ich praktisch das Gefühl hatte, selbst dort gewesen zu sein, zusammen mit Ihnen beiden, beim Mittagessen an jenem Tag in Siena – und erinnern Sie sich noch an die kleine *pensione*, in der Sie in Florenz wohnten?»

«In Florenz?»

«Mit Blick auf die Boboli-Gärten. Die dieser netten alten Dame gehörte, die aussah wie Isak Dinesen?»

«O ja.»

«Und das kleine Kätzchen mit der Spaghetti-Sauce auf der Nase.»

«Daran erinnere ich mich nicht...»

«Beim Trevi-Brunnen. In Rom.»

«Ich erinnerte mich nicht...»

«Oh, sie ist ja so stolz auf Sie, Peter. Sie gibt mit Ihnen an wie ein Schulmädchen. Sie sollten mal hören, was passiert, wenn jemand es wagt, die winzigste Kleinigkeit in Ihrem Buch zu kritisieren. Oh, sie ist wie eine Löwin, die eines ihrer Jungen verteidigt.»

«Tatsächlich?»

«Aber das ist doch ganz typisch für Maureen, finden Sie nicht? Ich meine, wenn ich ihr ganzes Wesen auf einen Nenner bringen sollte, würde ich sagen: Loyalität.»

«Rückhaltlose Loyalität», sagte ich.

«Ja, ja, so rückhaltlos, so entschlossen – so voller Glauben und Leidenschaft. Alles bedeutet ihr so *viel*. Oh, Peter, Sie hätten sie in Elmira sehen sollen, beim Begräbnis ihres Vaters. Natürlich hätte sie sich gewünscht, daß Sie sie begleiten – doch sie fürchtete Sie könnten das mißverstehen, außerdem hat sie sich wegen ihrer Familie immer so vor Ihnen geschämt, und deshalb brachte sie nicht den Mut auf, Sie anzurufen. Statt dessen bin ich dann mitgekommen. Sie sagte: ‹Flossie, ich kann nicht allein hinfahren – aber ich muß hin, ich muß ganz einfach...› Sie mußte hinfahren, Peter, um ihm zu vergeben... was er ihr angetan hatte.»

«Ich weiß von alldem nichts. Ihr Vater ist gestorben?»

«Vor zwei Monaten. Er hatte einen Herzanfall und starb auf der Stelle, in einem Autobus.»

«Und was hatte er ihr angetan, was sie ihm vergeben mußte?»

«Ich sollte das eigentlich nicht erzählen.»

«Er arbeitete irgendwo als Nachtwächter... nicht wahr? In einer Fabrik in Elmira...»

Sie hatte wieder meine Hand ergriffen – «Als Maureen elf Jahre alt war...»

«Was ist da passiert?»

«Das sollten Sie nicht von mir hören.»

«Was ist passiert?»

«Ihr Vater... zwang sie... doch an seinem Grab, Peter, vergab sie ihm. Ich habe selbst gehört, wie sie die Worte flüsterte. Sie können sich nicht vorstellen, wie das war – es ging mir durch und durch. ‹Ich vergebe dir. Daddy›, sagte sie.»

«Finden Sie es nicht sonderbar, daß sie mir nie selbst davon erzählt hat?»

Konnte es nicht sein, daß sie diese Geschichte in *Zärtlich ist die Nacht* gelesen hatte? Oder bei Krafft-Ebing? Oder in «Hundert hilfsbedürftige Fälle» in der Weihnachtsbeilage der *Times*? Wollte sie nicht vielleicht nur die anderen Frauen in der Gruppe übertrumpfen? In meinen Ohren, Flossie, klingt das nach einer Freudschen Horrorstory für gemütliche Abende am Lagerfeuer des Therapeuten.

«*Ihnen* erzählt?» sagte Flossie. «Sie war zu tief gedemütigt, um es *irgend jemandem* zu erzählen, ihr Leben lang, bis sie die Gruppe fand. Ihr Leben lang hatte sie Angst, irgend jemand würde es herausfinden, sie fühlte sich so – so besudelt davon. Nicht einmal ihre Mutter wußte es.»

«Sie haben ihre Mutter kennengelernt?»

«Wir haben in ihrem Elternhaus übernachtet. Maureen ist seitdem zweimal wieder hingefahren. Sie haben ganze Tage damit verbracht, über die Vergangenheit zu sprechen. Oh, sie gibt sich ja solche Mühe, auch ihr zu vergeben. Zu vergeben, zu vergessen.»

«Vergessen – was? Vergeben – was?»

«Mrs. Johnson war keine besonders gute Mutter, Peter...»

Flossie ersparte mir nähere Einzelheiten, und ich fragte auch nicht danach.

«Maureen wollte vor allem nicht, daß Sie jemals etwas davon erfahren. Wir haben uns solche Mühe gegeben, ihr klarzumachen, daß es nicht ihre Schuld sei. Ich meine, rein verstandesmäßig begriff sie das natürlich... aber emotional saß es bei ihr fest, seit sie klein war. Wirklich ein klassischer Fall.»

«Hört sich ganz so an.»

«Oh, ich habe ihr ja *gesagt*, Sie würden es verstehen.»

«Ich glaube, ich verstehe es nur zu gut.»

«Wie kann sie sterben? Wie kann ein Mensch mit so viel Lebenswillen, so viel Entschlossenheit im Kampf gegen das Vergangene, wie kann ein Mensch, der so ums Überleben und für seine Zukunft kämpft – wie kann es sein, daß sie stirbt! Als sie das letzte Mal aus Elmira zurückkam, oh, da war sie so zerrissen. Deshalb glaubten wir alle, Puerto Rico würde ihr neuen Schwung geben. Sie ist eine so wunderbare Tänzerin.»

«Ach ja?»

«Aber nach dieser Reise, nach all dem Tanz und der warmen Sonne – als sie zurückkam, fiel sie ins Bodenlose. Und dann hat sie's getan. Sie ist so stolz. Manchmal zu stolz, glaube ich. Deshalb nimmt sie sich ja alles so zu Herzen. Besonders, wenn es um Sie geht. Nun, Sie waren ihr ein und alles, das wissen Sie ja. Sehen Sie, rein verstandesmäßig weiß sie ja inzwischen, wie leid es Ihnen tut. Sie weiß, daß dieses Mädchen nur ein Flittchen war, wie Männer es sich zwischendurch mal erlauben. Es ist zum Teil Mr. Egans Schuld – ich sollte es nicht sagen, aber sie ist viel zu abhängig von seiner Meinung. Immer wenn Sie sie gebeten haben, zu ihr zurückzukehren, dann winkt er ab und sagt nein, Ihnen sei nicht zu trauen. Vielleicht sollte ich ja nicht aus der Schule plaudern – aber schließlich sprechen wir über Maureens *Leben*. Na ja, sehen Sie, Mr. Egan ist ein sehr gläubiger Katholik, und für Mrs. Egan gilt das in noch stärkerem Maße – und, Peter, Sie als Jude können vielleicht nicht ermessen, was es für sie bedeutet, wenn ein Ehemann das tut, was Sie getan haben. Meine Eltern hätten genauso reagiert. Ich bin in einer solchen Umgebung aufgewachsen, und ich weiß, wie stark so etwas wirkt. Die wissen nicht, wie sich die Welt verändert hat – die wissen nichts von Mädchen wie dieser Karen, und sie wollen auch nichts davon wissen. Aber ich sehe diese College-Mädels heutzutage, mit ihren lockeren Sitten und ihrer Verachtung für alles und jedes. Ich weiß, wozu die fähig sind. Die stürzen sich doch auf jeden attraktiven Mann, der alt genug ist, um ihr Vater sein zu können –»

Der Arzt erschien.

Sag mir, daß sie tot ist. Ich will gern für immer ins Gefängnis gehen. Laß nur diese dreckige psychopathische Lügnerin tot sein. Die Welt wäre ein besserer Ort.

Doch die Neuigkeit war «gut». Mr. Tarnopol könne jetzt hineingehen, um seine Frau zu sehen. Sie befinde sich außer Gefahr – sie sei wieder zu sich gekommen; der Arzt habe sogar ein paar Worte mit ihr wechseln können, obwohl sie noch so benommen sei, daß sie wahrscheinlich kaum etwas verstanden habe. Glücklicherweise, erklärte der Arzt, sei ihr von dem Whiskey, mit dem sie die Tabletten hinuntergespült hatte, schlecht geworden, so daß sie den größten Teil der an sich tödlichen Dosis «toxischer Substanz» erbrochen habe. Der Arzt erklärte weiter, ihr Gesicht sei ziemlich zerschunden – «Ach? Wirklich?» –, da sie offenbar längere Zeit in ihrem Erbrochenen gelegen habe, Nase und Mund gegen die Matratze gedrückt. Doch sei auch das als glücklicher Umstand anzusehen, denn hätte sie, als sie sich erbrach, nicht auf dem Bauch gelegen, wäre sie wahrscheinlich erstickt. Auf den Oberschenkeln und dem Gesäß hätten sich ebenfalls blaue Flecken gefunden. «Tatsächlich?» Ja; ein Indiz dafür, daß sie während der zwei Tage zum Teil auch auf dem Rükken gelegen habe. Und eben diesen Veränderungen der Lage sei es zu verdanken, daß sie noch lebe.

Ich war außer Gedahr.

Aber Maureen auch.

«Wie haben Sie sie gefunden?» fragte ich den Arzt.

«Ich habe sie gefunden», sagte Flossie.

«Das haben wir Miss Koerner zu verdanken», sagte der Arzt.

«Ich hatte tagelang bei ihr angerufen», sagte Flossie, «aber sie ging nie ran. Und gestern abend kam sie dann nicht zur Gruppe. Ich wurde mißtrauisch, obwohl sie manchmal zu Hause bleibt, wenn sie intensiv mit ihrer Flöte oder irgend etwas anderem beschäftigt ist – aber diesmal hatte ich doch ein ungutes Gefühl, weil ich wußte, daß sie seit ihrer Rückkehr von Puerto Rico unter Depressionen litt. Heute nachmittag hielt ich es dann nicht mehr aus, ich sagte zu Schwester Mary Rose, ich müsse unbedingt weg, und ich stand mitten in der Mathematikstunde auf, stieg in ein Taxi, fuhr zu Maureen und klopfte an die Tür. Ich klopfte und klopfte, und dann hörte ich Delilah, und da war ich *sicher*, daß irgendwas nicht stimmte.»

«Sie hörten wen?»

«Die Katze. Sie miaute ununterbrochen, aber es kam niemand an die Tür. Also kniete ich mich auf dem Treppenabsatz hin und spähte durch den Schlitz unter der Tür – die Tür ist nicht richtig eingepaßt, wissen Sie, ich hab Maureen schon oft gesagt, daß das gefährlich ist –, und ich rief das Kätzchen, und dann sah ich Maureens Hand, die vom Bett herabhing. Ihre Fingerspitzen berührten fast den Boden. Ich lief zu einem Nachbarn und verständigte die Polizei, und die brachen die Tür auf, und da lag sie, nur in Unterwäsche, und BH natürlich, und in dem ganzen... Chaos, wie es der Doktor beschrieben hat.»

Nur zu gern hätte ich Flossie gefragt, ob man vielleicht einen Abschiedsbrief gefunden hatte, aber da der Arzt noch bei uns stand, sagte ich nur: «Kann ich jetzt hineingehen, um sie zu sehen?»

«Ich denke schon», erwiderte er. «Aber nur für ein paar Minuten.»

In dem abgedunkelten Raum, in einem der fünf oder sechs Gitterbetten, lag Maureen mit geschlossenen Augen unter einer Decke, durch eine Menge Schläuche und Drähte mit diversen Flaschen, Gefäßen und Instrumenten verbunden. Ihre Nase war stark geschwollen, als habe sie eine heftige Prügelei hinter sich. Was ja auch stimmte.

Schweigend betrachtete ich sie, etwa eine Minute lang, bis mir plötzlich einfiel, daß ich vergessen hatte, Spielvogel anzurufen. Auf einmal erschien es mir ungeheuer wichtig, ihn zu fragen, ob er es für vernünftig hielt, daß ich überhaupt hier war. Ich wollte seine Meinung hören. Und ich hätte auch gern *meine eigene* herausbekommen. Was *wollte* ich eigentlich hier? Zügelloser *narcissismo* – oder war ich, wie Susan diagnostiziert hatte, nur wieder einmal der kleine Junge? Der sofort gerannt kam, wenn seine Herrin ihn rief? Oh, wenn das stimmt, sag mir bitte, wie ich mich ändern kann! Wie kann ich jemals werden, was in der Literatur *ein Mann* genannt wird? Ich hatte mir doch so sehr gewünscht, einer zu sein – warum will es mir niemals gelingen? Oder – wäre es möglich? – ist dieses Jungenleben im Grunde ein Männerleben? *Ist es* das schon? Oh, es wäre doch möglich, dachte ich, es wäre doch sehr wohl möglich, daß ich von der «Reife» viel zuviel erwarte. Dieser Treibsand *ist* es – das Erwachsensein!

Maureen öffnete die Augen. Sie hatte Mühe, mich zu erkennen.

Ich ließ ihr Zeit. Dann beugte ich mich über das Seitengitter des Bettes und sagte, mein Gesicht drohend über ihr: «Dies ist die Hölle, Maureen. Du bist in der Hölle. Du bist für alle Ewigkeit in die Hölle verdammt.»

Ich wollte, daß sie mir glaubte, jedes Wort.

Doch sie lächelte. Ein sarkastisches Lächeln für ihren Mann, selbst in extremis. Mit schwacher Stimme sagte sie: «O wunderbar, wenn du mitschmorst.»

«Dies ist die Hölle, und ich werde bis zum Jüngsten Tage auf dich herabblicken und dir sagen, was für ein verlogenes Biest du bist.»

«Ganz genau wie im LEBEN!»

Ich schüttelte die Faust und sagte: «Und wenn du nun gestorben wärst!»

Eine ganze Weile blieb sie stumm. Dann fuhr sie sich mit der Zunge über die Lippen und sagte: «Oh, dann hättest du ziemlich schlechte Karten gehabt.»

«Aber *du* wärst *tot* gewesen.»

Das brachte sie in Wut, *das* brachte sie wieder ganz zu sich selbst. O ja, jetzt war sie wieder lebendig. «Bitte, komm mir nicht mit dieser Scheiße. Komm mir nicht mit ‹DAS LEBEN IST HEILIG›. Es ist nicht heilig, wenn man immerfort leiden muß.» Sie weinte. «Mein Leben ist nichts als Leid.»

Du lügst, du Aas. Du belügst mich, du belügst Flossie Koerner, du belügst deine Gruppe, du belügst jeden. Heule nur, aber ich werde nicht mit dir heulen!

Das gelobte er, der alles daransetzte, ein Mann zu sein; aber der kleine Junge, der einfach nicht sterben wollte, wurde schon schwach.

«Das Leid, Maureen –» Tränen tropften von meinem Gesicht auf ihre Bettdecke «– das Leid kommt von all deinen *Lügen*. Lügen sind die *Verkörperung* deines Leidens. Wenn du dir bloß Mühe geben würdest, wenn du bloß damit aufhören würdest –»

«Oh, wie kannst du nur? Oh, mach, daß du rauskommst, du mit deinen Krokodilstränen. Doktor», rief sie mit schwacher Stimme, «helfen Sie mir.»

Sie schleuderte ihren Kopf auf dem Kissen hin und her –. «Okay», sagte ich, «beruhige dich, beruhige dich. *Hör auf.*» Ich hielt ihre Hand.

Sie drückte meine Hand, umklammerte sie, wollte sie nicht loslassen. Es war schon ziemlich lange her, daß wir Händchen gehalten hatten.

«Wie», wimmerte sie, «wie...»

«Schon gut, beruhige dich.»

«Wie kannst du nur so herzlos sein, wenn du mich in diesem Zustand siehst?»

«Tut mir leid.»

«Ich bin kaum zwei Minuten wieder am Leben... und schon fällst du über mich her und schimpfst mich eine Lügnerin. Oh, verflixt!» sagte sie, wie ein kleines Mädchen in der Sandkiste.

«Ich versuche nur, dir klarzumachen, was du tun mußt, um weniger zu leiden...», ah, weiter, weiter, raus damit, «... *die Lügen sind der Grund für deine Selbstverachtung.*»

«Ach, *Scheiße*», schluchzte sie und entzog mir ihre Hand. «Dir geht's ja nur darum, dich um die Unterhaltszahlungen zu drücken. Ich durchschaue dich, Peter. Gott sei Dank, daß ich nicht gestorben bin», stöhnte sie. «Den Unterhalt hatte ich ja ganz vergessen. So kaputt und elend war ich, so weit hast du mich gebracht!»

«Oh, Maureen, es *ist* die Scheißhölle.»

«Wer hat denn etwas anderes gesagt?» fragte sie, erschöpft jetzt, und schloß die Augen, aber nicht für immer, noch nicht. Nur um zu schlafen und sich dann im Zorn zu erheben – ein letztes Mal.

Als ich ins Wartezimmer zurückkehrte, saß neben Flossie Koerner ein Mann, groß und blond, in einem maßgeschneiderten modischen Anzug und glänzenden Stiefeln. Er war auf so eindrucksvolle Weise gutaussehend – charismatisch nennt man so etwas heutzutage –, daß mir bei seinem Anblick im ersten Augenblick die tiefe Sonnenbräune nicht auffiel. Ich überlegte, ob er vielleicht ein Detektiv sein konnte, aber Detektive, die aussahen wie er, gab es nur in Filmen.

Dann wurde es mir klar: Auch er mußte gerade erst aus dem Urlaub zurückgekehrt sein, aus Puerto Rico!

Er streckte mir seine Hand entgegen, groß, bronzefarben, und ich schüttelte sie. Breite, weiche Manschetten; goldene Manschettenknöpfe, geformt wie kleine Mikrophone; merkwürdig tierhafte blonde Haarbüschel auf dem Handrücken... Allein vom Handgelenk bis zu den Fingerspitzen hatte dieser Mann eindeutig Klasse – wie um alles in der Welt hatte sie es geschafft, sich *den* zu angeln?

Um so was einzufangen, hätte sie doch mindestens den Urin einer schwangeren Contessa gebraucht! «Ich bin Bill Walker», sagte er. «Ich hab das nächste Flugzeug genommen, als ich davon hörte. Wie geht es ihr? Kann sie sprechen?»

Es war mein Vorgänger, es war Walker, der «versprochen hatte, nach der Heirat auf Jungs zu verzichten, und wortbrüchig geworden war. Meine Güte, was für ein phantastischer Mann! Ich selbst, eher der hagere, aschkenasische Typ, sehe auch nicht schlecht aus, aber dieser Mann war *schön*.

«Sie ist außer Gefahr», sagte ich zu Walker. «O ja, sie kann sprechen; keine Sorge, sie ist wieder ganz die alte.»

Sein Lächeln war wärmer und breiter, als meine sarkastische Bemerkung es rechtfertigte; aber dann begriff ich, daß er den Sarkasmus gar nicht bemerkt hatte. Er war einfach überglücklich zu hören, daß sie lebte.

Flossie, gleichfalls im siebten Himmel, deutete anerkennend auf uns beide. «Sie hat Geschmack, das muß man ihr lassen.»

Es dauerte einen Moment, bis ich kapierte, daß ich zusammen mit Walker in der Kategorie der gutaussehenden Männer über eins achtzig eingeordnet worden war. Ich wurde rot – nicht nur bei dem Gedanken, daß sie, die Walker gewählt hatte, später auch mich wählte, sondern daß sowohl Walker als auch ich *sie* gewählt hatten.

«Hören Sie», meinte Walker, «vielleicht sollten wir uns nachher zu einem Drink zusammensetzen und uns ein bißchen unterhalten.»

«Tut mir leid, ich bin auf dem Sprung», erwiderte ich, eine Antwort, die Dr. Spielvogel amüsant gefunden hätte.

Prompt zog Walker eine Brieftasche aus dem seitlich geschlitzten Jackett, das die Taille betonte und über seinem Brustkorb spannte, entnahm ihr eine Visitenkarte und reichte sie mir. «Für den Fall, daß Sie mal nach Boston kommen», sagte er, «oder wenn Sie sich aus irgendeinem Grund wegen Maur mit mir in Verbindung setzen wollen.»

War das ein eindeutiges Angebot? Oder lag ihm wirklich so viel an «Maur»? «Danke», sagte ich. Der Karte entnahm ich, daß er in Boston bei einem Fernsehsender arbeitete.

«Mr. Walker», sagte Flossie, als er sich zum Schreibtisch der Schwester wandte. Sie strahlte noch immer vor Freude über die jüngsten Entwicklungen. «Mr. Walker – wären Sie so freundlich?» Sie reichte ihm einen Zettel, den sie hastig aus der Handtasche gezogen hatte. «Es ist nicht für mich – es ist für meinen kleinen Neffen. Er sammelt sie.»

«Wie heißt er?»

«Oh, das ist wirklich furchtbar nett. Er heißt Bobby.»

Walker schrieb seinen Namen und gab ihr den Zettel mit einem Lächeln zurück.

«Peter, Peter.» Sichtlich verlegen und bestürzt, berührte sie mit den Fingerspitzen meine Hand. «Würden *Sie* auch so nett sein? Vorhin konnte ich Sie nicht bitten, als Maureen sich noch in Gefahr befand... Sie verstehen doch... nicht wahr? Aber jetzt, ich bin ja so froh... so erleichtert.» Sie reichte auch mir einen Zettel. Verwirrt schrieb ich meinen Namen darauf. Ich dachte: Jetzt braucht sie nur noch Meziks drei Kreuze, und Bobby hat den kompletten Satz. Warum diese Autogrammstunde? Ist das eine Falle? Stecken Flossie und Walker unter einer Decke mit – mit wem? Ein Trick, um meine Unterschrift zu bekommen – *wofür*? Ach, hör auf damit! Das ist doch paranoid. Noch mehr *narcissismo*. – Wer sagt das?

«Übrigens», versicherte mir Walker, «hat mich *Ein jüdischer Vater* enorm begeistert. Eindrucksvolle Geschichte. Ich fand, daß Sie das moralische Dilemma des modernen amerikanischen Juden im Kern getroffen haben. Wann können wir Ihr nächstes Buch erwarten?»

«Sobald es mir gelingt, diese Ratte aus meinem Leben zu verbannen.»

Flossie konnte ihren Ohren nicht trauen (und tat es infolgedessen auch nicht).

«Sie ist kein schlechter Mensch, wissen Sie», sagte Walker mit leiser, fester Stimme, ebenso beeindruckend durch das Timbre wie durch die gedämpfte Zurückhaltung. «Sie ist eigentlich einer der mutigsten Menschen, die ich kenne. Sie hat eine Menge durchgemacht, dieses Mädchen, und sie hat es überlebt.»

«Ich habe mindestens genausoviel durchgemacht, mein Lieber. Und das habe ich ihr zu verdanken!» Ich hatte Schweißperlen auf der Stirn und unter der Nase – so wütend machte mich diese Lobrede auf Maureens Mumm, dazu noch aus dem Mund dieses Mannes.

«Oh», sagte er eisig, und sein Brustkorb schien ein wenig zu schwellen, «wenn ich recht verstanden habe, sind Sie doch sehr wohl in der Lage, für sich selbst zu sorgen, oder? Nach allem, was ich höre, haben Sie ja auch zwei Hände.» Er zog einen Mundwinkel hoch: ein verächtliches Lächeln ... und die Spur (sofern meine Phantasie nicht mit mir durchging) eines eindeutigen Angebots. «Wenn Sie die Hitze nicht ertragen können, wie man so sagt –»

«Aber gern. Nur *zu* gern», unterbrach ich ihn. «Gehen Sie rein zu ihr – und sagen Sie ihr, sie soll die Küchentür aufschließen!»

Flossie, eine Hand auf meinem, die andere auf seinem Arm, sprang in die Bresche – «Er ist nur ein bißchen durcheinander, Mr. Walker, nach allem, was passiert ist.»

«Das will ich hoffen», sagte Walker. Mit drei großen Schritten trat er an den Schreibtisch der Schwester und erklärte: «Ich bin Bill Walker. Ich habe schon mit Dr. Maas gesprochen.»

«Oh. Ja. Sie können jetzt zu ihr. Aber nur für ein paar Minuten.»

«Danke.»

«Mr. Walker?» Die Schwester, stämmig, hübsch, um die Zwanzig, bis zu dieser Sekunde ganz Takt und Nüchternheit, wirkte auf einmal schüchtern und verlegen. Errötend sagte sie zu ihm: «Hätten Sie was dagegen? Ich habe gleich Dienstschluß. Wären Sie so nett, bitte?» Und sie zog ebenfalls ein Stück Papier hervor, um sich ein Autogramm geben zu lassen.

«Natürlich.» Walker beugte sich über den Schreibtisch zu der Schwester. «Wie heißen Sie?» fragte er.

«Oh, das ist doch nicht weiter wichtig», sagte sie und errötete noch tiefer. «Schreiben Sie einfach ‹Jackie› – das genügt.»

Walker schrieb seinen Namen, langsam, voller Konzentration, und machte sich dann auf den Weg zur Intensivstation.

«Wer ist er?» fragte ich Flossie.

Meine Frage brachte sie in Verwirrung. «Na, er war Maureens Mann, zwischen Ihnen und diesem Mr. Mezik.» – «Und warum will alle Welt ein Autogramm von ihm?» fragte ich säuerlich.

«Wissen Sie – wissen Sie das wirklich nicht?»

«Wissen – was denn?»

«Er ist der Star des Bostoner Fernsehsenders. Er moderiert die Sechs-Uhr-Nachrichten. Letzte Woche war er auf dem Titelblatt von *TV Guide*. Früher spielte er vornehmlich Shakespeare-Rollen am Theater.»

«Ich verstehe.»

«Peter, ich bin sicher, daß Maureen ihn nur deshalb nicht erwähnt hat, weil sie Sie nicht eifersüchtig machen wollte. Er hat ihr geholfen, als sie in Schwierigkeiten war, das ist alles.»

«Jedenfalls war er es, der sie mit nach Puerto Rico genommen hat.»

Flossie, jetzt völlig aus dem Lot und ganz und gar nicht mehr sicher, was sie sagen sollte, um die Wogen zu glätten für dieses Triumvirat, in dessen Geschick sie so unmittelbar verwickelt war, zuckte die Schultern und schrumpfte gleichsam zum Nichts. Wir, das begriff ich plötzlich, waren die Hauptdarsteller ihrer eigenen, privaten Seifenoper: Sie war das Publikum unseres Dramas, unser Oden singender Chor; er war der Fortinbras, den mein TIEFER ERNST auf die Bühne gerufen hatte. Eigentlich angemessen, dachte ich – dieser Fortinbras für diese Farce!

Flossie sagte: «Nun –»

«Nun – was?»

«Na ja, ich denke schon, daß sie zusammen dort waren, ja. Aber glauben Sie mir, er ist bloß jemand, na, eben jemand, an den sie sich wenden konnte... nachdem Sie getan hatten... was Sie getan hatten... mit Karen.»

«Ich hab verstanden», sagte ich und zog meinen Mantel an.

«Oh, *bitte*, seien Sie nicht eifersüchtig. Es ist eher ein geschwisterliches Verhältnis – jemand, der ihr nahesteht und ihr hilft. Alles andere ist für sie endgültig vorbei, das schwöre ich Ihnen. Ihr war schon vor langer Zeit klar, daß es ihm immer nur um seine Karriere gehen würde. Er könnte sie bis in alle Ewigkeit bitten, wieder seine Frau zu werden, sie würde niemals zu einem Mann zurückkehren, dem seine Arbeit und sein Talent alles bedeuten. Das ist die Wahrheit. Ziehen Sie seinetwegen bitte keine voreiligen Schlüsse, das wäre nicht fair. Peter, Sie müssen Vertrauen haben – sie wird wieder zu *Ihnen* zurückkehren, da bin ich ganz sicher.»

Unten in der Halle des Krankenhauses war eine Telefonzelle, doch ich nahm mir nicht die Zeit, irgend jemanden anzurufen, um zu fragen, ob ich im Begriff war, wieder einmal das Falsche oder endlich das Richtige zu tun – ich sah einen Ausweg (glaubte ich), und so machte ich, daß ich wegkam. Mein Fluchtpunkt war diesmal Maureens Wohnung in der Seventy-eighth Street, nur wenige Häuserblocks von dem Krankenhaus entfernt, in das die Ambulanz sie wenige Stunden zuvor gebracht hatte. *Irgendwo* in dieser Wohnung mußte es Beweismaterial gegen sie geben – in ihrem Tagebuch, irgendeine Eintragung, in der beschrieben wurde, wie sie mir diese Falle gestellt hatte, aus der es für mich noch immer kein Entkommen gab, ein Eingeständnis des Schwindels mit der Urinprobe von eigener Hand verfaßt –, Material, das wir dem Gericht als Beweis vorlegen konnten, diesem Richter Milton Rosenzweig, dessen Mission darin bestand, die unschuldigen, schutzlosen, verlassenen Frauen des Distriks New York im Staat New York vor der phallischen Vernichtung zu schützen. Oh, der kleine Rosenzweig in seiner Robe, er hätte den Barbarenhorden Einhalt geboten! Oh, wie er sich verrenkte, um sein eigenes, das herkulische Geschlecht ja nicht zu bevorzugen... Unmittelbar vor meinem Gerichtstermin war der Fall Kriegel gegen Kriegel verhandelt worden; als ich mit meinem Antwalt im Gericht in der Centre Street eintraf, war die Sitzung noch nicht zu Ende. «Euer Ehren», wandte Kriegel, ein schwergewichtiger Geschäftsmann um die Fünfzig, sich flehentlich an den Richter, als wir gerade eintraten; sein Anwalt, der neben ihm stand, unternahm sporadische Versuche, seinen Mandanten zu beruhigen, doch Kriegels Stimme und Haltung verrieten eindeutig, daß er beschlossen hatte, SICH DER GNADE DES GERICHTS AUSZULIEFERN. «Euer Ehren», sagte er, «ich weiß sehr wohl, daß sie in einem Haus ohne Fahrstuhl wohnt. Aber *ich* habe sie dazu doch nicht gezwungen. Das war ihre eigene Entscheidung. Von dem, was ich ihr wöchentlich gebe, könnte sie sich eine Wohnung in einem Haus mit Fahrstuhl leisten, glauben Sie mir. Aber, Euer Ehren, *ich kann ihr nicht geben, was ich nicht habe.*» Richter Rosenzweig, der sich aus den Slums an die juristische Fakultät der New York University durchgeboxt und trotz seiner über sechzig Jahre nichts von seinem Kampfgeist verloren hatte, schnippte derweil unentwegt mit dem Zeigefinger gegen sein Ohrläppchen – als könnte er dadurch verhindern, daß der ihm täglich vorgetragene Bockmist durch seine eustachische Röhre ins Gehirn gelangte und dort schwere Vergiftungen verursachte. In dieser Geste drückten sich gleichzeitig die humorvolle, leicht ironische und die strenge, verachtungsvolle Seite seines Wesens aus. Er trug zwar das Gewand eines Richters, doch sein Auftreten (und die rauhe Schale) erinnerte an einen alten General der Marineinfanterie, der zum Schutz von Heim und Herd sein Leben mit Landemanövern an fremden Küsten verbracht hatte. «Euer Ehren», sagte Kriegel, «ich bin in der Federbranche, wie das hohe Gericht ja weiß. Das ist alles, Euer Ehren. Ich kaufe und verkaufe Federn. Ich bin kein Millionär, wie sie Ihnen erzählt hat.» Richter Rosenzweig, offensichtlich entzückt, daß Mr. Kriegel ihm Gelegenheit zu einer süffisanten Bemerkung gab, sagte: «Nun, das ist jedenfalls ein ganz anständiger Anzug, den Sie da anhaben. Das ist ein Hickey-Freeman-Anzug. Ein Zweihundert-Dollar-Anzug, wenn mich mein Blick nicht trügt.» – «Euer Ehren –», sagte Kriegel und breitete vor dem Richter ehrerbietig die Hände aus, als lägen in seinen Handflächen die drei oder vier Federn, die er pro Tag an Kissenhersteller verkaufte, «Euer Ehren, bitte, ich würde doch nicht in Lumpen vor Gericht erscheinen.» – «Oh, danke.» – «Ganz im Ernst, Euer Ehren.» – «Hören Sie, Kriegel, ich kenne Sie. Ich weiß, daß Sie in Harlem mehr Immobilien besitzen, als Carter Lebertabletten hat.» – «Ich? Aber doch nicht ich, Euer Ehren. Ich bitte, Euer Ehren korrigieren zu dürfen. Das ist mein Bruder. Das ist *Louis* Kriegel. Ich bin Julius.» – «Und Sie hängen bei Ihrem Bruder nicht mit drin? Wollen Sie das dem Gericht wirklich weismachen, Mr. Kriegel?» – «Ob ich *drinhänge*?» – «Ob sie drinhängen.» – «Nun, wenn überhaupt, dann nur ganz am Rande, Euer Ehren.» Anschließend dann ich. Ich winde mich nicht ganz so lange wie Kriegel; nein, ein Richter Rosenzweig braucht keine Ewigkeit, um aus einem Mann meiner Berufung – und der Thomas Manns *und* Leo Tolstois – die Wahrheit herauszukriegen. «Was bedeutet das hier, Mr. Tarnopol, ‹ein allseits bekannter Verführer junger College-Studentinnen›? Was bedeutet das?» – «Euer Ehren, ich finde, das ist eine Übertreibung.» – «Meinen Sie damit, daß Sie nicht allseits bekannt oder daß Sie kein Verführer von College-Studentinnen sind?» – «Ich bin überhaupt kein ‹Verführer›.» – «Und warum steht das dann hier, wie ist es gemeint?» – «Das weiß ich nicht, Sir.» Mein Anwalt nickt mir von seinem Platz aus anerkennend zu; ich habe gerade genau das getan, was er mir im Taxi auf der Fahrt zum Gericht eingeschärft hat: «...sagen Sie nur, daß Sie nichts wissen, Sie haben keine Ahnung... bringen Sie keine Anschuldigungen vor... nennen Sie sie nicht eine Lügnerin... nennen Sie sie nur Mrs. Tarnopol... Rosenzweig hegt für verlassene Ehefrauen beträchtliche Sympathien... Beschimpfungen verlassener Ehefrauen duldet er nicht... bleiben Sie cool, Peter, und geben Sie nichts zu – denn selbst unter den günstigsten Umständen ist er eine miese Ratte. Und unser Fall ist wohl kaum der günstigste Umstand – ein Dozent, der seine Studentinnen vögelt.» – «Ich habe nicht meine *Studentinnen* gevögelt.» – «Sehr schön, bestens. Dann sagen Sie ihm genau das. Der Richter hat eine Enkeltochter am Barnard College, Peter, und sein Arbeitszimmer ist tapeziert mit Fotos von ihr. Mein Freund, dieser alte Herr ist der Stalin des Familiengerichtskommunismus: ‹Von jedem nach seinen Möglichkeiten, für jede nach ihren Bedürfnissen!› Und zwar kräftig. Seien Sie also auf der Hut, Peter, ja?» Im Zeugenstand vergaß ich es leider. «Wollen Sie also behaupten», fragte Rosenzweig, «daß Mr. Egan in seiner für Mrs. Tarnopol aufgesetzten eidesstattlichen Erklärung dieses Gericht belogen hat? Ist dieser Satz eine glatte Lüge – ja oder nein?» – «In der vorliegenden Formulierung – ja.» – «Nun, wie würden Sie es denn formulieren, damit es der Wahrheit entspricht? Mr. Tarnopol, ich stelle Ihnen eine Frage. Geben Sie mir bitte eine Antwort, damit wir hier weitermachen können!» – «Hören Sie, ich habe nichts zu verbergen – ich habe keinen Grund, mich schuldig zu fühlen –» – «Euer Ehren», unterbrach mein Anwalt, während ich zum Richter sagte: «Ich hatte ein Liebesverhältnis.» – «Ja?» sagte Rosenzweig mit einem Lächeln, den Ohrläppchenschnipp-Finger jetzt an der Schläfe – «Wie nett. Mit wem denn?» – «Mit einem Mädchen aus meinem Seminar – das ich liebte, Euer Ehren –, einer jungen Frau.» Diese Beteuerung half mir natürlich sehr viel weiter.

Aber jetzt würden wir endlich alle herausfinden, wer wirklich der schuldige Teil war: wer an wem ein Verbrechen verübt hatte! «Richter Rosenzweig, vielleicht erinnern Sie sich daran, daß ich, als ich das letzte Mal vor Ihnen erschien, keinerlei Vorwürfe gegen Mrs. Tarnopol erhob. Mein Anwalt hatte mich, völlig zu Recht, davor gewarnt, irgend etwas über ein von meiner Frau an mir verübtes Betrugsmanöver zu sagen, weil wir, Euer Ehren, zum damaligen Zeitpunkt keinerlei Beweismaterial für eine so schwerwiegende Anschuldigung besaßen. Und es war uns bewußt, daß Euer Ehren verständlicherweise unbewiesene Vorwürfe gegen eine ‹verlassene Ehefrau, die ja nur hier war, um den Schutz zu suchen, der ihr rechtmäßig zusteht, nicht wohlwollend aufnehmen würde. Jetzt allerdings, Euer Ehren, haben wir den Beweis, ein Geständnis, von der ‹verlassenen› Frau mit eigener Hand niedergeschrieben, wonach sie am 1. März 1959 für zwei Dollar fünfundzwanzig einige Milliliter Urin von einer schwangeren Negerin kaufte, zu der sie im Tomkins Square Park auf der Lower East Side von Manhattan Kontakt hatte. Wir haben den Beweis dafür, daß sie sodann mit besagtem Urin in einen Drugstore an der Ecke Second Avenue und Ninth Street ging und die Urinprobe für einen Schwangerschaftstest auf den Namen ‹Mrs. Peter Tarnopol› dort abgab. Wir haben weiterhin den Beweis ...» Es war mir gleich, daß mein Anwalt mir gesagt hatte, jeder Beweis für den Schwindel käme inzwischen viel zu spät, um mir noch zu nützen. Ich mußte unbedingt etwas gegen sie in die Hand bekommen! Irgend etwas, das sie bremsen würde; das sie dazu brächte, endlich aufzugeben und endgültig aus meinem Leben zu verschwinden! Denn ich hielt es einfach nicht mehr aus, noch länger die Rolle des ERZFEINDES zu spielen, des SCHEIDUNGSWILLIGEN EHEMANNS ALS SCHURKE, MOTTE IM GEWEBE DER GESELLSCHAFT UND HAUSFRIEDENSBRECHER IM STAAT DES HAUSHALTSVORSTANDS!

Und das Glück (so glaubte ich) war auf meiner Seite! Die Tür, am späten Nachmittag von der Polizei aufgebrochen, war noch nicht wieder in Ordnung gebracht worden – sie stand (genau wie ich gehofft und gebetet hatte) einen Spalt offen, die Freiheit war nur noch einen Schritt weit entfernt! Ein Hoch auf die Schlamperei in dieser Megalopolis!

In der Wohnung brannte Licht. Ich klopfte vorsichtig an die Tür. Keinesfalls sollten die Nachbarn in den anderen beiden Wohnungen auf der Etage aufmerksam werden. Doch niemand erschien, um einen kontrollierenden Blick auf die Tür der Nachbarin zu werfen, die im Krankenhaus lag – ein Hoch auf die Indifferenz in den Großstädten! Das einzige Wesen, das ich aufstörte, war eine Perserkatze, schwarz und flauschig, die mir zur Begrüßung entgegenglitt, als ich durch die geöffnete Tür in die leere Wohnung schlich. Die Neuerwerbung namens Delilah. Nicht gerade feinsinnig, Maureen. *Ich hab nie behauptet, feinsinnig zu sein*, entgegnet sie, während ich hinter mir die Tür schließe. *Wenn du Feinsinn willst, lies Henry James. Dies ist das wirkliche Leben, du Idiot, nicht die hehre Kunst.*

Noch mehr Glück! Dort, direkt auf dem Eßtisch, lag das Schulheft, in dem Maureen ihre «Gedanken» aufzuschreiben pflegte – in der Regel unmittelbar nach unseren diversen Auseinandersetzungen. Um, wie sie mich einmal warnte, «schwarz auf weiß» festzuhalten, wer all unsere Streitereien «angefangen» habe, der Beweis dafür, was «für ein Wahnsinniger» ich sei. Als wir zusammen in der Academy in Rom und später in Wisconsin lebten, hielt sie das Tagebuch stets sorgfältig vor mir versteckt – es sei «ihr Privateigentum», sagte sie, und falls ich je versuchen sollte, es zu «stehlen», so werde sie keinen Augenblick zögern, die Polizei zu benachrichtigen, ganz gleich, ob in Italien oder im amerikanischen Mittelwesten. Dies, obwohl sie nicht die geringsten Hemmungen hatte, meine Post zu öffnen, wenn ich nicht zu Hause war: «Ich bin ja schließlich deine Frau, oder? Warum also sollte ich's nicht tun? Hast du etwas vor deiner eigenen Frau zu verbergen?» Seit jener Zeit war ich überzeugt, ich würde in ihrem Tagebuch, sollte ich es jemals in die Hand bekommen, vieles finden, was sie vor ihrem Mann hatte verbergen wollen. Und so stürzte ich zum Eßzimmertisch, in der Erwartung, auf eine Goldmine zu stoßen.

Ich schlug eine Eintragung vom 15.8.58 auf, geschrieben in den ersten Wochen unserer «jungen Liebe». «Es ist wirklich schwer, meine eigene Persönlichkeit zu skizzieren, weil zur Persönlichkeit die Wirkung gehört, die man auf andere hat, und es ist schwierig, wirklich zu wissen, wie diese Wirkung aussieht. Trotzdem glaube ich, daß ich meine Wirkung bis zu einem gewissen Grade abschätzen kann. Ich habe eine einigermaßen faszinierende Persönlichkeit.» Und so weiter in diesem Tenor; sie beschrieb ihre einigermaßen faszinierende Persönlichkeit, als sei sie noch Schülerin an der High-School in Elmira. «Unter günstigen Voraussetzungen kann ich ziemlich witzig und intelligent sein, und ich glaube, ich kann unter günstigen Voraussetzungen auch eine sehr gewinnende Person sein...»

Die nächste Erinnerung war datiert: «Donnerstag, 9. Oktober 1959». Zu dieser Zeit wohnten wir, mittlerweile verheiratet, in jenem kleinen, gemieteten Haus auf dem Land außerhalb von New Milford. «Inzwischen ist fast ein Jahr vergangen –» Tatsächlich mußte mehr als ein Jahr vergangen sein, es sei denn, sie hatte die Seite entfernt, nach der ich suchte: Die Seite, auf der der Kauf des Urins festgehalten war!

– seit meiner letzten Eintragung, und mein Leben hat sich in jeder Hinsicht verändert. Es ist ein Wunder, wie veränderte äußere

Umstände auch das innerste Wesen entscheidend verändern können. Zwar leide ich noch immer unter schrecklichen Depressionen, doch bin ich wirklich viel optimistischer und zuversichtlicher, und nur in den allerschwärzesten Augenblicken empfinde ich Hoffnungslosigkeit. Merkwürdigerweise denke ich jedoch häufiger an Selbstmord, etwas, das sich als Möglichkeit deutlicher abzeichnet, obwohl ich es jetzt nicht wirklich tun würde, dessen bin ich sicher. Ich habe das Gefühl, daß P. mich im Augenblick mehr braucht denn je, obwohl er das natürlich niemals zugeben würde. Hätte er mich nicht, würde er sich noch immer hinter seinem Flaubert verstecken und nicht wissen, was wirkliches Leben ist, wenn er darüber stolperte. Was hat er denn nur geglaubt, *worüber* er schreiben würde, wo er doch nichts wußte und glaubte, bis auf das, was er in Büchern las? Oh, was für ein eingebildeter Snob und Idiot er doch manchmal ist! Warum kämpft er so gegen mich? Ich könnte seine Muse sein, wenn er mich nur ließe. Statt dessen behandelt er mich wie eine Feindin. Wo ich ihm doch nur das eine wünsche, daß er der beste Schriftsteller der Welt ist. Es ist alles auf brutale Weise ironisch.

Die fehlende Seite, *wo war sie?* Warum fand sich nirgends erwähnt, was sie getan hatte, damit P. sie mehr denn je brauchte!

«Madison, 24. Mai 1962». Einen Monat nachdem sie mich dabei erwischt hatte, wie ich in der Telefonzelle mit Karen telefonierte; einen Monat nachdem sie die Tabletten und den Whiskey geschluckt, sich eine Rasierklinge an die Pulsadern gesetzt und dann die Sache mit dem Urin gestanden hatte. Eine Eintragung, die eine Welle von Übelkeit in mir aufsteigen ließ, während ich sie las. Bis zu diesem Zeitpunkt hatte ich stehend, über den Tisch gebeugt, gelesen; jetzt setzte ich mich und las dreimal hintereinander ihre Enthüllungen vom 24. Mai 1962: «Irgendwie» – irgendwie! –

hegt P. gegen mich eine tiefe Feindseligkeit, und wenn wir uns gegenüberstehen, ist das vorherrschende Gefühl Haß. Irgendwie bin ich inzwischen ganz verzweifelt und hoffnungslos, und oft fehlt mir jeder Lebensmut. Ich liebe P. und unser gemeinsames Leben – oder das, was unser Leben sein *könnte*, wäre er nur nicht so neurotisch, doch das scheint unmöglich zu sein. Es ist so freudlos. Seine emotionale Kälte nimmt sprunghaft zu. Seine Unfähigkeit zu lieben ist wirklich erschreckend. Er berührt mich nicht, küßt mich nicht, lächelt nicht etc., und erst recht natürlich schläft er nicht mit mir, ein höchst unbefriedigender Zustand für mich. Heute morgen hatte ich es so satt, daß ich am liebsten alles hingeschmissen hätte. Aber ich weiß, daß ich nicht den Mut verlieren darf. Das Leben ist nicht einfach – trotz P.s naiver Erwartungen. Trotzdem kommt es mir manchmal vor, als sei jeder Versuch, P.s Neurose aufzudecken und zu heilen, völlig zwecklos, denn nach meiner Einschätzung würde die Behandlung, selbst wenn er sich einer Analyse unterzöge, in seinem Fall Jahre beanspruchen, und zweifellos würde ich im Laufe einer solchen Prozedur abgeschoben werden, selbst wenn er am Ende einsähe, was für ein Verrückter er ist. Mein einziger Trost, falls er mich verläßt, ist die Sicherheit, daß er nach mir unweigerlich eine heiraten wird, die talentiert und egozentrisch genug ist, um ihm Paroli zu bieten, und der das wichtiger sein wird als er selbst. Dann wird er sein blaues Wunder erleben! Fast wünsche ich ihm das, obwohl ich es mir meinetwegen nicht wünschen würde. Aber er tötet langsam jedes Gefühl in mir ab, und wenn er sich weiterhin so kaltherzig zeigt, wird am Ende mein Stern steigen, und statt seines Herzens wird meines zu Stein werden. Doch wie traurig wäre das!

«West 78th Street, 22.3.66». Die vorletzte Eintragung, erst vor drei Wochen geschrieben. Nach unserem Gerichtstermin bei Richter Rosenzweig. Nach den beiden Gesprächsrunden bei dem vom Gericht bestimmten Schlichter. Nach Valducci. Nach Egan. Nach all den Unterhaltszahlungen. Vier Jahre nachdem ich sie verlassen hatte, sieben Jahre nach dem Urinschwindel. Hier die vollständige Eintragung:

Wo war ich nur? Warum ist es mir niemals klargeworden? Peter *interessiert* sich nicht für mich. Er hat sich nie für mich interessiert! Er hat mich nur geheiratet, weil er glaubte, er *müsse* es tun. Mein Gott! Jetzt erscheint mir alles ganz offensichtlich, wie konnte ich mich nur so täuschen? Verdanke ich diese Erkenntnis der Gruppe? Ich wünschte, ich könnte fortgehen. Es ist so erniedrigend. Ich frage mich, ob ich wohl jemals das Glück haben werde, jemanden zu lieben, der mich liebt, wie ich wirklich bin, und nicht irgendeine absurde Vorstellung von mir, wie die Meziks, Walkers und Tarnopols dieser Welt. Das scheint mir im Augenblick so ziemlich alles zu sein, was ich mir wünschen kann, obwohl ich jetzt auch weiß, wie praktisch ich tatsächlich bin – oder wie praktisch man sein muß, um zu überleben.

Und die letzte Eintragung. Ja, sie *hatte* einen Abschiedsbrief geschrieben, doch war offenbar niemand auf den Gedanken gekommen, in diesem Schulheft danach zu suchen. Die Handschrift – und die Worte – bezeugten, daß die Tabletten und/oder der Whiskey bereits ihre Wirkung getan hatten, als sie ihre letzte Botschaft an sich selbst verfaßte:

Marilyn Monroe Marilyn Monroe Marilyn Monroe Marilyn Monroe warum tun sie diese Marilyn Monroe warum benutzen sie Marilyn warum benutzen sie uns Marilyn.

Das war alles. Irgendwie hatte sie es geschafft, sich vom Tisch zum Bett zu schleppen, um dann dort um ein Haar auf die gleiche Weise zu sterben wie der berühmte Filmstar. Aber nur um ein Haar!

Von der Tür her hatte mich – ich wußte nicht, wie lange schon – ein Polizist beobachtet. Mit gezückter Pistole.

«Nicht schießen!» schrie ich.

«Warum nicht?» fragte er. «Los, stehen Sie auf!»

«Alles in Ordnung, Officer», sagte ich. Ich erhob mich mit knochenlosen Beinen. Ich schwebte in der Luft. Unaufgefordert hob ich meine Hände über den Kopf. Das hatte ich zum letztenmal im Alter von acht Jahren getan, mit einem Pistolengurt um meine schmalen Hüften und einem Lone-Ranger-Gewehr, made in Japan und hohl wie ein Schokoladenosterhase, zwischen den Rippen – die Waffe gehörte meinem kleinen Kumpel von nebenan, Barry Edelstein, der seine Cowboy-Chaps und seinen Sombrero trug und mir im besten Cisco-Kid-Tonfall befahl: «Pfoten hoch, Amigo.» Das war meine ganze Vorbereitung für das gefährliche Leben, das ich jetzt führte.

«Ich bin Peter Tarnopol», erklärte ich hastig. «Ich bin Maureen Tarnopols Mann. Sie wohnt hier. Wir leben getrennt. Gesetzlich, ganz legal. Ich bin gerade vom Krankenhaus gekommen. Ich bin gekommen, um die Zahnbürste meiner Frau und ein paar Sachen zu holen. Sie ist noch immer meine Frau, verstehen Sie; sie ist im Krankenhaus –»

«Ich weiß, wer im Krankenhaus ist.»

«Na ja, ich bin jedenfalls ihr Mann. Die Wohnungstür stand offen. Ich dachte, ich bleibe besser hier, bis das Schloß repariert ist. Ich meine, hier kann schließlich jeder einfach hereinspazieren. Ich hab hier nur so gesessen. Gelesen. Ich wollte einen Schlosser rufen.»

Der Polizist blieb vor mir stehen, mit gezückter Pistole. Nie hätte ich ihm sagen dürfen, daß Maureen und ich getrennt lebten. Niemals hätte ich Rosenzweig erzählen dürfen, ich hätte mit einer Studentin «eine Liebesaffäre» gehabt. Ich hätte mich niemals mit Maureen einlassen dürfen. Ja, das war mein allerschlimmster Fehler.

Ich sagte noch ein paar Worte zum Thema Schlosser.

«Ist bereits auf dem Weg», informierte mich der Polizist.

«Ach ja? Tatsächlich? Gut. Großartig. Hören Sie, falls Sie mir noch immer nicht glauben – ich habe einen Führerschein.»

«Dabei?»

«Ja, ja, in meiner Brieftasche. Darf ich meine Brieftasche rausholen?»

«Schon gut, lassen Sie nur, ist okay... aber man kann ja nie wissen», murmelte er und ließ die Pistole sinken. «Bin nur kurz runter, um mir 'ne Cola zu kaufen. Hier gab's zwar ein paar Dosen, aber ich wollte mir keine davon nehmen. Kann man ja nicht einfach machen.»

«Oh», sagte ich, während er seine Pistole ins Halfter steckte, «Sie hätten sich ruhig bedienen sollen.»

«Scheißschlosser», sagte er und warf einen Blick auf seine Armbanduhr.

Erst als er näher kam, sah ich, wie blutjung er noch war: ein stupsnäsiger Junge in blauer Uniform mit einer Dienstmarke und einer Pistole. Ein bißchen wie Barry Edelstein, hatte ich gedacht, als er die Pistole auf mich gerichtet hielt. Jetzt mied er meinen Blick; es schien ihm peinlich zu sein, daß er die Pistole gezogen hatte wie im Film oder daß er einen Unschuldigen angeschnauzt hatte oder, was am wahrscheinlichsten war, daß ich ihn bei der Vernachlässigung seiner Pflichten ertappt hatte. Wieder ein Vertreter meines Geschlechts, beschämt, als seiner Aufgabe nicht gewachsen entlarvt zu werden.

«Nun», sagte ich, während ich das Heft zuklappte und unter den Arm klemmte, «ich werde jetzt die Sachen zusammenpacken, und dann gehe ich –»

«Ach ja», sagte er und wies in Richtung Schlafzimmer, «machen Sie sich wegen der Matratze keine Sorgen. Ich konnte den Gestank nicht mehr aushalten und hab sie ausgewaschen. Deshalb ist das Ding jetzt auch so naß. Ajax und ein bißchen Mr. Clean, das war alles. Nur keine Sorge – wird nichts mehr zu sehen sein, wenn's trocknet.»

«Na, vielen Dank. Das war sehr freundlich von Ihnen.»

Er zuckte die Achseln. «Ich hab das ganze Zeug wieder in die Küche gestellt, unter das Spülbecken.»

«In Ordnung.»

«Dieses Mr.-Clean-Zeug ist wirklich prima.»

«Ich weiß. Das hab ich schon oft gehört. Ich werde ein paar Sachen packen und verschwinden.»

Wir waren jetzt Freunde. Er fragte: «Was ist Ihre Frau eigentlich? Schauspielerin?»

«Nun... Ja.»

«Im Fernsehen?»

«Nein, nein, einfach so.»

«Was? Broadway?»

«Nein, nein, jedenfalls noch nicht so ganz.»

«Na ja, das dauert seine Zeit, nicht? Aber sie sollte nicht den Mut verlieren, irgendwann klappt's bestimmt.»

Ich ging in Maureens Schlafzimmer, eine winzige Zelle, gerade groß genug für ein Bett und einen Nachttisch mit einer Lampe darauf. Wegen der Enge ließ sich der Wandschrank nur halb öffnen; die Tür stieß gegen das Fußende des Bettes, und so tastete ich blind im Innern herum, bis ich auf einem Haken ihr Nachthemd fand. «Ah, sagte ich laut und scheinbar erfreut, «*hier* ist es ja... genau... wie... sie's gesagt hat!» Um die kleine Scharade zu Ende zu spielen, beschloß ich, die Schublade des Nachttisches zu öffnen und dann deutlich hörbar wieder zuzuknallen.

Ein Büchsenöffner. In der Schublade befand sich ein Büchsenöffner. Ich begriff nicht sofort, wozu er diente. Das heißt, ich glaubte, er liege dort, damit man gegebenenfalls eine Büchse öffnen könnte.

Ich möchte das Instrument kurz beschreiben. Die eigentliche

Vorrichtung zum Öffnen einer Büchse ist an einen glatten, gemaserten Holzgriff geschraubt, der einen Umfang von rund acht Zentimetern und eine Länge von etwa zwölf Zentimetern hat und sich zum stumpfen Ende hin leicht verjüngt. Die Vorrichtung zum Öffnen besteht aus einem rechteckigen Aluminiumgehäuse, etwa von der Größe eines Feuerzeugs, an dessen Unterseite sich ein kleiner Metalldorn und ein kleines gezacktes Rädchen befinden. An der oberen Seite des Aluminiumgehäuses ragt ein zwei Zentimeter langer Schaft empor, an dem ein kleinerer, rund sieben Zentimeter langer Holzgriff befestigt ist. Hält man den Büchsenöffner horizontal über den Rand einer Dose, so kann man den spitzen Metalldorn in das Blech pressen und die Dose öffnen, indem man den längeren Griff in der einen Hand hält und mit der anderen Hand den kürzeren Griff dreht; auf diese Weise wandert der Metalldorn rings um den Rand der Dose, bis er den Deckel abgetrennt hat. Es handelt sich um einen Büchsenöffner, wie man ihn praktisch in jedem Haushaltswarengeschäft für einen bis anderthalb Dollar kaufen kann. Ich habe das inzwischen nachgeprüft. Hergestellt werden sie von der Eglund Co., Inc. in Burlington, Vermont – das Modell No. 5 Junior». Maureens Exemplar liegt, während ich dies schreibe, vor mir auf meinem Schreibtisch.

«Alles in Ordnung?» rief der Polizist aus dem Nebenzimmer.

«Bestens.»

Laut knallte ich die Schublade zu, nachdem ich zuvor den No. 5 Junior in meiner Tasche verstaut hatte.

«Das wär's dann wohl», sagte ich, während ich wieder ins Wohnzimmer trat, Delilah dicht an meinem Hosenbein.

«Die Matratze – sieht doch wieder ganz ordentlich aus, wie?»

«Prima. Großartig. Nochmals besten Dank. Ich muß jetzt weg, wissen Sie – die Sache mit dem Schlosser überlasse ich Ihnen, okay?»

Ich befand mich bereits auf der Flucht und eine Treppe tiefer, als auf dem Treppenabsatz über mir der junge Polizist erschien. «He!»

«Was?»

«Zahnbürste!»

«Oh!»

«Hier!»

Ich fing sie auf und rannte weiter.

Das Taxi, das ich auf der Straße heranwinkte, um damit zu Susan zu fahren, war ausstaffiert wie die Gefängniszelle eines besonders häuslichen Häftlings oder die Höhle eines Halbwüchsigen: Den unteren Rand der Windschutzscheibe zierten gerahmte Familienfotos, auf dem Taxameter thronte ein großer, runder Wecker, und an dem Trenngitter zum Fond war mit Gummibändern ein Plastikbecher befestigt, der zehn oder fünfzehn scharf gespitzte Eberhard-Bleistifte enthielt. Das Gitter selbst war mit blauen und weißen Quasten geschmückt, und goldfarbene Nieten, über dem Kopf des Fahrers von unten ins Autodach gedrückt, bildeten die Inschrift «Gary, Tina & Roz» – zweifellos die Namen der adrett gekleideten, lächelnden Kinder auf den Familienfotos von irgendwelchen Hochzeiten und Bar-Mizwas. Der Fahrer, ein älterer Mann, mußte wohl ihr Großvater sein.

Normalerweise hätte ich sicher, wie jeder Fahrgast, irgend etwas Nettes über das üppige Dekor gesagt. Doch meine Gedanken kreisten in diesem Moment ausschließlich um Eglunds No. 5 Junior-Büchsenöffner. Ich hielt das Aluminiumteil in der linken Hand, ließ den größeren Griff durch einen Ring gleiten, den ich mit Daumen und Zeigefinger meiner rechten Hand bildete, schloß die übrigen drei Finger locker darum und schob den Griff langsam in diese Röhre hinein.

Dann legte ich den Griff des Büchsenöffners zwischen meine Schenkel und schlug ein Bein über das andere, um ihn festzuklemmen. Zwischen meinen Beinen schaute nur die metallene Öffnungsvorrichtung mit dem emporragenden spitzen kleinen Dorn hervor.

Das Taxi kurvte scharf an den Bordstein.

«Raus», sagte der Fahrer.

«Wie bitte?»

Er funkelte mich durch das Trenngitter an, ein kleiner Mann mit dunklen Tränensäcken unter den Augen und buschigen grauen Augenbrauen; unter seinem Jackett trug er einen dicken Wollpullover. Seine Stimme zitterte vor Zorn – «Raus hier! Solche Sachen gibt's nicht in meinem Taxi!»

«Was für Sachen denn? Ich *mache* doch überhaupt nichts!»

«Raus mit Ihnen, hab ich gesagt! Raus, bevor ich Ihnen den Wagenheber über den Schädel ziehe!»

«Ja, was glauben Sie denn, was ich getan habe. Herrgott noch mal!»

Doch inzwischen stand ich auf dem Gehsteig.

«Du Dreckschwein!» schrie er und fuhr weiter.

Mit dem Büchsenöffner in der Hosentasche und dem Tagebuch in der Hand schaffte ich es schließlich bis zu Susans Wohnung – allerdings nicht ohne einen weiteren Zwischenfall. Kaum hatte ich auf dem Rücksitz eines anderen Taxis Platz genommen, blickte der Fahrer, diesmal ein junger Kerl mit strähnigem gelbem Bart, in den Rückspiegel und sagte: «Hey, Peter Tarnopol.» – «Wie bitte?» – «Sie sind Peter Tarnopol, stimmt's?» – «Irrtum.» – «Sie sehen aber aus wie er.» – «Noch nie von ihm gehört.» – «Mann, Sie wollen mich wohl für blöd verkaufen. Sie sind's doch. Sie sind's wirklich. Mann, was 'n Zufall. Erst gestern abend hatte ich Jimmy Baldwin hier in der Kiste.» – «Wer ist das?» – «Na, der Schriftsteller, Mann. Sie nehmen mich aber echt auf den Arm. Wissen Sie, wen ich noch hier drin hatte?» Ich blieb stumm. «Mailer. Meine Fresse, ich krieg ständig welche von euch verdammten Typen. Hatte mal einen hier drin, der wog höchstens siebzig Pfund, echt. Diese Bohnenstange mit Bürstenschnitt. Wollte zum Flughafen. Und wissen Sie, wer das war?» – «Na, wer denn?» – «Der alte Beckett. Und wissen Sie, wie ich rausgekriegt habe, daß er's war? Ich sag zu ihm: ‹Sie sind doch Samuel Beckett, Mann.› Und wissen Sie, was er sagt? Er sagt: ‹Nein, ich bin Vladimir Nabokov.› Was sagen Sie dazu?» – «Vielleicht *war's* ja Vladimir Nabokov.» – «Nein, nein, Nabokov habe ich nie gehabt, noch nicht. Was schreiben Sie denn im Moment so, Tarnopol?» – «Schecks.» Wir hatten Susans Haus erreicht. «Da vorn», sagte ich zu ihm, «bei der Markise.» – «Mann, nicht übel, Tarnopol. Ihr Jungs bringt's echt zu was, muß euch der Neid lassen.» Während ich zahlte, schüttelte er verwundert den Kopf; und als ich ausstieg, sagte er: «Passen Sie auf, Mann, jetzt bieg ich um die Ecke und krieg den alten Malamud hier rein. Kann mir glatt passieren.»

«Guten Abend, Sir», sagte der Fahrstuhlführer in Susans Haus. Ich zuckte zusammen; er war aus dem Nichts aufgetaucht, nachdem ich gerade würdevoll den Pförtner passiert hatte und stehengeblieben war, um den Büchsenöffner aus der Tasche zu ziehen... Doch kaum hatte ich die Wohnungstür hinter mir geschlossen, holte ich das Ding wieder raus und rief: «Sieh mal, was ich hier habe!»

«Lebt sie?» fragte Susan.

«O ja, sie ist schon wieder ziemlich munter.»

«– die Polizei?»

«War nicht dort. Sieh mal – sieh dir das an!»

«Es ist ein Büchsenöffner.»

«Und außerdem masturbiert sie damit! Schau! Sieh dir diesen hübschen scharfen Metalldorn an. Wie sie es genießen muß, wenn er aus ihr herausragt – wie sie diesen Anblick genießen muß!»

«Oh, Peter, wo hast du das denn –»

«Aus ihrer Wohnung – neben dem Bett.»

Die Träne quoll hervor.

«Warum weinst du? Paßt doch perfekt – begreifst du denn nicht? Es ist für sie dasselbe wie ein Mann – ein Folterwerkzeug. Ein chirurgisches Instrument!»

«Aber wo –»

«Hab ich dir doch gesagt. Aus ihrem Nachttisch!»

«Du hast es gestohlen, aus ihrer Wohnung?»

«Ja!»

Ich schilderte ihr in allen Einzelheiten meine Erlebnisse im Krankenhaus und danach.

Als ich fertig war, drehte sie sich um und ging in die Küche. Ich folgte ihr und stand beim Herd, während sie sich eine Tasse Ovomaltine machte.

«Hör mal, du hast mir doch selbst gesagt, meine Hilflosigkeit ihr gegenüber sei unerträglich.»

Sie schwieg.

«Ich tu doch nur das, was ich tun muß, Susan, um mich aus dieser Falle zu befreien.»

Keine Antwort.

«Ich habe es satt, für einen Sexualverbrecher gehalten zu werden, von jedem Heuchler, jedem Verrückten und –»

«Aber der einzige, der dich in *irgendeiner Hinsicht* für schuldig hält, bist *du*.»

«Ja? Hat man mich deswegen dazu verdonnert, für den Rest meines Lebens den Unterhalt einer Frau zu bestreiten, mit der ich ganze drei Jahre verheiratet war? Einer Frau, die mir keine Kinder geboren hat? Ist das der Grund dafür, daß man mir die Scheidung versagt? Ist das der Grund dafür, daß ich so bestraft werde, Susan? Weil *ich* mir einbilde, schuldig zu sein? *Ich halte mich für unschuldig!*»

«Wenn du das tust, weshalb mußtest du denn *so etwas* stehlen?»
«Weil mir niemand glaubt!»
«*Ich* glaube dir.»
«Aber du bist nicht mein Scheidungsrichter! Du bist nicht der souveräne Staat New York! Ich muß meine Kehle aus ihrem Biß befreien! Bevor ich bei diesem Wahnsinn endgültig draufgehe!»
«Aber was kann dir ein Büchsenöffner nützen? Woher willst du überhaupt wissen, daß er zu solchen Zwecken benutzt worden ist? Du weißt es nicht! Wahrscheinlich, Peter, benutzt sie ihn bloß, *um Büchsen zu öffnen.*»
«In ihrem Schlafzimmer?»
«Ja. Auch im Schlafzimmer kann man Büchsen öffnen.»
«Und in der Küche kann man einsame Spielchen treiben, nur läuft es für gewöhnlich umgekehrt. Es ist ein Dildo, Susan – ob dir der Gedanke nun gefällt oder nicht. Maureens höchstpersönlicher Ersatzschwanz!»
«Und wenn es so wäre? Was geht es dich an? Es ist doch nicht deine Angelegenheit!»
«Ach, wirklich nicht? Warum ist dann alles in meinem Leben *ihre* Angelegenheit? Und die Angelegenheit von Richter Rosenzweig! Und die Angelegenheit ihrer Gruppe! Und die Angelegenheit ihrer Klasse in der New School! Ich werde mit Karen erwischt, und schon bin ich für den Richter der Leibhaftige persönlich. Sie dagegen fickt mit Haushaltsgeräten –»
«Aber du kannst dieses Ding doch nicht ins Gericht mitbringen – die werden dich für verrückt erklären. Es *ist* verrückt. Begreifst du das nicht? Was glaubst du wohl, was du erreichen würdest, wenn du dem Richter das Ding unter die Nase hältst? *Was* wohl?»
«Aber ich habe auch noch ihr Tagebuch!»
«Du hast mir doch schon gesagt, du hättest es gelesen – und es steht praktisch nichts drin.»
«Ich hab es noch nicht *ganz* gelesen.»
«Aber wenn du das tust, wird es dich nur noch verrückter machen, als du jetzt schon bist!»
«ICH BIN DOCH NICHT DER VERRÜCKTE!»
Und Susan sagte: «Ihr seid *beide* verrückt. Und ich halte das nicht aus. Weil ich sonst auch noch verrückt werde. Ich kann nicht noch mehr Ovomaltine am Tag trinken! Oh, Peter, ich kann dich, so wie du

jetzt bist, nicht länger ertragen. Ich kann dich so nicht *ausstehen*. Sieh dich doch mal an, mit dem Ding in der Hand. O bitte, wirf's weg!»

«Nein! Nein! Möglich, daß du mich so nicht ertragen kannst; aber so bin ich. Und so werde ich bleiben – bis ich gewinne!»

«Gewinnen – *was?*»

«Meine Eier zurückgewinnen, Susan!»

«Oh, wie kannst du dich nur so – billig ausdrücken? Oh, Lammkeulchen, du bist doch so ein sensibler, kultivierter, liebenswerter Mann. Und ich liebe dich so, wie du bist!»

«Aber ich nicht.»

«Das *solltest* du aber. Was für einen Sinn kann es haben, dieses –»

«Das weiß ich noch nicht! Vielleicht keinen! Vielleicht irgendeinen! Auf jeden Fall werde ich das herausfinden! Und wenn dir das nicht gefällt, dann gehe ich eben. Ist es das, was du möchtest?»

Sie zuckte die Achseln. «... Wenn du weiterhin so sein willst –»

«Ja, so will ich sein! Und so *muß* ich sein! Es ist da draußen zu hart, Susan, um sich *liebenswert* zu geben!»

«... dann wäre es wohl besser.»

«Wenn ich gehe?»

«... Ja.»

«Gut! In Ordnung!» sagte ich völlig überrascht. «Dann gehe ich also!»

Worauf sie keine Antwort gab.

Also ging ich und nahm Maureens Büchsenöffner und Tagebuch mit.

Den Rest der Nacht verbrachte ich im Schlafzimmer meiner eigenen Wohnung – im Wohnzimmer hing noch immer ein leichter Geruch von Maureens Fäkalien – und las das Tagebuch, ein überaus langweiliges Dokument, wie sich herausstellte; als Variation des Themas «Frauenschicksale» etwa so interessant wie «Dixie Dugan».

Die sporadischen Eintragungen wälzten sich weitschweifig voran oder brachen auch mal mitten im Satz oder im Wort ab, und der Stil war erkennbar ein Produkt der «Liebes-Tagebuch»-Schule: unverfälschter Ausdruck von Selbsttäuschung und Unwissenheit. Wie merkwürdig, bei einer so durchtriebenen Verfasserin! Nun enttäuschen Autoren ihre Leser ja immer wieder, weil sie so «anders» sind als ihre Werke, allerdings kommt es wohl kaum jemals vor, daß das Werk weniger fesselt als der Verfasser. Ich war ein wenig – aber wirklich nur ein wenig – überrascht, mit welcher Beharrlichkeit Maureen insgeheim den Gedanken an eine «Schriftstellerkarriere» verfolgt oder sich doch zumindest in ihrer halbbewußten Art damit gequält hatte, während der ganzen Jahre unserer Ehe. Manche Eintragungen begannen etwa so: «Ich werde mich diesmal nicht dafür entschuldigen, daß ich nichts geschrieben habe, denn ich habe festgestellt, daß sogar V. Woolf ihr Tagebuch manchmal monatelang nicht anrührte.» Oder: «Ich muß mein sonderbares Erlebnis heute morgen in New Milford festhalten, das sich ausgezeichnet für eine Story eignen würde, wenn man es nur richtig darstellen könnte.» Und: «Zum erstenmal – wie naiv von mir! – wurde mir heute bewußt, daß, würde ich eine Story oder einen Roman veröffentlichen, P. mit furchtbarem Konkurrenzneid zu kämpfen hätte. Wie könnte ich ihm so etwas antun? Kein Wunder, daß ich mich so schwer tue, die Schriftstellerlaufbahn einzuschlagen – es hat alles damit zu tun, daß ich sein Ego schonen will.»

Zwischen den Seiten befanden sich etwa ein Dutzend angeheftete oder aufgeklebte Zeitungsausschnitte, fast sämtlich Artikel über mich und meine Arbeit, die ersten über die Veröffentlichung meines Romans kurz nach unserer Heirat. Säuberlich auf eine Seite geklebt, fand sich ein Artikel aus der *Times* anläßlich des Todes von William Faulkner, ein Abdruck seiner vollmundigen Nobelpreisrede. Maureen hatte den pompösen Schlußabsatz unterstrichen: «Die Stimme des Dichters ist nicht nur ein Zeugnis vom Menschen, sie kann auch eine der Stützen und Pfeiler sein, die ihm helfen, auszuharren und zu siegen.» An den Rand hatte sie mit Bleistift eine Anmerkung geschrieben, die mir leichten Schwindel verursachte: «P. und ich?»

Die für mich faszinierendste Eintragung betraf ihren Besuch in Dr. Spielvogels Praxis zwei Jahre zuvor. Sie war zu ihm gegangen, um mit ihm darüber zu sprechen, «wie sie Peter zurückgewinnen könne», so oder ähnlich hatte es mir jedenfalls Spielvogel im Anschluß an ihren unangemeldeten Besuch nach der Sprechstunde berichtet. Spielvogel zufolge hatte er ihr gesagt, er sehe keine Möglichkeit für sie, mich jetzt noch «zurückzugewinnen» – worauf sie, nach seiner Darstellung, erwiderte: «Aber ich kann alles tun, ich kann die Schwache oder die Starke spielen, was immer am besten wirkt.»

Maureens Version:

29. April 1964

Ich muß mein gestriges Gespräch mit Spielvogel aufzeichnen, weil ich nicht mehr davon vergessen will, als unvermeidlich ist. Er sagt, ich hätte einen schwerwiegenden Fehler begangen: mein Geständnis P. gegenüber. Das ist mir selbst durchaus klar. Wäre ich nicht so verzweifelt gewesen, als ich von ihm und dieser kleinen Studentin erfuhr, ich hätte einen so unverzeihlichen Fehler niemals gemacht. Wenn ich es ihm verschwiegen hätte, wären wir noch immer zusammen. Ich habe ihm genau die Rechtfertigung geliefert, die er gegen mich verwenden konnte. Spielvogel ist derselben Meinung. Spielvogel sagte, er glaube zu wissen, welchen Kurs Peter einschlagen würde, falls wir wieder zusammenkämen und verheiratet blieben, und wie ich ihn verstanden habe, meinte er, Peter würde mich mit einer Studentin nach der anderen betrügen. S. hat ziemlich eindeutige Theorien über die Psyche und die Neurosen eines Künstlers, und es ist schwer zu sagen, ob er recht hat oder nicht. Er hat mir einigermaßen unverblümt geraten, meine Gefühle für Peter «zu verarbeiten› und mir jemand anderen zu suchen. Ich sagte ihm, ich fühlte mich zu alt, doch er meinte, es gehe nicht darum, wie alt ich sei, sondern wie ich aussähe. Er meint, ich sei «charmant und attraktiv» und «knabenhaft». S.s Meinung zufolge ist es unmöglich, mit einem Schauspieler oder Schriftsteller glücklich verheiratet zu sein, mit anderen Worten, sie seien «alle gleich». Er nannte Lord Byron und Marlon Brando als Beispiele, aber ist Peter wirklich so? Diese Gedanken lassen mich heute einfach nicht los, ich kann kaum irgend etwas Vernünftiges tun. Er betonte, ich unterschätzte den extremen Narzißmus des Schriftstellers, die Tatsache, daß er sich mit so ungeheurer Aufmerksamkeit auf sich selbst konzentriere. Ich erzählte ihm von meiner eigenen Theorie, die ich zusammen mit der Gruppe entwickelt habe, wonach P.s Treulosigkeit mir gegenüber aus dem Gefühl resultiert, er müsse mit seiner kleinen Studentin «üben», um meinen außerordentlichen Anforderungen gerecht werden zu können. Daß er sich nur dann als potenter Mann fühlen kann, wenn er es mit einem so harmlosen Nichts zu tun hat. S. schien an meiner Theorie sehr interessiert. S. sagte, Peter komme immer und immer wieder auf mein Geständnis zurück, eine Strategie zur Rationalisierung seiner Unfähigkeit, mich – oder irgend jemanden sonst – zu lieben. S. verweist auf diese Liebesunfähigkeit als Charakteristikum für den narzißtischen Typ. Ich frage mich, ob S. Peter in ein vorgefaßtes Schema preßt; obwohl seine Erklärung ziemlich plausibel klingt, wenn ich daran denke, wie P. mich praktisch von Anfang an abgelehnt hat.

Als ich zum Ende dieser Eintragung kam, dachte ich: «Phantastisch – anscheinend kann jeder Mensch auf der Welt Geschichten über diese Ehe schreiben, nur ich nicht! Oh, Maureen, du hättest meinem Ego niemals deine Schriftstellerlaufbahn ersparen sollen – es wäre besser gewesen, du hättest alles, was sich in deinem Kopf tat, niedergeschrieben und mir diese furchtbare Realität erspart. Niedergeschrieben, auf das geduldige Papier statt auf meine Haut! Oh, mein eines, einziges und ewiges Weib, ist es das, was du wirklich denkst? Was du glaubst? Beschreiben diese Worte für dich, wer und was du bist? Du kannst einem fast leid tun. Irgendeinem, irgendwo auf der Welt.»

Während der Nacht unterbrach ich bisweilen meine Maureen-Lektüre, um Faulkner zu lesen. «Ich glaube, der Mensch wird nicht nur ausharren, er wird siegen. Er ist unsterblich, nicht weil er allein unter den Geschöpfen eine unermüdliche Stimme hat, sondern weil er eine Seele, einen Geist hat, fähig zu Mitleid und Opfer und Ausdauer.» Ich las diese Nobelpreisrede von Anfang bis Ende, und ich dachte: «Wovon redest du, verdammt noch mal? Wie konntest du *Schall und Wahn* schreiben, wie konntest du *Das Dorf* schreiben, wie konntest du über Temple Drake und Popeye schreiben und dann *so was* verzapfen?»

Zwischendurch betrachtete ich den No. 5 Junior-Büchsenöffner, Maureens Maiskolben. Einmal betrachtete ich meinen eigenen Maiskolben. Ausharren? Siegen? Wir können von Glück sagen, meine Herren, wenn wir's morgen schaffen, uns die Schuhe anzuziehen. Das hätte *ich* diesen Schweden gesagt! (Vorausgesetzt, sie hätten mich gefragt.)

O ja, in mir war Verbitterung in jener Nacht! Und Haß. Aber was konnte ich damit anfangen? Oder mit dem Büchsenöffner? Oder mit dem Tagebuch, das ein «Geständnis» gestand? Was sollte ich tun, um zu siegen? Nicht «der Mensch», sondern Tarnopol!

Die Antwort lautete: nichts. «Tragen Sie's mit Fassung», sagte

Spielvogel. «Lammkeulchen», sagte Susan, «vergiß es.» – «Sehen Sie den Tatsachen ins Auge», sagte mein Anwalt, «Sie sind der Mann, und sie ist die Frau.» – «Sind Sie da noch so sicher?» fragte ich. «Wenn Sie im Stehen pinkeln, sind Sie der Mann.» – «Ich werd mich hinhocken.» – «Es ist zu spät», sagte er.

Ein halbes Jahr später, an einem Sonntagmorgen, nur ein paar Minuten nachdem ich von Frühstück und *Times*-Lektüre in Susans Wohnung nach Hause gekommen war und mich zur Arbeit an meinen Schreibtisch setzte – ich hatte gerade den Whiskey-Karton aus dem Schrank gezerrt und wählte in der entmutigenden Sammlung zusammenhangloser Anfänge, Mittelteile und Enden herum –, rief mich Flossie Koerner an, um mir mitzuteilen, daß Maureen tot sei.

Ich glaubte ihr nicht. Ich hielt es für einen faulen Trick, den Maureen sich ausgedacht hatte, damit ich irgendwas ins Telefon sagte, was auf Band aufgenommen und dann vor Gericht gegen mich verwendet werden konnte. Ich dachte: «Sie will doch nur versuchen, mehr Unterhalt rauszuschinden – das ist wieder irgendeine krumme Tour.» Ich brauchte ja bloß zu sagen: «Maureen ist tot? Großartig!» oder irgendwas, was sich *im entferntesten* so anhörte, und schon würden Richter Rosenzweig oder irgendeiner seiner Helfershelfer messerscharf folgern, ich sei nach wie vor ein unbelehrbarer Feind der gesellschaftlichen Ordnung, und meine hemmungslose und barbarische männliche Libido bedürfe noch strengerer disziplinarischer Maßnahmen.

«Tot?»

«Ja. Sie wurde in Cambridge, Massachusetts, getötet. Um fünf Uhr früh.»

«Wer hat sie umgebracht?»

«Das Auto prallte gegen einen Baum. Bill Walker saß am Steuer. Oh, Peter», sagte Flossie mit einem heftigen Schluchzen, «sie liebte das Leben so sehr.»

«Und sie ist tot...?» Ich hatte angefangen zu zittern.

«Auf der Stelle. Wenigstens hat sie nicht gelitten... Oh, warum war sie bloß nicht angeschnallt?»

«Und was ist Walker passiert?»

«Nichts Schlimmes. Eine Schnittwunde. Aber sein Porsche ist ein Wrack. Ihr Kopf... ihr Kopf...»

«Ja, was?»

«Prallte gegen die Windschutzscheibe. Oh, ich wußte ja, daß sie nicht nach Massachusetts hätte fahren sollen. Die Gruppe hat alles versucht, um sie davon abzuhalten, aber sie fühlte sich so furchtbar verletzt.»

«Wovon? Wodurch?»

«Durch die Sache mit dem Hemd.»

«Was für ein Hemd?»

«Oh... es ist mir unangenehm, das zu sagen... wenn man bedenkt, wer er ist... und ich werfe ihm das auch gar nicht vor.»

«*Was* denn, Flossie?»

«Peter, Bill Walker ist bisexuell. Maureen selbst hat das nie gewußt. Sie –» Flossie brach in Schluchzen aus. Ich meinerseits mußte die Zähne zusammenbeißen, damit sie nicht klapperten. «Sie –», setzte Flossie von neuem an, «sie hatte ihm ein wunderschönes, teures Hemd gegeben, als Geschenk, verstehen Sie? Aber es paßte ihm nicht – jedenfalls hat er das später behauptet –, und statt es zurückzugeben, damit sie es umtauschen konnte, hat er es irgendeinem Mann geschenkt. Und sie fuhr nach Boston, um ihm ins Gesicht zu sagen, was sie von seinem Benehmen hielt, um ihm offen gegenüberzutreten... Und sie müssen noch spät was getrunken haben oder so. Sie waren auf einer Party...»

«Ja?»

«Ich beschuldige niemanden», sagte Flossie. «Ich bin sicher, daß niemand absichtlich was Schlimmes wollte.»

War es also wirklich wahr? Tot? Tatsächlich tot? Tot im Sinne von nicht existent? Tot, wie die Toten tot sind? Tot wie in ‹Tod›? Tot wie in ‹Tote reden nicht›? Maureen ist *tot*? *Tot*tot? Verstorben? Ausgelöscht? Das Zeitliche gesegnet, die elende Ratte? Abgekratzt?

«Wo ist der Leichnam?» fragte ich.

«In Boston. In einem Leichenschauhaus. Ich finde... ich meine... Sie werden hinfahren müssen, Peter, um sie zu holen. Und sie heimzubringen nach Elmira. Irgend jemand muß ihre Mutter anrufen... Oh, Peter, Sie müssen mit Mrs. Johnson sprechen – ich könnte das nicht.»

Wie denn? Peter soll sie holen? Peter soll sie heimbringen nach Elmira? Peter soll mit ihrer Mutter sprechen? Also Flossie, wenn das wirklich war ist, wenn das nicht die gekonnteste faule Show ist, die von Maureen Tarnopol jemals inszeniert wurde, wenn du nicht die beste Nebenrollen-Besetzung für die Seifenopern des größten amerikanischen Psychopathensenders bist, dann, Peter, *laß* sie, wo sie ist. Warum, Peter, auch nur einen Gedanken an sie verschwenden? Peter, laß sie da liegen und verfaulen!

Da ich noch immer nicht genau wußte, ob unser Gespräch nicht vielleicht doch zu Richter Rosenzweigs Erbauung aufgezeichnet wurde, sagte ich: «Natürlich werde ich sie holen, Flossie. Wollen Sie mich begleiten?»

«Ich werde alles tun. Ich liebte sie ja so. Und sie liebte Sie, mehr, als Sie sich je vorstellen können –» An dieser Stelle gab Flossie ein Geräusch von sich, das mich stark an das Geheul eines Tieres am Kadaver seines Artgenossen erinnerte.

In diesem Augenblick wußte ich, daß ich nicht für dumm verkauft wurde. Wahrscheinlich jedenfalls nicht.

Das Telefonat mit Flossie dauerte noch weitere fünf Minuten; sobald ich sie dazu bewegen konnte aufzulegen – mit dem Versprechen, innerhalb einer Stunde in ihrer Wohnung zu sein, um alles Weitere zu besprechen –, rief ich meinen Anwalt in seinem Wochenendhaus auf dem Lande an.

«Ich gehe davon aus, daß ich nun nicht mehr verheiratet bin. Ist das richtig? Sagen Sie schon, stimmt das?»

«Sie sind Witwer, mein Freund.»

«Und daran gibt's auch nichts zu deuteln? Das *ist* so.»

«Das ist so. Tot ist tot.»

«Auch im Staat New York?»

«Auch im Staat New York.»

Anschließend rief ich Susan an, die ich ja erst vor einer halben Stunde verlassen hatte.

«Möchtest du, daß ich zu dir komme?» fragte sie, als ich ihr endlich die Chance gab, überhaupt eine Frage zu stellen.

«Nein. Nein. Bleib, wo du bist. Ich muß noch ein paar Telefonate führen, dann melde ich mich wieder bei dir. Ich muß zu Flossie Koerner. Ich werde mit ihr nach Bosten fahren müssen.»

«Wieso?»

«Um Maureen zu holen.»

«Warum?»

«Hör zu, ich ruf dich später an.»

«Bist du sicher, daß ich nicht kommen soll?»

«Nein, nein, bitte. Ich bin okay. Ich fühle mich ein bißchen zittrig, aber ansonsten ist alles unter Kontrolle. In bester Ordnung.» Aber noch immer klapperte ich mit den Zähnen, ich konnte einfach nichts dagegen tun.

Als nächstes Spielvogel. Während des Gesprächs traf Susan ein: War sie von der Seventy-ninth Street hergeflogen? Oder hatte ich an meinem Schreibtisch einen zehnminütigen Blackout gehabt? «Ich mußte einfach kommen», flüsterte sie und strich mir über die Wange. «Ich setze mich bloß ein bißchen hier hin.»

«– Dr. Spielvogel, tut mir leid, Sie zu Hause zu belästigen. Aber es ist etwas passiert. Zumindest nehme ich an, daß es passiert ist, weil es mir jemand gesagt hat. Kein Phantasieprodukt, wenigstens entstammt es nicht meiner Phantasie. Flossie Koerner rief an, Maureens Freundin von der Gruppentherapie. Maureen ist tot. Sie starb um fünf Uhr früh in Boston. Bei einem Autounfall. Sie ist tot.»

Spielvogels Stimme klang laut und klar. «Meine Güte.»

«Sie ist mit Walker gefahren. Sie wurde durch die Windschutzscheibe geschleudert. Auf der Stelle tot. Erinnern Sie sich daran, was ich Ihnen erzählt habe – was sie im Auto in Italien gemacht hat? Wie sie mir mit Wonne ins Lenkrad griff? Sie meinten ja, ich hätte übertrieben, als ich Ihnen erzählt habe, daß sie versuchte, uns beide zu töten, daß sie das sogar *sagte*. Aber ich habe nicht übertrieben. O Himmel! O mein Gott! Sie konnte wild werden wie eine Tigerin – in dem kleinen VW! Ich habe Ihnen ja erzählt, wie sie uns fast umgebracht hat, da auf dem Berg, auf der Rückfahrt von Sorrent – erinnern Sie sich? Jetzt hat sie's also geschafft. *Nur war ich diesmal nicht dabei.*»

«Allerdings», erinnerte mich Spielvogel, «sind Ihnen ja wohl noch nicht alle Einzelheiten bekannt.»

«Nein, nein. Nur daß sie tot ist. Falls man mich nicht angelogen hat.»

«Wer sollte denn so etwas tun?»

«Weiß ich nicht. Ich weiß überhaupt nichts mehr. Aber so was passiert doch einfach nicht. Es ist genauso unwahrscheinlich, wie die Geschichte mal angefangen hat. Jetzt ergibt die *ganze Sache* keinen Sinn mehr.»

«Eine gewalttätige Frau, die einen gewaltsamen Tod fand.»

«Ach was, viele Menschen, die überhaupt nicht gewalttätig sind, finden einen gewaltsamen Tod, und eine Menge gewalttätiger Menschen führt ein langes, glückliches Leben. Verstehen Sie denn nicht – es könnte ein Trick von ihr sein, eine neue kleine Geschichte, die sie erfunden hat –»

«Um was zu erreichen?»

«Eine Erhöhung der Unterhaltszahlungen. Um mich zu erwischen – auf dem falschen Fuß – *wieder*!»

«Nein, das glaube ich nicht. Sie sind nicht erwischt worden. ‹Entlassen› ist das richtige Wort. Sie sind entlassen worden.»

«Frei», sagte ich.

«Das», sagte Spielvogel, «weiß ich nicht; aber entlassen ganz bestimmt.»

Als nächsten rief ich meinen Bruder an. Susan hatte noch immer ihren Mantel nicht ausgezogen. Sie saß auf einem Stuhl an der Wand, die Hände brav auf dem Schoß gefaltet wie ein Kind im Kindergarten. Als ich sie in dieser Haltung sah, warnte mich etwas in meinem Inneren, aber es geschah zuviel auf einmal, als daß ich besonders darauf achtete. *Aber warum hat sie ihren Mantel nicht ausgezogen?*

«Morris?»

«Ja.»

«Maureen ist tot.»

«Gut», sagte mein Bruder.

Oh, das werden sie uns heimzahlen – aber wer denn, wer wird es uns heimzahlen?

Ich bin entlassen.

Als nächstes erfragte ich bei der Telefonauskunft in Elmira die Nummer von Maureens Mutter.

«Mrs. Charles Johnson?»

«Am Apparat.»

«Ich bin Peter Tarnopol. Ich fürchte, ich habe eine schlechte Nachricht für Sie. Maureen ist tot. Sie kam bei einem Autounfall ums Leben.»

«Nun, das kommt davon, wenn man sich so rumtreibt. Ich hab's ja immer gesagt. Wann ist es passiert?»

«Heute früh.»

«Und wie viele hat sie dabei mitgenommen?»

«Keinen. Niemanden. Sie war das einzige Todesopfer.»

«Wie, sagten Sie, war Ihr Name?»

«Peter Tarnopol. Ich war ihr Mann.»

«Oh, tatsächlich? Der wievielte denn? Nummer eins, zwei, drei, vier oder fünf?»

«Drei. Es gab nur drei.»

«Nun, für gewöhnlich gibt es in dieser Familie nur einen. Nett, daß Sie angerufen haben, Mr. Tarnopol.»

«– Was ist mit dem Begräbnis?»

Aber sie hatte bereits aufgelegt.

Schließlich rief ich in Yonkers an. Der Mann, dessen Sohn ich war, sprach mit zitternder Stimme, als er die Neuigkeit erfuhr – man hätte meinen können, es handle sich um jemanden, den er sehr gern gehabt hatte. «Was für ein Ende», sagte er. «Oh, was für ein Ende für diese kleine Person.»

Meine Mutter lauschte schweigend am Nebenapparat. Ihre ersten Worte waren: «Ist alles in Ordnung mit dir?»

«Ja – es geht mir soweit ganz gut. Glaube ich.»

«Wann ist die Beerdigung?» fragte mein Vater, der sich inzwischen gefangen hatte und das Gespräch nun auf seine Domäne brachte: praktische Maßnahmen. «Möchtest du, daß wir kommen?»

«Die Beerdigung – ehrlich gesagt, habe ich gar nicht die Zeit gehabt, mir über die Beerdigung Gedanken zu machen. Ich glaube, sie wollte immer eingeäschert werden. Ich weiß noch nicht, wo ...»

«Vielleicht fährt er ja gar nicht hin», sagte meine Mutter zu meinem Vater.

«Du fährst nicht hin?» fragte mein Vater. «Hältst du das für eine gute Idee – nicht hinzufahren?» Ich sah ihn vor mir, wie er mit der freien Hand gegen seine Schläfen drückte, weil sich in seinem Schädel plötzlich heftige Kopfschmerzen ausbreiteten.

«Dad, ich hab noch nicht darüber nachgedacht. Okay? Eins nach dem anderen.»

«Sei vernünftig», sagte mein Vater. «Hör auf mich. Fahr hin. Zieh einen dunklen Anzug an, mach eine gute Figur, und damit hat sich's.»

«Laß ihn doch selbst entscheiden», sagte meine Mutter zu ihm.

«Er hat sich entschieden, sie zu heiraten, ohne auf meinen Rat zu hören – es könnte ja nichts schaden, wenn er jetzt mal auf mich hört, wenn's darum geht, sie unter die Erde zu bringen!»

«Er hat doch gesagt, sie wollte eingeäschert werden. Wird die Asche vergraben, Peter?»

«Sie wird verstreut, sie verstreuen sie – ich weiß nicht, was sie damit machen. Das ist neu für mich, wißt ihr.»

«Genau deshalb», sagte mein Vater, «bitte ich dich *zuzuhören*. Für dich ist *alles* neu. Ich bin zweiundsiebzig und *kein* Neuling wie du. Geh zum Begräbnis, Peter. Dann kann dich niemals jemand einen Pischer schimpfen.»

«Ich glaube, sie werden mich sowieso einen Pischer schimpfen – jedenfalls die, die so über mich denken.»

«Aber sie werden jedenfalls niemals sagen können, du wärst nicht dort gewesen. Hör auf mich, Peter, bitte – ich habe ein Leben gelebt. Hör endlich auf damit, den Einzelkämpfer zu spielen, *bitte*. Du hast doch auf niemanden mehr gehört, seit du mit viereinhalb Jahren in den Kindergarten gegangen bist, um die Welt zu erobern. Ganze viereinhalb Jahre warst du alt, und du glaubtest, du seist der Präsident von General Motors. Was war an dem Tag, an dem es dieses furchtbare Gewitter gab? Viereinhalb Jahre alt –»

«Hör zu, Dad, nicht jetzt –»

«Sag ihm», sagte er zu meiner Mutter, «sag ihm, wie lange es schon so mit ihm geht.»

«Oh, doch nicht jetzt», sagte meine Mutter und begann zu weinen.

Doch jetzt war er in Fahrt; wunderbarerweise war ich auf einmal frei, und so konnte er mich endlich seinen Zorn darüber spüren lassen, daß ich das Familienerbe an Fleiß, Durchhaltevermögen und Pragmatismus vergeudet hatte – all die Lektionen, die er mir samstags im Laden erteilt hatte, wieso hatte ich sie in den Wind geschlagen? «Nein, nein», pflegte er zu sagen, wenn er im Lagerraum auf der obersten Leitersprosse stand und ich ihm die Kartons mit Interwoven-Socken hinaufreichte, «nein, nicht so, Peppy – du machst es dir nur selbst schwer. So wird's gemacht! Du mußt es richtig machen! Jede Arbeit muß richtig ausgeführt werden. Wenn man's verkehrt macht, mein Sohn, dann kann man's gleich lassen!» Der Unternehmersinn, die ständige Übung in Organisation und Ordnung – wieso hatte ich die Weisheit nicht gesehen, die darin lag?

Weshalb konnte nicht auch ein Bekleidungsgeschäft eine Quelle heiligen Wissens sein? Warum nicht, Peppy? Nicht tiefgründig genug für deinen Geschmack? Zu banal und zu unbedeutend? Aber ja, natürlich, was sind schon Flagg-Brothers-Schuhe, Hickok-Gürtel und Swank-Krawattenspangen in den Augen einer einzigartigen Künstlernatur wie dir!

«– es war ein furchtbares Gewitter», sagte er, «mit Donner und allem, und du warst im Kindergarten, Peter. Viereinhalb Jahre alt, und nach der ersten Woche hast du dich von niemandem mehr hinbringen lassen, nicht einmal von Joannie. Nein, *du* mußtest allein hingehen. Daran erinnerst du dich wohl nicht mehr, wie?»

«Nein, nein.»

«Nun, es regnete, das kann ich dir sagen. Also nahm deine Mutter deinen kleinen Regenmantel, deinen Regenhut und deine Gummistiefel und lief am Nachmittag zum Kindergarten, damit du auf dem Nachhauseweg nicht naß bis auf die Haut würdest. Und du erinnerst dich wirklich nicht mehr daran, was du getan hast?»

Nun, inzwischen weinte auch ich. «Nein, nein, ich glaube nicht.»

«Du warst *wütend*. Du hast sie mit einem mörderischen Blick angesehen.»

«Wirklich?»

«O ja, wirklich! Und du hast sie abgekanzelt. ‹Geh nach Hause!› hast du zu ihr gesagt. Viereinhalb Jahre alt! Und es fiel dir nicht im Traum ein, dir auch nur den *Hut* aufzusetzen. Du gingst einfach an ihr vorbei und nach Hause, mitten im Gewitter, während sie hinter dir herrannte. Du mußtest ja alles auf eigene Faust tun, um zu beweisen, wie großartig du warst – und schau, Peppy, was es dir eingebracht hat! Hör jetzt wenigstens *dieses eine Mal* auf deine Familie.»

«Okay, mach ich», sagte ich und legte auf.

Und dann, mit triefenden Augen und klappernden Zähnen, ganz und gar nicht das Bild eines Mannes, dessen Nemesis nicht mehr existiert und der endlich wieder sein eigener Herr und Meister ist, wandte ich mich um zu Susan, die noch immer auf dem Stuhl saß, in ihrem Mantel zusammengekauert und, wie ich betroffen feststellte, noch immer so hilflos wie an dem Tag, als ich sie kennengelernt hatte. Da saß sie und *wartete*. O mein Gott, dachte ich – jetzt also du. Du, die du du bist! Und *ich*! Dieses Ich, das ich bin, der ich bin und kein anderer!